UNE LOINTAINE ÉTOILE

UNE LOINTAINE
ÉTOILE

BARBARA BICKMORE

UNE LOINTAINE ÉTOILE

PRESSES DE LA CITÉ

Titre original :
DISTANT STAR

Traduit par VALÉRIE DAYRE

Le Code de la propriété intellectuelle n'autorisant, aux termes de l'article L. 122-5, (2° et 3° a), d'une part, que les « copies ou reproductions strictement réservées à l'usage privé du copiste et non destinées à une utilisation collective » et, d'autre part, que les analyses et les courtes citations dans un but d'exemple et d'illustration, « toute représentation ou reproduction intégrale ou partielle faite sans le consentement de l'auteur ou de ses ayants droit ou ayants cause est illicite » (art. L. 122-4). Cette représentation ou reproduction, par quelque procédé que ce soit, constituerait donc une contrefaçon sanctionnée par les articles L. 335-2 et suivants du Code de la propriété intellectuelle.

© Barbara Bickmore, 1993
Édition originale : Ballantine Books, New York
© Presses de la Cité, 1994, pour la traduction française

ISBN 2-266-07465-2

*Ce livre est dédié
aux amitiés qui ont résisté à l'épreuve du temps :
à Diane Browning, pour ces quelque trente ans
d'affection ininterrompue,
à Ilene Pascal qui, entre autres choses importantes,
a trouvé le nom de mon héroïne et celui de mon chien,
à Dorothy Milbank Butler, rencontrée le jour de ma rentrée
à la grande école et que je chéris encore.*

Remerciements

Je souhaite remercier

Bill et Mary Ann Miller, qui ont dépassé, surpassé les attentes de l'amitié et m'ont secourue quand j'étais découragée ;

Bill et Barbara Bruce, pour leur amitié et les conseils littéraires de Bill ;

Brigid et Malcolm Delano, qui ont fait la différence ;

Debra Clapp, ma fille aînée, pour m'avoir emmenée en un périple de deux mois et six mille kilomètres à travers la Chine (et pour beaucoup plus) ;

Lisa Clapp, ma fille cadette, qui a empêché la maison de brûler pendant ce temps et a rendu ce voyage, ainsi que tant d'autres choses dans ma vie, possible ;

Sarah Flynn, pour être l'éditeur dont rêvent les écrivains ;

Meg Ruley, mon agent, qui sait transformer les rêves en réalité.

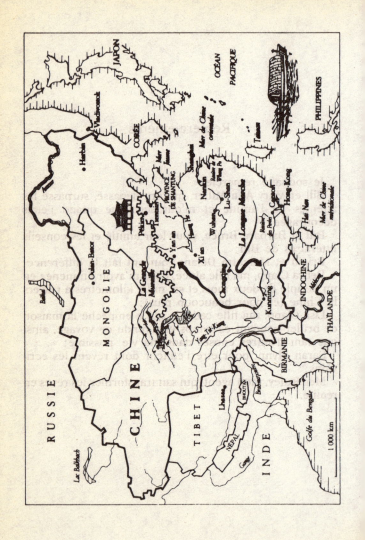

PREMIÈRE PARTIE

1923-1925

1

Appuyée au bastingage, Chloé regardait disparaître à l'horizon la blanche silhouette de San Francisco. Une douce brise océane lui plaqua une mèche de cheveux noirs sur le visage.

Eût-elle imaginé, deux mois plus tôt, qu'à vingt et un ans elle partirait pour l'Orient? Au mois de mai encore, elle n'aurait pu prédire ce qui lui arrivait aujourd'hui, encore moins l'avenir alléchant qui s'offrait à elle.

Elle se trouvait là où elle avait désiré être, loin d'Oneonta, État de New York.

Tournant la tête, elle observa son tout nouvel époux... Slade dédiait un dernier regard aux États-Unis. Sans doute devina-t-il les yeux de la jeune femme posés sur lui car il passa un bras sur ses épaules et l'attira contre lui.

Elle adorait le regarder. Certes, il n'était pas beau; ses traits étaient trop banals pour être frappants. Mais il y avait chez lui une grâce indéniable, particulièrement dans ses mains et dans sa démarche. Et ce que l'on remarquait par-dessus tout, c'était ses yeux. Gris clair. Qui devenaient extraordinaires lorsqu'il écoutait. Peut-être était-ce sa capacité d'écoute intense qui avait fait de lui, à vingt-huit ans, l'un des plus célèbres correspondants du *Chicago Times*.

La première fois que Chloé l'avait vu à l'autre bout du salon des Monaghan à Chicago, seulement quatre mois auparavant, ce n'étaient pas ses yeux qu'elle avait remarqués. A la vue de cette sombre silhouette qui se découpait sur le ciel incendié par le soleil couchant, son cœur s'était mis à palpiter.

A présent, dans les bras de son mari, contemplant

13

l'étendue moutonneuse qui s'étirait entre eux et San Francisco, ce n'était pas à Slade Cavanaugh qu'elle pensait mais à Cass Monaghan. Cass qui, au cours des quatre années écoulées, l'avait si souvent aidée à structurer sa pensée ; Cass qui, avec sa fille Suzi, avait joué pour elle le rôle de Pygmalion, permettant l'éclosion d'une part de sa personnalité dont elle n'avait eu jusqu'alors qu'une vague conscience, la poussant à oser. Cass l'avait prévenue néanmoins : son existence d'épouse de correspondant à l'étranger ne serait pas facile, la Chine serait un pays rude pour une femme. Mais c'était lui qui l'avait présentée à Slade. De cela et de tout le reste, elle lui serait à jamais reconnaissante.

A Oneonta, la famille de Chloé se distinguait du lot commun. Cinquième de sept enfants, Chloé avait passé sa prime jeunesse à jouer au base-ball, monter à cheval et bricoler la Model T paternelle avec ses quatre frères.

Quand elle avait eu quinze ans, sa mère avait exigé qu'elle cesse de shooter dans un ballon et s'attache les cheveux.

– Commence à être une dame.

Jouer à la dame semblait très ennuyeux à Chloé. Car dans ce rôle-là plus l'on vieillissait moins la vie paraissait avoir d'intérêt. Aussi décida-t-elle qu'elle échapperait à l'exiguïté de la vie de province. Un jour elle s'enfuirait en ville. Binghamton ou Albany, ou même New York !

Non qu'elle n'aimât pas sa famille. Ses parents, « Doc » Shepherd, le pharmacien local, et Louise, avaient toujours du temps pour leur progéniture ; elle ne se rappelait pas un dîner sans éclats de rire. Le dimanche on s'entassait dans la Ford pour aller pique-niquer au lac Otsego, pêcher, nager et jouer aux Indiens.

Mais jamais Chloé n'était satisfaite ; sa mère appelait cela son « divin mécontentement ». Sans trop comprendre ce que ces mots signifiaient, elle savait qu'elle s'ennuyait vite, qu'elle recherchait toujours l'aventure – quitte à l'inventer, comme le disait son père. Tout en ignorant ce qu'elle voulait, elle savait qu'Oneonta ne saurait le lui offrir.

A Oneonta – situé au beau milieu de l'État de New York –, la vie quotidienne était aussi peu stimulante que possible. Plus tard, Chloé résumerait ainsi son éducation :

« Tarte aux pommes, drapeau américain, méthodisme et républicanisme. » En d'autres termes, les mots-clés de la classe moyenne américaine dans les premières décennies de ce siècle.

Chaque fois qu'une figure nouvelle arrivait en ville et dans sa classe, Chloé se liait d'amitié avec elle, par envie d'un peu de sang neuf, d'entendre parler de la vie « ailleurs ». Elle aimait les tempêtes de neige car celles-ci rompaient avec la routine.

Avec sa meilleure amie Dorothy, elles apprirent la dactylo sur la machine à écrire de la pharmacie et, durant l'hiver de leurs treize ans, sortirent chaque mois un journal de deux pages. L'année suivante, elles convainquaient le principal du collège de leur permettre de lancer le premier journal du collège d'Oneonta, avec Chloé pour rédacteur en chef. Elle aimait avoir des responsabilités. Lorsque les journalistes en herbe dépassaient les délais, elle rédigeait elle-même leurs articles.

Il n'avait jamais fait aucun doute qu'elle ferait des études supérieures, comme tous les enfants Shepherd. Cependant, si les garçons partirent pour les universités des grandes villes, son père estima préférable que Lorna, sa fille aînée reste à Oneonta et intègre l'École normale d'institutrices afin de pouvoir vivre à la maison. En tant que seconde fille, Chloé était promise elle aussi à l'enseignement, et donc au même sort. Or Chloé avait d'autres idées.

Sans savoir encore quelle forme prendraient ses rêves, elle trouvait peu envieux le sort ordinaire des femmes – s'installer dans la ville où leur homme avait un emploi, tenir une maison, attendre les décisions d'un époux, coudre, laver, commérer, s'activer dans les bonnes œuvres ou les associations de parents d'élèves... quel ennui! Chloé rêvait de courir l'Europe, non de jouer au bridge. Elle s'imaginait découvrant une nouvelle planète, ou devenant une autre Marie Curie qui apporterait quelque contribution extraordinaire à l'humanité. La reine Victoria dirigeant une nation! Sarah Bernhardt brûlant les planches! Les sœurs Brontë, Emily Dickinson... quoique jamais elle n'ait envisagé de ne pas se marier.

Oui, elle échapperait à la vie de province, aux robes d'intérieur informes, au dépoussiérage, aux ragots échangés quotidiennement par-dessus la clôture, aux bigoudis qu'on ôte à cinq heures afin d'être pimpante pour un

15

mari qui rentre de sa rude (ou stimulante) journée de travail, qui aura seulement envie de passer sa soirée à lire le journal, écouter la TSF, sortir Frisky ou désenneiger l'allée. Chloé voulait plus que cela.

Partir. S'en aller à la ville. Sentir battre son cœur d'excitation, d'horreur ou d'émerveillement. Défaillir sous des baisers qui éveillaient la passion ou la peur. Des idées l'exaltaient, la troublaient, comme celles qu'elle découvrait en cours de littérature de seconde ; on pouvait aller en prison pour des principes, souhaiter sacrifier son confort et sa liberté à une cause supérieure ! Assise à la fenêtre de sa chambre, fixant les branches dépouillées des vieux poiriers noueux, elle s'efforçait de concevoir la noble cause pour laquelle se battre et, si nécessaire, se sacrifier. Pas une ne lui venait à l'esprit...

Ce ne fut pas vraiment une surprise lorsque son professeur d'anglais suggéra qu'elle pose sa candidature pour l'université Cornell au lieu d'intégrer l'École normale.

– Je pense qu'elle obtiendrait une bourse d'études, affirma l'enseignant à ses parents.

Pour ne l'avoir jamais envisagée, Doc Shepherd et madame n'aimèrent pas trop cette perspective. Ils s'étaient figuré leurs trois filles diplômées de l'École normale, concédant peut-être un an ou deux à l'enseignement avant de se marier, s'installer à quelques pâtés de maison du toit paternel et procréer.

Cependant ils s'inclinèrent de bonne grâce, surtout quand elle obtint sa bourse d'études, et prièrent pour qu'elle ne tombe pas amoureuse d'un natif de lointaines contrées, telles Buffalo ou, Dieu les en préserve, New York ! Leur crainte était précisément l'espoir de Chloé.

2

Sa camarade de chambre s'appelait Suzi Monaghan. Un mètre soixante-dix – à peu près la taille de Chloé –, décontractée, élégante, vêtue d'habits comme Chloé n'en avait jamais vu à Oneonta. Et les cheveux aussi blonds que ceux de Chloé étaient noirs. Pas belle, ses pommettes étaient trop proéminentes, ses yeux trop espacés, ses épaules trop larges. Mais si originale, si frappante qu'on ne pensait pas qu'elle manquait de beauté. Au début, Chloé fut intimidée par cette citadine sophistiquée et imperturbable.

Quatre ans durant à Cornell elles partagèrent la même chambre; quand elles pénétraient dans une pièce ou marchaient dans la rue, les têtes se tournaient à leur passage.

Suzi venait d'un autre monde. Chicago. Elle et son père veuf, directeur du *Chicago Times*, habitaient un grand appartement qui donnait sur le lac Michigan; Suzi fréquentait le gouverneur de l'Illinois, avait rencontré Gloria Swanson et dîné à la Maison-Blanche. Elle avait une belle voix chantante, des iris bleu-vert éclaboussés d'or.

Les deux amies jouaient au tennis et s'accordaient à penser qu'elles étaient des femmes modernes aspirant à des carrières avant le mariage, tout en admettant que, une fois mariées, elles se consacreraient à leur mari et à leurs enfants. Mais le mariage attendrait qu'elles aient « fait quelque chose » – bien que la définition de ce quelque chose demeurât vague.

Chaque week-end, elles fréquentaient les étudiants des meilleurs clubs universitaires. Durant quelques mois, Chloé sortit avec un matheux qui lui apprit à skier. Il fut aussi le premier garçon à lui toucher les seins, mais à travers son chandail.

– Retourner à la maison va être sinistre après ça, soupira Chloé au mois de mai qui clôturait leur première année universitaire.

– Viens donc quelques semaines à Chicago, offrit Suzi pour la énième fois.

Aussi, Chloé goûta enfin la vie d'une métropole, rencontra pour la première fois quelqu'un qui exerçait un véritable pouvoir. L'univers des Monaghan était à l'opposé de la vie provinciale, cette vie qui ne réservait aucune surprise. Jamais encore Chloé n'avait rencontré un homme riche, en tout cas personne d'aussi influent que le père de Suzi.

Cass Monaghan lui parut un géant, bien qu'il ne mesurât pas un mètre quatre-vingts. C'était un homme râblé, aux épaules larges, aux cheveux roux crépus et à la moustache couleur de rouille. Chloé lui donnait la quarantaine, une douzaine d'années de moins que son père. Comme Suzi, il s'habillait avec élégance, à le voir marcher dans la rue, on le devinait puissant et important. Chloé n'avait encore jamais connu personne d'aussi intéressant. Il lui fit visiter son journal ; elle fut intimidée de se trouver dans l'un des temples de la pensée et du pouvoir américains. Elle put aussi vérifier ce que lui avait dit Suzi : rude patron, Cass Monaghan exigeait le meilleur de ses collaborateurs.

La vie citadine enthousiasmait Chloé. Elle fut déçue lorsque, lors de la seconde semaine de son séjour, les Monaghan décidèrent de se rendre dans leur maison de campagne, située sur la péninsule du Michigan. Elle aurait aimé courir encore Chicago, visiter d'autres musées, voir plus de pièces de théâtre, continuer de faire du shopping et dîner dans d'élégants restaurants.

Une journée de voiture fut nécessaire pour atteindre la pointe de la péninsule. Cass avait congédié le chauffeur et pris lui-même le volant de la rutilante décapotable. En fin d'après-midi, soûlée par le parfum des forêts de pin, et le miroitement des eaux du Michigan sur sa gauche, Chloé ne regrettait plus tant la métropole.

De surcroît, Cass et Suzi ensemble étaient les compagnons les plus délicieux qui soient. Elle riait avec eux à en avoir mal aux joues. A l'évidence Cass adorait sa fille qui obtenait de lui tout ce qu'elle désirait. Chloé s'étonnait de les voir si souvent s'étreindre et s'embrasser, de surprendre les regards affectueux qu'ils échangeaient. Très vite, elle aspirait elle aussi au bras de Cass sur ses épaules, à un baiser pour se souhaiter bonne nuit. Ce qui fut fait avant la fin du séjour; bienheureuse, elle baignait dans la chaleur de son affection.

Après l'appartement en ville, elle s'était attendue à une demeure somptueuse, or elle découvrit une maisonnette de bois rustique dotée de deux chambres et d'un grand salon douillet avec une cheminée et de grandes fenêtres qui ouvraient sur le lac qu'on apercevait au-delà des bouleaux. Il n'y avait pas l'électricité mais la chaleureuse lumière des lampes à huile adoucissait la tombée de la nuit. Cass pêchait des poissons et les cuisinait, habillé d'une vieille chemise trouée et d'un pantalon en velours côtelé brun.

Ils se baignèrent dans le lac, firent du canoë le long des criques où venaient boire les cerfs. Toutes sortes d'oiseaux peuplaient les rives du lac, lançant de longs cris perçants qui faisaient frémir Chloé tant ils semblaient exprimer de détresse solitaire. Chaque aube, Cass s'en allait dans la brume, aussi silencieux qu'un Indien, afin d'observer les canards sauvages, les sauts argentés des poissons. Un jour Chloé s'éveilla à l'aurore elle aussi et demanda à l'accompagner.

– Si tu me promets de ne pas dire un mot.

Ce fut merveilleux. Comme l'aube de la création. Un coup de pagaie très doux et le canoë glissait dans le brouillard, sur les eaux paisibles, au milieu des coassements des grenouilles et du cri des huards.

Cass prit la bouteille thermos, leur servit deux tasses de café. Quand il tendit la sienne à Chloé et que leurs mains s'effleurèrent, elle pensa : je veux un homme comme M. Monaghan. Pas seulement à cause de son train de vie ou de son pouvoir. Elle trouvait agréable de parler avec lui, et tout autant le silence avec lui. A ses yeux, il était admirable.

– Que veux-tu faire de ta vie? lui demanda-t-il.

Les mains serrées autour de sa tasse chaude, les coudes sur les genoux, elle regarda la brume.

– Je suppose que je désire ce que désire toute femme.

Le rire de Cass courut sur la surface du lac.

– Parce que toutes les femmes sont censées s'épanouir de la même façon? En ce cas, une même chose apporterait le bonheur universel à tous les hommes?

19

– Les femmes n'ont pas le choix, rétorqua Chloé après réflexion, contrairement aux hommes. Notre choix se limite à épouser un plombier... ou un médecin... ou, ajouta-t-elle avec un sourire, un directeur de journal.

– Si tu épouses un patron de presse ou un président, ta vie sera plus réussie que si tu te maries à un plombier?

Certainement, pensa-t-elle, mais elle ne le dit pas. Elle se demandait si Cass se moquait d'elle.

– Tu sais, reprit Cass, plongeant sa pagaie dans l'eau, je suis peiné de voir les limites que tu t'imposes à toi-même. Tu es capable de faire ce que tu veux, Chloé, sauf peut-être devenir président.

Elle ne sut que répondre.

Quand ils furent de retour, Cass ajouta, sans la regarder car il amarrait le canoë au ponton :

– Un conseil, Chloé, de la part de quelqu'un qui a tendance à en dispenser. Ne fais pas ce que le monde te dit de faire. Non qu'il te faille rejeter les conseils, mais aie le courage de suivre ton cœur. Aie le courage d'oser, d'être différente.

Par ses questions aussi Cass était un père extraordinaire.

– Il m'a toujours obligée à réfléchir, disait Suzi. Il ne me laisse pas le suivre dans ses certitudes, même si je finis par tomber d'accord avec lui.

Et ce rôle-là, Suzi le tint pour Chloé, l'amenant à remettre en question toutes ses certitudes. Ainsi que tout ce qu'elle apprenait. Jusqu'à son apparence.

– Profite de ton allure, Chloé! Tu n'es peut-être pas responsable de ta beauté mais, grand dieu, sers-t'en à ton avantage. Personne ne te ressemble. Qui d'autre a les yeux violets? Les hommes s'y noieront.

– Ton père considère que c'est ce qui est à l'intérieur d'un être qui compte.

– Papa n'est pas comme les autres hommes.

Après sa conversation avec Cass, elle y repensa dans son lit le soir. Si tous les choix s'offraient aux hommes, pourquoi pas aux femmes? Faire tout ce qu'elle voulait... Mais elle ignorait ce qu'elle voulait! Non, il n'existait qu'un seul choix pour les femmes : le mariage ou le célibat. Elle n'envisageait pas sa vie sans un homme. Le pire qui pût advenir à une femme était de rester seule. Tout le monde savait cela. Et pourtant, elle avait conscience que s'agitaient en elle de vagues désirs sans rapport avec l'amour.

20

Après ses conversations avec Suzi et Cass, les garçons qu'elle rencontrait lui semblèrent superficiels et ennuyeux. Avec son amie, elles s'interrogeaient sur l'existence de Dieu, sur le bien et le mal. Est-ce que le pouvoir corrompait ou ceux qui le briguaient étaient-ils déjà corrompus dans l'âme ? Le pauvre était-il heureux de ne pas porter le fardeau de responsabilités du riche ou n'atteignait-il jamais au bonheur ? La militante féministe Margaret Sanger, avec ses idées révolutionnaires, était-elle une créature immorale ou le sauveur des femmes ?

Cette dernière devait être au centre de leurs discussions durant toutes leurs années d'études. Margaret Sanger avait plusieurs fois été arrêtée et emprisonnée pour avoir prôné la contraception. Suzi hasarda que Mme Sanger désirait mettre un terme à l'asservissement des femmes.

– Les hommes n'ont pas à craindre les répercussions de l'amour physique, nous si. Seuls les puritains pensent que les hommes et les femmes couchent ensemble pour procréer. Et que ce devrait être sans plaisir.

Chloé n'envisageait pas la relation sexuelle hors du mariage et, bien sûr, en découlait la naissance des enfants ; n'était-ce pas là le but principal du mariage ? Une femme qui se donnait hors du mariage était à ses yeux une femme dissolue, immorale.

– Hein ? s'exclama Suzi en riant. La nuit avant le mariage, c'est dégoûtant, un péché, et la nuit du mariage cela devient miraculeusement beau ? Allons Chloé, d'où sors-tu ces idées ?

Chloé dévisagea son amie avec une certaine crainte. Décidément, Suzi ne ressemblait à *personne*.

En troisième année, Chloé se passionna pour l'histoire et partagea avec Suzi ses révoltes contre l'injustice. Elle s'enflamma pour le Congo, outragée par le traitement inhumain que faisaient subir aux indigènes les trafiquants d'esclaves et le roi Léopold. Le trimestre suivant, sa compassion alla aux Indiens d'Amérique exterminés par ses propres compatriotes. Quand elle étudia la guerre de Sécession, elle eut grand-peine à ne pas haïr les Sudistes.

– Ce sont toujours les pauvres et les illettrés, les non-Blancs, qui sont exploités, dit-elle à Suzi. Or, nous qui sommes supérieurs devrions justement faire preuve de commisération à l'égard de ceux de moindre intelligence.

– Que veux-tu dire par moindre intelligence? questionna Suzi qui se limait les ongles. Tu penses que ceux qui ne sont pas blancs sont moins intelligents?

A la sévérité de son ton, Chloé comprit qu'elle venait d'émettre une affirmation révoltante.

Sous l'aiguillon pointilleux de Suzi, la perception que Chloé avait de l'univers se modifiait.

Bientôt elles abordèrent l'histoire de l'Asie. Il semblait que l'on accordait un grand respect aux Japonais mais, en revanche, qu'on méprisait les Chinois. Chloé se figurait le Japon comme une image d'Épinal : jardins, lotus, bouquets et dames en kimono se détachant sur fond de Fuji-yama.

Quand on aborda la Chine, son professeur, un jeune homme de trente ans qui eût pu captiver sa classe à propos de la récolte du chou, déclara :

– Les Américains peuvent confondre Japonais et Chinois du fait qu'ils sont tous de race jaune. Or, tandis que le Japon s'efforce de rattraper le XXe siècle, la Chine est encore plongée dans les ténèbres. Depuis l'époque de la dynastie Ming, ce pays n'a rien apporté à l'humanité. Au XIIe siècle, quand Marco Polo s'y aventura, il découvrit un pays civilisé, un pays des merveilles. Mais qui n'a cessé de dégringoler depuis six cents ans. Sur quatre cent cinquante millions d'individus, la plus grosse population mondiale, près de 99 % sont illettrés. C'est un pays sans structure, contrôlé par les seigneurs de la guerre qui rançonnent les paysans, règnent par la menace et la violence. La Chine n'a pas évolué depuis deux mille ans ; elle en veut aux puissances occidentales qui tentent de la tirer vers l'époque moderne. Elle a peu à offrir : la soie, le thé... Son importance ne tient qu'à sa superficie et à sa population. Presque aussi vaste que les États-Unis, elle a cinq fois plus d'habitants. Êtres frustes, arriérés, les Chinois travaillent commes des bêtes, sans voir ce que nous et les puissances européennes faisons pour eux. Ils nous reprochent le traité de Versailles.

L'été suivant, Chloé retrouva les Monaghan. Avec Cass et Suzi, ils allèrent pique-niquer sur l'une des minuscules îles du lac Michigan. Elle demanda à Cass ce qu'il savait de la Chine. Il était le seul homme de sa connaissance qui eût voyagé ; chaque hiver, il se rendait en Europe. Elle ne sut trop si elle abordait le sujet pour l'impressionner par ses toutes nouvelles connaissances ou si elle quêtait des réponses aux questions esquivées par son professeur.

– Si vous devez parler politique, déclara Suzi en se levant, je vais faire des ricochets.

– Je ne suis pas allé en Chine intérieure, répondit Cass, seulement à Hong Kong.

Il cueillit un brin d'herbe et le fit glisser entre ses doigts.

– Sois plus précise, Chloé. A mon avis, tu ne souhaites pas un discours interminable.

– Pourquoi le traité de Versailles a-t-il mis les Chinois en colère? Où y avait-il injustice vis-à-vis d'eux?

Elle connaissait mieux les traités de 1796 que ceux de l'histoire contemporaine.

Cass s'appuya contre un tronc d'arbre, ramena un genou contre son torse. Soudain Chloé se demanda quel jeune homme il avait été. Avait-il ressemblé aux garçons qu'elle connaissait? Un seul d'entre eux deviendrait-il un Cass Monaghan? Elle en doutait.

– Pour commencer, la Chine n'a jamais été réellement unifiée et n'a pas vraiment d'armée. Quand elle entra dans la grande guerre contre l'Allemagne, les États-Unis lui promirent une place aux négociations de paix. Des centaines de milliers de Chinois furent envoyés en Europe pour se battre à nos côtés, aussi la Chine considéra-t-elle comme acquis que, une fois l'Allemagne vaincue, elle récupérerait la province de Chan-tong qui était sous contrôle allemand.

– Ce qui paraît juste, commenta Chloé.

– C'est ce qu'on pourrait penser, en effet, acquiesça Cass avec un sourire lugubre. Mais le Japon de son côté était venu en aide aux Alliés car l'Angleterre et la France lui avaient promis le Chan-tong pour récompense. Soi-disant, le président Wilson l'ignorait. Quand il insista pour qu'on rende le Chan-tong à la Chine, le Japon menaça de ne pas siéger à la Société des Nations. La SDN étant le dada de Wilson, il céda. Pour ma part, j'estime la chose injuste. Comme le jugèrent des étudiants et intellectuels chinois qui exigèrent alors que leur pays ne signe pas le traité. Des milliers d'entre eux s'assemblèrent à Pékin sur la place Tien an Men, dans les rues de Shanghaï et de Canton, avec des banderoles et des slogans anti-américains. D'après ce que je sais, cela produisit un puissant courant unitaire à travers la Chine, bien que celle-ci soit encore loin de l'unification. Des factions se battent encore pour prendre le contrôle. Il n'existe pas vraiment de gouvernement central dans ce pays gigantesque.

— Peut-être était-ce bien fait pour Wilson, fit Chloé. Son pays n'a pas signé non plus. Justice immanente?

Cass posa une main sur celle de Chloé.

— Je n'ai jamais compris pourquoi les États-Unis avaient rejeté la Société des Nations. Je prédis qu'un jour nous regretterons cette décision. C'est pour ces raisons que je dirige un journal.

— Que voulez-vous dire? demanda Chloé.

Suzi qui était revenue avait écouté la fin de leur discussion. Elle jeta les bras autour du cou de son père et l'embrassa sur la joue.

— Il pense contribuer à sauver le monde.

Cass se mit à rire.

— Disons que je me satisferais d'aider à en sauver un petit morceau.

Oui, songea Chloé, ce serait suffisant.

3

Chaque jour, Suzi recevait le *Chicago Times*. Chloé n'en commença la lecture qu'au cours de sa troisième année d'études ; en dernière année, elle le dévorait.

Ce fut par ce biais qu'elle fit d'abord connaissance avec Slade Cavanaugh. Il était le correspondant du journal à Paris et, bien qu'il écrivît avec clarté et une grande profondeur de vue sur la politique d'après-guerre en Europe, ce fut un article sur un voyage en Espagne avec son ami Ernie qui attira l'attention de la jeune fille. Les corridas de Pampelune, la pêche dans les torrents glacés des Pyrénées, les descriptions des paysans et de la campagne, Chloé le vit comme si elle y avait été.

Quand il décrivait les terrasses des cafés parisiens, elle humait l'odeur du café, salivait devant les croissants croustillants. En une phrase, Slade Cavanaugh savait faire naître ce que d'autres n'auraient su décrire en une page.

– Papa pense qu'il est le meilleur analyste politique en Europe, bien qu'il n'ait que vingt-huit ans, déclara Suzi lorsque Chloé évoqua le style du journaliste.

– Parle-moi de lui, la pressa son amie.

– Il ne ressemble pas à ce qu'il écrit. Je l'ai rencontré quand papa l'a engagé à sa sortie de Columbia. Il était assez sauvage à l'époque, mais tu sais, j'ai été habituée aux amis de papa. Il est souvent venu dîner à la maison, cette première année à Chicago. J'étais au collège. Il était silencieux, poli, et papa m'avait dit qu'il avait un grand avenir. Puis il l'envoya couvrir la guerre. Après la guerre, il le maintint en France, et aujourd'hui il est aussi célèbre que les gens sur lesquels il écrit.

« Je l'ai revu deux ou trois fois depuis. Il n'est plus

25

silencieux, continua Suzi en riant. Son succès lui est un peu monté à la tête, à mon avis. Il aime être important. D'un autre côté, il a un charme fou. J'admets que j'ai eu un petit béguin pour lui en août dernier quand j'ai accompagné papa en Europe, mais il m'a embrassée sur la joue après qu'on eut dansé ensemble toute la soirée et ce fut tout.

Chloé aurait aimé connaître elle aussi des gens célèbres. L'occasion se présenta plus tôt qu'elle ne s'y attendait.

Au printemps de sa dernière année, alors qu'elle se demandait que faire de sa vie après son diplôme, les Monaghan l'invitèrent à Chicago pour Pâques. Suzi la pressait de venir travailler à Chicago.

– Nous pouvons vivre avec papa jusqu'à ce que nous trouvions du travail, puis nous prendrons un appartement.

Une carrière! Cette perspective qui fleurait la bohème attirait Chloé. Elle redoutait néanmoins que ne s'offrent à elles que des postes de secrétaire; elle eût aimé avoir un projet particulier, un rêve à poursuivre.

Le week-end où elles arrivèrent à Chicago, fin mars, Cass donnait un petit dîner habillé, et ce fut là que Chloé rencontra Slade Cavanaugh. Suzi et elle, ayant achevé de se préparer, pénétrèrent dans l'immense salon où se trouvaient une douzaine de personnes. A l'autre bout de la pièce, sa silhouette se découpait à contre-jour sur le soleil couchant.

– Qui est-ce? souffla Chloé, envoyant un discret coup de coude à son amie.

– Slade Cavanaugh. Papa ne m'a pas prévenue qu'il serait là.

Chloé ne pouvait en détacher les yeux. Non qu'il fût beau, il ne l'était pas. Ses cheveux bruns bouclés étaient un peu trop longs, il était maigre et dégingandé. A dire vrai, il n'avait rien de remarquable. Une cigarette entre ses longs doigts fins, il écoutait avec intensité ce que lui disait un autre invité. Sans pouvoir distinguer précisément ses traits du fait du contre-jour, Chloé resta fascinée par la façon dont il se tenait, par ses gestes et son sourire éblouissant.

En réponse à son interlocuteur, il renversa soudain la tête en arrière et se prit à rire; à cet instant, il aperçut Chloé. Elle en eut une conscience nette car, une fois rivés sur elle, ses yeux ne la quittèrent plus. Elle soutint son regard, un demi-sourire sur les lèvres.

C'était comme un défi, chose toute nouvelle pour elle. Bien qu'il continuât sa conversation, il la regardait.

Bientôt il traversa le salon pour s'approcher des deux jeunes filles. Ses yeux quittèrent Chloé pour se porter sur Suzi qu'il embrassa sur la joue.

– J'avais hâte de vous revoir, dit-il.

Il sourit, et ce fut comme si Chloé cessait d'exister. Toute son attention était dédiée à Suzi. Celle-ci sourit à son tour.

– Vous êtes venu pour que je vous présente à ma meilleure amie, je le sais pertinemment.

Slade fit face à Chloé.

– Cela parle grandement en votre faveur.

Il lui serra la main. Dans une sorte de brouillard, Chloé entendit son amie procéder aux présentations. Elle avait plongé dans les yeux gris clair.

– Je n'avais encore jamais rencontré quelqu'un de célèbre, s'entendit-elle articuler.

Il avait gardé sa main dans la sienne.

– J'avais le pressentiment que ça vaudrait le coup de rentrer au pays, fit-il.

Suzi s'éloigna.

– Vous avez partagé une chambre toutes ces années à Cornell? Vous connaissez donc bien les Monaghan. Sachez qu'il n'est pas d'être plus important pour moi en ce monde que Cass Monaghan. Pour lui j'irais aux quatre coins du globe. Vous avez de la chance d'être une amie de Suzi.

Chloé ne se souviendrait pas de ce qu'elle avait répondu. Elle s'efforçait de ne pas dire n'importe quoi, de ne pas trop avoir l'air d'une admiratrice niaise; quand elle cita un de ses écrits, les yeux de Slade brillèrent.

Entre autres qualités, Slade Cavanaugh était aussi passionnant dans sa conversation que dans ses articles. Aux questions de la jeune fille, il répondit avec une franchise rafraîchissante, qualité qu'elle n'était pas accoutumée à trouver chez les hommes. Des rides marquaient déjà le coin de ses yeux et Chloé le devina essentiellement grave derrière son humour et son charme considérable. En fin de soirée, encouragée par sa spontanéité, elle osa lui en faire la remarque.

– Personne ne serait d'accord avec vous, s'exclama-t-il dans un rire.

27

— Les autres ne comptent pas ; seul votre moi véritable m'importe.

Elle avait envie de lui toucher le bras, de sentir ses muscles jouer sous l'étoffe de sa veste. Il observa un silence délibéré puis la fixa droit dans les yeux.

— Je crois, finit-il par dire en lui prenant la main, que j'ai envie de m'en aller d'ici, d'aller au coin de la rue, ou à n'importe quel endroit où je pourrai vous embrasser sans témoin.

Sa main enveloppait celle de Chloé quand ils descendirent en ascenseur, sans souffler mot en présence du liftier. Se tenant toujours par la main, ils traversèrent le hall de l'immeuble en courant, et leurs rires ne cessèrent que lorsqu'ils eurent parcouru quelques mètres. Il faisait froid, la brise du lac les enveloppa soudain quand Slade s'arrêta. Chloé appuya le dos à la pierre froide du bâtiment, il se pencha vers elle, effleura ses lèvres dans un baiser léger, doux, jusqu'à ce qu'elle lui enlace le cou. La tension qui n'avait cessé de croître entre eux toute la soirée explosa toute dans leurs baisers, et Chloé découvrit alors ce qu'elle n'avait trouvé avec quiconque.

Ils passèrent ensemble les cinq après-midi et soirées qui suivirent.

Un soir, tard, Chloé questionna Cass au sujet de Slade. Elle venait de rentrer, les lèvres encore toutes frémissantes de baisers. Bien qu'il fût minuit passé, Cass travaillait à son bureau dans la bibliothèque.

— Puis-je vous interrompre ?

Cass la regarda, lui sourit, lâcha son stylo.

— Quand tu veux.

Elle abandonna son manteau sur une chaise et s'assit dans le fauteuil de cuir, face à lui.

— Parlez-moi de Slade, demanda-t-elle.

Cass la scruta et réfléchit avant d'ôter ses lunettes.

— Que veux-tu savoir ?

— Tout. N'importe quoi.

Une minute encore de silence, puis Cass se laissa aller contre le dossier de son fauteuil. Il ne regardait plus Chloé.

— Je me suis efforcé de me taire toute la semaine, mais puisque tu viens me parler... fit-il, ses doigts pensifs jouant avec sa moustache. Slade est l'un de mes meilleurs éléments. Précis, fiable, lisible, audacieux. Il ira partout, il fera tout pour un article. J'ignore quel genre de mari il ferait, mais je serais fier de l'avoir pour fils.

– Nous n'en sommes pas là, précisa Chloé en riant.
– Pas encore.
– Pas encore.
– Je suis fier de l'avoir dans mon équipe, poursuivit Cass. Sur le plan professionnel je lui fais totalement confiance. Mais je ne suis pas certain qu'il sache rendre une femme heureuse. Il est marié à son boulot.

Chloé se leva et marcha jusqu'à la fenêtre. Le lac Michigan étirait dans le lointain ses miroitements nocturnes.

– Cass, je vais avoir vingt et un ans le mois prochain, et je n'ai jamais ressenti ça avec personne.

Elle se retourna pour regarder son interlocuteur; celui-ci eut un haussement d'épaules.

– Peut-être ne parlons-nous pas de la même chose. Slade est un reporter de première, Chloé, coriace, qui fera *n'importe quoi* pour décrocher un bon sujet. Il sacrifiera son confort, entreprendra des voyages interminables, recherchera le danger. Et puis il est célèbre, et il aime la célébrité. Quelle sorte de vie est-ce pour une femme ?

Une vie passionnante, pensa Chloé, et elle sourit à Cass.

Elle rêva de Slade. Pour la première fois de son existence, elle rêva de mains qui la caressaient, d'une langue qui lui taquinait la nuque, elle se rêva nue contre lui – ils respiraient à l'unisson, les doigts entremêlés, et chuchotaient dans l'obscurité.

A la fin de la semaine, de retour à l'université de Cornell, Chloé était une femme amoureuse.

Le premier soir, elle eut envie d'écrire à Slade, pour lui dire qu'il lui manquait, qu'elle l'aimait. Le mot n'avait pas été prononcé.

Au lieu de cela, elle écrivit à ses parents, sur les agréments de son séjour à Chicago, et pour leur dire qu'elle avait rencontré un charmant jeune homme... dont elle se garda de mentionner la profession. Pour autant qu'elle le sache, son prochain contrat le conduirait à Chicago, Washington ou même San Francisco. Entre toutes ces villes extraordinaires, elle se fichait de savoir dans laquelle elle atterrirait.

Tout en continuant à fréquenter les étudiants avec lesquels elle était sortie avant les vacances de Pâques, elle attendit chaque jour une lettre de Slade. Qui n'arriva pas la première semaine, ni la deuxième, ni la troisième.

A la fin du mois, elle s'efforça de le chasser de son esprit, d'oublier la caresse de ses lèvres, l'expression de son regard, jusqu'à son rire. Mais la fréquentation des étudiants du campus provoquait des comparaisons qui ne cessaient d'aviver le souvenir de Slade. Lui, se dit-elle, pouvait avoir n'importe quelle femme au monde; elle avait dû lui sembler une écolière après les Européennes auxquelles il était accoutumé. Son cœur saigna.

Quand les myosotis furent remplacés par les forsythias, les tulipes, les jonquilles, elle se dit qu'il lui fallait cesser de songer à lui. Il était d'autres pensées plus plaisantes. A la maison, le poirier devait être en pleine éclosion de blancheur; elle éprouva un sentiment de solitude doulou-reuse qu'elle n'avait encore jamais connu.

Mai passa.

Sans encore en informer ses parents, elle se prépara à rejoindre Suzi à Chicago après l'obtention de son diplôme. Elle était furieuse contre elle-même car rien ne lui importait.

En juin, deux jours avant la remise des diplômes, une voix cria dans les escaliers de la résidence universitaire :

– Chloé, une visite pour toi.

Cette probabilité ne lui était jamais venue à l'esprit. Pas ici, à Cornell. Suzi et elles revenaient de jouer au tennis; des gouttes de sueur lui dégoulinaient sur les tempes. Elle n'avait pas eu le temps de se doucher. Rejetant son épaisse chevelure en arrière, elle dévala les escaliers. Slade Cavanaugh se tenait au milieu du vaste hall d'entrée, avec au moins cinq douzaines de roses jaunes dans les bras, en pantalon de toile blanche, la chemise un rien chiffonnée. Il sourit quand Chloé se figea au milieu de l'escalier, la main sur la gorge, le souffle coupé.

Avec une solennité moqueuse, il posa le genou droit à terre, serrant les roses contre lui, et sa voix porta dans tout le bâtiment :

– Je viens, bien-aimée, vous demander votre main.

Un instant, la colère empêcha Chloé de répondre. Comme il était sûr de lui! Après l'avoir courtisée une semaine, il avait laissé s'écouler deux mois et dix jours de silence. Au nom de quoi pensait-il qu'elle l'avait attendu, désiré, qu'elle s'était préparée à l'épouser? Quelle pré-somption!

Des têtes surgirent dans les couloirs, dans l'entrebâille-ment des portes. Chloé se remit à dévaler les marches à toute allure. Slade s'était relevé, approché du pied de l'escalier et lui ouvrait les bras. Il l'écrasa dans la brassée de fleurs, l'étreignit, l'embrassa.

– Chloé, Chloé, Chloé, murmurait-il. Quel fichu prénom pour une déclaration!

Elle rit, aspira le parfum des roses, qui, à jamais, resterait pour elle la senteur la plus romantique au monde.

– Pourquoi as-tu mis si longtemps? chuchota-t-elle.

– J'avais quelques dragons à pourfendre, quelques fantômes à chasser.

Il lui tendit les fleurs, recula d'un pas pour la contempler.

– Quand pouvons-nous nous marier? demanda-t-il. Le plus vite possible, nous partons pour la Chine début août.

– La Chine? répéta-t-elle, les yeux écarquillés.

Il lui prit à nouveau les lèvres et elle l'entendit rire tandis que les roses s'écrasaient dans leur étreinte. Quelles que soient la date ou la destination, Chloé sut qu'elle partirait avec lui.

4

Cass n'avait encore jamais envoyé de reporter en Chine.

– Le monde considère la Chine comme un trou perdu, leur dit-il à tous deux. Or j'ai dans l'idée qu'il va s'y passer des choses. Le pays est en effervescence depuis que les Mandchous ont été renversés en 1911. Personne n'a repris les commandes. Les factions se battent entre elles. Ils veulent foncer tête baissée dans la démocratie avant même que le peuple sache ce que c'est. Pendant des milliers d'années, ces gens ont vécu sous la férule. Ils croient aujourd'hui pouvoir se diriger eux-mêmes.

– Mais vous croyez en la démocratie, n'est-ce pas? interrogea Chloé.

Venu à Oneonta pour le mariage, Cass Monaghan expliquait leur mission aux fiancés. Tous trois se tenaient sous le porche des Shepherd, Chloé assise sur l'accoudoir du fauteuil en bois de Slade.

– Bien sûr que j'y crois. Mais je crois aussi qu'on ne la pratique pas au petit bonheur, avec un peuple non éduqué, non préparé, ignorant. Les Chinois cultivés, ceux qui savent ce qui se passe au-delà de leurs frontières, veulent sortir de l'époque féodale pour entrer sur-le-champ dans le XXe siècle.

– Qu'y a-t-il de mal à cela? demanda Chloé.

– On ne saute pas du Moyen Age à la révolution industrielle. La Chine ignore qu'elle est arriérée; elle s'est toujours prise pour le centre de l'univers.

– Ce qu'elle n'est pas, souligna Slade avec un sourire. Le centre du monde, c'est nous.

– N'est-ce pas un peu arrogant? répondit Cass en riant.

32

Non, je crains seulement que ce pays ne soit pas prêt pour la démocratie telle que nous la connaissons.

— Moi, ce qui m'intéresse, reprit Slade qui avait étudié la question, c'est la façon dont ils choisiront leur chef le moment venu. Ils n'ont pas d'élections.

— Le pays est divisé, acquiesça Cass. En partie, d'après ce que j'ai pu lire, parce que les paysans d'un village ignorent ce qui se passe dans le village voisin. Les nouvelles se colportent aussi loin que peut marcher un homme. Alors, ce qui se passe à cent ou mille kilomètres est sans intérêt, c'est même au-delà de la compréhension. Ceux qui essaient de prendre le pouvoir sont dans les villes et ne tiennent pas compte de la paysannerie. Une paysannerie qui représente 90 % de la population.

Tout en parlant, Cass ôta ses lunettes, souffla sur les verres et les nettoya avec son mouchoir.

— Sun Yat-sen espère encore devenir président. J'ignore quel genre d'homme il est. Je ne le crois pas très efficace puisqu'il n'a pas atteint son but après toutes ces années. Voilà une des choses que j'attends de toi, Slade. A quoi ressemble le Dr Sun ? Et je veux connaître tous ceux qui s'efforcent d'unifier la Chine, que ce soit pour eux-mêmes ou pour des raisons patriotiques.

Chloé posa la main sur celle de Slade ; déjà, elle se sentait partie de sa vie, même s'ils ne seraient mariés que le lendemain. Dans le même temps, elle songea qu'ils étaient quasiment des inconnus l'un pour l'autre. Cette pensée l'exalta : une vie entière pour se connaître.

Elle savait ses parents attristés car elle les quittait pour trois ans, mais ne serait-elle pas partie, de toute façon ? Il est vrai que, si elle se l'était toujours promis, eux n'avaient pas voulu le savoir. Dans le fond de leur cœur, ils avaient espéré qu'elle reviendrait à la maison, trouverait un emploi puis tomberait amoureuse, se marierait et élèverait leurs petits-enfants à Oneonta.

Pourtant ils avaient de l'affection pour Slade. Un jeune homme bien sous tous rapports puisque Cass Monaghan — une célébrité — répondait de lui.

Le mariage aurait lieu à l'église méthodiste.

— Je le ferai pour toi, avait dit Slade à Chloé, mais je te préviens, je n'ai guère de patience avec les instances religieuses.

Cass et Suzi étaient arrivés la veille avec Slade.

— Si nous allions faire un tour ? proposa Cass à Chloé, après dîner.

Ils marchèrent le long de la rue bordée d'arbres dans laquelle résidaient les Shepherd ; la lueur des réverbères créait des formes lumineuses mouvantes à travers les feuilles des érables. Cass passa un bras autour des épaules de la jeune fille.

– Il n'est pas trop tard, tu sais.

– Cass, je n'ai encore jamais éprouvé cela. Je suis amoureuse.

– C'est une histoire d'hormones. Tu devrais coucher avec lui.

Le conseil choqua Chloé.

– Pars à Tahiti un mois avec lui, poursuivit Cass. Donne-toi le temps de le connaître avant de faire le vœu de passer ta vie avec lui.

– Ne vous inquiétez pas, rétorqua-t-elle avec un sourire. Je vais être très heureuse.

– Je l'espère, soupira Cass. Je me sens responsable.

– Mais, Cass, vous avez beaucoup d'affection pour lui !

– Évidemment, c'est un journaliste remarquable. Le meilleur que j'aie. Mais je me fais du souci pour toi.

– Je vais probablement passer le reste de ma vie à vous être reconnaissante. Je ne comprends pas pourquoi vous vous inquiétez. C'est celui que vous préférez dans votre équipe, et vous me répétez depuis des années que je suis une seconde fille pour vous. Je vous soupçonnais d'avoir provoqué notre rencontre à dessein.

– J'y viens, fit Cass.

La prenant par les épaules, il lui fit face.

– Chloé, je ne l'ai pas seulement nommé en Chine parce que c'est un reporter de première et que j'avais besoin d'un gars fiable là-bas, mais aussi pour te donner l'occasion de vivre tes propres expériences et de grandir. Pourtant, je doute maintenant de ce que j'ai contribué à mettre en route.

– Je suis une grande fille, Cass. Je sais ce que je fais.

– Je souhaite que tu aies raison. Si je ne peux te dissuader, je t'encouragerai. Si je priais, je prierais pour toi. Je pense que tu en auras besoin. Si j'étais magicien, je te donnerais un coup de baguette magique. Je t'aime bien, petite fille, et je ne vais pas cesser de me faire du mauvais sang pour toi.

Les bancs de l'église étaient bondés et Chloé fut peut-être la plus belle mariée qu'on ait vue à Oneonta, avec sa longue traîne de satin et le voile qui lui descendait à la taille. Si elle avait toujours imaginé que ce jour-là serait le plus beau de sa vie, elle s'aperçut bientôt que tout cela la touchait bien peu. Elle ne pensait qu'à Slade, à leur futur ensemble, à la vie avec lui et à leur départ pour la Chine. Tout cela comptait bien davantage que le rite qui les unirait.

– Je t'envie, avait avoué Suzi à son amie.

La veille du mariage, elles partagèrent la même chambre sans doute pour la dernière fois. Vautrée sur son lit, Suzi balançait les pieds en l'air.

– Je t'envie sur bien des plans. Pourtant, je n'aurais pas envie d'aller en Chine. Je pense que tu te sentiras très seule là-bas. Slade partira en reportage et tu n'auras personne à qui parler.

– Suzi! Pas moi! Je voyagerai avec Slade, et puis ton père nous dit qu'il y a déjà beaucoup d'étrangers à Shanghaï, anglais ou américains. Et ce n'est que pour trois ans. Je me fiche de savoir où je vais du moment que c'est avec Slade.

– J'aimerais que papa soit aussi bien disposé vis-à-vis de Grant, fit Suzi, songeuse.

Cass n'était pas près d'admettre un gendre de son âge.

– Tu vas l'épouser? questionna Chloé.

Plantée devant le miroir, elle relevait sa chevelure avec un ruban. En juillet, la moiteur atteignait un degré à peine supportable dans l'État de New York.

– Je ne sais pas, soupira son amie. Je suis folle amoureuse de lui. Et je crois que c'est réciproque mais il s'entête à répéter qu'il est trop vieux pour moi.

En juin, Suzi avait accompagné son père, comme chaque année, à la convocation annuelle des directeurs de presse. Beaucoup des confrères de Cass se rappelaient l'avoir fait sauter sur leurs genoux quand elle avait sept, huit ou neuf ans. Et là, à la table de son père, Suzi avait rencontré Grant Moore, chef de rédaction du *St. Louis Dispatch*. Avant la fin du dîner, Suzi tombait amoureuse du seul homme qu'elle aimerait jamais.

Mais Grant avait trente-neuf ans, dix-huit de plus qu'elle. Il ne s'était résolu à l'embrasser que le dernier soir.

– Ce n'est pas bien, Suzi. J'ai deux gosses, une ex-épouse, et je suis trop blasé pour vous!

Même si la semaine avait été merveilleuse, il avait décidé qu'ils ne devaient pas se revoir. Pourtant il avait téléphoné le dimanche suivant, et encore le suivant. Puis silence.

– C'est *mon* ami, s'emportait Cass qui reconnaissait que Grant était un type bien. Il pourrait être ton père! Enfin quoi, il n'a que trois ans de moins que moi!

Pour Suzi, l'âge et l'amour étaient sans rapport.

Depuis qu'elle était petite, elle aspirait à travailler au *Chicago Times*, non pas en tant que journaliste mais dans les services financiers.

– Un jour, jura-t-elle, je serai la première femme directrice du premier quotidien américain.

– Tu vas te marier, avoir des enfants, et oublier cela, assura Chloé en riant. Nous avons peut-être eu des rêves de grandeur, mais une fois qu'on aime...

– Je peux aimer *et* mener une carrière, s'entêta Suzi.

Chloé sourit. A présent, elle ne désirait plus qu'être Mme Slade Cavanaugh.

– As-tu peur? interrogea Suzi.

– Peur? De la Chine?

– Non. De la relation sexuelle. Tu as été vierge durant vingt et un ans et demain soir... tu seras mariée.

– Je suis un peu nerveuse peut-être. Si je le décevais? Je ne sais pas vraiment ce qu'il faut faire. J'ai parlé à maman mais...

– Quoi? J'aimerais avoir une mère pour la questionner.

– Quand je lui ai demandé ce que j'étais censée faire, elle m'a regardée d'une drôle de façon. « Tu n'as pas besoin de faire quoi que ce soit, chérie. Tu restes allongée. »

Les deux jeunes filles se regardèrent puis furent prises d'un terrible fou rire. Dans les heures qui suivirent, quoi que l'on dise autour d'elles, il leur suffisait d'échanger un regard pour se remettre à pouffer à en avoir les larmes aux yeux.

De toute sa vie, Chloé ne se rappellerait rien du jour de son mariage. Ni d'être montée en automobile, ni de son père au volant, ni même du visage de Slade quand elle avait prononcé le « oui » qui les unissait. Des années plus tard, en regardant les photographies, elle se demanderait où elle avait la tête le jour où elle était devenue Chloé Cavanaugh.

En revanche, elle se souviendrait de leur arrivée à la gare de New York à une heure et demie du matin, de son tailleur de voyage en lin rose déjà tout froissé. Après six heures de train, elle avait chaud et se sentait poisseuse. Puis elle se rappellerait le hall de l'hôtel (mais pas son nom), tout pourpre et doré. Les douzaines de roses jaunes et la bouteille de champagne dans leur chambre. Après en avoir absorbé la moitié, quoi que sa mère lui ait dit, elle se sentait bien incapable de rester allongée. Les baisers de Slade, la façon dont ses mains la touchaient, le contact de leurs corps nus lui avaient redonné vie malgré sa fatigue. A vrai dire, elle aurait aimé qu'il n'arrête jamais de la caresser, que jamais ses lèvres ne se détachent de son sein, que jamais il ne la quitte. Ce fut pourtant ce qui se produisit. Bien trop vite. Alors qu'elle frémissait encore de désir, Slade murmura « Je t'aime, madame Cavanaugh » puis, l'enlaçant d'un bras, il ne bougea plus. Une minute plus tard, à la régularité de son souffle, elle sut qu'il dormait. Alors qu'elle se sentait toute vivante, électrisée, fiévreuse, folle de... elle ne savait quoi.

Allongée dans l'obscurité, cernée par les bruits de la ville qui se faisaient entendre même à trois heures du matin, elle promena les doigts sur le bras de Slade, et eut envie de sentir encore ses baisers. Envie que les désirs qu'il avait éveillés en elle soient comblés. Envie de... Puis elle eut honte. Regardant le reflet du néon qui clignotait sur le mur, elle pensa : c'est ma nuit de noces et je suis réellement heureuse.

Le bonheur dura tout au long des cinq jours que le train mit à traverser le pays. La nuit, elle restait allongée sur sa couchette, à désirer son mari qui dormait au-dessus, dans ce compartiment où d'autres présences humaines leur interdisaient toute intimité. Aussi, lorsqu'ils arrivèrent à San Francisco, avant de courir la ville blanche perchée sur les collines qui dominaient les flots bleus, et bien qu'il ne fût que dix heures du matin quand on leur montra leur chambre d'hôtel, se jetèrent-ils sur le lit et s'empressèrent-ils de se déshabiller, fous de désir l'un pour l'autre. Pourtant leur étreinte fut trop brève et laissa encore Chloé sur sa faim.

Dans l'attente que leur paquebot appareille, ils restèrent longtemps yeux dans les yeux, main dans la main, éperdus d'un amour qui faisait sourire les autres passagers.

Le bonheur continua durant la traversée du Pacifique. Il n'y avait pas de nuage à l'horizon. Tout ce que Chloé découvrait à propos de Slade la fascinait, l'enchantait.

– L'Angleterre a grandement nui à la Chine, lui dit-il un jour.

Ils étaient appuyés au bastingage, où Chloé avait l'impression d'avoir passé la moitié du voyage.

– Au début des années 1800, afin d'équilibrer son commerce, elle a introduit l'opium en Chine. Tu le savais ?

Oui, Chloé le savait parce que Cass le lui avait expliqué. Son professeur d'histoire, lui, avait évoqué l'opium comme le vice d'un peuple de païens paresseux et immoraux.

– Les paysans pauvres, reprit Slade, pour échapper à leur condition désespérée, s'adonnent à la drogue qui leur permet d'oublier un temps leur misère. Mais aussi, en les privant d'énergie et de moralité, elle a rendu les Anglais richissimes.

– Ne serait-il pas drôle, réfléchit Chloé à voix haute, qu'un jour la Chine et quelques autres des pays que les Britanniques et nous-mêmes avons corrompus nous rendent la pareille ? Si un jour l'Orient produisait suffisamment d'opium pour l'envoyer en Angleterre, aux États-Unis, au point que nous en perdions notre moralité et nos capacités ? Ne serait-ce pas juste ?

– Une justice véritablement immanente. Mais c'est peu probable. Cela dit, je n'ai pas l'impression que les pays impérialistes, nous compris, soient toujours très humains. Des années durant, les Chinois n'ont pas été autorisés à prendre la nationalité américaine. Ils étaient bons pour poser nos rails de chemin de fer, faire notre cuisine ou laver notre linge, mais non pour être reconnus en tant que personnes.

Chloé tourna le dos à l'océan, plongea dans les yeux gris clair de son mari, détailla son nez droit, ses cheveux épais où elle aimait égarer les mains, sa bouche qu'elle jugeait la plus attirante du monde, et elle se dit qu'elle avait beaucoup à apprendre sous sa tutelle. Peut-être sa véritable éducation ne faisait-elle que commencer.

A quelques kilomètres des côtes chinoises, Chloé comprit que le bonheur absolu n'était qu'éphémère. Le fleuve Yang-tsé charriait très avant dans les mers ses boues brunes, et avec elles la puanteur de la Chine – une odeur de latrines. Le torrent géant aux émanations fétides ralentit le paquebot, l'enserra dans son flot mouvant à la surface duquel flottaient des tonnes de détritus pourris.

– Comme partout en Chine, maugréa un représentant de la Standard Oil qui avait vu avec amertume reconduire son mandat de cinq ans. Pourriture. Puanteur. Ce pays crasseux et barbare est le plus arriéré du monde. Même pas des gens... Mais des animaux, des bêtes de somme. Ils ne savent pas ce que signifie le mot propreté. Avant la fin de vos trois ans, vous supplierez votre patron qu'il vous fasse rentrer. Je n'aurais pas amené une épouse ici, pas pour tout le thé de la Chine.

Sa plaisanterie le fit rire lui-même. La main de Chloé chercha celle de Slade. L'odeur était réellement infecte, néanmoins elle se refusa à y voir un présage.

Six kilomètres encore à l'ouest et ils quittèrent le Pacifique pour entrer dans l'affluent du Yang-tsé, le Houang-pou, qui menait à Shanghaï. Malgré le soleil écrasant, la plupart des passagers se tenaient sur le pont. Des sampans apparurent, où des hommes maigres en pantalon de coton bleu et au torse nu maniaient la godille avec vigueur.

Sur les deux rives, des multitudes de Chinois peinaient à des tâches qu'aux États-Unis on laissait aux chevaux et aux machines. Un frisson parcourut Chloé. Ce n'est que pour trois ans, se dit-elle. Je le supporterai bien. Surtout auprès de Slade.

Celui-ci avait les traits illuminés par l'excitation.

– Regarde, Chloé! souffla-t-il en lui enlaçant les épaules. Mais regarde!

Elle s'y efforça, mais ne pouvait penser qu'à cette puanteur. Se plaquant un mouchoir sur la bouche, elle s'efforça de ne pas vomir. Soudain elle vit un homme brandir un fouet puis elle entendit le son terrible de la lanière qui lacérait la peau d'un coolie. Celui-ci tomba, le dos en sang. Nul ne fit attention à lui. Elle enfonça les ongles dans le bras de Slade.

Des hommes titubaient sous des charges incroyables.

39

Et c'étaient des cris, des bruits, une cacophonie à rendre sourd, qu'elle entendrait toutes les années qu'elle passerait ici.

A mesure que le paquebot remontait lentement le fleuve boueux vers la ville, Chloé vit encore des hommes qui urinaient contre les murs, des enfants courir aux ordres qu'on leur hurlait, qui recevaient parfois une gifle et s'en allaient en pleurant. Mais c'étaient les odeurs qui l'assaillaient le plus; la putréfaction de l'Orient la prenait à la gorge.

Son mari parvenait-il à oblitérer cette puanteur d'urine et d'excrément? A voir luire les yeux de Slade, un pressentiment affreux la traversa que la Chine leur serait néfaste. Pour la première fois de sa vie, elle éprouvait une vraie peur, si violente qu'il lui en venait un goût dans la bouche. Un goût aussi horrible que l'odeur.

5

Les frais de représentation et le salaire de Slade ne leur permettant pas de s'offrir l'hôtel *Cathay*, ils descendirent – comme presque tous les journalistes à Shanghaï – à l'hôtel *Astor*.

Connu comme l'un des premiers ports du monde, Shanghaï ne ressemblait à aucune cité américaine. Pas de grands immeubles mais une agglomération qui s'étirait sur des kilomètres. La plupart des marchandises que l'on trouvait sur ses quais n'étaient pas apportées par des navires de haute mer mais par les jonques chinoises qui sillonnaient les eaux de Singapour à Vladivostok. La ville comptait un million et demi d'habitants (mais pas un seul réverbère), une unique petite centrale électrique au rendement capricieux, un système téléphonique primitif, propriété de ses souscripteurs qui n'étaient guère nombreux.

Dès leur arrivée à l'hôtel, Slade embrassa Chloé et fila se présenter au consul des États-Unis. Le *Chicago Times* n'était pas quantité négligeable. Seuls le *New York Times* et le *Times* de Londres jouissaient d'un plus grand prestige, à Shanghaï ou ailleurs.

Durant l'absence de Slade, Chloé ne commença pas à défaire les bagages mais fit la sieste. L'humidité prégnante la terrassait. Un voile était suspendu à la tête du lit. Le directeur, dont la clientèle n'était constituée que d'étrangers, leur avait conseillé de toujours baisser la moustiquaire durant leur sommeil car la piqûre d'un moustique porteur de paludisme pouvait s'avérer mortelle.

Il était près de quatre heures quand Slade revint et réveilla Chloé.

41

– Qu'est-ce qui ne va pas? s'enquit-il, devinant qu'elle n'était pas dans son assiette.

– Rien.

Elle mentait, ne sachant comment lui dire qu'elle n'était pas sûre d'avoir su se servir des « toilettes » – il n'y en avait pas à proprement parler dans la chambre. Bien qu'ils fussent mariés depuis six semaines, elle ne pouvait se résoudre à lui parler de ses fonctions physiologiques. Dans la minable salle de bains carrelée, elle n'avait trouvé qu'un lavabo dont le robinet distribuait un maigre filet d'eau froide, ainsi qu'une sorte de fente sur le sol. Slade sorti, elle avait longuement étudié cette fente avant de conclure que ce devait être l'équivalent oriental d'un cabinet au-dessus duquel il fallait s'accroupir. Quand elle avait ensuite tiré la chaîne, un peu d'eau avait coulé du mur, dans la rainure qui cernait la fente, et emporté tout résidu.

– Trouve quelque chose de joli à te mettre, lança Slade avec enthousiasme. Nous dînons au consulat, mais pas avant huit heures. En attendant, ma chérie, allons explorer la ville.

Riant, il l'attrapa et la tira du lit.

– Nous allons marcher, décida-t-il une fois dehors, congédiant les quelques coolies qui leur proposaient leur pousse-pousse.

Il ne cessait de sourire. Cette partie de la ville où vivaient les étrangers semblait loin de la foule qui les avait assaillis sur les quais, avec son odeur indéfinissable. Pas de multitude de cyclo-pousse crasseux pour encombrer les rues. On marchait sur des allées de gravier et, derrière de hauts murs, Chloé entrevit des hôtels particuliers dotés de magnifiques pelouses.

– Cette partie de la ville s'appelle le Bund, expliqua Slade à son épouse. Il abrite la plupart des consulats, hormis le nôtre qui est à quelques pâtés de maisons, ainsi que les demeures des riches étrangers. Tu ne le croiras pas, les Chinois n'ont pas le droit d'y venir, à l'exception des domestiques et des livreurs. Tu imagines? Des Chinois bannis de leur propre sol?

Chloé trouvait en ce lieu une tranquillité que ne lui avait pas laissé espérer son arrivée au milieu de la multitude au timbre aigu.

– Le soir, Européens et Américains se promènent dans le parc que tu vois là-bas; on y joue de la musique. C'est peut-être l'événement du jour. Sans doute vivrons-nous près d'ici.

Elle passa le bras sous celui de Slade.

Ils marchèrent le long d'immenses bâtiments victoriens, solides, indifférents, produits d'une richesse inconcevable. Les plaques de cuivre indiquaient les Pétroles d'Asie, le Shanghaï Club, la Banque du Japon, plusieurs compagnies maritimes, des banques, et encore des banques ; l'une se parait d'un dôme blanc qui évoquait un capitole, l'entrée d'une autre était gardée par deux énormes lions de pierre. Partout, bâtiment après bâtiment, jusqu'au consulat britannique qui ressemblait à un palais, s'étalait le pouvoir. Et tout ce beau monde dominait le fleuve sale et bruyant.

Ils quittèrent le Bund. Aux portes, des panneaux que Chloé ne vit pas cette fois-là annonçaient, en anglais et en chinois : INTERDIT AUX CHIENS ET AUX CHINOIS SANS LAISSEZ-PASSER. Ils pénétrèrent dans la plus vaste cité de Chine, y « plongèrent », comme dirait plus tard Chloé.

C'était une succession d'étroites bâtisses à un étage, aux murs gris, alignées le long de la chaussée, dont les toits raides surplombaient la rue. Au centre-ville, c'était un patchwork fou de venelles venteuses où pendaient les lessives, et où s'alignaient de minuscules échoppes. Des gamins rieurs couraient librement ; un tout-petit se soulageait, accroupi sur la chaussée.

Au milieu d'un carrefour, un Indien barbu, coiffé d'un turban blanc, dirigeait la circulation.

– Savais-tu que, dans les villes occupées par l'étranger, les policiers sont des Sikhs ? interrogea Chloé.

– Non. Tu sais pourquoi ?

– Non...

Partout les gens crachaient à terre, ou se mouchaient dans leurs doigts et le vent emportait leurs miasmes. Chloé était dégoûtée par ce à quoi elle n'était pas accoutumée. Slade, lui, ne semblait pas même le remarquer.

Le vacarme était incroyable. Les gens se parlaient en hurlant. Il s'agissait principalement de citadins ; quelques-uns seulement étaient vêtus de la veste et du pantalon de coton bleu caractéristiques du paysan chinois. Les hommes portaient souvent de longues robes coupées très simplement, en coton pour la plupart mais, ici et là, un habit de soie indiquait la richesse.

Très peu d'entre eux arboraient encore la traditionnelle longue tresse dans le dos.

– J'ai lu que la tresse a été pendant des siècles un symbole d'assujettissement, dit Chloé. Les Mandchous l'ont imposée durant cent ans. En 1911, quand la dynastie a été renversée, les hommes ont coupé leur natte pour affirmer qu'ils étaient libres.

– Vu le nombre de ceux qui la portent encore, j'imagine que certains étaient attachés aux Mandchous. On peut penser que dans les campagnes des millions de gens n'ont jamais entendu parler de la révolution.

– Alors qu'elle est commencée depuis douze ans?

– Mais, ma chérie, des millions de paysans n'ont pas idée que la Chine est un pays, ni de qui la dirige. Quoique personne ne la dirige actuellement.

Chloé nota l'absence de femmes élégamment vêtues ou séduisantes. Celles qu'elle vit avaient les cheveux en bataille, ou coupés court à la garçonne, ou attachés dans le cou, et toutes ne portaient que des pantalons.

– On dirait qu'elles veulent passer inaperçues hors de chez elles, supputa la jeune femme. Craignent-elles la vengeance de dieux jaloux si elles paraissent attirantes? Ou, plus vraisemblablement, le désir des hommes. En fait ce sont les hommes qui ont décrété cela, pour éloigner les autres hommes de leurs femmes.

– Où vas-tu chercher cela? interrogea Slade.

– Moi aussi, je me suis un peu documentée.

Elle sourit, assez fière de ses maigres connaissances.

De vieilles femmes armées de balais archaïques allaient à petits pas dans une vaine tentative pour nettoyer trottoirs et chaussée. Leurs efforts ne contribuaient qu'à soulever la poussière qui retombait bientôt.

– Vois comme elles sont estropiées, souffla Chloé, regarde leurs pieds minuscules! Dix centimètres à peine! Les voir me rend malade.

Slade ne répondit rien.

– Sans doute un autre moyen qu'ont trouvé les hommes pour les empêcher de s'enfuir, poursuivit-elle. Mon Dieu, imagines-tu leur souffrance?

– Décidément, où as-tu pêché ces idées? demanda Slade. Tu as l'air de croire que les hommes passent leur temps à inventer des mesures barbares pour tenir les femmes à leur place.

Oui, pensa Chloé. Oui, à notre place.

A voir l'allure des pousse-pousse et le nombre des piétons, on hésitait à traverser. La plupart des gens dévisageaient les deux Américains et les désignaient à leurs voisins.

Assis au coin des rues, des hommes âgés jouaient aux échecs chinois ou au mah-jong, de vieilles femmes fumaient des pipes.

– Probablement de l'opium, murmura Slade.

Les enfants livrés à eux-mêmes allaient sans surveillance et Chloé eut bientôt le vertige de ce tapage criard. Elle se cramponnait à la main de Slade. La foule, par son nombre, l'effrayait. Comparées à Shanghaï, Chicago et New York semblaient des villes paisibles. La jeune femme qui avait toujours aspiré à l'exotisme, à la fuite loin d'Oneonta, à un monde différent, était plongée dans un univers plus étranger que tout ce qu'elle avait imaginé.

Tout à coup, ils se retrouvèrent devant une porte monumentale, aux battants grands ouverts, au-delà de laquelle s'ouvrait un écrin de verdure, un parc.

– Oh, allons-y, souffla Chloé. Il y a un banc sous les bambous, et puis il n'y a pas de foule...

Slade la regarda, pencha la tête.

– Bien sûr, ma chérie, accepta-t-il d'une voix pleine de sollicitude.

Dès qu'ils furent assis sur le banc, de l'autre côté des portes gigantesques, elle devina bien qu'il avait hâte de se remettre en marche; mais elle avait besoin de ce moment de tranquillité.

Un groupe de soldats fit halte avec fracas devant la porte. Le commandant, à cheval, cria un ordre à un fantassin vêtu d'un uniforme qui lui allait mal. Le soldat poussa sous les portes cinq hommes qu'il fit aligner. Ces derniers, debout l'un à côté de l'autre, étaient vêtus de la façon la plus disparate : trois en costume bleu de paysan, un en haillons, le dernier habillé d'une chemise fripée mais très blanche et d'un pantalon noir attaché à la taille par une cravate.

Mon Dieu, pensa Chloé, cherchant la main de son mari, ils vont les fusiller. Mais, ne les voyant pas lever leurs fusils, elle respira un peu plus librement. Le commandant mit pied à terre, jeta les rênes à l'un de ses hommes. Il s'adressa à un autre soldat qui, s'approchant des cinq, rectifia légèrement leur position jusqu'à ce qu'ils soient parfaitement alignés et droits. Certains qu'un événement macabre, épouvantable, allait se produire, Slade et elle demeuraient assis, paralysés.

45

Le commandant se mit à aller et venir devant les prisonniers, les exhortant à quelque chose, pensa la jeune femme. Pour finir, il gagna à grandes enjambées le bout du rang et, clignant des yeux comme un peintre à la recherche de la perspective, dégaina une épée d'argent du long étui accroché à sa ceinture. Oh non, se dit Chloé ; il lui semblait se débattre dans un cauchemar dont elle ne parvenait pas à s'éveiller. Elle avait porté la main à sa gorge mais était incapable d'un autre mouvement.

L'officier tâta sa lame du pouce, en effleura le fil et un sourire éclaira ses traits. Avec un cri puissant, il leva le bras, tenant l'épée haut au-dessus de lui, et se mit à courir. Il abaissa son épée de façon à lui donner le bon angle et, avec précision, trancha les cinq têtes sans faiblir dans sa course. Les têtes volèrent au hasard dans les airs. Les corps sursautèrent comme des marionnettes et s'effondrèrent dans des postures contorsionnées. Pétrifiée, Chloé vit l'une des têtes rouler dans l'allée pour venir s'arrêter à ses pieds et la fixer de ses yeux grands ouverts, des yeux suppliants et étonnés.

Le sang se mit à suinter, qui forma bientôt une flaque autour du cou tranché.

Quand elle releva la tête, son regard tomba sur les gouttes de sang, pareilles à des larmes carmin, qui brillaient au bout de l'épée, étincelante sous le soleil. Le commandant prit un chiffon dans sa poche, essuya son arme puis la rengaina avant de remonter à cheval. Un geste à ses hommes et il tourna bride pour s'éloigner ; les soldats chargèrent sur une charrette les corps qu'agitaient encore des tressautements. Souriant à Chloé et Slade, un des soldats courut vers eux et se baissa pour ramasser la tête qui fixait Chloé avec tant de stupeur.

En cinq minutes, tout fut nettoyé, à l'exception des taches de sang là où les corps étaient tombés, là où les têtes avaient roulé, laissant sur leur trajet l'affreux sillage. Ni Chloé ni Slade n'avaient bougé.

Elle sentit sur sa main le froid et la rigidité des doigts de Slade.

– Fichons le camp d'ici, souffla-t-il. Il me faut une machine à écrire.

Pliée en deux, tremblante et agitée de spasmes, Chloé vomissait.

6

– Avant tout, il vous faut votre propre tireur de pousse, déclara Ann Leighton.

Peu habituée à avoir des serviteurs, Chloé sourit. On était bien loin d'Oneonta.

– Les femmes blanches ne marchent pas seules dans les rues, poursuivit l'épouse du consul.

Le souvenir de l'après-midi revint à Chloé. Une heure durant, elle était restée à trembler dans les bras de Slade, lui assurant qu'elle ne pourrait dîner au consulat ce soir. Il avait insisté, fouillé sa malle pour y dénicher la robe verte, toute froissée, qu'il avait expédiée au repassage.

– Tu ne vas pas passer ton temps à ruminer cette scène, fit-il durement. Lève-toi. Baigne-toi, habille-toi, et mets tes pendants d'oreilles, que le consul des États-Unis sache que la plus belle femme en Orient est l'épouse du correspondant du *Chicago Times*.

Elle avait acquiescé. Respire profondément, tiens-toi droite, s'enjoignait-elle. Montre-leur de quelle étoffe tu es faite.

Au cours de l'apéritif, elle avait mobilisé l'attention générale ; d'abord par sa beauté, ensuite par sa navrante expérience de l'après-midi. Une fois qu'elle l'eut racontée néanmoins, elle parvint à se détendre et à agrémenter le dîner de ses sourires comme de son entrain. Les Leighton recevaient d'autres invités : Edward Blake, un homme d'affaires britannique que l'on appelait Ted, sa blonde épouse, Kitty, et Lou Sidney, correspondant du *Times* de Londres.

A table, Chloé prit plaisir à avoir Lou Sidney pour voisin. Ce grand homme dégingandé, en costume de lin

47

fripé, ne semblait pas à sa place à cette table cérémonieuse, et cependant il émanait de lui une impression de profonde assurance que la jeune femme jugea à la fois troublante et irrésistible. Elle eut envie de le mieux connaître.

A cet instant, elle sentit le regard brûlant de Slade, regard de jalousie qu'elle reconnut pour l'avoir vu dans les yeux de ses soupirants à l'université. Inclinant la tête, elle sourit à son époux et lui adressa un clin d'œil.

Tandis que les serviteurs débarrassaient les assiettes à potage, Chloé s'aperçut qu'elle drainait également l'attention des autres messieurs et, en conséquence, celle de ces dames. La situation lui était assez familière. A mesure que le dîner avançait, elle se sentait de plus en plus le centre de l'intérêt général. Si Slade parlait du monde d'un point de vue politique et des événements qui s'y déroulaient , Chloé, elle – principalement d'après ses conversations avec Cass – parlait des gens qui *faisaient* l'événement. Elle parla des manifestations artistiques à New York et Paris; une certaine Chanel défrayait la chronique de la haute couture par la simplicité de ses créations pourtant étonnamment élégantes, puis elle avait provoqué un scandale avec Igor Stravinski. Picasso lui aussi créait le scandale par sa peinture. Staline, un nouveau venu dans la politique soviétique, luttait contre Trotski pour le pouvoir.

Comme elle captivait son auditoire, Chloé remarqua une expression toute nouvelle dans le regard de Slade. Celle d'une vedette qui se voit supplantée par le second rôle.

Cependant, comme on terminait la cervelle d'agneau, la conversation revint sur la Chine.

– Les Chinois, assura Ted Blake, n'ont jamais eu de *véritable* moralité.

Si depuis l'enfance Chloé avait appris à modérer ses remarques, elle n'avait pourtant jamais transigé avec ses principes, qualité qui lui avait aliéné quelques amis mais lui en avait valu d'autres, Cass par exemple. Aussi décida-t-elle de répondre à Ted Blake :

– Ne sommes-nous pas, nous, Anglais et Américains, terriblement arrogants? Vous parlez de la moralité telle que *nous* l'entendons, n'est-ce pas?

Il se fit un silence de mort. Tout le monde la regarda. Malgré les signaux d'alarme que lui lançaient les yeux de Slade, elle s'entêta :

48

– Je veux dire par là qu'il est impossible de juger de la moralité d'une culture à l'aune d'une autre culture.

Il lui sembla entendre la voix de Slade qui tentait de l'interrompre mais elle continua :

– Comment savoir si ce que nous appelons moralité est valable pour le reste du monde?

Elle ne put ignorer davantage la contrariété qui brillait dans les yeux de Slade. Cesse, lui enjoignait-il en silence.

– Tout au moins, conclut-elle, adressant à chaque convive son plus radieux sourire, c'est ce que je pense. Mais je reconnais que je sors tout juste de l'université.

Des rires nerveux coururent autour de la table.

– Si nous passions au salon, mesdames, proposa Ann Leighton dans le silence qui s'ensuivit. Ces messieurs pourront allumer leurs cigares et savourer leur cognac tandis que nous résoudrons les graves problèmes de l'existence. Je brûle d'entendre parler encore de cette Chanel... et de cet Igor!

Tout le monde eut la politesse de rire.

Allumant sur-le-champ une longue cigarette brune, Lou Sidney adressa un clin d'œil ravi à Chloé.

Ann et Kitty portaient des tenues de soirée plus cérémonieuses que tout ce que connaissait Chloé. Slade l'avait avertie que convenances et bienséance étaient de rigueur dans les milieux gouvernementaux – et plus encore à l'étranger. Réellement, elle entamait une nouvelle vie. Elle qui avait rêvé d'aventure, d'exotisme... elle les avait!

Apparemment, Ann et Kitty estimaient de leur devoir de guider Chloé dans ses débuts : d'abord lui faire comprendre leur mode de vie à Shanghaï, ensuite l'aider à dénicher une demeure convenable.

– Je crains que vous ne trouviez que les conditions de vie ici laissent à désirer, fit Kitty avec cet accent anglais qui ravissait son interlocutrice. Certes, Ann qui a la chance de vivre au consulat n'a pas eu à s'inquiéter de cela. Quoique je n'aie pas à me plaindre; nous habitons d'adorables appartements plus bas sur le boulevard.

– Même si le consulat américain ne se situe pas exactement dans le Bund, renchérit Ann, vous voudrez évidemment vous rapprocher le plus possible de la vie civilisée. La majorité des Européens et des Américains habitent ce quartier.

– C'est votre premier contrat à l'étranger, n'est-ce pas?

49

interrompit Kitty. Et je vous devine toute jeune mariée. Je me souviens de ce que c'est, continua-t-elle en tapotant affectueusement le bras de Chloé, que d'essayer de se faire et au mariage et à un pays étranger.

Qu'elles semblaient sûres d'elles, toutes les deux, si... si bien adaptées, songea Chloé un peu intimidée par leur aisance.

— Nous, c'est notre troisième contrat, reprit Kitty. Nous avons passé plusieurs années au Portugal. Un pays charmant, en comparaison, même s'il subit l'influence du pape. Puis en Égypte. Ah, Le Caire! Les croisières au clair de lune sur le Nil! J'aurais pu y rester définitivement.

— N'est-ce pas sale aussi? interrogea Chloé sans réfléchir.

— Et comment! s'exclama Kitty. Comme tous ces pays de sauvages. Mais l'importance de la communauté britannique fait une telle différence. Partager les mêmes valeurs, voilà ce qui compte.

Chloé ne sut répondre.

— Certes, le contingent anglais et américain n'est pas négligeable ici non plus, mais ce n'est pas pareil. Les Chinois sont tellement différents... Bref, ce pays ne ressemble pas du tout à l'Égypte.

Sur ces mots, son regard se perdit dans le vague.

— Vous trouverez la Chine bruyante, dit Ann, pire que Times Square au soir du nouvel an. Et n'espérez pas un minimum de vie privée, les Chinois ne connaissent pas. Il paraît qu'ils n'ont même pas de mot pour dire « intimité ».

Elle exagérait, pensa Chloé, il devait être possible de s'isoler sous son propre toit...

— Et n'oubliez pas, je ne saurais trop insister : dormez toujours sous la moustiquaire. Le paludisme, le choléra, la typhoïde, des fléaux de toutes sortes! Et ne buvez jamais d'eau non bouillie, et n'achetez surtout, surtout pas de nourriture à ces crasseux petits vendeurs ambulants.

— Il vous faudra un « boy numéro un », conseilla Kitty revenue de sa rêverie, qui se chargera d'engager le reste du personnel, parmi sa parenté vraisemblablement. Cuisinière, femme de ménage, serveur et garçon de courses, tireur de pousse. Il y a un protocole. Si vous êtes mécontente de l'un d'eux, ne vous plaignez pas directement à lui mais adressez-vous à votre boy numéro un.

– Et que fait-il, celui-là? questionna Chloé.

Elle n'imaginait pas la nécessité de tant de domestiques juste pour Slade et elle.

Kitty sourit, devinant l'humour dans la question de la jeune femme. Elle joignit le bout des doigts et ferma à moitié les yeux, imitant la pose chinoise traditionnelle.

– Peut-être s'assure-t-il que les autres travaillent. Je sais seulement qu'il est indispensable et qu'il perd la face si vous vous adressez directement aux autres. Voilà ce qui importe le plus en Orient : si vous leur faites perdre la face devant d'autres, vous aurez des ennuis inimaginables. Ils chercheront vengeance par quelque biais insondable.

Chloé avait l'impression d'être prise dans l'irréalité vacillante d'un film de cinématographe, comme si cette conversation, à l'instar de tout ce qui lui était arrivé aujourd'hui, devait s'arrêter quand les lumières se rallumeraient.

– La face? Qu'entendez-vous par là?

Ann s'empressa de répondre. Chloé devinait que les deux femmes étaient des amies très proches; le dialogue volait de l'une à l'autre aussi aisément qu'une balle de tennis entre deux champions à l'échauffement.

– Que je vous explique. Un Chinois ne dira jamais : « Je ne sais pas. » Si vous lui demandez votre chemin, il vous indiquera n'importe quelle direction. Vous vous perdrez souvent. S'il vous avouait ne pas savoir comment gagner l'endroit où vous souhaitez vous rendre, il perdrait la face.

– Cela me paraît stupide, commenta Kitty, mais c'est l'un des moteurs de l'Orient. Certaines choses insignifiantes pour nous les affectent profondément.

– Inversement, renchérit Ann en souriant, ce qui nous importe beaucoup n'a pour eux aucune importance. En d'autres termes, vous risquez de devenir timbrée.

Les deux amies se mirent à rire et Ann leva les yeux au ciel.

– Comment prendre au sérieux une nation aussi inefficace?

– Ce qui aurait dû être fait hier sera peut-être fait l'an prochain, coupa Kitty. Peut-être. Et à long terme cela n'a plus d'importance. La vie ralentit, et il y a un certain agrément à cela. Alors, si rien n'est fait aujourd'hui, ce sera peut-être pour demain. Ou après-demain...

51

Un serviteur se glissa dans la pièce, silencieux dans ses chaussures à semelles de coton, mais Ann le remarqua aussitôt.

— Préférez-vous un café ou une liqueur? demanda-t-elle à Chloé.

De sa vie, Chloé n'avait jamais bu de liqueur.

— Ce que vous prendrez, murmura-t-elle.

— Cointreau, ordonna la maîtresse de maison au domestique.

— Et moi? dit Kitty avec un sourire. Vous n'avez aucun doute sur mes goûts?

— J'en ai de graves sur vous, ma chérie! s'exclama Ann en riant. Mais pas sur votre penchant pour le Cointreau.

Au spectacle de cette amicale complicité, Chloé souhaita se trouver bientôt quelques amies. Quelqu'un à qui sourire de l'autre côté de la table, quelqu'un qui comprenne ses sentiments sans qu'elle ait à les formuler. Elle n'avait connu semblable amitié qu'avec Suzi. Mais non avec Slade, ce qui la surprenait. Elle avait cru que, une fois mariée, ce phénomène se produirait automatiquement, et qu'elle ne ferait qu'un avec son mari. Cependant elle se souvenait que sa relation avec Suzi s'était bâtie en plusieurs années, et elle ne connaissait Slade que depuis cinq mois – sur lesquels elle ne l'avait vu qu'un mois et demi.

N'était-ce pas curieux d'être si intimes physiquement quand on se connaissait à peine sur maints autres plans?

— Votre première semaine, ici, vous serez très occupée, prédit Ann. Il y a demain visite de la roseraie, puis après-demain le thé de Polly Akin. Vous y viendrez, évidemment, afin de rencontrer tous ceux qu'il faut connaître, parmi les femmes du moins. Nous vous procurerons une invitation. Et le dîner au consulat d'Allemagne...

— S'il est un groupe dont il faut se méfier, interrompit de nouveau Kitty, ce sont bien les Huns. Par chance, ils ont perdu beaucoup de leur influence depuis la guerre, mais qu'ils sont agaçants à toujours avoir raison. Ils sont tellement sûrs de connaître le *seul* moyen de faire les choses.

— Contrairement aux Anglais, ma chère, souligna Ann qui partit d'un rire argentin.

— Touché, fit Kitty levant son verre. Seulement, c'est *nous* qui avons raison.

— En fait, poursuivit Ann, les plus décourageants sont

les Russes blancs. Shanghaï, Pékin, Tien-tsin, Harbin grouillent de l'ancienne noblesse – et de ceux qui s'en prétendent – qui a fui devant la terreur rouge. Ils sont fauchés. Ceux qui ont pu emporter quelques bijoux de famille ont ouvert des restaurants ou des salons de thé. Les autres sont devenus domestiques, femmes de chambre ou majordomes chez de riches Américains... Je n'en engagerais pas un pour tout l'or du monde. Quelle morgue ils ont!

– Vous ne rencontrerez pas beaucoup de jeunes femmes de votre âge, reprit Kitty à l'adresse de Chloé. Les jeunes vice-consuls sont célibataires. Ceux qui sont mariés ne souhaitent pas imposer l'Orient à leur famille, je suppose. Si ce n'était pas pour l'argent qu'on y gagne, je me demande bien pourquoi des êtres civilisés s'aventureraient en Orient. Il faut dire que les Orientaux ne sont pas chrétiens, même ceux que les missionnaires croient avoir convertis.

Elle se tut pour boire une gorgée de liqueur.

– Est-ce si important qu'ils aient la même croyance que nous? interrogea Chloé.

Le regard rapide qu'échangèrent les deux femmes ne lui échappa pas.

– Mais ma chère, rétorqua Ann, ce sont des sauvages. Des païens. Des barbares. Et ils n'ont pas grand-chose pour se racheter. Un ou deux, ici ou là, pourraient passer pour instruits, mais ils demeurent impossibles à comprendre. Leur anglais est plus que réduit et ils le parlent avec le plus curieux des accents.

Et pourquoi le parleraient-ils? s'interrogea Chloé. Ils sont chez eux dans ce pays. Elle se garda d'émettre cette réflexion à haute voix.

– N'essayez-vous pas d'apprendre le chinois? questionna-t-elle en revanche.

– Quoi! Cette langue impossible! s'exclama Kitty en riant. Peut-être pourrait-on apprendre les idéogrammes, ces dessins qu'ils tracent à la place des mots. Mais commencez par prêter l'oreille à leurs psalmodies et vous verrez. Il est absolument impossible de l'apprendre.

Les deux femmes riaient.

Chloé but une gorgée de Cointreau qui lui brûla la gorge.

– Lou Sidney se propose de me mettre au courant et de me présenter aux confrères, déclara Slade au matin. Il dit aussi que je peux partager son bureau.

Dans le miroir devant lequel il achevait de nouer sa cravate, son regard croisa celui de Chloé.

– Tu as fait sensation hier soir. Ils étaient tous gagas de toi.

– Gagas ? répéta-t-elle en riant.

– Les hommes te dévoraient des yeux. Et quand tu leur as raconté notre mésaventure de l'après-midi, tous brûlaient de te protéger.

La rudesse de son ton surprit la jeune femme. Jalousie. Elle avait espéré que Slade ne serait pas homme à en souffrir.

– Préférerais-tu que je m'habille en passe-muraille ? questionna-t-elle sur la défensive. Je te rappelle que c'est toi qui avais choisi ma robe.

– Mon Dieu, Chloé, je suis fier de ta classe. Mais c'est de ta conduite que je parle. Comme si tu avais besoin d'être le centre d'attraction. Je n'ai pas trouvé cela très féminin.

Voilà, songea Chloé, notant son expression désapprobatrice, ce n'était pas Slade Cavanaugh, le célèbre journaliste, qui avait tenu le devant de la scène. Elle se promit d'y prendre garde à l'avenir.

Comme pour montrer qu'il n'était pas en colère, Slade se pencha pour l'embrasser.

– Trouve-nous une maison. Je hais les hôtels, j'y ai vécu trop d'années.

Sur ce, il partit pour la journée.

On frappa bientôt à la porte. Chloé ouvrit et se trouva face à une jeune femme souriante à la chevelure rousse ébouriffée, au teint pâle parsemé de taches de rousseur.

– Je m'appelle Daisy Maxwell. C'est Mme Leighton qui m'envoie ; elle a pensé que je pourrais vous aider à trouver une maison. Vous êtes d'accord ?

Très à l'aise, elle pénétra dans la chambre et s'assit.

– Oh ! que oui, répondit Chloé, ravie de rencontrer quelqu'un de son âge. Je me demandais justement comment m'y prendre.

– Je fais un assez bon guide quand il s'agit de montrer Shanghaï aux nouveaux venus. Hormis cela, je suis secrétaire au consulat.

– Vous vivez ici depuis longtemps ?

54

Chloé était restée debout, ne sachant si sa jupe et sa blouse convenaient; Daisy portait une robe de coton bleu marine assortie d'une veste en crépon de coton blanc.

– Depuis cinq ans, répondit Daisy.

Ses yeux avaient la douceur des yeux de biche. Quand elle parlait, elle avait dans la voix comme une hésitation, un halètement.

– Mes parents m'ont offert un tour du monde après mon diplôme et je ne suis pas allée plus loin qu'ici. Première étape après Honolulu. Êtes-vous prête? Deux pousse-pousse nous attendent en bas.

Chloé attrapa son sac et suivit Daisy dans l'escalier de l'hôtel. Les immeubles, lui apprit son guide, ne dépassaient pas trois étages, ce qui épargnait l'obligation d'installer un ascenseur.

Gauchement, Chloé s'installa dans le pousse-pousse, et les coolies au torse nu, coiffés de chapeaux coniques, partirent d'un pas de course régulier et sûr. Jamais Chloé n'avait vu des arbres comme ceux qui bordaient les larges avenues: palmiers rabougris et banians étaient plus gris que verts.

– Tout est poussiéreux en Chine, lança Daisy depuis son pousse.

Elle arrêta bientôt son tireur devant un haut mur. Une porte de bois ouvrait sur une cour étouffante dans la chaleur de cette fin d'été. La maison, sombre, était trop abondamment meublée d'énormes sofas en crin de cheval, de fauteuils, d'épais tapis de laine. Dans la cour ne poussait qu'un bambou. La cuisine sur l'arrière était petite, crasseuse, dépourvue d'aération; Chloé n'imaginait pas d'y confiner un cuisinier à longueur de journée. Involontairement elle secoua la tête.

– C'est près du Bund, fit Daisy en riant. Près de la vie mondaine des Américains. Si celle-ci ne vous plaît pas, j'en ai d'autres à vous montrer.

D'autres que Chloé détesta tout autant. Bien que cernées de murs, elles se trouvaient sur des artères principales, aussi n'étaient-elles épargnées ni par le bruit ni par la poussière de la ville.

– Je ne crois pas pouvoir vivre dans ce vacarme, s'excusa Chloé, confuse de se montrer difficile. Où habitez-vous, Daisy?

– Je ne vous recommande pas mon quartier, il n'est pas pour une jeune famille américaine.

– Il n'y a que mon mari et moi ; appelez-vous cela une famille ?

– En tout cas, vous recevrez et... Allons-y, je vous invite à boire une tasse de thé.

Daisy avait raison, Chloé n'aurait pu habiter dans son appartement. Situé au premier étage au-dessus d'une banque, il subissait tout le tapage de la rue. L'escalier étroit était obscur même à midi ; les murs de ciment brut ajoutaient à l'aspect sinistre. En haut des marches, elles entrèrent dans l'une des pièces les plus lugubres que Chloé ait jamais vues. Ce que Daisy appelait le salon mesurait onze mètres carrés ; murs, sol et plafond étaient peints en vert-jaune. Une table au centre, quatre chaises en bois, deux autres tapissées et un placard marron constituaient le mobilier. La chambre en revanche... ah, la chambre !

– Waouh ! s'exclama Chloé.

Daisy eut un sourire satisfait. Elle passait là la majeure partie de son temps, supposa Chloé.

Un lit immense occupait presque toute la surface, ne laissant place que pour un rayonnage de bibliothèque qui tapissait l'un des murs. Une quinzaine de coussins de couleurs vives jonchaient le lit. La pièce ressemblait assez à l'idée que Chloé se faisait d'une chambre de bordel, à l'exception des livres qui se comptaient par centaines. En contraste avec les murs blancs, le plafond bleu nuit était parsemé de petites étoiles argentées assez semblables à celles que les maîtresses d'école de Chloé collaient sur ses cahiers près d'une mention « excellent ».

– Ça change du tout au tout, fit Chloé, consciente que Daisy guettait sa réaction. C'est vous qui avez tout fait ?

– Bien sûr. Venez dans la cuisine pendant que je prépare le thé.

De l'autre côté de l'entrée exiguë, la cuisine n'était pas plus grande que la minuscule salle d'eau voisine. Sombre, confinée, malaisée, elle était encore plus déprimante que les maisons qu'elles avaient visitées.

– Ce que j'aime, fit Daisy, craquant une allumette, c'est que personne dans le quartier ne parle anglais.

– Mme Blake m'affirme que le chinois est impossible à apprendre.

– Mais nous exigeons que même les plus illettrés d'entre eux connaissent suffisamment d'anglais pour nettoyer nos maisons et nous comprendre ! J'ai étudié le

56

chinois dès mon arrivée. Je ne nie pas que ce soit difficile, mais je n'insulterai pas les gens chez qui je vis en n'apprenant pas leur langue.

— Mon époux pense de même. Il souhaite se mettre au chinois, moi je ne sais si j'en serai capable.

— Pourquoi vivre à l'étranger si c'est pour ne fréquenter que d'autres Américains ou des Anglais? Souvent, et malgré leur arrogance, je préfère les Anglais. Ils sont chez eux partout. Certes, si vous n'êtes pas blanc et si vous ne parlez pas la langue du roi, vous n'êtes pas vraiment... pas vraiment humain, je crois que c'est le mot. Mais ils sont tellement plus détendus. Ils jugent naturelle l'inefficacité orientale et acceptent les choses telles qu'elles sont, alors que les Américains deviennent fous devant l'inefficacité, et le manque de sanitaires.

— Pas vous? questionna Chloé, acceptant la tasse et la soucoupe que lui tendait Daisy.

Elle la suivit dans le salon vert-jaune, jusqu'à la table de bois éraflée.

— Au début, si, admit Daisy. Mais je me plais ici, je m'y suis faite. Mon travail au consulat n'est guère prenant, sauf exception. Je me charge de la plupart des traductions... J'ai appris à lire et écrire le chinois aussi bien qu'à le parler, ajouta-t-elle non sans fierté. J'ai pas mal de temps libre et je m'arrange pour trouver des gens intéressants avec lesquels dîner. Enfin, une fois par semaine, il y a les courses. Je ne m'étais jamais intéressée aux chevaux auparavant mais c'est plutôt amusant. J'ai bien plus de chance que si j'avais à recevoir comme les Leighton. Je m'ennuierais à mourir s'il me fallait assister à tous ces thés comme le fait Mme Leighton. Et toujours sur son trente et un pour être certaine de bien représenter l'oncle Sam!

— Donc vous trouvez à vous occuper?

Chloé jugeait Daisy assez charmante dans son style.

— Si vous saviez! Shanghaï regorge d'hommes seuls qui cherchent des femmes pour danser, dîner, prendre un verre, partir en pique-nique, faire un tour en voiture – du moins là où il existe des routes. Par chance, il y a pénurie de jeunes femmes. Chez moi je n'avais pas un tel succès. Je fréquente tous les jeunes vice-consuls. Ensuite les journalistes du monde entier qui soudain découvrent qu'il fallait écrire sur la Chine. Puis les jeunes employés de la Standard Oil, frais émoulus de l'université, qui passent par Shanghaï avant de gagner l'intérieur, je leur fais visiter la ville avant qu'ils n'aillent courir le pays pendant des années pour vendre le pétrole qui alimentera ses millions de lampes. Quand ils débarquent, je leur offre quelques jours de distraction. C'est un changement de rythme, un changement de têtes.

Si Chloé avait d'abord trouvé Daisy peu jolie, elle entrevoyait maintenant sa complexité et ne l'en trouvait que plus attirante. Elle appréciait son dynamisme, son honnêteté, et se sentait avec elle plus d'affinités qu'avec une Ann Leighton ou une Kitty Blake.

– Si nous déjeunions dans un vrai restaurant chinois? offrit son guide. Vous n'y rencontrerez pas d'autres Américains, en tout cas pas ceux qui habitent le Bund.

C'était un endroit vaste, populeux, où le bruit surpassait la clameur de la rue.

– Les gens ici n'envisagent pas de parler autrement qu'en hurlant, dit Daisy. Je ne sais si le phénomène s'étend à tout le pays.

Elles trouvèrent deux places à une table déjà occupée et regardèrent leurs voisins grappiller dans plusieurs plats. Un serveur leur apporta des bols et des baguettes à la propreté douteuse; leurs voisins firent passer les plats où s'amoncelait la nourriture.

– Ne plissez pas le nez comme ça, fit Daisy en riant. Il faut vous habituer. C'est la Chine.

Chloé identifia riz, boulettes de porc, bœuf en sauce, œufs vieux d'au moins mille ans, filets de poisson cru, et... et... yeux de poisson. Des *yeux* de poisson! Les mets continuaient de leur arriver: choses vertes, viscosités brunes...

Daisy picorait avec enthousiasme dans ces plats dont l'odeur paraissait affreuse aux narines de sa compagne, et lui décrivait leur contenu.

Après avoir recraché à terre des os de poulet, la voisine de Chloé entama la conversation. L'homme assis en face d'elle leur cria quelque chose.

– De l'anguille frite, indiqua Daisy en montrant un plat.

Voyant Chloé bouche bée, elle éclata de rire. D'accord, pensa Chloé, résolue. Elle prit une profonde inspiration avant de s'emparer d'un petit morceau d'anguille qu'elle engloutit avec bravoure. Elle s'empressa ensuite d'avaler un peu de riz puis prit une orange, toute petite mais juteuse et sucrée. Il y avait pire que d'avoir pour déjeuner du riz et une orange, se dit-elle, et même si le riz s'obstinait à s'échapper de ses baguettes maladroites pour retomber dans le bol... Elle tendit la main vers un bol de cacahuètes. La femme assise à côté d'elle partit d'un fou rire et lui envoya un coup de coude.

La femme aux yeux rieurs, lui souriant gentiment, mania adroitement ses baguettes pour prendre les cacahuètes une à une. L'homme assis à côté d'elle se pencha en avant et sourit à Chloé, découvrant une mâchoire édentée. Tandis qu'elle se livrait à une nouvelle tentative, Chloé sentit sur elle leurs regards attentifs et encourageants. La femme hocha la tête et fit une nouvelle démonstration. Chloé saisit une cacahuète entre ses deux bâtonnets et s'empourpra de fierté quand la cacahuète arriva sans encombre à sa bouche. Le couple lui sourit davantage et la femme, prenant cette modeste réussite pour un signe que Chloé était désormais chinoise, se lança dans une époustouflante tirade.

Bien qu'elle lui rendît son sourire, Chloé était bien incapable de bavarder avec elle. Pourtant, tout au long du repas, la femme inclut Chloé dans sa conversation. Parlant peu, son mari hochait la tête et souriait lui aussi à l'étrangère. Celle-ci suivit leurs conseils sur la façon de manger chaque plat; en particulier le riz.

— Portez le bol à votre menton et jetez le riz dans votre bouche avec les baguettes aussi rapidement que possible, lui cria Daisy.

Chaque fois qu'elle y parvenait, la femme lui tapotait la main.

Au moment du départ, ayant entendu Daisy dire « ni hau » à leurs convives lors de leur arrivée, elle jugea qu'il lui fallait au moins répéter cela en chinois.

Sa tentative provoqua de nouvelles cascades d'hilarité. La femme lui étreignit la main; elle finit par comprendre que « ni hau » se disait quand on rencontrait les gens, et « zai jian » quand on les quittait.

— Votre première leçon de chinois, lui dit Daisy quand elles eurent quitté le restaurant.

— Sont-ils tous aussi amicaux?

— Non, la plupart nous appellent chiens étrangers et nous considèrent comme des impérialistes. Ce que nous sommes effectivement. Mais, dans les rapports individuels, je me suis fait de bons amis parmi les Chinois.

Au bout d'une journée, elles n'avaient pas trouvé de maison où Chloé pût envisager de vivre. Elle préférait rester à l'hôtel *Astor* plutôt qu'habiter l'une des demeures lugubres et bruyantes que lui avait montrées Daisy – et toutes meublées de cet affreux mobilier aux allures teutonnes qui la hérissaient!

De retour à l'hôtel, Chloé s'allongea, épuisée par cette journée dont elle était rentrée bredouille, par le bruit et la chaleur. Elle ressentait cependant une puissante émotion due à la nouveauté de son amitié pour Daisy, et à la certitude d'avoir pénétré la « vraie » Chine.

Il était quatre heures passées quand Slade rentra.

– Mon Dieu, tu passes ton temps à dormir! Viens, Lou va nous montrer une maison.

Par Daisy, les deux hommes avaient appris qu'aucune des demeures visitées ne lui avait plu.

La chaleur étouffante avait décru et une douce brise circulait quand ils retrouvèrent Lou Sidney qui les attendait dans un pousse-pousse. Eux-mêmes montèrent dans un bi-place. Slade prit la main de sa femme; il dévorait la ville des yeux, son corps même était tout tendu d'excitation.

Après une demi-heure de trajet, ils s'arrêtèrent devant un mur sale percé d'une porte immense en chêne savamment sculpté. Lou sauta de son pousse et fouilla ses poches à la recherche de la clef. Aussi loin que portait le regard de Chloé de part et d'autre de la ruelle pavée, seuls des murs se dressaient de chaque côté. Dès qu'elle eut franchi la grande porte sculptée, elle sut que ce serait leur premier foyer. Sur une petite hauteur que caressait la brise du soir, dominant le fleuve, se dressait un grand bungalow blanchi à la chaux. Bambous et saules s'inclinaient vers l'eau. Une grande véranda abritait l'entrée et courait sur tout un côté de la demeure. Celle-ci, expliqua Lou, avait appartenu à un fonctionnaire du gouvernement qui, pour des raisons inconnues, avait été décapité. Depuis aucun Chinois ne voulait y habiter de crainte de subir la même destinée.

Chloé apprécia qu'elle ne fût pas meublée; par-dessus tout, elle adora la salle de bains qui, pour son plus grand plaisir, abritait des toilettes à l'occidentale. La pièce maîtresse en était cependant une baignoire à pieds griffus, à l'intérieur émaillé vert, avec, sur ses flancs peints en jaune, un dragon coléreux dans les tons vert sombre et émeraude qui s'enroulait sur tout le pourtour de la baignoire pour finir par regarder par la fenêtre.

Lou les guida dans le grand salon dont les larges portes-fenêtres donnaient sur la véranda; de là, le regard déva-lait les pelouses, perçait au travers des saules jusqu'au flot paresseux du Yang-tsé. Un paon traversa la pelouse, déployant son rutilant plumage et criant à voix forte.

– Quand je vous ai rencontrée hier soir, je me suis dit que cette maison vous plairait, dit Lou.

Un sourire éclaira sa face cireuse; avec son grand front, son long menton et ses grandes dents légèrement jaunâtres, il tenait un peu du cheval. Il avait également les yeux les plus chaleureux que Chloé eût jamais vus.

Derrière eux, un cri lointain monta depuis le fleuve, suivi d'un son de cloche. La jeune femme avait trouvé une maison en Chine, même si elle doutait de jamais se sentir chez elle dans ce pays.

7

Cass leur avait donné mille dollars, « pour vous installer dans un endroit où vous vous plairez ». Aussi Chloé – avec l'aide de Daisy pour la piloter dans la ville – procéda-t-elle aux achats. Pour la literie seulement elle exigea du mobilier occidental, se refusant à adopter comme les Chinois la maigre épaisseur de coton étendue sur des lattes de bois. Hormis cela, elle acheta des meubles de bambou avec des coussins jaune vif et blanc agrémentés ici et là d'une touche de bleu ou d'émeraude. Elle suspendit partout des lampes à huile, en disposa d'autres sur les tables; dans la soirée, leur demeure était la plus illuminée de ce quartier de Shanghaï.

Elle demanda tout de suite à Gao Hu, le « boy numéro un » que lui avait recommandé Ann Leighton, d'engager un jardinier; celui-ci entreprit de créer une paisible oasis de verdure centrée autour d'un bassin ovale qu'il peupla de poissons rouges ainsi que d'un nénuphar dont les grosses fleurs blanches embaumaient.

Chloé adorait sa maison qu'elle jugeait la plus belle de tout Shanghaï. Elle adorait leur chambre d'où l'on voyait le fleuve à travers les branches du saule pleureur. Le dessus-de-lit et les rideaux bleus assortis contrastaient avec les murs blancs. Sous la fenêtre, le paon allait et venait en poussant ses cris perçants.

En particulier, elle aimait la salle de bains et son dragon enroulé autour de la baignoire jaune. Chaque bain exigeait maintes allées et venues des domestiques pour porter l'eau qui avait chauffé en cuisine. Slade installa un tuyau de caoutchouc qui permettait de vidanger la baignoire directement au-dehors. Mis à part le Bund et les consulats, leur pelouse était la plus verte que l'on vît à Shanghaï. Les Chinois ne faisaient pas de l'esthétique une priorité, et la moindre parcelle de terre arable servait à nourrir des gens, non à plaire au regard – il semblait inconvenable que l'on puisse la travailler pour un si piètre résultat.

Tout le monde dit à Chloé que c'était folie de vivre si loin du Bund, mais la maison lui plaisait tant. Elle aimait, allongée sur son lit la nuit, écouter le chant du fleuve, laisser le clair de lune au travers des branches du saule caresser son corps nu après l'amour avec Slade.

Elle souriait; dans la pièce voisine, un dragon vert enroulé autour d'une baignoire de porcelaine jaune faisait le guet à la fenêtre et éloignait les dangers.

Ce ne fut pas Gao Hu qui trouva le cuisinier, mais Lou.

– Il vient du nord de la Chine, où sévit maintenant la famine. Je pense qu'il vous servira bien.

Il fit plus que cela.

Pour commencer, Chloé invita Lou et Daisy à dîner. Repas divin s'il en fut : pigeonneaux à la vapeur, châtaignes du Ho-pei, pousses de bambou et champignons importés que le cuisinier et Chloé avaient trouvés au marché, racine de lotus et litchis. Au dessert, on servit les merveilleuses dattes rouges et blanches de Dezhou, dans la province de Chan-tong, et des poires de Tangshan macérées dans le vin du Tché-kiang.

– Je parie, supputa Daisy, que vous êtes les premiers étrangers à servir un repas chinois à leurs invités. D'ordinaire c'est rosbif et pudding ou, avec de la chance, de la cuisine française dans la concession française. Mais personne ne sert de tels repas.

Ce qui donna à Chloé l'idée de ne servir que des plats chinois qu'elle s'était rapidement mise à apprécier. Slade cependant se rebellait :

– Une fois, ma chérie, juste une fois de temps en temps quelque chose que je reconnaisse.

D'accord, une fois de temps en temps.

Comment cela se produisit, Chloé ne se le rappelait pas, mais toujours est-il qu'en l'espace de quelques mois le buffet des Cavanaugh devint l'événement mondain du dimanche soir.

– L'amusant, commentait Lou, est qu'on ne sait jamais qui on va y rencontrer.

Très vite, on y rencontra tout le monde.

63

– J'ai l'impression que ce n'est pas la même faune que celle des dîners dans les consulats, disait Lou. Et pourtant, ils sont tous là.

– Parce que les autres viennent aussi, rétorquait Chloé. Ceux que les consulats reçoivent rarement.

Ils venaient en effet par dizaines. L'on trouvait drôle de se faire conduire en pousse jusqu'à ce quartier pittoresque, chargés de friandises chinoises que l'on ne s'était encore jamais fait préparer chez soi.

Un après-midi, Slade et Lou arrivèrent avec des guirlandes de lanternes chinoises qu'ils accrochèrent dans le jardin. Les dimanches soir des Cavanaugh devinrent les soirées les mieux illuminées de Shanghaï.

– Venez voir, l'invita Lou en souriant un après-midi.

Il prit Chloé par la main. Devant la grande porte de bois sculpté, sur une charrette tirée par deux bœufs, se trouvait un piano droit tout écaillé.

– Voilà ce qui manquait à nos dimanches.

Chloé détailla le vilain instrument d'un œil perplexe.

– Qui jouera?

– Moi. Et j'ai un type qui va venir l'accorder.

Chloé le peignit en bleu vif afin de l'assortir au paon qui se pavanait parmi les invités, et il s'avéra que Lou n'était pas le seul à savoir en jouer. Agglutiné autour de l'instrument, on entonnait des chansons du pays, du ragtime; le mieux, c'était quand Lou jouait du Cole Porter.

Dans ces moments-là, Chloé envoyait promener ses talons pour se lancer dans des charlestons endiablés. Du coup quelqu'un fit don de son phono et de tous ses disques. Les gens se mirent à danser sur la pelouse aussi bien que sous la véranda. Les dimanches soir des Cavanaugh, les éclats de rire spontanés de Chloé et le plaisir qu'elle prenait en tout la rendirent célèbre à Shanghaï. Son talent à accueillir chacun comme s'il était l'invité le plus attendu au monde accrut encore sa popularité. Il n'était pas besoin de lancer des invitations, les gens venaient, tout simplement. Très vite, la communauté occidentale ne prévut plus rien pour le dimanche soir. La demeure des Cavanaugh, éloignée des Occidentaux par sa situation géographique comme par ses mœurs, était alors pleine à craquer.

Pourtant, ce fut autre chose qui rendit Chloé réellement célèbre et provoqua une première fausse note entre elle et Slade. Peut-être cela commença-t-il quand il surprit une bribe de conversation : « Tu viens chez Chloé dimanche soir, n'est-ce pas ? »

Slade câblait ses articles aux États-Unis. Il y parlait du Kouo-min-tang, le parti révolutionnaire de Sun Yat-sen, il y évoquait la désorganisation, le manque d'unité, le manque de direction à la tête de la Chine, que reflétaient les événements.

Or, trois mois après leur arrivée, vers la fin de l'année 1923, ils reçurent une lettre de Cass.

« En appointant Slade pour être mon observateur en Chine, j'ignorais envoyer là-bas deux journalistes. J'espère que tu n'y trouveras rien à redire, Chloé, mais cette lettre que tu nous as adressée sur ton premier jour à Shanghaï, celle où tu décris la remontée du Houang-pou et ces décapitations comme une scène ordinaire de la vie chinoise... eh bien, je l'ai publiée. Je joins à ce pli copie de ton texte paru dans le supplément du dimanche, et j'espère que tu seras contente. Je t'ai même accordé ta signature en grand ! Ton papier raconte la part *humaine* de l'Orient. Continue ! »

CHLOÉ CAVANAUGH

Son nom lui sauta aux yeux, imprimé en lettres hautes de treize millimètres. A peine si elle était accoutumée à se donner son nom d'épouse.

– Regarde, s'exclama-t-elle, souriant de plaisir et de fierté.

– Ne t'emballe pas, rétorqua Slade. Une lettre ne fait pas un journaliste. C'est très bien, ma chérie, mais c'est un coup de veine. Écrire pour le supplément du dimanche n'a rien à voir avec le grand reportage. C'est très gentil de la part de Cass, mais ta lettre n'aurait jamais été publiée dans la presse si tu ne connaissais pas le directeur du *Chicago Times*. Sûr que ça fait plaisir, profites-en, mais...

La joie de Chloé s'éteignit. Slade avait raison ; il avait fait quatre ans d'études pour devenir journaliste, travaillé dur sur le terrain pendant sept autres années. Sans l'affection que lui portait Cass, son texte n'aurait jamais été publié. Oui, c'était gentil. Terriblement gentil. Chloé Cavanaugh en grosses capitales.

Vis-à-vis de Shanghaï, elle était partagée entre l'amour et la haine. La ville l'effrayait et l'enthousiasmait tout à la fois. Un jour qu'elle faisait des courses dans le principal quartier commerçant, elle avait cru se faire broyer les côtes, aussi s'était-elle empressée de regagner l'abri de sa maison. Ann Leighton avait raison. Ayez votre propre pousse. Ne vous mêlez pas aux masses. Pour la première fois, elle comprenait ce que voulait dire « les masses ». Leur odeur, leur vacarme, leur existence au fond de trous sombres et sans air, et leurs yeux qui ne laissaient deviner ni leurs pensées ni leurs sentiments. Tous lui paraissaient semblables avec leurs yeux noirs bridés, leurs cheveux lisses.

En même temps, elle était fascinée et par Shanghaï et par ses habitants. Elle passait des journées à explorer la ville, parfois seule, parfois avec Daisy ou avec Lou, parfois avec les deux. Des femmes comme Ann ou Kitty en écartaient la seule éventualité.

Au début des années 20, le *Times* de Londres était le seul journal occidental à avoir un correspondant en Asie. Slade fut le second journaliste étranger à demeure. Six mois plus tard, le *New York Times* enverrait lui aussi un permanent, mais pour l'heure l'information était relayée par des pigistes ou par Lou Sidney, dont les autres journaux rachetaient les articles au *Times*. Lou était content d'avoir un confrère avec lequel boire et parler. Il y en avait d'autres à Shanghaï, certes, mais qui travaillaient pour leur propre compte, sans savoir s'ils recevraient rétribution pour les papiers qu'ils adressaient aux États-Unis, à Paris ou à Berlin.

Pour représenter le *Times* de Londres depuis plus de cinq ans, Lou était le doyen des correspondants étrangers. Malgré son talent considérable, bien qu'il eût l'oreille et reçût souvent les confidences des Occidentaux « importants » dans les consulats, les banques ou à la direction de la Standard Oil, il passait aux yeux de Chloé pour une anomalie. Elle regardait ses épaules tombantes, ses doigts et ses dents jaunis par son éternelle cigarette, son long visage, ses yeux bleu pâle tour à tour tristes, rieurs, graves, amusés... Il n'avait pas plus de trente-cinq ans et pourtant son front se creusait déjà de rides profondes.

— J'aime beaucoup Lou, dit-elle un dimanche soir, leur dernier invité parti.

— Qui ne l'aime pas? répliqua Slade.

Chloé traversa la véranda pour aller humer l'air frais

du soir. Slade la suivit, l'enveloppa dans ses bras. La tête appuyée contre son épaule, elle écouta le bruissement des feuilles de bambou sous la brise, les bruits étouffés de la ville dans le lointain, contempla le clair de lune qui se reflétait sur les eaux du fleuve. Les mains de Slade quittèrent sa taille et lui emprisonnèrent les seins.

Elle tourna la tête, fit courir sa langue le long de son cou; il eut un rire sourd et, les lèvres contre son oreille, défit la fermeture de sa robe. La prenant par la main, il voulut l'entraîner vers la maison.

– Ne rentrons pas, restons ici.

Elle devina son sourire dans l'obscurité. Des deux mains, il fit glisser sur ses bras nus les épaulettes de la robe, lui effleura la peau. Elle abandonna le vêtement qui chuta sur le sol pavé. De très loin leur parvenait la plainte discordante d'un luth portée par l'air tiède.

Les bras de Slade l'enlacèrent. Sous le dais du saule pleureur les seins de la jeune femme se durcirent tant elle avait envie de lui. Elle se sentait belle, vivante du désir qui embrasait toutes les fibres de son être. Quand il eut ôté sa chemise, Slade l'enleva dans ses bras, la bouche contre sa bouche, et la porta sur la chaise longue. Elle noua les jambes autour de lui, avec l'envie de ne jamais le laisser partir. Il lui murmura des mots d'amour. Et elle s'ouvrit à lui avec l'espoir qu'il irait plus lentement que d'habitude, le vœu que dure infiniment cet instant, le désir d'absorber Slade dans son corps, dans sa peau, de sentir croître la jouissance dans tout son être jusqu'à ce qu'elle ne puisse plus bouger, jusqu'à rester pantelante, comblée et épuisée par l'acte d'amour.

Mais cela s'acheva. Bien trop tôt. Elle entendit Slade gémir, sentit son corps s'affaisser sur le sien, et demeura allongée dans l'obscurité, attendant que se dissipent d'eux-mêmes le désir et l'urgence, afin de ne plus éprouver cette faim qui n'était jamais satisfaite. Ses doigts coururent dans les cheveux de Slade, elle lui embrassa la joue. Bientôt, ils se levèrent, ramassèrent leurs habits et, nus, main dans la main, gagnèrent leur chambre où il s'endormit sur-le-champ.

Les yeux grands ouverts, Chloé s'interrogeait : les garden-parties, le croquet, les courses, les buffets du dimanche soir et les brèves étreintes de Slade suffisaient-ils à remplir une vie ? Si oui, pourquoi n'était-elle pas plus satisfaite ?

Un sentiment de culpabilité la saisit de vouloir davantage. N'avait-elle pas plus que tout ce dont elle avait rêvé? Un pays exotique qui la fascinait et lui répugnait tour à tour, un époux célèbre et aimant, une vie sans soucis à mille lieues des modes d'existence qu'elle avait connus ou imaginés? Mais, au fond, ce n'était pas « plus ». Différent simplement.

– Je crois que je vais me mettre au chinois, murmura-t-elle à voix haute.

Cela ajouterait-il une dimension nouvelle à sa vie?

Slade avait déjà appris quelques phrases, et peut-être était-il temps pour elle de se rapprocher de cette terre étrangère.

8

Les seuls Chinois qu'elle côtoyait étaient ses domestiques, avec lesquels elle communiquait difficilement. Gao Hu connaissait suffisamment d'anglais pour comprendre ce qu'elle souhaitait et transmettre les instructions aux autres serviteurs. Bien qu'il affichât un respect obséquieux avec Slade comme avec Chloé, celle-ci le soupçonnait de se considérer comme le patron. Elle ne se sentait jamais tout à fait à l'aise avec lui et se faisait en sa présence l'impression d'être une enfant attardée.

Ce fut alors que M. Yang arriva dans sa vie. A sa requête, Slade l'engagea à venir trois après-midi par semaine, à deux heures, afin de leur enseigner le chinois. Ces jours-là, Slade s'efforçait de rentrer pour le déjeuner, même s'il n'y parvenait pas toujours.

Dès qu'elle fit la connaissance de M. Yang, un homme menu, de taille moyenne, vêtu d'une longue robe de soie grise, Chloé se prit d'affection pour lui. Digne, cérémonieux, il ne manquait pas de s'incliner lorsqu'il pénétrait dans la salle à manger où avait lieu la leçon. Jamais il n'ôtait son petit chapeau rond de satin noir parfaitement ajusté à son crâne. Avant que Chloé n'apprenne que les érudits étaient les gens les plus estimés en Chine, il avait déjà gagné son respect, non seulement par sa patience en tant que professeur mais par la façon quelque peu théâtrale dont il prenait congé. Le premier jour, sa dernière réplique fut la suivante :

– Une pensée à méditer jusqu'à notre prochaine rencontre, que le grand philosophe Confucius nous a transmise : « C'est dans l'accomplissement des responsabilités sociales que l'individu atteint à son complet accomplissement personnel. »

Dès qu'il fut parti, Chloé s'empressa de noter ces mots afin de ne pas les oublier.

M. Yang transmit à la jeune femme bien plus que sa langue. Bien que les cours dussent durer deux heures, maintes fois – surtout quand Slade partait tôt ou n'assistait pas à la leçon – il restait jusqu'à cinq heures, à prendre le thé avec Chloé. Confucianiste, il lui inculqua sa propre interprétation de la philosophie de Confucius. Des années plus tard, quand elle apprendrait que le grand philosophe considérait les femmes comme moins que des esclaves et établissait dans la société une hiérarchie de classes, elle serait profondément surprise, car ce n'était pas là ce que M. Yang lui avait enseigné.

L'apprentissage de Chloé alla bien plus vite que celui de Slade, peut-être parce qu'il était plus occupé qu'elle, ou encore parce qu'elle faisait preuve d'enthousiasme et de détermination. Elle passait des heures chaque jour à étudier la langue, à prononcer et répéter les mots à haute voix tout en traçant les idéogrammes auxquels ils correspondaient.

Le matin, souvent, elle se levait tôt et partait au marché avec le cuisinier – même si elle savait que celui-ci eût préféré de loin s'y rendre seul. Elle adorait ce moment de la journée. Tout était si différent des États-Unis. Le long des allées tortueuses, les gens vantaient leurs marchandises à grands cris, agrippant tout bonnement le chaland potentiel. Et c'était une abondance de gros légumes frais et luisants disposés dans des paniers ou enveloppés de papier journal; brocolis, colza, laitues, taros, carottes, légumes verts marinés ou salés, choux. S'y ajoutaient les grosses pêches blanches, les oranges douces à la peau fine, et bien des fruits qu'elle n'avait jamais vus : succulents kumquats jaune vif, cerises, bananes petites et sombres, nullement semblables à celles qu'elle connaissait, melons d'eau, ananas plus petits et plus bruns que ceux qu'on importait en Amérique, cantaloup, arrowroot, pomelos, grosses dattes rouges. Et les gigantesques champignons brun rosé, les litchis, les noix, les kakis gorgés de jus... De gros œufs bruns s'empilaient dans les boîtes et les paniers. La volaille allait et venait, grattant le sol de terre battue des échoppes. Germes de soja et boulettes de viande étaient vendus aux éventaires. D'énormes carpes encore vivantes, parfois des anguilles, attendaient l'acheteur dans des baignoires ou enveloppées de papier journal mouillé. Suspendus par les pattes, canards et poulets piaillaient. Et sur tout cela planait l'arôme épicé du gingembre et du poivre rouge.

Jamais aux États-Unis Chloé n'avait eu les sens aussi sollicités.

Presque chaque jour se donnait un dîner, un bal, une réception. La jeune femme s'aperçut bientôt qu'une semaine à Shanghaï exigeait plus de tenues de soirée que toute une vie à Oneonta. Elle stupéfia Shanghaï en se faisant confectionner plusieurs robes chinoises traditionnelles, avec leurs cols mandarins, fendues jusqu'au-dessus des genoux, en soie émeraude, bleu roi, rouge sang. Elle commença à les porter aux buffets du dimanche soir.

— Pour l'amour du ciel, chérie! s'exclama Slade quand elle revêtit la première, que vont dire les gens?

— Que je suis chine... toquée? rétorqua-t-elle en souriant.

Slade la regarda mettre ses longues boucles d'oreilles devant le miroir.

— Peut-être devrais-je me faire percer les oreilles. Ce serait coquet, non?

Slade secoua la tête puis se mit à rire.

— Tu dépasses tout ce qu'on peut imaginer, Chloé.

Mais il n'émit pas d'objection.

Leurs samedis après-midi, les étrangers de Shanghaï les passaient aux courses; le dimanche, après l'office religieux et de copieux déjeuners suivis de siestes, l'orchestre de la marine donnait un concert dans le parc du Bund au bord du fleuve, après quoi l'on se rendait au fameux buffet des Cavanaugh.

Chloé aspirait à passer une soirée seule avec Slade, juste eux deux pour un dîner devant la cheminée; cela se produisait rarement.

D'ordinaire, Slade s'arrangeait pour rentrer avant leur leçon de chinois, mais c'était pour repartir dès quatre heures quand Chloé aurait aimé qu'il reste. Elle aurait voulu boire avec lui un verre de vin chinois doré, qu'il lui raconte les événements du jour, qu'ils se tiennent la main tandis qu'il lui dirait ce qui se passait dans le reste de la Chine.

Au lieu de cela, elle passait ces fins d'après-midi avec M. Yang, à apprendre les us et coutumes du pays.

– En Chine, lui expliqua un jour son maître, le monde *humain* est fondamental. Le monde des *choses*, lui, est d'importance secondaire.

Ils attendaient le thé et M. Yang se tenait assis, les bras sagement croisés; la leçon terminée, c'était l'heure des homélies confucianistes.

Le boy numéro deux apporta le thé, non dans le service en argent que le jeune couple avait reçu pour cadeau de noces, mais dans une belle théière de fine porcelaine vert et bleu. Chloé hésita un peu à faire le service dans les tasses assorties, d'apparence si délicate et fragile qu'elle craignait de les briser rien qu'en les touchant.

– Cela signifie-t-il, répondit-elle à son professeur, que je ne devrais pas me réjouir aux festivités de Noël?

M. Yang ne répondant pas, elle lui expliqua ce qu'était Noël et la coutume d'offrir et de recevoir des présents. Le maître secoua rapidement la tête de haut en bas.

– L'homme supérieur entend ce qui est vertueux. L'homme inférieur entend ce qui est rentable.

Chloé se douta qu'il s'agissait là d'une réponse indirecte à sa question. Comme chaque fois, elle aurait à méditer leur conversation après le départ de son professeur.

– Cela signifie-t-il que c'est mal de gagner de l'argent? insista-t-elle.

– Richesse et honneur, rétorqua le sage, ses yeux insondables rivés sur quelque lointain, sont ce que tout homme désire. Mais s'ils ont été obtenus par violation des principes moraux, il ne faut point les conserver.

– Ce qui veut dire que le voleur doit restituer ce qu'il a pris?

L'idée la traversait parfois qu'elle devait passer aux yeux de M. Yang pour une enfant naïve, ou une barbare qui posait brutalement ses questions, ce qui allait contre la coutume orientale. Cette fois, le maître s'autorisa un soupçon de sourire.

– En premier lieu, il n'aurait pas dû voler, évidemment. Aucun homme n'aime la pauvreté et une humble condition. Mais, si l'on ne peut y remédier que par violation des principes moraux, il ne faut pas y remédier.

Chloé prenait un tel plaisir à cette conversation qu'elle se demanda pourquoi Slade et elle ne parlaient jamais de ces choses-là.

– Il vaut donc mieux être pauvre et bon car la richesse tient nécessairement du mal?

— Pas nécessairement.

M. Yang reposa sa tasse puis glissa les mains dans ses amples manches, adoptant sa position préférée.

— La richesse n'est mauvaise en soi que si elle a été obtenue par violation d'un principe moral. Un homme supérieur ne renonce pas à son humanité même pour un instant.

La pareille devait s'appliquer également aux femmes supérieures, supputa Chloé.

— Le *jen*... continua M. Yang, l'un des préceptes du confucianisme, le *jen* est notre capacité à aimer, et qui constitue le cœur de notre humanité. Si l'on s'enrichit aux dépens d'autrui, voilà le mal. Le *jen* est précisément ce qui nous fait réellement humains. Renoncer à notre amour de l'humanité, c'est renoncer à une vie pleinement humaine. L'amour du genre humain vaut qu'on lui sacrifie sa vie. C'est le fondement de toutes valeurs et vertus humaines.

Il y eut un silence de plusieurs minutes au cours duquel Chloé s'efforça d'intégrer ce concept.

— C'est ce qui fait que la vie vaut d'être vécue. C'est cela, le *jen*?

M. Yang la fixa de ses yeux qui jamais ne cillaient. Elle ne cilla pas davantage, plongeant dans le regard sans fond comme si elle pouvait peut-être atteindre par là l'âme du maître. Enfin, elle devina l'ombre d'un sourire, une chaleur qui ne s'était jamais encore manifestée.

Puis M. Yang plaça soigneusement entre les pages de son livre le signet en soie, referma l'ouvrage qu'il prit entre ses deux mains, se leva, s'inclina légèrement.

— Madame, vous êtes un plaisir, dit-il.

Un frisson parcourut Chloé. D'habitude, le professeur prenait congé sur « ce fut un plaisir ». Cette fois il avait dit « vous »; elle savourait la nuance à sa juste valeur.

— Vous êtes un excellent professeur, répliqua-t-elle, inclinant la tête à son tour.

Elle n'aurait pu lui adresser plus grand compliment. Pour la première fois, elle eut l'impression de commencer à comprendre. L'espace d'un instant, elle se sentit incroyablement proche de M. Yang, dont le monde était si différent du sien. Avait-il une épouse, des enfants? s'interrogea-t-elle. Et si oui, quelle sorte de père était-il? Que faisait-il hors des heures qu'il lui consacrait, durant lesquelles il s'efforçait de l'instruire selon ses idées et croyances? Chloé dut se contrôler pour ne pas toucher le bras de son maître, ne pas le remercier. Quand il fut parti, sa phrase « Madame, vous êtes un plaisir » la réconforta si durablement qu'elle n'éprouva pas de ressentiment quand Slade ne rentra pas pour dîner. Elle prit son repas seule, en souriant, et se répéta les mots de M. Yang jusqu'à avoir le sentiment que même les « je t'aime » de Slade ne lui procuraient pas autant de satisfaction.

Chloé se demandait souvent pourquoi les épouses des Occidentaux en Chine passaient leur temps à se préoccuper de problèmes futiles – qui couchait avec qui, et qu'on ne pouvait pas se fier aux domestiques, et que ces Chinois étaient stupides, et qu'ils vous volaient outrageusement... Elle jouait au tennis trois matinées par semaine ; elle assistait à des galas au moins un après-midi par semaine et presque chaque soir. Elle possédait plus de jolies robes qu'elle n'avait cru en avoir dans toute une vie. Il se trouvait toujours un cavalier pour l'inviter à danser.

Et cependant le bonheur qui eût dû aller de pair avec cette existence lui échappait.

L'agitation qui avait toujours été sienne ne la quittait pas. Comme le sentiment de ne rien faire, d'être inutile. La nouveauté de la Chine, tout en perdurant, ne lui apportait pas ce qu'elle avait espéré. Les réceptions, où l'on voyait les mêmes personnes jour après jour, n'étaient pas plus palpitantes qu'à Oneonta. Elle attendait plus... beaucoup plus... de la vie. Mais toujours sans savoir quoi.

Lou Sidney, Slade et elle furent les seuls journalistes à être conviés au dîner du consulat britannique donné en l'honneur du nouvel ambassadeur à Pékin. Dans la mesure où il n'existait pas de gouvernement chinois central à proprement parler, un poste à Pékin signifiait seulement une vie plus terne qu'à Shanghaï. Dans la ville du nord, la communauté étrangère n'était pas si nombreuse. Il y faisait plus froid et plus sombre durant le long hiver, il n'y avait pas de distractions telles qu'en offrait Shanghaï, et pourtant Pékin était considérée comme la capitale d'un pays qui n'était en aucune façon unifié. Les ambassadeurs en mission là-bas présentaient leurs lettres de créances aux seigneurs de guerre locaux qui, n'exerçant aucun contrôle sur le reste de la Chine, ne pouvaient parler en son nom.

Comme dans la plupart des dîners, la conversation tomba bientôt sur Sun Yat-sen et son ambition d'obtenir un jour la présidence d'une Chine unifiée.

– Il m'apparaît comme un rêveur, déclara Slade, ses longs doigts pianotant sur la nappe blanche. Il n'a jamais pris les rênes. Il a passé plus de temps hors du pays qu'à l'intérieur.

– Mais nul n'est plus vénéré que lui par les Chinois. La Chine aux Chinois. Démocratie. Égalité. Liberté.

Chloé regarda l'homme qui venait de parler.

– Vous ne croyez pas à ces idées? interrogea-t-elle.

– Certes si, certes, rétorqua le causeur, toussant derrière sa main.

– Mais pas en Chine? persista la jeune femme.

Un silence pesant tomba sur la tablée.

Oui, pensa Chloé, les étrangers révèrent la démocratie chez eux, mais ils ont une peur bleue quand il s'agit de démocratie dans un pays qu'ils ont contribué à tirer du sommeil. Ils préfèrent le *statu quo*, lui avait expliqué Slade, par lequel ils exigent et reçoivent un traitement privilégié. Ils redoutent le moindre accroc qui bouleverserait les échanges commerciaux. Certains soirs, Lou et Slade s'asseyaient au salon, à fumer des cigarettes et boire des gin-tonic, pour philosopher sur ce pays où ils vivaient, et Chloé était tout oreilles.

Le lendemain du dîner, elle aborda le sujet avec M. Yang. Son professeur lui avait fait faire une simple traduction du chinois en anglais. L'exercice terminé, ils attendaient le thé au jasmin, le préféré du maître, pour lequel Chloé s'était prise de goût à son tour.

– Quel genre d'homme est le Dr Sun? questionna-t-elle.

M. Yang commença par hocher la tête, comme s'il ne parvenait à s'arrêter sur une réponse.

– Je pense... fit-il enfin, que le Dr Sun et ses disciples ont cru qu'une nouvelle espèce de gens naîtrait après le renversement de la dynastie mandchoue. Mais c'est impossible. A mon avis, les Mandchous furent renversés trop rapidement et trop aisément. Avant que quiconque ait eu le temps de réfléchir sur ce qu'il conviendrait de faire ensuite. Personne n'avait d'idée sur la façon de gouverner le peuple. Les seigneurs de guerre des diverses provinces n'avaient nul désir de renoncer à leur autonomie.

– N'existe-t-il pas plusieurs sortes de seigneurs de guerre?

M. Yang acquiesça.

– Ils vont des bandits qui terrorisent les villages à ceux qui protègent les grandes villes telles que Pékin. Tout dépend de leur puissance militaire. Ceux qui accaparent de grandes provinces ou jurent de protéger les cités obtiennent de l'argent par les impôts. Ils repoussent tous les intrus. Certains, dotés d'une puissante armée, dirigent une province entière.

Chloé songea au racket tel qu'il sévissait aux États-Unis.

– Les seigneurs de guerre des villages versent de l'argent aux seigneurs de guerre de leur province, ou de la grande ville la plus proche. Les seigneurs des cités payaient des impôts aux Mandchous. A présent qu'il n'existe plus de gouvernement central, peut-être gardent-ils l'argent pour eux.

– « Seigneur de guerre », quelle appellation sinistre!

– En Chine, le métier de soldat n'est pas profession honorable, approuva M. Yang. Seul le vulgaire rentre dans les armées. Ils violent, pillent, exploitent les gens, ils sont négligents et cruels. Un père ne souhaite pas voir son fils tomber dans pareil abîme. Les seigneurs de guerre, néanmoins, ont quelque utilité. Si vous acquittez les taxes à un seigneur de guerre, il jure de combattre tout autre seigneur ou bandit qui viendra dans votre village; il vous garantit la sécurité. Mais ce n'est pas un métier honorable.

– Pourquoi les gens se soumettent-ils à leur loi?

– Parce que le commun n'a pas les moyens de se protéger lui-même. Parce que c'est la façon de vivre en Chine depuis 1850.

– Et pour en revenir au Dr Sun?

M. Yang haussa ses épaules étroites, indiquant qu'il n'était pas trop fixé.

– Je crois que, comme il n'existait pas d'autre projet quant au devenir des millions de Chinois après le renversement des Mandchous, le Dr Sun a réussi à répandre l'idée d'une république. Paysans et commerçants n'avaient jamais été heureux de payer des taxes pour les fantaisies de l'impératrice douairière. Sans doute, si le pays est un jour unifié, pensent-ils qu'ils ne seront plus

76

imposés pour des extravagances quand ils ont à peine de quoi se nourrir.

A son ton, Chloé le devina sceptique.

– Vous ne le croyez pas?

Un léger sourire passa sur le visage du professeur.

– La nature humaine n'est pas prise en considération. Quelqu'un finira bien par collecter les impôts. Quelqu'un aura ce pouvoir. Et le pouvoir engendre la corruption.

– Toujours? interrogea Chloé. Vous pensez que le pouvoir corrompt *obligatoirement*?

Les mains de M. Yang disparurent dans ses grandes manches pour se croiser sur son estomac.

– Je ne connais que de rares exceptions. Confucius, Bouddha peut-être, votre Christ. Mais leurs disciples qui ont tenté de s'approprier le pouvoir sont devenus corrompus. Une idéologie n'est pure que si l'on garde les yeux sur une étoile lointaine. Quand elle s'approche, tombe entre les mains d'un seul, elle corrompt.

– Vous pensez que toutes les religions sont corrompues?

– Le confucianisme n'est pas une religion, souligna M. Yang, fixant par la fenêtre les branches du pêcher à présent dénudées. C'est un code d'éthique sur lequel baser sa vie.

– N'est-ce pas au fond la définition d'une religion, un code d'éthique? s'enquit Chloé.

M. Yang partit d'un de ses rares rires, si discrets qu'ils se résumaient à un léger bruit. Chloé revint à sa question de départ:

– Le Dr Sun est-il un homme bon?

– Je ne sais pas grand-chose de lui. C'est un chrétien.

Ce qui ne le rendait sans doute pas particulièrement estimable aux yeux de M. Yang. Glissant son signet de soie entre les pages de son livre, celui-ci signifia à son élève qu'il était sur le départ.

– Il a passé une partie de sa jeunesse à Hawaii et presque toute sa vie d'adulte en Amérique, poursuivit le maître. Je crois savoir qu'il est docteur en médecine, mais il n'a guère dû pratiquer. Il avait une épouse et deux enfants mais il les a abandonnés, semble-t-il, afin de collecter des fonds pour sa cause. Il a pris une seconde femme. Je ne sais rien de plus sur lui bien qu'il coure beaucoup d'histoires et d'espoirs sur son compte. Il est fort respecté. On l'appelle « le père de la Chine moderne ».

Sur ces mots, le professeur se leva et s'inclina légèrement. Lui rendant la politesse, Chloé l'accompagna jusqu'à la porte.

– Je crois que je vais partir en voyage pour dix jours ou deux semaines, annonça Slade alors qu'ils s'habillaient pour un dîner. Tu veux venir?

– Oui, répondit-elle aussitôt.

Savoir où ne lui importait pas.

– Je voudrais descendre à Canton voir si je peux obtenir une interview de Sun Yat-sen, essayer de cerner un peu sa personnalité. Il semble qu'il soit destiné à devenir président s'il peut mener à bien l'unification. Et si quelqu'un en est capable, c'est lui. Il est le seul héros en Chine aujourd'hui.

– Quand partons-nous? demanda Chloé qui s'examinait dans le miroir.

– En fin de semaine, qu'en dis-tu? Sun et son épouse sont américanisés; ils seront contents de recevoir un représentant de la presse américaine.

– Et moi de découvrir d'autres régions de Chine, fit Chloé en le rejoignant.

Slade l'embrassa sur la joue.

– Peut-être pourrais-tu rencontrer Mme Sun, essayer de voir un peu à quoi elle ressemble. Elle est allée à l'université aux États-Unis.

– Une Chinoise qui a reçu une éducation américaine? s'étonna Chloé.

– Ses sœurs également. Ce sont les premières femmes chinoises à avoir étudié en Amérique. A ma connaissance, les premières à avoir étudié tout court.

– C'est très inhabituel.

– Tu pourrais peut-être recueillir son témoignage, poursuivit Slade. Te voilà une vraie partenaire.

Rieur, il enlaça la jeune femme.

– Ça me plaît, rétorqua Chloé.

Et elle sourit; l'idée lui plaisait réellement.

9

– Mme Sun t'invite à prendre le thé pendant que j'interviewerai son époux, déclara Slade en entrant dans leur chambre d'hôtel.

A la fenêtre, Chloé contemplait le jardin derrière le rideau oscillant des bambous. Un jardin négligé, à l'image de tout ce qu'elle avait vu en Chine depuis dix mois.

Les trois jours de train depuis Shanghaï avaient été pénibles – foule, cohue, fumée de cigarettes étouffante, puanteur des wagons dans lesquels on avait sans aucun doute uriné. Elle avait passé la majeure partie du voyage la tête à la fenêtre. Les couvertures des couchettes, crasseuses, n'avaient pas dû être changées depuis le dernier trajet – ni de toute l'année, supputa Chloé. Il n'y avait pas de draps. Si elle dormit, ce ne fut que par intermittence, importunée par la saleté, les odeurs et les bruits de centaines de personnes.

Dans ces moments-là, elle haïssait la Chine. Elle se rappelait la salle de bains à Oneonta, toutes les salles de bains qu'elle avait connues, jusqu'à la plus modeste dans la maisonnette des Monaghan au bord du lac Michigan. Allongée dans sa couverture sale, elle conjurait de déchirants souvenirs de propreté et considérait avec nostalgie le miracle de l'eau courante.

A Canton, la poussière brunissait le feuillage des arbres qui bordaient les rues. La ville n'était sans doute pas aussi populeuse que Shanghaï, mais cela ne se voyait guère. Quand Slade la laissa seule, elle s'aventura à la découverte des lieux, sans crainte de s'égarer du fait qu'elle possédait un peu la langue. Elle connaissait les rumeurs sur le trafic d'esclaves blanches, des étrangères qu'on

79

enlevait pour les envoyer dans les bordels de Macao, Pékin, Canton ou Shanghaï, et dont jamais plus l'on n'entendait parler, mais elle refusait de se laisser effrayer par ces histoires.

Avoir son propre tireur de pousse-pousse à Shanghaï lui avait donné liberté de parcourir la ville, de se rendre au Bund pour des réceptions ou des visites. Elle était fière d'avoir choisi une demeure loin du quartier réservé aux Occidentaux. Elle s'y sentait toujours en sécurité; cela dit, elle n'était jamais seule. Bien que le cuisinier rentrât chez lui le soir, ainsi que la lingère et la femme de ménage, Gao Hu logeait dans une petite chambre derrière la cuisine. Et elle soupçonnait le tireur de pousse de dormir au-delà des hautes herbes, sous les saules au bord du fleuve. Elle ne s'en était pas enquise, préférant avoir les domestiques auprès d'elle la nuit durant les absences de Slade. La Chine l'intriguait plus qu'elle ne l'inquiétait. Mais, depuis l'incident survenu ce matin, elle était surtout en rage.

— Tu as entendu? questionna Slade avec une once d'agacement.

— Je réfléchissais.

Elle se tourna vers lui, avec l'envie de lui raconter ce qui s'était passé.

— Eh bien, cesse de réfléchir et prépare-toi.

— Ce matin...

— Dépêche-toi, insista Slade un peu plus irrité. Tu n'as même pas commencé à t'habiller. Je ne tiens pas à être en retard.

Elle comprit qu'il ne l'écoutait pas. Tant pis, se dit-elle en attrapant un chemisier de soie, elle lui dirait plus tard.

— Que sais-tu de Mme Sun? demanda-t-elle.

— Elle vient de l'une des familles chinoises les plus influentes, répondit Slade en dénouant sa cravate.

— C'est-à-dire?

Elle ramassa la chemise qu'il avait jetée sur le lit. Penché sur la cuvette, il se rinça les mains.

— Un père intéressant, d'après ce que je sais, qui pour une raison ou une autre s'est retrouvé à Boston quand il était gosse, dix ans, par là. Là-bas, les missionnaires lui ont mis le grappin dessus et l'ont converti. Jusqu'à l'expédier dans une université baptiste en Géorgie ou en Caroline du Sud. Il est devenu pasteur et est rentré ici pour enseigner notre dieu à son peuple!

Racontant cela, Slade riait tout en se séchant les mains.

– Quand était-ce? questionna Chloé qui lissa la cravate qu'il avait laissée choir au sol.

– En 1880 ou quelque chose d'approchant. Et comme on dit des missionnaires partis à Hawaii : ils y sont allés pour bien faire et se sont fait grand bien.

– Tu veux dire qu'il a amassé une fortune! s'exclama Chloé enfilant sa jupe noire.

– En publiant des bibles. Il est devenu le plus important éditeur de la Bible en Chine. D'après ce que j'ai ouï dire, lui et le Dr Sun furent largement impliqués dans le renversement des Mandchous et la tentative d'instaurer une république...

– Donc, reprit Chloé, le père de Mme Sun...

– Charlie Song.

– Était un ami de son mari? Elle doit être beaucoup plus jeune que son époux en ce cas.

– Oui. Charlie a envoyé ses trois filles, Ai-ling, Ching-ling – Mme Sun – et Mei-ling en Amérique quand elles étaient jeunes. Les deux cadettes devaient avoir dix ou onze ans quand on les a expédiées à l'autre bout du monde. Elles y sont restées jusqu'à revenir diplômées. Les fils sont partis également. L'aîné est allé à Harvard. Il est le conseiller financier de Sun.

– Comment sais-tu tout cela?

Sans répondre, Slade s'assit sur le lit pour mettre ses chaussures.

– Allons, parle-moi encore de Mme Sun, le pressa Chloé.

– Vrai ou faux, on raconte que son père et toute la famille ont cessé de la voir quand elle a épousé Sun. Il est assez vieux pour être son père. Elle a une trentaine d'années et lui cinquante-huit ans.

Aux yeux de Chloé, coucher avec un homme assez âgé pour être votre père confinait à l'inceste. Elle se figura une peau pâle et fripée comparée au teint doré de Slade, dont le physique athlétique et la minceur étaient pour elle si attirants.

– Ils sont mariés depuis neuf ou dix ans maintenant, poursuivit Slade. Lui était au Japon, tout comme les parents de Ching-ling, quand elle est rentrée en 1913 avec une licence de lettres. Elle a remplacé sa sœur Ai-ling comme secrétaire auprès de Sun, puis l'a épousé. La rumeur a couru qu'il était déjà marié; moi, j'ai entendu affirmer qu'il avait déjà divorcé de sa première femme, à laquelle il était marié depuis trente ans ou plus puisqu'il a un fils plus âgé que Mme Sun. Peut-être ont-ils considéré que son premier mariage, n'étant pas chrétien, était nul et non avenu.

– Ils ont peut-être une maîtrise en rationalisation, lâcha Chloé.

Slade la regarda et éclata de rire.

– Filons. Je veux que tu découvres la vraie Mme Sun, la véritable Song Ching-ling.

Quand ils parvinrent chez les Sun, une maison haut perchée sur une colline qui dominait Canton, un domestique désigna à Slade une porte par laquelle celui-ci disparut ; puis l'homme conduisit Chloé dans un long couloir jusqu'à un salon meublé à l'occidentale. Si çà et là étaient disposés des objets d'art chinois anciens, la pièce aurait pu se trouver en Amérique.

Une porte s'ouvrit pour livrer passage à une femme petite et infiniment gracieuse, qui semblait glisser plutôt que marcher. Elle était vêtue d'une longue robe de soie verte chatoyante, chaussée d'escarpins vernis noirs. Ses cheveux rassemblés sur sa nuque dégageaient de longues boucles d'oreilles de jade assorties à sa robe. Dans ses grands yeux lumineux, Chloé lut une absolue pureté.

Jamais elle n'avait vu personne plus adorable dans son apparente fragilité, ni traits plus exquis.

– Je suis Mme Sun Yat-sen, déclara la femme d'une voix douce.

Elle tendit la main droite à la façon occidentale ; dans la gauche elle tenait un mouchoir de dentelle blanche. D'un geste elle proposa de s'asseoir. L'imposant fauteuil où elle prit place face à Chloé accentuait sa délicatesse. On apporta le thé ; elle fit le service et tendit à Chloé une tasse de porcelaine finement décorée.

– Vous avez récemment terminé vos études à l'université, je crois, dit-elle. J'ai pensé m'autoriser un peu de nostalgie. Et puis, il sera bien plus amusant de bavarder avec vous plutôt que d'assister à l'entretien des hommes.

Chloé ne parvenait pas à détacher les yeux de cette femme. Pour la première fois de sa vie, elle avait l'impression d'être en présence d'une personne royale. Elle n'eut pas conscience d'avoir parlé avant que Mme Sun ne réplique dans son anglais impeccable :

– Oui, au moins nous aurons une Chine unifiée. Il en est temps, ne trouvez-vous pas? Mais je discute politique nuit et jour. Parlez-moi plutôt de l'Amérique. Je n'y suis pas retournée depuis au moins dix ans. Quelles années heureuses j'y ai passées! J'y ai séjourné de douze à vingt et un ans.

– Sans voir votre famille durant tout ce temps?

Quel effet cela faisait-il de grandir parmi des étrangers? s'interrogeait Chloé, de rester si longtemps en exil?

Mme Sun lui sourit et elle fut éblouie.

– Je n'ai pas vu mes parents mais mes sœurs étaient avec moi. Ai-ling, ma sœur aînée, étudiait à l'université de Macon, en Géorgie, quand Mei-ling, ma petite sœur, et moi-mêmes fûmes envoyées là-bas. Mei-ling est la seule de nous trois à n'avoir pas du tout grandi en Chine; elle n'avait pas huit ans quand notre père nous a envoyées aux États-Unis. Elle ne revit pas nos parents avant d'être sortie elle aussi diplômée de l'université. Elle a eu une éducation complètement américaine et n'est rentrée que récemment. Ai-ling et moi, en revanche, sommes de deux cultures. Quand je suis revenue, je me sentais plus américaine que chinoise. Je continue de combattre ce sentiment, ajouta-t-elle avec un sourire, même si pour rien au monde je ne renoncerais à mes années d'Amérique. Elles ont considérablement élargi mes horizons.

– Votre famille ne vous manquait pas?

– Je ne me sentais pas loin des miens. La plupart étaient avec moi. Dites-moi à quoi ressemble New York aujourd'hui. La ville a-t-elle beaucoup changé? Avant de connaître Washington et New York, j'ignorais que des villes puissent être si propres.

Chloé se prit à rire. Jamais elle n'avait entendu qualifier New York de « propre ». Cependant elle comprenait ce que voulait dire Mme Sun.

Ensuite celle-ci lui demanda si elle se plaisait à vivre à Shanghaï; elle-même avait vécu jusqu'à ses douze ans dans une grande maison des faubourgs de cette ville.

– Nous étions parmi les premiers à avoir installé des sanitaires. Cela me manque énormément en Chine, ajouta-t-elle avec un sourire.

– Je ne suis pas la seule dans ce cas? fit Chloé.

– J'espère que vous n'êtes seule en aucune façon, que votre mariage sera aussi heureux que l'est le mien.

Ses yeux étincelèrent et sa voix gagna en intensité :

– Les rêves de mon enfance ont une chance de devenir réalité. Mon époux et moi partageons le même rêve, une Chine libre, où chacun ait sa chance, où personne ne soit affamé...

Le regard rivé sur quelque idéal invisible et lointain, elle semblait ne plus seulement s'adresser à Chloé.

– ... où les gens ne meurent plus du fait des famines, des épidémies et des guerres. Où les riches cessent de s'enrichir sur le dos des pauvres, où les pauvres ne vivent plus comme des bêtes. Où mon peuple puisse être libre, où l'éducation soit possible pour tous ceux qui le désirent. Où mes compatriotes ne vivent plus comme au Moyen Age.

Elle tordit son mouchoir de dentelle entre ses doigts et se pencha en avant, fixant maintenant son interlocutrice droit dans les yeux.

– Savez-vous que nous n'avions pas recours à la médecine occidentale jusqu'à une date récente, quand quelques Chinois ont fait leurs études en Angleterre ou aux États-Unis ? Savez-vous que nous avons à peine quelques ingénieurs, si peu d'hommes pour rêver à l'avenir de notre pays, si peu d'industriels, si peu qui comprennent le système bancaire international ? Notre heure est venue ! Le monde pense que nous en sommes incapables, je le sais, mais nous leur prouverons qu'ils ont tort.

Cette fois, bien qu'elle regardât Chloé, celle-ci eut l'impression que Mme Sun se parlait davantage à elle-même. L'énergie qu'elle déployait fascinait l'Américaine, comme l'éclat de ses yeux, la fièvre qui en émanait.

– Ce n'est pas que les Chinois ne soient pas rudes à la tâche. Ils œuvrent à des travaux sans fin, comme des bêtes de somme. Ils n'ont pas d'autre opportunité que cette existence misérable. Mon époux les sortira des ténèbres et les conduira au XXᵉ siècle !

Le cœur de Chloé battait la chamade. Quel feu ! Quelle mission ! Quel idéalisme ! Et songer que, pour cette femme, cela était possible. Pour son mari. Pour ce pays. Elle sentit des larmes lui monter aux yeux et battit des paupières pour les endiguer.

Mme Sun se renfonça dans son grand fauteuil et parut se détendre. Son sourire se fit plus serein.

– Je n'imagine pas ma vie sans mon mariage avec le Dr Sun. Le mariage est l'avenue vers l'accomplissement des rêves, conclut-elle avec une tendresse soudaine.

Lorsque Slade eut terminé avec Sun Yat-sen, un domestique le conduisit au salon où Mme Sun se leva pour l'accueillir en lui tendant la main.

– C'est un honneur de rencontrer l'époux d'une femme que sa renommée a précédée.

Un instant, la main de Slade se figea dans le vide, marquant une hésitation.

– C'est mon mari, non pas moi... protesta Chloé.

Le rire de son hôtesse lui parut aussi musical que le chant d'un luth.

– Votre mari est célèbre en Amérique, reprit Mme Sun, souriant directement à l'intéressé. Mais votre acte de ce matin vous a fait connaître de tout Canton.

Slade haussa un sourcil interrogateur.

Comment a-t-elle pu en avoir vent? se demanda Chloé.

– Qu'a donc fait ma femme ce matin?

– Elle a frappé l'homme qui est un peu l'équivalent d'un maire dans votre pays : Ch'en, le seigneur de guerre de Canton! Elle lui a asséné un coup d'ombrelle sur la tête.

Le rire de Mme Sun repartit comme un son de clochettes; elle n'avait nullement l'air bouleversé.

– Le maire? répéta Chloé, abasourdie. Le seigneur de guerre?

– Mon Dieu, Chloé! souffla Slade, fixant sa femme avec une expression atterrée. Qu'as-tu fait?

– J'ai essayé de t'en parler...

Toujours souriante, Mme Sun posa la main sur le bras de Chloé.

– Ma chère, Canton a éclaté de rire en apprenant qu'une Américaine avait battu l'arrogant Ch'en. Et avec une ombrelle!

– Je n'avais rien d'autre, fit Chloé. Il était en train de frapper un coolie avec un tel acharnement que j'ai pensé que le pauvre homme allait en mourir. Il saignait, je l'ai conduit à l'hôpital.

– Chloé, pour l'amour de Dieu! Reste en dehors de cela. Tu es...

– Elle est merveilleuse, coupa Mme Sun. Nous avons tous été enchantés.

85

Dans le pousse-pousse, Slade garda le silence durant tout le trajet de retour à l'hôtel, puis pendant plusieurs heures. Au dîner, Chloé essaya de lancer la conversation :

– Comment s'est passée ton interview ?

– Bien, répondit-il, prenant une crevette entre ses baguettes. Sun a un conseiller russe, Nikolai Zakarov, un homme grand et fort. Il est resté assis sans dire un mot jusqu'à la fin de l'entretien, quand on a apporté le thé. Je dois le revoir demain. Il est gigantesque, avec une tignasse noire et une barbe touffue. Il m'a plu, bien qu'il soit communiste. Il a un charme fou.

– Tu ne trouves pas inquiétant qu'un des leaders de la Chine ait un communiste pour conseiller ?

Chloé avait à cœur que Slade continue à parler, qu'il sorte de sa bouderie.

– Il semble que ce Zakarov ait organisé l'école militaire de Whampoa pour Sun Yat-sen. Les Chinois ne connaissent rien aux tactiques de guerre modernes ; Zakarov a su créer une armée efficace dirigée par un jeune chef appelé Tchang Kaï-chek.

– N'est-ce pas le plus alarmant, une armée chinoise sur le modèle bolchévique ?

– Je doute que le Kouo-min-tang soit puissant à ce point.

Reposant ses baguettes, Slade but une gorgée de bière chinoise tiède.

Chloé n'ignorait pas que le Kouo-min-tang avait mené la révolution de 1911 ; bâti lentement au fil des années, c'était le parti le plus important et le plus fort en Chine, le seul à être unifié derrière son leader Sun Yat-sen.

– J'ai l'impression que Sun n'est pas un chef efficace, reprit Slade, en raison de son idéalisme. Un homme pétri de rêves glorieux qui ignore comment les réaliser. Ce Zakarov doit savoir, lui.

– La Chine va devenir communiste ?

Du communisme elle ne connaissait guère que le jugement de son père qui le trouvait brutal, cruel, asservissant, éminemment dangereux. Il supprimait la liberté individuelle et allait à l'opposé de la démocratie tout en réclamant l'égalité pour tous. Le père de Chloé blâmait la révolution russe et l'idéologie qui la portait pour toutes les grèves en Amérique.

– La présence d'un Russe ne signifie pas que toute la Chine va devenir communiste. A mon avis, ce Zakarov est

86

un organisateur hors pair. Et il a l'oreille de Sun. Il œuvre sans doute pour le rétablissement de Sun comme président, que ce soit en réalité ou en tant que marionnette.

– Mme Sun n'ira jamais croire que son mari puisse être un homme de paille, assura Chloé.

– Les femmes aiment penser que leurs hommes sont forts.

Chloé dévisagea son mari. Tous les hommes aimaient-ils à penser que leurs femmes étaient faibles ?

– Mme Sun est forte en tout cas, dit-elle.

– Elle m'a paru plutôt fragile, féminine et fort jolie.

Jolie ! Pour Chloé, Mme Sun était bien plus que cela.

– N'oublie pas que nous sommes des invités dans ce pays, lui rappela Slade alors qu'ils s'apprêtaient à se coucher. Ne te remets pas à frapper quelqu'un ou à t'interposer entre un maître et un serviteur ! Le maire ! Mon Dieu, il pourrait y avoir des répercussions terribles !

– J'ignorais qu'il était maire, seigneur de guerre ou que sais-je...

– Chloé, ce que les gens pensent de moi en Chine est primordial, s'emporta Slade.

– Il battait un garçon recroquevillé dans le caniveau, du sang lui coulait de l'oreille et d'un œil. Mon seul recours pour l'arrêter...

– J'espère que tu ne recommenceras pas. Leurs habitudes ne sont pas les nôtres. Tu es dans *leur* pays. Je ne veux plus jamais entendre ce genre d'histoire. Compris ?

S'étant mis au lit, il tira la cordelette qui commandait la moustiquaire, et le rideau de tulle tomba pour les séparer. Chloé resta à dévisager son mari à travers le voile.

– Tu m'entends bien ? insista Slade.

Les poings serrés, furieuse d'être traitée en garnement, elle ne répondit pas.

– La renommée de votre femme la précède ! marmonna Slade dans son oreiller.

Elle attendit qu'il soit endormi pour se coucher, mais demeura éveillée, fâchée contre Slade. Comment osait-il lui parler ainsi ?

Puis son esprit revint à la femme qu'elle avait rencontrée aujourd'hui, cette femme qui était sur le point de réaliser ses rêves d'enfant. Elle essaya de se remémorer ses propres aspirations. Avoir un cheval. Être embrassée par Will Hendrix. Quelle gamine idiote je faisais, pensa-t-elle. Et elle se demanda si elle ne l'était pas encore, à jouer au tennis, aller de réception en réception, jouer à la femme d'intérieur en Chine avec cinq domestiques. Elle était si futile, comparée à Mme Sun.

Deux jours plus tard, Chloé recevait un message de Mme Sun, l'invitant, puisque la journée était si belle, à l'accompagner en promenade au parc Liuhua. Le tireur de pousse de Mme Sun l'attendrait de l'autre côté du pont à deux heures.

Chloé et Slade séjournaient à l'hôtel *Guangzhou*, sur l'île Chamien, au milieu de la rivière des Perles. L'île, avait expliqué Slade, n'avait été à l'origine qu'un banc de sable. A présent, à l'instar du Bund de Shanghaï, c'était le quartier réservé aux étrangers et interdit aux Chinois. De magnifiques villas bordaient le fleuve. Deux ponts reliaient l'île à la ville, qui, la nuit, étaient fermés par des portes de fer.

Dans l'île, palmiers et banians ombraient les avenues; on y jouissait de luxuriants jardins tropicaux, de courts de tennis, d'un terrain de football et d'un club de voile.

Chloé trouva Mme Sun qui l'attendait sur l'autre rive.

– Je suis certaine que *vous* pourriez obtenir la permission de traverser, fit-elle, fort gênée par la situation.

– Je n'en ai pas le désir, répondit la Chinoise tandis que Chloé grimpait dans le pousse. Je ne veux être différente en rien de mes compatriotes. Je préfère laisser les autorités s'efforcer de m'humilier, ainsi je garde à l'esprit que nous devons nous débarrasser de la domination étrangère. Nous ne devons nous laisser ni intimider ni exploiter.

Chloé avait envie de s'excuser pour tous les abus des Occidentaux.

Tandis qu'elles se dirigeaient vers le parc, Mme Sun indiqua plusieurs points dignes d'intérêt à son invitée. Les coolies couraient parmi les milliers de cyclistes et de piétons. Malgré les mois déjà passés en Chine, Chloé était toujours aussi impressionnée par la foule.

Le parc Liuhua – qui signifiait « parc du torrent de fleurs », comme l'expliqua Mme Sun – était charmant avec ses lacs et ses massifs de bambous. Des promenades couvertes bordaient la pièce d'eau principale; des arches de pierre franchissaient les bassins de moindre surface. Mme Sun suggéra de s'arrêter à l'abri d'un pavillon. Le lac était verdi par les algues et empestait les latrines publiques ; soit Mme Sun ne le remarquait pas, soit elle n'en avait cure. Peut-être la vie en Chine finissait-elle par vous endurcir...

– J'ai appris que votre premier contact avec notre pays fut un véritable choc.

Chloé dévisagea sa compagne avec étonnement.

– Une amie de New York m'a envoyé l'article que vous avez écrit sur votre première journée en Chine.

– A New York ? s'exclama Chloé. Il a été publié à Chicago.

– Quoi qu'il en soit, reprit Mme Sun avec un sourire, l'article qu'elle m'a adressé figurait dans le *New York Herald Tribune*. Votre témoignage m'a rappelé ce que j'ai éprouvé lors de mon retour, après dix ans passés aux États-Unis, face à des pratiques telles la décapitation et le garrot.

– Le garrot ?

– Oh, une méthode très prisée en cas de condamnation à mort. On entoure le cou de la victime d'un lacet et on serre, centimètre par centimètre, si lentement qu'il pénètre la chair. J'imagine que soldats et seigneurs de guerre prennent grand plaisir à voir la peur et la douleur de la victime. Sans parler de la satisfaction de faire subir à un ennemi la plus pénible des strangulations.

Stupéfaite, Chloé avait peine à croire que de telles paroles puissent venir d'une personne aux yeux si bons.

– Mais nous nous éloignons du sujet. Votre article était très humain. J'ai vu la tête rouler à vos pieds, j'ai senti les odeurs que vous respiriez en remontant le Houang-pou. Vous avez écrit sur mon peuple et sur vos émotions, cela m'a touchée.

Fierté et gêne assaillaient Chloé.

– Je vous demande, reprit Mme Sun en lui couvrant la main, d'écrire de la même façon sur mon époux et notre cause.

– Je ne suis pas journaliste, se défendit Chloé. C'est mon mari.

– Il rend compte des faits et il sait bien le faire. Mais jusqu'ici, on n'a écrit sur nous que des faits. Souvent erronés, évidemment. Réfléchissez-y, vous voulez bien ?

Décidément son sourire éblouissait Chloé. Je ne peux

89

pas, pensa-t-elle. La réaction de Slade la dernière fois lui était restée en mémoire.

– Je ne saurais que dire, souffla-t-elle.

Pourtant elle se sentait terriblement contente. Le regard de la Chinoise vola vers le lac ; il y régnait une paix inaccoutumée ; les bruits de la ville ne leur parvenaient plus. Soudain, elle revint à Chloé.

– J'aimerais que vous restiez à Canton un moment. Oui, cela peut vous paraître idiot, poursuivit-elle devant l'air ébahi de l'Américaine, mais je me sens parfois si seule. Non pas physiquement, mais nul ne me comprend en dehors de mon époux. Et il est tellement occupé. Il a besoin de moi, je le sais. Je suis importante pour lui et sa cause. Mais le reste du temps je n'ai personne, pas d'amie. Mon passé si différent de celui des autres Chinoises me sépare d'elles. Je n'ai personne à qui parler, avec qui rire, personne à qui me confier.

« Je sais, continua-t-elle. Je sais ce que c'est que d'être séparée de son mari. Ma demande est très égoïste. Mais peut-être pour quelques semaines, un mois ? Nous serions honorés de vous recevoir chez nous.

Son sourire se mua en rire.

– Pensez à nos sanitaires à l'occidentale ! La seule concession que je m'autorise ! Vous pourriez prendre le temps de nous observer, de nous *comprendre*...

Slade n'apprécierait pas, songea Chloé. L'écriture était *son* domaine ; il l'avait fait clairement savoir.

Mais son article avait été repris par le *New York Herald Tribune* ! Mme Sun lui faisait une offre pour laquelle tout correspondant à l'étranger se serait damné ! Slade comprendrait. Puis cette femme la fascinait comme personne encore. Oh, quel plaisir de séjourner auprès d'elle, d'écrire sur elle, d'expliquer au monde entier vers quoi tendaient les efforts des Sun ! Expliquer au monde ? Oh, mon Dieu !

– Laissez-moi demander à mon époux. Je suis flattée, madame Sun.

– Mes amis m'appellent Ching-ling.

Quand Chloé parla à Slade de l'invitation, elle omit la requête de Mme Sun qu'elle écrivît principalement sur son mari. A sa surprise, Slade ne réagit pas comme elle l'avait redouté.

– Fantastique, Chloé! Tu observeras les Sun Yat-sen de l'intérieur. Quel coup! Bien sûr, restes-y un mois si c'est ce qu'elle souhaite. Tu imagines? Qu'est-ce que je ne vais pas écrire grâce à ton témoignage!

Trois jours plus tard, il partait. Chloé allait s'installer chez le Dr et Mme Sun Yat-sen.

10

Jamais Chloé n'avait rencontré d'homme plus imposant que Nikolai Zakarov. Ses cheveux bouclés étaient aussi noirs que ses yeux, son teint presque bistre; les traits dominants de son visage étaient une barbe fournie, bien différente des boucs soigneusement taillés que Chloé voyait quelquefois, et des yeux ardents, vivants, curieux, interrogateurs. Quelque chose d'indéfinissable dans ce regard le rendait un peu oriental. Lorsqu'il entra dans le salon des Sun, Chloé eut l'impression qu'il bridait une vitalité inouïe.

Voilà un homme vigoureux, se dit-elle, habitué à donner des ordres, qui se sent porteur d'une mission (elle fut surprise que ce mot lui vînt à l'esprit) et ne doute pas de la justesse de ses objectifs.

Des pensées qu'elle eut à cet instant, elle n'aurait conscience que plus tard, quand elle se rappellerait à quel point il l'avait bouleversée. Il portait un costume blanc à l'occidentale en lin légèrement froissé. Il s'inclina devant Mme Sun, prit la main qu'elle lui tendait.

– Nikolai , fit Ching-ling de cette voix douce que Chloé aimait entendre, je suis si heureuse que vous soyez venu. Ce soir, il n'y a que nous et notre invitée. Je vous présente Mme Cavanaugh. Le docteur sera un peu en retard, ce qui vous donnera l'occasion de faire connaissance. Nous avons tous trois passé de nombreuses années aux États-Unis.

De l'autre bout de la pièce, le grand Russe sourit à Chloé, sans détourner les yeux comme le faisaient les Chinois mais au contraire en la regardant franchement, puis il avança vers elle avec une grâce léonine. La main qu'il lui offrit surprit Chloé non par sa force mais par sa douceur. C'était donc là ce bolchévique russe que Slade appréciait.

– J'ai rencontré votre mari, déclara-t-il dans un anglais où perçait à peine une pointe d'accent.

Mme Sun s'installa dans le large divan.

– Nikolai, dit-elle avec son lumineux sourire, nous aide à réaliser nos rêves pour la Chine. Nikki, racontez à Chloé vos années d'Amérique.

Tous trois furent bientôt installés : Chloé à côté de Ching-ling, Nikolai dans le fauteuil en face d'elles.

– Des années heureuses, précisa-t-il.

– Où étiez-vous ? questionna Chloé.

– A Detroit.

– Pour y étudier, comme l'a fait Mme Sun ?

Rejetant la tête en arrière, il éclata de rire.

– Je ne suis jamais allé à l'école que pour apprendre à lire et écrire le russe.

– Nikolai fuyait les tsaristes, expliqua Ching-ling. Racontez-lui, Nikki. Je suis certaine que Chloé aimerait entendre votre histoire.

– N'êtes-vous pas fatiguée de me la faire répéter à tous ceux qui vous rendent visite ?

– Jamais, rétorqua Mme Sun, radieuse. Il s'est retrouvé hors-la-loi, poursuivit-elle de sa voix argentine à l'adresse de Chloé, et il a dû choisir entre la Sibérie et l'exil.

– Je crains que ma connaissance de l'histoire russe soit encore plus médiocre que celle que j'ai de la Chine.

Ching-ling se leva et, les mains croisées devant elle, se mit à faire les cent pas dans le salon.

– Les tsaristes étaient pareils aux Mandchous. Insouciants de leur peuple, le maintenant dans un féodalisme arriéré, le laissant mourir de faim et de froid, vivre comme des bêtes désespérées, comme tant d'entre nous le font encore.

– Et comme encore de nombreux Russes, admit Zakarov. Mais c'est en train de changer.

Chloé remarqua une cicatrice sur le côté gauche de son visage, une fine ligne blanche qui naissait près de l'œil, descendait sur la pommette et allait se cacher dans la barbe.

– J'ai grandi dans le village de Ianovitchi, dans une région de forêts, très froide, très sombre en hiver, où tous les hommes étaient bûcherons.

– A douze ans, l'interrompit Ching-ling, il dégageait les rondins en brisant la glace des rivières gelées. Un travail très dangereux.

A voir la colère briller dans ses yeux noirs à l'évocation du passé, Chloé imaginait ce géant fort capable de travaux très dangereux.

Nikolai Ivanovitch Zakarov était né en 1892, troisième des cinq enfants d'Olga et d'Ivan Zakarov. Il se rappelait la paille dont on lui enveloppait les pieds pour que ses orteils ne gèlent pas. Mais on était toujours glacé jusqu'à la moelle et, parce que la paille meurtrissait sa jeune peau, il boitait et saignait dans ses sandales. A cinq ans, ses plantes de pied étaient si calleuses qu'il n'éprouverait jamais plus aucune sensation dans cette partie de son corps.

En hiver, on dînait à quatre heures et demie, de soupe et de pain noir. En été, on mangeait plus tard, parfois à neuf heures, quand il faisait encore jour. Il se souvenait des rires en ces soirs d'été, jamais à d'autres moments. Les femmes s'assemblaient autour d'un ouvrage; les enfants jouaient au ballon avec une vieille boîte ou trouvaient des cailloux ronds qu'ils faisaient rouler dans la poussière. Les jeunes filles s'asseyaient sagement entre elles et jetaient des regards langoureux aux jeunes hommes qui feignaient de ne pas les voir.

Chaque jour, tout le monde se mettait au travail avant l'aube et ne cessait qu'à l'heure du souper. Les femmes portaient le bois sur leur dos, chargées comme des ânes, et allaient pliées en deux sur les pentes montagneuses. Le soir, tandis que leurs époux s'asseyaient pour fumer leur cosse de maïs et discuter politique, elles nettoyaient la masure, préparaient à dîner, s'occupaient de la famille. Elles mouraient jeunes.

Il n'y avait pas d'école; Nikolai ne connaissait qu'une ou deux personnes sachant lire et écrire. De toute façon il n'y avait pas de livres à lire, aucun espoir, aucune idée, même de quitter Ianovitchi. Les seuls à partir étaient les malheureux qui s'étaient trouvés sur la route au moment où passait la cavalerie du tsar, qui enrôlait de force tous les hommes jeunes qui lui tombaient sous la main ce jour-là. De jeunes épouses ne revoyaient jamais leur mari; des fils disparaissaient. Trop souvent, on retrouvait le long des routes poussiéreuses des jeunes filles en sang après le passage des cavaliers.

Même quand il n'y avait pas assez d'argent pour mettre un os dans la soupe, il fallait acquitter les impôts. Si l'on n'avait pas de quoi, l'un des garçons de la famille devait partir travailler deux jours par mois à la scierie du tsar aux abords de la ville.

Un jour qu'il avait dix ou onze ans, un an avant de commencer son travail sur le fleuve, Nikolaï vit passer un traîneau tiré par six beaux chevaux. A Ianovitchi, peu de gens possédaient des chevaux, et jamais il n'en avait vu six à la fois. Le traîneau semblait voler sur la glace, éparpillant sur son passage un nuage d'étincelles argentées. Assis devant, le conducteur faisait fièrement siffler son fouet aux oreilles de ses bêtes.

Derrière lui, enveloppés dans des peaux d'ours, un homme et une femme coiffés de toques de fourrure se serraient l'un contre l'autre en riant. La femme regarda Nikolaï et, plissant le nez de dégoût, le désigna à son compagnon. L'enfant connut la honte, l'embarras. Il se sentit sale. Non qu'il eût jamais été très propre mais il se sentit sale jusqu'à l'âme.

Le traîneau passa, laissant dans la neige un sillage et dans le cœur de l'enfant une invisible empreinte. Pour la première fois, Nikolaï comprenait qu'il existait une autre vie, et qu'il était un inférieur. Ailleurs, dans le monde, existaient des gens qui possédaient bien plus que ceux de son village et qui vivaient dans le confort et le luxe.

A douze ans, on le mit au travail comme un homme. Briser la glace pour dégager le bois était un métier dangereux mais qui rapportait mieux que beaucoup d'autres. Ses parents essayèrent de protester mais le directeur de la scierie, après un seul regard sur sa silhouette musclée – il mesurait déjà plus d'un mètre quatre-vingts – leur proposa une paie si élevée à leurs yeux qu'ils ne purent refuser.

Quand au printemps la glace se rompait et que les eaux tumultueuses se précipitaient vers la mer, les troncs d'arbre pouvaient écraser un homme en un clin d'œil. A quatorze ans, Nikolaï était devenu fort adroit à la tâche, sous la tutelle d'Ivan Leonovitch.

Ivan savait lire et avait travaillé partout en Russie. Il berça Nikolaï de ses descriptions des grandes villes, lui expliqua comment les nobles vivaient de la sueur des paysans qui n'étaient pas mieux considérés que des chiens. Il parla à Nikolaï de bals si éblouissants et de tant d'autres extravagances que l'adolescent, en regardant les siens, sentait la rage lui monter à la gorge.

95

Ivan parla aussi de Lénine, de Trotski et de leurs rêves. Rêves que Nikolai fit siens.

– J'ai assez d'argent, déclara Ivan quand Nikolai eut seize ans. Je pars pour Saint-Pétersbourg rejoindre Lénine. Viens avec moi.

Nikolai partit. On était en 1908. Il n'osa pas dire au revoir à sa famille qui ne sut pas ce qu'il était devenu. Quand il reviendrait à Ianovitchi, des années plus tard, tous seraient morts.

A Saint-Pétersbourg, Lénine fut content du jeune homme. Sa vive intelligence et sa force physique seraient utiles. Il lui conseilla de porter la barbe afin de cacher sa grande jeunesse puisqu'il mesurait près de deux mètres. Nikolai joignit ses efforts à ceux d'hommes plus expérimentés afin de soulever les travailleurs, de leur faire prendre conscience qu'il existait une vie meilleure. Il apprit à organiser des grèves. Rien ne lui faisait peur. Rien ne pouvait être pire que l'existence là où il était né. Il courait les cités minières, les villes industrielles où l'on vivait dans la fumée, sous un voile gris qui recouvrait tout, incitait les bûcherons à refuser de briser la glace tant qu'on n'améliorerait pas leurs conditions de travail, séjournait dans des chambres sombres et froides. Et tout ce temps il écoutait Lénine et les autres parler d'un monde nouveau où les êtres humains ne seraient plus traités en bêtes, où l'on ne mourrait plus de faim ni de froid. Et il puisait là son courage.

Il vint en aide aux sans-logis recroquevillés contre les bâtiments, enveloppés de papier journal, et qu'on retrouvait morts au petit matin. L'idée de l'égalité pour tous ne le quitta plus. Il serrait les poings quand il voyait battre un pauvre hère, quand il lisait la faim dans les yeux des gamins, quand il voyait des traces de sang dans la neige qui lui rappelaient ses pieds sanglants d'enfant.

Par un froid après-midi, alors qu'il n'avait pas encore dix-neuf ans, il vit, de l'autre côté d'une clôture de barbelés, un directeur d'usine hurler contre ses ouvriers alignés, les épaules basses, et dans un élan de rage inouïe s'emparer soudain d'un fouet dont il frappa trois hommes. Des raies de sang apparurent sur leur dos à travers l'étoffe grossière des chemises. Nikolai entendit leurs cris, vit le directeur lever à nouveau le fouet.

Il sauta la clôture, tendit le bras et retint la lanière qui s'apprêtait à cingler une deuxième fois ses victimes. Deux hommes étaient tombés au sol. Il prit le fouet des mains du directeur et l'en frappa. Excité par les cris de l'homme, par ses prières geignardes, il était incapable de s'arrêter. Encore et encore il fit claquer le fouet déchirant la chair, fracturant les os, et ce ne fut que quand deux ouvriers l'écartèrent qu'il comprit. Nikolai Zakarov avait tué un homme.

Malgré, ou parce qu'il était l'une des étoiles montantes dans le firmament de Lénine, celui-ci l'appela auprès de lui le soir même et lui ordonna de quitter la Russie.

– J'ai des projets pour toi, dit le chef révolutionnaire. Je ne veux pas que tu meures. J'aurai besoin de toi à l'avenir, je ne veux pas que tu sois condamné à mort ou envoyé en Sibérie. Tu es trop précieux. Je t'envoie là où tu seras en sûreté.

L'Amérique? Quitter la Russie? Comment, en ce cas, travaillerait-il à la révolution?

– Apprends tout ce que tu peux, commanda Lénine. Étudie l'anglais, l'idée américaine d'égalitarisme. Mêle-toi aux prolétaires américains.

Nikolai resta bouche bée devant celui qu'il révérait. Comment vivrait-il à l'étranger? Où irait-il?

Il arriva à Detroit, trouva une chambre dans une pension miteuse qui lui parut le plus luxueux des logis. Il y avait une salle de bains à l'étage, des ampoules électriques au plafond, une autre à son chevet. On lui changeait ses draps chaque semaine et il s'émerveillait de leur blancheur. Il avait ses propres serviettes de toilette. Le petit déjeuner était compris dans le prix de la pension. Il errait dans les rues à se demander comment trouver un emploi quand il tomba sur une modeste maison de thé russe qui faisait office de foyer pour l'usine voisine. On y servait un bortsch copieux avec du pain noir; le soir, de la bière américaine et de la vodka russe. Il rencontra là d'autres Russes, dont certains qui travaillaient à l'usine, qui lui dirent combien la vie était douce en Amérique, l'invitèrent à dîner dans leur trois pièces et lui parlèrent de l'Irlandais, M. O'Toole, qui dirigeait le syndicat.

O'Toole fit dire qu'il recevrait Nikolai. Un jour, après déjeuner, Dmitri Yostakovitch l'emmena à l'usine et dans la petite pièce qui servait de bureau à M. O'Toole, Dmitri attendit avec lui.

L'Irlandais aux larges épaules observa Nikolai, balança sa chaise en arrière, dit quelques mots.

97

– Il veut voir tes mains, traduisit Dmitri.

Nikolai tendit ses grosses pattes qui émergeaient de ses manches trop courtes. O'Toole continua de le regarder tout en parlant à Dmitri qui lui répondait en anglais.

– Il a demandé si tu comprenais l'anglais. J'ai dit que non, que tu viens de débarquer, que tu veux apprendre. Devenir américain. Sur notre poste, le chef d'équipe est russe. On est presque tous russes ou lettons. On est tous au syndicat. On lui plaît parce qu'on travaille dur et qu'on ne cause pas d'ennuis.

O'Toole reprit en anglais, Dmitri traduisant :

– Tu peux venir travailler demain. A l'essai.

Nikolai regarda O'Toole, qui lui souriait largement, et de tout le bleu de ses yeux. Il tendit la main, Nikolai la prit en s'efforçant de ne pas serrer trop fort. Il n'avait encore jamais échangé une poignée de main avec un patron.

Contremaître à la fonderie, Daniel O'Toole était un homme baraqué, qui jurait sec, buvait de même et chantait comme un ange. Il devint l'Américain le plus important dans la vie de Nikolai.

Observateur attentif, Zakarov apprit rapidement son travail. Il était là depuis un mois quand O'Toole vint chercher Dmitri à la chaîne pour l'accompagner au poste de Nikolai.

– Il veut savoir si tu apprends déjà l'anglais. Si tu étudies.

Ne sachant pas même lire le russe, Nikolai pouvait encore moins étudier l'anglais. Il secoua la tête, se demandant si l'Irlandais allait le renvoyer.

Dmitri et O'Toole parlèrent encore jusqu'à ce que le contremaître griffonne quelque chose sur un morceau de papier, tourne les talons et s'éloigne.

Dmitri tendit le papier à son camarade.

– La fille de M. O'Toole est professeur d'anglais. Tu iras déjeuner chez lui dimanche après l'église, et sa fille t'apprendra l'anglais.

Nikolai fixa le papier, incapable de comprendre ce qui y était écrit. C'était l'adresse d'O'Toole. Le jeudi, Nikolai trouva quelqu'un pour lui désigner la maison. Il fut étonné qu'un travailleur puisse habiter pareille demeure. Elle devait bien comporter cinq pièces, peut-être six, avec un porche devant et un garage derrière. Il n'y avait pas de terrain autour mais des fleurs embellissaient les fenêtres et le porche. Il y revint le soir suivant, afin de s'assurer qu'il saurait la retrouver. Le samedi, il recommença pour être certain de ne pas se pedre ou arriver en retard. Comme il ignorait ce que signifiait « après l'église », il arriva sur place à dix heures et resta un peu plus bas dans la rue jusqu'à ce qu'il voie la famille revenir de qu'il supposa être l'église. Il attendit encore une demi-heure.

A la table des O'Toole, il garda le silence ; jamais il n'avait vu autant de nourriture à la fois. Jambon, pommes de terre bouillies, haricots verts, compote de pommes, salade de chou cru, petits pains frais tartinés de beurre et de confiture. Pour dessert, on servit une grosse tarte aux pommes agrémentée de glace à la vanille, mets que Nikolai n'avait jamais goûté. C'était le meilleur repas de sa vie.

Quand la table fut débarrassée et qu'on entendit Mme O'Toole faire la vaisselle dans la cuisine, O'Toole fit signe à son invité de rester assis, apporta un livre et fit venir sa fille Paula. Celle-ci s'assit en face de Nikolai. Elle était si timide qu'il se demanda si elle avait peur de lui.

Ce fut par cet après-midi d'avril, alors que les jours allongeaient, qu'il y avait dans l'air un soupçon de printemps, que les premières tulipes pointaient hors de la terre encore froide, que commença l'éducation américaine de Nikolai. Il se souvenait du premier mot qu'il avait appris. *Hand*. Main. Paula avait montré sa propre main et prononcé le mot. Puis elle avait désigné sa main à lui, répété le mot. Il l'avait prononcé à son tour, heureux comme un gosse au jardin d'enfants : *hand!*

Il pensait aussi que la jeune fille avait la main chaude et petite ; une brise printanière entrait par la fenêtre ouverte et faisait doucement osciller le rideau. Un sentiment de bien-être l'envahit quand il comprit qu'O'Toole lui offrait son amitié.

En juin, il parlait un peu et comprenait davantage, assez en tout cas pour pouvoir plaisanter avec ses collègues. Le soir, après le travail, il buvait une bière avec d'autres Russes, parfois avec O'Toole et ses amis. On en vint à parler base-ball ; ils eurent peine à croire qu'il n'y avait jamais joué, aussi l'emmenèrent-ils au parc, les samedis après le travail, afin de lui montrer comment on y jouait.

Paula était un excellent et patient professeur. Comme l'été approchait, elle lui proposa d'aller faire du canoë

99

sur le lac du parc. Elle lui montra comment pagayer, riant quand, se redressant dans l'embarcation, il tomba par-dessus bord et se retrouva les pieds englués dans le fond boueux.

Il eut vingt ans, puis vingt et un, et il y avait longtemps qu'il n'avait pas touché une femme. A l'usine, il obtint une promotion, nullement due à O'Toole qui lui dit qu'il était bon travailleur. Ensemble ils buvaient de la bière, discutaient du syndicat et de leur avenir. En ces occasions, Nikolaï apprit beaucoup sur le prolétariat américain. O'Toole et ses amis estimaient qu'ils avaient encore un long chemin à parcourir. Nikolaï, lui, jugeait qu'il en avait déjà parcouru un bon morceau. Il serait satisfait si, dans son pays, la révolution apportait autant aux travailleurs.

Il aimait beaucoup O'Toole et appréciait les déjeuners dominicaux qui rythmaient les semaines. Avec Daniel O'Toole et ses compagnons de la fonderie, il connaissait une camaraderie qu'il n'avait encore jamais partagée. Il adorait jouer au base-ball avec ses amis. Son travail lui plaisait, qui n'exigeait aucun effort mental, et il aimait l'épuisement physique au soir d'une rude journée de labeur. Comparé à ce qu'il avait fait en Russie, c'était facile. Ensuite, il prenait un bain, luxe rare en Russie, lissait du mieux qu'il pouvait sa chevelure rebelle, s'habillait de propre, et soit se rendait au bar où il retrouvait des amis, soit se promenait dans les rues de Detroit, soit, trois soirs par semaine, se rendait chez les O'Toole pour sa leçon avec Paula.

La douce voix de la jeune fille le caressait ; quand il la regardait, elle soutenait son regard et lui souriait avec une assurance croissante. Bientôt ils allèrent nager dans le lac ; plus tard ils se promenèrent sur les berges, admirant les couleurs de l'automne. Cet hiver-là, il apprit à patiner sur la glace. Il lui semblait que, sans sa rencontre avec les O'Toole et ses nouveaux amis, il n'aurait jamais su ce que rire voulait dire. Mais c'était surtout la timide Paula qu'il regardait éclore comme une fleur. Il avait des élans de désir pour cette fille tranquille, plutôt banale, qui paraissait plus vibrante chaque fois qu'il la voyait.

Il se rappelait encore leur premier baiser. C'était plus d'un an après le début des leçons.

— Vous parlez anglais presque sans accent, dit Paula, touchant le poignet de son élève.

Elle souriait, il posa sa grande main sur les siennes, et ils se regardèrent longuement avant que Nikolai ne l'attire vers lui. Quand leurs lèvres s'unirent, il sut qu'elle n'avait jamais embrassé personne. Il l'étreignit, lui prit la bouche jusqu'à ce qu'elle lui réponde. Quand il l'entendit gémir sourdement, il eut envie d'elle comme jamais il n'avait désiré les quelques filles qu'il avait connues dans sa jeunesse.

Le lendemain il demandait sa main à Daniel.

– J'espérais cela depuis longtemps, lui répondit le contremaître avec chaleur. Je serai fier de t'avoir pour fils, pour père de mes petits-enfants.

Il en alla ainsi. En deux ans et demi, Nikolai et Paula eurent deux enfants. Nikolai grimpait les échelons à l'usine comme au sein du syndicat. Il passait encore ses soirées avec son beau-père, à apprendre toujours plus sur le syndicalisme, les hommes qui le faisaient, le mode de vie américain. Bien qu'elle ne récrimine pas, Paula lui lançait des regards de reproche quand il rentrait tard à la maison, l'haleine fleurant la bière.

Elle crut que, après la naissance de Michaele, Nikolai resterait davantage à la maison, mais ce n'était pas là la vie qu'il entendait mener. Il trouvait plus d'intérêt à la compagnie de ses camarades de travail. Paula, c'était pour l'amour, pour la tendresse, et il déployait envers elle une douceur qu'il avait jusqu'alors ignoré posséder.

En quatre ans, son anglais était devenu si bon qu'il dévorait les classiques que Paula lui indiquait. Il lisait le soir au lit, Paula endormie. Ce fut en anglais qu'il découvrit Tolstoï, Dostoïevski, Tchekhov.

A ce moment-là, il décida d'apprendre à lire et écrire dans sa langue maternelle. Il s'inscrivit à un cours d'anglais pour immigrés russes et étudia à l'envers. Difficilement. Il ne lirait jamais sa propre langue aussi bien que l'anglais.

Il savait ce que désirait Paula mais n'était pas prêt à lui donner le temps qu'elle demandait. Pour le garder à la maison, elle entreprit de lui enseigner l'arithmétique ; il se passionna. Après, que ce fût par gratitude ou parce qu'ils avaient fait quelque chose ensemble, il lui faisait l'amour, toujours le mardi soir. Il y avait en Paula une certaine fragilité qui émouvait Nikolai ; il avait envie de lui faire plaisir. Les quelques filles qu'il avait connues en Russie, il les avait prises parce qu'elles étaient là pour ça, sans songer à leur plaisir, sans réel désir d'elles en tant que personnes, seulement parce qu'il avait besoin d'une femme. Avec Paula c'était différent.

Il ne l'aimait pas à la façon dont les Américains entendaient l'amour. Et il le savait car elle ne cessait de lui demander : « Tu m'aimes ? » Il aimait la Russie, voilà ce dont il était certain. Il aimait imaginer un monde juste. Peut-être aimait-il Daniel O'Toole, et parfois ce merveilleux pays d'où il attendait qu'on le rappelle. Jamais il ne se sentit américain. C'était une étape, un repos. Il se savait en attente, même quand les États-Unis entrèrent dans la guerre, même quand débuta la révolution russe. Pas un instant il n'envisagea de passer sa vie en exil.

Il en avait averti Paula avant leur mariage ; elle ne le crut pas. Elle secouait la tête, l'air de dire : « Tu changeras d'avis, attends. Personne ne renonce à la vie d'ici pour retourner dans son pays. Tu verras, tu deviendras chaque jour un peu plus américain. »

Même Daniel critiquait les bolchéviques. Il était difficile de trouver un seul Américain sympathisant du communisme. Jusqu'aux travailleurs qui se méfiaient des « Rouges. »

– Dieu merci, tu n'en es pas, répétait Daniel.

Nikolai ne se résolvait pas à détromper les O'Toole.

Vint pourtant le jour – ses fils Paul et Mikey avaient quatre et cinq ans – où un inconnu frappa à la porte de la maison qui n'avait cessé d'éblouir Nikolai. Cinq pièces, le chauffage central, la salle de bains, l'éclairage électrique !

– Nikolai Zakarov ? demanda l'étranger.

Pour les Américains, il était Nick Zakaroff, aussi sut-il sur-le-champ que l'homme venait de Russie. Il acquiesça. Le visiteur lui tendit une longue enveloppe blanche, malmenée mais close. Puis il se retourna et disparut dans la nuit. On était en août 1918.

– Qu'est-ce que c'est ? demanda Paula.

Nikolai la regarda à la lueur de la lampe qui faisait briller ses cheveux clairs, regarda les chaussettes qu'elle raccommodait sur ses genoux, le petit panier où elle gardait son nécessaire à couture. C'est fini, pensa-t-il, et il ouvrit l'enveloppe.

« Reviens à Moscou, était-il écrit en russe. J'ai besoin de toi. La Russie a besoin de toi. » C'était signé : « Lénine. »

Il dit à sa femme de faire les bagages, on partait en Russie. Paula lâcha son ouvrage, porta la main à sa gorge.

– Non, fit-elle d'une voix étranglée. Nous sommes américains. Les garçons et moi sommes américains.

– Moi, je suis russe, rétorqua Nikolaï. Je rentre au pays.

– Tu nous quitterais?

A cet instant, il pensa à l'humanité, à la grande égalité dont il rêvait pour tous, pour les hommes du monde entier, pour les hommes et les femmes ensemble.

Il n'avait nulle envie de la blesser, elle, la fille de son meilleur ami, la mère de ses enfants. Traversant la pièce, il vint s'agenouiller auprès d'elle, lui prit le visage entre les mains.

– Je rentre. J'aimerais que tu viennes.

S'il lui faisait l'amour maintenant, s'il lui montrait qu'il tenait à elle, elle viendrait, il le savait. Mais au fond, qu'elle vienne ou non lui importait peu. Celui qui lui manquerait le plus, ce serait Daniel, qui explosa de fureur quand il lui annonça la nouvelle.

Paula ne l'accompagna pas. Son père insista pour que Nikolaï, s'il refusait de renoncer à sa décision insensée, retourne seul en Russie et se rende compte de ce qu'était devenu son pays en huit ans. S'il était possible d'y vivre pour Paula et les garçons, alors lui, Daniel, leur paierait le voyage, même s'il détestait cette idée. Il croyait fermement en l'indissolubilité du mariage.

Au cours des deux ans qui suivirent, Nikolaï ne fit pas venir Paula. Lénine qui avait toujours eu de l'affection pour lui l'envoya dans une école militaire prussienne. Ce fut là que se révélèrent ses talents d'organisateur.

Ensuite, il revint à Detroit chercher Paula et les enfants. Mais sa femme ne devait jamais s'accoutumer à l'absence de chauffage central, à l'odeur de chou qui s'entêtait à pénétrer dans leurs trois pièces. Nikolaï avait beau lui expliquer qu'ils étaient privilégiés d'avoir trois pièces pour quatre, elle n'en fut jamais convaincue.

Elle ne put, ou ne voulut, apprendre le russe. Incapable de communiquer avec ses voisins, elle s'isola. Ses enfants qui allaient à l'école l'apprirent rapidement, jusqu'à se parler même à la maison dans la langue de leurs camarades et de leur père. L'isolement de leur mère s'en accrut, surtout quand Nikolaï fut envoyé en Angleterre pour soutenir la grève des mineurs britanniques.

Là-bas, il fut arrêté, emprisonné en Écosse durant six mois, tandis que sa femme devenait folle à se demander où il était et comment vivre dans un pays dont elle ne par-

103

lait pas la langue. Nikolai ne souffrit pas de son séjour en prison, il en profita pour apprendre. Il ne douta pas qu'il serait relâché, il savait la justice occidentale différente de la justice russe.

Quand on le libéra, ce fut pour l'expulser avec interdiction de remettre les pieds sur le sol britannique. Lorsqu'il revint à Moscou, Paula ne sortait plus, envoyant même les enfants faire les courses. Il la vit avec son visage maigre et blafard, ses cheveux négligés, et fut dégoûté de ce qui l'avait séduit autrefois. Elle le supplia de retourner à Detroit.

Or Lénine lui demandait de se rendre en Chine, pays en plein chaos qui, en mille ans, n'avait jamais eu d'armée organisée. Les puissances occidentales ayant ignoré les appels à l'aide de Sun Yat-sen, c'était l'occasion pour la Russie d'étendre sa forme de démocratie au pays le plus peuplé du monde.

Nikolai avait ordre d'assister Sun Yat-sen par tous les moyens, de créer une école militaire aux environs de Canton, où résidait le Dr Sun, et d'unifier les prolétaires chinois.

A trente ans, Nikolai Zakarov vit là la réalisation de ses espoirs, tout ce vers quoi avait tendu sa vie. La chance lui était offerte de tenter d'accomplir seul ce qu'avait accompli toute la révolution russe.

Il regarda Paula et devina la réponse avant de poser la question. Elle et les garçons l'accompagneraient-ils en Chine? Il les renvoya à Detroit.

Son travail consisterait à transformer le Kouo-min-tang balbutiant en un parti politique organisé. Il allait libérer la Chine des seigneurs de guerre afin que le Kouo-min-tang puisse devenir le fer de lance d'un mouvement de masse si puissant que le pays en serait à jamais changé. Sa tâche n'était pas tant de faire des Chinois des communistes que d'insuffler au Kouo-min-tang les buts et les idéaux communistes. Dès qu'il aurait fondé l'école militaire, conseillers et experts de l'armée rouge suivraient, avec le matériel indispensable. Dans le Transsibérien, durant huit jours et huit nuits, Nikolai eut peine à contenir la jubilation que lui procurait sa mission. Il allait jouer un rôle dans l'histoire, contribuer à favoriser la fraternité entre tous les hommes.

11

Depuis longtemps couchée, Chloé ne parvenait pas à s'endormir. Elle tâtonna dans l'obscurité, trouva sa lampe de poche et la dirigea sur sa montre. Une heure et demie, seulement. Il lui semblait attendre le sommeil depuis une éternité. Peut-être parce qu'elle dormait seule, sans personne auprès d'elle, sans Slade.

C'était aussi la pensée de Nikolai Zakarov qui la maintenait éveillée. Un homme remarquable, comme elle n'en avait jamais rencontré. Il avait les qualités et le charisme d'un chef qui, à son avis, manquaient au Dr Sun. Nikolai et même Mme Sun sentaient-ils que, si Sun Yat-sen devenait président, il ne saurait gouverner sans son conseiller russe ?

Chloé avait été fortement déçue par Sun Yat-sen. Sa femme et Nikolai avaient des personnalités autrement frappantes. Aussi fragile et féminine qu'elle parût, Chingling était en acier. Qu'avait-elle trouvé en ce vieil homme pour l'attirer ? Certes, elle l'avait connu petite en tant qu'ami de son père ; il avait vingt-six ans lorsqu'elle était née. Peut-être était-il son parrain. Peut-être dans sa jeunesse Sun Yat-Sen brûlait-il du feu et de l'énergie susceptibles d'enflammer la petite fille. Peut-être avait-elle emmené avec elle en Amérique l'espoir qu'il nourrissait pour le devenir de la Chine et n'avait-elle jamais séparé le rêve de l'homme qui l'incarnait.

Aux yeux de Chloé, le Dr Sun semblait usé, se plaignant continuellement de douleurs et de fièvres. Elle le soupçonnait de nourrir depuis plus de trente ans des rêves glorieux mais sans avoir jamais su comment les réaliser. N'était-il pas prophète plutôt qu'homme d'action ? Or c'était à l'action qu'il aspirait, et Chloé voyait là son défaut fatal. Elle admirait qu'il eût rêvé aussi grand, qu'il fût pétri d'espoir et d'optimisme pour l'avenir d'un demi-milliard d'individus. Pourtant il était clair qu'il ne savait comment les concrétiser. Son tempérament changeant désarçonnait tout le monde, sauf son épouse semblait-il.

Au dîner, tandis que Ching-ling et Nikolai débattaient du commandement de l'école militaire de Whampoa fondée par le Russe l'année précédente, Sun avait peu parlé, se concentrant sur sa nourriture. Selon Nikolai, il fallait choisir avec soin le futur commandant de l'école; ce devait être non seulement un militaire compétent mais un homme qui partageât leurs idéaux. Il suggérait Tchang Kaï-chek qui avait récemment passé plusieurs mois à Moscou afin d'y observer les opérations militaires.

Haussant ses jolies épaules, Ching-ling déclara de sa voix douce qu'elle n'avait pas confiance en Tchang Kaï-chek. Elle ignorait pourquoi.

— Peut-être me paraît-il plus attaché à sa propre réussite qu'à l'avenir de la Chine.

— N'avons-nous pas tous nos projets personnels? questionna Nikolai, portant son bol de riz à sa bouche, à la chinoise.

— Le devenir de la Chine n'est-il pas votre priorité? s'enquit Chloé sans réfléchir.

Nikolai regarda Ching-ling.

— J'ai voué ma vie à l'égalité de tous les peuples, de tous les hommes et...

Il se tourna vers Chloé pour lui sourire.

— De toutes les femmes.

— Je crois, fit Ching-ling, tapotant du bout des doigts le bord de son verre de vin, que la Chine est une étape pour Nikolai. Quand le pays aura changé, il se rendra ailleurs. Pour l'heure nous partageons le même rêve. Les limites du Dr Sun et les miennes sont les frontières de la Chine.

Occupé à choisir un morceau de poulet, Sun Yat-sen n'avait pas même paru écouter; or soudain il prit la parole comme s'il réfléchissait à voix haute.

— Tchang possède et l'entraînement du soldat et une vision de l'avenir.

Nikolai le regarda. Le vieil homme était revenu à son poulet.

— Il y a aussi à Canton ceux qui ne désirent pas l'unification, expliqua Ching-ling à Chloé. Les seigneurs de guerre craignent de perdre leur pouvoir. A juste titre. Quand nous serons au gouvernement, ils n'exerceront plus leur influence. Les paysans se soulèveront et le pouvoir sera au peuple.

– Que deviendront les seigneurs de guerre ou les gens qui s'opposeront à vous? interrogea Chloé.

– Ils seront soit convertis soit exterminés.

La réponse était tombée sans l'ombre d'une hésitation. Plus tard, Chloé ne se rappellerait plus qui l'avait prononcée. Ni même si c'était une voix d'homme ou de femme.

– La justice chinoise est prompte et les Chinois sont, selon les critères américains, cruels, admit Ching-ling. Ce sont les mœurs orientales.

– Nous ne sommes pas en Amérique, dit Nikolai à Chloé. Votre pays est violent, lui aussi, mais de façon différente. Avec des méthodes plus dissimulées, même si vous et les autres puissances occidentales considérez autrement votre propre cruauté et votre arrogance à l'œuvre en Orient.

Il hésita un instant avant d'ajouter :

– La Chine a toujours connu la cruauté.

– Et la Russie? demanda Chloé.

– Disons que je suis plus à même de comprendre la Chine, d'être en sympathie avec elle. Vous, en revanche, ne pouvez comprendre grand-chose à nos deux pays.

Certainement pas la cruauté, avait songé Chloé. Ni la saleté ni la pauvreté.

Ses souvenirs furent tout à coup interrompus par des coups de feu. Elle s'assit dans son lit. Une clameur retentit dans le lointain. Il y eut à nouveau des rafales de tirs. Des pétards? se demanda Chloé. En Chine, on les entendait aux heures les plus incongrues.

Puis elle perçut des bruits de pas dans le couloir, des voix étouffées. La porte de sa chambre s'ouvrit. La silhouette de Ching-ling se découpa à contre-jour.

– Habillez-vous, lança-t-elle d'un ton impérieux.

– Que se passe-t-il? questionna Chloé, sautant du lit.

– Les troupes de Ch'en marchent sur nous.

Ch'en, le seigneur de guerre de Canton, celui qu'elle avait frappé avec son ombrelle.

– Dépêchez-vous, venez dans ma chambre, conclut Ching-ling avant de disparaître.

Chloé prit seulement le temps d'attraper ses vêtements qu'elle avait jetés sur une chaise. Dans la chambre de son

107

hôtesse, elle trouva celle-ci habillée d'un pantalon d'homme et regretta de n'en avoir pas de semblable. Ching-ling paraissait avoir grandi ; elle se tenait droite et sa voix ne trahissait pas la moindre peur quand elle s'adressa à son époux :

– Une femme ne fera que t'encombrer, ne serait-ce que parce que tu t'inquiéteras pour moi.

– Nous devons rejoindre immédiatement la canonnière sur le fleuve, fit Sun sans paraître l'avoir entendue. De là, nous dirigerons la résistance contre les rebelles.

– Écoute, insista Mme Sun, posant une main sur le bras de son mari, je ne crois pas courir grand danger en tant que personne. Laisse-moi, je trouverai le moyen d'atteindre la canonnière. Toi, tu es le salut de la Chine, tu dois t'échapper. Emmène les gardes et pars sur-le-champ. C'est toi qu'ils veulent, pas moi.

– D'accord, acquiesça Sun Yat-sen, mais je laisse cinquante gardes pour vous protéger, toi et la maison.

– Je te retrouve sur la canonnière.

Le Dr Sun sortit, manquant se heurter à Chloé à laquelle il ne dit pas un mot.

Quand il fut parti, elle vit que Ching-ling tordait un mouchoir entre ses mains. Elle alla à la fenêtre et l'ouvrit.

La demeure des Sun se trouvait à mi-hauteur d'une colline. Détail curieux, une passerelle étroite partait du toit de la maison, passait par-dessus le large boulevard au bord duquel elle se dressait, reliant la grande demeure à un immeuble de pierre grise implanté de l'autre côté de la voie publique. Ce bâtiment cerné d'un jardin et de hauts murs abritait les bureaux de Sun Yat-sen. Ainsi le leader n'avait-il pas à affronter la foule ou les aléas de la circulation ; pour aller et venir, il empruntait la passerelle.

Par la fenêtre ouverte, Chloé distingua le feu de l'ennemi au bas de la colline. Des voix lointaines crièrent : « Tuez Sun. Tuez Sun Yat-sen ! » Il n'y eut pas de réplique, seulement des canons d'armes pointés silencieusement dans la nuit. A mesure que ses yeux s'accoutumaient à la nuit, Chloé distingua les gardes tapis au sol, fusil au poing, immobiles.

Ching-ling s'approcha et prit la main de son invitée ; elles restèrent côte à côte à scruter les ténèbres, présentement muettes. Tout au long de la nuit des coups de fusil retentirent.

Peu avant l'aube, Nikolai fit irruption dans la chambre, un pistolet à la main, le visage sombre comme un ciel d'orage.

— Où est le docteur?

— Parti, répondit Ching-ling. Depuis des heures. On n'a pas beaucoup tiré, je pense donc qu'il est en sûreté.

— Vous devez partir aussi, décréta le Russe. Je suis venu vous chercher.

A cet instant, alors qu'une ligne sanglante dans le ciel noir annonçait le point du jour, les tirs ennemis reprirent et l'un des gardes cria. Nikolai attrapa Chloé d'un côté, Ching-ling de l'autre, les précipita à terre. Des éclats de verre brisé tombèrent en pluie sur eux lorsque les balles fracassèrent les vitres.

Le bras de Nikolai pesait sur le dos de Chloé, l'obligeant à ne pas bouger.

— Pourquoi êtes-vous restées? chuchota-t-il avec colère.

— Ching-ling a convaincu le Dr Sun qu'une femme ne ferait qu'entraver sa fuite.

— Exact, maugréa-t-il, mais quelle bêtise. Nous devons sortir d'ici, reprit-il à l'adresse de Mme Sun. Vous savez aussi bien que moi ce qu'ils vous feront s'ils vous capturent.

La peur courut le long de la colonne vertébrale de Chloé, lui donna la chair de poule. Les balles continuaient de siffler; elle reconnut le tir saccadé des mitrailleuses.

— Restez ici, ordonna Nikolai. Je vais jeter un coup d'œil avant de décider du chemin.

Il rampa sur deux mètres avant de se relever, hors de portée des tirs.

Vingt minutes plus tard, il revint et tendit un pistolet à Mme Sun.

— Tenez, vous savez tirer.

Il regarda Chloé mais ne lui proposa pas d'arme.

— Un tiers de nos hommes au moins sont morts, reprit-il. Les autres résistent bien mais les munitions baissent.

— Oui, dit Ching-ling, il n'y a plus de raison de rester maintenant.

Soudain Chloé comprit que toute la nuit Ching-ling s'était attendue à mourir, et cela n'avait pas compté puisque le Dr Sun, et avec lui l'avenir de la Chine, était sauf.

– Le seul espoir, c'est la passerelle, expliqua Nikolaï. Leurs soldats attendent peut-être au bout mais il faut tenter le coup.

Il jeta un œil vers Chloé.

– N'avez-vous pas de pantalon pour elle?

Ching-ling disparut dans le couloir, revint avec un ample pantalon fripé et des sandales en paille.

– Cela devrait vous aller, fit-elle à Chloé.

– Je regrette, Ching-ling, reprit Nikolaï, mais vous ne pouvez rien emporter.

Bien qu'il ait refermé la porte pour laisser à Chloé le loisir de se changer, celle-ci entendit leurs voix dans le couloir.

– Elle va nous ralentir, disait Nikolaï.

– Je sais, soupira Mme Sun. Mais nous devons essayer de l'emmener.

Bientôt, ils gagnaient tous trois le toit par un petit escalier. La passerelle se détachait dans la pénombre. De part et d'autre, le passage était protégé par de solides garde-fous à travers lesquels on ne voyait rien. En tête, Nikolaï s'agenouilla, faisant signe à ses compagnes de l'imiter.

– Ne laissez pas dépasser un seul cheveu de votre tête, murmura-t-il.

Et il se mit à ramper. Mais il était si grand qu'à moins de se coucher à plat pour avancer centimètre par centimètre, il ne pouvait manquer de se faire repérer. Avant longtemps l'ennemi remarqua du mouvement sur le pont et se mit à tirer. Les balles sifflèrent au-dessus de leurs têtes; par chance celles qui touchaient le parapet étaient déviées et seul leur fracas résonnait aux oreilles des fugitifs. Couché à plat ventre, Nikolaï avançait en glissant lentement. Plus aucun signe de vie n'étant visible, les tirs cessèrent graduellement. Chloé avait peine à respirer dans sa lente progression.

Ils entendirent des cris, des coups de feu en rafale, quelqu'un hurla – cri de douleur ou cri de mort? Bien qu'il ne fît pas si chaud ce matin, Chloé sentait la transpiration lui couler sur le front, lui irriter les yeux. Ses genoux devaient être en sang à force de ramper sur le dur revêtement.

Soudain elle eut un rire incongru. Mme Sun tourna la tête, posa sur elle un regard interrogateur. L'idée l'avait traversée qu'elle avait toujours désiré une vie différente de ce que lui offrait Oneonta, et quoi de plus différent que ce qu'elle était en train de vivre!

Nikolai s'arrêta brusquement, Ching-ling et Chloé l'imitèrent. Il leur désignait quelque chose : devant eux, sur la droite, le garde-fou s'était effondré et il n'y avait plus de protection sur peut-être deux mètres. Ils se retrouveraient exposés à leurs ennemis armés.

La passerelle était trop étroite pour que Nikolai puisse se retourner et leur parler. Chloé n'entendit pas ce qu'il chuchota à Ching-ling mais celle-ci, à son tour, tourna la tête et expliqua :

– Il va falloir courir. Ils ne savent pas combien nous sommes. Nikolai va y aller, s'ils le voient ils essaieront de le suivre au bout de leur fusil mais ils attendront pour voir si quelqu'un suit. Quinze minutes plus tard, j'irai. Vous attendrez encore dix minutes avant de passer.

Les genoux douloureux, Chloé put voir Nikolai Zakarov se redresser lentement et s'élancer de toute sa vitesse. Elle entendit le crépitement sec des balles; Nikolai ne fut plus qu'une ombre qui filait, puis il s'arrêta net pour se coucher à plat ventre et ne plus remuer.

La mitrailleuse crépita, arrosant au hasard le parapet, essayant de percer l'obstacle derrière lequel l'ennemi savait que quelqu'un se tapissait, derrière lequel Nikolai ne bougeait plus.

Silence.

Ching-ling ne tourna pas une seule fois la tête. Quand les quinze minutes furent écoulées, Chloé la vit se ramasser en boule, quitter son abri et s'élancer sur la passerelle. Les tirs frénétiques et meurtriers reprirent.

La minuscule silhouette de Mme Sun parvint à bon port et agita la main vers Chloé. De nouveau, les balles pleuvaient sur le garde-fou, sifflaient au-dessus de Nikolai et Ching-ling. Malgré la distance, Chloé vit qu'ils recommençaient à avancer, centimètre par centimètre. Les tirs continuaient, sporadiques. Chloé se prépara à foncer. Puis elle vit Ching-ling reculer vers elle, remuer les lèvres à son intention. Elle tendit l'oreille. Ching-ling parlait juste assez fort pour être comprise d'elle sans que sa voix porte sur la colline.

– Nikolai va avancer et se redresser. Ils concentreront leurs tirs sur lui. A ce moment-là, courez.

Avant que Chloé ne puisse répliquer, elle s'éloignait vers Nikolai. Bientôt, les balles se remirent à crépiter et siffler; les tirs étaient dirigés plusieurs mètres devant elle. Se ramassant, elle s'élança et prit sa course. La pensée lui

111

vint que Nikolai pouvait mourir. Elle atteignit la partie de nouveau abritée. Devant elle, Ching-ling avançait rapidement. Moitié à quatre pattes, moitié à plat ventre, elles progressaient vers le bureau de Sun Yat-sen. Comme le bâtiment était construit lui aussi à flanc de colline, le jardin derrière se trouvait au niveau du toit.

Quand, à l'extrémité de la passerelle, elle sauta dans les bras tendus de Nikolai, Chloé vit Mme Sun debout sous un pêcher, qui s'essuyait le visage. Des bombes explosèrent derrière eux. Nikolai la reposa à terre.

– Regardez-vous! s'exclama Ching-ling à Nikolai.

Le sang traversait sa veste en une tache qui allait s'élargissant. Zakarov baissa les yeux, se frotta l'épaule, tressaillit.

Un peu plus et il était mort en essayant de me sauver, pensa Chloé. Elle eut envie de le toucher, de lui ôter sa veste, de panser sa blessure même si elle n'avait pas la moindre idée de la façon dont il fallait procéder. Ching-ling, elle, savait. Elle les guida vers un escalier qu'ils descendirent jusqu'à une chambre meublée à l'occidentale. Là, elle fit asseoir Nikolai sur le lit et l'aida à enlever son vêtement, attentive à ne pas laisser le sang déjà coagulé et collé à l'étoffe ouvrir la plaie davantage. Depuis le seuil de la pièce, Chloé observait.

– La balle vous a seulement éraflé, elle n'est pas entrée, Dieu merci. Chloé, descendez voir s'il y a quelqu'un ici pour faire bouillir de l'eau. Apportez-en, ainsi que des lignes propres. Il faut nettoyer la plaie avant qu'elle ne s'infecte. Voyez aussi si vous pouvez trouver de l'alcool dans la maison.

Chloé descendit des escaliers, sans savoir comment s'orienter ni si elle trouverait des domestiques dans le bâtiment. Elle découvrit cependant une cuisine sur l'arrière, et un serviteur qui lui versa de l'eau bouillante dans une bouteille thermos.

Quelques minutes plus tard, Ching-ling lavait la blessure de Nikolai. Les tirs de mitrailleuse ne tardèrent pas à reprendre. Il y eut un fracas de verre brisé. En bas, quelqu'un hurla.

– Couchez-vous à terre, ordonna Mme Sun à Chloé.

Elle-même resta agenouillée près de Zakarov dont elle bandait l'épaule après avoir étanché le flux de sang. Ils se trouvaient dans une petite pièce, donnant sur un haut mur d'enceinte que les balles ne pouvaient franchir.

Nikolai voulut se redresser mais Ching-ling pointa un doigt autoritaire sur son torse.

– Pour l'instant vous ne pouvez rien faire. Vous avez perdu pas mal de sang, restez tranquille.

Sur le boulevard, les tirs durèrent jusqu'à quatre heures de l'après-midi. Nikolai s'endormit. Attrapant le bras de Chloé, Ching-ling l'entraîna dans le couloir puis dans les escaliers. Dans la cuisine, à présent, le domestique gisait recroquevillé dans une mare de sang, un trou rouge à la tempe gauche. Ching-ling ne s'arrêta pas pour l'examiner.

– Du thé et de quoi manger, dit-elle. Nous ne devons pas nous laisser abattre.

Elles reprenaient l'escalier quand la maison fut soudain secouée comme par un tremblement de terre. Les murs tremblèrent, les plafonds se craquelèrent et des plaques de plâtre leur tombèrent dessus. La cuisine qu'elles venaient de quitter vola en éclats sous les tirs d'artillerie. Sans tourner une seule fois la tête, Ching-ling continua son chemin vers la chambre, sans lâcher son plateau, sans répandre une goutte de thé.

12

Au crépuscule, quand Nikolai s'éveilla de son lourd sommeil, les coups de feu cessèrent pour être remplacés par un grondement de tonnerre et la psalmodie puissante de centaines de voix.

– Ils enfoncent la porte, dit Ching-ling. Il faut que vous sortiez Chloé d'ici, Nikki. C'est moi qu'ils veulent, moi et le Dr Sun. Aucun de vous deux.

– Fort bien, acquiesça Nikolai. Mais pas de discussion, nous partirons tous ensemble. Y a-t-il des vêtements d'homme ici? Vous avez déjà le pantalon, mais s'il y avait des pardessus, imperméables ou chapeaux...

Ching-li courut dans une autre pièce et revint bientôt coiffée d'une casquette militaire sous laquelle elle avait relevé ses cheveux. Un imperméable couvrait son costume bleu de paysan. Nikolai et Chloé ne purent s'empêcher de rire car tout était bien trop grand pour elle.

A son tour Nikolai quitta la chambre et gagna le devant du bâtiment, de l'autre côté du couloir. Dans le clair-obscur de la nuit tombante, les lourdes portes qui fermaient l'enceinte de la propriété tremblaient sous les assauts du bélier. Il passa une main songeuse dans sa barbe.

– Quand les portes céderont, dit-il aux deux femmes qui lui avaient emboîté le pas, les assaillants se déverseront dans la cour. Ils fouilleront toute la maison à notre recherche. Ils seront impitoyables avec ceux qui leur tomberont sous la main. Alors, voilà, nous allons attendre en bas, juste derrière les portes, si près que la foule ne nous verra même pas quand elle entrera et courra aveuglément vers la maison. Nous nous mêlerons au flot mais pour aller dans la direction opposée.

Il retourna dans la chambre, ramassa son revolver sur le lit. Son regard croisa celui de Ching-ling qui hocha la tête.

Ce fut elle qui les guida hors de la maison, se mouvant avec sa grâce extraordinaire malgré son accoutrement risible. Sur le seuil de la maison, Nikolai se tourna vers Chloé :

– Si nous sommes séparés, gagnez l'île Chamien, le consul s'occupera de vous. Vous êtes américaine ; vous ne risquerez rien.

Ching-ling était partie devant ; il dut crier pour se faire entendre d'elle par-delà le vacarme qui croissait derrière les portes.

– Restez sur la droite pour ne pas vous faire écraser quand ils entreront.

Les hauts battants de bois oscillaient au rythme des coups de bélier ; les ferrures affaiblies gémissaient à chaque assaut, le bois volait en éclats. De l'autre côté, un millier de voix poussaient leur clameur.

Les portes finirent par céder, dans un fracas assourdissant. Des hommes armés se ruèrent dans la cour, baïonnette au canon. C'était le chaos. La foule désorganisée hurlait des obscénités. Nikolai attrapa la main de Chingling, fit un signe à Chloé, et fonça dans la multitude sauvage, à contre-courant des troupes qui continuaient d'affluer. Le trio finit par se retrouver dans une étroite ruelle, loin des maraudeurs mais encore à portée de leurs cris. Des tirs sporadiques déchiraient la nuit tombante mais ils se trouvaient assez loin maintenant pour n'en discerner que l'écho.

Chloé trébucha avant de s'apercevoir que c'était sur un corps qu'elle avait failli tomber. Le cadavre avait la poitrine enfoncée, les bras tranchés, les jambes brisées. Nikolai se retourna et fit signe à Ching-ling d'attendre.

De la ruelle montait un groupe de soldats, baïonnette en avant.

– Couchons-nous, ordonna Nikolai. Qu'ils nous croient morts comme les autres.

D'un geste, il poussa Chloé dans le dos ; elle tomba la tête sur le cadavre. Les soldats passèrent en courant, en criant. Nikolai la releva en l'attrapant sous les bras, l'obligea à tenir debout, à avancer.

115

– Ne regardez pas les corps, l'entendit-elle dire, regardez droit devant vous.

Il ne ralentit pas pour ses compagnes, garda au contraire un pas rapide jusqu'à ce qu'ils aient quitté la cité, atteint la campagne, jusqu'à ce qu'il n'y ait plus de route. Bientôt il aperçut de la lumière qui brillait dans une ferme.

Sans frapper, Nikolai poussa brusquement la porte et entra, géant crasseux escorté de deux femmes débraillées, dont une diablesse étrangère. Le vieux couple de fermiers en resta bouche bée. La femme porta la main à sa gorge, l'homme s'empara d'une fourche qu'il dirigea sur Nikolai.

– Nous avons besoin d'aide, dit Ching-ling.

– Partez, gémit le vieux. Dehors.

A cet instant, Ching-ling s'évanouit et s'écroula au sol.

La femme, ignorant son époux, se précipita, s'agenouilla auprès de Mme Sun en même temps que Chloé. D'une oreille, cette dernière entendit Nikolai expliquer dans un chinois rudimentaire qu'ils ne leur voulaient pas de mal, qu'ils fuyaient les soldats. Le vieillard l'écouta, l'œil sceptique, mais abaissa sa fourche.

Son épouse se tourna vers lui et lâcha quelques mots que Chloé ne comprit pas; elle ne connaissait pas le dialecte de Canton.

D'un pas lourd, le vieux gagna le coin le plus sombre de la masure; Chloé l'entendit verser de l'eau. Il revint avec un broc de terre glaise. La vieille aspergea le visage de Ching-ling. Celle-ci émit une plainte sourde et se força à ouvrir les yeux. Quand elle vit Chloé, elle tendit la main, et l'Américaine la saisit, lui souriant pour la rassurer.

– Dieu merci, murmura Nikolai, voyant Ching-ling revenir à elle.

Expression que Chloé trouva drolatique dans la bouche d'un communiste. Il s'agenouilla auprès de Mme Sun et lui prit le pouls.

– Vous vous sentez mieux? interrogea-t-il.

Cramponnée à la main de Chloé, Ching-ling fit l'effort de s'asseoir.

– Je ne sais ce qui m'est arrivé, dit-elle d'une voix faible. Bien sûr que je me sens mieux. Nous ne pouvons mettre ces gens en danger, Nikki. Il faut partir d'ici. Si on nous trouve chez eux, ils se feront tuer.

Toujours assise sur le sol de terre battue, elle s'adressa à la vieille femme:

— Avez-vous des vêtements à me vendre? Des habits usés? Nous devons nous changer.

De la poche de son pantalon, elle tira une pièce d'or qui brilla à la lueur de la lampe.

Le vieux s'en empara, la mordit avant de pousser une exclamation émerveillée.

Une demi-heure plus tard, le trio quittait la masure, après que la vieille leur eut servi du thé et eut procédé à l'échange de vêtements avec Ching-ling. Mme Sun portait à présent un foulard sur la tête, et sous le bras un panier dans lequel la vieille avait jeté quelques légumes. Son mari avait donné à Chloé un chapeau conique pareil à ceux que portaient les coolies.

Ses pieds ensanglantés s'enfonçaient dans la terre boueuse des champs avec un bruit de succion. La boue lui semblait chaude et collante tandis qu'ils longeaient le fleuve, se dirigeant vers le sud. Dans le lointain, ils entendaient encore des coups de feu. Trois détonations plus puissantes résonnèrent soudain, c'était un tir de canon.

— Ah! s'exclama Ching-ling, levant les bras dans un mouvement de joie. Le Dr Sun a atteint la canonnière et il est en sûreté.

Elle ajouta quelque chose à l'attention de Nikolai, que Chloé ne comprit pas. Ils changèrent de direction, gagnant maintenant la ville, mais toujours plus ou moins vers le sud. Ils marchaient désormais vers le grand fleuve qui avait amené tant d'étrangers en Chine au cours du siècle passé, la rivière des Perles, par où la Grande-Bretagne avait instauré son influence – sa domination, comme disait Ching-ling – sur la Chine, et commencé à importer l'opium, l'introduisant en Chine afin d'équilibrer son propre commerce. L'artère qui reliait Hong Kong à toute la Chine du Sud. Le fleuve qui avait permis l'assujettissement de Cathay par les puissances étrangères.

Derrière eux, à l'est, naissait sur l'horizon une lueur rose. Ils progressaient péniblement dans la boue épaisse, et Chloé crut ne pas atteindre le bout du chemin.

Comme ils approchaient de la ville, Ching-ling dépassa Nikolai et prit la tête. Sans être remarqués, ils pénétrèrent dans les rues déjà encombrées par la foule matinale. Pour finir, Ching-ling s'arrêta devant une petite maison et frappa à la porte. Il n'y eut pas de réponse avant que Nikolai ne cogne à son tour, plus fort; la porte s'ouvrit rapidement.

117

Murmurant quelques mots, Ching-ling ôta le foulard qui lui couvrait la tête. L'homme la dévisagea avec stupeur, avant de sourire et de l'inviter à entrer.

Leur hôte, un métallurgiste, ordonna à sa femme de préparer de quoi manger pour les trois rescapés affamés. Ils n'avaient pas dormi depuis plus de trente heures mais Ching-ling refusa de se reposer. L'homme s'absenta durant deux heures. Quand il revint, ils le suivirent dans des venelles tortueuses bordées de maisons en boue et de bâtisses délabrées en brique, qui sentaient les ordures. Cette partie de la ville n'avait pas été touchée par le coup de force de Ch'en. Jonques et sampans voguaient en nombre sur le fleuve. Un vapeur venait d'accoster. Des coolies allaient et venaient sur la passerelle de débarquement, suant sous le soleil, leurs dos nus ployés sous la charge. Des cris emplissaient l'air. Pour ne pas se perdre, Chloé ne quittait pas des yeux les larges épaules de Nikolai et sa tête qui dominait la foule. Enfin, leur guide leur désigna un canot à moteur. Ching-ling et lui échangèrent quelques mots rapides ; elle lui donna un peu d'argent. Puis elle monta dans l'embarcation, fit signe à ses compagnons de la suivre. De l'ombre surgit un homme au visage terrifiant, barré d'une large cicatrice. Ching-ling lui parla ; avec ce qui ressemblait à un sourire, le balafré embarqua à son tour, mit le moteur en marche et guida adroitement le canot entre les jonques et les sampans.

Bientôt, Chloé aperçut une grande canonnière, au nom inscrit sur la proue : *Yung Feng.* Sun Yat-sen avait dû y trouver refuge.

Comme ils accostaient, on déroula une échelle de corde. Ching-ling grimpa. Chloé était encore dans le canot quand elle entendit son amie pousser un cri de joie. A l'instant où des mains se tendaient pour l'aider à monter sur le pont, elle vit Ching-ling enlacer son époux, qui souriait, les bras ballants. L'impression fugitive la traversa que le Dr Sun avait attendu l'arrivée de sa véritable force vitale.

Ils restèrent cinq jours sur la canonnière, cinq jours au bout desquels Tchang Kaï-chek arriva de Shanghaï, mandé par un télégramme de Sun Yat-sen. Chloé partageait une cabine exiguë avec Ching-ling. N'ayant pas de vêtements de rechange, elles durent garder les tenues boueuses avec lesquelles elles s'étaient enfuies de la ville. La nourriture à bord était exécrable, et Chloé se demanda si les miettes de viande qu'elle trouvait dans son riz étaient du chien. Elle mangeait très peu, subsistant principalement grâce aux oranges et aux cacahuètes.

Dès l'apparition de Tchang, le Dr Sun envoya Chingling et Chloé vers le nord, avec Nikolai pour les escorter. Ils prirent un vapeur jusqu'à Shanghaï ; Chloé fut malade durant les cinq jours de mer et ne quitta guère sa couchette. A Shanghaï, une fois Ching-ling en sûreté dans sa maison de la rue Molière, Nikolai reprit le même vapeur pour retourner à Canton.

Chloé n'en revenait pas : deux semaines seulement s'étaient écoulées depuis que Slade l'avait laissée à Canton.

13

Sun Yat-sen resta à bord du *Yung Feng* durant cin-
quante-six jours. La nuit, Tchang Kaï-chek qui était
auprès de lui quittait le bord avec des gardes du corps
afin d'aller au ravitaillement et, disait-on, se divertir. Le
Dr Sun écrivit à sa femme que Tchang et lui lisaient les
aventures de Sherlock Holmes.

Nikolai qui travaillait dans Canton à tenter de rassembler l'armée de Sun était dégoûté. Les soldats du Kouo-
min-tang semblaient davantage prêts à s'amuser qu'à tout
autre chose. Les guerriers de Ch'en avaient brûlé les maisons de Sun ainsi que tous leurs biens.

Lorsque Chloé apprit comment Nikolai avait été
conduit à défendre tout ce que Sun Yat-sen avait bâti, elle
eut peine à croire qu'il s'agissait de l'homme qu'elle
connaissait. Lou Sidney lui avait dit que les pertes dans
les batailles chinoises – le plus souvent des combats entre
Chinois – étaient lourdes, résultant du désordre, de la
désorganisation. On souffrait de l'absence de stratégie,
les soldats se préoccupaient plus de tirer vengeance de
leurs adversaires que de remporter des victoires. On préférait trancher des têtes, couper des langues, scalper
vives les victimes plutôt qu'élaborer des tactiques.
Chaque combat se déroulait selon des règles séculaires,
connues d'avance.

Nikolai avait introduit des tactiques modernes, des
structures efficaces, et des fusils. Cette organisation inat-
tendue faisait que l'ennemi tombait par centaines. Avec
moins de cinq cents hommes bien entraînés à l'école
militaire de Whampoa, Nikolai l'emportait sur des milliers.

A nouveau, la Chine du Sud était assez forte pour abriter la république et ses rêves. Grâce au triomphe de Nikolai, le monde apprit que Sun Yat-sen avait demandé de l'aide aux Russes. Aux États-Unis, le ministère des Affaires étrangères constitua un dossier sur le Dr Sun et avertit le président qu'il s'agissait d'un dangereux révolutionnaire « qui conspire secrètement avec les bolchéviques ». Le président Coolidge n'admit jamais avoir lui-même fait la sourde oreille lorsque Sun Yat-sen avait quêté son soutien, fait qui ne serait connu que quelque soixante années plus tard. La décision inverse eût changé la face du monde.

Au lieu de cela, personne hormis le russe Zakarov, fort de l'armement soviétique et des officiers soviétiques, ne vint au secours de Sun.

Chloé écrivit à ses parents pour leur narrer superficiellement son expérience, sans leur fournir de détails qui n'eussent pu que les inquiéter. A Suzi et Cass, en revanche, elle raconta tout, ajoutant, au compte rendu des faits, la peur et l'exaltation qu'elle avait ressenties. Ce fut seulement en leur écrivant qu'elle s'aperçut que l'esprit d'aventure l'avait emporté sur la crainte. A mesure que les mots s'inscrivaient sur le papier et qu'elle se confiait à ses meilleurs amis, elle découvrait certains aspects d'elle-même dont elle n'avait jamais eu conscience. « Je suis stupéfaite de la chance incroyable qui m'a été donnée », écrivait-elle à la fin de sa longue missive. « Aucune autre Américaine n'a dû vivre une aventure comme la mienne. J'ai le sentiment d'être unique, de faire partie de l'histoire, et je n'ai que vingt-deux ans. Cela a quelque chose de fantastique. » Elle eut l'impression d'être plus proche de Cass et Suzi du fait de pouvoir partager avec eux Ching-ling et Nikolai.

Slade, bien sûr, avait rédigé un article mais sans mentionner son épouse ni aucun détail de la fuite. « Mme Sun, avait-il seulement écrit, s'est échappée de son côté, déguisée en paysanne. »

Ching-ling rendit visite non seulement à Chloé mais à sa mère, Mammy Song, et à sa sœur cadette, Mei-ling. Toutes deux habitaient une maison que Mei-ling avait poussé sa mère à acheter deux semaines après l'enterrement de son père, demeure que celui-ci avait refusé d'acquérir de son vivant, l'estimant par trop ostentatoire. Et pour que Charlie Song l'ait jugée telle...

121

– Ma sœur et moi ne pensons pas du tout de la même façon, expliqua Ching-ling à Chloé qui était venue la voir un après-midi. Et cela bien que nous ayons toutes deux été élevées aux États-Unis, chacune ayant l'autre pour seule famille. Mei-ling adore tout ce qui est américain, aussi est-elle américaine jusque dans sa pensée. La Chine la déprime. Elle s'était habituée au luxe américain, et n'a nul désir de vivre à la chinoise. Je crois mes deux sœurs très égocentriques, égoïstes. Mais je les connais mieux que personne au monde, et je les aime même si elles me déplaisent parfois.

A présent qu'elles avaient retrouvé la sécurité, Chloé et Ching-ling se voyaient chaque jour, mais Slade demeurait le centre de la vie de son épouse. Il connut un moment de panique rétrospective après avoir abondamment remercié Nikolai.

– Je suis votre débiteur, mon vieux, dit-il au Russe.

Nikolai parti, il serra Chloé à lui couper le souffle.

– Dieu merci, tu es sauve. J'étais fou d'inquiétude.

Sous ses baisers, la jeune femme s'enflamma de désir tant sa bouche et sa langue étaient douces mais, comme d'habitude, leur étreinte s'acheva avant d'avoir vraiment commencé.

Les nuits suivantes, ils ne refirent plus l'amour. Un soir elle se lova contre lui, lui caressa les cuisses, heureuse de le sentir sous ses doigts, fébrile de désir. Slade se tourna vers elle; ils s'étreignirent rapidement avant qu'il ne s'endorme, lui tournant le dos. Ces nuits où elle demeurait éveillée, à attendre qu'il la veuille, à s'obliger à ne pas être l'initiatrice, elle se consumait d'envie de caresses, de lèvres qui chercheraient les siennes dans l'obscurité... elle attendait, elle espérait. Jusqu'à ce que la respiration régulière de Slade lui fît comprendre qu'il dormait.

Quand il lui faisait néanmoins l'amour, quand il semblait embrasé de désir, c'était presque toujours après avoir bu – après qu'ils eussent assisté aux courses, à un gala à l'hôtel *Cathay*, à une réception dans un consulat où elle avait eu son carnet de bal rempli avant tout le monde. En ces occasions, elle le voyait qui l'observait, à l'écart, avant de se diriger vers le bar. Alors il la possédait ces nuits-là. Invariablement, elle restait sur sa faim.

Elle se trouva bientôt prise de nausées matinales, et attendit de voir ses soupçons confirmés avant d'annoncer à Slade qu'elle était enceinte de six semaines. Pleine d'une heureuse anticipation elle attendit qu'ils soient seuls un soir, imaginant la surprise de son mari, son ravissement, sa joie.

– J'ai une merveilleuse nouvelle, déclara-t-elle en lui préparant un cocktail.

Slade qui parcourait le journal prit soudain une expression furieuse. Le cœur de Chloé cessa de battre.

– Qu'est-ce qui ne va pas? interrogea-t-elle en lui tendant le verre.

– Ce qui ne va pas? Pourquoi le demandes-tu? Tu penses à quelque chose en particulier?

Obnubilée par sa grande nouvelle, elle ne remarqua pas la colère qui sourdait dans son ton. Elle se pencha, l'enlaça, lui embrassa le cou.

– Je suis enceinte, murmura-t-elle.

La rage déserta le regard de Slade.

– Sans doute d'avant notre voyage à Canton, reprit-elle en se lovant dans ses bras. N'est-ce pas merveilleux?

Slade prit le journal qu'il avait jeté sur le divan.

– Eh bien, j'espère que tu seras suffisamment comblée pour ne plus avoir besoin d'écrire ces articles à sensation que Cass se plaît à publier!

A la une du supplément dominical du *Chicago Times* s'étalait une photo de Ching-ling. Le titre promettait « Le récit exclusif de la journaliste américaine Chloé Cavanaugh... »

L'article n'était autre que la longue lettre qu'elle avait adressée à Cass et Suzi. Elle se plongea dans la lecture, heureuse de voir ses mots imprimés.

– La journaliste américaine! aboya Slade.

Elle ne leva pas le nez du journal.

– J'espère que ce sera un garçon, ajouta son époux.

A la fin de son deuxième mois de grossesse, les nausées se dissipèrent presque complètement. Chloé explosait d'énergie après la léthargie de juillet.

Mme Sun lui parlait souvent des changements dont elle était partisane pour son pays.

– Sur bien des plans, nous sommes tellement arriérés. Je crains que très bientôt la Chine ne surpeuple la terre entière. Trop de femmes ont des enfants chaque année, dont tant de filles qu'on noiera. Pensez à ce que cela inflige à leur corps, à leurs forces. Vous avez vu les

123

femmes chinoises. Elles vieillissent avant l'âge. Les paysannes accouchent dans les champs et se remettent aussitôt au travail. C'est chose courante d'avoir douze ou treize enfants en dix ans. Puis la femme est mise au rebut. L'époux prend une concubine, plus jeune et plus jolie. Il n'y a pas d'espoir pour les femmes chinoises, tant qu'elles n'auront pas le contrôle de leur propre vie, de leur destinée. Il n'y a pas d'espoir pour un pays tant que ses femmes ne sont pas libres.

Chloé soupira. Grâce à Dieu, elle n'avait connu que la liberté. Elle pouvait agir à sa guise. Soudain les paroles de Cass Monaghan lui revinrent : « Ne laisse pas le monde te dicter ta conduite sous prétexte que tu es une femme. Fais ce dont tu as envie. »

– Et l'avortement légal?

En posant la question, Chloé eut une vision d'arrière-cours, d'ongles crasseux, de cintres décrochant des fœtus. Elle songea à tous les bébés non désirés, à ceux qu'on vendait comme esclaves à la naissance, à ceux qu'on noyait.

– Évidemment, rétorqua Ching-ling.

Elle se mit à arpenter le salon de son élégante demeure de Shanghaï.

– Si les hommes devaient avoir un bébé chaque année, s'il leur arrivait de se faire violer, s'ils avaient à passer la majeure partie de leur vie à porter des enfants, dans leur ventre ou sur leur dos, croyez-moi, l'avortement serait déjà légalisé. C'est l'unique moyen de sauver les femmes. Leur permettre d'avoir le choix.

Chloé regarda son amie qui, devant la fenêtre étroite, lui tournant le dos, tordait son éternel mouchoir entre ses mains.

– Et le droit de divorcer. Actuellement seuls les hommes peuvent quitter leur femme. Les femmes, elles aussi, devraient en avoir le droit. Elles ne peuvent jamais, je dis bien *jamais*, répéta-t-elle, revenant vers Chloé, quitter légalement leur mari. Si une femme s'enfuit, il est admis qu'elle peut être tuée ou séquestrée, que ses quelques droits peuvent être supprimés. Oh, Chloé, poursuivit Ching-ling, les yeux maintenant embués de larmes, dans mon pays les femmes ne sont que des biens privés de droits. Je crois qu'aucun pays n'a jamais traité la femme de la sorte... sans parler des pieds bandés et du concubinage. Barbarie.

Barbarie, en effet, acquiesça mentalement Chloé.

– Vous ne savez même pas de quoi je parle, n'est-ce pas ? reprit Mme Sun, l'air abattu. Si, vous le savez intellectuellement. Vous tombez d'accord que ces pratiques sont affreuses, mais vous n'en avez pas de compréhension réelle. Avouez que vous ne comprenez pas que je consacre toute ma vie à l'égalité et à la démocratie pour nous tous. Quand mon mari aura amené la Chine au xxe siècle, quand il nous aura donné la démocratie, à nous tous, quatre cent cinquante millions de Chinois, tout cela changera.

Comme épuisée, elle s'assit, prit la main de Chloé dans la sienne.

– Je voudrais tant que vous compreniez. Que vous voyiez mon pays tel que je le vois. Accompagnez-moi demain.

– Où cela ?

Mme Sun éluda la question.

– Mettez des chaussures confortables, nous marcherons beaucoup. Après, vous verrez la Chine différemment.

En cela, elle avait raison.

Chloé croyait avoir vu les pires aspects du pays, connaître sa cruauté, son irrespect pour la vie humaine, abysses de la pauvreté.

Or, à l'heure où des écharpes de brume tournoyaient encore sur les eaux paresseuses du Houang-pou, où le soleil perçait le ciel d'un gris plombé, à l'heure où Shanghaï était le plus calme – même si le silence n'y existait pas –, quand les coqs chantaient et que les ânes brayaient par toute la ville, quand le bruit des sabots des chevaux ou des pieds nus sur le pavé annonçait l'arrivée des paysans qui apportaient dans la cité fruits, légumes et viande, à l'heure où les rues étaient presque vides, Chingling emmena Chloé dans le quartier industriel proche des quais.

C'était de longs bâtiments de brique, sans fenêtres, qui sentaient la pourriture. Ching-ling prit la main de son amie et l'entraîna dans une ruelle qui longeait l'arrière des usines. Devant une porte ouverte se trouvaient deux petits corps, nus dans l'air piquant du matin.

– Ne dites rien, murmura Ching-ling. Regardez, et nous parlerons après.

125

Plus loin dans la venelle, devant la porte ouverte d'une autre filature, dans laquelle même à cette heure matinale on entendait le bruit des métiers à tisser, ne se trouvait qu'un seul corps, celui d'une fillette de neuf ou dix ans, recroquevillée en position fœtale, les mains serrées entre ses jambes relevées, les yeux grands ouverts, fixes, aveugles.

Il n'y avait pas de corps devant l'atelier voisin, mais trois en revanche à la porte suivante. Debout auprès de Ching-ling, Chloé s'efforçait de comprendre, tout en le redoutant, s'efforçait d'admettre qu'elle avait sous les yeux des cadavres d'enfants. Le pas lent d'un cheval sur le pavé lui fit tourner la tête. Une charrette approchait, derrière laquelle marchaient deux coolies, l'un tenant un long bâton, l'autre une pelle. Ils ramassaient les petits corps aux portes des filatures.

La main de Ching-ling serra celle de Chloé.

– J'en ai assez vu, fit cette dernière dans un souffle.

– Non, dit la Chinoise. Je vais vous parler de ceux-là tandis que nous suivrons le tombereau.

« Ce sont des enfants non désirés, Chloé. Qu'on a vendus soit à la naissance soit dans leur plus jeune âge, des filles pour la plupart, mais quelques garçons aussi. Leur famille les a vendus pour manger durant quelques jours, des familles qui n'auraient pu les nourrir. Des mères et des pères qui n'ont jamais plus pensé à eux ensuite. Savez-vous ce qu'il advient d'eux dans ces usines? On les attache sur de hauts tabourets afin qu'ils puissent atteindre le métier à tisser. Quand ils tombent, on les bat pour les réveiller. Ils tissent tout le jour, douze ou quatorze heures. On les nourrit de gruau deux fois par jour. Ils dorment sur de petits tapis sous leur métier à tisser. Ils ne quittent jamais la filature. Et ils y meurent. Le contre-maître passe avant l'aube pour voir lesquels sont morts, et les fait jeter dehors, par la porte arrière, et la charrette passe chaque matin pour ramasser les corps.

Chloé avait cessé de marcher et fixait son amie. Ching-ling ne lui lâchait pas la main; quand elle se tut, elle lui prit le bras et se remit en marche.

Devant, le tombereau continuait sa sinistre moisson en direction des quais. Quand il parvint au bord du fleuve verdâtre, putride, où flottaient pelures d'oranges, journaux, détritus de toutes sortes, l'un des coolies, du bout de son bâton, repoussa dans le courant une forme boursouflée.

Chloé se cramponna au bras de Ching-ling. Ce n'est pas ce que je crois, se dit-elle. Elle savait pourtant que si.

– Ce sont ceux qui sont morts hier, dit Ching-ling d'une voix atone. Ou ont été tués et jetés au fleuve, ou s'y sont jetés eux-mêmes. Il ne reste pas trace d'eux, peut-être pas même dans le cœur d'un seul être. Cette odeur? C'est celle des charognes.

Pourquoi Ching-ling lui infligeait-elle cela? se demanda Chloé. Pour lui montrer la vérité? Pour lui faire comprendre ses rêves et ses ambitions pour son pays?

– Je suis chinoise, dit Ching-ling comme en réponse à la question informulée de Chloé. Je veux que la Chine devienne ce qu'elle peut être. Je veux qu'elle sorte du féodalisme. Je veux que la vie soit autre chose que la survie et la souffrance.

Le soleil maintenant effleurait l'eau et s'y reflétait. La colère monta en Chloé quand elle vit un autre cadavre chargé sur la charrette. Elle crut chuter dans un tourbillon de cercles noirs mouvants qui l'assaillaient.

– Vous allez vous évanouir? questionna Ching-ling.

– Non, assura-t-elle, luttant contre son malaise. Je suis en rage.

– Allons boire un thé, proposa Ching-ling, passant le bras sous le sien.

Elle renoua la conversation tandis qu'elles attendaient d'être servies dans la maison de thé.

– Je pensais bien que vous étiez d'une grande sensibilité. Les gens ne devraient pas échapper à toute souffrance et toute horreur au cours de leur vie. Comment devenir humble et compréhensif, sans expérience? Comment... (à présent, elle souriait) apprendre à aimer sans quelque supplice? Et vous avez seulement été témoin, vous n'avez rien expérimenté.

Les mains tremblantes, Chloé prit sa tasse de thé.

– Que puis-je faire, moi? voulut-elle savoir.

– Si l'enfant que vous attendez est une fille, vous l'aimerez profondément. Vous l'éduquerez, vous aurez des rêves pour elle, vous dépenserez des milliers de dollars. Ses chances de bonheur, si tant est que vous y soyez pour quelque chose, sont grandes. Vous la regarderez grandir avec espoir, fierté, et même s'il doit s'avérer que vous n'avez pas de raison d'être fière d'elle, je gage que cela n'atténuera pas l'amour que vous lui porterez toujours. Mais imaginons que votre enfant doive naître dans une famille chinoise, où l'on ne pourra lui constituer de dot, où l'on se privera pour la nourrir, où l'on sait que, si on la nourrit pendant douze ou quinze ans, elle se mariera, quittera les siens qui ne la reverront jamais puisqu'elle appartiendra dorénavant à une autre famille et sera sous la domination d'une belle-mère... Tout cet argent, cette nourriture auront été dépensés pour rien. Mieux vaut vendre immédiatement l'enfant, avant de gaspiller pour elle. La vendre à un propriétaire d'usine ou à un bordel. Ainsi, dès qu'elle aura huit, neuf ans, douze ou plus, elle rapportera de l'argent à son acheteur. Il n'aura pas dépensé pour elle en vain. Peut-être même dès sa première nuit de prostituée, parce qu'elle sera vierge, regagnera-t-il d'un coup sa mise.

« Ensuite, quand elle sera trop vieille pour attirer les hommes, elle espionnera les jeunes prostituées, marchandera leurs services, veillera à ce qu'elles n'escroquent pas le propriétaire du bordel, tuyautera les grooms, les garçons d'ascenseur et les coolies qui amènent des clients aux plus jeunes.

– Leurs parents ne se demanderont jamais ce qu'elles sont devenues? questionna Chloé, le cœur lourd.

– J'en doute. Ils ne gardent certainement pas le compte de tous les enfants qu'ils ont eus. Cela s'appelle la survie, Chloé. La survie chinoise. Très peu d'entre nous font plus qu'exister au jour le jour. Les putains les plus chanceuses deviennent concubines; un homme riche les enlève au bordel et les installe chez lui, avec les honneurs, et peut-être lui fait des enfants, comme à son ou à ses épouses. On l'appellera « tatie », on la respectera autant que l'épouse. Jusqu'à ce que le maître se désintéresse d'elle ou qu'elle vieillisse. En Chine, Chloé, les femmes sont des possessions.

Chloé songea que Mme Sun ne pourrait jamais être possédée, et le dit à voix haute.

– Ah, rétorqua Ching-ling en souriant, je suis possédée pourtant. Par mes rêves pour mon pays. Je ne suis pas libre. Mais vous avez raison, je ne puis être possédée dans le sens où le sont les femmes chinoises. Pas plus que mes sœurs. Plus maintenant que nous pouvons nous débarrasser de la chape qui pèse sur nous, qui pèse sur des femmes partout dans le monde. Nous sommes autant les produits de l'Amérique que de la Chine. Même mon père a passé sa jeunesse aux États-Unis. Nous ne pensons même pas comme des Chinoises. Mes sœurs aimeraient que la Chine ressemble à l'Amérique. Moi je veux seulement que ce soit un pays libre de découvrir son identité, libéré de la domination étrangère, de toute sorte de domination. Libéré des seigneurs de guerre, de la famine, des crues, de la peste.

– Vous croyez réellement pouvoir contribuer à changer le monde?

Chloé n'imaginait pas pouvoir faire quoi que ce soit d'aussi important.

– Évidemment, répondit Ching-ling sans une hésitation. C'est le principe qui fonde toute ma vie.

– Pensez-vous que tout cela se produira de votre vivant?

– Évidemment, répéta Mme Sun, le regard embrasé par la flamme qui animait tout son être. C'est ce à quoi sert ma vie.

Et moi, s'interrogea Chloé, à quoi sert ma vie?

14

A présent qu'elle avait passé tant de temps avec Ching-ling, Chloé avait une attitude différente envers les Chinois. Les maisons de Mme Sun, que ce fût celle qui avait brûlé à Canton comme celle de la rue Molière à Shanghaï que le Dr Sun et elle possédaient depuis des années, étaient aussi propres que la cuisine de la mère de Chloé à Oneonta. Petite, Ching-ling avait vécu près de Shanghaï, dans une demeure équipée de sanitaires à l'occidentale. « La première du pays en ce tournant du siècle », admettait-elle. Chloé voyait l'énergie que déployait son amie, son sens de l'organisation évident.

Si Ching-ling était ainsi, il devait en exister d'autres. C'était uniquement un problème d'éducation. Chloé se rendait bien compte à quel point les Chinois travaillaient dur ; jamais elle n'avait vu des gens peiner à ce point à des travaux physiquement éreintants, et cela sans même gagner décemment leur vie. L'on ne pouvait taxer les Chinois de paresse. A Shanghaï la plupart d'entre eux connaissaient quelques bribes d'anglais, de français ou d'allemand, bien plus que les Occidentaux n'en possédaient de leur langue. Non, Chloé ne jugeait pas la situation du peuple chinois désespérée. Avec à la barre des gens tels que Mme Sun, l'espoir existait.

Un matin, alors que Chloé se prélassait dans son bain, paupières closes, une main par-dessus le rebord de la baignoire caressant le dragon émeraude, An-wei, sa servante, vint lui annoncer la visite de Mme Sun.

Si tôt le matin ? s'inquiéta la jeune femme.

– J'arrive tout de suite.

Elle s'empressa de passer un peignoir, donna quelques coups de brosse à sa chevelure mouillée.

Ching-ling ne venait jamais de si bonne heure. Il devait se passer quelque chose de grave. Quand elle arriva au salon, la Chinoise se leva du fauteuil où elle avait pris place. Chloé ne laissait pas de s'émerveiller d'une attitude si royale chez une personne de si petite taille. Elle portait ce jour-là une robe de soie fine, bleu paon, mais avec de hauts talons à l'occidentale.

— Je suis venue vous dire au revoir, déclara-t-elle de sa voix douce. Je ne pouvais m'en aller sans vous faire mes adieux.

— Où allez-vous?

— Le Dr Sun (Ching-ling n'évoquait jamais son mari autrement que par ce nom) m'a fait savoir que je pouvais regagner Canton. Je pars sur-le-champ.

Elle prit entre les siennes les mains de Chloé.

— Je suis désolée, fit cette dernière qui aussitôt sourit gauchement. Non pas de votre retour à Canton mais de vous perdre.

— Oui, acquiesça Ching-ling, je ne saurais vous dire à quel point votre amitié a compté pour moi ces derniers mois. J'ai pu m'ouvrir à vous, rire avec vous. Vous représentez plus que je ne puis l'exprimer.

— Vous me faites un grand honneur. Votre amitié m'est précieuse, ainsi que ce que nous avons connu ensemble. Même quand nous étions en danger...

— Je me pardonne difficilement de vous avoir mise dans cette situation, coupa Ching-ling, mais cela a tissé un lien entre nous, et de cela je suis contente. Ce n'est pas la dernière fois que nous nous voyons. J'aurais aimé que vous m'accompagniez à Canton, que vous soyez là-bas afin que nous puissions nous parler chaque jour. Je reviendrai à Shanghaï, bien sûr, voir ma famille. J'ignore si j'aurai la témérité de vous inviter de nouveau à Canton! poursuivit-elle avec ce rire musical que Chloé aimait tant. Je vous écrirai, et j'espère que vous m'écrirez aussi.

— Promis, fit Chloé.

Elle eut envie de serrer dans ses bras cette femme menue mais s'en abstint, sachant cette forme d'effusion étrangère aux Chinois. Elle savait aussi que sa vie serait moins pleine du fait que cette femme passionnante n'y occuperait plus une place quotidienne.

Ching-ling s'avança et frotta sa joue contre la sienne.

– Adieu, mon amie, dit-elle.

Et elle quitta la pièce, ne laissant derrière elle qu'un parfum de jasmin.

Les rares soirs où Chloé et Slade dînaient chez eux, il arrivait souvent que Lou Sidney vienne bavarder après le repas. Il interrogeait volontiers Chloé à propos des Sun, affirmant que son témoignage direct lui permettrait de mieux cerner leurs personnalités.

Parfois, lorsque Slade passait la soirée dehors, Lou venait quand même. En ces occasions, il parlait à la jeune femme des événements, bien plus que ne le faisait Slade, et lui donnait son point de vue sur leur évolution. Chloé s'était énormément attachée à cet homme toujours si bien informé.

– Je n'imagine pas la fin des seigneurs de guerre mais les choses sont en train de changer. Pour la première fois, vraiment, des pouvoirs disparates semblent désirer l'unité. Si le seigneur de guerre du Nord et Sun Yat-sen s'entendent, ils créeront une alliance puissante. A mon avis, ils pourraient entraîner le reste du pays.

– Sans effusion de sang? demanda Chloé.

Lou eut son sourire sardonique et, allumant une cigarette, prit le scotch que son hôtesse ne manquait jamais de lui servir.

– Chloé, ma chère, nous sommes en Chine, où ne prédomine pas le respect de la vie humaine. On semble prendre ici un plaisir orgiaque aux moyens les plus sadiques de supprimer la vie. On ne s'y émeut guère de la disparition annuelle de trois millions et demi de gens par les crues et la famine. Et vous me demandez s'il n'y aura pas d'effusion de sang?

– Croyez-vous sincèrement que la Chine n'a aucun respect pour la vie humaine?

Le souvenir de sa marche avec Ching-ling dans les ruelles des filatures ne la quittait pas.

– Est-ce que les mères n'aiment pas leurs fils, les gens leurs parents, les époux leurs épouses...?

– L'amour est un luxe pour les classes moyennes. Or la Chine n'a pas de classe moyenne. Maintenant, en ce qui concerne la famille, certes, l'amour existe mais il s'exprime d'une façon totalement différente de celle du monde occidental.

– Et entre un homme et une femme? s'enquit Chloé. Cet amour-là devait être universel.

– Je soupçonne l'Orient d'être bien plus civilisé que nous sur ce plan-là. Nous, nous confondons amour et manifestation glandulaire.

Chloé riait.

– Je les crois plus intelligents dans leurs relations. Ils séparent le désir sexuel et la famille. Quand ils se marient, ils n'attendent rien. Diable, ils se rencontrent pour la première fois à leurs noces! Comment pourraient-ils être déçus? Sans doute un homme espère-t-il une épouse attirante, et la femme un époux gentil et travailleur. Mais au-delà... Les paysans d'ailleurs doivent préférer une femme rude à la tâche plutôt que jolie.

Slade vint interrompre leur conversation à neuf heures passées.

– Je parlais d'amour avec ta femme, lui dit Lou.

Slade embrassa Chloé sur la joue, sourit à son confrère qu'il voyait chaque jour dans leur bureau commun. Lou n'avait pas la fausseté et les prétentions que Chloé avait fini par découvrir chez la plupart des gens qu'elle rencontrait.

– Ne vous arrêtez pas pour moi, fit Slade.

Il alla se servir un whisky puis vint s'asseoir auprès de sa femme sur le divan; mais c'était Lou qu'il regardait.

– Eh bien, avez-vous décidé d'en rester là?

– Nous parlions de la nature de l'amour, dit Chloé.

– Nature, justement, avec laquelle nous, Occidentaux, confondons si souvent l'amour, précisa Lou, une expression mélancolique sur sa longue figure.

– Les femmes confondent plus souvent que les hommes, renchérit Slade. Elles parent la moindre coucherie d'une dimension émotionnelle.

Chloé sursauta, regarda son mari qui ne cilla pas.

– Aussi passionné soit-il à ses débuts, ajouta Lou, l'amour ne peut durer.

– N'est-il pas alors remplacé par une forme d'amour plus constante? interrogea Chloé.

Récemment, elle s'était demandé si ses sentiments ardents pour Slade ne diminuaient pas. Non pas l'amour qu'elle lui portait, mais la passion du début de leur mariage.

– Nous revoilà à la case départ, conclut Lou, posant son verre sur la table. Qu'est-ce que l'amour? Sur cette grave question, je vous quitte.

133

A mesure que les mois s'écoulaient, que sa grossesse devenait plus évidente, Chloé connut un merveilleux bien-être. On l'avait d'ores et déjà avertie que, dès que leur grossesse commençait à se voir, les Occidentales de Shanghaï restaient cloîtrées, comme atteintes de quelque mal contagieux. Leurs relations sociales se limitaient à l'éventuelle visite d'une amie pleine de sollicitude qui venait papoter sur ce qui se passait dans le vaste monde. Peut-être s'agissait-il, en ne reconnaissant pas publiquement la grossesse, d'ignorer comment cette grossesse était survenue... Chloé ne comprenait pas cette société, bien qu'elle ait été élevée avec des valeurs semblables à défaut d'être aussi formalistes.

Slade lui suggéra d'éviter les dîners au consulat. Elle se mit à porter des vestes ou d'amples tuniques qui dissimulaient son ventre bombé. De son ventre, en vérité, elle était tombée amoureuse, à sentir la vie à l'intérieur, un élancement ici, un frémissement là. Elle s'empressait d'y poser la main, dans l'espoir de deviner un petit pied ou une épaule non encore perceptibles. Elle savait bien que le bébé n'était pas encore formé, mais la nuit, au lit, elle disait à Slade :

– Oh, je l'ai senti. Ici.

Elle posait la main de son mari sur son ventre, espérant qu'il sentirait lui aussi, mais ce n'avait pas encore été le cas. Un bébé, un petit être humain grandissait en elle et elle s'en émerveillait. Elle se lovait dans les bras de Slade, tout contre lui, songeant qu'avant longtemps existerait la preuve visible de leur amour, un enfant qu'ils auraient créé ensemble.

Lorsqu'elle s'exprimait de la sorte, Slade souriait, et l'étreinte de ses bras autour d'elle se resserrait.

Tandis qu'Ann Leighton et Kitty Blake continuaient d'organiser leurs thés et leurs déjeuners, tandis que Slade préférait qu'elle reste à la maison plutôt que de courir les dîners et les bals, l'amitié de Chloé avec Daisy Maxwell se développa.

Chloé battit des mains de plaisir quand Daisy lui proposa un pique-nique.

– Juste toi et moi. Louons une jonque et allons sur le fleuve, sans hommes, seulement nous deux.

La jonque voguait doucement dans la brise quand Daisy

avoua qu'elle enviait la grossesse de son amie ; elle voulait savoir ce qu'éprouvait Chloé, comment elle dormait, souhaita toucher son ventre et rit avec ravissement quand elle sentit le bébé remuer.

– Pourquoi ne te maries-tu pas pour avoir des enfants ? lui demanda Chloé.

Une ombre de tristesse passa sur les traits de Daisy.

– Le seul homme que j'aie jamais aimé est le seul que je ne peux pas avoir, répondit-elle.

Était-ce la raison pour laquelle elle avait quitté les États-Unis ? s'interrogea Chloé.

– Il doit en exister d'autres que tu trouves séduisants.

Sa souffrance avait dû s'atténuer depuis cinq ans qu'elle était à Shanghaï, et, si Chloé en croyait Ann Leighton, Daisy se laissait attirer par bon nombre d'hommes.

Les yeux de la rousse Américaine prirent une expression lointaine.

– Je suis une incurable romantique. La femme d'un seul homme. Aucun autre ne le remplacera.

Sans doute l'homme en question vivait-il à Kansas City, San Francisco ou Willow Point, avec une femme et des enfants, heureux, supputa Chloé. Et à des milliers de kilomètres, dans son exil oriental, Daisy couchait avec tous les hommes de passage parce qu'un homme, là-bas, en avait choisi une autre.

– Mais les enfants, Daisy. Épouse quelqu'un que tu aimes bien et aie des enfants. Tu serais plus heureuse qu'aujourd'hui.

– Je te parais triste ? questionna Daisy.

– Non, dut admettre Chloé. Tu n'as jamais l'air triste, c'est juste que...

– Pas ça, Chloé, pria Daisy. Laisse-moi vivre ma vie comme je l'entends. Laisse-moi avoir faim d'un amour que je ne pourrai jamais consommer, et prendre mon plaisir où je le trouve. Allons... mangeons.

– Je crois Daisy heureuse mais non comblée, confia Chloé le lendemain à Slade.

– Qui est comblé ? murmura Slade, levant les yeux de son bureau dans la pièce voisine de leur chambre.

– Moi, assura Chloé. Toi non ?

Slade revint à la rédaction de son article.

– Je ne suis pas enceinte, répondit-il.

– Tu crois que c'est cela qui me comble?

Elle vint à lui, lui enlaça le cou. Il cessa d'écrire quand elle posa la joue sur sa tête.

– Alors tu ferais bien de me garder toujours dans cet état. Je l'adore. C'est comme si tout allait bien dans le monde.

Le regard fixé sur sa page, Slade tapotait impatiemment son crayon sur la table.

– Tu veux que je te laisse tranquille? demanda-t-elle en lui embrassant l'oreille. Voilà ce que tu encours à rentrer à la maison en pleine journée. Tu le fais rarement et maintenant je comprends pourquoi. Je te dérange dans ton travail.

Lui saisissant la main, Slade l'attira à lui et l'embrassa en riant.

– Tu me distrais. Oui, laisse-moi tranquille. J'en ai encore pour une heure puis je retournerai au bureau pour câbler mon papier à Cass.

– Cass, répéta Chloé, allant arranger ses cheveux devant le miroir. J'ai tant d'affection pour lui. J'aimerais que Suzi et Grant se marient.

– Allez, file d'ici, fit Slade, riant toujours.

– D'accord, acquiesça-t-elle, mutine. Je sors faire des courses. Tu l'auras voulu. Je vais dépenser tout ton argent à acheter de belles choses pour le bébé.

Ce qu'elle fit.

De boutique en boutique, elle acheta une courtepointe en flanelle brodée à la main, un hochet qui ressemblait à un dragon. Tout le temps qu'elle fit ses achats, elle souriait.

Elle se sentait l'être le plus heureux au monde. Que n'aurait-elle à raconter à ses enfants et ses petits-enfants quand elle aurait vécu plusieurs années dans ce pays incompréhensible, parmi des gens qu'elle n'aurait jamais connus à Oneonta! Les bambins écarquilleraient les yeux. « Vrai, grand-mère? Tu étais en Chine? Papa est né en Chine? »

« Raconte encore comment tu t'es échappée au milieu des balles qui sifflaient, habillée en paysan. » Souriante, elle redirait son récit, elle leur décrirait les saveurs de la nourriture chinoise, et combien de domestiques elle avait, et comment elle avait nique-niqué sur une jonque – dans la vaste poubelle qu'était le Houang-pou – avec une rousse follette appelée Daisy.

Sur le chemin du retour, dans son pousse, elle pressa le petit édredon contre sa joue et ferma les yeux, imaginant le bébé qui poussait en elle.

Sur le coup, elle eut à peine conscience qu'il se passait quelque chose d'anormal, jusqu'à ce qu'elle entende les cris, le fracas des sabots des chevaux sur le pavé et les hurlements qui déchirèrent l'air.

Quand elle ouvrit les yeux, les barres du pousse heurtèrent le sol, si violemment qu'elle tomba en avant, trop surprise pour se retenir. Son coolie courait déjà au loin et disparut au coin de la rue. Les gens se dispersaient hâtivement lorsqu'elle entendit les coups de feu. Maladroite du fait de sa grossesse, elle ne parvint pas à se relever assez vite. Elle perçut des pleurs mais ne vit pas les soldats qui descendaient l'avenue à présent déserte, tiraient en l'air, avançant droit sur elle.

Lorsqu'elle leva les yeux, il lui sembla voir des bêtes cracheuses de feu surgir de toutes parts, tout écraser sur leur passage. Elle entendit le rire d'un soldat qui hurla « Diablesse étrangère » en fonçant sur elle.

Elle tenta de se relever ; son pied glissa, elle maudit ses hauts talons. Une ombre se ruait sur elle, le cavalier hurlant la mort. Les sabots du cheval la piétinèrent, puis tout s'éloigna : les cris, les tirs, les soldats.

La douleur la transperça comme une lame. Elle porta une main à son visage en sang, tenta de l'autre de serrer son ventre comme déchiré. Son bras refusa de bouger. Il pendait, inerte, à son épaule.

La souffrance fulgurante la reprit dans son étau, concentrant ses assauts au plus intime de son être. Elle prit une profonde aspiration, essaya de surnager, mais sombra dans les ténèbres.

15

Durant les cinq jours qu'elle passa à l'hôpital baptiste américain, Chloé n'adressa la parole à personne. Elle sentit qu'on lui versait du liquide entre les lèvres avec une petite cuillère, qu'on retapait ses oreillers, elle perçut des murmures et le bruissement amidonné des uniformes. Les lèvres de Slade effleurèrent sa joue, sa main se posa sur son front. « Nous en aurons d'autres », l'entendit-elle dire. Mais elle ne le voyait pas. Elle ne voyait rien. Que du gris. Ni couleurs, ni silhouettes, ni ombres, seulement une absolue grisaille.

Elle eut vaguement conscience d'une voix masculine qui déclara :

– Cela passera. Son état comateux lui permet d'échapper à ce qu'elle refuse de reconnaître. C'est un moyen de fuir la vérité. Je vous suggère de la ramener chez vous, dans son univers familier. D'ici quelques semaines elle aura retrouvé son état normal. Il n'y a rien à faire pour accélérer les choses. Son cerveau nie ce qui est arrivé.

Qu'est-il arrivé? se demanda-t-elle, fixant la brume grise. Qu'est-ce que je nie?

Rien ne sut la tirer de sa dépression. Elle demeura couchée, les yeux au plafond, sans rien voir.

Lorsque des formes commencèrent à émerger sur le fond gris, elle reconnut d'abord les rayons dorés de la lumière qui entrait à flots dans sa chambre. Puis les dernières feuilles du saule qui dansaient devant la fenêtre et s'envolaient avec grâce, emportées par le vent d'hiver.

Daisy fut la première personne qu'elle vit. Chaque fois qu'elle ouvrait les yeux, Daisy était là, sa main légère pressant la sienne, ses yeux compatissant, souriante lorsque Chloé soulevait les paupières. Elle n'avait pas la moindre idée du lieu où elle se trouvait. Ce fut Daisy, encore, qui lui dit ce qui s'était passé. Chloé s'entendit sangloter, ses pleurs sonnaient comme un cœur qui éclate.

Le matin suivant, Slade entra dans la chambre.

– Salut, mon cœur.

Une interrogation sourdait dans son regard quand il se pencha pour la baiser au front.

– Tu t'en es sortie. Content de voir ma belle de retour parmi nous.

Elle tapota le bord du lit et il s'assit auprès d'elle pour lui prendre la main.

– Depuis... depuis combien de temps je...

– Presque deux semaines, répondit Slade, portant sa main à ses lèvres. Tu nous as terriblement inquiétés.

– Oh, mon chéri, chuchota-t-elle.

– Remets-toi vite. D'après le médecin, il n'y a aucune raison pour que nous n'en ayons pas d'autre ; tu peux être de nouveau enceinte d'ici quelques mois. Mais ne te soucie pas de ça. Je veux seulement que tu ailles bien. Nous avons tout le temps d'avoir des enfants.

Chloé le dévisagea et se mit à pleurer.

– Je t'aime, souffla-t-elle. Tu es si gentil.

– Je t'aime aussi, fit-il en se relevant. Tu le sais, j'espère. Je dois filer.

Une semaine encore, Chloé resta alitée, incapable de penser ou de parler d'autre chose que de son enfant perdu.

– Aujourd'hui, tu te lèves, décida un jour Daisy.

Non, elle ne voulait plus jamais se lever. Daisy tint bon.

– Allons, debout. Il est temps de recommencer à vivre. Perdre un enfant qui n'était pas né, ce n'est pas une raison pour cesser de vivre.

Elle disait vrai, Chloé le savait.

Et au courrier ce jour-là, par porteur spécial, elle reçut une lettre qui allait non seulement lui changer les idées mais l'emmener loin de Shanghaï, vers des régions de la Chine qu'elle n'avait jamais vues.

T.V. Song, le frère de Mme Sun, le génie de la finance, projetait d'introduire les méthodes bancaires du xxe siècle dans l'archaïque système féodal ; pour ce faire, la Russie avait concédé un prêt de dix millions de dollars pour soutenir l'économie chinoise.

Les provinces demeuraient sous l'autorité des seigneurs de guerre, divisées en parcelles de moindre importance où les seigneurs locaux imposaient les paysans avant de reverser une partie des fonds amassés au seigneur qui régentait l'ensemble de la province. Les paysans ne voyaient pas l'intérêt d'une Chine unifiée. En tout cas, ce n'était pas leur principale préoccupation ; ils la laissaient aux étudiants, aux intellectuels. Ils n'avaient jamais vécu autrement et le changement les effrayait. Quand un village essayait de se soustraire à l'impôt, les seigneurs de guerre étaient connus pour le rayer purement et simplement de la surface de la terre ; en revanche le paiement des taxes garantissait une protection contre des seigneurs rivaux et contre tout envahisseur, parfois même un secours en période de famine. Tout changement aurait des conséquences, amenant peut-être une situation pire. Ainsi pensait la grande majorité d'un peuple qui se chiffrait à près d'un demi-milliard d'individus. Dans le reste du monde, en revanche, on pensait qu'il ne pouvait rien exister de pire que le système chinois... si tant est que l'on pensait à la Chine.

Ignorant les nuées orageuses qui s'amassaient au-dessus d'elle, cette immense population n'en allait pas moins connaître bientôt un profond bouleversement.

La lettre de Mme Sun avisait Chloé que son mari et elle comptaient quitter Canton pour Pékin le 17 novembre à bord d'un vapeur japonais. Ils feraient escale au Japon où Sun Yat-sen devait prononcer un discours. Ils prévoyaient ensuite de débarquer à Tien-tsin, sur la côte nord du pays, à quelques heures du train de Pékin, au début du mois de décembre. Si tout se passait bien, le Dr Sun accéderait bientôt à la présidence de la Chine.

Ching-ling espérait que ni Chloé ni Slade ne refuseraient son offre : elle les conviait à être les seuls journalistes étrangers à accompagner le train présidentiel. Slade couvrirait le voyage et l'intronisation pour la presse internationale ; Ching-ling, elle, aurait le plaisir de la compagnie de Chloé. Entre les lignes, Mme Sun demandait à Chloé de faire valoir l'aspect plus humain de l'événement pour, éventuellement, en rendre compte dans les journaux. Heureusement, Slade ne déchiffra pas la requête discrète adressée à son épouse.

« Dites-moi que vous viendrez », concluait Ching-ling.

Dès qu'il eut lu la missive, Slade ne perdit pas de temps pour télégraphier leur consentement. Par ce périple il espérait sortir un peu Chloé de sa dépression. Elle l'espérait tout autant.

Quand ils retrouvèrent le paquebot à Tien-tsin, Chingling, dans un geste plus américain que chinois, serra Chloé dans ses bras. Une inquiétude cependant voilait son regard.

– J'avais grand hâte de vous revoir, dit-elle. Le Dr Sun ne se porte pas très bien. Il s'est plaint de douleurs à l'estomac. Nous devons l'emmener immédiatement à l'hôtel et quérir un médecin.

Sur la passerelle, Nikolai soutenait discrètement celui que les journaux appelaient désormais « le père de la république chinoise ». A l'évidence, ce dernier n'était pas en bonne santé.

On le conduisit à l'hôtel où il s'alita, Ching-ling ne le quittant pas. Chloé pensa qu'ils risquaient tous d'attraper une pneumonie. Dehors, le froid sévissait à moins dix degrés et sans doute ne faisait-il pas meilleur dans les chambres. Même enveloppée dans sa zibeline, elle voyait sa respiration se condenser à la lueur de l'ampoule nue suspendue au plafond. Si Shanghaï était plutôt froid, ici à Tien-tsin l'humidité glacée s'insinuait jusqu'aux os. Je dépense plus d'énergie à essayer de me réchauffer qu'à toute autre chose, se dit-elle.

Nikolai les invita, Slade et elle, à l'accompagner dans une maison de thé russe. Beaucoup de Russes expatriés se croisaient à Tien-tsin, qui avaient fui le bolchévisme. Une noblesse que Nikolai avait contribué à renverser, tous représentants d'un mode de vie qu'il s'attachait à faire disparaître. Il en mesurait toute l'ironie.

– Quoi qu'il en soit, je peux trouver ici le thé que j'aime, et le pain noir et le bortsch qui n'existent nulle part ailleurs en Chine.

– Je vous comprends, murmura Chloé, serrant autour d'elle sa fourrure comme ils sortaient de l'hôtel dans l'air glacé du dehors. Parfois je meurs d'envie d'une tarte aux pommes ou de biscuits au gingembre...

– ... et de sandwiches au beurre de cacahuète et à la confiture, ajouta Slade.

Rieur, il passa la main sous le bras de sa femme qui garda les siennes enfoncées dans la profondeur de ses poches.

– Il y a bien plus de Russes à Tien-tsin qu'à Shanghaï. Des centaines, peut-être des milliers.

L'établissement où il les conduisit sentait la laine humide et le chou, la betterave et le thé épicé ; il y régnait une bonne chaleur. Sur chaque table se dressait un candélabre en argent ciselé ; les flammes des bougies dansaient dans la pénombre, projetant des ombres sur le plafond et les murs.

Nikolai insista pour qu'ils goûtent au bortsch, aux beignets de pommes de terre et au lourd pain de seigle noir.

– Voilà qui me rappelle ma jeunesse, fit-il, les yeux pétillants de malice. Ma misérable jeunesse, et pourtant j'en ai ici la nostalgie.

Quand il souriait, la blancheur de ses dents ressortait sur la noirceur de sa barbe et de sa moustache.

Le serveur apporta des verres de thé fort de couleur orange. Nikolai vida le sien. Vinrent ensuite les bols de soupe fumants.

– Ah, le bortsch ! L'omniprésente betterave russe mélangée avec tous les restes. Et toujours avec du chou. C'est un plat de paysan, et pourtant on le trouve jusque dans les maisons de thé russes en Chine !

Il éclata de rire avant d'avaler une cuillerée.

– C'est bien bon. Meilleur que celui de ma mère, mais évidemment il n'est pas fait avec des restes.

Chloé, qui n'aurait jamais imaginé qu'on pût avoir envie d'une soupe aux betteraves, fut agréablement surprise. Ils mangèrent en silence jusqu'à ce que Nikolai ait terminé son bol. Les coudes appuyés sur la table, il s'adressa alors à elle plus qu'à Slade.

– En Russie, il y a des nuits d'une incroyable beauté, quand la lune brille sur la neige, que les branches nues des arbres ont l'air de fantômes. Et la neige tombe en flocons gros comme les oranges de Canton.

Ses yeux fascinaient la jeune femme.

– Je me souviens d'une nuit, comme si c'était hier, pourtant je devais avoir neuf ou dix ans. Le son d'une balalaïka m'a réveillé dans l'obscurité, c'était l'été. Jamais je n'ai entendu musique plus prenante. Cela dura des heures et j'ai éprouvé un bonheur incroyable, comme je n'en ai pas connu depuis. L'instrument gémissait en moi, avec sa musique triste, et peut-être ne m'en suis-je plus jamais défait. Parfois, au milieu de la nuit, je crois l'entendre encore.

– La Russie vous manque? demanda Chloé.

Nikolai secoua la tête comme pour chasser sa rêverie et revenir à l'instant présent.

– Curieux, n'est-ce pas? Je n'ai jamais connu dans mon pays que la faim et l'inconfort. J'ai dû lutter pour survivre. Là où je fus vraiment heureux, si je le fus jamais, ce fut à Detroit. Jouer au base-ball le samedi après-midi... Mes beaux-parents et mes fils avec moi au lac... Les copains au travail, boire une bière avec eux, ceux-là qui m'appelaient Nick... Voilà ce pour quoi je me bats. Pour que tout le monde puisse vivre ainsi.

Slade posa la question que Chloé avait à l'esprit :

– Pourquoi ne pas vous être contenté de rester à Detroit, avec votre femme, vos gosses, votre bonheur? La plupart des immigrants sont restés. C'était leur rêve.

Nikolai acquiesça, il comprenait.

– Je me le suis souvent demandé. La réponse n'est pas simple. Vous, pourquoi ne retournez-vous pas vers votre confortable Amérique?

Il s'adressait à Slade.

– A cause de mon ego, répondit aussitôt celui-ci. De mon désir de célébrité et d'aventure.

Chloé avait assez chaud à présent pour ôter son manteau. Nikolai commanda de nouveau du thé.

– Mes raisons sont peut-être similaires, reprit-il. L'idée que moi, simple être humain, je puisse contribuer à changer le monde. L'aventure. Et vous? poursuivit-il, s'adressant cette fois à Chloé. Qu'est-ce qu'une belle femme comme vous fiche ici?

– C'est simple, rétorqua-t-elle en souriant. Je suis ici par amour.

Sous la table, la main de Slade pressa la sienne. Nikolai ferma les yeux un instant.

– C'est cela qui guide la vie des femmes? finit-il par interroger. Êtes-vous réellement moins complexes que les hommes?

– Vous voulez dire plus simplettes? fit-elle, sur la défensive. Je ne crois pas que nous manquions de cervelle...

Un geste de Nikolai l'arrêta.

– Si c'est ce que ma question paraissait sous-entendre, pardonnez-moi. L'intelligence n'a rien à voir avec la façon dont nous vivons. Je vous demandais si vos motivations étaient plus pures que les nôtres. Est-ce l'amour qui guide l'existence des femmes?

Il paraissait davantage s'interroger à voix haute que quêter une réponse auprès de Chloé.

– Votre vie n'est pas non plus exempte d'amour, dit-elle. Amour du peuple, de l'humanité, désir de faire le bien. Slade aussi agit par amour. Amour de la vérité.

Tous trois gardèrent le silence un moment puis Nikolai finit par sourire.

– Vous êtes merveilleuse, Chloé. A vous entendre, nous nous croirions tous merveilleux, des êtres parfaits, dépourvus d'égoïsme, qui n'agissent que par amour...

Ses dents blanches brillaient sous sa moustache touffue.

Beaucoup plus tard, après que Slade et Nikolai eurent vidé plusieurs grands verres de vodka, quand Chloé et Slade se retrouvèrent sous leurs gros édredons chinois, Slade l'étreignit. C'était la première fois qu'ils faisaient l'amour depuis sa fausse-couche. Quand elle sentit ses lèvres sur son sein, elle ferma les yeux et se demanda quelle sensation produisait la moustache de Nikolai sur sa peau nue.

16

– Je redoute un ulcère, diagnostiqua le médecin anglais après avoir examiné Sun Yat-sen.

Il prescrivit médicaments et repos.

Ching-ling ne quittait pas son mari; celui-ci était trop malade, et souffrait trop pour s'entretenir avec Nikolai ou quelque autre de ses conseillers. Pékin fut avisé que leur arrivée serait retardée.

Ils demeurèrent à Tien-tsin durant trois froides semaines de décembre. Comme Shanghaï, Tien-tsin abritait une importante colonie étrangère, établie dans de solides demeures victoriennes entourées de belles pelouses – même si l'hiver à présent les avait jaunies. On y rencontrait Américains, Britanniques, Belges, Russes et Français, mais les plus nombreux étaient les Allemands.

Dans le quartier étranger, des réverbères éclairaient les rues pavées où les automobiles étrangères disputaient la voie aux chevaux et aux ânes. Cette ville du Nord abritait aussi la plus grosse base navale américaine en Chine, et c'était un poste fort convoité parmi les marins; les tables de jeu n'y manquaient pas, ni les princesses russes dans les bordels, ni les bagarres qui vous déchargeaient la bile.

L'une des rares cités industrielles en Chine à cette époque, Tien-tsin crachait ses brumes grises dans le ciel d'étain, provoquait chez ses habitants une toux sèche, opiniâtre. De là partait aussi le pétrole de la Standard Oil, qui stockait ses réserves dans des cuves implantées tout autour de la ville.

Le seigneur de guerre qui y régnait avait accepté, contre rétribution, de se soumettre à un gouvernement central et au président de toute la Chine. Avant que la maladie ne le terrasse, Sun Yat-sen devait le rencontrer pour un entretien privé, avant de gagner Pékin en train avec sa suite.

Mme Sun ne quitta la chambre de son époux que pour le dîner de Noël, mais elle fut si peu présente que ce fut pour Chloé le Noël le plus lugubre qu'elle eût connu.

Inévitablement l'on finit par parler politique. Slade aimait à provoquer gentiment Nikolai, quoique ce dernier n'ait pas besoin d'être beaucoup poussé.

– Qu'est-ce que la démocratie sinon la voix de l'homme du commun? questionna Slade. Et comment cet homme du commun peut-il s'élever sinon par les incitations du capitalisme?

– Le capitalisme, répondit Nikolai, n'a rien à voir avec la véritable démocratie. Il n'est qu'une continuation de l'impérialisme, où l'argent et le pouvoir sont concentrés dans les mains de quelques-uns.

– Cherchez-vous à convaincre tout un chacun que votre conception du monde est la seule qui soit juste? interrogea Chloé, s'adressant autant au Russe qu'à Chingling.

Nikolai réfléchit un moment.

– Oui, finit-il par admettre. Je veux transmettre à tous ma vision du monde. Je veux construire un monde de fraternité, où il n'y aura plus de crève-la-faim, plus de sans-logis, où ceux qui travaillent dur en recevront la juste rétribution, où le travail et la médecine seront accessibles à tous, où...

– Vous êtes un idéaliste, commenta Slade. Étudiez l'histoire. Les idéalistes deviennent des tyrans, tant ils sont sûrs que leur voie est la seule possible.

Regardant l'Américain, Nikolai eut un large sourire.

– Allez, dites-le, je suis un enfant de putain arrogant.

– Vous êtes un rêveur, dit Slade, avalant une gorgée de cette vodka que Nikolai lui avait fait aimer.

– Le monde a besoin de quelques idéalistes, souligna Chloé.

– Vous pensez que je vise l'impossible, c'est ça? interrogea le Russe.

– La fraternité universelle? Bien sûr que c'est impossible, acquiesça Slade.

Le regard de Nikolai gagna encore en intensité.

– Je veux changer le monde. Je ne veux plus que des hommes travaillent quatorze heures par jour dans des

146

mines pour un misérable salaire qui n'empêche même pas leurs gosses de crever de faim. Je ne veux plus de gamins morts de froid dans les rues, de femmes qui mendient, de nouveau-nés jetés dans les poubelles.

Il battit des paupières; une veine palpitait dans son cou.

– En Russie, le peuple n'avait aucun droit. Rien ne nous séparait du Moyen Age, à moins d'être riche ou noble. Ou seulement riche. Ceux-là avaient une existence opulente, confortable, luxe, fourrures, décadence.

Chloé cessa de caresser sa zibeline.

– Moi et ceux qui partagent ma foi sont dangereux pour la société. Je suis une menace, je le sais. Je dérange le *statu quo*. Je suis considéré comme subversif. Pas simplement dans mon pays, dans le vôtre aussi.

– Ce ne fut pas difficile, demanda Chloé, d'envisager le retour en Russie et à une existence difficile après vos années aux États-Unis?

Il la dévisagea de son air étrange, indéchiffrable.

– Si cela doit conforter votre chauvinisme, je reconnais que mes années en Amérique furent les plus confortables de ma vie. Mais elles ne m'ont jamais perverti. J'ai toujours su que je faisais partie des forces du changement, que le xxe siècle est mien, et que je suis une dent dans le rouage de la révolution mondiale.

– Vous êtes en effet arrogant, s'exclama Chloé en riant.

Elle avait toujours jugé insupportables ceux qui pensaient avoir absolument raison. Au lieu de cela, Nikolai l'hypnotisait. Comme il fascinait Slade. Il était merveilleux de croire profondément en quelque chose, de se sentir partie d'un tout que l'on estimait si grandiose, si noble. Elle les enviait, lui et Mme Sun.

– Les atrocités commises par les communistes au moment du renversement du tsarisme ne vous ont pas troublé? questionna Slade.

Chloé se rappela le sinistre meurtre des Romanov, elle se souvint d'avoir lu des récits de décapitations, de massacres, de mutilations des membres de la noblesse, ceux qu'on appelait les Russes blancs, dont l'un tenait la maison de thé où ils se trouvaient présentement.

Bien que Nikolai regardât Slade, c'était comme s'il se sondait lui-même.

– Je sais, dit-il enfin d'une voix sourde. On ne répare pas l'injustice par l'injustice. Mais essayez de comprendre que, de tout temps, les paysans russes avaient été traités comme moins que des humains. Contraints de mener une existence de bêtes. Comme les Chinois. Quand les bêtes se sont réveillées, quand elles ont compris que c'était la noblesse qui les empêchait de vivre comme des êtres humains, leur fureur n'a plus connu de bornes. Ils ont frappé – et ils frapperont, en représailles pour les centaines, les milliers d'années d'oppression, pour leurs ancêtres, pour la liberté de toute l'humanité.

– Vous croyez qu'ils pensaient vraiment cela? fit Chloé.

– Non, mais c'était en eux. Ils avaient besoin de l'effacer, de tuer ce qui représentait cette domination totale sur eux-mêmes, de porter un coup instinctif pour la liberté.

– Vous acceptez cette... vengeance?

– Oui. Je la pardonne. Il est temps. Il n'existe pas d'autre moyen.

Ching-ling posa une main sur le bras de Chloé.

– Quand vous voyagez dans ce pays, regardez autour de vous. Voyez comment vit cette grande partie du monde, alors vous commencerez à comprendre.

– Mais vous, qu'avez-vous à voir avec la Chine? insista Chloé auprès de Nikolai. Vous pourriez aider les Russes.

Le géant regarda Ching-ling, qui lui sourit, son visage fatigué plein d'affection.

– Peut-être puis-je répondre, fit-elle de sa voix douce. Les étudiants chinois ont vu dans la révolution russe une chance pour la Chine. Si la Russie a pu mettre fin à des siècles de domination, nous le pouvons aussi.

– En juillet 1922, poursuivit Nikolai, voilà deux ans et demi, un petit groupe d'hommes s'est constitué à Shanghaï.

Il se prit à rire; Ching-ling souriait.

– Oui, dans un coquet bâtiment rose, enchaîna-t-elle, une école de filles dans la rue de la Promesse-Joyeuse! N'était-ce pas propice?

– Là, ils tinrent le premier congrès du parti communiste chinois.

– Un début timide, reprit Mme Sun, qui inquiéta les gangsters de Shanghaï, la bande de Tu-Grandes-Oreilles.

Slade et Nikolai commandèrent une autre vodka. Le dos appuyé à sa chaise, Chloé sentait dans son cou la chaude fourrure disposée sur son dossier.

– Le Dr Sun avait demandé aux puissances occidentales de l'aider à former le Kouo-min-tang. Aucune n'accepta.

– Sauf la Russie, précisa Nikolai.

– Et Nikolai nous fut envoyé, conclut Ching-ling.

– Le nationalisme n'est pas encore une idée dominante en Chine, reconnut le Russe. Mais je prédis qu'il le sera bientôt. Nous voulons un pays imprégné des idéaux que le docteur, Mme Sun et moi partageons. Une armée et une nation libérées des seigneurs de guerre.

– Nous marchons vers ce qui fut toujours le rêve du Dr Sun, mumura Ching-ling. Nous dirigerons un nouveau gouvernement qui incarnera les idéaux de liberté.

– Du communisme, ajouta Nikolai. Ils ne font qu'un.

Slade et Chloé échangèrent un regard.

– Je ne veux pas interrompre cette fête de Noël, reprit Ching-ling en se levant. Mais je dois retourner auprès du Dr Sun. Je vous en prie, ne vous dérangez pas, l'hôtel n'est pas si loin, j'ai besoin de marcher. A plus tard.

Lorsqu'elle fut partie, Nikolai demanda un autre thé pour Chloé.

– Croyez-vous vraiment que Sun fera un grand président ? interrogea Slade.

– Le meilleur président serait Ching-ling, répondit Nikolai avec le plus grand sérieux. Un être doué d'une volonté de fer et d'une vue profonde ; c'est un leader né, une personne d'une intégrité absolue, la conscience de la Chine. Mais je ne renie pas Sun Yat-sen. Depuis une vingtaine d'années, son nom symbolise l'indépendance. Le monde l'a jugé parfois excentrique, assez inefficace, et naïf d'après Lénine. Il est pourtant le porte-parole de son pays.

« Le monde ne veut pas que la Chine bouge, afin de ne pas troubler le commerce. On ne veut pas que la Chine se lève, prenne en main son avenir, ou même son présent. Quand le peuple se réveille, les riches sont éliminés et l'équilibre du pouvoir menacé.

Chloé observait ce géant russe qui parlait avec tant d'ardeur.

– Et vous ? Vous tueriez pour votre rêve ?

– Je l'ai fait, dit-il la fixant droit dans les yeux. Et le ferais encore si j'avais à le faire.

Si l'état de santé de Sun Yat-sen fit les gros titres des journaux chinois, la presse occidentale ne lui consacra pas même un entrefilet. Le médecin anglais ne parvenait pas à diagnostiquer le mal. Au dernier jour de l'année 1924, un train spécial conduisait Sun et son entourage à Pékin. Chloé et Slade avaient leur propre compartiment.

Pékin ne se trouvait qu'à cent soixante kilomètres et Chloé se demanda pourquoi ils avaient passé trois semaines à Tien-tsin quand ils auraient pu gagner un hôpital en quelques heures. Les nuages gris et bas dans le ciel hivernal l'oppressaient. Par la fenêtre défilait un paysage qu'elle jugeait nu et désolé.

– Qu'est-ce que c'est que ça, à ton avis?

Elle désignait à Slade des formes pyramidales qui ponctuaient la campagne.

– Des tombes, j'imagine.

C'était l'unique caractéristique de cette campagne plate et morne, où parfois se dressaient des villages fortifiés dont les enceintes en brique et les maisons de boue séchée avaient la couleur de la terre, un gris ou un ocre monotones. Peu d'arbres, telles des sentinelles isolées, sinon de rares bosquets.

Chloé avait sommeillé une petite demi-heure quand Slade la secoua gentiment.

– Réveille-toi. Ça vaut le coup d'œil.

Des montagnes, peu boisées mais belles dans leur rudesse, se découpaient sur l'horizon au nord-ouest. A présent, les arbres apparaissaient autour et dans les villages, pins et sapins d'un vert bleuté. De petits poneys mongols tiraient des attelages. Des hommes marchaient derrière leur mulet. A l'entrée d'un petit village, ils aperçurent une douzaine de chameaux dont les bosses dessinaient sur l'azur comme une petite chaîne montagneuse.

Le train prit une courbe en fer à cheval et les tours d'angle carrées des murailles de Pékin apparurent. D'immenses toits en pagodes coiffaient les portes de la cité. A la gare se pressait une foule de près de cent mille personnes. Sun Yat-sen, le père de la révolution, se souleva un peu sur sa civière et essaya de sourire.

On le conduisit à l'hôtel *Pékin* où il s'alita. Un médecin lui fit une piqûre qui apaisa suffisamment sa souffrance pour lui permettre de dormir toute la nuit. Ching-ling avait l'air de qui ne s'est pas reposé depuis longtemps. Angoissée, elle étreignit la main de Chloé.

– Chaque fois que vous êtes mon invitée, il se passe quelque chose, n'est-ce pas? Venez demain, je m'obligerai à quitter le chevet de mon mari un petit moment. Pardonnez-moi de vous avoir négligée.

Chloé ne s'en formalisait pas. Depuis leur lune de miel, c'était la première fois qu'elle passait autant de temps avec Slade. Tous deux prirent l'ascenseur cahotant qui les mena au dernier étage de l'hôtel.

La jeune femme s'éveilla à l'aube et resta à écouter le chant des coqs. Et pour la première fois depuis longtemps, elle fut de nouveau émue par la beauté de ce pays.

Le brouillard enveloppait la ville encore endormie. Depuis le balcon, comme d'un promontoire, elle contempla la Cité interdite, sombre dans la lueur de l'aurore. A mesure que la brume se dissipait en écharpes mouvantes, elle commença de discerner les formes. Des toits étincelants émergèrent, toits dorés et pentus qui semblaient flotter dans le vide, ne se découvrir que pour mieux disparaître à nouveau dans d'autres flots cotonneux.

Serrant son manteau autour d'elle, elle rentra dans la chambre. Une servante apportait une théière fumante et deux tasses.

— Nom de Dieu, maugréa Slade, ouvrant un œil, on entre ici comme dans un moulin. Et si nous avions été en train de nous livrer à une activité qui exige l'intimité?

Chloé sourit et abandonna sa fourrure sur un fauteuil.

— Comme ceci? suggéra-t-elle.

Elle ôta sa chemise de nuit, l'envoya voler en l'air.

— Arrête, fit Slade. Laisse-moi te regarder un peu. Mon Dieu, tu es la plus belle des femmes. Oui, viens vite.

Il ouvrit les bras, elle vint se coucher sur lui, savourant le contact de leurs corps l'un sur l'autre.

— Va verrouiller la porte, suggéra Slade lui picorant les lèvres.

— Non, je n'ai pas envie de te quitter.

Du bout de la langue, elle lui chatouilla le creux de l'oreille.

— Oh, et puis au diable l'intimité, conclut-il en éclatant de rire.

Dix minutes plus tard, ils n'entendirent pas que l'on frappait légèrement à la porte. Aussi intime que fût l'acte au milieu duquel Ching-ling les interrompit, elle parut ne pas s'en apercevoir.

— Il a un cancer. Il est mourant, lâcha-t-elle.

Et elle s'en alla.

17

Qu'éprouverais-je si je venais d'apprendre que Slade est mourant? s'interrogea Chloé. Si je savais qu'il ne nous reste plus que quelques mois, ou quelques semaines? Et que ce sursis ne serait pour lui que souffrance?

Elle était incapable de l'imaginer. Désireuse de compatir avec Ching-ling, elle n'avait cependant jamais vécu semblable tragédie, aussi n'eut-elle à offrir que de vaines paroles. Perdre un enfant à naître, comprit-elle, n'était pas comparable à la perte d'un être vivant, aimé, un être qui avait influencé votre existence. De surcroît, la mort de Sun Yat-sen ne serait pas seulement la disparition de l'être le plus important dans l'univers de Ching-ling, mais celle du cœur même de sa vie, de ce à quoi elle s'était vouée corps et âme.

Puis, autant que Chloé le sache, le vieil homme représentait le seul espoir réel pour la Chine. Même si Slade avait déclaré :

– Une fois au pouvoir, je doute de sa capacité à l'exercer. Il a vécu toutes ces années dans un monde de rêves. Il croit que les choses seront faciles à mettre en place.

Serrant son manteau de fourrure autour d'elle, Chloé regagna sa chambre. Slade achevait de s'habiller.

– Nikolai a appelé. On transporte le Dr Sun à l'hôpital pour l'opérer. Nikolai nous attend dans le hall. Prenons un petit déjeuner d'abord.

Il enlaça Chloé d'un bras et l'embrassa sur la joue.

La neige tombait, qui étouffait tous les sons. Aucun d'eux ne parla tandis qu'ils marchaient dans la ville presque silencieuse. Des chameaux de Mongolie passaient dans les rues verglacées, accompagnés par le tinte-

152

ment de leurs cloches et les cris des conducteurs. Des mulets chargés de bois coupé bousculaient les coolies qui couraient sur le pavé glacé dans leurs chaussures à semelles de coton. Des glaçons pendaient au bord des toits incurvés et Chloé voyait sa respiration se condenser dans l'air froid.

L'hôpital de la faculté de médecine était un splendide bâtiment moderne, surprenant dans cette ville si ancienne.

– Construit par la fondation Rockefeller, fit Slade, souriant à Nikolai. Voyez de quoi est capable le capitalisme.

Nikolai promena un regard appréciateur sur l'édifice.

– Si le capitalisme œuvrait toujours ainsi, je me ferais l'avocat de votre démocratie. Je n'ai jamais vu un hôpital si magnifique en Russie.

Ils restèrent auprès de Ching-ling toute la matinée. D'autres personnes les rejoignirent; Ching-ling étreignit un homme que Chloé n'avait jamais rencontré, un homme de sa génération. Comme Mme Sun était trop troublée pour songer aux présentations, Nikolai s'en chargea pour elle.

– Sun Fo, le fils du Dr Sun.

Chloé fut stupéfaite car elle avait oublié que Sun Yatsen était père d'enfants plus vieux que Ching-ling. De nouveau, elle se demanda comment Ching-ling avait pu faire l'amour avec un époux tellement plus âgé. Avaient-ils seulement fait l'amour? Peut-être était-ce un mariage platonique? Chloé se garda de trancher; elle avait assez souvent surpris le regard de Ching-ling posé sur son époux pour savoir que son ardeur pour Slade ne pouvait concurrencer les sentiments de Ching-ling pour Sun Yatsen.

Peu après midi, le Dr Taylor, médecin missionnaire américain renommé à Pékin, apparut, prit les mains de Ching-ling dans les siennes et la regarda bien en face.

– Il souffre d'un cancer du foie à un stade avancé. (Mme Sun tressaillit, brusquement livide.) Ce n'est plus qu'une question de temps. De semaines...

Les jours devinrent des semaines, janvier céda la place à février sans que les vents glacés ne relâchent leur harcèlement sur les steppes.

– Je ne peux pas rester indéfiniment, à attendre que meure le bon docteur, déclara Slade à sa femme.

153

L'attente était plus épuisante qu'un travail acharné, pensa Chloé. Elle lui répondit ne pas pouvoir quitter Ching-ling en ce moment.

— Les vautours me portent sur les nerfs, fit-il. Je ne suggère pas que tu viennes toi aussi. Moi je rentre à Shanghaï, pour voir ce qui se passe dans le reste du pays car tout Pékin est obnubilé par le décès de Sun. Reste ici, tu tiendras compagnie à Ching-ling. Quoi qu'il se passe, tu peux me télégraphier.

— Et si cela dure encore des mois?

Comment supporterait-elle d'être séparée si longtemps de Slade? Il lui ébouriffa les cheveux.

— Ce ne sera pas des mois, ma chérie. Je reviendrai pour les funérailles. En attendant, sois mes yeux et mes oreilles, d'accord?

Il me fait confiance, songea Chloé. Il me juge capable de discerner ce qui est important de ce qui ne l'est pas. Une chaleur l'envahit; dans un élan elle prit la main de Slade et la porta à ses lèvres.

— Ton « homme » à Pékin? murmura-t-elle, souriante.

— Pile. Sauf que personne ne risque de te confondre avec un homme.

Sun Yat-sen fut installé dans la demeure luxueuse du diplomate Wellington Koo, et ce fut là qu'il passa la fin de sa vie, Mme Sun quittant rarement son chevet.

Quand elle sortait de la chambre du malade, c'était pour dîner avec Chloé et Nikolai, ou faire une promenade matinale dans l'atmosphère glacée, marchant aussi vite que possible, respirant profondément, comme pour se fortifier. Souvent Chloé l'accompagnait.

— Vous savez, bien sûr, dit un jour Ching-ling d'une voix étouffée par son écharpe de laine noire, que cela signifie que l'unification de la Chine n'aura pas lieu.

Nikolai disait de même. Il n'existait personne d'autre dans ce vaste territoire qui pût rassembler le pays. Durant plus de trente ans, Sun Yat-sen avait symbolisé un rêve. Rêve généreux, idéaliste d'une Chine aux Chinois, sans corruption, sans que le peuple soit exploité au profit de quelques-uns.

— Ce n'est pas que Sun soit un grand chef, confia Nikolai à Chloé une fois qu'ils étaient seuls. Je ne suis même pas certain qu'il soit capable de diriger. Mais c'est un symbole. Le symbole de votre pays, c'est votre drapeau et peut-être la déclaration d'Indépendance. Ou la Constitution. Quand les États-Unis furent fondés, peut-être était-ce George Washington. Pour les Chinois, seul Sun Yat-sen fait figure de symbole.

– Que se passera-t-il? questionna Chloé, avalant une gorgée de thé.

Il lui semblait passer la majeure partie de son temps à Pékin à boire du thé.

Nikolai eut un haussement d'épaules fatigué.

– Mes pronostics ne valent pas mieux que les vôtres. Je suppose que certains se battront pour sa succession. Mais ils chercheront le pouvoir individuel, et non le rêve.

« Tchang Kaï-chek essaiera sans doute, poursuivit-il d'une voix abattue. Il y en a d'autres, mais Tchang est le seul à avoir derrière lui une armée organisée. Il a quand même dirigé l'école de Whampoa, et il a passé quelques mois à Moscou. Cependant, j'ai fini par ne plus lui faire confiance.

– Vous voulez dire que son rêve et le vôtre divergent? tenta de plaisanter Chloé.

– Le problème ne prête pas à rire, Chloé, rétorqua le Russe d'une voix bourrue. La Chine aux Chinois, ou la Chine à Tchang Kaï-chek.

– Tchang pense peut-être : « La Chine aux Chinois, ou la Chine aux communistes. »

– Il est acoquiné avec ces coupeurs de gorges à Shanghaï. Tu-Grandes-Oreilles et sa bande, qui se soucient comme d'une guigne du peuple chinois. Ils tiennent Shanghaï à leur merci. Personne ne peut y faire affaire sans leur aval. Ils aimeraient bien tirer les ficelles dans le reste du pays. Trafiquer la drogue, contrôler la prostitution, vendre le whisky, superviser les banques. Ils choisiront une marionnette qu'ils financeront, ainsi ils la tiendront, et la Chine avec.

Pareille chose ne devrait pas être possible, pensait Chloé. Dans aucun pays.

– Dommage que Ching-ling soit une femme, marmonna Nikolai.

– Il existe un précédent, lui rappela Chloé. L'impératrice douairière a dirigé l'empire de nombreuses années.

Le Russe enferma la main de Chloé dans sa grosse patte.

– Elle avait hérité le trône impérial. Aucune femme ne peut être élue à la tête d'un pays. Vous devez le savoir.

155

Chloé se souvint des paroles de Cass. Tu peux devenir ce que tu veux, sauf président.

– En Chine, vous voulez dire?

– Partout. C'est l'une des raisons pour lesquelles je suis communiste. Je crois en l'égalité pour toute la race humaine, pas seulement pour les hommes.

Il retourna la main de la jeune femme, regarda sa paume.

– Votre main plus petite ne signifie pas que votre cerveau soit plus petit. Votre volonté moindre. Ou vos rêves moins puissants.

– La Russie aura-t-elle un jour une femme pour président?

Chloé avait une conscience aiguë des mains de Nikolai autour de la sienne.

– Je l'espère, répondit-il, dardant sur elle ses ardents yeux noirs. C'est ce vers quoi nous marchons. Nous vous battrons, vous les Américains, ajouta-t-il, un sourire aux lèvres. Nous aurons des femmes dans nos assemblées gouvernementales avant vous. Ce sera le cas partout avant la fin du siècle, j'espère.

– Vous nous en donnez le temps. Encore soixante-quinze ans!

– Un clin d'œil au vu de l'Histoire. Allons, il se fait tard.

Le jeudi 12 mars 1925, à neuf heures trente, Sun Yat-sen, le père de la république chinoise, s'éteignait. Chloé et Nikolai se trouvaient auprès de Ching-ling, ainsi que la sœur de cette dernière, Ai-ling, son beau-frère H.H., et Sun-Fo, le fils du Dr Sun. T.V. les avait également rejoints.

A la fin, Nikolai entendit Sun murmurer « Si seulement les Russes continuent de nous aider... » au moment où il fermait les yeux. H.H. jura qu'il avait dit : « Ne persécutez pas les chrétiens. » Tchang Kaï-chek, qui se trouvait alors loin de là à Canton, affirma plus tard que les derniers mots du grand homme avaient été : « Tchang Kaï-chek. »

Seule l'ambassade soviétique mit pavillon en berne. Une semaine plus tard eut lieu un discret enterrement chrétien auquel assistèrent la famille, Chloé, Slade et Nikolai. Deux jours après, ce furent les funérailles publiques, à l'issue desquelles le corps de Sun Yat-sen resta exposé durant deux semaines. Un demi-million de gens vinrent lui rendre hommage.

Ching-ling, l'air si frêle que Chloé se demanda si elle arriverait au bout de la journée, s'appuyait au bras de son beau-fils.

– Il voulait être enterré à Nankin, sur la montagne Pourpre, près du premier empereur Ming.

La voix de la veuve se brisa. H.H. lui prit l'autre bras.

– Il le sera, lui promit-il, dès que nous pourrons faire dresser un mausolée convenable. En attendant, il reposera ici.

– Un lieu étranger pour lui, gémit Ching-ling. Il ne s'est jamais senti chez lui à Pékin.

H.H. lui tapota la main.

La famille tenta de convaincre Ching-ling de retourner à Shanghaï. Sun lui avait laissé ses seuls biens, la maison de la rue Molière et tous ses livres. Mais elle n'aspirait pas à rentrer à Shanghaï ou chez ses parents. Elle s'approcha de Nikolai et, déterminée :

– Non, je retourne à Canton, continuer la lutte. Je n'ai pas une minute à perdre. Son rêve deviendra réalité. Je le jure devant Dieu.

– Devant Dieu, répéta tout bas Slade qui, revenu à Pékin pour les funérailles, se tenait à côté de Chloé. Mais qu'aura prévu Dieu ? Je crains de le savoir. J'ai peur maintenant que l'enfer se déchaîne.

DEUXIÈME PARTIE

1925-1928

DEUXIÈME PARTIE

1925-1928

18

– Pour l'amour du ciel, Chloé! s'exclama Ann Leighton avec une irritation manifeste, fixant les cartes sur la table. Vous avez demandé quatre piques avec cette main? Où avez-vous la tête?

Sûrement pas dans la salle ovale au sol de marbre du consulat américain, voilà qui était certain. Chloé n'eut même pas la politesse de feindre la confusion. Elle brûlait d'envie de laisser tomber ce bridge, de sortir d'ici, d'aller en un lieu où elle pourrait palper son ventre, songer à la vie qui y palpitait de nouveau, communiquer à cet être en devenir tout l'amour qu'elle éprouvait déjà pour lui. Le printemps était une belle saison, que ce soit pour donner naissance ou pour débuter une grossesse. Le bébé naîtrait neuf mois exactement après la mort de Sun Yat-sen.

Slade était aussi heureux que son épouse. Six mois s'étaient écoulés depuis la fausse couche, laps de temps idéal assurait le médecin. Chloé s'était juré de ne plus monter en pousse, préférant marcher, même le soir, même pour traverser la ville. Dans ces cas-là, Slade lui trouvait un taxi. Elle avait également décidé de ne plus se cacher sous prétexte que son ventre était gros d'un enfant.

Malgré sa joie, elle considérait sa vie différemment depuis son retour de Pékin. Les bridges de l'après-midi la rendaient folle. Chaque fois qu'elle tentait d'orienter la conversation sur la Chine, les visages se fermaient.

– Ne nous dites pas que vous êtes tombée amoureuse de ce pays! s'était exclamée un jour une de ses relations.

– Je crois que si, avait-elle répondu avec un sourire un peu froid.

161

On n'avait plus entendu que le tintement des petites cuillères dans les tasses. Le bavardage avait ensuite repris comme si de rien n'était.

— Je ne comprends pas, s'exclama Chloé le lendemain, au petit déjeuner, avec Slade. A croire que les yeux bridés et la peau jaune sont signe d'arriération mentale. Américains et Anglais jugent les Chinois bornés, or ceux que je connais sont bien plus ouverts aux problèmes essentiels que toutes ces femmes bêbêtes qui froufroutent dans leur organdi aux réceptions. J'en ai assez de ces fêtes interminables. Au moins, avec Daisy et Lou, nous parlons de... je ne sais pas... de questions métaphysiques, en fait. Des questions qui sont d'ailleurs sans réponse.

— Par exemple? s'enquit Slade en décapitant son œuf coque. J'ai l'impression que Lou a réponse à tout.

Chloé contempla la fleur d'azalée qu'elle avait cueillie un moment plus tôt, encore mouillée de rosée.

— Eh bien, tous les « pourquoi ». Pourquoi les guerres? Pourquoi la soif du pouvoir? Pourquoi certains refusent-ils à d'autres le droit de penser différemment d'eux? Pourquoi certains trouvent-ils plaisir à faire souffrir? Pourquoi existe-t-il toujours cette tension entre les hommes et les femmes? Pourquoi...

La main de Slade lui emprisonna le poignet.

— Stop! Quelque chose m'aurait échappé?

Chloé le regarda, lui sourit.

— A propos des hommes et des femmes? Je veux dire que, dans la relation homme-femme, dans la relation amoureuse, s'entend, il y a quelque chose de tendu. Comme quand je sais que tu vas bientôt rentrer, une sorte d'excitation s'éveille en moi, qui me monte peu à peu à la tête. Quand tu es en retard, je me sens abattue. Quand tu ne rentres pas avant que je sois endormie, toute l'excitation se dissipe et je me sens déprimée. N'est-ce pas de la tension?

— Je ne savais pas que tu ressentais cela.

— Aussi pourquoi ai-je épousé un homme aux horaires si irréguliers et qui me laisse tant de soirées seule?

— J'ai l'impression que nous sortons presque tous les soirs.

Sur ces mots, Slade se leva et vint embrasser Chloé sur la joue.

— Je promets de ne pas être en retard ce soir.

— Tu ferais bien. Il y a le dîner pour le nouvel ambassadeur français.

– Zut, j'avais oublié.

– Tu peux aussi rentrer plus tôt, je t'aurai préparé un verre et tu me raconteras ta journée, suggéra Chloé en lui embrassant la main.

Il arrivait près de la porte et se retourna brusquement.

– Que dirais-tu de David ?

Chaque jour, il proposait un nouveau prénom ; jusqu'ici, Chloé les avait tous réfutés.

– Trop banal, décréta-t-elle.

Les soirs où Slade était absent, elle rédigeait de longues lettres à sa famille, Cass et Suzi. Elle avait également acheté un cahier pour y coucher ses impressions de la Chine et des Chinois. Lorsqu'elle écrivait, rien d'autre n'existait. Dans ce qu'elle décrivait, elle n'était pas une étrangère qui observe mais un être qui participe avec ses sensations et ses émotions. Qu'un domestique entrât pour allumer les lampes, elle sursautait, brusquement ramenée d'un autre monde, d'un autre temps.

Un jour, dans la rue, elle avait vu une jeune femme essayer de vendre son enfant, et quand elle avait écrit le soir même sur cette femme, elle avait tenté de se mettre dans sa peau afin de savoir ce que l'on éprouvait à voir son petit remplacé par quelques pièces de monnaie.

Quand vers minuit elle entendait les pas de Slade, elle glissait son cahier dans le tiroir et elle avait grand-peine à revenir dans le réel. Slade étant souvent fatigué, il ne semblait pas le remarquer.

Lorsqu'elle écrivait à Cass, elle prenait garde à ce qu'elle lui confiait des détails de sa vie, sachant qu'il risquait de faire paraître ses textes dans la presse. Elle savait Slade irrité de voir ses lettres imprimées, il le ressentait comme un empiétement sur son domaine. Néanmoins elle se refusait à cesser d'écrire à Cass et Suzi, sans compter qu'elle tirait grand plaisir à voir ses textes publiés.

Slade ne lui avait pas parlé de l'article que Cass avait publié sous la signature de « Chloé Cavanaugh », intitulé « Veillée funèbre », qui racontait la mort de Sun Yat-sen vue par les yeux de son épouse.

Deux après-midi par semaine, elle continuait ses cours avec M. Yang. Bien que sa pratique du chinois fût depuis longtemps suffisante pour communiquer, la langue exerçait sur elle une fascination sans limite. Elle avait progressé dans l'écriture, se plaisait à passer des heures à

163

calligraphier, s'efforçant de perfectionner ses caractères, les comparant avec ceux des livres que son professeur lui avait prêtés.

Quant aux leçons d'histoire de M. Yang, elles la poussaient à réfléchir. Les mardis et jeudis, il l'emmenait dans un autre monde, un monde de philosophie et d'histoire ; après son départ, elle songeait des heures durant à ce qu'elle venait d'apprendre.

– Vous rendez-vous compte qu'un cinquième de la population mondiale est chinoise ? Nous avions une civilisation splendide quand l'Europe était plongée dans les ténèbres du Moyen Age. Marco Polo découvrit la plus riche, la plus éclairée, la plus avancée des civilisations. Contrairement à votre théologie chrétienne, nous croyons que l'homme a été créé avant le ciel et la terre. L'homme est le maître. Et ce qui compte, c'est sa capacité à raisonner : la vie de l'esprit.

Mais tant de Chinois n'en étaient pas capables, pensa Chloé, du fait de leur ignorance.

Plus tard, elle discuta ce point avec Lou.

– J'aime me considérer comme un être logique et rationnel, lui dit le journaliste. Mais les Chinois poussent si loin leur rationalité qu'elle les rend passifs.

– Et patients, suggéra Chloé.

– Oui, mais ça peut devenir un vice. Leur tendance au pacifisme, qui pose un grave problème politique actuellement, en est un exemple. Un vieil adage chinois dit que lorsqu'un homme se bat, c'est qu'il a perdu sa capacité à raisonner. Or, pour devenir forte et unifiée, la Chine devra laisser la passion l'emporter sur la raison.

Chloé fut surprise d'entendre Lou parler de passion.

– Les Chinois, de fait, endurent des maux terribles. Chaque année, la famine et les crues tuent trois millions de personnes.

– Ce n'est pas possible, Lou ! Aux États-Unis, si une ville subit une inondation qui fait dix victimes, c'est à la une de toute la presse du pays. Je n'ai jamais rien entendu de tel ici.

– Sûr, acquiesça Lou en allumant une cigarette.

Un jour, j'aurai le cran de lui demander d'arrêter, se dit Chloé. Mais pas encore.

– Parce que là-bas, c'est un événement, reprit-il. Ici, quand le fleuve Jaune et le Yang-tsé débordent, balayant des villages sur des centaines de kilomètres, ce n'est pas un événement. C'est un phénomène saisonnier. Chloé, l'an passé, vingt-neuf mille corps ont été ramassés rien que dans les rues de Shanghaï. Morts de faim. La majorité étaient bien sûr des fillettes abandonnées. À l'heure actuelle, quand la famine ravage le Nord, que les gens crèvent en marchant vers le sud pour trouver de la nourriture, personne n'y prête attention. Trois millions de personnes par an, répéta-t-il, à cause de la famine et des crues. Les Chinois endurent. Ils supportent en dépit de leur mauvais gouvernement, en dépit de la peste, de la corruption, des impôts écrasants, du travail harassant. Ils sont quatre cents millions à peiner comme chez nous les bêtes de somme !

Chloé toucha son ventre ; elle ne pouvait imaginer son enfant mourant de faim.

– Vous et moi, Chloé, péririons probablement si nous avions à supporter cette pauvreté incroyable, cette saleté, cette absence de confort, cette misère que les Chinois acceptent avec stoïcisme. Qu'ils acceptent et perpétuent.

– Comment peuvent-ils continuer ?

À cette question de pure forme, Lou ne tenta pas de répondre.

– La Chine, soupira Chloé, est comme un melon mûr à point dont profitera le premier qui saura l'unifier, n'est-ce pas ?

– Exactement.

De temps en temps, Chloé recevait des lettres de Ching-ling. Un jour celle-ci lui apprit, indignée, que Tchang Kaï-chek lui avait envoyé, selon la tradition, un émissaire afin de lui demander sa main, arguant que leur alliance consoliderait les rêves de Sun Yat-sen. « Je me rappelle Kaï-chek discutant avec mon époux de la possibilité d'épouser ma sœur Mei-ling », écrivait Mme Sun. « Il estimait qu'une alliance avec la famille Song l'aiderait dans sa carrière. Mei-ling, après tout, est toujours célibataire à presque trente ans. Je suis offensée que Kaï-chek ait même cru pouvoir obtenir mon soutien. Cet homme ne m'inspire pas confiance. Il n'aime pas la Chine autant que lui-même. Je crois que Nikki a fini par se ranger à mon opinion. De surcroît, il est notoire que Kaï-chek a déjà une épouse et plusieurs concubines. »

Cela dit, le Dr Sun était déjà marié quand Ching-ling

l'avait épousé, songea Chloé en reposant la missive. Ce qui n'avait pas rebuté Ching-ling. Pour n'avoir rencontré Tchang qu'une seule fois, Chloé ne s'était pas fait d'opinion à son sujet, sinon qu'elle lui avait trouvé le regard à la fois ardent et sournois. Elle admirait qu'il fût resté deux mois auprès de Sun Yat-sen sur la canonnière ancrée sur la rivière des Perles, au large de Canton.

Vers la fin novembre, le bébé devant naître aux environs de Noël, Slade jugea qu'il pouvait se rendre à Canton afin de se renseigner sur ce qu'étaient devenues les forces révolutionnaires, si tant est qu'il en existât encore.

– Je serai de retour dans dix jours, promit-il à Chloé.

Au bout de trois semaines, il n'était pas rentré. Un soir, Chloé, qui se sentait apathique depuis plusieurs jours, alla se coucher tôt et lut au lit plus tard qu'à l'ordinaire. Elle était nerveuse et irritée que Slade ne fût pas revenu alors qu'il savait la naissance du bébé imminente. Après avoir lu trois fois la même page, elle jeta le livre à terre et éteignit. Elle était allongée dans l'obscurité, les mains sur son ventre rond, quand elle sentit qu'elle perdait les eaux. Puis elle éprouva un élancement, trop sourd pour être douloureux mais qui la fit grimacer. Elle allait accoucher. Où était Slade ? Il aurait dû se trouver auprès d'elle. Elle ne se laissa pas aller à la colère ; elle allait donner naissance et tout son être devait se mobiliser pour l'événement.

Il lui fallait aller à l'hôpital, c'était préférable. Mais elle refusait d'y aller en pousse. Elle se leva, frissonna quand ses pieds touchèrent le sol. La solution était d'envoyer An-wei, sa servante, chercher Lou qui la conduirait à l'hôpital. Tant pis s'il était minuit passé.

Tandis qu'elle attendait An-wei et Lou, elle fit un bagage de quelques vêtements, du livre qu'elle lisait, d'une couverture de bébé et des habits qu'elle avait achetés pour la venue de l'enfant. Ils étaient pliés dans un panier dans un coin de la chambre, près du berceau qu'elle regardait maintenant depuis des semaines, chantonnant silencieusement pour le petit être à venir. Les premières contractions l'excitaient plus qu'elles ne l'effrayaient, mais soudain une douleur violente, une pression terrible dans le bas du dos la déchira. Était-ce normal ? Personne ne l'avait avertie. La pression s'accrut. Dieu que cela faisait mal ! Elle serra les poings, jusqu'à ce que ses phalanges blanchissent, que ses ongles s'enfoncent dans ses paumes, tentant de se concentrer sur cette douleur plutôt que sur ce qui poussait si brutalement en elle. Peu à peu, la pression se relâcha.

A une heure moins le quart, Lou arriva.

– J'ai un taxi, fit-il, haletant. Ça va?

Chloé hocha la tête. Les contractions se faisaient plus violentes, plus rapprochées. Si vives qu'elle ne pouvait parler.

La panique brillait dans les yeux de Lou.

A l'hôpital américain, l'infirmière ne parut nullement pressée.

– Voilà qui ne va pas plaire au Dr Adams d'être réveillé à cette heure, soupira-t-elle.

Comme si Chloé commettait un impair.

Daisy arriva, échevelée, le souffle court. On la laissa monter à l'étage en ascenseur avec son amie. Une infirmière enfila à Chloé une chemise rugueuse et sans forme qui la couvrait à peine.

– Vous devez partir maintenant, entendit-elle l'infirmière dire à Daisy.

– Permettez-lui de rester, s'il vous plaît, pria-t-elle, prenant la main de Daisy.

– Impossible, s'entêta l'infirmière. C'est contre le règlement.

Elle eut un regard dépourvu de sympathie quand Chloé se cambra et gémit. Sans doute n'avait-elle jamais eu d'enfant, songea l'accouchée; ce devait être quelque missionnaire, plus occupée à servir Dieu qu'à soulager l'humanité. Toute pensée autre que la douleur la déserta bientôt; l'enfant poussait pour venir au monde, ce petit être qu'elle et Slade avaient créé...

Elle hurla quand une nouvelle douleur la déchira, irradiant depuis son ventre jusque dans ses bras, ses jambes, sa tête. Avec de petits bruits réprobateurs, l'infirmière lui saisit les chevilles afin de l'obliger à serrer les jambes.

– Il ne faut pas qu'il arrive avant le docteur, déclara-t-elle.

La suspension électrique se reflétait dans ses verres de lunettes. Chloé se cambra, parvint à se libérer une jambe. Maudite bonne femme, pensa-t-elle tout en s'efforçant de retenir un nouveau hurlement.

– Allons, allons, gronda l'infirmière comme on gourmande un garnement. On ne fait pas de colère.

A ce moment-là, le médecin arriva, les yeux à la fois endormis et souriants.

– Pourquoi les bébés naissent-ils toujours la nuit? demanda-t-il sans s'adresser à personne en particulier. Eh bien, madame Cavanaugh, c'est plutôt rapide pour un premier. Cela fait à peine une heure que vous êtes là. Voyons un peu.

Il écarta les jambes de Chloé, introduisit quelque chose en elle – elle ne sut s'il s'agissait d'un instrument ou de ses doigts –, et hocha la tête.

– C'est bon, miss Gray, emmenez-la dans la salle d'accouchement. Et nous aurons besoin d'éther.

– Non, cria Chloé. Je ne veux pas être inconsciente, je veux être là quand mon bébé viendra au monde. Je vous en prie!

Une nouvelle contraction la prit et le monde alentour devint noir. Elle entendit la voix du médecin qui lui répondait mais ne put le voir.

– Allons, pas de sensiblerie, madame Cavanaugh. Vous ne tenez pas à traverser cette épreuve, vous en sortiriez épuisée.

N'était-ce pas normal? se demanda-t-elle. N'était-ce pas épuisant de donner la vie?

– Je peux supporter n'importe quelle douleur du moment que je sais que ça ne durera pas. Je *veux* le sentir, dit-elle. Je ne veux pas en manquer une minute.

L'infirmière l'installa sur un chariot qu'elle roula dans le couloir. Le médecin suivit et enfila des gants de caoutchouc dès qu'ils furent entrés dans la salle d'accouchement. Une autre infirmière était présente, vêtue d'un uniforme vert, les mains gantées elle aussi, ses blonds cheveux tirés en arrière. Elle était plus jeune et sourit à la future maman.

– Elle ne veut pas d'éther, annonça miss Gray.

La plus jeune continua de sourire.

– Je veux moi aussi être présente à mon accouchement, fit-elle.

Et Chloé fut soulagée par cette parole de sympathie.

Quelqu'un hurla. Chloé se rendit compte que c'était elle-même.

– Pas d'anesthésie, la sotte, entendit-elle le Dr Adams marmonner.

Il se pencha et elle ne vit plus entre ses jambes ouvertes que son crâne chauve.

– Poussez, ordonna-t-il.

Elle s'exécuta tant et si bien qu'il lui sembla qu'elle allait exploser.

– Doucement, doucement. Inutile de vous déchirer.

A côté de lui, la jeune infirmière blonde lui adressa son rassurant sourire.

– Poussez encore, fit Adams. Mais pas si fort.

La douleur devint insupportable.

– De l'éther! cria-t-elle.

– Trop tard, déclara le médecin. Encore une poussée. Mon Dieu, je n'ai jamais vu une femme blanche accoucher si facilement. Et le voilà, fichtre, sans même les forceps.

La douleur s'accrut, s'accrut encore puis soudain se relâcha, et Chloé perçut des murmures autour d'elle. L'instant d'après, la jeune infirmière tenait le bébé rougeaud par les chevilles; elle lui tapota doucement le dos jusqu'à ce qu'il crie.

– Poussez encore, disait le médecin. Qu'on se débarrasse de ce placenta, allons.

Chloé était éreintée. Plus encore que cette nuit où Ching-ling, Nikolaï et elle avaient fui Canton à travers les champs. Elle ne voyait que la lampe suspendue au-dessus d'elle, n'entendait rien qu'un sourd bourdonnement électrique. Elle ferma les yeux.

Après ce qui lui parut être des heures quand il ne s'agissait sans doute que de minutes, puisqu'elle se trouvait encore dans la salle d'accouchement, la jeune infirmière lui demanda:

– Voulez-vous le tenir un peu?

Le tenir? Elle ne s'était même pas posé la question. Elle ouvrit les yeux mais la fatigue l'empêcha de lever les bras. Son regard tomba sur son fils, déjà emmailloté, la figure rouge et fripée, le crâne pointu, et qui considérait le monde avec une frimousse chiffonnée de petit écureuil. Elle se mit à rire et l'infirmière déposa le petit être dans l'arrondi de ses bras. Rassemblant toute son énergie, Chloé leva la tête pour humer le duvet soyeux qui coiffait la petite tête humide.

J'ai créé un être humain. Ma porte sur l'immortalité. Désormais, une part de moi vivra à jamais. A travers mon fils. L'enfant auquel j'ai donné vie. Sur ces pensées, elle s'endormit.

Le lendemain, Slade revenait de Canton. Entre-temps, Chloé avait décidé que le bébé s'appellerait Damien Cassius Cavanaugh.

Slade leva les yeux au ciel mais n'en sourit pas moins.

– Mon fils, dit-il.

Mon fils, pensa Chloé.

19

Durant les trois premiers mois, Chloé se refusa à engager une nurse. Fatiguée mais heureuse, elle tenait à se charger seule de Damien. Slade s'agaçait qu'elle gardât le berceau dans leur chambre.

– La nuit, quelqu'un d'autre peut quand même s'occuper de lui! arguait-il d'une voix lasse.

– Mais pas l'allaiter.

– En Chine, les gens prennent des nourrices, ainsi les parents peuvent dormir.

Chloé ne voulait rien entendre. Elle ne souhaitait pas davantage renouer avec la vie mondaine puisqu'il lui était impossible d'emmener Damien avec elle. L'enfant représentait une bonne excuse. Au début, ces dames de la communauté occidentale vinrent roucouler au-dessus du berceau, porter de petits cadeaux et discuter éducation avec la jeune maman, mais, comme cette dernière ne faisait pas mine de vouloir reprendre les bridges, les gardenparties de ce printemps, ni même les dîners au consulat, les invitations se firent plus rares.

– Il ne s'agit pas seulement de toi, Chloé, objecta Slade. Je dois être prudent sur la façon dont nous nous conduisons avec ces gens. Ce sont leurs informations qui justifient mon poste ici.

Chloé secoua la tête, sans quitter des yeux leur fils endormi.

– Ridicule. Ils ont bien plus besoin de toi que tu n'as besoin d'eux. Tu sauras tout ce qui se passe, qu'ils t'en informent ou non. De toute façon, il n'arrive jamais rien d'extrordinaire dans les consulats. Ce ne sont pas eux qui créent l'événement.

171

— N'empêche que nos relations avec les autres Américains, les représentants officiels des gouvernements occidentaux...

— Tu t'entends fort bien avec eux, je ne crois pas être indispensable. Regarde Lou : il va partout sans être accompagné d'une femme. Je préfère rester auprès de Damien, il ne sera pas bébé longtemps.

— Mon Dieu, ma chérie, fit Slade en riant, il faudra continuer à s'occuper de lui pendant des années.

Mais Chloé tenait à veiller seule sur le bébé.

Slade alla se servir un whisky, revint vers son épouse et se pencha pour lui embrasser l'oreille.

— J'aurais aimé rester à la maison ce soir avec vous deux mais c'est impossible. Sais-tu ce qui se passe à Canton ?

Point trop encline à changer si rapidement de sujet, elle eut un geste de dénégation.

— D'après les informations secrètes que j'ai obtenues, le Kouo-min-tang s'apprêterait à marcher sur le Nord. Je ne sais trop ce que cela signifie. Ni si la chose est imminente ou déjà en route. En tout cas, le mouvement promet d'être important.

— Ching-ling est-elle concernée ?

— Oui, Nikolai aussi. Mais j'ai le pressentiment que, d'ici qu'ils atteignent le Nord, Tchang aura pris le dessus. C'est lui qui a entraîné tous les cadets de Whampoa, s'assurant ainsi de leur loyauté. Une armée bien disciplinée peut faire des miracles.

— Ils vont marcher tous ensemble ?

Même connaissant la volonté de fer de son amie, Chloé avait du mal à imaginer Ching-ling parcourant à pied des centaines de kilomètres.

— Aucune idée. Ce sont seulement des rumeurs. Je dois les vérifier.

La jeune femme passa la soirée sous la véranda, dans le confortable fauteuil à bascule, à regarder les lumières intermittentes des bateaux sur le fleuve, à écouter les voix sur les sampans qui glissaient dans la nuit.

Aurait-elle été aussi heureuse à Oneonta si Slade avait travaillé là-bas ? se demanda-t-elle. Mais là-bas ses frères et sœurs avaient tous grandi maintenant, étaient tous partis.

Incapable à présent d'imaginer sa vie sans Damien, elle fut prise de pitié pour ses parents. Que restait-il à sa mère

172

à présent? Lisait-elle trois livres par semaine au lieu d'un? Restait-elle à la séance suivante quand elle allait voir les films de Rudolph Valentino? Bizarrement, Chloé n'avait jamais pensé à ses parents individuellement; ils avaient toujours formé une entité. Or voilà qu'elle s'interrogeait sur sa mère, celle qui avait toujours été « maman », dont la vie avait été uniquement dévouée à ses petits. Quelles étaient maintenant ses pensées, sa vie? Se contentait-elle d'attendre que le temps passe?

Et oserait-elle lui poser ces questions dans une lettre? Sa mère lui écrivait deux fois par mois. Son père deux fois par an. Ils l'informaient des activités de ses frères et sœurs, de ce qui était arrivé aux voisins ou aux amis de la famille; la ville s'était équipée de tramways, et la pharmacie d'un nouveau siphon à sodas. Mais jamais ils ne parlaient d'eux-mêmes, de ce qu'ils éprouvaient, de ce qu'ils pensaient. Sa mère pensait-elle seulement à autre chose qu'à ce qui concernait Doc ou la famille? Lui arrivait-il de contempler les étoiles avec le désir d'y partir?

Sur ces questions sans réponse, Chloé se leva de son fauteuil et alla s'installer auprès de Damien. Soit que celui-ci ait senti sa présence, soit qu'il eût faim, il s'éveilla et elle lui donna le sein.

Elle se réveilla en entendant Slade rentrer et voulut l'attirer à elle quand il se coucha. Mais il se mit sur le flanc, lui tournant le dos. Elle se rendormit.

Au matin, encore au lit, Damien gazouillant dans ses bras après la tétée, elle regarda son mari se sécher après son bain.

– Ching-ling et Nikolai sont en route pour Wuhan, lui apprit-il. Le Kouo-min-tang s'est scindé en deux. Tchang marche sur Shanghaï.

– Où se trouve Wuhan?

– Plus haut sur le Yang-tsé, à plusieurs centaines de kilomètres.

Il s'assit sur le lit et prit Damien dans ses bras; il le tenait adroitement, comme habitué aux enfants, et lui souriait. Le bambin gazouilla, fit des bulles entre ses lèvres. Slade l'embrassa et le rendit à Chloé.

– Un fils, Chloé. Tu m'as donné le fils que j'ai toujours désiré.

Après ces mots, il changea aussitôt de sujet :

– Il leur faudra des mois et des mois pour atteindre Wuhan. Le chemin de fer ne fait même pas tout le trajet. Je suppose qu'il y aura des batailles en route.

– Pourquoi?

– Le Kouo-min-tang veut devenir le parti dirigeant du pays. Que ce soit avec le soutien du peuple ou non. Bien que je sympathise avec leurs desseins, je ne puis être d'accord avec les moyens auxquels, à mon avis, ils vont recourir.

– Ching-ling ne prendra pas part aux combats!

– Tu es naïve, ma chérie, rétorqua Slade en se levant pour aller pêcher chemise et pantalon sur leurs cintres. Crois-tu que les idéaux soient faciles à mettre en pratique? A mon avis, le sang coulera avant que tout ceci ne soit terminé.

Au petit déjeuner, il précisa son programme:

– Dans les mois à venir, je ferai de temps en temps un saut pour voir ce qu'il advient des troupes de Tchang, ainsi que de Ching-ling et Nikolai. J'aurai une idée plus précise de ce qui se passe.

« Ni les Américains ni les Européens ne veulent le changement. On nous mettra dehors, nous sommes une partie du problème. Mais je pense davantage à Tu-Grandes-Oreilles et à sa bande.

– Tu-Grandes-Oreilles, répéta Chloé. Quel nom affreux!

– *C'est* un type affreux. Lui et ses truands possèdent Shanghaï. Ils contrôlent la prostitution, le jeu, la traite des Blanches, le racket. Tout le monde dans cette ville paie pour sa protection. Grandes-Oreilles distribue les faveurs et tient nombre de vies entre ses mains. S'il voulait notre mort, à moi, à toi, ou à qui que ce soit, nous pourrions disparaître sans laisser de trace. Il a un goût pour le *statu quo*, qui l'a rendu multimillionnaire. Il aime le pouvoir, le contrôle absolu. Il n'y renoncera pas, il tient toute cette région de la Chine.

– Comment se fait-il qu'on entende si peu parler de lui?

– Il aime rester dans les coulisses.

– Tu l'as déjà vu?

– Oh, oui, répondit Slade en souriant. Je l'ai interviewé.

Pourquoi ne le lui avait-il pas dit avant? se demanda Chloé. De quoi encore la tenait-il à l'écart?

– Tu n'as pourtant pas écrit un mot sur lui.

Slade avala une gorgée de café brûlant.

– Je préfère rester en vie. Il me fournit quelques tuyaux quand il veut que ça se sache.

174

– J'ai dans l'idée que tu ne l'aimes pas.

– L'aimer? Chloé, Tu-Grandes-Oreilles et son brillant acolyte Chang Ching-chang ont si bien fait main basse sur Shanghaï, et sur une bonne partie du reste de la Chine, qu'il m'arrive parfois de n'avoir plus aucun espoir pour le pays.

– As-tu peur d'eux? questionna Chloé.

Slade ne lui avait jamais parlé de ces choses obscures.

– Peur? Ils me fichent une trouille bleue, oui!

20

Une ferveur révolutionnaire embrasa les villes chinoises. Dans les campagnes, les gens en entendirent peu parler, sinon quand ils se trouvaient confrontés aux soldats. La Chine néanmoins, comme à l'habitude, ne faisait preuve d'aucune organisation. Ici ou là, on parlait de grèves dans les usines à Wuhan ou Canton. Des tirs sporadiques retentissaient à Shanghaï, mais rien ne résultait vraiment de ces menaces de rébellion. La vie continuait comme à l'ordinaire.

Maintenant qu'ils étaient en Chine depuis bientôt trois ans, pensait Chloé, Slade allait peut-être envisager de rentrer aux États-Unis, de demander un autre poste à Cass. Or Slade lui déclara qu'il mettait enfin le doigt sur le véritable pouls du pays, au-delà des impressions superficielles auxquelles s'arrêtaient tant d'Occidentaux.

Sur ces entrefaites, en juin, Chloé reçut une lettre de Ching-ling, postée à Wuhan. Elle arriva à midi, l'un de ces rares jours où Slade déjeunait à la maison. Chloé l'ouvrit et la lut à haute voix pendant que son mari mangeait :

Très chère amie,
Voilà longtemps que vous n'avez eu de mes nouvelles ; pour cause, je suis allée partout mais jamais à proximité d'un lieu d'où j'aurais pu poster une lettre. Je n'étais pas même certaine que nous serions en vie à la fin de notre voyage. Mais réjouissons-nous, nous le sommes bel et bien.
Nous avons quitté Canton depuis cinq mois et il nous a fallu tout ce temps pour parcourir les mille kilomètres qui nous séparaient de Wuhan.

A présent que je suis en sûreté à Wuhan, que la vie a retrouvé un semblant d'ordre, j'aimerais votre présence. J'ai grand besoin d'une amie. Nikolai est le meilleur ami que l'on puisse avoir mais il n'est pas femme, avec l'empathie et la compréhension d'une femme, telles que je les partage avec vous.

Je suis épuisée par ce long périple, par la chaleur et l'humidité de la vallée du Yang-tsé en été. Si je pouvais me reposer quelques semaines, j'aurais davantage de forces à consacrer à ma tâche, aussi ai-je décidé de m'accorder quelques vacances. Vous et Damien (j'ai hâte de voir votre fils) pourriez venir me rejoindre à Lu-shan, un village perché dans les montagnes, à mi-chemin entre Shanghaï et Wuhan.

Si vous venez m'y retrouver, je promets de tout vous raconter de notre extraordinaire périple. N'êtes-vous pas intriguée? Si l'on faisait un film de notre histoire, nul n'y croirait. Lu-shan est un lieu sûr, ma très chère amie, votre fils n'y courra aucun danger, sans compter qu'il sera loin des maladies qui accompagnent si fréquemment les étés chinois.

Maintenant que ma vie est un peu plus calme que ces derniers mois, j'aspire à votre compagnie et brûle de voir votre précieux enfant.

Votre amie fidèle,
Ching-ling.

– Lou revient justement de Wuhan, fit Slade quand Chloé eut achevé sa lecture. Il pense que je devrais y faire un saut. Je pourrais remonter le fleuve avec toi jusqu'à Chiuchang. Wuhan est la ville où les travailleurs sont le plus organisés, c'est là qu'a commencé la révolution en 1911. Ça te dit d'y aller avec Damien? On passerait quelques jours ensemble sur le bateau.

– Ce serait avec plaisir, acquiesça Chloé. Depuis la naissance de Damien, nous n'avons pas fait grand-chose ensemble.

Pourquoi? s'interrogeait-elle. Pourquoi le fait d'avoir un enfant séparait-il les couples quand il était censé les rapprocher? La maternité comblait-elle les femmes au point qu'elles perdaient le goût de l'aventure, oubliaient tout autre désir? Plus rien ne semblait important comparé à ce petit être né d'elle.

L'idée de fuir le paludisme, la typhoïde et toutes les

menaces de Shanghaï en été la séduisait. Et présenter Damien à Ching-ling... Puis elle avait besoin d'un peu de changement; l'air frais de la montagne serait idéal. Elle ne pouvait confier à Slade que l'invitation de Ching-ling sous-entendait un reportage exclusif...

– Oui, ce serait délicieux, fit-elle, caressant d'un doigt le bras de son mari.

– Je prépare tout cet après-midi, répondit Slade avec un sourire, et j'envoie un câble à Ching-ling.

Slade retint leurs places sur un confortable petit vapeur britannique. Sur le Yang-tsé se croisaient des dizaines de navires, des centaines de jonques et de sampans, parmi les petites embarcations surchargées qui servaient d'habitations à des milliers de familles chinoises, qui jamais ne naviguaient, prises entre d'autres barques semblables à moitié pourries, où l'on attachait les bébés au mât afin qu'ils ne passent pas par-dessus bord.

Chloé ne s'était pas attendue à une telle immensité. Le delta du Yang-tsé était un labyrinthe de cours d'eau, de lacs, de canaux. Le grand canal remontait jusqu'à Pékin, prouesse technique accomplie voilà des siècles, mais les fossés le long des rives perdaient généralement la bataille contre les crues.

Les mûriers s'alignaient sur les berges; des ponts de pierre arqués comme des dos de baleine, reliaient entre eux de pittoresques villages. De petites barques chargées de légumes et de riz descendaient vers Shanghaï. Et de toute cette activité conjuguée des hommes et des eaux émanaient des relents de cloaque. L'écume rendait opaque la surface du fleuve. Sur les rives, des femmes lavaient le linge en le frappant sur les rochers, tandis que leurs enfants s'ébattaient dans les flots souillés. Chloés ne s'étonnait pas que tant d'entre eux meurent avant cinq ans.

Mme Sun l'attendait à Chiuchang. Après son chaleureux accueil, Chloé et Damien laissèrent Slade sur le vapeur et grimpèrent dans un pousse pour suivre Chingling dans les rues du village jusqu'à une auberge. Les deux amies y dînèrent tôt de tofou et de nouilles piquantes, avant de se retirer dans leur chambre. Chingling avisa Chloé qu'il leur faudrait se lever à l'aube afin que les porteurs puissent être redescendus de la montagne avant la nuit.

Non habituée aux nattes de coton étendues sur des planches, Chloé ne dormit guère. Chaque fois qu'elle se retournait, elle se meurtrissait la hanche ; quand elle se leva, bien avant le point du jour, son dos la faisait fort souffrir.

Le petit déjeuner de riz et d'œufs durs plut beaucoup à Damien. Ensuite on prit place dans des chaises à porteur en rotin et sans rideaux, contrairement à celles des dames de la ville qui souhaitaient se protéger des regards indiscrets. Celles-ci permettaient de jouir du paysage. Il fallut deux heures pour atteindre le pied des montagnes ; là, les voyageuses s'arrêtèrent dans une autre auberge pour boire du thé et manger de petits gâteaux.

Elles changèrent alors de porteurs, et Chloé apprit que les gens de la plaine ne grimpaient pas avec l'agilité de ceux de la montagne. Ce furent cette fois des chaises en bambou, pourvues de barres que les hommes assuraient sur leurs épaules.

Comme l'ascension débutait, Chloé perçut immédiatement la magie du lieu. Une cascade dévalait des rochers à travers des buissons vert émeraude, et l'eau si claire paraissait ciseler chaque pierre dans sa course. Les maisonnettes étaient faites de pierre, non plus de la brique couleur de boue des plaines. Noisetiers, chênes, pins remplaçaient les bambous, et le sentier étroit serpentait entre des rochers géants.

Se penchant hors de sa chaise, la jeune femme plongea le regard dans les gorges où les cascades devenaient rivières. Le chemin était si accidenté, si tortueux que sa chaise oscillait au bord de vertigineux escarpements ; elle serra fort Damien dans ses bras.

Mais jamais un faux pas de la part des porteurs, pas une rupture de rythme, pas un trébuchement. Ils allaient d'un pas étonnamment paisible et sûr.

Tout à coup, comme si l'on avait franchi quelque frontière invisible, l'air devint froid. Les porteurs en sueur accueillirent ce changement de température par des cris de joie. Laisser derrière eux la touffeur de la vallée leur insuffla une énergie nouvelle, et l'on finit par atteindre le sommet de la montagne. Le village dans lequel ils entrèrent était si pittoresque que Chloé eut l'impression de pénétrer dans un conte de fées. De grands arbres formaient une arche, dais ombragé par-dessus les ruelles proprettes. Plus tard, Ching-ling apprendrait à son amie que, dix ans plus tôt seulement, le village proprement dit était interdit aux Chinois. A présent il abritait entre autres une colonie russe, et les Chinois fortunés s'y faisaient bâtir de grandes maisons d'été. Ils achetaient aussi celles que les Occidentaux avaient bâties vingt ou trente ans auparavant. Au tournant du siècle, Lu-shan avait été l'un des lieux de villégiature favoris des missionnaires, des étrangers qui s'appropriaient la Chine mais redoutaient le paludisme et le choléra, tous les fléaux de l'été. Gagner le refuge de Lu-shan à la saison chaude leur permettait de ne pas quitter la Chine, de mettre leurs enfants à l'abri des épidémies, et leur épargnait la longue traversée de retour dans leur pays.

Le premier matin, après le petit déjeuner, Chloé installa Damien pour une sieste puis alla se promener avec Ching-ling sur la colline, derrière la maison, parmi les fougères et les lys.

Il était merveilleux d'être à nouveau avec Ching-ling. Secrètement, Chloé espérait que celle-ci ne lui raconterait pas l'épopée du voyage de Canton à Wuhan ; elle eût aimé qu'elles ne soient que deux amies en vacances, occupées à cueillir des fleurs, sans penser au vaste monde, sans intrusion de la réalité.

Mais elle connaissait trop bien Ching-ling pour s'attendre à ce que son désir se réalise. Les pensées de son amie allaient toutes à la Chine et au rôle qu'elle y jouerait dans l'avenir.

– L'un des buts de notre marche était de faire connaître la situation actuelle de la Chine, commença Ching-ling. Des centaines de millions de Chinois ignorent encore la mort de l'impératrice douairière, ou à quoi ressemble la vie hors de leur village. Ils ignorent même qu'ils ont un espoir. Ils vivent comme vivaient leurs ancêtres voilà mille ans. Au mieux, un paysan rêve d'une bonne récolte, une fois dans sa vie, qui lui permettra d'acheter un peu plus de terre et, quand il sera vieux, quand sa femme aussi aura vieilli, de prendre une concubine. Sa préoccupation quotidienne est de savoir s'il y aura assez à manger, s'il pourra s'offrir du tabac. Quant aux femmes, elles n'ont pas de rêves, évidemment. Elles peinent dans les champs, accouchent dans les champs pour reprendre le travail une heure après. Si elles habitent avec leur belle-mère, elles n'ont pas d'existence propre, et sans doute leur mari ne leur adresse-t-il même pas la parole en présence des autres membres de la famille.

« Comment payer l'impôt pour qu'on ne leur prenne pas leur terre, voilà leur principal souci. Quand ils vont au village ou à la ville vendre leur riz, s'offrir quelque luxe avec la pièce que leur aura rapportée une bonne récolte, ils restent hébétés, craintifs devant les échoppes à contempler des objets qu'ils ne pourront jamais espérer posséder. Ils voient les pousse-pousse des riches, les vêtements de soie, les monceaux de grain, les bijoux, les lampes... rien de cela n'est pour eux.

« Ils sont victimes des soldats du seigneur de guerre. Le paysan qui ne verse pas son impôt peut être battu, privé de sa terre ; les femmes de sa famille seront violées, ce qui signifie le déshonneur pour le chef de famille. Sans doute ne touchera-t-il plus jamais la femme qui a amené la honte chez eux. Imaginez-vous cela, Chloé ? J'ai toujours su ces choses, mais sans jamais en être réellement le témoin.

Ching-ling se leva de la balancelle installée sous le porche frais de la maison, d'où l'on dominait les bois alentour. A cette altitude, plus de mille cinq cents mètres, sans doute ne faisait-il jamais chaud. Le climat était si bon après la fin juin à Shanghaï et la moiteur humide du Yang-tsé.

– Venez que je vous montre mon lieu favori, reprit Ching-ling, et je vous parlerai encore. J'ai des choses en moi à partager ; choses qui m'horrifient et m'enthousiasment à la fois. Damien dort, maintenant, il ne risque rien. Et s'il s'éveille, ma servante saura prendre soin de lui. Elle est avec moi depuis huit ans, je lui confierais ma vie.

Main dans la main, elles prirent une ruelle bordée de maisonnettes en pierre et sortirent du village en direction d'un promontoire d'où la vue coupait littéralement le souffle. Dans l'air pur de la montagne, l'on voyait à plusieurs centaines de kilomètres. Au loin on distinguait le ruban brun du Yang-tsé serpentant entre les champs verts. Les rizières occupaient la moindre parcelle de terre arable et grimpaient en espaliers jusqu'au sommet des collines.

Grisée, Chloé marcha jusqu'au bord du promontoire. Un coup de vent eût pu l'emporter mais il ne soufflait pas la moindre brise. J'aimerais tant m'envoler, songea-t-elle.

181

Elle revint vers le couvert des pins où Ching-ling s'était assise.

– Installez-vous près de moi. J'aime m'asseoir au milieu des pins. Sentez ce parfum.

« L'un des buts de notre marche vers Wuhan était d'éveiller les paysans, de leur faire savoir que la révolution est en route dans leur pays, qu'ils n'ont plus à subir l'avilissement qu'ils connaissent depuis des siècles. Une autre raison était de voir s'il nous faudrait combattre les seigneurs de guerre dans chaque région ou si ceux-ci se joindraient à nous.

Elle se tut.

– Alors? la pressa Chloé.

Les yeux de Ching-ling, des yeux pleins de douleur, rencontrèrent ceux de son amie.

– Je me rappelle avoir lu Shakespeare à l'université. Dans je ne sais plus quelle pièce, il est question du bruit et de la fureur.

Ses yeux se firent encore plus brillants, Chloé crut qu'elle allait pleurer.

– Ce fut ainsi, Chloé. Bruit et fureur. Je ne sais comment je ne suis pas devenue folle après tout ce que j'ai vu, tout ce à quoi j'ai participé. Quand ils ont commencé à prendre conscience qu'ils ne devaient plus vivre comme des esclaves, que l'espoir existait, que le peuple avait le droit de décider de son sort, leur rage n'a plus connu de limite. Ils ont brûlé les maisons des grands propriétaires, ceux qui les avaient imposés, leur avaient pris leur terres, avaient acheté leurs filles. Ils ont violé les filles et les femmes des seigneurs, ils ont démembré les seigneurs, ils les ont pendus, éventrés, décapités...

– Garrottés! s'exclama Chloé qui se souvenait avoir été horrifiée d'apprendre l'existence de cette pratique.

– Non, pas garrottés. Toute cette violence était spontanée... le garrot exige du temps, une intention. Ce fut un soulèvement passionné, un réflexe instinctif...

Chloé se demanda si Ching-ling n'essayait pas de justifier, d'excuser ce à quoi elle avait assisté.

– J'ai toujours su que, comparés à votre culture américaine, nous, Chinois, sommes cruels. Mais je n'avais pas idée qu'on puisse aller jusque-là. J'en ai eu l'âme glacée, Chloé. Cependant j'ai compris que le peuple ne peut continuer de la sorte; nous devons nous libérer.

Quand j'ai vu des paysans obliger un homme à regarder tandis qu'ils empalaient sa fille sur une canne de bambou dont la pointe avait été taillée, quand j'ai entendu les hurlements de la victime, quand je les ai entendus rire, je savais que c'était ce qu'on avait fait à leurs épouses et à leurs filles. C'était le châtiment. Œil pour œil. Chloé, c'était atroce.

A imaginer l'horrible scène, Chloé crut qu'elle allait être malade.

– Oh, mon Dieu, murmura-t-elle.

– L'homme est inhumain pour l'homme, continua Ching-ling. N'est-ce pas l'histoire de la civilisation, du monde depuis ses débuts? Si j'ai bien compris mes cours d'histoire, c'est là une illustration parfaite de l'histoire du monde. Les hommes aiment infliger la souffrance à autrui, ils en tirent plaisir. Je voudrais contribuer à éradiquer cela. Quand tout le monde aura le ventre plein, jouira de quelque loisir, quand la vie ne sera plus seulement travail, travail, travail, quand les gens ne seront plus pénalisés du fait d'être pauvres et incultes, quand ils auront le temps d'apprendre, quand ils auront quelque espoir pour l'avenir... alors, et alors seulement, la cruauté sera abolie.

Ching-ling croyait-elle réellement à ses propres paroles? Sa foi en la nature humaine allait-elle jusque-là?

– J'ai vu des hommes en battre d'autres à mort avec des pelles, faire éclater des têtes à coups de hache, trancher des bras et laisser leurs victimes se tordre au sol. J'en ai vu massacrer aveuglément toutes les femmes vêtues de soie et de fourrure.

Il y eut un silence puis Ching-ling fixa son amie d'un regard adouci.

– Je n'ai pas tenté de les arrêter, Chloé. Je n'ai rien fait pour les encourager... mais rien pour les retenir. Parfois j'éprouve une exaltation, la ferveur de la révolution, alors le sang ne compte plus. Peut-être, depuis la mort du Dr Sun, ai-je compris qu'il faudrait en passer par la violence. Un géant qui dormait est en train de s'éveiller.

Chloé lâcha la main qu'elle tenait depuis un moment.

– Comment pouvez-vous désirer quelque chose qui engendre pareille violence? demanda-t-elle d'un ton de reproche. Comment pouvez-vous, consciemment, ajouter à ce que vous appelez l'inhumanité de l'homme pour l'homme ? Oh, Ching-ling...

— Je pense, répondit Ching-ling lentement, essayant de trouver les mots justes, que lorsqu'on croit profondément en quelque chose comme je crois en la démocratie pour la Chine, en sa modernisation, on est prêt à tout pour atteindre son but. On se dit que la fin justifie les moyens. Et on y croit. Chloé, je serais capable de tuer. Tuer celui qui se dresserait en travers de mon rêve. Entre le peuple chinois et sa libération.

Chloé frissonna.

— Je serais incapable de tuer. Pour quoi que ce soit.

— Tout le monde peut tuer pour ce qui lui importe assez.

Chloé ne poursuivit pas la discussion mais elle n'était pas d'accord. Elle ne pouvait s'imaginer infligeant volontairement souffrance à autrui. Elle avait certainement blessé quelques personnes dans sa vie, mais sans malice ni préméditation. A l'école, elle s'était toujours érigée en défenseur du faible, de l'opprimé, du différent. Non, elle ne serait jamais capable d'une chose pareille. La seule idée la rendait malade.

— Faut-il forcément la violence ? interrogea-t-elle. N'existe-t-il pas d'autres voies ?

— Vous n'avez jamais fait partie des démunis. De ceux qui n'ont pas d'espoir, qui sont écrasés par le talon de la richesse et de la cupidité, qui vivent dans la peur et l'humilité. Quand le joug s'allège, quand vous vous sentez enfin quelque pouvoir, la vengeance semble juste. Que proposez-vous ? La discussion ?

Chloé acquiesça en silence.

— J'avais espéré que vous ne vous érigeriez pas en juge, reprit Ching-ling. J'avais espéré que vous écouteriez et que, même sans comprendre, vous ne seriez pas en colère contre moi. Ou contre ma cause. J'espérais que vous me laisseriez dire ces choses à voix haute sans me culpabiliser.

— Je ne suis pas contre votre cause, murmura Chloé, mais contre ces méthodes.

— Elles ne sont pas miennes. Elles sont la révolte de l'esclave, le hurlement venu du fond des âges, le cri perçant de qui voit la lumière pour la première fois. C'est la réaction instinctive à tous les maux qui ont été infligés au nom du profit et du pouvoir.

Sur ces mots, Ching-ling éclata en sanglots et chercha refuge contre la poitrine de son amie.

Chloé referma les bras sur elle et tint longtemps cette femme en pleurs qui serait bientôt considérée comme la conscience de la Chine.

21

Le reste de leur séjour montagnard à Lu-shan fut tranquille. Ching-ling chantait des chansons à Damien et le tenait dans ses bras aussi souvent que Chloé. Alors son regard s'adoucissait et, peu à peu, toute tension la quittait.

– Nous allons grossir à vivre dans cette oisiveté et à tellement manger, fit-elle en riant. N'est-ce pas merveilleux!

– Si, acquiesça Chloé. Gâtées comme ça, nous n'aurons plus envie de rien faire quand nous partirons.

– Je n'ai aucune envie de m'en aller tant ce lieu est enchanteur. Et pourtant, j'ai hâte de retourner à la tâche. Mais, très chère amie, poursuivit Ching-ling posant la main sur celle de Chloé, vous ne savez pas ce que ces deux semaines ont été pour moi. Je suis régénérée. Je vais rejoindre Nikolai qui n'a pas pris de repos; j'ignore comment il fait. Quelle chance nous avons de l'avoir pour guide; je me demande ce que nous ferions sans lui.

– Vous lui faites confiance? Je veux dire, il est russe. N'essaie-t-il pas d'infiltrer votre groupe et d'annexer la Chine au nom de la Russie?

– Je lui confierais ma vie. Plus encore, je lui aurais confié celle de mon mari. Nikolai est un altruiste. Il ne poursuit pas le pouvoir mais un rêve.

– Avez-vous envisagé de vous remarier? Avec lui peut-être?

– Jamais. Jamais je ne laisserai un autre homme entrer dans ma vie. Rien ne doit me détourner de mon but. Aucun autre homme ne peut se comparer au Dr Sun. Et puis, poursuivit-elle avec son doux sourire, une Chinoise de bonnes mœurs ne se remarie pas. Ici les veuves sont vénérées, et j'ai mon rôle à tenir dans ce qui se joue actuellement pour mon pays. Il n'y a pas place en mon cœur pour deux maîtres. Et je ne supporterais pas de gâcher une amitié comme celle que je partage avec Nikolai. C'est un véritable ami. Nous avons une espérance commune mais il n'y a pas de feu entre nous. L'Amérique m'a appris que j'avais besoin d'une flamme pour unir ma vie à celle d'un homme. Cette exigence a peut-être ruiné pour moi tout espoir de trouver le bonheur avec un autre après le Dr Sun. Lui m'a tout donné, principalement une raison de vivre.

Chloé se demanda comment ce vieil homme presque effacé et inefficace – du moins était-ce ainsi qu'il lui était apparu – avait pu inspirer pareille dévotion à son amie.

– Sans compter que Nikolai n'a pas de temps à consacrer à une femme, reprit Ching-ling. Parfois je me dis qu'il aurait fait un bon moine. Toute sa flamme, toute sa passion vont à son idéal.

Bientôt, elle changea de sujet. Chloé ouvrait son corsage pour donner le sein à son enfant gourmand et content.

– Chloé, la Chine n'est pas sûre pour Damien. Peut-être devriez-vous le ramener dans votre pays.

– Pourquoi?

– Il va y avoir une guerre civile. Les paysans contre les nantis. Je crains que ce ne soit Tchang Kaï-chek contre nous. Il est en route pour Shanghaï mais son armée n'a pas encore atteint la ville. J'ai appris qu'il brûle des villages entiers et en rejette le blâme sur nous. Lorsque nous avons quitté Canton ensemble, il était entendu que lui et son armée iraient directement prendre Shanghaï. Nous, nous marcherions sur Wuhan. En route, nous expliquerions nos buts au peuple et le rallierions à la cause.

« Nous avons réussi. Les effusions de sang ont été le fait des paysans. Wuhan, l'une des villes les plus industrialisées du pays, est mûre pour l'unification, pour les idées nouvelles. Elle nous a accueillis à bras ouverts, littéralement. Une ville vivante, pleine de fièvre et d'espoir. Mais Tchang a détruit des villages, massacré des centaines de paysans.

– Pourquoi des paysans? Ils sont la base de la nation. Pour quelle raison agit-il ainsi?

– Montrer de quoi il est capable, peut-être. Il rejette la

responsabilité sur les communistes. Je le soupçonne de vouloir nous détruire, nous aussi, mais Nikolai dit qu'il ne faut pas conclure hâtivement. Sans croire que Tchang poursuive les mêmes buts que nous, il souligne qu'il veut quand même donner une place primordiale à la Chine sur la scène mondiale. C'est vrai, mais il veut tenir le gouvernail; il cherche le pouvoir et je pense qu'il tentera d'éliminer tous ceux qui ne seront pas d'accord avec lui. Il me fait peur.

– Et les vôtres? N'ont-ils pas anéanti ceux qui n'étaient pas d'accord?

– Ils ont plutôt tué ceux qui leur avaient fait du mal. Par vengeance. Et même par justice.

Le vapeur qui remontait le fleuve vers Wuhan apparut avant celui qui ramènerait Chloé à Shanghaï, et ce fut avec chagrin que la jeune femme vit s'éloigner du quai le bateau qui emportait son amie.

Ce ne fut qu'après s'être détournée de la rive pour regagner l'auberge qu'elle s'aperçut qu'on la suivait. Une femme enveloppée de hardes crasseuses se dandinait derrière elle, à quelques mètres à peine. Chloé tourna à un angle, la femme suivit; elle s'arrêta net. Mieux valait affronter la mendiante.

– Je n'ai pas d'argent, lui dit-elle.

A l'évidence, la pauvresse était enceinte; elle hocha la tête sans souffler mot, se contentant de fixer Chloé et Damien.

– Laissez-moi tranquille, je n'ai rien à vous donner.

Chloé se remit en route, s'efforçant de ne pas céder à la crainte qui lui picotait la nuque. Même si la femme ne semblait pas dangereuse, elle était comme une menace qui s'attachait aux pas de l'Américaine.

Cette dernière entra dans l'auberge avec l'espoir que la femme ne l'y suivrait pas. Là elle se sentait en sûreté. Mais au matin, quand elle ouvrit sa porte, elle trouva, endormie sur le seuil, l'inconnue qui sursauta et se redressa, difficilement du fait de son état.

Comptant s'en débarrasser par ce moyen, Chloé fouilla dans son sac à la recherche de quelques pièces qu'elle tendit à la femme. Mais celle-ci les suivit encore, Damien et elle, quand ils allèrent prendre leur petit déjeuner. Que voulait-elle donc? se demanda Chloé. L'irritation avait remplacé la peur. Dans la maison de thé, elle commanda du thé et des nouilles.

La femme resta plantée à l'entrée de la salle, le regard rivé sur Damien. Mon Dieu, songea Chloé, va-t-elle essayer de l'enlever? Elle serra davantage son petit. Il avait une crise d'urticaire mais, bien que bougon, ne pleurait pas comme il n'avait cessé de le faire la veille.

– Portez du thé et des nouilles à cette femme là-bas, ordonna-t-elle au serveur.

Le jeune homme eut un grognement désapprobateur mais s'exécuta dès que Chloé lui eut donné quelques pièces. La pauvresse engloutit les nouilles et se cramponna à la tasse de thé comme si son salut en dépendait.

Ensuite elle demeura immobile à fixer la mère et l'enfant, jusqu'à ce que Chloé se lève et sorte.

– Su-lin, murmura-t-elle sur son passage.

Il s'agit de son nom, comprit Chloé, et elle se retourna pour regarder la femme recroquevillée sur le seuil.

Jusqu'à l'auberge, elle ne se retourna pas. Quand elle ne vit plus nulle part la présence indésirable, elle éprouva un infini soulagement.

Des porteurs les emmenèrent, elle, Damien et les bagages, jusqu'au bateau. Malgré ses deux semaines idylliques avec Ching-ling, elle était heureuse de retrouver Shanghaï et Slade.

Plusieurs Britanniques et Américains se trouvaient à bord, missionnaires ou hommes d'affaires qui regagnaient la ville après leur tournée d'inspection. A dîner, tous racontèrent des histoires qui jamais n'étaient flatteuses pour les Chinois.

– Je rentre à la maison retrouver une honnête femme, déclara l'un d'eux à l'adresse de Chloé. Comme vous, madame.

Qu'était-ce qu'une honnête femme? s'interrogea Chloé. Une Blanche sans doute.

Comme elle avait laissé Damien endormi, elle s'empressa, le dîner achevé, de regagner sa cabine. Et là, elle trouva la miséreuse enceinte, assise sur l'un des lits, souriant aux anges, Damien dans ses bras.

Elle leva sur Chloé des yeux insondables, une bouche édentée.

– Nourrice, dit-elle avec l'accent du nord de la Chine. Mon nom est Su-lin.

– Sortez, fit Chloé, furieuse de cette intrusion.

189

– Bonne nourrice. Très bonne, insista la femme. J'aurai bientôt le bébé. Ils joueront ensemble.

Chloé ne voulait rien avoir à faire avec cette souillon qui l'avait suivie.

– Sortez, répéta-t-elle. Je n'ai pas besoin de nourrice. Rendez-moi mon fils.

Su-lin lui tendit Damien.

– Comment êtes-vous montée à bord? interrogea Chloé.

Elle aurait surtout aimé savoir comment se débarrasser de cette créature qu'un Occidental n'eût certainement pas qualifiée d'honnête femme.

– Les pièces que tu m'as données hier, répondit Su-lin souriant de toutes ses trois dents. J'ai acheté le billet.

Grands dieux, que deviendrait-elle à Shanghaï? Elle n'y trouverait pas de travail avec l'allure qu'elle avait. Elle était d'un âge incertain – une mendiante, une miséreuse, une femme sale aux cheveux épouvantables.

– Es-tu déjà allée à Shanghaï? questionna Chloé qui s'étonna de poursuivre la conversation.

– Non, mais ce ne sera pas pire que là où j'ai été. Je suis bonne nourrice.

Qui la laisserait s'occuper d'enfants?

– Va-t'en, fit Chloé. Je n'ai pas besoin de toi.

Elle n'allait quand même pas la prendre sous son aile sous prétexte que l'autre l'avait suivie!

Cette nuit-là, elle garda Damien contre elle, craignant ce que Su-lin pourrait lui faire. Le voler, peut-être?

Au matin, elle trouva de nouveau la pauvresse endormie contre sa porte.

Croit-elle me protéger? s'interrogea Chloé. Et à son retour de la salle à manger, elle se surprit à lui porter du gâteau de riz et du thé. La femme les engloutit voracement.

– Quand as-tu mangé pour la dernière fois? fit-elle, se refusant à la faire entrer dans sa cabine.

– Hier matin, quand tu m'as donné.

– Et avant?

Dans un haussement d'épaules, Su-lin indiqua qu'elle ne s'en souvenait pas.

– Longtemps, dit-elle.

– Tu vas avoir un enfant.

Le sourire édenté réapparut et Su-lin toucha son ventre.

– Cette fois, personne le prendra.

– Pourquoi est-ce qu'on te le prendrait?

– Les autres, on les a pris. Les patrons du bordel les ont vendus. Je les ai jamais vus. Deux garçons, trois filles. Vendus, tous. Celui-là, je le garde.

Dans un geste involontaire, Chloé porta la main à sa poitrine. On lui avait arraché cinq enfants, qu'on avait vendus avant même qu'elle les voie?

Chloé agit alors sans réfléchir.

– Entre et viens prendre un bain. Je vais te faire porter à manger. Quand doit naître ton enfant?

Su-lin baissa les yeux sans répondre.

– Tu ne sais pas quand tu as dormi avec le père?

A l'évidence, il n'y avait pas de mari.

– Toutes les nuits, tous les jours, avec beaucoup et beaucoup d'hommes, répondit Su-lin. Je me suis échappée il y a deux lunes, et j'ai marché sans m'arrêter. J'ai su que je pouvais m'arrêter quand je t'ai vue.

Mon Dieu, songea Chloé, je n'ai pas envie d'une telle responsabilité.

Envie ou non, elle débarqua à Shanghaï avec Su-lin. Deux mois plus tard, celle-ci donnait naissance à un frêle petit être, auquel Chloé ne donna pas une chance de survie vu l'état de malnutrition de la mère. Su-lin appela son fils Han et se révéla non seulement une excellente mère, mais une fort bonne nourrice pour Damien.

22

Tu-Grandes-Oreilles et sa bande Verte frappèrent un grand coup.

Ils rançonnèrent Shanghaï, obligeant les principaux hommes d'affaires de la ville à prêter trois millions de dollars à Tchang Kaï-chek. En échange, Tchang promettait de les protéger des communistes. Les hommes d'affaires ne redoutaient rien tant que les soulèvements, les syndicats, les grèves et les augmentations de salaire qui allaient de pair. Ils payèrent.

A quatre heures du matin le clairon sonna au quartier général de Tchang. Celui-ci s'abritait sur sa canonnière ancrée dans le port. Les maisons des communistes notoires explosèrent, les bureaux des syndicats furent bombardés, les tirs des mitrailleuses firent voler en éclats les demeures privées. Quiconque avait le malheur de se trouver dans les rues à cette heure risquait la mort. Les soldats avaient ordre de tuer tous ceux qui n'arboraient pas le brassard blanc qu'eux seuls portaient.

Neuf heures s'écoulèrent avant que les coups de feu ne cessent. Des milliers de citoyens étaient morts.

Plus tard, dix-huit camions furent nécessaires pour ramasser les corps.

Épouses et filles des tués furent vendues aux bordels et aux usines. L'armée de Tchang récolta ainsi beaucoup d'argent.

Shanghaï, sous le choc, s'abîma dans le silence. Les communautés occidentales, évidemment, étaient restées dans le Bund, derrière leurs lourdes portes, rideaux tirés.

Depuis Wuhan, Ching-ling envoya une déclaration qui désavouait Tchang Kaï-chek ainsi que son action, et l'excluait du Kouo-min-tang. Ordre fut donné par le parti d'arrêter Tchang Kaï-chek.

La nouvelle déclencha des rires à Shanghaï. La puissance militaire ne se trouvait pas à Wuhan, mais à Shanghaï; aux mains de Tu-Grandes-Oreilles et de sa bande qui s'abritaient sous la bannière de Tchang Kaï-chek.

De son côté, ce dernier fit une proclamation afin de dissuader les étudiants de recourir à l'extrémisme. Son propre fils écrivit : « Mon père est devenu mon ennemi. En tant que révolutionnaire il est mort. Il a trahi la révolution. A bas le traître ! »

Quiconque marquait son désaccord avec les méthodes de la bande Verte était publiquement exécuté, ou encore disparaissait. Avant l'exécution des condamnés, les troupes étaient autorisées, au milieu des éclats de rire et des plaisanteries, à éviscérer les épouses et filles de ces individus récalcitrants. Les tortionnaires obligeaient époux et pères à regarder tandis qu'ils enroulaient les intestins autour de la dépouille nue des mortes. Ensuite, les hommes étaient enterrés vifs.

Dans le Bund, dans les consulats, les banques et concessions étrangères, les affaires reprirent leur cours au bout de deux jours. Slade assura à Chloé qu'ils étaient en sûreté, Tchang ne voulant pas s'aliéner l'Occident.

– Il va nous courtiser, prédit-il.

Dans sa course au pouvoir, Tchang Kaï-chek avait besoin des étrangers. Ceux-ci soupirèrent, secouèrent la tête. Quelques-unes parmi les jeunes femmes supplièrent leur époux de demander leur mutation au ministère des Affaires étrangères.

Dîners et soirées dansantes du samedi soir reprirent bientôt. Chloé songeait à rentrer au pays.

– Nous sommes ici depuis plus de trois ans, arguat-elle auprès de Slade. Je veux habiter un endroit moins dangereux, où nos enfants pourront grandir sans que je craigne pour leur vie. J'aimerais que Damien ait une éducation normale.

– Mon Dieu, il n'a pas encore un an, s'exclama Slade en riant. D'ici qu'il soit en âge scolaire, nous serons rentrés aux États-Unis. Tu voudrais que je quitte ce pays maintenant ? Surtout pas. C'est ici que ça se passe, Chloé. Le pays se métamorphose sous nos yeux.

Oui, mais le changement n'allait pas dans le sens où elle l'eût souhaité. Ce qui s'était produit à Shanghaï l'effrayait et

193

la révoltait. Elle savait que ce que publiaient le journal de Cass ainsi que la presse londonienne ou new-yorkaise était occulté par les articles que Henry Luce faisait paraître dans son nouveau magazine. Né en Chine de parents missionnaires américains, Henry Luce était amoureux de ce pays, et son hebdomadaire *Time* reflétait sa passion. Convaincu que la Chine s'apprêtait à devenir terre chrétienne, il soutenait Tchang Kaï-chek avec une considérable énergie. Le *Time* était plus aisément lisible que les comptes rendus imprimés en dernière page des quotidiens.

Quand elle ne s'occupait pas de son petit Han, Su-lin se rendait fort utile. Damien n'était jamais seul. Si Chloé ne veillait pas sur lui, c'était Su-lin qui s'en chargeait. Que Chloé ait seulement l'air de vouloir quelque chose et Su-lin courait le lui chercher.

— Elle te couve autant que son gosse, plaisanta Slade. Elle pense certainement te devoir la vie, tu sais. Tu finiras par être responsable d'elle, et tu ne pourras jamais t'en débarrasser.

Quelques minutes plus tard, il reprit :

— Je pense me rendre en Mandchourie et au Chantong. Les Japs s'infiltrent dans ces provinces, j'aimerais me rendre compte de ce qui s'y passe.

— Combien de temps seras-tu parti, cette fois ? s'enquit Chloé.

Il lui semblait qu'il était absent la moitié de l'année.

— Sais pas, répondit Slade. Trois, quatre semaines. Je préfère prendre mon temps. Hé, ne fais pas cette tête ! Tout ira bien pour Damien et toi. Les fortes chaleurs d'été sont passées. Le choléra et la typhoïde ont eu leur tribut pour cette année. Tu pourras assister aux réceptions sans moi.

— Je n'ai plus goût à ces choses.

— Je sais, soupira Slade. On dirait que seule la maternité t'importe.

— C'est un reproche ? demanda-t-elle sur la défensive.

— Le monde ne s'est pas pour autant arrêté de tourner, tu sais. J'ai l'impression que parmi les Occidentaux tu n'as d'amitié que pour Lou et Daisy.

— As-tu remarqué que nous les considérons de plus en plus comme un couple ?

— Les femmes sont de proverbiales marieuses ! Oui, mais il n'y a qu'ici qu'ils se montrent ensemble.

— Crois-tu que Lou a vu les étoiles au-dessus du lit de Daisy ?

Slade haussa un sourcil, inclina la tête.

– Et quand bien même? fit-il.

– Eh bien... rien. Mais je me demande pourquoi ils ne se marient pas.

Slade ne répondit rien.

– Bref, je te demande si tu crois qu'ils couchent ensemble, insista Chloé.

– Ça ne nous regarde pas. Et si c'est le cas, ce n'est pas une raison pour se marier.

Pour la majorité des Américains en 1926, c'était pourtant une bonne raison de le faire. Chloé n'avait jamais remis ce principe en question.

– Penses-tu qu'ils soient amoureux? poursuivit-elle.

– Pour l'amour du ciel, le fait que nous soyons bien tous les quatre n'entraîne pas qu'ils passent le reste de leurs jours ensemble!

Chloé dévisagea son époux.

– Pour ma part, dit-elle, je n'envisage pas de coucher avec un autre que toi. Mais si on écoute les ragots à propos de Daisy, elle se donne à beaucoup d'hommes.

– Daisy n'est pas toi. J'espère que tu ne penses même pas à coucher avec un autre homme.

Chloé s'approcha de lui, lui enlaça la taille et le regarda droit dans les yeux.

– Est-ce que toi tu penses à d'autres femmes... de cette façon?

Il se pencha pour l'embrasser.

– Veux-tu que je te prouve que c'est de toi que j'ai envie? murmura-t-il en lui prenant la main.

Vingt minutes plus tard, il dormait profondément. Chloé demeura allongée dans l'obscurité, toute frémissante encore de désir, à se demander pourquoi il avait joui si rapidement, pourquoi il se détachait quand elle désirait – quand elle avait besoin – de continuer. Quand elle pleurait en silence. Elle se rappela les rares fois où il avait pris le temps de... de la laisser *sentir*, sans les atteindre, les sommets qu'elle n'avait pu qu'entrevoir. Et pourquoi ne savait-elle lui en parler, n'était-elle pas capable de dire : « Slade, ralentis. Attends-moi. » Ou encore : « Touche-moi là. Oui, ici, où ça me rend folle. » Ou « Ne t'arrête pas » quand il laissait courir ses lèvres sur ses seins? Il s'arrêtait toujours. Bien trop tôt.

Au matin, il partit pour le Nord.

195

Slade était absent depuis dix jours lorsque Damien fut pris d'une légère fièvre. Chloé était sortie déjeuner avec Daisy. A son retour à quinze heures, Su-lin lui apprit que Damien n'était pas très bien. Il était chaud, s'était réveillé de sa sieste un peu grincheux. Chloé alla le voir. Il n'était pas vraiment fiévreux et elle se demanda si elle ferait venir le médecin.

Ne se trouvaient alors à Shanghaï que trois praticiens occidentaux : deux à l'hôpital baptiste américain et le médecin de marine qui ne soignait les civils qu'en cas d'urgence. Si les chirurgiens de l'hôpital ne se déplaçaient pas chez les particuliers, l'officier naval, en revanche, le faisait quand il en avait le temps.

A sept heures du soir, Chloé se décida à l'appeler. Il arriva à huit heures, examina Damien, prit sa température.

– Ce n'est pas grand-chose, déclara-t-il. Une infection sans gravité. Juste de quoi le rendre irritable.

Lui était irrité d'avoir été appelé, devina Chloé. Elle était néanmoins soulagée.

– Donnez-lui ces comprimés, il ira mieux au matin. Inutile de vous inquiéter.

La jeune femme fut toutefois assez inquiète pour dormir auprès du berceau de son enfant.

A trois heures du matin, celui-ci s'éveilla en pleurant. Elle alluma la lumière, le prit dans ses bras. Il sentait terriblement mauvais. Une diarrhée avait inondé couche et draps ; il y avait trempé les mains puis s'était frotté les yeux. Chloé fut prise de haut-le-cœur.

Tout le temps qu'il lui fallut pour le laver, défaire le lit souillé sans cesser de le porter, chercher d'autres draps – où diable An-wei les rangeait-elle ? – Damien n'arrêta pas de pleurer.

Une petite infection, avait dit le médecin. Pas de quoi s'inquiéter. Les chaleurs d'été étaient passées. Nulle épidémie ne ravageait la ville.

Elle demeura assise le restant de la nuit, à bercer son petit contre elle, lui changer sa couche toutes les heures puis toutes les demi-heures. L'enfant somnolait sur son épaule. A l'aube, elle s'endormit, le tenant toujours dans ses bras.

Elle se réveilla parce qu'il vomissait sur sa chemise de nuit.

En milieu de matinée il ne restait plus une couche propre. Chloé rappela le médecin. Quand celui-ci lui fit répondre qu'il ne pouvait venir avant le soir, heure à laquelle il quitterait son service, elle appela son tireur de pousse et, Damien pleurant dans ses bras, se fit conduire à l'hôpital.

– Il y a des grippes en ce moment, inutile de vous inquiéter, madame Cavanaugh. Les bébés ont souvent la diarrhée, surtout en Chine. Il n'a pas de fièvre aujourd'hui. Laissez faire les choses. Ah, les jeunes mamans se tourmentent au moindre bobo! Croyez-moi, vous n'avez aucun sujet d'alarme. Baignez-le, gardez-le propre et donnez-lui de l'eau purifiée afin qu'il ne se déshydrate pas. C'est primordial.

L'après-midi, Su-lin fit venir un médecin chinois, un homme maigre aux longs ongles crasseux, à la barbe blanche clairsemée, aux yeux en boutons de bottine. Chloé ne put le prendre au sérieux. Il prescrivit de la soupe de poulet et du thé léger. Elle écarta les autres remèdes de bonne femme qu'il conseilla mais Su-lin prépara une soupe de poulet qu'elle fit ingurgiter, cuillerée à cuillerée, au bébé agité. Damien vomit tout.

Le soir, Chloé lui trouva les yeux creusés; elle l'observa sous tous les angles, se demandant si c'était la réalité ou un effet de son imagination inquiète. Non, elle devait être idiote. Il ne pleurait plus guère et restait à peu près tranquille. Cependant, la peau autour de sa bouche semblait se plisser.

Elle s'endormit tandis qu'il sommeillait mais s'éveilla en sursaut quand elle l'entendit pleurer. Une nouvelle fois, elle le changea, reconnaissante à Su-lin d'avoir découpé des linges. La moitié de la nuit se passa à changer ses couches et des draps, à le laver. Vers trois heures, elle se rendormit.

Au matin, Damien ne se réveilla pas. Un instant le cœur de Chloé cessa de battre mais elle le vit respirer. Elle se pencha vers lui; il souleva les paupières mais son regard ne se fixa pas sur elle, à croire qu'il ignorait sa présence.

Dieu du ciel, il ne voit plus, songea-t-elle. Il était brûlant de fièvre. Sa peau avait un aspect étrange; elle la tira doucement sur son bras : elle n'avait plus aucune élasticité. La déshydratation, pensa-t-elle au bord de la panique. Elle souleva l'enfant dans ses bras; il n'eut aucune réaction; ses yeux toujours ouverts ne regardaient rien.

197

– Su-lin! Fais chercher le docteur par le tireur de pousse. C'est urgent!

Un sentiment d'impuissance affreux l'envahit, plus effrayant que tout ce qu'elle avait connu.

Damien régurgitait la moindre goutte d'eau qu'elle lui glissait entre les lèvres, et qui ressortait en petites rigoles au coin de sa bouche. Il était brûlant. Sa respiration devint laborieuse, celle de sa mère aussi. S'efforçant d'endiguer la panique qui la gagnait, Chloé pria. Mon Dieu, si tu existes, je t'en prie, sauve mon fils!

De nombreux enfants tombent malades, se répétait-elle pour se rassurer. Elle se remémora le diagnostic du médecin, ses conseils. Une infection sans gravité. Mais Damien ne gardait pas l'eau, la diarrhée ne cessait pas. Sa respiration s'effectuait par à-coups violents – comme s'il se cramponnait à la vie, ne put-elle s'empêcher de penser, l'estomac noué.

N'exagère pas, s'exhorta-t-elle. Tu ne fais qu'empirer les choses.

L'enfant gisait dans son berceau, nu car il souillait tout ce qu'elle lui mettait, cherchant désespérément à respirer. La peau qui se creusait sur ses côtes le faisait ressembler à un squelette.

Dans l'attente du médecin, elle pleura d'impuissance. Les bras et jambes du petit tressautaient tandis qu'il essayait d'aspirer de l'air. Elle le prit dans ses bras, le pressa contre elle. Il aspira plaintivement une grande goulée d'air. L'ayant expirée, il demeura inerte.

Sa petite poitrine se soulevait à peine. Il ouvrit les yeux, Chloé comprit qu'il ne la voyait pas. Il aspira fortement, ses membres secoués d'un spasme violent. Il recommença... et encore... et encore. Jusqu'à ce qu'il suffoque, et cette fois ses bras, ses jambes ne remuèrent pas. Il ne bougeait plus.

Chloé eut l'impression d'étouffer elle aussi et se mit à respirer avec des sortes de convulsions.

Serrant son petit, elle gagna le rocking-chair, s'y assit et se mit à le bercer en chantonnant. Les joues de l'enfant virèrent au blanc, ses lèvres au bleu. Elle lui prit sa menotte, constata qu'elle était du même bleu que ses lèvres.

Soulevant le petit corps, elle posa la bouche sur la sienne; avant même de le faire, elle sut qu'elle ne sentirait pas l'ombre d'un souffle. La petite poitrine ne se soulevait plus. Alors elle se mit à hurler, un gémissement long et aigu qui amena Su-lin, An-wei, Gao Hu.

Elle ne pouvait arrêter de sangloter. Il n'était pas mort. Ce n'était pas possible. Hier matin encore il était plein de vie, il essayait de marcher tout seul dans le jardin. Non, il ne pouvait pas s'en être allé, il ne pouvait pas être mort... Et cependant ses pleurs bruyants, déchirants, n'avaient pas de fin...

Le médecin n'arriva pas avant neuf heures; cela faisait huit heures que Damien était mort dans les bras de sa mère.

Tout ce temps-là, Chloé ne l'avait pas lâché. Elle avait serré contre elle la petite dépouille, l'avait portée partout en geignant. Puis elle n'avait plus sangloté, plus émis un son. Elle semblait n'entendre personne, même Daisy qui arriva bientôt, appelée par Su-lin.

– Chloé, ma chère, chère Chloé... balbutia Daisy, les yeux rougis.

Chloé ne l'entendit pas.

Daisy fit chercher Lou.

Mais Lou put seulement réconforter Daisy, car Chloé ne les vit ni ne les entendit. Bientôt elle s'effondra sur son lit, les bras toujours refermés sur Damien, et elle dormit avec son enfant mort contre elle.

Le médecin, quand il finit par se montrer, essaya d'enlever le bébé à sa mère endormie. Celle-ci s'éveilla en fureur.

– Une infection sans gravité! hurla-t-elle, serrant plus étroitement son enfant. Fichez le camp d'ici.

De ses yeux hagards, elle le suivit tandis qu'il quittait la pièce, lâchant au passage à Daisy : « Enlevez-lui ce bébé. »

Personne ne put le lui enlever.

Au matin, quand Chloé s'éveilla, Daisy l'obligea à ingurgiter un peu de thé, mais elle se cramponnait encore à son enfant.

– Dis à Su-lin d'apporter son porridge. Je vais le faire manger.

Elle parcourut la maison, sortit dans le jardin, sans lâcher le corps nu.

En fin de matinée, Daisy lui attrapa le poignet.

– Chloé, Damien est mort, dit-elle.

Chloé la dévisagea quelques secondes puis se laissa tomber dans l'herbe en pleurant, berçant le cadavre de son petit.

Plus tard, Chloé et Su-lin, qui ne quittait pas sa maîtresse, lavèrent le corps froid. Daisy trouva des vêtements propres et les trois femmes l'habillèrent de blanc. Durant toute la toilette, Chloé ne parla ni ne pleura. Elle laissait Daisy décider des choses.

— Où veux-tu qu'on l'enterre? demanda son amie.

— Je ne sais pas, murmura-t-elle en la fixant. Peut-être ici, dans les herbes hautes.

— Je ne crois pas qu'on te le permettra.

Lou procéda aux démarches pour faire ensevelir Damien au cimetière protestant.

Il n'y avait pas moyen de joindre Slade.

Après les funérailles, Chloé resta assise deux jours durant dans le rocking-chair, les yeux dans le vide, fredonnant pour elle seule. Fredonnant des berceuses.

23

Le Blue Express, premier train moderne que la Chine eût connu, reliait Shanghaï à Pékin par Nankin.

Slade, Lou et Daisy restèrent dans le hall de la gare et regardèrent Chloé disparaître dans la foule agitée. Durant quelques instants, la jeune femme se demanda si elle n'allait pas se faire piétiner; depuis trois mois que Damien était mort, c'était la première fois qu'elle se souciait de vivre. Elle s'apprêtait à voyager seule jusqu'à Pékin. Surtout elle était fière que Slade lui fît confiance, s'en remît à elle.

Portée par le mouvement de la foule, bousculée dans les escaliers, elle arriva en vue du long train. Deux tenders de charbon succédaient à la locomotive noire qui crachait sa vapeur dans la gare sombre et caverneuse. La plupart des gens s'engouffraient dans les wagons suivants, des voitures en bois déjà bondées de paysans entassés sur les dures banquettes. Beaucoup étaient contraints de rester debout dans l'allée.

Elle cherchait une voiture de première classe, qui serait en acier au lieu de bois. Au loin elle distingua le fourgon de queue où des paysans s'agrippaient déjà aux barres extérieures. Il leur faudrait tenir des heures à la force des bras... Chloé frissonna, se sentant coupable d'être privilégiée.

Dans les premières classes composées de wagons à compartiments se trouvaient très peu de Chinois. La plupart des voyageurs étaient des Européens qui tous parlaient l'anglais au diapason local : en hurlant.

Chloé fut la dernière à pénétrer dans son compartiment. Debout, un commandant de l'armée américaine lui

201

tournait le dos pour disposer les bagages dans le filet. Deux jeunes femmes bavardaient avec animation; en face, une autre regardait droit devant elle. Enfin, près de la porte, assis à côté des deux jeunes femmes, se trouvait un homme auquel Chloé donna une quarantaine d'années. Sa fine moustache semblait peinte au-dessus de ses lèvres tout aussi minces.

Il s'empara du sac de Chloé, le passa au militaire et resta debout tant que la nouvelle venue ne fut pas assise.

– Donald McArthur, fit-il alors avec un accent typiquement anglais, en s'inclinant légèrement.

– Mme Cavanaugh, répondit Chloé souriant à tout le compartiment. Chloé Cavanaugh.

La jeune blonde près de la fenêtre lui rendit son sourire.

– Nancy Lloyd. Et voici mon amie Amy Lowell.

Le commandant se retourna et Chloé constata qu'il avait un physique plutôt plaisant. Dans sa jeune trentaine, il se tenait avec raideur, comme s'il avait représenté à lui seul toutes les forces armées des États-Unis.

– Major Hughes, pour vous servir. Allan Hughes.

Il prit place près de la jeune femme qui n'avait soufflé mot.

– C'est ma femme de chambre, Imogène, expliqua Nancy Lloyd. Une Française. Elle ne parle pas un mot d'anglais.

Imaginez un peu ça, songea Chloé. Avoir une femme de chambre française et l'amener d'Amérique.

– Le Japon est autrement plus propre et plus efficace que la Chine, fit le major Hughes.

Et il commença de titiller ces dames avec des histoires de traite des Blanches, d'enlèvement, il leur décrivit la façon dont les Chinois aimaient à torturer leurs prisonniers.

– Les bandits écument la province de Chan-tong que nous allons traverser.

A l'évidence le militaire tentait d'impressionner les jeunes femmes. Chloé s'efforça de ne pas trahir son amusement.

– Des bandes de vagabonds, ajouta-t-il fixant ces dames qui l'écoutaient, les yeux écarquillés.

– Mon Dieu, sommes-nous en danger? souffla Miss Lloyd.

– Vraisemblablement non, rétorqua-t-il, très sûr de lui.

Ils pillent villes et villages, kidnappent les habitants contre rançon, mais ils ne s'en prennent pas aux étrangers.

– Ça vaut mieux pour eux, décréta M. McArthur.

Chloé ferma les yeux. Comme toujours Damien lui apparut, souriant, sa petite main refermée sur son doigt.

Dans une secousse tonitruante, le train s'ébranla et quitta la gare. Je suis heureuse qu'il se passe quelque chose de nouveau, pensa Chloé, quelque chose que je n'ai jamais fait, rien qui se puisse comparer à quoi que ce soit de mon passé. Mais elle ne parvenait pas à rouvrir les yeux ; si elle le faisait, elle perdrait Damien.

Le voyage commença au rythme cliquetant des roues de fer sur les rails.

A son retour à Shanghaï, quand Slade et elle auraient le temps de parler, peut-être lui demanderait-elle quand il avait l'intention de rentrer au pays. Elle aspirait désespérément à retrouver des lieux propres et sûrs. Où les enfants ne mouraient pas.

M. McArthur interrompit le fil de ses pensées en lui demandant la raison de son déplacement à Pékin.

– Je vais faire un reportage pour le *Chicago Times*.

Tout le monde la fixa. Sans doute ne la croyait-on pas. Une femme journaliste ? Elle n'était pas peu fière.

– Comment vous en sortez-vous sans parler le chinois ? interrogea le Britannique.

– Vous le parlez vous-même ? s'enquit-elle.

– Un peu.

Alors, dans le plus parfait mandarin, elle se lança dans une tirade sur les différences entre Shanghaï et Pékin, laissant bouche bée son interlocuteur. Pour la première fois, Imogène la regarda puis se mit à pouffer.

– Comment avez-vous appris ? questionna Nancy. Je ne pensais pas que les Américains pouvaient réellement le parler.

Chloé fut la première du compartiment à se retirer. Imogène avait la couchette au-dessus de la sienne et, bien qu'elle n'ait pas prononcé un mot, Chloé se porta volontaire pour l'accompagner au wagon-lit et l'aider à y grimper. Le fracas monotone ne tarda pas à l'inviter à un sommeil sans rêves.

Elle n'avait pas la moindre idée de l'heure qu'il était quand les freins crissèrent et que le train s'immobilisa si subitement qu'elle manqua en tomber dans l'allée. Elle

203

écarta les rideaux pour regarder par la fenêtre. D'abord, elle ne distingua que l'éclat argenté de la lune. Ensuite elle entendit des coups de feu. Peu à peu ses yeux s'habituaient à l'obscurité. Des voix fortes résonnèrent dans le couloir, des gens se mirent à hurler. Une avant-garde de cavaliers dirigeaient leurs montures le long du remblai, tirant des coups de fusil en l'air.

Soudain, secouée de petits sanglots, Imogène vint se pelotonner sur la couchette de Chloé. Celle-ci lui prit la main tout en essayant d'attraper ses vêtements.

A présent, le wagon entier semblait pris de panique. Les voyageurs hurlaient, tentaient d'enfiler leurs habits, couraient sans but dans les couloirs. La porte du compartiment s'ouvrit brutalement.

– Descendez comme vous êtes, quittez immédiatement le train.

Vêtue de sa seule chemise de soie, Chloé eut juste le temps d'attraper sa robe de chambre, en soie également mais qui, taillée sur le modèle des robes chinoises, la couvrait davantage. Elle avait soigneusement rangé ses habits au bout de son lit; comme elle se penchait pour les prendre, les rideaux de sa couchette furent brusquement tirés. Un Chinois à la face grimaçante la prit par le bras.

– Ne traînez pas. Venez comme vous êtes.

Il avait à peine prononcé ces mots qu'un homme d'affaires belge qui se trouvait dans le compartiment voisin lui jeta une théière à la tête. (Chloé se demanda bien ce qu'il fabriquait avec une théière dans son lit.) Le Chinois se retourna prestement, arma son fusil et tira dans la main du Belge.

Il se fit un silence. Nul ne bougeait. Le blessé se mit à gémir, une femme hurla. S'approchant des Belges, le Chinois arma de nouveau.

– Si quelqu'un parle chinois, qu'il dise à tout le monde de descendre, sinon je tire encore!

Chloé traduisit. Personne n'hésita, personne ne fit demi-tour pour se saisir de ce qu'il avait de précieux, ou de ses pantoufles ou encore de vêtements qui eussent rendu sa tenue plus décente. Dehors, d'autres hommes armés attendaient et alignaient les passagers le long du talus. Chloé regarda sa montre : deux heures à peine passées. L'air frais la fit frissonner. Sur le remblai, des soldats surveillaient tous les passagers qu'ils avaient fait descendre des sleepings. Les paysans, entassés comme des sardines dans les wagons de bois, restaient dans le train.

Du wagon à bagages et des compartiments de première classe, d'autres soldats émergèrent chargés de valises, de sacs, de tout ce dont ils avaient pu s'emparer. Ils poussaient des exclamations, riaient. Chloé envia les femmes qui avaient eu la présence d'esprit de jeter un manteau sur leur chemise de nuit. Elle espéra que les bandits emporteraient tous les biens de quelque valeur et s'en iraient, les laisseraient remonter dans le train au lieu de rester debout dans le froid, humiliés et effrayés.

Quelques femmes se mirent à pleurer, la confusion régnait. Imogène chercha la main de Chloé.

Un homme dont elle ne put distinguer le visage passa devant eux sur un grand cheval et gagna l'avant du train. Parvenu au niveau de la locomotive, il leva le bras gauche, lança un ordre que Chloé ne comprit pas. Le sifflet perça la nuit, la vapeur s'échappa de la cheminée et Chloé regarda le train s'ébranler lentement, gagner de la vitesse, disparaître enfin dans les ténèbres. Agglutinés aux fenêtres, les paysans écrasés dans les wagons en bois leur crièrent des mots que personne ne comprit.

Dieu du ciel, songea la jeune femme, s'efforçant de garder sa contenance. Au loin se dessinaient les montagnes escarpées et hautaines du Chan-tong.

L'homme sur son grand cheval poussa un cri perçant et, aussitôt, les bandits se répartirent de part et d'autre de la ligne de prisonniers qu'ils exhortèrent à se mettre en marche. Imogène se mit à sangloter. Chloé voulut la réconforter mais l'un des bandits la poussa du bout de son fusil. Ils étaient deux pour encadrer chaque prisonnier, excluant tout espoir de fuite. Ils étaient bien deux cents à avoir été enlevés, estima Chloé, et elle se demanda pourquoi elle n'était pas plus effrayée.

Elle était plutôt de mauvaise humeur. Le terrain caillouteux déchirait ses pantoufles ; sans doute ses pieds étaient-ils déjà en sang. La pleine lune n'éclairait à perte de vue que champs et montagnes. Imogène venait juste derrière elle, trébuchant constamment. A l'exception d'un sanglot ici ou là, la file des voyageurs progressait en silence.

Le major nous avait prévenus, pensa Chloé, dont le souffle devenait plus laborieux à mesure que la pente s'accentuait. Et dire que j'ai pensé qu'il essayait d'impressionner les filles.

Imogène tomba contre elle ; elle l'aida à se relever et lui prit la main.

Ils marchèrent, marchèrent, les pieds lacérés par les rochers.

– Scandaleux, lâcha une voix.

Elle était bien de cet avis, mais trop épuisée pour parler. Maintenant tout le monde titubait. Elle commençait à avoir mal au côté. L'aube n'allait sans doute pas tarder. Pourquoi cela lui donnait-il espoir, elle l'ignorait. Ils allaient certainement quelque part ; ils ne continueraient pas à marcher des jours et des jours... n'est-ce pas ?

Une lueur pourpre annonça l'aurore. Sans s'arrêter, Chloé se retourna pour regarder vers le bas de la montagne. Sur près d'un kilomètre, le long de l'étroit sentier, s'étirait la ligne des voyageurs et de leurs ravisseurs. Au-delà venaient d'autres bandits en ordre plus dispersé, chargés du butin saisi dans le train. Plusieurs portaient des matelas sur leurs épaules ; apparemment ils n'avaient pas oublié un seul sac dans le wagon à bagages.

Elle eut un sourire car l'un des bandits avait découvert un soutien-gorge qu'il s'était attaché autour de la taille pour le remplir de babioles.

L'on marchait toujours. Le soleil irradia dans le ciel pâle, et les nuages alanguis sur l'horizon se teintèrent de rose puis de pourpre, avant de se dissiper dans de superbes éclaboussures rose et lavande qui firent bientôt place à un azur immaculé. Chloé jugea le spectacle magnifique. Les montagnes crénelées se dressaient à l'est ; derrière les prisonniers la plaine s'étirait à l'infini. Sans doute les secours arriveraient-ils incessamment. Les bandits ne se tireraient pas impunément de l'enlèvement de deux cents étrangers. Qui pouvait être assez fou pour s'attaquer ainsi à des gens dont les gouvernements protégeaient la sécurité ? C'était en effet le rôle des consulats.

Il se mit à faire chaud. Cela faisait huit heures qu'ils avançaient et grimpaient. Le chemin se fit encore plus étroit, à peine un sentier entre les pierres et les rochers. Parfois Chloé levait les yeux vers le sommet. Imogène tomba. Le bandit en sueur qui marchait à sa gauche la ramassa et la jeta sur son dos, avec tout juste un grognement.

Parvenue au sommet, Chloé vit un fort se dessiner devant eux. Les passagers qui la devançaient avaient déjà été parqués dans la cour cernée de murailles et s'y étaient écroulés, gémissants, les pieds en sang. Certaines femmes pleuraient. Dans un coin se trouvait un abreuvoir ; pour les hommes ou pour les chevaux ? Nul n'alla s'enquérir. On s'y rua pour boire, vautré à terre, harassé, le corps douloureux.

Chloé regarda autour d'elle. En d'autres circonstances, tous eussent été fort embarrassés d'être surpris dans des tenues si négligées. Sa chemise de nuit et sa robe de chambre en soie étaient raides de boue.

Le major Hughes vint parler à Imogène qui gisait, inerte. Il ôta sa veste de pyjama et se mit à la déchirer pour en faire des lanières dont il banda les pieds sanglants de la Française. Ses propres pieds n'étaient pas en meilleur état mais il offrit ses bandages de fortune aux femmes les plus proches.

Nancy et Amy boitillèrent jusqu'à Chloé et vinrent s'effondrer auprès d'Imogène. Aucune des deux jeunes femmes ne se plaignait, bien que la peur et l'épuisement soient manifestes dans leurs regards.

– Croyez-vous qu'ils vont nous violer ? demanda Amy d'une voix tremblante.

– J'en doute, dit Chloé qui s'était posé la même question. Si c'était leur but, ils l'auraient déjà fait. Ils espèrent autre chose.

– Quoi donc ? questionna Nancy.

Hughes, revenu de sa distribution qui l'avait démuni de tout vêtement à l'exception de son pantalon de pyjama, répondit derrière elle :

– Une rançon. Ils nous échangeront contre de l'argent.

Chloé se retourna pour le considérer. Son torse poussiéreux était parcouru de sillons de sueur. Il s'accroupit auprès d'Imogène qui, couchée sur le dos, ne bougeait pas.

– Vous allez mieux ?

La Française le regarda sans répondre.

– Je lui ai donné de l'eau, fit Chloé.

– A cette altitude, l'eau ne doit pas poser de problème, mais attention quand vous boirez ailleurs. Nous pourrions tous mourir du choléra ou de la dysenterie.

Le reste de l'après-midi, ils s'occupèrent de soigner leurs blessures. De petits groupes de bandits s'éloignèrent ; les autres restèrent tapis à l'ombre du mur où il faisait plus frais. En fin d'après-midi se produisit un tumulte aux portes du fort et des cavaliers apparurent, portant de grands paniers et des cruches en terre cuite. Ils distribuèrent un œuf cru à chacun des prisonniers qui restèrent pantois devant cette pitance.

Un replet colonel britannique grimpa sur un rebord en saillie et réclama l'attention générale.

– Si vous permettez... cria-t-il.

C'était la première fois que quelqu'un faisait l'effort de s'adresser au groupe en son entier.

– Permettez-moi de vous montrer comment l'on mange un œuf cru.

Rires. Les bandits escomptaient-ils que ce serait là leur seule nourriture de la journée?

– Il s'agit d'ébrécher à peine votre œuf, un tout petit trou. Ensuite, aspirez son contenu en prenant garde à n'en pas perdre une goutte.

Sur ce, rejetant la tête en arrière, il se livra à une démonstration.

– Bonté divine, souffla Amy, la mine dégoûtée.

Chloé jugea le goût affreux. Autour d'elle plusieurs personnes recrachèrent et jetèrent leur œuf. Un œuf cru, la première nourriture qu'on leur eût donnée de tout le jour.

Le silence tomba sur le campement de fortune à mesure que les nuages s'amoncelaient et que l'obscurité venait. Au loin le tonnerre se mit à gronder, des éclairs illuminèrent le sommet des montagnes. Allait-on les laisser dehors dans cette cour s'il pleuvait? se demanda Chloé. Avec la nuit qui approchait, elle avait froid dans sa mince tenue. Que devait-il en être des hommes qui, suivant l'exemple du commandant Hughes, s'étaient dépouillés pour bander chevilles foulées et pieds meurtris? Bien que la journée eût été chaude, le froid viendrait avec la nuit à cette altitude. La nuit précédente, la marche les avait réchauffés.

L'un des bandits monta à son tour sur le rebord en saillie pour annoncer que la pause était terminée et qu'il fallait se remettre en route. Des protestations fusèrent. Peu habitués à l'exercice, les prisonniers étaient non seulement apeurés mais débilités par le long effort de la nuit passée. Pareil à un tir d'artillerie, le tonnerre gronda en échos saccadés. Pas de lune pour éclairer le chemin ce soir.

Un homme vint soulever Imogène pour l'asseoir sur un âne. Ne voulant pas être séparées, Chloé, Nancy et Amy suivirent. Chloé chercha le commandant Hughes du regard; elle se sentait plus rassurée en sa présence. Il lui adressa un signe de la main.

– Ne vous inquiétez pas, je garde un œil sur vous!

– Ne trouvez-vous pas stupéfiant qu'il n'y ait pas plus de panique? fit Amy. Pour ma part, je suis morte de peur, mais personne parmi nous n'a encore piqué de crise de nerfs.

Chloé acquiesça. Tout le jour, elle avait tenté de comprendre pourquoi ils agissaient tous plutôt calmement face à un incident si extraordinaire. Incident? Le mot n'était guère approprié. Slade était-il déjà au courant? Si je m'en tire, il jugera que ça fera un excellent papier. Cass adorera lui aussi.

Alors qu'ils se mettaient en marche, passant l'autre porte de la cour, les fusils braqués sur eux, afin d'entreprendre la descente sur l'autre versant de la montagne qu'ils avaient gravie, la pluie se mit à tomber. En quelques minutes, ce devint un déluge qui leur martelait le dos et la poitrine. L'étroite sente déjà accidentée devint glissante. Quand elle chuta, Chloé n'eut que le vide et la boue auxquels se raccrocher. La pluie tombait si dru qu'elle ne voyait rien; la boue aspirait ses pieds en sang; elle avait si mal qu'elle pensa ne plus être capable d'avancer. Elle eut envie de pleurer, mais du diable si elle céderait à la faiblesse.

– Je n'en peux plus, geignit une femme.

Chloé pensait de même.

Derrière elle, Nancy et Amy ne faisaient aucun bruit. La marche pénible et l'altitude rendaient toute conversation difficile. Le cœur de Chloé battait si fort qu'elle craignit qu'il n'éclate. La pluie adopta bientôt un rythme moins violent mais elle était froide et trempait jusqu'aux os. Nous allons tous mourir de pneumonie, se dit Chloé. Comment Slade réagirait-il à la mort d'un fils et d'une épouse en l'espace de quelques mois?

Les ravisseurs tenaient leurs armes braquées sur la cohorte mais sans doute, s'ils avaient dû tirer, l'auraient-ils déjà fait au lieu d'acheminer deux cents prisonniers sous des trombes d'eau.

Il faisait encore nuit quand ils parvinrent dans une vallée. Le murmure d'un cours d'eau, une lumière audevant, des aboiements de chiens réconfortèrent quelque peu Chloé. Des gens qui avaient des chiens ne pouvaient pas être méchants... sauf que les Chinois élevaient les chiens comme les cochons ou les poulets, pour les manger.

Malgré l'obscurité, elle distingua un mur de tourbe devant elle; ceux qui la précédaient l'avaient déjà franchi. Dès la porte passée, elle fut assaillie par une odeur d'étable qui lui rappela le fumier, la paille, les chevaux : senteurs réconfortantes de son enfance, quand elle allait dans la ferme de son grand-père. Le sol était sec et il y avait un toit.

Une lampe à huile pendait à une poutre. A mesure qu'ils se retrouvaient à l'abri, les prisonniers tombaient dans la paille et, malgré leurs vêtements trempés, s'endormaient sur-le-champ.

Le soleil était haut dans le ciel quand ils furent réveillés par le son d'un gong. Des bandits passèrent parmi eux pour leur distribuer des bols de thé.

– Il n'y a rien à manger? demanda Chloé en recevant sa boisson.

L'homme la regarda sans répondre.

S'attribuant le rôle de chef, le colonel britannique qui avait montré comment gober un œuf cru essaya de savoir quand on serait nourri. Le Chinois le dévisagea. Le militaire avait dû servir des années en Chine et ne parlait toujours pas la langue, se dit Chloé. Elle revint au bandit qui se tenait non loin d'elle et répéta la question de l'Anglais.

– *Mei-yao*, fit le jeune homme en haussant les épaules.

– Il n'y a rien à manger, lança Chloé à la cantonade.

Le jeune bandit tapota son propre ventre et murmura qu'eux non plus n'avaient rien pour se nourrir. Chloé traduisit.

La cinquième nuit de marche, peu après minuit, ils commencèrent à descendre. On glissa, on tomba sur le sentier escarpé mais au moins il ne pleuvait plus. Non qu'il soit possible de se salir davantage, songeait Chloé. Voilà longtemps que les prisonniers avaient cessé de se soucier de leur apparence.

Il faisait encore noir quand elle entendit le chant d'une cascade sur des rochers. On fit halte, tout le monde s'assit sur le sentier, dans l'attente d'on ne savait quoi. Chloé eût aimé pouvoir s'accroupir sur les talons, dans cette posture que les Chinois étaient capables de conserver des heures durant. Elle avait bien essayé mais son équilibre était par trop précaire, ses muscles non entraînés.

Le commandant Hughes vint s'asseoir auprès d'elle.

– J'ai dans l'idée que nous touchons au but, fit-il.

– Qu'est-ce qui vous le fait croire? s'enquit Chloé.

210

Autour d'elle, elle ne distinguait que de vagues formes dans cette heure incertaine qui précède l'aube.

– L'eau courante. A mon avis, il y a un village pas loin. Cette région est connue pour ses grottes. Un lieu aisément défendable, dans une vallée cernée de montagnes.

– Comment le savez-vous ?

– Je ne suis jamais venu par ici mais j'ai étudié le terrain. Peut-être serons-nous enfin nourris correctement.

– Que croyez-vous qu'ils vont faire de nous ?

Jusqu'à présent, tant qu'ils marchaient, elle avait refusé d'envisager leur devenir. Elle avait eu l'impression qu'ils étaient condamnés à marcher éternellement.

– Avec un peu de chance, ils nous garderont jusqu'à obtention de la rançon.

– A voir notre allure, fit-elle en souriant, je doute que quiconque veuille payer pour nous récupérer.

Hughes se mit à rire et elle songea que c'était un homme très gentil. Au début, dans le train, il lui avait paru arrogant mais il s'était départi de cette patine de supériorité et n'avait eu de cesse de soulager les souffrances des femmes autour de lui.

Celles-ci représentaient environ un quart des prisonniers et toutes, excepté six d'entre elles – elle-même, Nancy, Amy, Imogène, et deux missionnaires d'âge mûr – voyageaient en compagnie d'hommes. Généralement, les femmes ne s'aventuraient pas seules à travers la Chine. Ni même ailleurs...

Quand pointa l'aube, il s'avéra que les suppositions du commandant étaient justes. Ils se trouvaient à proximité d'un petit village dont les maisons n'étaient guère que des huttes. Mais il y avait là un peu de bétail décharné, des cochons, des poulets et quelques chiens. On leur servit leur premier repas substantiel : une soupe de légumes et une petite part de viande filandreuse. Chloé fut surprise de ne pouvoir manger beaucoup.

Un sifflement aigu, dissonant, assourdissant se fit entendre.

Au milieu de la foule arriva un homme mince et élancé. Son visage semblait avoir été ciselé dans la roche, avec ses pommettes hautes et accentuées, ses yeux largement espacés, son nez droit. Il était de grande taille comme souvent les Chinois du Nord, plus grands que ceux de Shanghaï. Contrairement aux soldats avec lesquels ils avaient marché, son uniforme kaki lui allait bien, comme

211

ses bottes de cuir luxueuses. Un homme habitué aux vêtements coûteux, supputa Chloé. Il marchait avec assurance sinon arrogance. Était-il seulement chinois, après tout? La plaisanterie courait parmi les Occidentaux de Shanghaï qu'un Oriental élégant était sûrement japonais.

S'étant arrêté, les mains sur les hanches, il se mit à parler. Il ne cria ni n'essaya de se faire entendre par-delà le brouhaha mais, en moins de trente secondes, le silence se fit et sa voix porta jusqu'au dernier rang de prisonniers.

– Je suis désolé pour le désagrément qui vous a été causé.

Silence.

– Ce n'est évidemment rien en comparaison de ce que les étrangers ont fait subir à mon peuple des années durant.

Silence.

Alors son regard parcourut la foule et l'impatience se lut sur ses traits.

– N'y a-t-il personne pour me comprendre?

Chloé et quelques autres levèrent la main. Son regard s'arrêta sur Chloé. Elle était la seule femme à parler sa langue. Il tendit le bras et lui fit signe d'approcher.

– Vous. Venez et traduisez.

Il ne parla plus tant qu'elle ne fut pas auprès de lui. Tandis qu'elle fendait la foule, il l'avait examinée, mais à présent ne la regardait plus.

– Vous aurez un repas par jour. Vous êtes libres d'aller et venir dans la vallée. Néanmoins, si vous tentez de fuir vous serez tués. C'est mon seul avertissement.

Le chef des bandits avait la voix claire et articulait avec lenteur. Son attitude montrait que, quoi qu'il dise, il ne doutait pas d'être écouté. Jamais encore Chloé n'avait rencontré un Chinois tel que lui. Plonger dans ses yeux froids donnait l'impression de fixer le canon d'un fusil.

– Quelqu'un parmi vous est-il capable d'écrire le chinois?

Chloé et un autre levèrent la main. Cette fois les yeux intelligents du bandit brillèrent d'amusement. « Une femme! » devait-il penser. L'idée ne déplaisait pas à Chloé de le déstabiliser. Néanmoins son sourire était bienveillant et ce fut d'une voix tranquille qu'il lui demanda:

– Quel est votre nom?

– Mme Slade Cavanaugh.

– Où est votre mari?

— A Nankin.

— Et il vous autorise à voyager seule en train ?

Elle hocha la tête.

— Vous écrirez les lettres pour moi. Relevez toutes les nationalités représentées ici. Nous adresserons une lettre à chaque consulat. Je vous appellerai plus tard.

Ensuite, il redressa la tête pour considérer les prisonniers.

— Si d'ici deux semaines, reprit-il d'une voix métallique, les rançons n'ont pas été versées, l'un de vous sera tué chaque jour.

Mon Dieu !

— Une personne mourra chaque jour, répéta-t-il. Et ce sera à *vous* de décider qui.

24

« Léopard-des-Neiges », c'était ainsi que l'appelaient ses hommes.

Au crépuscule, quand une vaste caverne eut été attribuée aux femmes et trois autres aux hommes, il fit appeler Chloé. Les kidnappés eurent droit à un autre repas de soupe, cette fois agrémentée de navets, de vermicelle et de lambeaux d'une viande non identifiable.

Le colonel britannique, qui avait nom Higgins, eut un rire hautain.

– Le temps que les lettres parviennent à destination, nos armées nous auront secourus. Prenez note de ce que j'avance.

– Je trouve cet imprévu presque agréable, pouffa Nancy.

Depuis le seuil de la grotte, elle contemplait la vallée où fumaient des dizaines de braseros sur lesquels les villageois faisaient réchauffer leur dîner.

– Je n'ai plus besoin de jouer à la dame dans ces circonstances. Regardez, nous avons l'air de putains, ajouta-t-elle, détaillant sa mise et celle de ses compagnes. Peut-être même pire. Nous pourrions tout aussi bien être nues.

– Oh, Nancy! s'offusqua Amy. Que savez-vous de ces femmes-là?

Chloé n'était pas loin de se ranger à l'avis de Nancy. Voilà des jours qu'elle avait renoncé à tout sentiment de pudeur. Il n'était pas besoin de recourir à l'imagination pour voir au travers des chemises de nuit de ces dames. Quelques-unes n'avaient pas la chance de s'être munies de robes de chambre. Si seulement elles avaient eu des couvertures pour les nuits froides. Plus une chevelure

214

n'avait connu le peigne ou la brosse depuis leur enlèvement. La plupart des captifs semblaient plus sauvages que
leurs ravisseurs. C'était miracle que personne ne fût
malade.

Quand Léopard-des-Neiges la fit appeler, Chloé se
trouva bien vulnérable dans sa fine chemise de nuit et sa
robe de chambre trop moulante.

Allan Hughes l'attendait devant la grotte des dames.

– Je vous accompagne, déclara-t-il.

Il faisait tellement sombre dans la tente que, d'abord,
Chloé ne vit rien. Au centre, cependant, se dressait un
bureau en teck à l'occidentale; Léopard-des-Neiges y était
assis, sous une lampe à huile oscillante. Il regarda la
jeune femme traverser la vaste tente.

– Vous voilà, fit-il.

Chloé lui rendit son regard tandis qu'il l'examinait. Elle
n'éprouvait qu'une crainte modérée; c'était pourtant un
homme au physique frappant, aux yeux de braise.

– Mon pays a été dirigé par des femmes, fit-il
incongrûment.

– Alors, vous êtes en avance sur le mien, dit-elle d'un
ton définitif. Nous n'avons encore jamais eu de femme à
notre tête.

Et sans doute n'y en aura-t-il pas de mon vivant, ajouta-
t-elle en son for intérieur. Mais pour l'heure, il te faut traiter avec moi, bandit. Traiter avec une femme.

Léopard-des-Neiges frappa dans ses mains et, aussitôt,
parut une jeune Chinoise qui apportait deux bols de thé
qu'elle déposa sur une table basse. Léopard-des-Neiges fit
signe à Chloé de s'asseoir sur la peau d'ours jetée au
milieu de la tente; lui demeura à son bureau.

– Ayons des manières civilisées, proposa-t-il avec un
geste de sa main fine, et prenons le thé.

Il n'était pas aisé de s'asseoir élégamment au sol avec
des vêtements boueux et déchirés. La Chinoise s'inclina
et offrit un bol à son maître. Ensuite, elle fit de même
pour Chloé. D'un geste, Léopard-des-Neiges la congédia
et elle sortit à reculons.

Servante ou concubine? s'interrogea Chloé. Elle
n'avait encore jamais vu de concubine. Combien en avait
cet homme puissant? Elle posa les yeux sur lui, il avait le
regard baissé.

Il but une gorgée de thé sans changer d'attitude.

– Combien de nationalités sont-elles représentées
parmi les prisonniers? demanda-t-il.

215

– Neuf.

– Tant que cela? s'exclama-t-il, ravi. Nous allons rédiger toutes les lettres en chinois, ils seront contraints de les traduire. C'est ici *mon* pays et j'écrirai dans *ma* langue. Les messagers partiront ce soir pour Shanghaï.

– Deux semaines ne sont pas un délai suffisant pour obtenir des réponses, et l'argent que vous espérez, fit Chloé, attrapant la tablette qu'il lui lançait. Il faudra plusieurs jours pour que vos plis parviennent à destination. Vous ne pouvez pas tuer quelqu'un d'ici deux semaines, vous devez être juste.

Un pli creusa le front de Léopard-des-Neiges qui leva la main pour lui intimer silence.

– Vous croyez que je méconnais les distances? Vous êtes dans mon pays, énonça-t-il avec ressentiment. Et vous n'êtes pas en position de me dicter ma conduite, vous êtes ma prisonnière.

Chloé humecta le bout de son pinceau.

– Que souhaitez-vous que j'écrive?

Il l'intimidait, elle l'admettait. Il tenait deux cents vies entre ses mains. Malgré sa sveltesse, il dégageait une grande puissance physique. A son regard on le devinait dépourvu de compassion.

Il dicta la lettre d'une voix égale.

– Copiez-la neuf fois. Oh... Changez *fusillés* par *décapités*. C'est plus frappant pour vous autres étrangers. Écrivez que dans quinze jours, si l'argent n'est pas arrivé, nous décapiterons une personne par jour.

Il réclamait deux cent mille dollars américains.

– Vous ne les obtiendrez pas!

Léopard-des-Neiges considéra longuement son interlocutrice qui ne cilla pas, n'abaissa pas les yeux.

– J'ai entendu dire que les étrangères blanches ne sont pas comme nos femmes, mais vous êtes la première que je rencontre. Parlent-elles toutes sans en avoir la permission ou est-ce une caractéristique qui vous est propre?

– Dans mon pays, les femmes sont les égales des hommes. Nous ne demandons pas la permission aux hommes – pour quoi que ce soit.

Je mens, se disait-elle, mais c'est ainsi que les choses sont censées être. Je ne lui laisserai pas penser autre chose. Je ne lui laisserai pas voir que j'ai peur. Peur de lui, à cet instant.

– Ah, fit-il dans une sorte de soupir. C'est aussi ce que je souhaite pour mon pays.

Appuyé sur les coudes, il parut s'absorber dans cette pensée. Chloé se leva et s'approcha du bureau pour y prendre l'encrier. Elle se rassit et commença à recopier la lettre pour chacun des consulats. Silencieux, Léopard-des-Neiges la regarda écrire les quatre premières. Ensuite il se leva et se mit à faire les cent pas dans la tente, les mains derrière le dos. Quand elle eut achevé sa tâche, il était assis, jambes croisées, dans un fauteuil face à elle et la fixait.

– Pourquoi voyagez-vous seule? s'enquit-il à brûle-pourpoint. Les femmes de chez nous ne voyagent pas seules.

– Je me rends à Pékin, quérir des informations pour mon époux. Les Américaines parcourent le monde, souvent seules.

Encore une fois, elle se demanda si c'était la vérité.

– Vous devriez être chez vous. Avec les enfants. La Chine n'est pas sûre pour une femme.

Chloé se permit un petit rire.

– Elle n'est sûre pour personne, homme ou femme, quand des gens tels que vous kidnappent des trains entiers.

Les yeux à l'éclat métallique l'étudièrent un bon moment.

– Mes hommes n'ont pas été payés depuis des mois, dit-il enfin. Ils ont des familles à nourrir. J'ai des gens à protéger.

– En en mettant d'autres en danger?

– Je protège de nombreuses villes dans la province. Je les défends contre d'autres seigneurs de guerre qui tuent et violent.

Ah, elle rencontrait donc son premier seigneur de guerre!

– Je protège mes villes. Néanmoins ils n'ont pas eu de quoi me verser leur tribut ce printemps. Les crues... Mais ils m'ont payé fidèlement des années durant. Je ne les abandonnerai pas pour ce qui ne relève pas de leur responsabilité. Le fleuve Jaune a fait des ravages et mon peuple a besoin de manger.

Mon peuple.

– Savez-vous qu'un million de personnes sont mortes cette année à cause de la crue? Un million... Les autres meurent de faim car il n'y a rien à manger.

Il garda le silence une minute avant de reprendre:

– Dites à vos Américains que, s'ils ne versent pas la rançon, les vôtres mourront.

Chloé continuait d'écrire avec l'encre et le pinceau.

– Quand les premiers auront été exécutés, peut-être se rendront-ils compte que nous sommes sérieux. A ce moment-là, ils enverront l'argent.

Chloé releva les yeux.

– Croyez-vous que ce soit le moyen de pousser les puissances étrangères à respecter la Chine ?

– La Chine ? répéta-t-il en riant. Tant que la Chine ne se sera pas redressée pour prendre sa place parmi les nations, personne ne nous respectera. Voilà plus de cent ans que les puissances étrangères nous exploitent. Ne me parlez pas de respect !

Il attendit que Chloé ait achevé une page.

– Un instant, ordonna-t-il alors. Posez votre pinceau.

Elle obéit. La lueur projetée par la lanterne suspendue sculptait d'ombres le visage doré de Léopard-des-Neiges.

– Pensez-vous que famines et épidémies soient inévitables ? demanda-t-il. Dans votre pays, il y a des barrages pour retenir les fleuves dans leur lit. Ici, rien n'endigue la crue du fleuve Jaune au printemps. Il est gros des neiges du Tibet, gros de toutes les rivières qu'il rencontre sur son cours, sur des milliers de kilomètres. Rien ne peut contrôler cela.

– Si, on peut construire des barrages, assura Chloé, et utiliser efficacement l'eau. Chez moi, on ne meurt pas du choléra ni de la typhoïde ni de la peste. Si j'étais restée dans mon pays, ajouta-t-elle tandis que ses yeux se voilaient, mon fils serait encore en vie. Votre pays est insalubre, voilà pourquoi la maladie et la mort y sévissent si cruellement.

Il la dévisagea puis reporta son attention sur ses ongles.

– On dit que les Américains sont exigeants quant à l'hygiène.

Chloé fut stupéfaite de se découvrir plus détendue.

– C'est la vérité. Le manque de propreté a été ce à quoi j'ai eu le plus de mal à m'acclimater dans votre pays. Et l'odeur de la Chine.

– Ah oui, acquiesça Léopard-des-Neiges avec un sourire. Les fleurs au printemps...

– Non, non, je parle de la puanteur. L'affreuse odeur. Ça empeste la crasse, la saleté. Ça amène les mouches, les moustiques... qui eux-mêmes amènent le paludisme et les autres fléaux.

– Pourquoi les puissances étrangères ne nous aident-elles pas en ce sens ? Ils ont fait connaître l'opium à mon peuple. Ils n'ont jamais rien fait de bon ici, ils n'ont été que nuisance.

A cela, Chloé n'avait pas de réponse.

– Votre pays n'est pas organisé, dit-elle néanmoins. Il n'a aucun moyen de prendre les mesures essentielles. Les gens du Chan-tong ne veulent pas aider ceux du Yunnan ou du Kiang-si. Vous ne vous intéressez qu'à ce qui est proche de vous.

– J'ai voyagé, et je me soucie de mon pays en son entier.

Il avait eu l'intonation d'un gamin qui se vante.

– Savez-vous lire ?

Il toussa.

– Je suis diplômé de l'institut militaire du Chan-tong. Je lis beaucoup.

– Alors vous devriez étudier l'histoire.

– Je lis des ouvrages d'histoire. Je sais qu'hier est cohérent avec aujourd'hui et avec demain. Je ne veux pas rester dans le passé, ajouta-t-il d'une voix plus dure. Je veux que mon peuple progresse.

– De quel peuple parlez-vous ? questionna Chloé, étonnée de prendre tant de plaisir à la conversation. Le peuple de ces montagnes, de cette province que vous protégez ?

– Pas seulement de ces villages. Je veux dire tout le peuple de Chine. Les miens.

– Est-ce que vous les protégez des Japonais ? Ils se sont infiltrés dans le Chan-tong ces sept dernières années.

– Je tue tous les Japonais que je vois.

Sur ces mots, il se tut et Chloé acheva les deux dernières lettres avant de reposer son pinceau et d'étirer ses doigts engourdis. Alors Léopard-des-Neiges lança un nom et un soldat se montra, incliné dans une attitude déférente.

– Les lettres arriveront à Shanghaï dans deux jours, déclara-t-il à l'adresse de Chloé. Deux jours de chevauchée sans relâche.

Chloé se remit debout.

– Il fait froid et humide dans les grottes et nous n'avons que peu de vêtements. Y aurait-il des couvertures disponibles ?

– Non, je regrette, répondit-il sans se lever. Il n'y en a pas non plus pour mes hommes.

Comme elle se tournait pour partir, elle l'entendit qui disait d'une voix sourde :

– Vos cheveux ne sont pas comme ceux des autres étrangères. Ils sont très chinois.

Je ne les ai pas coiffés depuis une semaine! pensa-t-elle.

– Pareils à la soie, ajouta-t-il.

25

Cette nuit-là, Chloé rêva que Léopard-des-Neiges passait la main dans ses cheveux et les portait à ses lèvres, murmurant « Pareils à la soie ».

Mais quand elle croisait son regard, ses yeux étaient tristes. Durant un long moment il ne disait rien, la regardant seulement tandis que ses lèvres caressaient la mèche de cheveux. Puis du dos de la main il lui effleurait la joue, avec tendresse.

– Je souffre de faire ce qui doit être fait.

Sa voix était rauque. Chloé se demandait de quoi il était question puis la mémoire lui revenait. Des larmes embuaient ses yeux, l'une roulait sur sa joue.

– Préférez-vous être fusillée ou guillotinée ?

Elle était surprise qu'il connût le mot « guillotinée », qu'il prononçait avec un accent français.

– Je n'aime pas l'idée de vous tuer, vous entre tous. Entre toutes les femmes.

Et de nouveau, il lui embrassait les cheveux. Pareils à la soie.

Elle se demandait quel goût auraient ses lèvres, si elles auraient le goût de la mort... et quel était le goût de la mort.

La main de Léopard-des-Neiges déchirait le col de sa robe de chambre, faisait glisser l'étoffe sur son épaule, d'un doigt il dénouait le lacet de sa chemise de nuit, descendait entre ses seins. Elle sentait battre son pouls dans sa gorge. Entendait-il son cœur ? Il se penchait, embrassait son sein, soupirait.

Une sonnerie de clairon retentissait.

Il relevait la tête, la regardait dans les yeux, jusqu'à l'âme, lui prenait enfin la main.

221

– Venez, disait-il, remettant en place ses vêtements. C'est l'heure.

Il l'emmenait par la main. A l'instant où il ouvrait la porte elle voyait le soleil qui se levait, et le ciel pâle strié de rouge au-dessus des montagnes déchiquetées.

Une sorte de vie domestique s'instaura pour les prisonniers. Ils lavèrent leurs vêtements dans la rivière et s'y baignèrent malgré le manque de savon. Le soleil se chargea de les sécher. Ils se firent du thé sur les braseros devant les grottes, restèrent à paresser au soleil à se raconter leurs vies, à s'affirmer mutuellement qu'on viendrait bientôt les secourir, en fanfare.

Et l'on comptait les jours. Six. Cinq. Quatre. Trois. Deux. Il n'en resta plus qu'un. Pourquoi aucun des consulats ne s'était-il manifesté? A eux tous, ils devaient bien être capables de rassembler deux cent mille dollars. Cela représentait mille dollars par captif. Oui, on les sauverait certainement.

Vint le dimanche. Au matin, les missionnaires procédèrent aux offices religieux. Personne ne fit allusion au fait que le délai était expiré.

Chloé n'avait pas aperçu Léopard-des-Neiges depuis trois jours et demi. Peut-être avait-il quitté le campement par un chemin différent de celui par lequel les prisonniers étaient arrivés; il devait exister une autre issue à la vallée. Cependant, en son for intérieur, elle savait qu'il se trouvait dans sa tente. Qu'il y était resté terré. La veille, elle avait vu une jeune Chinoise y pénétrer et en ressortir tôt le matin.

Non, il ne les tuerait pas tous. Simple menace. Mais n'aurait-il pas à le faire pour sauver la face? Le commandant Hughes et quelques-uns des hommes s'interrogèrent : que faire si Léopard-des-Neiges était sérieux? Tirer à la courte paille?

– Les femmes sont exclues, déclara Allan Hughes.

– Absolument, ajouta précipitamment le colonel Higgins.

Était-il possible que ce soir l'un d'eux soit tué? Là, au cœur des montagnes chinoises, assassiné parce que aucun de leurs gouvernements n'avait réagi?

Un moment, Chloé fut plus en colère contre l'Amérique et les autres pays qui n'avaient pas versé la rançon que contre Léopard-des-Neiges qui les avait enlevés.

Tout le monde s'efforça d'agir comme si ce jour était pareil aux autres, mais à midi Léopard-des-Neiges traversa le village, ses pas soulevant la poussière. Il gardait le silence. Un murmure courut parmi les captifs; on le regarda, sans vouloir croire à sa menace.

– Le jour est venu, déclara-t-il. Aucun de vos pays ne s'est manifesté. L'un de vous mourra ce soir.

Un homme dont Chloé avait oublié le nom s'avança.

– A quoi cela servira-t-il? Les consulats n'en sauront rien. Cela ne les poussera pas à envoyer l'argent.

Léopard-des-Neiges haussa les épaules.

– Avant que vous ne soyez tués tous, ils le sauront. A minuit, l'un de vous donnera sa vie. Choisissez-le à votre guise.

On n'entendit que le grondement de la rivière. Le bandit tournait les talons pour regagner sa tente quand Chloé s'élança vers lui.

– Vous êtes un barbare! cria-t-elle. Oui, le qualificatif vous convient. Les Chinois ne sont que des barbares.

A son premier mot, il s'était immobilisé. Mais il ne se retourna que lentement; il souriait.

– Je savais que c'était vous! Un barbare, dites-vous? Vous vous croyez civilisée en agissant de la sorte? Aucune femme chinoise ne se tiendrait ainsi.

– Je ne suis pas chinoise et j'en suis heureuse. J'aurais honte que les hommes de mon pays soient de tels sauvages.

Elle tremblait de rage face à cet homme et ce qu'il leur infligeait.

Le regard étincelant, il s'approcha d'elle, baissa la voix :

– Souhaitez-vous vous sacrifier?

Oh, elle n'avait pas songé qu'il la choisirait pour première victime; il avait dit que ce serait à eux de choisir.

Il inclina la tête sur le côté.

– Avez-vous envie de jouer les héroïnes? Ou préférez-vous le martyre? Voulez-vous vraiment sauver ces gens? Eh bien, vous pouvez gagner du temps en attendant que les consulats envoient l'argent. Je vous offre une alternative. Je vous montrerai que je ne suis pas un barbare, ajouta-t-il avec un sourire machiavélique. Je vous montrerai qu'il existe d'autres moyens que la mort.

Nul ne l'entendit hormis Chloé, tant sa voix était sourde.

223

— Épargnez-leur la mort. Venez dans ma tente à neuf heures ce soir. Et faites-le savoir à vos compagnons. Dites-leur que vous les sauverez. En vous donnant à moi, vous leur permettrez de vivre.

Il eut un rire silencieux.

— Je n'ai jamais possédé une femme blanche.

— Non, souffla-t-elle, livide, la bouche sèche.

— Vous préférez les voir mourir un par un plutôt que coucher avec moi?

Il lui saisit le poignet, le serra.

— Vous me faites mal.

— Non, vous vous faites mal vous-même. Si vous ne venez pas me retrouver à neuf heures, l'un d'eux mourra à minuit. Vous avez la journée pour réfléchir. Sachez seulement que, si vous refusez, ils n'auront pas besoin de savoir que vous auriez pu épargner l'un d'eux. Seuls vous et moi serons dans le secret.

D'une torsion, elle dégagea son poignet. Léopard-des-Neiges la regarda longuement puis tourna les talons et s'éloigna.

— Qu'a-t-il dit? s'enquit Allan Hughes.

Incapable de répondre, Chloé gagna la berge ombragée de la rivière. L'eau qui cascadait sur les rochers scintillait sous le soleil et dégageait dans sa course violente des nuages de vapeur froide.

Si je refuse, serai-je un assassin, serai-je responsable d'une mort?

Personne ne la suivit. Les prisonniers restèrent entre eux, se demandant comment choisir le condamné de ce soir. Chloé n'entendit pas un mot du débat; elle ne prêtait l'oreille qu'au grondement de la rivière, sentant les éclats glacés qui pleuvaient sur sa peau par rafales.

Si elle refusait, ses compagnons ne le lui pardonneraient jamais. Ils n'avaient pas besoin de savoir, avait dit Léopard-des-Neiges. Mais *elle* saurait. Son corps était-il plus important qu'une vie?

Se retournant vers ce groupe qu'elle avait désormais pouvoir de sauver, elle vit Allan Hughes qui s'approchait. Il vint s'asseoir à côté d'elle, cueillit un brin d'herbe qu'il fit rouler entre ses doigts. Les bras serrés autour des genoux, elle plissait douloureusement les yeux sous le soleil aveuglant.

— Vous avez l'air épuisé. Portez-vous à ce point le poids du monde sur vos épaules?

224

– Oh, Allan, il m'a donné le choix. Je peux tous nous sauver. Tout du moins, une personne. Ce soir.

Hughes la dévisagea en silence. Elle n'avait pas besoin d'expliquer davantage, il avait compris.

– Je suis désolé, fit-il en lui prenant la main. Quoique j'admette, poursuivit-il avec un sourire, que dans une position semblable j'épargnerais des vies en échange de votre personne.

Surprise, elle le regarda.

– Je n'ai pas vraiment le choix, n'est-ce pas? finit-elle par demander.

– Vu ce que je devine de votre personnalité, non.

Sa voix était paisible, il lui lâcha la main.

– Dites-le-leur, vous, reprit Chloé, j'en suis incapable. Si je vais dans sa tente à neuf heures ce soir, personne ne mourra... tout au moins ce soir.

Allan ne bougea pas.

Ils demeurèrent assis plusieurs minutes, sans parler, elle contemplant la rivière, lui regardant la jeune femme.

– Qu'éprouverez-vous ensuite? questionna-t-il enfin. Je veux dire, dans votre être intime?

– Vous me surprenez, Allan. Vous êtes tellement plus sympathique que vous n'en aviez l'air dans le train. J'ignorais que les militaires pensaient à ce genre de choses.

– Ordinairement, je ne m'en soucie pas. Mais la situation n'est pas ordinaire.

– Sans doute me sentirai-je fière d'avoir sauvé quelqu'un.

– A vos dépens. C'est-à-dire, précisa-t-il désignant d'un mouvement de tête les captifs, que certains parmi eux vous jugeront immorale, vous le savez.

– Vous croyez? Ils ne tiendront pas compte du fait que je leur sauve la vie?

– La raison n'a pas grand-chose à voir avec les sentiments humains. Vous serez une femme sans morale. Une héroïne, certes, mais immorale quand même. Les Britanniques, surtout, le penseront. Drôlerie ou ironie, je parie que les missionnaires seront les plus compréhensifs; ils vous jugeront héroïque.

– Au fond, je me moque un peu de ce qu'on pensera.

– Vous avez raison, acquiesça Allan, posant la main sur son épaule. Vous êtes seule à devoir vivre avec vous-même.

225

– Allan, vous êtes destiné à devenir soit un grand général soit un rebut de l'armée. Vous n'êtes pas comme les autres.

S'efforçant de sourire, elle lui prit la main.

– Vous non plus, très chère, et c'est bien pour cela que Léopard-des-Neiges vous a distinguée. Avez-vous envisagé la réaction de votre mari ? interrogea-t-il après un silence.

– Il pensera que j'ai bien agi. Peut-on mettre en balance le fait de se donner à un homme et la vie d'un être ?

– Et si aucun secours n'arrive demain ? Ni après-demain ? Ou pendant six mois ?

– Peut-être que je ne lui plairai pas. Puis une fois ou cent fois, quelle différence une fois que je l'aurai fait ?

Cela fera-t-il de moi une concubine ? se demanda-t-elle.

– Dites-leur, Allan. Allez le leur dire pendant que je reste ici.

Dix minutes plus tard, Nancy accourait, les yeux brillants.

– Oh, Chloé, sacrée veinarde. Comme c'est romanesque ! et que c'est excitant ! Séduite par un seigneur de guerre chinois, et tellement beau en plus ! Comme je vous envie ! Ne se croirait-on pas dans un roman ? À notre retour, vous serez une héroïne. Oh, Chloé, c'est tellement palpitant !

Abasourdie, Chloé dévisagea sa compagne.

– Dites-lui, bafouilla Nancy, que s'il en veut une autre demain soir, je me porte volontaire. Quelle merveilleuse histoire ce serait à raconter chez moi. Et quelle allure il a... comme au cinématographe !

Merveilleuse histoire ! Une nuit avec un seigneur de guerre ! Ce n'était pas vraiment le genre d'article qu'elle s'était imaginé écrire.

Le reste du groupe fut divisé. Allan avait eu raison. La plupart des Anglais de sexe masculin protestèrent, clamant haut et fort qu'ils préféraient mourir pour l'honneur d'une femme. Les autres, en revanche, y compris les dames anglaises, soupirèrent de soulagement. Tout l'après-midi, un à un, ils vinrent remercier Chloé, lui exprimer leur admiration. Une héroïne.

Héroïne parce qu'un seigneur de guerre d'opérette n'avait jamais couché avec une Blanche.

Peu avant dîner, plusieurs des femmes qu'elle connaissait le moins l'approchèrent à leur tour. Elle s'apprêtait, dirent-elles, à faire un acte de compassion, mais l'inquiétude les tenaillait sur ce qui se passerait après une nuit, ou deux, si les consulats ne se manifestaient pas. Elles redoutaient que Léopard-des-Neiges ne les soumette une à une...

Chloé soupçonnait que ce n'était pas là le dessein de Léopard-des-Neiges. Il avait trouvé le moyen de l'humilier, elle, de lui montrer qu'en Chine les femmes étaient soumises aux hommes. Mais il avait aussi comparé sa chevelure à de la soie; peut-être le désir se mêlait-il à ses autres motivations. Non, il ne voulait pas toutes les captives. Elle ne répondit cependant pas aux femmes.

– Si vous lui plaisez, reprit l'une d'elles, peut-être vous appellera-t-il chaque nuit... ou en prendra-t-il une autre.

Chloé observa froidement les cinq visages anxieux.

– Vous me suggérez de m'efforcer de lui plaire, c'est ça?

L'une des plus jeunes abaissa les yeux, fort embarrassée.

– Oui, reconnut Mme Logan qui paraissait être la meneuse. Nous vous en implorons humblement. Puisque vous y allez de toute façon, pour une nuit...

Aussi aidèrent-elles Chloé à se baigner, à sécher ses cheveux qu'elles arrangèrent en torsades relevées sur sa tête. Elles lui pincèrent ensuite les joues pour en aviver la couleur; l'une alla jusqu'à offrir les boucles d'oreilles qu'elle portait au moment de leur enlèvement.

A neuf heures il faisait nuit, et les cinq femmes entouraient Chloé, pareilles à des planètes autour d'une flamme. Elle avait ôté sa chemise de nuit en haillons et ne portait que sa robe de chambre.

Allan Hughes brisa le cercle pour prendre la main de la condamnée. Une vestale menée au sacrifice. Le campement était silencieux. Tous les regards étaient braqués sur elle. Elle fut prise de nausée. Elle n'avait rien pu avaler au dîner. L'une des femmes arrangea encore une mèche qui s'était échappée de sa coiffure.

Sans oser les regarder, elle raidit le dos et partit vers le village, en direction de la tente de Léopard-des-Neiges. A ce moment-là, une rumeur monta parmi les prisonniers et Chloé se fit bel et bien l'impression d'être une héroïne de roman, qui allait donner son corps pour sauver une vie.

Personne ne vit la larme qui coulait sur sa joue, sans même qu'elle sache pourquoi. Elle n'avait pas peur. Elle était furieuse qu'un homme exerce un tel pouvoir sur elle. Sur eux tous. Mais elle songea qu'elle ne devait pas le montrer. Elle devait s'efforcer de lui plaire, par tous les moyens.

Et la question la traversa de savoir si un Chinois faisait l'amour comme un Américain.

26

Il était assis à son bureau, vêtu de son uniforme au col déboutonné. Ses yeux détaillèrent la robe de chambre en loques.

Chloé s'étonna d'éprouver plus d'émotion que de crainte. Il lui semblait avoir entendu dire que les Chinois n'embrassaient pas. Par quoi commencerait-il?

– Je remarque que vous aimez les vêtements chinois, fit-il.

A son claquement de mains, une servante apparut et s'inclina. Léopard-des-Neiges aboya si bien son ordre que Chloé n'en saisit pas le sens.

– Je suis désolé d'être responsable du dommage causé à vos habits, reprit-il quand la servante fut sortie. Je peux y remédier pour vous mais non pour les autres.

La servante revint portant sur les bras, soigneusement pliée, une magnifique soie pourpre. Léopard-des-Neiges s'en empara et la déplia, révélant une robe élégante qui chatoyait à la lueur de la lampe.

– Elle appartient à l'une de mes épouses, expliqua-t-il.

Par-dessus son bureau, il la lança à Chloé qui l'attrapa. L'étoffe douce et lustrée lui caressa les mains.

– Elle est à vous maintenant.

– Vous avez plusieurs épouses?

– Évidemment. Quatre.

Quatre femmes!

– Je vous laisse un moment afin que vous puissiez vous changer. J'ai à faire. A mon retour, nous souperons, annonça-t-il en se levant de son siège. Cela vous plairait-il? Faisan...

– Oui, coupa Chloé, si affamée qu'elle eut dans la bouche le goût de la volaille. Cela me plaira beaucoup. Et s'il savait mieux courtiser une femme qu'un Américain?

Il quitta la tente en riant.

En l'absence de miroir, elle ne put se regarder, elle savait néanmoins que la couleur pourpre allait à ses yeux. Léopard-des-Neiges avait choisi la couleur pour elle, rien que pour elle. La soie lui caressait la peau.

– Pas un geste, lança derrière elle une voix dure.

Elle entendit se rabattre la portière de la tente puis devina qu'on s'avançait derrière elle.

– Maintenant, tournez-vous.

Elle s'exécuta, lentement, et pour la première fois de la soirée elle connut la peur. Un homme de sa taille, aux yeux noirs embrasés par la colère, lui braquait un pistolet sur le cœur.

Involontairement, elle porta les mains à sa poitrine.

– Les bras le long du corps, ordonna le soldat.

A ses épaulettes, elle identifia un officier. Il passa derrière elle et enfonça le canon de son arme dans ses côtes.

– Un mot, un geste... prévint-il.

Il n'eut pas besoin d'achever sa phrase. Ils restèrent ainsi, Chloé s'efforçant de ne pas trembler, durant ce qui parut une éternité.

– Alors c'est vous qu'il s'offre pendant que nous autres attendons dehors? articula-t-il enfin. Pendant que nous attendons que les chiens d'étrangers nous attaquent, pour que *lui* baise une Blanche! Il espère peut-être que ça impressionnera vos consulats! Envoyez l'argent ou on vous prendra vos femmes! Quelle menace! Un gouvernement se fiche de ce qui arrive aux femmes! Il aurait dû nous laisser tuer un homme ce soir. Le décapiter devant les autres. Ou le garrotter, encore mieux. Le faire mourir à petit feu! sous vos yeux. Voilà de quoi flanquer la trouille. Là, ils commenceraient à craindre les Chinois. Mais non, il a fallu qu'il vous ait, vous!

Chloé ne pouvait plus contrôler son tremblement.

– Qu'allez-vous faire? demanda-t-elle.

L'homme émit un son dur qui devait être un rire.

– Prendre les rênes. Me débarrasser de lui, qu'est-ce que vous croyez? Puis on exécutera un d'entre vous. Et si je vous veux vous ou une autre, si n'importe lequel des officiers veut une Blanche, il l'aura. Nous en tuerons un autre demain soir...

Tandis que cette voix menaçante la torturait, il sembla à Chloé entendre des pas, lointains d'abord. L'homme les perçut lui aussi et se tut.

– Pas un geste, souffla-t-il.

Collé à elle, il la présentait de pleine face à la portière vers laquelle il braquait son pistolet.

Le rideau remua avant que la main de Léopard-des-Neiges ne l'écarte. A cet instant, profitant que l'attention de son geôlier était rivée sur l'entrée, Chloé d'un bond lui échappa et, lui frappant le bras, le déséquilibra. Comme il avait le doigt sur la détente, une balle partit dans le ciel de tente. Chloé qui avait fait volte-face leva le genou et lui porta un coup dans l'entrejambe. Avec un cri de douleur, il se plia en deux et tomba sur le côté.

Léopard-des-Neiges fut auprès de lui aussitôt.

Étourdi, l'homme gémissait mais la haine flambait encore dans ses yeux souffrants.

– Qu'avez-vous fait? questionna Léopard-des-Neiges à l'adresse de Chloé.

Elle tremblait si violemment qu'elle fut incapable de répondre. Il lui prit le bras, la secoua.

– Arrêtez! Que s'est-il passé?

– Il... il allait vous t-t-t-tuer, bégaya-t-elle d'une voix à peine audible.

Léopard abaissa le regard vers l'homme recroquevillé à terre.

– Qui est-ce? interrogea Chloé, s'efforçant de recouvrer son contrôle.

– Wang est l'un de mes meilleurs officiers, répondit-il sans une once d'émotion. Un lieutenant dans lequel j'ai toute confiance. C'est vrai? demanda-t-il à celui-ci.

De nouveau, la haine flamboya dans le regard de l'homme. Il tendit les jambes, tenta de se relever.

– Tu n'es pas un chef, cria-t-il. Tu es faible. Les femmes. L'opium. Tu te soucies plus de tes plaisirs que de l'argent dont nous avons besoin. Oui, c'est vrai.

– Pourquoi ne m'en as-tu pas parlé? s'enquit Léopard d'une voix égale.

– Ha! railla le mutin. Tu crois qu'on prend des décisions en raisonnant? Mais trop penser rend impuissant.

– Que va-t-il lui arriver? interrogea Chloé.

Léopard-des-Neiges jetterait certainement son lieutenant en prison, il n'avait pas le choix.

— Tu m'aurais tué? demanda-t-il à Wang.

— Je le ferais encore, lança Wang, le défiant du regard.

— Va-t'en, ordonna Léopard.

Surpris, l'officier parvint laborieusement à se redresser
et commença de se diriger vers la porte. Quand la balle
de Léopard-des-Neiges l'atteignit, il n'eut pas même le
temps de se retourner avant de s'effondrer.

Dans les secondes qui suivirent, un jeune homme
accourut.

— Aide-moi, Lao, fit son chef. Débarrassons-nous de lui.

Le jeune homme lança un regard perplexe à son supérieur, puis à Chloé, avant de saisir les jambes de Wang
tandis que Léopard-des-Neiges prenait le mort sous les
aisselles. Il sortirent de la tente, Chloé demeura seule.

— Mon Dieu, souffla-t-elle à voix haute.

Elle s'assit au bureau, la tête entre les mains, espérant
ne pas se mettre à pleurer.

Léopard-des-Neiges fut de retour en moins de cinq
minutes. Une jeune femme le suivait, servilement cour-
bée et portant un plateau. Le maître des lieux s'adressa à
Chloé comme si rien ne s'était passé.

— Avez-vous déjà goûté notre vin?

— Non.

Elle aurait dû être horrifiée mais ne put s'empêcher de
se sourire à elle-même. Il veut me montrer qu'il n'est pas
un barbare. Dans une situation aussi incongrue, il sauve
la face.

Léopard-des-Neiges s'assit sur la peau d'ours et invita la
jeune femme à l'imiter; ce n'était pas aisé du fait de
l'étroitesse de la robe.

— J'ai goûté des vins français, déclara-t-il. Les nôtres ne
peuvent se comparer à ceux d'Europe, je l'admets, mais
j'en ai un qui n'est pas mauvais. Un vin de riz.

Avant de se retirer, la servante déposa le plateau sur
une table où se trouvaient déjà une carafe et deux petits
gobelets de la plus fine procelaine.

— Servez-nous, invita Léopard-des-Neiges.

Chloé obéit. Le liquide doré chatoya à la lueur de la
lampe. Étrangement, elle n'éprouvait ni peur ni haine.
Elle ne craignait pas qu'il lui fasse du mal, qu'il fût
sadique. Il avait tué Wang promptement. Et de temps à
autre, il avait l'air d'un gamin qui fait l'intéressant.

– Je sais que vous n'avez pas bien mangé ces jours-ci, fit-il.

Quand il frappa dans ses mains, trois jeunes femmes pénétrèrent sous la tente avec de grands plateaux sur lesquels fumaient les plats. Le faisan rôti à point embaumait; des légumes verts et orange étaient disposés sur un lit de riz; de minuscules crevettes enrobées de farine de riz et des champignons baignaient dans une sauce blanche.

Léopard-des-Neiges considéra la jeune femme d'un œil amusé et, souriant, leva son verre.

– A ma très honorée invitée, murmura-t-il.

Du fait de ce qui s'était passé quelques minutes plus tôt, Chloé ne put retenir un rire. Il tenait à lui montrer qu'il était aussi civilisé que ceux qu'elle fréquentait et, d'une façon qu'elle ne savait définir, elle appréciait son geste. L'idée choquante que la soirée pourrait être plaisante la traversa.

Et que ces plats sentaient bon! Le soin apporté à leur préparation révélait que Léopard-des-Neiges n'avait pas douté de sa venue.

– J'ai faim, déclara-t-il, s'emparant d'une crevette. D'habitude, je mange beaucoup plus tôt.

Elle eût aimé se tenir en dame, ne pas se montrer affamée, mais elle plongea sur la nourriture délicieuse et l'engloutit.

– Toutes les femmes étrangères sont-elles comme vous? interrogea Léopard-des-Neiges.

– Pas plus que tous les hommes chinois ne vous ressemblent.

Il sourit, révélant des dents régulières et fort blanches.

– Les femmes en Chine sont là pour servir les hommes, dit-il.

– Je le sais, et cela m'attriste.

– De la tristesse? Je ne comprends pas.

– Les femmes en Amérique, en Europe et dans tous les pays *civilisés* (elle appuya sur le mot) sont des êtres humains comme les autres, qui méritent la considération. Nous avons le droit de vote, de dire notre mot sur la façon dont est gouverné notre pays. Nous pouvons même être élues.

– Et dire aux hommes ce qu'il faut penser? ironisa Léopard-des-Neiges.

– Non, nous n'avons pas à nous dire mutuellement quoi penser. Chacun pense par lui-même.

Il la dévisagea avec curiosité.

– J'ai l'impression que vous croyez à ce que vous dites. Eh bien, nous, nous n'avons rien de tel. Personne ne vote. Comment voterions-nous quand la plupart d'entre nous n'ont ni éducation ni savoir? C'est impossible.

– Je sais, acquiesça Chloé. Peut-être voterez-vous un jour. Le scrutin est un signe de liberté pour un peuple. Grâce à lui, les gens décident de la façon dont sera gouverné leur pays.

– L'Empire céleste a vécu avec ses coutumes des milliers d'années avant que vous n'existiez.

– Vous n'avez pas vécu mais survécu, contra Chloé. En Chine, l'individu est condamné à la misère, à la servilité. Personne ne choisit sa vie.

– J'ai choisi la mienne. Je suis seigneur de guerre. Je suis important.

– Vous êtes cultivé, à l'évidence vous êtes né dans un milieu où il y avait de l'argent. Vous faites partie des privilégiés.

Repue comme elle ne l'avait pas été depuis des semaines, Chloé avait cessé de manger; elle but un peu de thé au parfum de chrysanthème.

J'ai sauvé la vie de cet homme, pensa-t-elle, détaillant le visage finement ciselé, les ombres que projetait la lanterne sur la peau dorée. Je l'ai vu tuer un homme. A présent il va me séduire. Mais il ne se conduira pas en barbare. Le soupçon lui vint que, pour aussi fruste qu'elle eût considéré Léopard-des-Neiges, il avait compris quelque chose qui avait échappé à bien des hommes. En l'engageant dans une conversation, en agissant comme s'il s'intéressait à ce qu'elle avait à dire, en établissant une relation, il la courtisait. Et elle se surprenait à ne pas être indifférente.

– Si vous étiez chinoise, vous ne seriez pas autorisée à vous conduire comme vous le faites.

– Mme Sun Yat-sen le fait bien.

Peut-être n'avait-il idée de qui elle parlait.

– Oui. Elle a été élevée dans votre pays.

Ah, il n'était pas totalement ignorant.

– Quand on a goûté la liberté de mon pays, on ne peut redevenir un vassal.

Léopard-des-Neiges changea de position et croisa les jambes, Chloé le trouva très masculin malgré la robe longue contre laquelle il avait troqué son uniforme.

– Les femmes de chez vous, que font-elles si elles ne servent pas les hommes?

– Pour commencer, nous élevons nos enfants.

– Comme les femmes d'ici.

– Mais aux États-Unis, c'est une tâche qui incombe aux deux parents. La femme a son mot à dire sur les enfants autant que l'homme. Je reconnais qu'ils habitent là où l'homme a son travail. La femme fait la cuisine, la couture, le ménage...

– Eh bien? Quelle différence avec mon pays?

– Nous ne travaillons pas aux champs.

Elle se rendit compte aussitôt qu'elle mentait. Les femmes des fermes de l'Iowa ou des ranches du Montana travaillaient aux côtés de leur mari. Cependant, elle ne se dédit pas.

– Nous ne sommes pas les servantes des hommes. Nous parlons quand nous le voulons. Et parfois les femmes ont un emploi.

– Comme les Chinoises. Elles travaillent parfois dans des magasins, parfois à la vente ambulante des légumes, parfois dans les bordels...

– En Amérique, les femmes qui travaillent sont payées. Elles ont leur propre argent. Certaines habitent seules.

– De leur propre volonté? demanda-t-il, interloqué.

– Souvent. Quelquefois c'est parce qu'elles n'ont pas trouvé à se marier, ou parce qu'elles sont veuves.

– Et vous, fit-il regardant ses seins, vous avez vécu seule?

– Non, reconnut Chloé. J'ai vécu chez mon père puis chez mon mari.

Elle était incapable d'envisager son existence sans Slade. Sans un homme.

– Mais il y a une différence. Je n'ai pas de belle-mère pour me régenter. Je suis maîtresse sous mon toit. Mon époux peut me manifester sa tendresse. Nous sommes amis également.

– Amis? répéta Léopard-des-Neiges avec un rire sonore. Un homme et une femme?

– Amis et amants.

– L'amour. Quelle idée étrange. Vous croyez que l'amour existe entre un époux et sa femme?

– Pas vous?

– En Chine, nous épousons des femmes que nous n'avons jamais vues. Elles ont des enfants, font la cuisine, nous aident... mais l'amour?

– Vous le réservez donc à vos concubines?

Jamais elle n'avait eu pareille conversation.

– Les concubines comblent un besoin, répondit-il avec un sourire. Un besoin physique. Il est vrai parfois que nous sommes consumés de désir. Mais le désir n'est pas l'amour. Comment définissez-vous ce mot... amour?

Chloé prit le temps de réfléchir avant de répondre :

– C'est le sentiment le plus fort au monde. Il existe maintes sortes d'amour. J'éprouve de l'amour pour ma famille – mes parents, mes frères et sœurs. J'aime mes amis. J'aime mon pays. Mais l'amour dont je vous parle est l'amour essentiel entre un homme et une femme. Le sentiment que l'on n'est pas tout à fait entier en l'absence de l'autre. Le sentiment que je ferais n'importe quoi pour mon mari, et lui pour moi. Le sentiment que nous partageons une intimité telle que nous ne l'aurions avec personne d'autre. La confiance... le sentiment que l'on oserait n'importe quoi pour l'amour. Je donnerais ma vie pour mon époux si cela devait le sauver. Et je sais qu'il ferait de même pour moi.

– Grotesque! railla Léopard-des-Neiges. Donner sa vie pour une femme!

– Il est bien des choses pour lesquelles vous donneriez votre vie, sinon vous ne seriez pas seigneur de guerre. Vous aspirez au danger des batailles. Vous ne courez pas ces risques seulement pour l'argent. Pour le pouvoir peut-être. Mais vous paraissez également avoir de l'amour pour votre pays et votre peuple.

– C'est différent, sans rapport avec l'amour.

– L'amour de son pays?

– Je veux bien mourir pour protéger mes villages, ma province. Mais c'est pour l'honneur. L'honneur vaut qu'on meure pour lui.

– L'honneur vaut qu'on lui sacrifie sa vie mais les gens ne le valent pas? Vous souhaitez mourir pour sauver la face mais non par amour?

Se mordant la lèvre, Léopard-des-Neiges réfléchit.

– J'aime peut-être certaines personnes, dans la mesure où vous donnez un sens large à ce mot. Je crois que j'aimais Wang. Et, selon votre interprétation, j'aime certaines idées. Mais certainement pas une femme. Je peux en trouver beaucoup pour faire la cuisine, le ménage, et même satisfaire mes besoins physiques. Pour cela, je préfère une femme qui se tait. J'apprécie qu'elles soient jeunes et jolies, désireuses de me plaire. Mais au bout d'une heure ou deux je ne me soucie plus d'elles. J'ai envie qu'elles s'en aillent. Les femmes sont... on peut se passer d'elles.

Chloé se demanda si beaucoup d'hommes pensaient de la sorte.

– Vous ne parlez jamais avec des femmes?

– Que faisons-nous en ce moment?

Il se leva et se mit à arpenter la tente.

– Je veux dire, avec des Chinoises, insista Chloé.

– Et de quoi parlerais-je avec elles? s'exclama-t-il sans regarder son interlocutrice.

– Je ne sais pas. De ce que vous pensez. De ce que vous ressentez. De ce qui occupe votre âme.

Perplexe, Léopard-des-Neiges conserva le silence durant plusieurs minutes.

– Je n'imagine pas de confier mes pensées à une femme, dit-il enfin. Elle ne comprendrait pas.

– En ce cas, qu'éprouvez-vous pour les femmes?

Il ne regardait toujours pas Chloé.

– Ce que j'éprouve? répéta-t-il pour lui-même. Ce sont des êtres humains, bien sûr. Mais destinés à servir les hommes. Elles n'ont pas besoin d'être éduquées. Elles ont des sentiments, certes, mais elles sont aux ordres des hommes. Dans les guerres, ce sont des prises de valeur, nous ne les tuons pas.

– C'est cela que vous éprouvez quand vous leur faites l'amour? interrogea Chloé avec une audace qui la stupéfia.

– Leur faire l'amour? Ah, je comprends. C'est ainsi que vous appelez ça? Il n'est pas question d'amour. Les femmes sont là pour soulager nos besoins physiques.

– Alors pourquoi avez-vous offert d'épargner une vie pour m'avoir? questionna Chloé. Vous pouvez avoir toutes les femmes que vous voulez. Pourquoi est-ce moi que vous désirez, et non une autre, une qui aurait été contente de vous satisfaire?

Les pupilles de Léopard-des-Neiges s'étrécirent.

– Comment savez-vous que vous n'y trouverez pas satisfaction?

– Parce qu'à l'évidence ce n'est pas votre préoccupation. Vous ne prenez pas en compte les désirs d'une femme... ses...

– Les désirs d'une femme? répéta-t-il en riant. Plaire à une femme?

237

Il fixa Chloé et celle-ci n'abaissa pas les yeux – qu'elle soit damnée s'il croyait l'intimider.

– Vous m'avez sauvé la vie ce soir, reprit Léopard-des-Neiges, le visage inexpressif. Sans vous, je serais mort à la place de Wang.

– Vous l'avez tué avec une rapidité terrifiante.

– La justice chinoise est prompte.

Oui, elle avait déjà entendu cela.

– Si je ne vous touche pas, me promettez-vous de ne rien dire de ce qui s'est passé ici ? Je ne veux pas que le reste de mes hommes soit au courant pour Wang. Certes, ils se rendront compte qu'il a disparu. S'il y avait complot, les autres seront prévenus. S'il a agi seul, c'est sans importance. Vous viendrez me retrouver chaque soir, mais vous ne direz à personne que je ne vous ai pas touchée. Pour tout le monde, vous feindrez que nous avons passé la nuit au lit.

Chloé dut serrer les dents pour ne pas rester bouche bée face à ce discours.

Léopard-des-Neiges continua de la détailler de la tête aux pieds, avant de sourire.

– Ce ne sont pas vos pieds qui me gênent, reprit-il. Je suis pour les grands pieds. Bander ceux des femmes est une coutume barbare.

Elle eut envie de l'interrompre, de lui demander en quoi les bandelettes infligées aux femmes lui importaient puisqu'il les considérait comme peu de chose. Sans doute devina-t-il sa question.

– J'estime que les femmes sont des êtres humains, et je suis contre la souffrance, la souffrance inutile. Je suis contre les mutilations car elles empêchent de travailler. Je suis dégoûté quand je vois des femmes boiter, à peine capables de se mouvoir. Voyez, je suis humain. Je vous explique cela afin que vous sachiez que ce ne sont pas vos grands pieds qui me répugnent.

Il me trouve répugnante ? s'interrogea Chloé. Le soulagement qu'elle avait éprouvé un moment plus tôt se teintait d'un déplaisant sentiment de rejet.

– Votre peau est trop blanche, vos seins trop volumineux. Vous n'avez pas l'ossature délicate des Chinoises. Vous êtes trop grande. Aussi grande que bien des hommes. Je n'ai pas de désir pour vous.

Il fallut un instant à Chloé pour assimiler ses paroles. Elle n'aurait pas à coucher avec lui. Elle respira avec davantage d'aisance.

– Je ne suis pas un barbare, continua-t-il. Je ne prends pas une femme blanche qui ne me veut pas. Je n'éprouve pas de désir réel pour une femme qui me juge déplaisant. J'ai conscience de la noblesse de votre acte... que vous êtes venue afin de sauver les vies de vos compatriotes. J'admire cela.

« De surcroît, maintenant que je vous dois la vie, il ne me déplairait pas d'entendre encore parler du monde extérieur. Pourquoi m'avez-vous sauvé alors que vous connaissiez mes intentions envers vous?

– Entre deux maux, j'ai choisi le moindre, répondit Chloé, s'autorisant un sourire.

Léopard-des-Neiges médita cette réponse.

– Jurez sur ce que vous avez de sacré que vous ne direz jamais à quiconque que je ne vous ai pas violée.

Il semblait quêter sa promesse.

– Vous ne voulez pas perdre la face, n'est-ce pas?

Il étudia ses ongles puis reporta le regard sur elle.

– Quelles que soient mes raisons, tenez-vous à les connaître? Je vous demande de ne jamais dire à personne, sous aucun prétexte, que nous n'avons pas baisé.

Le terme argotique la hérissa.

– Je précise, même quand vous aurez été secourus – car, évidemment, la rançon finira par être versée : vous ne direz à personne que je n'ai pas...

Chloé croisa les mains et fixa son interlocuteur.

– Je vous remercie et je promets sur ce que j'ai de plus sacré de n'en souffler mot à âme qui vive. Le monde croira que nous avons fait l'amour. Je vous le promets. Et encore une fois, je vous remercie.

Le regard de Léopard-des-Neiges se promena au ciel de la tente.

– Inutile de me remercier. C'est peu de chose comparé au fait que vous m'avez sauvé la vie.

Le silence s'installa, puis Léopard-des-Neiges se leva et gagna un coin de la tente où il attrapa un objet qu'il tendit à Chloé.

– Voilà une pièce du butin que mes hommes ont ramassé dans le train. On dirait une sorte de jeu, c'est exact?

– C'est un jeu de cartes, en effet.

– Apprenez-moi à jouer. Je suis fatigué d'avoir tant parlé en une soirée.

Il s'assit face à Chloé, disposa le jeu entre eux et

regarda la jeune femme de l'air d'en attendre des directives.

– Auriez-vous vraiment tué ces hommes un à un ? interrogea-t-elle.

Il eut un haussement d'épaules.

– Tout aurait dépendu de mon humeur. Allons, apprenez-moi à jouer.

Si le soulagement envahit Chloé, elle songea en même temps qu'il devait être plaisant d'apprendre à embrasser à un Chinois.

27

La deuxième nuit, il lui demanda comment la traitaient ses compagnes de captivité à présent qu'elle s'était donnée à lui.

Chloé réfléchit un moment avant de répondre.

– La plupart sont désolées pour moi. J'ai l'impression qu'elles s'efforcent de me réconforter. Quelques-unes me traitent comme... oh, je ne sais pas. Certaines me remercient et d'autres doivent penser que je me plais avec vous, que j'agis de façon immorale.

– Vous leur sauvez la vie, pourtant. Est-ce vrai, ajouta-t-il après une hésitation, que vous vous plaisez en ma compagnie?

– C'est la vérité, admit-elle avec un sourire. A ma propre surprise. Je passe un moment agréable avec vous. Même si je crois que nous ne nous comprendrons jamais l'un l'autre, étant de cultures fondamentalement différentes.

– Sans doute ne nous comprenons-nous pas, répondit Léopard-des-Neiges, se levant pour faire les cent pas comme à son habitude, mais nous pouvons découvrir d'autres usages que les nôtres. Ces gens... celles-là qui jugent que vous vous conduisez mal alors que c'est le prix de leur survie, ne peuvent-elles admettre d'autres principes que les leurs?

– Je suppose que non. Quelques-unes doivent estimer que la mort est préférable à l'adultère.

Il pesa un moment les mots de Chloé.

– Vous ne leur avez pas dit la vérité?

– Bien sûr que non. C'est notre secret.

Léopard-des-Neiges se prit à rire.

– Donnez-moi le nom de l'une de ces femmes.

– Mme Wilkins. Une femme à la mine revêche qui juge sans doute que tout ce qui n'est pas décrété par son dieu est mal.

Après un nouveau dîner somptueux, il demanda à Chloé de lui parler de l'Amérique. Il fut surpris d'apprendre que la grande majorité des enfants allaient à l'école et n'avaient pas à travailler, stupéfait par la livraison de lait à domicile, étonné de savoir que beaucoup de gens possédaient des automobiles, que les trains sillonnaient le pays, que les Américains jouissaient de loisirs, pique-niques, vacances, que les femmes puissent marcher seules dans les rues en toute sécurité. Il douta presque du cinématographe. Il eut peine à croire que des gens avaient la peau noire, que l'on patinait sur la glace, qu'on s'embrassait, que des femmes portaient des robes si courtes qu'on voyait leurs jambes. Et qu'on avait des chiens pour animaux de compagnie. Il eut une moue de désapprobation lorsque Chloé précisa :

– Quand j'étais petite, mon chien dormait avec moi, sur mon lit.

L'eau au robinet, l'herbe autour des maisons, les tondeuses à gazon, et les villages qui n'avaient pas besoin d'hommes ni de fusils pour les protéger le laissèrent incrédule.

Le matin arriva.

– Dites-leur que vous ne viendrez peut-être pas me rejoindre ce soir, fit Léopard-des-Neiges.

Chloé lui adressa un regard d'incompréhension.

– Mme Wilkins ne vous critiquera plus. J'y veillerai.

– Ne lui faites pas de mal, supplia la jeune femme.

L'amusement brilla dans ses yeux quand il répliqua :

– Après tout, je ne suis pas un barbare. Quoi qu'il en soit, en réalité, si nous n'avons pas de nouvelles des consulats aujourd'hui, je vous attendrai à neuf heures. Ce soir, il sera temps de parler politique.

Le seul à qui Chloé se confiât était Allan Hughes.

– Il n'est pas comme nous le pensons, lui dit-elle. Sa propension à la cruauté semble faire partie des mœurs chinoises, mais il s'est conduit en gentleman avec moi. Cela n'a pas été... déplaisant. Il pose beaucoup de questions sur l'Amérique. Bien que ce soit quelqu'un que je ne comprendrai jamais, un homme qui me dégoûterait si je le rencontrais aux États-Unis, je ne déteste pas Léopard-des-Neiges.

– Vos paroles ne reviennent-elles pas à faire l'apologie d'un violeur? interrogea Allan.

– Ce fut la moindre part de la soirée, fit-elle avec prudence. Nous avons surtout parlé.

Plus tard cet après-midi-là, l'un des soldats, l'épée au côté, descendit jusqu'à l'entrée des grottes. Là, il se mit à crier, sans attendre d'interprète, et fit son discours d'une voix rapide avant de rebrousser chemin.

L'un des hommes qui comprenait le chinois blêmit et se tourna vers les autres.

– Il a annoncé que, puisque Mme Cavanaugh avait refusé de revenir sous la tente du chef, l'un de nous sera tué à minuit. Il a désigné la victime... ce doit être M. Wilkins.

Un silence de plomb tomba sur les prisonniers et tous les regards convergèrent vers Chloé. Pourquoi ne leur avait-elle rien dit?

Soudain un gémissement s'éleva et Mme Wilkins s'écroula à terre. Un instant Chloé fut aussi surprise que tout le monde. Puis elle comprit. Léopard-des-Neiges donnait une leçon à la médisante, pour le bien de Chloé.

Son bien à elle.

Elle eut peine à réprimer un sourire. Il lui faisait une faveur.

Nancy et Amy se précipitèrent vers elle.

– Oh, Chloé, vous avez dit non? s'exclama Nancy. Lui avez-vous dit que moi je viendrais? Vous n'allez pas laisser mourir M. Wilkins!

Harold Wilkins, un homme quelconque qui travaillait pour la Standard Oil, et son épouse avaient passé leur vie en Chine à tenter de convertir les païens, bien qu'ils ne fussent pas missionnaires. Chloé soupçonnait Madame de penser toujours le pire d'autrui.

Les captives se pressaient autour d'elle, quelques-unes l'assurant de leur compréhension, quand, tout à coup, Mme Wilkins courut à elle, se jeta à ses pieds, agrippa le bas de sa robe et se mit à la supplier, à l'implorer de retourner sous la tente de Léopard-des-Neiges. Plus tard, celui-ci rirait bien quand elle lui raconterait la scène.

Le soir il fit comme à son habitude les cent pas sous sa tente; parfois il s'asseyait, les jambes croisées, pour fumer une cigarette en fixant intensément l'Américaine. A d'autres moments, il s'allongeait sur le tapis de fourrure, les mains sous la tête. Et il questionnait, et il écoutait.

– Avez-vous tué beaucoup de gens? voulut savoir Chloé.

– Évidemment, fit-il comme si cela n'avait aucune importance.

– Combien?

Elle se demandait s'il était réellement mauvais car il lui apparaissait souvent comme un enfant curieux, avide d'assimiler maintes choses nouvelles. Pour elle, le meurtre était le mal, et cependant Léopard-des-Neiges n'avait à ses yeux rien d'une incarnation diabolique.

– Je ne sais pas. Des centaines. Peut-être plus.

– Pourquoi avez-vous tué?

– Pour les raisons normales, ordinaires.

– Je n'arrive pas à penser qu'il existe des raisons normales! A moins que les gens ne soient des hors-la-loi, ou de méchantes personnes, on ne les tue pas dans mon pays.

– J'ai entendu dire que l'Amérique est un pays violent. Mais ce soir, parlons de mon pays.

Et de questionner sa captive sur Tchang Kaï-chek et Sun Yat-sen dont la mort remontait maintenant à près de deux ans. Chloé parla de Ching-ling, de Nikolai, de ce qu'ils tentaient d'accomplir. Elle évoqua leur vain espoir d'unifier la Chine. Léopard-des-Neiges l'interrogea sur les Japonais en lesquels il n'avait aucune confiance et auxquels la Société des Nations avait accordé la province où ils se trouvaient. Il estimait qu'il ne revenait pas à un gouvernement étranger de donner une terre appartenant à l'Empire céleste.

Leur conversation fut interrompue par des coups de feu et des cris dans le lointain. Léopard-des-Neiges bondit sur ses pieds, en alerte. A grands pas il quitta la tente et Chloé entendit sa voix assourdie crier quelque chose qu'elle ne comprit pas.

Il fut bientôt de retour. Sans la regarder, il s'empara de son ceinturon qu'il avait laissé sur le siège, s'en harnacha, se saisit de son fusil, enfila ses bottes. Alors seulement il posa les yeux sur sa prisonnière.

– Vous allez être secourus, dit-il. J'ai joué et j'ai perdu. Je ne pensais pas qu'ils préféreraient courir le risque de sacrifier quelques vies plutôt que de verser la rançon. Sauver la face est peut-être aussi important dans votre pays que dans le mien.

– Où allez-vous?

– En un lieu où mes hommes seront en sûreté. Où il en tombera aussi peu que possible. L'un a déjà trouvé la mort au sommet de la montagne. C'était le premier coup de feu que nous avons entendu. Vos armées arrivent à cheval. Ils n'y voient rien car il n'y a pas de lune, cela va les ralentir. Je vais là où nous ne nous rencontrerons plus.

Il s'approcha de la jeune femme.

– Si j'avais trouvé quelque autre moyen de résoudre nos problèmes, nous n'aurions pas eu ces trois nuits ensemble, fit-il, accrochant son regard. Et cela, je ne le regrette pas.

– Je ne vous approuve pas, vous le savez, répondit Chloé. Mais j'ai pris plaisir moi aussi à ces trois nuits. J'ai découvert la mentalité chinoise, tout au moins l'esprit d'un Chinois, comme je ne l'avais encore jamais fait.

Dehors, c'étaient des hurlements, des bruits de course, des hennissements de chevaux.

Chloé fut stupéfaite de se sentir peinée du départ de son geôlier.

Celui-ci lui effleura la joue puis s'empara de sa main, la prit dans le creux de la sienne, paume contre paume, la considéra un instant avant de refermer les doigts sur elle. Relevant les yeux, il sourit.

– Vous êtes la première femme que j'ai considérée en... en être humain.

Il secoua la tête comme pour effacer ce qu'il venait de dire.

– Je veux dire, comme un homme. Comme quelqu'un de valeur.

Sur ces mots, il se saisit de sa veste et partit, avalé par la nuit, par le tumulte du dehors.

Chloé ne bougea pas. Qu'ils viennent la chercher ici, sous la tente de Léopard-des-Neiges. Où un homme l'avait questionnée, écoutée. Où il lui avait donné pouvoir de vie et de mort. Où – quelle ironie ! – pour la première fois de sa vie elle s'était sentie réellement importante. Et tout cela lui avait été accordé par un Chinois qui jusqu'alors n'avait considéré la femme que comme servante et objet.

28

Il leur fallut deux jours à cheval pour retourner au lieu où les attendaient quelques wagons de chemin de fer. Leur groupe offrait une curieuse image, tout débraillé et loqueteux en vêtements de nuit, et l'on ne cessa de rire et de plaisanter durant le trajet. A présent qu'ils étaient sauvés, qu'ils avaient été traités à peu près correctement, ils rodaient, auprès des forces britanniques et américaines, les récits qu'ils conteraient à leurs enfants et petits-enfants et à tous ceux qui leur prêteraient l'oreille dans les années à venir.

Quand ils atteignirent Shanghaï – deux cents Occidentaux dépenaillés qui se déversèrent du train –, ils se découvrirent héros, Chloé en particulier.

Lou fut la première personne qu'elle reconnut.

– Où est Slade? demanda-t-elle en l'étreignant.

– Oh, dans le coin, répondit le journaliste qui se défit de son imperméable pour en envelopper les épaules de la jeune femme. Nous étions morts d'inquiétude pour vous.

Chloé cherchait son mari dans la cohue qui envahissait la gare.

– Vous êtes déjà une légende, lui annonça Lou.

Haussant un sourcil interrogateur, elle le regarda.

– La femme qui s'est sacrifiée pour sauver ses compagnons.

– Oh...

Elle eut un haussement d'épaules et se remit à scruter la foule. Les paroles du journaliste lui donnaient le sentiment d'une imposture.

246

Enfin, elle aperçut Slade qui agitait la main vers elle, lui criait des mots qu'elle n'entendit pas.

— Pendant plus d'une semaine, il n'a même pas su que vous aviez été enlevée, la prévint Lou. Il était parti pour Nankin peu après votre départ, et il n'a rien su. Dès qu'il a été au courant, il voulait aller vous sauver lui-même, ou envoyer des avions à votre recherche.

Bien sûr. Cela ressemblait si bien à Slade. Slade qui fut bientôt près d'elle, pour l'enlacer et murmurer « ma chérie » dans ses cheveux.

La pression de la foule devenait insupportable.

— Filons d'ici, fit Slade, prenant la main de sa femme.

— Je reste pour discuter avec les autres, offrit Lou.

— Moi j'emmène à la maison celle qui détient le plus croustillant des témoignages, répliqua Slade. En route! Oh, attends...

Il ôta l'imperméable de Lou des épaules de Chloé et lui signifia d'enfiler les manches. Elle fut bientôt complètement enveloppée dans le vêtement beaucoup trop grand.

— Filons avant qu'on voie de quoi tu as l'air.

Tout le monde a le même air, songea Chloé, se laissant entraîner. Il a honte de moi, de la façon dont je suis habillée – déshabillée plutôt. Il ne veut pas qu'on me voie. Certes, jamais elle n'eût songé à paraître vêtue de la sorte en public, ni même chez elle en présence des visiteurs. Elle portait la robe de satin pourpre que Léopard-des-Neiges lui avait offerte, mais dans quel état! Éclaboussée de boue, fripée. Cela dit, elle n'était pas aussi débraillée que les autres qui n'avaient pas eu de quoi se changer.

Dans le pousse qui les emmenait, Slade garda sa main étroitement serrée dans la sienne. Elle aurait aimé sentir sa chaleur, ses bras autour d'elle, mais il ne se livra à aucune effusion dans la rue.

— Mon Dieu, dit-il, j'étais fou d'inquiétude quand je suis revenu de Nankin pour apprendre que tu avais été enlevée. A-t-on au moins tué ces salauds?

— Non, ils se sont enfuis.

— A la maison, quand tu auras pris un bain et un repas correct, tu me raconteras tout. Les États-Unis sont furieux que la Chine ait laissé faire cela. Tchang affirme que c'est un coup des communistes.

— Le chef n'est pas du tout communiste. Il sait à

247

peine ce qu'est le communisme. Quand nous en avons parlé, il a dit qu'une idée pareille n'était pas applicable.

– Quand vous en avez parlé? Parce que vous avez eu des discussions idéologiques?

– En quelque sorte, répondit-elle avec un sourire.

Slade lui lâcha la main et la dévisagea.

– Les choses ne sont pas telles qu'elles le paraissent, murmura Chloé. Je te dirai tout.

Certes, elle avait promis de ne pas trahir le secret. Mais à Slade elle devait la vérité. Parce qu'il faisait partie d'elle.

Daisy les attendait chez eux, aussi la jeune femme n'eut-elle pas un instant en tête à tête avec son époux. Les yeux pleins de larmes, son amie la serra dans ses bras.

– J'ai eu si peur pour toi, souffla-t-elle.

Puis elle alla lui faire couler un bain.

A peine sortie de la baignoire, Chloé s'effondra sur son lit pour y dormir jusqu'au soir. Quand elle s'éveilla, Slade et Daisy étaient partis. La maison était sombre, les domestiques allaient d'un pas discret dans leurs chaussures à semelles de coton. Elle se leva, regrettant d'avoir dormi. Elle avait envie de voir Daisy, de parler avec Slade, de sentir ses bras autour d'elle, de goûter le confort et la sécurité qu'il représentait. De se sentir chez elle.

An-wei se montra, s'inclina comme elle le faisait toujours lorsqu'elle entrait dans une pièce. Ce fut avec enthousiasme qu'elle accueillit sa maîtresse, lui souhaitant un heureux retour, lui disant sa fierté de servir une telle héroïne. M. Cavanaugh reviendrait à huit heures. Madame désirait-elle quelque chose?

– Oui, répondit Chloé, un verre de jus d'orange.

Encore désorientée, elle flâna dans le séjour. De retour et déjà seule. Il y avait sur la table un énorme bouquet de chrysanthèmes avec un mot de Slade : « Je rentrerai dîner. Je ne voulais pas te déranger. Quel bonheur que tu sois revenue! Je t'aime. »

Mais quand il revint, Lou et Daisy l'accompagnaient. Lui et Lou avaient passé l'après-midi à interviewer les autres captifs. Et ce soir, Lou ne venait pas seulement en ami convié à dîner, mais en journaliste avide de recueillir le témoignage de la rescapée. Slade dit seulement que Lou et lui auraient son témoignage exclusif, qu'il avait repoussé les requêtes de ses autres confrères. Il avait l'avantage d'être marié à l'héroïne d'une si extraordinaire aventure.

— Je ne suis pas une héroïne, se défendit Chloé.

Ses proches la piégeaient, la troublaient. Elle eût aimé leur dire la vérité, leur avouer que « l'épreuve » n'avait pas été déplaisante, qu'elle n'avait rien sacrifié. Plus tard, elle le dirait à Slade. Il saurait la vérité. Mais il ne pouvait publier cette vérité, ce serait entre eux deux seulement.

— S'il vous plaît, mangeons d'abord, suggéra-t-elle. Laissez-moi vous regarder, je suis si heureuse de revoir vos visages. Racontez-moi ce qui s'est passé en mon absence. Je vous raconterai mon histoire après le dîner.

— Bien sûr, ma chérie, acquiesça Slade, servant des whisky-soda pour Lou et lui. D'après tout ce que nous avons entendu, tu n'as pas avalé un repas correct depuis des semaines.

Mais, dès le dîner achevé, ils voulurent connaître les moindres détails; Lou demanda si cela ne la gênait pas qu'il prenne des notes. Il jeta un œil sur Slade quand Chloé leur exposa la proposition de Léopard-des-Neiges d'épargner des vies si elle venait le rejoindre. Chaque nuit qu'elle passerait avec lui, une vie serait sauvée. Comme ils avaient déjà dû entendre l'histoire, elle leur raconta même, sans ciller, que la troisième nuit elle avait refusé d'y aller mais qu'elle avait fini par s'y résoudre par pitié pour l'épouse de M. Wilkins. Elle se demanda comment elle pouvait débiter sans rire mensonge aussi grossier.

Ensuite elle leur décrivit Léopard-des-Neiges, et les raisons pour lesquelles il avait enlevé les Occidentaux.

— C'était certainement la première fois qu'il parlait avec un Américain. Une femme, en plus.

— Donc il ne se contentait pas d'abuser de toi? intervint Slade. Te parlait-il avant ou après?

— Avant ou après? répéta-t-elle, sans comprendre tout de suite. Oh, il me parlait toute la nuit.

Que pensait Slade? L'imaginait-il dans les bras de cet homme qu'elle décrivait, se demandait-il si elle y avait pris plaisir, si elle était demeurée passive, s'il l'avait forcée, si elle avait enduré chaque instant?

— Chloé, fit Lou de sa voix paisible, vous a-t-il fait mal? Était-il cruel? Je ne vous demande pas de détails

249

intimes mais le monde entier voudra savoir. Vous êtes déjà le principal sujet de conversation en ville.

Un coup d'œil vers Slade fit comprendre à la jeune femme qu'il souffrait. Sa femme avait été violée, ou séduite; voilà ce qu'elle lisait dans ses yeux. Allez-vous-en, eut-elle envie de crier à leurs amis. Laissez-moi avec mon mari... que je lui dise la vérité. Mais tous trois la fixaient, dans l'attente de sa réponse.

Que leur dire?

– Non, il n'était pas cruel envers moi, répondit-elle avec lenteur. Je crois qu'il ne comprenait pas ce qu'est une Américaine.

– Il voulait t'humilier, non? questionna Slade d'une voix parfaitement neutre.

– Non, non, pas du tout. A mon avis, il n'avait jamais vraiment parlé à une femme. Il voulait connaître nos coutumes, savoir ce qui se passait dans le reste de la Chine, et dans le monde entier.

A l'expression de ses trois auditeurs, elle devina qu'ils pensaient qu'elle évinçait la question. Oh, devait-elle tenir sa promesse maintenant que tous ses compagnons étaient saufs? Ne pouvait-elle révéler la vérité? Non, car en son for intérieur elle se disait que Léopard-des-Neiges avait tenu sa parole et qu'elle devait faire de même.

Trois paires d'yeux la fixaient, quêtant ce qu'ils iraient raconter au reste du monde sur cette femme qui avait sauvé des vies en se sacrifiant. Elle n'ignorait pas que des femmes telles Nancy et Amy considéraient ses hauts faits comme le comble du romanesque : Léopard-des-Neiges, l'énigmatique Oriental, désirant la belle et jeune Américaine.

Ah, voilà ce qu'elle pouvait jeter en pâture à Lou, cela lui plaisait.

– Il n'avait jamais possédé une Occidentale et il n'a aucun respect pour les femmes. Il use d'elles pour satisfaire ses besoins, c'est tout. Mais il n'est pas cruel. Rapide, simplement. C'était très vite terminé, tellement vite que je m'en suis à peine rendu compte.

– Un Chinois typique, marmonna Daisy.

– Un faible prix à payer en échange de plusieurs vies, renchérit Chloé qui avait à cœur de justifier son acte auprès de ses amis.

Slade la rejoignit et passa un bras autour de ses épaules.

250

– Je suis très fier de toi, ma chérie.

Se penchant, il l'embrassa sur la joue. Ses mains tremblaient.

– Il me faut un portrait de vous, Chloé, reprit Lou. Demain je viendrai avec un appareil photo. Tu ne m'en veux pas, vieux? ajouta-t-il à l'adresse de Slade.

– Évidemment non. Moi aussi, j'aurai besoin d'une photo.

Après le départ de Lou et Daisy, Slade se resservit à boire. Il leva son verre afin de porter un toast à sa femme.

– Me voilà marié à une véritable héroïne!

Ses lèvres souriaient mais pas ses yeux.

– Je ne sais pas combien de femmes auraient fait ce que tu as fait.

– Oh, Slade...

Chloé alla à lui, lui enlaça la taille; il vida son verre avant de le reposer sur la table pour, à son tour, encercler la jeune femme de ses bras.

– En fait, reprit-elle, cela ne s'est pas du tout passé ainsi, mais tu ne dois pas imprimer la vérité. J'ai fait une promesse.

Il haussa les sourcils, attendit.

– Il ne m'a pas touchée. Nous avons seulement parlé. Il m'offrait des dîners sublimes et nous parlions toute la nuit, durant trois nuits. Il m'a fait jurer de ne révéler à personne qu'il ne m'avait pas touchée. Si je le lui promettais, il épargnait non seulement les autres mais moi également. Parce que je lui ai sauvé la vie.

Elle lui narra l'histoire de Wang.

Slade la lâcha pour la dévisager longuement.

– C'est vrai, je te le jure, souffla-t-elle, posant la tête sur son épaule et resserrant son étreinte. Mais personne ne doit le savoir. Il a tenu sa promesse, je dois tenir la mienne.

Slade reprit son verre et demeura si longtemps silencieux que Chloé finit par lever le regard vers lui. Ce qu'elle lut dans ses yeux la poussa à s'écarter de lui.

– C'est la vérité, il ne m'a pas touchée, répéta-t-elle.

Pas tout à fait, elle se rappelait la main de Léopard sur sa joue.

– Tu crois vraiment que je vais te croire? articula Slade avec un rire de dérision.

– Oh, Slade, s'exclama-t-elle, angoissée de le voir

251

douter. Je ne t'ai jamais menti. Nous sommes-nous jamais menti?

Il se détourna, fit quelques pas dans la pièce, revint vers elle.

– Allons nous coucher, la journée a été longue.

– Non, protesta Chloé, courant vers lui. Slade, mon chéri, crois-moi. Je t'en prie. Il a dit qu'il n'avait aucun désir pour une femme qu'il n'attirait pas. Il ne me trouvait pas séduisante. Il me l'a dit aussi. Il n'éprouvait pas de désir pour une étrangère.

– Sûr! railla Slade.

– Slade, c'est la vérité, insista-t-elle, anxieuse. Nous avons parlé. Comme je vous l'ai raconté à Lou et toi. Il ne voulait pas d'une femme qui serait dégoûtée par lui.

– Est-ce qu'il te dégoûtait? interrogea Slade à brûle-pourpoint. A la façon dont tu en parles, tu me parais plutôt éprouver de l'affection pour lui.

– C'est un personnage fascinant, reconnut Chloé.

Elle voulut saisir le bras de son mari mais il se déroba et fila dans leur chambre.

– Je n'ai jamais eu peur de lui, poursuivit-elle en lui emboîtant le pas. Mais, Slade, il n'avait même pas envie de moi. Tu dois me croire.

Slade se débarrassa de sa cravate qu'il jeta sur la commode.

– Chloé, je ne peux pas concevoir qu'un seul homme au monde ne te désire pas. Peut-être que tu dis vrai, mais laisse-moi le temps de l'assimiler. Quand même, tu étais disposée à ce qu'il te touche, n'est-ce pas? A sentir ses mains sur toi, à l'avoir en toi. Tu étais prête à le faire, oui ou non?

– Évidemment, j'avais le choix. Ça ou voir quelqu'un mis à mort.

Slade revint vers elle, lui prit le bras.

– Et pour cela, ma chérie, je t'admire. Voilà de quelle étoffe sont faites les héroïnes. J'admire la volonté que tu as eue de te sacrifier. J'admire ta noblesse d'âme. Comprends que je t'admire, Chloé, que je suis fier de toi.

– En ce cas, pourquoi ne peux-tu me croire?

– J'essaierai, répondit-il.

Il jeta sa chemise sur un fauteuil et s'assit au bord du lit pour ôter ses chaussures.

– Accorde-moi un peu de temps. J'essaierai. Je suis

252

content que tu ne me demandes pas de servir cette histoire à la presse, personne ne te croirait. Pour la communauté étrangère de Shanghaï, tu es d'ores et déjà une héroïne, bien qu'immorale. Tu seras fêtée, admirée. En même temps, l'épée est à double tranchant. A leurs yeux, tu t'es souillée, Chloé.

– Oh, mon Dieu, s'exclama la jeune femme s'agenouillant auprès de lui, auraient-ils préféré que je laisse mourir les leurs?

Les mains de Slade jouèrent dans ses cheveux, torsadèrent tendrement une mèche.

– Non, la part raisonnable en eux t'honorera, mais la raison est sans grand rapport avec la façon dont nous menons nos vies. Les hommes te considéreront différemment, et les femmes se demanderont intérieurement comment c'est de faire l'amour avec un Chinois. A leurs yeux, tu ne seras jamais plus la même.

Chloé leva vers lui un regard à présent brouillé de larmes.

– Tu veux dire que ce sera là ma récompense?

Slade se leva, alla ouvrir un tiroir de la commode dont il sortit un pyjama. Dos à sa femme, il acheva de se dévêtir et enfila ses vêtements de nuit. Il se taisait.

Incertaine, Chloé se releva et entreprit à son tour de se déshabiller. Il se retourna pour la regarder.

A la voir nue dans l'éclairage tamisé, il eut un rire déplaisant.

– Tu espères vraiment que moi, ou qui que ce soit, accepte de croire que cet homme qui n'avait encore jamais eu de femme blanche ne t'a pas désirée?

– Oh, essaie de comprendre. Tu n'admires pas la beauté des Chinoises, n'est-ce pas? Eh bien, il se trouve qu'un Chinois ne m'a pas jugée attirante.

Elle était lasse, se sentait vaincue.

– S'il te plaît, Slade, crois-moi. Il ne m'a jamais touchée. Jamais.

Sa chemise de nuit glissa sur son corps tandis que Slade se mettait au lit.

– D'accord, soupira-t-il. J'essaierai. Mais sache que tu n'as pas besoin de me mentir. J'admire le sacrifice que tu as fait, et ta noblesse. Je suis fier de toi.

Elle se roula en boule auprès de lui, l'embrassa dans le cou. Il se retourna pour lui rendre son baiser, ses lèvres effleurèrent les siennes avec tendresse.

— Je suis content de ton retour. Voilà ce qui importe.

Ses mains remontaient sous la chemise de nuit.

— Et je t'aime.

Chloé se donna toute à lui, à ses caresses, à la sensation de leurs corps l'un contre l'autre, à la frénésie de Slade. Draps et couvertures volèrent, et leurs vêtements de nuit; ils s'étreignaient avec une sorte de sauvagerie, mais Slade resta défaillant.

— Je suis désolé, ma chérie, murmura-t-il. Donne-moi plus de temps. Il faut que j'arrive à croire qu'un autre ne t'a pas tenue comme ça.

Et il se recoucha, dos à la jeune femme.

29

Au printemps, Ching-ling vint de Wuham à Shanghaï.

À ce moment, Chloé était obsédée par le fait que Slade ne l'avait pas touchée depuis son enlèvement. En public il avait pris le pli de lui enlacer les épaules mais quand ils étaient seuls il ne l'approchait pas. Chaque soir il se couchait bien après qu'elle fût endormie. Parfois il ne rentrait pas avant minuit. Elle avait conscience qu'il ne voulait pas se mettre au lit tant qu'elle était éveillée; sans doute se disait-il qu'il aurait dû lui faire l'amour, or il s'en sentait incapable.

Le câble de Cass n'améliora pas la situation : « Avec tes mots à toi, Chloé, envoie-moi les détails. Le monde brûle d'entendre ton histoire. Brave petite fille! »

Slade émit un son qu'elle prit pour un rire.

– Cette fois, c'est justifié, fit-il. Le barbare kidnappe la belle Américaine! Pas exactement une vestale mais enfin... Les lecteurs vont boire du petit-lait.

Qu'il était pénible! Il s'attachait à donner à Chloé l'impression qu'elle avait fait quelque chose de mal. Il refusait de croire que Léopard-des-Neiges ne l'avait pas touchée. Ou peut-être cela lui était-il égal; l'idée que le monde entier pense qu'elle avait sacrifié son corps lui suffisait.

L'aventure courut toutes les agences de presse et fit le tour du globe. Chloé Cavanaugh et Léopard-des-Neiges.

La jeune femme, Slade et Lou dînaient fréquemment ensemble; c'était l'occasion de rires et de discussions vives, mais Slade redevenait distant dès qu'ils se retrouvaient en tête à tête.

Quelques semaines après « l'incident du Blue-

255

Express », le tapage autour de Chloé s'apaisa. Slade cependant avait eu raison : à présent les hommes la regardaient différemment, d'une façon qu'elle ne savait définir. Au début, leurs épouses avaient fait beaucoup d'embarras autour d'elle et elle n'était pas fâchée que cette période fût terminée. En revanche, elle ignorait que ces Occidentales de Shanghaï narraient à tout nouveau venu sa très héroïque et très immorale histoire.

Elle aurait eu terriblement besoin de se confier à Ching-ling, et elle en fut tentée malgré sa promesse à Léopard-des-Neiges, mais Ching-ling était trop absorbée par les problèmes nationaux pour qu'elle l'encombrât des soucis de sa petite personne.

Mme Sun les invita, Slade et elle, à dîner chez sa mère.

Chloé avait déjà rencontré Mammy Song, des années auparavant, peu après sa fuite de Canton avec Ching-ling, et son hôtesse se montra fort aimable, comme si elle retrouvait une vieille amie. Proche de la soixantaine, Mammy débordait encore d'énergie. Haute d'un mètre cinquante à peine, elle ne ressemblait à aucune de ses jolies filles. Son visage assez quelconque possédait néanmoins du caractère. Tandis que l'on attendait T.V. et Mei-ling, elle leur joua du piano, instrument rare dans les foyers chinois.

Elle sourit lorsque Slade la complimenta sur son jeu.

— On pensait que le piano et mes grands pieds me rendraient impossible à marier. Au lieu de cela, ils m'ont apporté le plus intéressant des époux et les enfants les plus exceptionnels du pays.

Contrairement à sa progéniture, elle ne parlait pas anglais.

Ching-ling eut un sourire affectueux pour sa mère.

— Mammy n'a jamais ressemblé aux autres femmes. C'est peut-être ce qui explique ce que nous sommes, nous ses enfants.

— Rien ne t'explique, mon petit chou, protesta Mammy. Tu ne ressembles à personne.

Et de rendre son sourire à cette fille si ravissante qu'on l'aurait crue descendue de toute une lignée de femmes royales.

— Je suis fière de tous mes enfants, reprit-elle à l'adresse de Slade. J'ai le sentiment que peut-être grâce à eux la Chine ne sera plus jamais comme elle était. Je les vois comme les forces de l'avenir.

– Et du présent aussi, murmura Chloé.

Ce fut à ce moment-là que l'étonnante Mei-ling fit son entrée. Plus belle qu'en photo mais pas autant que son aînée, elle n'avait aucune propension à la timidité, contrairement à Ching-ling. Celle-ci était réservée, délicate et songeuse ; Chloé voyait dans cette attitude un moyen de se protéger. Quand elles étaient seules, son amie renonçait à maintes de ses défenses mais même ici, chez elle, elle paraissait garder ses distances. Au contraire, Mei-ling savourait – exigeait – d'être le centre d'attention. Sourdait en elle une certaine morgue, à croire qu'elle était accoutumée à être traitée en souveraine. Son rire était joli mais haletant. Pour la décrire, Slade emploierait le mot « impérieuse ». Chloé ne savait si Mei-ling lui plaisait ou non ; elle ne se sentait pas à l'aise avec elle.

Mei-ling était bien plus américaine que chinoise. Lorsqu'elle était rentrée des États-Unis, après un séjour de douze ans, elle avait refusé de porter les vêtements chinois et préféré parler l'anglais. La Chine l'affolait par sa saleté, ses foules, sa pauvreté, son absence de luxe et d'installations sanitaires.

Seule de toute la famille, elle se maquillait à l'occidentale. Elle se savait belle et s'autorisait à exercer son charme sur tous ceux qu'elle rencontrait, séduisant par son aisance et son esprit de repartie.

Ching-ling appartenait presque à une autre espèce, et semblait porter en elle la tragédie et la gravité du monde. Slade avait un jour avancé que l'extraordinaire beauté de son visage tenait à son expression de perpétuelle mélancolie.

Elle avait confié à Chloé que sa sœur avait jusqu'alors refusé tous les hommes qui lui proposaient le mariage ; elle atteignait maintenant trente ans. A cet âge, le célibat était inconvenable pour les Chinoises.

– Je préfère rester vieille fille que d'épouser un quelconque Chinois riche, disait-elle.

Les sœurs Song n'étaient pas de bons partis selon les critères chinois. Élevées aux États-Unis, pourvues de grands pieds et de leur libre arbitre, elles jouissaient d'une fortune qui garantissait leur indépendance.

– L'argent ne m'intéresse pas, aimait à affirmer Mei-ling.

En ayant toujours eu, elle jugeait la richesse naturelle.

Leur frère, T.V., qui avait le goût de l'argent, arriva. Il affichait un sourire perpétuel mais peu sincère. C'était pourtant en réalité un homme affable, bien qu'il parût rarement prêter attention aux conversations autour de lui. Il semblait toujours que son esprit voguait ailleurs, c'était probablement le cas; la finance comptait plus pour lui que les mondanités.

Il ressemblait davantage à Ai-ling, l'aînée, qu'à ses autres sœurs, avec sa face ronde et ses lunettes qui accentuaient son côté sérieux. On l'avait entendu dire que les masses chinoises l'effrayaient.

Malgré cela, de toute la fratrie c'était de lui que Ching-ling se sentait la plus proche. Étudiant à Harvard quand elle-même se trouvait aux États-Unis, ils avaient passé des vacances ensemble avec les nombreux amis américains du jeune homme. Il était peut-être le plus intelligent de tous les Song, y compris leur père Charlie. Chloé l'entendit discuter avec Slade.

– Non, non, disait T.V., un léger voile de transpiration sur la lèvre supérieure, vous ne comprenez pas. *J'aime* travailler avec les chiffres, plonger dans les livres de comptes. J'ai plaisir à résoudre un problème.

Si jeune encore, il s'efforçait d'ordonner le chaos financier de l'Empire céleste. Ayant été conseiller financier de Sun Yat-sen durant plusieurs années, il travaillait à présent avec Tchang Kaï-chek. Contrairement à Mei-ling, aux opinions conservatrices, ou à Ching-ling qui avait depuis longtemps rejoint l'extrême-gauche, il était partagé entre les deux idéologies.

Et déchiré, aussi, entre ses sœurs. L'amour qu'il avait pour Ching-ling, la tendre et belle aux idéaux romantiques, était flagrant. Et cependant il succombait à la droite chinoise qui représentait l'ordre et l'efficacité qu'il avait vus à l'œuvre aux États-Unis. S'il avait un but pour son pays, c'était de le rendre économiquement viable. Mei-ling comme Ching-ling se fiaient à son jugement et à ses conseils.

La servante annonça que le dîner était servi. L'on s'installa dans la salle à manger d'apparat, Mei-ling bavardant à propos de la maison dont Slade vantait l'agrément.

– J'avais supplié papa de l'acheter mais il la trouvait trop prétentieuse.

Chloé savait que deux semaines après la mort de son père, survenue voilà huit ans, la jeune femme avait

258

convaincu sa mère de s'installer dans cette demeure où elles vivaient depuis toutes deux.

– Mammy et moi avons une querelle, annonça Mei-ling.

Qu'un différend fût évoqué devant des invités alors que Mei-ling ne quêtait l'opinion que de ses frère et sœurs surprit Chloé.

– Grands pieds ou pas, reprit-elle avec un sourire malicieux, Tchang Kaï-chek a demandé ma main.

Mammy Song serra les lèvres et ne dit rien.

Ching-ling sursauta mais, au lieu de répondre à sa sœur, lança un regard vers Chloé qui savait que Tchang lui avait proposé le mariage un an plus tôt. De surcroît, il avait déjà deux épouses et, selon Lou, bien d'autres femmes. Ching-ling hocha la tête de façon si imperceptible que Chloé fut peut-être la seule à le remarquer.

– Eh bien, il est fabuleusement riche aujourd'hui, fit T.V.

Par quel moyen ? s'interrogea Chloé. Il n'avait jamais été que commandant de l'école militaire de Whampoa. Ching-ling et Nikolaï, dévoués à la même cause, n'avaient pas fait fortune.

Mei-ling hocha la tête.

– Son argent ne m'intéresse pas. Je ne m'ennuierais pas avec Kaï-chek.

Ostensiblement, elle lui donnait son nom familier.

– Il est vrai que tu t'ennuies *facilement*, souligna T.V. Et tu as raison. La vie avec Tchang n'aurait rien d'assommant. Il est à la veille d'avoir un pouvoir considérable.

Des ombres obscurcissaient le regard de Ching-ling mais elle conservait le silence.

– Dites-moi, reprit Mei-ling, offrant à Slade son éblouissant sourire, vous qui êtes journaliste. Vous savez ce que pense l'Amérique et vous avez toujours la main sur le pouls de la Chine. Que pensez-vous de Tchang Kaï-chek ? Deviendra-t-il le prochain dirigeant du pays ?

Avant de répondre, Slade baissa les yeux sur son assiette. Il savait ce qu'éprouvait Ching-ling, il savait pour quoi elle se battait. Pour avoir rencontré Tchang à plusieurs reprises, il ne lui faisait pas confiance. Chloé devina tout ce qui lui passa par la tête à ce moment-là.

– Je ne suis pas en mesure de prédire l'avenir, finit-il par répondre en relevant les yeux sur celle qui l'interrogeait. Il me manque la boule de cristal. Il semble qu'il

259

gagne inlassablement en pouvoir mais je me méfie de ses liens avec la bande Verte.

– Oh, ça... soupira Mei-ling avec un geste de main méprisant. Je peux lui faire rompre ces liens. Il n'a plus besoin d'eux.

– Quand même, qu'il se soit laissé utiliser par eux est inquiétant, insista Slade. Ces gangsters se moquent de la Chine, ils ne servent qu'eux-mêmes. Et sans leur soutien considérable, Tchang Kaï-chek ne serait pas parvenu là où il est aujourd'hui.

Le regard de Mei-ling s'obscurcit.

– A mon avis, vous vous trompez. L'avenir de la Chine...

– Et tous les massacres? interrogea Slade en la coupant.

Mei-ling parut nettement irritée.

– Il essaie simplement de se débarrasser des communistes! Les excès sont le fait de la ferveur et de l'enthousiasme de ses soldats.

Chloé s'étonna que Ching-ling ne réplique pas. Mei-ling ne pouvait ignorer les liens de sa sœur avec les communistes.

– Je ne peux rien faire par moi-même, poursuivit Mei-ling comme si elle se parlait à elle-même. Je suis une femme. Mais si j'étais Mme Tchang Kaï-chek, je pourrais prendre ma destinée en main, et celle de millions de gens. De toute la Chine peut-être.

Le même rêve, et pourtant si différent. Deux sœurs qui rêvaient de gloire. L'une pour son compte personnel, l'autre pour son pays.

– Tu dis que Mammy et toi êtes en désaccord? interrogea T.V. Quelle est ton objection, Mammy?

Contrairement à Ching-ling, Mei-ling n'eût jamais désobéi à la famille.

– Aucune de mes filles n'épousera jamais un homme qui n'est pas chrétien, articula Mammy d'un ton sans appel.

Ching-ling poussa un soupir de soulagement presque audible.

Le lendemain, Ching-ling rendait visite à Chloé et prit dans ses petites mains celles de son amie.

– Il est tellement manifeste que vous n'êtes pas heureuse, ma chérie. Vous ne vous êtes pas remise de la mort de Damien, c'est cela ? Non que je croie que l'on puisse accepter la perte d'un enfant.

Chloé secoua la tête.

— En effet, je pense que je garderai toujours cette blessure.

— Vous pouvez avoir d'autres enfants.

Lâchant les mains de Chloé, Ching-ling alla s'asseoir près de la fenêtre.

Malgré son besoin désespéré de se confier, et malgré l'occasion qui s'offrait à cet instant, Chloé s'en découvrit incapable. Dire que Slade ne l'avait pas touchée depuis des mois, qu'elle n'avait goûté ni sa main sur son sein ni la caresse de ses lèvres, ne serait-ce pas trahir son mari ? Et puis, en quoi Ching-ling eût-elle pu l'aider ?

— Plus rien ne m'importe vraiment, dit-elle.

C'était la vérité. Elle avait perdu Damien et maintenant elle sentait qu'elle avait perdu Slade aussi.

— Est-ce à cause de la Chine ? questionna son amie.

— Oh, je ne sais pas. Si nous n'étions pas venus ici, la vie aurait été si différente. J'aurais gardé mes enfants. Mon mari également.

— Parfois j'ai l'impression d'un fardeau trop lourd à porter. Je ne vois pas d'issue. Et d'issue à quoi, je n'en sais même rien.

Ching-ling se releva et, de son pas si gracieux, rejoignit Chloé.

— Venez à Wuhan avec moi, proposa-t-elle. Un changement de rythme, de cadre vous sera peut-être bénéfique. Vous êtes passée de votre statut d'héroïne à une existence de thés et de bavardages oiseux. Je soupçonne aussi que l'histoire avec ce Léopard-des-Neiges n'a pas été sans conséquence sur vous. Le viol n'est pas une chose dont on se sort aisément

— Il ne m'a pas violée.

— Cela revient au même, non ? Il ne vous a pas vraiment donné le choix. Vous soumettre ou être responsable de la mort de quelqu'un. Il vous a violentée, Chloé, et vous n'êtes pas accoutumée aux mœurs des hommes de ce pays. Évidemment, il a usé de vous comme la plupart des Chinois usent des femmes, comme un réceptacle, rien d'autre. J'imagine que vous avez eu le sentiment de perdre votre dignité, d'une invasion de votre être.

Non, eut envie de protester Chloé. Il m'a donné de la dignité. Il m'a donné de l'importance.

261

— Cela ne s'est pas passé ainsi, pas du tout, put-elle seulement répondre.

— Je vous soupçonne de refuser de le reconnaître. C'est la raison pour laquelle vous portez cette immense tristesse. Slade ne s'efforce-t-il pas de vous rassurer?

— Me rassurer à quel propos?

— Vous faire comprendre que vous êtes importante sur d'autres plans... autrement que de la façon dont ce Léopard-des-Neiges s'est servi de vous? Chloé, aucune Américaine ne peut traverser pareille épreuve sans en garder des cicatrices. La Chine y est habituée. J'ai été dans des villages où avaient eu lieu des combats, et les hommes cherchaient où se cachaient les femmes; puis ils se mettaient à trois ou quatre soldats pour en attraper une, lui ôter son pantalon, et ils abusaient d'elle, l'un après l'autre, la laissant effrayée et en larmes. Ce n'est rien pour un soldat. Et sans doute leur victime a-t-elle redouté la mort, mais elle ne s'attend pas à grand-chose d'autre dans sa vie. La Chine est différente de ce que vous connaissez.

Il ne m'a pas fait cela! Chloé avait envie de défendre Léopard-des-Neiges.

— Venez à Wuhan avec moi, offrit à nouveau Chingling. Nikolai et mois saurons vous mettre au travail, vous faire sortir de vous-même. Le changement vous sera profitable. Et j'ai terriblement besoin d'une amie.

Toujours avide d'obtenir des informations sur l'aile gauche du Kouo-min-tang, Slade n'éleva pas d'objection au départ de Chloé.

Lorsque les deux femmes embarquèrent à bord du bateau, Chloé ne soupçonnait pas qu'à Wuhan l'attendait ce qu'elle n'avait encore jamais trouvé.

30

Après Shanghaï et Pékin, Wuhan était, en importance, la troisième ville de Chine. A cheval sur le plus grand fleuve du pays, elle se trouvait à mi-distance entre Shanghaï à l'est et Chongqing à l'ouest. Les navires étrangers qui naviguaient sur le Yang-tsé avaient Wuhan pour port d'attache. Une vedette militaire de la marine des États-Unis patrouillait en permanence à cette hauteur du fleuve.

Ce n'était pas seulement le Yang-tsé qui faisait l'importance de Wuhan; la ville se trouvait également à mi-chemin entre Pékin au nord et Canton au sud. En 1927, c'était une agglomération tentaculaire, crasseuse, plus industrialisée que toute autre. De ce fait, elle était mûre pour la révolte. Des conditions de travail déplorables préparaient les travailleurs à épouser les rêves de gens tels Nikolai Zakarov et Mme Sun.

La dernière fois que Chloé avait remonté le Yang-tsé, c'était avec Damien dans ses bras; elle allait rejoindre Ching-ling et passer ces semaines idylliques dans les montagnes de Lu-shan. Elle essaya de ne pas y penser mais ses bras souffraient encore de ne plus étreindre son fils. Si je vis centenaire, pensa-t-elle, il me manquera encore.

A côté d'elle, appuyée au bastingage, Ching-ling lui désigna la ville dont elles approchaient.

– Autrefois, à la place de Wuhan, il y avait trois villes distinctes. Mais son extension les a réunies, avec une administration centrale. Là-bas, au nord, l'agglomération s'appelait Han-keou.

De hautes cheminées de brique crachaient d'épaisses colonnes de fumée grise.

– Les usines sidérurgiques, expliqua Ching-ling. Il y a aussi des arsenaux qui fabriquent des canons...

Chloé acquiesça, elle savait que la poudre à canon avait été inventée en Chine.

– ... et des fabriques de cigarettes.

Chloé avait l'impression que tous les Chinois fumaient et jamais les Chinoises. Jusqu'aux coolies qui couraient la cigarette à la bouche. Dans les trains, la fumée lui donnait autant la nausée que la prégnante odeur d'urine.

– Aujourd'hui les manœuvres chantent dans les fabriques de suif, dans les manufactures de peausserie, dans les usines d'allumettes, les verreries. Il y a aussi des aciéries, des minoteries, des fabriques de vermicelle, des usines d'emballage. Wuhan est moderne comparée aux autres régions industrielles de la Chine.

De fait, l'atmosphère de Wuhan était plus gaie, plus vivante qu'à Shanghaï ou Pékin. L'espoir brillait dans les yeux des ouvriers ; leur démarche trahissait une énergie qui manquait dans les autres régions que Chloé avait visitées.

– Nikolai leur montre le chemin de la liberté, dit Ching-ling tandis qu'elles descendaient la passerelle pour se diriger vers les pousse-pousse qui les attendaient. Ce qui est merveilleux chez lui, c'est qu'il n'a aucun désir de contrôle. Il veut conseiller. Il veut que *nous* témoignions devant le peuple des possibilités qu'offre la vie. Il souhaite leur montrer, non pas leur dire ce qu'il faut faire. Il sait que cela prend du temps.

En dépit des récentes protestations de Ching-ling, Chloé pensait que son amie était amoureuse du Russe. Ce soir-là, quand il vint dîner, elle comprit l'attirance que Nikolai pouvait exercer sur Ching-ling.

Chloé avait toujours eu de l'affection pour lui. Elle l'avait toujours trouvé séduisant et il la faisait rire. Puis elle respectait son entière dévotion à la cause qu'il jugeait la plus importante au monde. Mais elle avait oublié combien sa présence physique en imposait. Cernées par sa barbe broussailleuse et son épaisse moustache, ses dents étincelèrent quand il sourit en tendant les mains pour accueillir la jeune femme.

– Chloé, c'est merveilleux de vous voir. Cela fait longtemps.

Il la dévisagea avec affection. Une énergie contagieuse émanait de lui.

– Mais le passage du temps vous va bien, reprit-il.

– N'est-ce pas ? renchérit Ching-ling, pour le grand embarras de son amie. Elle est encore plus belle, même avec cette expression si triste.

Chloé ignorait que ses sentiments intimes fussent si lisibles. Peut-être l'étaient-ils seulement pour ces deux-là.

Ching-ling était magnifique ce soir. Sa beauté, son attitude royale qui captait l'attention dès qu'elle pénétrait quelque part, étaient rehaussées par sa robe de soie bleu paon, à la sobre coupe chinoise que Chloé adorait. Le col mandarin noir accentuait la profondeur de ses yeux qui brillaient comme braises à la lueur de la lampe.

– J'aimerais porter une robe comme celle-ci, fit Chloé sans réfléchir.

Elle ne s'était pas habillée à la chinoise depuis l'incident du Blue Express.

– Rien n'est plus facile, répondit Ching-ling. Nous irons demain chez le tailleur. A mon avis, nous ne trouverions rien à votre taille dans les boutiques.

Sans se considérer comme grande, Chloé dépassait d'au moins une demi-tête la majorité des Chinoises.

– Nous serons bientôt tous à la mode orientale, plaisanta Nikolai qui lui-même portait le pantalon bleu du paysan. Moi aussi, j'ai dû le faire tailler spécialement.

Sa chemise, néanmoins, était ample et flottante, à la russe, serrée à la taille par une ceinture de couleur. Un Tartare, songea Chloé. Sans être bridés, ses yeux légèrement en amande lui conféraient quelque chose d'oriental. Mais c'étaient de grands yeux curieux, qui ne celaient pas de mystère : Nikolai affichait ses passions. Chloé avait ouï dire que c'était là une caractéristique slave.

Un jour Slade avait commenté ce trait de caractère :

– As-tu lu Dostoïevski ? *Les Frères Karamazov* ? Grand dieu, quel débordement d'émotion ! Et les Russes n'ont pas honte d'être ainsi.

Il paraissait les critiquer. Chloé pour sa part trouvait cela touchant ; elle eût aimé que les Américains montrent davantage leurs sentiments – les hommes en tout cas. Elle n'avait pas souvenir d'avoir jamais vu l'un de ses compatriotes dévoiler ce qu'il éprouvait réellement, en son tréfonds. Parfois Lou se laissait aller, mais jamais en public, seulement lorsqu'ils étaient tous les deux, quoi qu'elle soupçonnât que quiconque rencontrait le journaliste ne pouvait ignorer sa sensibilité.

Slade en revanche ou le père de Chloé, les autres Américains, et les Anglais – et, maintenant qu'elle y pensait, les Allemands, les Français, les Belges – dissimulaient leurs émotions, hormis peut-être la colère. D'ailleurs, les cachaient-ils ou ne ressentaient-ils jamais ce qu'elle-même ressentait? Toute démonstration passait à leurs yeux pour un signe de faiblesse. Jamais elle ne comprendrait cela. Et tandis qu'elle regardait Nikolai manger sa cuisse de poulet comme un Chinois, elle songea que cette sensibilité à nu était l'aspect de sa personnalité qu'elle aimait le plus.

– Nous pourrions recourir à vos talents, lui dit-il. Vous écrivez le chinois. Nous avons besoin d'aide pour notre journal.

– Je ne m'imagine pas collaborant à une presse révolutionnaire, répondit Chloé en riant.

Nikolai s'essuya les mains à une serviette.

– L'un de nos premiers buts, reprit-il, les yeux brillants, est l'éducation. La réussite passe par la lecture. Nous imprimons des brochures par milliers mais je sais que les gens ne peuvent les lire. Nous donnons des cours chaque soir partout dans la ville. C'est la clef de la liberté. Un peuple ignorant est un peuple esclave. Peut-être pourriez-vous nous aider en donnant des cours.

– Apprenez à lire à mes compatriotes, Chloé, pressa Ching-ling d'une voix qui sonna comme un cri de ralliement.

Enseigner? songea Chloé avec un sourire.

– J'ai quitté ma ville natale pour ne pas devenir institutrice!

– Pourquoi? questionna Nikolai. Il n'est pas de plus noble profession.

Le haussement d'épaules de la jeune femme montra qu'elle ne partageait pas cet avis.

– Consacrer ses journées à un métier si mortel? M'emprisonner entre les quatre murs d'une salle de classe? J'aspirais à une vie plus palpitante.

– Et la chance d'influencer la façon de penser d'autrui? rétorqua Nikolai. L'occasion de changer le monde? De tendre aux gens les outils de la liberté?

Jamais Chloé n'avait envisagé l'enseignement sous ce jour.

– Le destin de chacun n'est pas déterminé par avance, poursuivit Nikolai avec une conviction brûlante. Nous devons montrer aux gens qu'ils sont maîtres d'eux-mêmes et de leur existence.

— Oh, Nikolaï...

A son corps défendant, Chloé s'emballait. Voilà long-temps qu'elle n'avait pas eu une conversation de ce genre.

— Vous ne pouvez croire entièrement ce que vous dites.

— Et pourtant si, assura le Russe.

— Moi de même, murmura Ching-ling.

— Croyez-vous que votre destinée était de rester chez vous et de devenir institutrice? demanda Nikolaï. Vous avez pris votre vie en main, vous avez provoqué autre chose, n'est-ce pas?

Chloé hocha la tête en guise d'assentiment.

— Seulement pour me retrouver à l'autre bout du monde face à des gens qui cherchent à me faire endosser la blouse de maîtresse d'école!

— Inutile d'épiloguer là-dessus. Les êtres sont libres de leurs choix. Quelles qu'en soient les raisons, vous êtes ici et vous pouvez nous aider si vous le choisissez.

Chloé partit d'un rire argentin et heureux.

— Si je le choisis? Je doute que Ching-ling ou vous me laissiez le choix!

— Bien, c'est donc d'accord, conclut le Russe en frappant dans ses mains. Demain Ching-ling vous emmènera à l'entrepôt et vous nous donnerez un coup de main pour le journal. Demain soir, il y aura une douzaine de personnes qui attendent un autre professeur. Nous serons en mesure d'ouvrir un nouveau cours.

Chloé se laissa entraîner dans une aventure pour laquelle elle n'était pas certaine d'être prête mais qu'elle ne souhaitait pas éviter. Ses amis lui donnaient l'impression d'être utile, d'avoir quelque chose à offrir. Ils avaient besoin d'elle. Après ces longs mois où elle s'était sentie abandonnée par Slade, tout en elle réagissait positive-ment aux sollicitations de Nikolaï et de Ching-ling. Même physiquement renaissait en son être un élan, une urgence de vivre; au plus secret de son corps un nœud commen-çait à se desserrer.

31

Depuis quatre ans qu'elle vivait en Chine, Chloé se retrouvait pour la première fois plongée au cœur de la vie chinoise. Le seul autre Occidental alentour était Nikolai. Entourée de Chinois, elle se mit à ne plus s'habiller que de robes chinoises ; elle commença même à penser dans la langue du pays. Son existence occidentale de Shanghaï s'effaçait.

Peu à peu elle s'habitua aux fins matelas de coton étendus sur des planches, elle eut des journées de travail de dix heures, elle apprit à manier les presses qui imprimaient les textes destinés aux ouvriers.

Au long de ces journées à l'entrepôt de la rue Han Chun, elle travaillait avec des hommes qui portaient l'étoile rouge sur le col de leur chemise ou sur leurs revers, qui en souriant se saluaient avec le poing dressé. Installé dans une pièce obscure au premier étage, Nikolai recevait inlassablement des visiteurs, faisant les cent pas, agitant les bras, parlant, serrant des mains. Chloé l'observait, fascinée par cette énergie sans limite, cette superbe dénuée d'ostentation. Il n'avait même pas conscience de l'image qu'il offrait.

Pour la première fois aussi, Chloé voyait des femmes militantes. De jeunes femmes en majorité, qui portaient les cheveux coupés au carré, en symbole de libération non seulement de la Chine mais de leur sexe. A l'entrepôt – centre stratégique de Wuhan mais aussi de la cause –, elles assumaient les mêmes tâches que les hommes. Leur énergie débordait, leurs visages n'arboraient pas le stoïcisme ordinaire du peuple chinois ; leurs yeux étincelaient ; elles étaient radieuses,

268

dévouées à une cause plus grande qu'elles qui donnait liberté et sens à leurs vies.

Tout le jour, Chloé recopiait des tracts sur les immenses possibilités naturelles du pays. Elle surveillait les rotatives qui débitaient des milliers de brochures. Ses yeux, à elle aussi, brillaient d'une lumière qui en avait longtemps été absente. La fièvre d'agir s'était insinuée en elle et elle oubliait souvent de déjeuner.

Ching-ling était partout. Ce n'était que le soir qu'elle et Nikolai s'accordaient un moment pour dîner et parler. Le travail cessait à six heures, et tous deux commençaient alors à se détendre. Le contentement éclairait leurs regards, ces yeux noirs si présents désormais dans la vie de Chloé.

Alors les trois amis s'en allaient, bras dessus, bras dessous, dans un restaurant où ils buvaient le médiocre vin chinois. Ching-ling et Nikolai firent connaître à Chloé de nouveaux mets ; ce n'était que lorsqu'elle s'était risquée à y goûter qu'ils lui révélaient ce qu'elle mangeait. La mine de Chloé quand elle apprit qu'elle venait d'avaler de l'oie frite dans son sang les fit beaucoup rire. Ils lui enseignaient comment tremper les lamelles de volaille dans une sauce au vinaigre blanc et à l'ail. Elle goûta également de l'aileron de requin cuit avec des miettes de crabe dans du bouillon de poulet, des lamelles de serpent, d'anguille, de carpe dans des sauces comme elle n'en avait jamais imaginé.

Trois soirs par semaine, à dix-neuf heures trente, Nikolai l'accompagnait dans un local où une douzaine d'hommes et de femmes s'entassaient dans une petite pièce au sol crasseux éclairée par une seule lampe à kérosène. Là, elle leur apprenait à lire leur propre langue. Nikolai la quittait alors pour deux heures puis revenait la chercher pour la raccompagner à la petite maison de Ching-ling. Il n'aimait pas qu'elle aille seule dans les rues la nuit.

Au bout d'un mois, Chloé commença à se demander ce qui lui arrivait. Elle changeait. Mais pas sur le plan politique, elle restait convaincue que Ching-ling et Nikolai vivaient dans le monde des rêves.

Sa douzaine d'étudiants n'était pas pour rien dans ce changement. Elle les regardait, observait leur main qui s'efforçait de tracer les idéogrammes, de traduire les mots en signes, et quand la compréhension éclairait les yeux de l'un d'eux, elle éprouvait... elle n'aurait su décrire son sentiment alors. Quelque pouvoir immense. Elle aidait des gens à s'ouvrir des horizons qui toute leur vie leur avaient été interdits. Elle leur donnait les outils pour vivre et progresser. Quelle que fût cette chose indéfinissable, elle s'attendait presque à se découvrir plus grande. Un jour elle se dit à voix haute : « Je m'aime bien », et elle sourit à ce sentiment merveilleux.

A peine si elle songeait à Slade.

Nikolai les raccompagnait après dîner, Ching-ling et elle, dans la petite maison que Ching-ling avait louée – demeure constituée de quatre petites pièces mais néanmoins agréable. Ching-ling allait se coucher, épuisée par la journée, mais Nikolai et elle restaient à parler jusqu'au milieu de la nuit. Leurs discussions étaient toujours bon enfant, même quand le Russe frappait du poing sur la table, dardait son regard noir sur elle et s'exclamait : « Franchement, Chloé, tu ne penses pas une chose pareille ! »

– Tu es un rêveur, Nikolai, rétorquait-elle avec tout autant d'ardeur. Le communisme n'a pas plus de chances que le christianisme. Tous deux sont fondés sur une bonté inhérente à la nature humaine. Sur le désir commun du partage, sur l'idée que les êtres sont dépourvus d'égoïsme et n'auront jamais l'envie d'entasser des richesses au-delà de ce qui leur est nécessaire. Que nous sommes les gardiens bienveillants de nos frères. Étudie l'histoire, Nikolai. Tu ne peux pas penser que pareilles idées sont viables !

Il la fixait, soupirait.

– Ah, Chloé, cela me fait de la peine que tu aies si peu foi en la nature humaine.

– Moi, j'ai de la peine que tu la connaisses si peu, cette nature humaine.

Un soir, alors qu'elle séjournait à Wuhan depuis cinq semaines, Chloé dînait avec ses amis dans l'un de leurs restaurants favoris, mais Ching-ling partit tôt car elle avait un rendez-vous. Chloé et Nikolai demeurèrent silencieux un moment, puis Nikolai se pencha vers sa compagne et, de sa grande main, couvrit la sienne.

– Ce n'est pas seulement Damien, n'est-ce pas ? dit-il.

– Quoi donc ?

– Tu n'as pas parlé de Slade une seule fois. Je suppose que tu lui écris.

Oui, elle lui avait écrit, seulement deux fois. Et n'avait reçu qu'une seule lettre de lui.

– Si j'étais contraint d'être séparé de quelqu'un que j'aime, je ne trouverais pas ça facile. Tu te rappelles Ching-ling, chaque fois qu'elle était séparée de Sun ? Elle ne pensait qu'à le rejoindre.

Il se fit un silence.

– Ce ne sont pas mes affaires, c'est cela ? interrogea le Russe.

Chloé eut un sourire mélancolique.

– Tu me surprends, Nikolai. Je n'aurais pas cru que tu te souciais des individus. Je te croyais indifférent à tout ce qui n'était pas la cause.

Il lui lâcha la main et s'adossa à son siège.

– Tu me juges mal. Je sais lire la souffrance dans les yeux des autres depuis que je suis vivant. J'ai longtemps pensé que tout venait du fait de ne pas avoir assez à manger, de ne pas être traité avec dignité. Et comprends-moi bien, je crois encore que c'est principalement ce qui ne va pas dans le monde. Mais j'ai appris qu'il existe d'autres formes de souffrance, dont certaines ont à voir avec le cœur, même quand on a le ventre plein ou que l'on est quelqu'un d'important.

Chloé se demanda s'il avait connu cette souffrance du cœur. Elle se rappela qu'il avait été marié... qu'il l'était encore, autant qu'elle le sache, à une femme qu'il ne reverrait sans doute jamais. Et il avait des fils qu'il ne connaîtrait pas.

– Sortons marcher, suggéra-t-il en se levant. Il fait si bon ce soir que c'est une honte de ne pas en profiter.

Ils se promenèrent dans la douce soirée d'été ; pour une fois la Chine n'exhalait pas son odeur fétide.

– Tu n'es pas seulement venue pour nous aider, n'est-ce pas ? reprit sourdement Nikolai. Tu fuyais quelque chose.

Chloé ne savait que répondre. En veine de confidences, elle n'avait pas encore eu l'occasion de parler à Ching-ling. L'intérêt de Nikolai la surprenait.

– Allez, dis-moi que ça ne me regarde pas, invita-t-il, s'arrêtant pour la prendre par les bras. Tu auras raison. Mais j'ai les épaules solides, Chloé, et tu ne serais pas la première personne à t'y épancher.

– C'est tellement bizarre, Nikolai. Je ne t'avais jamais considéré comme...

– Comme un être humain? Je ne suis qu'un automate dévolu à une cause, sans vie personnelle, sans discernement, sans désirs? Je ne suis pas un homme?

Rougissant d'embarras, Chloé fut contente qu'il fît noir.

– Un peu... chuchota-t-elle.

– C'est un peu ça, en effet, rétorqua-t-il en se mettant à rire. Mais ne parlons pas de moi pour le moment. Et si tu n'as pas envie de parler de ce qui hante ton regard, ce n'est pas indispensable. Je me disais que tu avais peut-être besoin de...

– Ce n'est pas ça, l'interrompit Chloé. Je ne sais pas quoi dire. C'est vrai, quelque chose ne va plus dans mon mariage. Depuis que j'ai été enlevée.

Elle brûlait de lui dire la vérité sur Léopard-des-Neiges.

– Oh, Nikolai, depuis... depuis ce moment-là...

Sans crier gare, ses larmes s'étaient mises à couler. Nikolai la prit dans ses bras, la tint contre lui pour la laisser pleurer. Et elle sanglota sur les mois et les mois de frustration et d'échec.

– Depuis il ne m'a plus touchée, hoqueta-t-elle. Ni embrassée, même pas prise dans ses bras.

Elle avait l'impression de trahir Slade. Leur mariage était une affaire privée!

– Souvent, il me semble que nous ne sommes plus mariés. Ou qu'il ne m'aime plus. Je pourrais être sa sœur.

Elle se tut. Nikolai lui tendit un grand mouchoir. Durant un long moment, il ne souffla mot; il lui prit la main et se remit à marcher.

– Alors, tu es contente d'être ici? finit-il par demander.

– Cela ne se voit pas?

C'était bon, cette main autour de la sienne, cette main chaude et tendre.

– Je me sens... utile, reprit-elle, à ma place. Je n'avais rien éprouvé de tel depuis près d'un an. Depuis que Damien...

Ces mots-là, aussi, étaient bons à prononcer à voix haute.

Sans être aussi cosmopolite que Shanghaï, Wuhan abritait quelques bars fréquentés par des marins et autres Occidentaux. Nikolai entraîna Chloé dans l'un d'eux. Dans l'éclairage avare, la fumée roulait dans la salle en volutes paresseuses ; quelques rideaux isolaient les tables, donnant au lieu une ambiance intime.

Nikolai commanda de la bière chinoise pour lui et du thé pour Chloé.

Ils demeurèrent assis l'un en face de l'autre, les mains posées devant eux sur la table, Nikolai dévisageant si longtemps la jeune femme qu'elle finit par sourire. Je ne me sens jamais mal à l'aise avec lui, songea-t-elle. Jamais. Et bientôt elle se retrouva à lui confier des choses dont elle n'avait même pas eu jusque-là une conscience claire.

– C'est drôle, fit-elle, s'adressant davantage à elle-même qu'à son compagnon, j'ai été élevée dans l'idée que je ne serais jamais tout à fait entière sans un homme. Tu sais, c'est comme si les femmes n'avaient pas de raison d'être avant de se voir dans le regard d'un homme. Avant de se sentir désirées par un homme. On a l'impression qu'une fois mariées, l'autre comblera tous nos besoins. Et ce n'est pas vrai. Un être ne peut donner à l'autre tout ce dont il a besoin.

– J'ai appris cela voilà longtemps, murmura Nikolai en buvant une gorgée de bière.

– Peut-être que je mûris, tout simplement, reprit Chloé, étonnée par ses pensées. J'ai toujours eu de bonnes amies. Pas seulement Ching-ling, mais Dorothy, Suzi, Daisy.

Des noms qui ne signifiaient rien pour Nikolai ; il continuait de la fixer, de lire en elle.

– Pas d'hommes ? interrogea-t-il. J'ai eu des amis des deux sexes. Si tu n'as pas d'amitié avec des hommes, tu élimines la moitié du genre humain. Il ne faut pas leur refuser l'amitié sous prétexte que ce sont des hommes. Des hommes ? Pour amis ?

– Il y a Lou, bien sûr. Il est journaliste à Shanghaï, c'est un ami. L'un des rares que je pense avoir à Shanghaï.

« Et Cass, poursuivit-elle au rythme de ses réflexions. Cass Monaghan, le patron de Slade. Je ne le considérais pas comme un ami parce qu'il est le père de l'une de mes amies. Avant mon mariage, il m'a appris beaucoup de choses de la vie. Et puis, je crois qu'il faut que je t'inclue parmi mes amis masculins, ajouta-t-elle en souriant.

Le regard sérieux du Russe ne la lâchait pas.

– Comment définis-tu la différence entre amis et amants ou maris ?

N'ayant jamais envisagé la question, Chloé resta sans réponse.

273

– Je veux dire, tu ne penses pas qu'un mari puisse être un ami? précisa Nikolai.

– Oh, si, s'empressa-t-elle d'admettre. Mais ce n'était qu'un aspect de la relation amoureuse, du mariage. Aujourd'hui, il me semble qu'une amitié platonique est aussi essentielle.

– Peut-être, suggéra Nikolai, parce que nous n'exigeons pas autant des amis que des amants. Sans doute n'avons-nous pas envers eux les grandes espérances que nous misons sur une épouse ou un époux.

Jamais elle n'avait pensé en ces termes.

– Je crois que Slade et moi aurions dû prendre le temps de devenir amis avant de nous marier, finit-elle par dire.

– Les gens ont davantage tendance à se marier par attirance physique que parce qu'ils ont quelque chose en commun, avança Nikolai.

Il fixait sa bière maintenant, qu'il levait dans la lumière tamisée. Chloé posa sur lui des yeux où brillait une supplique.

– Dis-moi, pourquoi... pourquoi le fait qu'un autre m'aurait tenue dans ses bras a-t-il provoqué chez Slade la mort de son désir pour moi?

– Tu voudrais que j'aie une réponse pour tous les hommes? demanda doucement Nikolai. Je ne sais pas. C'est sans doute en relation avec son ego. Certains hommes aiment penser qu'ils sont les seuls à avoir possédé une femme. C'est un problème de propriété.

– Tous veulent épouser des vierges. C'est pour cette raison?

– Tu te trompes, tous les hommes n'exigent pas d'épouser une vierge. Dans certaines tribus d'Afrique, la femme doit prouver qu'elle est capable de concevoir avant qu'un homme envisage de l'épouser. Ce sont principalement les pays chrétiens qui imposent cette morale. Dans ton pays, Chloé, la femme est à la fois déesse sur un piédestal et pécheresse. Je crois que beaucoup d'hommes méprisent les femmes parce qu'elles les poussent au péché... au mal. On ne pense pas logiquement en ce domaine. J'ignore pourquoi Slade t'évite. C'est négligent et cruel, dans une période où tu aurais eu besoin d'être rassurée. Je n'aurais jamais fait cela. Je t'aurais fait comprendre que je te trouvais héroïque.

« D'ailleurs, je te le dis. Ce que tu as fait était merveilleux. Si tu étais ma femme, je t'aimerais encore plus pour ton incroyable bravoure.

Leurs regards se croisèrent, se retinrent. Chloé eut la velléité de se pencher vers lui mais réprima son élan.

– Et ta femme ? Pourquoi l'as-tu épousée ?

Nikolai commanda une autre bière puis inclina la tête de côté.

– Je me trouvais dans un pays étranger. J'étais seul. J'avais vingt et un ans et grand désir d'une femme. Sans doute pas n'importe laquelle, une femme avec laquelle parler aussi bien que faire l'amour. Quelqu'un qui aurait partagé mes idées, une camarade, une compagne. La jeunesse est romantique. Mais, au fond, même si je me persuadais qu'elle était tout cela, je crois que j'avais surtout grand besoin de coucher avec quelqu'un. Je crois que c'est l'histoire de bien des mariages dans le monde.

– Vous n'étiez pas amis ?

– Je la considérais plus comme une femme que comme une personne.

– Ce n'est pas l'essentiel ?

– Je ne pense pas. Je ne nierai pas l'attrait sexuel ; c'est un aspect primordial du mariage, de l'amour. Mais le mariage devrait être fondé sur bien plus que cela, et c'est trop rarement le cas. Je préfère commencer par l'amitié et, si ça doit se produire, laisser croître l'affection, laisser naître le désir...

– C'est ce qui se passe entre Ching-ling et toi ? lâcha Chloé.

Nikolai la dévisagea avant d'éclater d'un rire tonitruant.

– Ce que Ching-ling et moi partageons est bien trop important pour se teinter jamais d'attirance physique ou d'émotion amoureuse. Avant tout, elle n'envisagera jamais de se remarier. Fidèle aux idéaux de Sun, elle y consacrera toute sa vie et rien ne viendra interférer. Ching-ling est quelqu'un que j'aime profondément, l'amie la plus précieuse que l'on puisse avoir. Je l'admire, je la respecte, parfois je la redoute. Elle est plus proche de moi qu'une sœur. Mais nous ne sommes pas amoureux l'un de l'autre. C'est ce que tu croyais ? Sache qu'aussi forte que soit mon affection pour elle, je ne l'ai jamais désirée en tant que femme.

– De toute façon, qu'est-ce que l'amour ? demanda Chloé, fixant ses mains. Tu aimes Ching-ling. Tu aimes le communisme. J'aime mes amis. J'aime les fleurs, et les arbres, et le lac de Cooperstown, et la maison d'été des Monaghan dans le Michigan.

Qu'aimait donc Nikolai? Quels lieux dont elle n'avait jamais entendu parler?

– J'aime l'idée de liberté et de démocratie, poursuivit-elle, et j'aime encore mes enfants morts, même celui qui n'est jamais né, et Slade...

– Je ne sais pas ce qu'est l'amour, répondit Nikolai. Je ne l'ai jamais éprouvé pour une femme comme j'ai vu d'autres hommes l'éprouver. J'aime la Russie et l'idée d'égalité pour toute l'humanité comme certains hommes aiment des femmes. C'est ce désir-là qui me brûle. Je n'ai jamais eu de temps à consacrer à l'amour. Aussi, ajouta-t-il en riant, j'ai passé presque toute ma vie d'adulte dans des pays étrangers, où je n'ai guère d'affinités avec les femmes.

Chloé soupira. Soudain Nikolai se pencha de nouveau vers elle et lui prit le poignet, avec urgence.

– Je veux que tu saches que si tu étais ma femme et si tu t'étais donnée à ce seigneur de guerre, je serais terriblement fier de toi. Je te voudrais plus que jamais, pour ce que tu es au fond de toi.

– Merci, Nikolai.

Elle fut surprise de sentir une larme couler sur sa joue.

– Aimes-tu encore ton mari?

Son amour pour Slade s'était-il éteint? Elle se sentait abandonnée, voilà ce dont elle était certaine. Avait-elle besoin de se sentir aimée pour aimer? Oh, que la vie était mystérieuse.

– Je ne sais pas, répondit-elle. En tout cas, je ne suis pas encore prête à rentrer à Shanghaï.

Quand ils retournèrent chez Ching-ling, Nikolai la tenait par les épaules.

32

L'air de la nuit était encore lourd après la chaleur de la journée ; il lui rappelait Oneonta. Là-bas, les nuits d'été, Chloé s'était toujours réveillée avec l'oreiller humide de sueur. Ses cheveux lui collaient à la nuque. On l'avait prévenue que les étés de Wuhan pouvaient s'avérer insupportables. A l'autre bout du monde, on disait la même chose qu'à New York : « Ce n'est pas tant la chaleur que l'humidité. » Une humidité qui avait le don de lui porter sur les nerfs. Elle avait cru les étés de Shanghaï brûlants mais ceux de Wuhan les surpassaient.

A neuf heures et quart elle commença à regarder sa montre toutes les cinq minutes. Non qu'elle voulût que le cours soit terminé mais elle savait que Nikolaï arriverait bientôt, comme il n'y manquait pas depuis deux mois. Quand elle entendit la porte s'ouvrir, quand elle vit son imposante silhouette s'encadrer dans le chambranle, le rythme de son cœur s'accéléra. L'émotion lui serra la poitrine et le ventre. Les yeux noirs du Russe la fixaient dans le pauvre éclairage de la pièce. Il passa les doigts dans sa barbe broussailleuse ; il ne souriait pas.

Voilà seulement deux heures qu'elle l'avait quitté, pourtant cela lui paraissait une éternité. La nuit, une fois qu'il était parti, allongée sur son lit étroit et dur, avec le clair de lune qui se glissait auprès d'elle, en franchissant le haut mur de la cour, elle s'efforçait de songer à Slade. Elle tentait de se le figurer, mais elle ne voyait que les yeux sombres et brillants de Nikolaï. Elle luttait pour se concentrer sur ce qu'elle avait partagé des années durant avec Slade, or tout cela la fuyait. Ses pensées entêtées revenaient aux discussions qu'elle partageait avec Nikolai... à leurs échanges, à tout ce qu'ils avaient en commun.

Fermant les yeux, elle se contraignait à imaginer le corps mince et ferme de Slade, et la tendresse de ses baisers... baisers qu'elle n'avait pas goûtés depuis si longtemps. Elle essayait de se remémorer ses caresses, mais le souvenir lui échappait. Et à sa place, c'étaient les grandes mains de Nikolai qui la hantaient, sa barbe fournie sur son sein, son grand corps qui se glissait entre les draps, la couvrait, ses baisers qui pleuvaient sur elle. Elle rouvrait les yeux, s'apercevait qu'elle gisait nue dans la nuit noire, le clair de lune dansant sur son corps pâle.

Elle promenait les mains sur sa poitrine, se demandant si la barbe de Nikolai chatouillait, si lui aussi imaginait qu'il la tenait dans ses bras. Le désir lui arrachait des soupirs. Elle avait vingt-cinq ans, elle était mariée, et cependant aucun homme ne l'avait touchée depuis près d'un an.

Oui, elle avait envie de Nikolai, elle voulait qu'il lui fasse l'amour. Elle voulait son corps près du sien, en elle, sur elle. Elle voulait ses grandes mains sur elle, ses lèvres sensuelles sur les siennes. Elle voulait qu'il la désire. Elle voulait savoir qu'il pensait à elle en cet instant, qu'il avait envie d'elle, que le désir le privait de sommeil lui aussi.

Elle serrait les poings et en frappait son rude oreiller.

C'était ainsi toutes les nuits.

A présent il était là, debout à la porte de la classe, et il l'emprisonnait dans son regard. Elle songeait avec un certain effroi qu'elle laissait faire les choses, qu'elle les laisserait advenir; pire, qu'elle les provoquerait. Je ne veux pas lutter. Je veux...

Quand elle traversa la pièce, Nikolai lui sourit et lui prit la main pour l'emmener dans la nuit moite, aussi suffocante que le jour. La main du Russe était sèche, qui ne lâchait pas la sienne.

– Il fait trop chaud pour dormir, dit-il. Tu veux descendre au lac? Il y a de jolis chemins.

Avec la pleine lune on y voyait presque comme en plein jour.

Au bord du lac, Nikolai la conduisit le long des canots amarrés pour la nuit.

– Si on s'asseyait? proposa-t-il.

Et il monta dans l'une des barques que berçait le flot placide.

Ils s'installèrent sur deux planches face à face, sans parler ; Nikolai tenait toujours la main de la jeune femme. La rumeur de Wuhan s'était apaisée ; les bambous se découpaient comme de la dentelle sur le clair-obscur.

Puis Nikolai se mit à rire et pressa davantage la main de Chloé.

— Tu te rappelles, il y a quelques semaines, je t'ai dit que je n'avais pas de temps pour l'amour ?

— Oui, répondit sourdement Chloé.

— Peut-être pensais-je que le temps – cette denrée précieuse dont je n'ai jamais trop – m'empêchait de me lier à une femme. Je croyais que, pour avoir atteint trente-trois ans sans connaître la passion, j'étais à l'abri, qu'aucune tentation ne viendrait me détourner de mon but. Je reconnais que j'ai été tenace ; je n'aurais pas laissé ma femme, ni même mes fils, interférer avec ce que je tenais – et tiens toujours – pour la mission de ma vie.

Il leva la main de Chloé dans le clair de lune, la contempla.

— Mais tu es là, reprit-il. Et peut-on expliquer pourquoi soudain quelqu'un s'impose dans votre vie ? Pourquoi chaque ombre devient cette personne ? Pourquoi, toute la journée, au lieu de se concentrer sur sa tâche, on n'aspire qu'à voir celle qui est devenue la chose la plus importante au monde ? Sais-tu qu'aujourd'hui je t'ai cherchée toute la journée, pour seulement t'apercevoir ? Tous ceux qui entraient dans mon bureau, tous ceux que je croisais dans le couloir... ce n'était jamais toi. Quand je t'ai vue enfin, un instant, j'ai regardé autour de moi, inquiet que quelqu'un puisse entendre battre mon cœur.

Chloé lui pressa la main puis la porta à ses lèvres pour lui embrasser la paume.

— Je me demande, poursuivit-il d'une voix douce dans la nuit, si t'aimer va détruire notre amitié. Si tu vas me dire, « Non, Nikolai, je suis mariée, je ne partage pas ton sentiment. »

Il lui lâcha la main et détourna le visage.

— Je te veux, Chloé. Comme je n'ai jamais voulu une autre femme. Tu es en moi, dans mes os, ma moelle, mon sang. Tu bats en moi. C'est plus fort chaque jour, je ne peux plus dormir. Le jour, je dois déployer une énergie mentale féroce pour parvenir à me concentrer sur mon travail.

Il se mit à rire.

– J'ai une maladie. Je ne sais pas la soigner. Une fièvre. Aide-moi, je me suis efforcé d'échapper à ce sentiment. J'ai de l'amitié pour Slade. Je ne veux pas te compliquer la vie, te poser un problème. Mais tu domines tout maintenant en moi, le jour comme la nuit.

Ses mots enivraient Chloé.

– Je t'aime aussi, fit-elle à la seconde où elle venait de le comprendre.

Il se leva, un peu d'eau passa par-dessus le plat-bord de l'embarcation. Sautant sur le quai, il tendit la main.

– Viens.

Il l'emmena sous le couvert des arbres, où régnait l'obscurité. Là, il la prit dans ses bras, l'enveloppa. Elle leva les yeux vers ce visage qu'elle ne pouvait plus voir, sentit son souffle quand ses lèvres effleurèrent le siennes, sentit une urgence en lui à laquelle elle succomba, surprise de la douceur de ses lèvres, de sa langue, des paroles qu'il murmurait.

– Mon amour. Ma belle aimée.

Ses baisers étaient d'une telle fougue qu'elle cessa de penser pour l'embrasser en retour, avide de sa bouche, de son corps si proche du sien. Le reste du monde s'était effacé, seuls existaient le corps de Nikolai et ses mains et sa bouche... et son corps à elle qui reprenait vie pour la première fois depuis si longtemps.

Il l'étreignait comme s'il ne devait jamais plus la lâcher.

– Sais-tu ce que je pensais de toi au début? demanda-t-il en lui embrassant l'oreille. Que tu étais bien trop belle pour avoir de la cervelle. Encore une de ces Américaines élevées dans le luxe, l'exemple parfait de ce contre quoi nous luttons.

– Oh, Nikolai, je n'ai jamais été riche. Sans cervelle, peut-être.

– Je sais, je sais, murmura-t-il dans ses cheveux.

Au son de sa voix, elle devina qu'il souriait. D'un doigt, il lui souleva le menton.

– Mais je t'aimais bien, Chloé. Tu t'es mise à parler et je t'ai trouvée curieuse, réceptive, intelligente, et ton sourire me captivait.

Se penchant, il lui effleura de nouveau les lèvres, doucement, tendrement. Jamais personne n'avait embrassé la jeune femme de la sorte. Des baisers qui touchaient au tréfonds de son être, de son âme, qui lui procuraient un vertige délicieux, si puissant qu'il dut la retenir.

– Je n'ai pas embrassé une femme depuis tant d'années. Je ne me souviens pas que ç'ait jamais été comme ça, chuchota-t-il avant de fondre à nouveau sur sa bouche. Et toi, qu'as-tu pensé de moi le jour où nous nous sommes rencontrés dans le salon des Sun à Canton ?

Elle rit, essayant de se souvenir.

– J'ai sans doute pensé que tu étais un ogre. Je n'avais jamais connu de communiste. J'ignorais tout d'eux sinon que mon père les tenait pour le mal absolu. J'ai aussi trouvé que tu étais l'homme le plus imposant que j'aie vu.

– Il est tard. Je te raccompagne, même si je n'en ai aucune envie.

Enlacés, silencieux, ils marchèrent jusqu'à la maison de Ching-ling.

– Je t'aime, dit Nikolai quand ils furent parvenus devant la porte. Je ne sais pas ce que nous allons faire. Vivre chaque jour comme il se présente, peut-être. Avec le chaos provoqué par Tchang Kaï-chek, je ne sais pas de quoi demain sera fait. Demain ou après-demain. Je sais seulement que je t'aimerai encore. Et chaque jour qui suivra. Et j'espère que tu seras à mes côtés, où que nous soyons. Mais je n'ai pas envie de penser à cela maintenant. C'est assez d'aimer.

Chloé se haussa sur la pointe des pieds mais, même ainsi, il dut se pencher pour qu'elle puisse jeter les bras autour de son cou et l'embrasser. J'ai envie de coucher avec lui, pensa-t-elle. J'ai envie de faire l'amour. Je veux me donner à lui. Je veux que nous ne fassions qu'un, même brièvement.

Quand elle pénétra dans la maison, Ching-ling était encore debout. Assise à son bureau, elle écrivait et releva les yeux en entendant son amie.

– Je commençais à m'inquiéter pour vous. Vous n'êtes jamais restée dehors si tard.

– Il faisait si chaud que Nikolai et moi avons marché jusqu'au lac.

Ching-ling la regarda longuement.

– Alors, l'inévitable a fini par se produire ? demanda-t-elle.

– L'inévitable ?

– Ce n'était qu'une question de temps, ma chérie.

Chloé dévisagea son amie, qui se leva pour venir à elle.

– Le Dr Sun était marié, lui aussi, quand je l'ai rencontré. Nous ne pouvons rien contre ces choses.

— Je ne sais pas ce que c'est exactement, reconnut Chloé. Mais je sais que je n'ai pas envie que cela s'arrête.

Dieu merci, c'était Ching-ling et non sa mère qui avait deviné ce qui se passait, une amie qui ne s'érigeait pas en juge.

— J'ai toujours pensé que Slade n'était pas assez bien pour vous.

— Pas assez bien, que voulez-vous dire? sursauta Chloé.

— Il n'a pas assez d'envergure pour vous, Chloé. Je sais, c'est un grand journaliste américain, et j'avoue avoir besoin de son secours pour parler de notre cause dans le monde. Mais, en tant qu'homme, il est figé. Quand *vous* ne cessez d'évoluer. Un jour, vous serez bien trop avancée pour Slade. Peut-être est-ce en partie votre problème actuel. Vous êtes sortie de votre rôle d'épouse pour devenir une héroïne. Cela n'a peut-être rien à voir avec la relation intime qui vous a liée à ce Léopard-des-Neiges. Slade se sent peut-être diminué en tant qu'homme et ne sait y faire face.

Bouche bée, Chloé se laissa tomber sur le siège le plus proche.

— Vous verrez, ma chérie, vous êtes destinée à de grandes choses, et la plupart des hommes ne peuvent supporter cela. Ils peuvent le deviner chez une femme mais sans le comprendre. Je suis de cette espèce aussi.

Certes, Chloé en convenait pour Ching-ling, mais non pas pour elle. Toujours, elle avait considéré Slade comme supérieur à elle, estimant qu'elle allait à sa suite, en tant qu'épouse, en tant que femme. C'était son rôle dans la vie. Non, elle n'était pas destinée à de grandes choses.

Oh, pour l'heure elle ne souhaitait pas songer à Slade. Elle venait de quitter les bras de Nikolai et brûlait d'aller s'allonger pour se rappeler ses baisers, rester éveillée, frémissante de désir pour lui. Ce soir, elle ne voulait pas réfléchir à sa relation avec Slade mais revivre chaque instant passé dans les bras de Nikolai, sous des baisers qui la bouleversaient autrement que ne l'avaient fait ceux de Slade ou d'aucune garçon de sa jeunesse.

— Vous et Nikolai, ajouta Ching-ling, c'est le destin.

33

– Ce n'est pas possible! s'exclama Nikolai.

Ching-ling se laissa tomber sur une chaise.

– Tchang avait donc raison, après tout.

Nikolai se frappa le front de la paume comme s'il essayait d'effacer les mots écrits sur la feuille de papier.

Je te l'avais dit, faillit rétorquer Chloé. Je l'ai toujours dit que tes Russes, tes communistes, n'étaient pas fiables. Elle lui avait dit qu'il vivait dans ses rêves, que, depuis dix ans qu'avait eu lieu la révolution, des millions de dissidents avaient été assassinés ou incarcérés – ou exilés en Sibérie. La réponse de Nikolai était invariable :

– Dès que les choses commenceront à aller mieux, les gens mesureront combien la vie est différente, et ils seront d'accord avec nous. Il n'y aura pas besoin de répression. Je suis sur cette terre pour combattre la répression.

Il avait néanmoins été perturbé du fait que la chose la plus importante en URSS semblait être *qui* dirigeait le parti communiste. Il avait vénéré Lénine, mais aujourd'hui Trotski et Staline se disputaient le pouvoir. Lénine avait envoyé Nikolai en Chine, non seulement pour aider le peuple chinois mais pour faire du prosélytisme et convertir une autre nation au communisme. A présent il n'était plus.

Après Lénine, Trotski lui avait assuré que la Russie n'avait aucun intérêt à faire main basse sur la Chine, seulement à ce que la Chine se joigne à eux pour donner l'exemple au monde, l'exemple de ce qui était possible à l'homme du peuple.

A présent l'équilibre du pouvoir au Kremlin était en

283

péril. Joseph Staline accaparait les commandes. Il avait écrit à Nikolai afin de lui faire savoir qu'il était fatigué d'attendre, fatigué d'entendre parler de luttes intestines et de Tchang Kaï-chek plus que du communisme, et qu'il craignait pour l'avenir du parti.

« De ce fait », disait son message, « je t'ordonne d'armer vingt mille membres du parti, de fonder une nouvelle armée de cinquante mille ouvriers-paysans, de purger ton parti de ses membres douteux, et de confisquer les terres. »

Purger des membres douteux ? Une seule interprétation était possible : mort aux non-communistes.

Depuis plus d'un an, Tchang Kaï-chek affirmait que l'URSS préparait secrètement l'annexion. Les communistes, déclarait-il, ne s'intéressaient pas à la Chine pour les Chinois, mais à la Chine pour les Russes. Il n'avait adopté ce discours qu'après le départ de Nikolai, Chingling et des militants les plus radicaux de Canton vers Wuhan. A ce moment-là, alors qu'avec son armée formée à l'école militaire de Whampoa, il s'était mis en route en direction de Shanghaï, il avait commencé de se séparer de l'aile gauche du Kouo-min-tang. Cela remontait à plus d'un an.

— Ce n'est pas pour ça que Lénine m'a envoyé ici, reprit Nikolai, levant les yeux de son bureau où était posée la lettre. Ce n'était pas ma mission. Qu'importe qui donne ces ordres, je ne les exécuterai pas !

— Cela ne va-t-il pas vous mettre dans une position intenable ? avança Ching-ling. Nous ne recevrons plus d'aide à moins que vous n'obéissiez à ces ordres, et cependant vous ne pouvez vous y résoudre.

— Vous avez raison, acquiesça Nikolai. Nous n'aurons plus de fusils pour combattre Tchang et sa pègre. Or nos troupes marchent actuellement sur Pékin pour vaincre Tchang dans la course à la capitale.

— Tu t'es fait doubler, n'est-ce pas ? intervint enfin Chloé. Doublement. D'abord par Tchang, maintenant par l'URSS.

Nikolai hocha la tête.

— Dès qu'il apprendra que nos troupes vont tenter de le battre à Pékin, il en enverra d'autres pour nous écraser, surtout quand il aura connaissance de ce message de Staline. Il pourra clamer au monde entier qu'il avait raison, et le monde entier se rangera à ses côtés. Toutes les nations étrangères voleront à son secours.

– Oh, Nikolai, qu'allons-nous faire? souffla Ching-ling d'une voix à peine audible.

Il garda le silence un bon moment; on n'entendait que le tic-tac de l'horloge. Chloé se sentait inutile dans cet obscur bureau de l'entrepôt. Que dire qui ne fût déplacé? Elle souffrait pour ses deux amis, regardait une veine battre à la tempe de Nikolai.

– Staline a peur, devina-t-il. Il nous laisserait répandre tranquillement nos idées s'il ne craignait pas le pouvoir de Tchang et la mort du communisme dans ce pays. Il a vu la Chine comme un allié pour la formation d'un immense continent communiste. Maintenant il doit penser qu'il faut recourir à la force. Écraser ceux qui ne pensent pas comme nous!

– Tu n'es pas de cet avis? ne put s'empêcher d'interroger Chloé. Tu ne ferais pas tout pour ta cause?

Il posa sur elle un regard douloureux.

– S'il n'y avait pas d'autre voie, oui. J'ai pris part à cela en Russie. Je le ferais encore si c'était nécessaire. Mais ici il existe un autre moyen. Je le sais... J'en ai l'intime conviction... Oh, je ne sais plus que croire.

Au dîner, il ne put manger. Ching-ling chipota. Chloé eut honte de finir son assiette.

– Je ne suis pas de très bonne compagnie ce soir, finit par dire Nikolai. Si vous voulez bien m'excuser, je rentre.

Le cœur de Chloé se serra. Elle avait déjà vu Ching-ling déprimée ou triste, mais jamais Nikolai. Elle avait cru qu'il ignorait ce que signifiait le mot « défaite ».

Il se leva, commença à partir mais se retourna pour s'adresser à Ching-ling.

– Ce n'est pas le communisme. Staline s'efforce d'asseoir son pouvoir en URSS et peut-être considère-t-il la Chine comme un moyen d'y parvenir. En réalité, il ignore ce qui se passe ici.

Déjà, il cherchait des excuses.

Lorsque Ching-ling fut partie se coucher, Chloé s'installa pour écrire à ses parents, mais son désir devint de plus en plus fort d'aller retrouver Nikolai, de le réconforter. Sans doute avait-il besoin de solitude mais cela faisait déjà quatre heures qu'il était seul. Elle ne supportait pas qu'il reste seul avec sa souffrance.

Bien qu'elle sût où il demeurait, elle n'y était jamais

285

allée. Elle partit dans les rues sombres, les ruelles tortueuses, sans crainte. La Chine avait depuis longtemps cessé de l'effrayer.

La chambre donnait sur la rue. Elle frappa plusieurs fois à la porte avant qu'il ne vienne ouvrir. A ses yeux, elle devina qu'il n'avait pas dormi ; il était encore habillé.

– Chloé ? fit-il avec surprise. Il est plus de onze heures. Tu ne devrais pas être dans les rues.

– Il fallait que je vienne...

Ils demeurèrent un peu gauches, l'un face à l'autre.

– Tu ne m'invites pas à entrer ?

– Oh, si, bien sûr.

Une lampe brûlait sur la table de chevet et sa flamme dansante projetait des ombres sur le mur. L'ameublement se résumait à un lit étroit dans un coin, une table et trois chaises au milieu, une malle dans un autre angle.

Nikolaï referma la porte mais ne suivit pas Chloé qui s'était avancée.

– Personne n'est jamais venu me réconforter, fit-il. C'est pour ça que tu es là, n'est-ce pas ?

– Évidemment, admit-elle, se retournant pour lui faire face. Tu souffres et je t'aime. Si je ne peux partager ta souffrance, je veux être auprès de toi tant qu'elle te pèse. Je ne veux pas que tu sois seul.

Nikolaï s'approcha et la prit dans ses bras.

– Ma douce Chloé, mon aimée.

Sans l'embrasser, il la tint serrée contre lui. Elle entendait battre son cœur. Puis il s'éloigna d'elle et alla s'asseoir au bord du lit.

– Je ne peux pas parler. Je n'ai rien à dire ce soir, je ne fais pas un bon compagnon. Je suis heureux, quand même, que tu sois venue. C'est quelque chose de nouveau pour moi, quelqu'un qui se soucie de moi.

Il tendit la main vers la jeune femme mais elle ne le rejoignit pas.

Au lieu de cela, debout près de la table, elle entreprit de se déshabiller. Nikolaï eut un sursaut infime. Elle ôta ses vêtements avec lenteur, parce que Nikolaï la désirait depuis longtemps, parce qu'il la regardait à ce moment-là avec son désir ardent, parce qu'elle brûlait d'être à lui. Et depuis longtemps, elle aussi, le désir la tenaillait ; avant même que Nikolaï la touche, elle sentit son corps s'embraser. Bien qu'elle sût qu'il était au désespoir, elle ne put s'empêcher de lui sourire. Elle enleva ses chaussures, et ses habits volèrent de par la petite pièce.

Nikolai murmura une exclamation quand elle vint à lui. Elle l'attira à elle, pour sentir sa tête sur ses seins, ses lèvres sur les siennes, entendre ses plaintes quand il l'enlaça et l'écrasa contre lui. Quand sa bouche se referma sur son sein gauche, elle sentit le feu s'allumer en elle, une fièvre courir dans tout son corps, avec une puissance qu'elle n'avait jamais éprouvée avec Slade, une urgence plus impérieuse que tout ce qu'elle avait connu jusqu'alors.

Elle entreprit de défaire les boutons de sa chemise; quand elle la lui ôta, la vue de son torse couvert d'une toison sombre, si différent de la poitrine lisse de Slade, l'émut. Nikolai se leva, se débarrassa de son pantalon; elle le repoussa sur le lit et s'allongea à son tour, sur lui, adorant le contact de leurs deux corps pressés. La chaleur qui fusa entre eux aurait dû illuminer toute la chambre, il n'y avait que la pâle lueur de la lanterne. Du bout de la langue, elle lui caressa la bouche.

– Ma Chloé! s'exclama-t-il sourdement. Que tu es belle, si belle.

Ses mains la parcouraient toute, sa bouche s'emparait de la sienne. Elle ouvrit grand les jambes pour mieux sentir entre elles son membre d'homme.

– Ne te dépêche pas, chuchota-t-il. J'ai trop attendu cela.

Ses mains descendirent dans son dos, effleurèrent ses fesses, la pressèrent encore davantage contre lui, et il prit sa bouche pour un long, long et lent baiser. Puis il changea de position, la coucha sur le dos pour lui lutiner le ventre à coups de baisers, et elle pensa, sa barbe ne chatouille pas du tout.

Il fit courir ses mains le long de ses jambes, pleuvoir des baisers à l'intérieur de ses cuisses. Elle l'attira plus étroitement contre elle, surprise de trouver si léger son corps de géant. Comme deux entités autonomes, leurs corps se mouvaient en rythme l'un contre l'autre, avec tant d'ardeur que l'étroit lit remuait lui aussi. Leurs bouches ne se quittaient pas. Subitement, Chloé n'y tint plus et noua les jambes autour de la taille de Nikolai.

– J'ai envie de toi. Tout de suite, murmura-t-elle. Je t'en prie.

Il entra en elle, si profondément qu'elle eut l'impression qu'ils faisaient un. Il l'étreignait toute et leurs respirations profondes allaient à l'unisson. Chloé eut le sentiment que le monde explosait; si les feux d'artifice avaient été doués de vie, c'était ce qu'ils devaient éprouver en éclatant dans le ciel nocturne de leurs précieux éclats de feu.

Mais c'était sans décrue. Au contraire, le plaisir continuait, continuait au rythme croissant d'une étreinte de plus en plus profonde. Et même quand Nikolai se mit à crier, ils ne purent ralentir.

Lorsqu'ils furent harassés, comblés, ils restèrent enlacés longtemps, sans un mouvement.

— Ça n'a jamais été comme ça avant, dit Chloé.

Avec un profond soupir, Nikolai s'allongea sur le dos et fixa le plafond, une main sous sa nuque, l'autre bras autour de Chloé.

Elle se mit sur le flanc, fit courir ses doigts sur le torse velu, l'embrassa. De la main, il retint le visage de la jeune femme contre sa peau brûlante. Elle sentait le poids aimant de son bras autour de ses épaules. Je n'ai jamais vécu un plus beau moment, pensa-t-elle.

— Jusqu'à ces derniers jours, dit enfin Nikolai, je n'avais pas douté une seule fois que je savais ce qui est le plus important au monde. Mais maintenant...

Il releva la tête pour plonger les yeux dans ceux de Chloé.

— Maintenant tu es ce qui est le plus important au monde. Dans mon monde. Avant je ne savais pas ce que signifiait l'amour. Grâce à toi, tout le reste devient supportable.

34

– C'est bon de vous voir si heureuse, confia Ching-ling quand Chloé et elles furent seules.

– Je devrais me sentir coupable, répondit Chloé, mais je me sens plus vivante que je ne l'ai été depuis des années.

Même quand nous sommes séparés, je garde son goût, son odeur, songea-t-elle se souriant à elle-même. Je sens ses mains sur moi. Elle plongeait en pensée dans le regard de Nikolai, si profondément qu'elle avait le sentiment de se noyer en lui. Elle avait ses lèvres sur les siennes, ses bras qui l'enlaçaient, leurs corps mêlés, et les mots d'amour qu'il murmurait à son oreille.

Un jeune homme se présenta à l'imprimerie avec un message de Nikolai pour Chloé. « Viens immédiatement à mon bureau. »

Quand elle ouvrit la porte, elle découvrit dans la pièce Nikolai, Ching-ling, T.V. et Slade. Ces deux derniers lui jetèrent un bref regard. Ching-ling et Nikolai s'avancèrent vers elle.

– T.V. m'apprend que Tchang Kaï-chek a mis ma tête à prix, annonça Nikolai.

Les yeux de Chloé se rivèrent à ceux de son amant. T.V. toussa.

– Vous devez quitter le pays. Et toi, petite sœur, il te faut partir aussi. Du moins pour un temps. Je crains pour ta vie.

Ching-ling avait toujours été la préférée de ses sœurs. Elle se redressa de toute sa dignité.

– La cause de Tchang Kaï-chek n'est plus la nôtre, déclara-t-elle. Je ferai savoir publiquement que je le considère comme un traître, un usurpateur des idéaux du Dr Sun.

– Voilà pourquoi je crains pour ta vie, insista T.V.

– Je ne me tairai pas, fit-elle, dardant sur son frère son regard ardent. Je consacrerai ma vie non seulement aux idéaux du Dr Sun mais également à l'élimination de Tchang Kaï-chek. Toute révolution qui exclut les paysans et les ouvriers est fallacieuse.

Elle prit la main de Nikolaï et tous deux firent face à eux.

– Aujourd'hui les paysans chinois sont tenus à l'écart plus que jamais. Tchang ne luttera pas contre l'impérialisme. Il continuera d'asservir les paysans et les travailleurs pour son propre profit. La révolution chinoise est inévitable. Je ne désespère pas d'elle mais du temps qu'il faudra pour y parvenir maintenant que Tchang s'est tellement écarté de notre route.

Slade s'approcha de Chloé.

Les épaules de Nikolaï s'affaissèrent.

– La Chine est désormais aux mains des fascistes de droite.

T.V. acquiesça d'un hochement de tête.

– Il faut que nous vous sortions d'ici. C'est pourquoi nous sommes venus.

– Que suggères-tu? demanda Ching-ling d'une voix plaintive. Que je retourne aux États-Unis?

– Non.

Nikolaï avait presque crié.

Quand Slade se tourna vers le Russe, la poitrine de Chloé se serra. Malgré elle, elle regardait plus Nikolaï que son mari. Slade était si lisse, si soigné, si éloigné de tout ce qui était advenu à sa femme ces derniers mois. Un étranger.

Elle connaissait mieux Nikolaï, plus profondément qu'elle n'avait connu son époux. Époux. Elle le regarda, se demandant s'il avait seulement quelque profondeur...

– Ne rejoignez pas les puissances impérialistes qui soutiennent Tchang, dit Nikolaï à Ching-ling. Ce ne ferait qu'ajouter à une situation impossible. Venez avec moi. Une visite officielle à Moscou démontrera de façon spectaculaire que vous vous séparez du traître fasciste.

Ching-ling jeta un œil vers son frère qui parut approuver.

— Vous devez partir sur-le-champ, les pressa Slade. D'ailleurs, vous devrez passer dans la clandestinité bien avant. Dès que vous quitterez ce bâtiment, en fait.

— Que proposez-vous? s'enquit Nikolai d'une voix dépourvue d'émotion. Que nous partions pour l'URSS ce soir?

Slade répondit par l'affirmative.

— Vous devez partir tous les deux, répéta T.V.

— Quitter la Chine? souffla Ching-ling avec une sorte de sanglot.

— Jusqu'à ce que tu puisses revenir en toute sécurité, précisa son frère.

— Tu veux dire m'exiler tant que Tchang sera au pouvoir? murmura-t-elle d'une voix à peine audible.

— Jusqu'à ce que tu ne coures plus de risque, insista T.V.

— J'ai une idée, fit Slade, s'approchant du bureau où Nikolai était assis. A mon avis, Ching-ling et vous ne devez pas traverser la Chine ensemble. Séparés, nous sommes certains que l'un de vous deux au moins parviendra à s'enfuir.

— Je peux te faire descendre le Yang-tsé, dit T.V. à sa sœur. Déguisée.

— Ensuite, nous pourrons vous faire embarquer sur un bateau à Shanghaï, reprit Slade avec enthousiasme. Il sera facile de vous conduire à Vladivostok. Là, vous prendrez le Transsibérien à travers la Mongolie, vous atteindrez Oulan-Bator où vous prendrez un avion pour Moscou.

Les yeux de Ching-ling semblaient d'acier.

— Je vous accompagnerai jusqu'à Oulan-Bator, ajouta Slade. Là, vous serez en sécurité.

Les pupilles de Nikolai s'étrécirent.

— Ce n'est pas un acte d'altruisme, n'est-ce pas? fit-il. Escorter la veuve de Sun Yat-sen en exil, voilà un reportage exclusif.

Nulle amertume dans sa voix.

— Évidemment, admit Slade, souriant au Russe. Le monde entier se jettera sur mon papier. Et Chloé peut traverser le pays avec vous, ainsi j'aurai également le récit de votre fuite. L'homme de Staline en Chine échappe aux griffes de Tchang Kaï-chek!

— Je ne suis pas l'homme de Staline.

Chloé avait seulement entendu *Chloé peut traverser le*

291

pays avec vous. Ses yeux rencontrèrent ceux de Ching-ling.

— Toi, tu ne peux pas te déguiser, lui dit gaiement son mari. Tu es bien trop grande pour être une Chinoise, tu te ferais repérer. En revanche tu peux prendre le train vers le nord jusqu'à son terminus, à Xi'an.

Chloé ignorait complètement où se trouvait Xi'an.

— Je peux vous obtenir une voiture là-bas, enchaîna T.V., réfléchissant à voix haute, ou même un convoi, et vous continuerez vers le nord par la Mongolie. A Oulan-Bator, un avion russe vous attendra. Vous devriez être tranquilles durant tout le voyage. Vous précéderez les avis de recherche lancés sur vous... mort ou vif.

Le sourire de Nikolai n'atteignit pas ses yeux.

— Mort ou vif? Hmm.

— Cela t'ennuie beaucoup? demanda Slade à sa femme. Si tu l'accompagnes, grâce à ton témoignage, nous aurons l'exclusivité.

Pourquoi n'était-ce pas lui qui partait avec Nikolai et elle avec Ching-ling? s'interrogea Chloé. Slade répondit à sa question non formulée :

— Escorter Ching-ling sera bien plus dangereux car il faut repasser par Shanghaï. Nous devons la déguiser, lui faire traverser la ville. Je ne veux pas que tu reviennes à Shanghaï avec elle. En route vers le nord par train et par automobile, tu seras bien plus en sûreté, à défaut de confort.

Tu ne sais pas ce que tu fais, pensa Chloé. Tu ne devrais pas nous laisser, Nikolai et moi, courir le continent, ensemble, dans les steppes, sous les étoiles. Elle savait qu'Oulan-Bator était à plusieurs milliers de kilomètres de Wuhan, au-delà du désert de Gobi. Il leur faudrait des semaines pour traverser ces étendues sauvages, livrés ensemble à leur propre sauvagerie.

— Pas une fois Slade ne m'a demandé ce que je ressentais à la perspective de ce voyage.

— Peut-être vous connaît-il suffisamment pour ne pas avoir à vous questionner, suggéra Ching-ling.

— Peut-être se soucie-t-il plus de ses articles que de moi.

Ching-ling ne répondit pas et indiqua à la servante ce qu'il lui fallait empaqueter.

– Qu'éprouvez-vous à la perspective de vous séparer de Nikolai?

Chloé n'avait pas voulu y penser. Ses yeux s'emplirent de larmes.

– Je vais perdre mes deux meilleurs amis.

Ching-ling s'approcha d'elle et, se dressant sur la pointe des pieds, l'enlaça.

– L'époque n'est pas propice aux liens personnels. Vous me manquerez terriblement, vous aussi. La Chine me manquera. Mais je continuerai à me battre.

Ce qui est sans espoir, pensa Chloé.

– Asseyons-nous, proposa Ching-ling, prenons le thé et écoutez-moi.

Elles s'installèrent, attendirent que la servante eût porté le thé.

– Ma chérie, commença Ching-ling, vous ignorez votre valeur, pour vous-même comme pour le monde.

– Ma valeur? répéta Chloé sans comprendre.

– Oui. Pour mon pays aussi, vous êtes précieuse. Je pars mais vous resterez. J'espère que vous serez là à mon retour.

– Quand?

Chloé s'aperçut qu'elle tremblait et pressa les mains autour de sa tasse chaude, bien que la soirée d'été fût étouffante.

– Je ne serai pas absente aussi longtemps que le croit T.V., répondit Ching-ling avec un sourire. Je ne puis vivre en exil. Ma vie est vouée à une Chine libre, où paysans et ouvriers seront responsables de leur sort.

– Qu'ai-je à voir avec cela?

Ching-ling eut un geste tendre envers son amie.

– Je ne vous demande pas d'épouser ma cause mais d'agir comme vous le dicte votre cœur. De vous écouter vous-même, et pas seulement Slade. Quand vous avez agi par vous-même, vous avez été héroïque. Vous avez sauvé des vies et pris de l'envergure, même s'il a fallu pour ce faire vous soumettre à un homme. Slade vous a dénigrée, ne laissez pas se reproduire ce genre de chose. Vous ne pouvez contrôler ce que les autres pensent de vous, mais vous pouvez agir de façon qui vous semble juste et bonne.

– Vous me parlez de Nikolai et de moi?

– Non. J'essaie de vous parler de vous. De vous faire comprendre que vous pouvez être quelqu'un à part entière sans vous appuyer sur un homme. Bien que le docteur me manque à chaque instant, je grandis encore. Je n'ai pas besoin du soutien des autres pour voir en moi-même. Je sais ce que doit être ma route dans la vie. Et je ne laisserai aucun homme, aucune force extérieure m'en détourner. Je ne vous suggère pas un dévouement semblable, surtout sans cause, mais je vous conjure d'utiliser la force que je sens en vous.

– Je ne suis pas certaine de vous comprendre, fit Chloé.

– Je vous parle de vérité, de vérité intérieure. Qu'importe ce qu'on pense de vous, ou la façon dont on essaie de vous influencer, je parle de... ce que Shakespeare a bien mieux exprimé que moi : « Par-dessus tout, sois fidèle à toi-même. » J'ai oublié le reste mais l'idée est que, si l'on est sincère avec soi-même, on ne peut être faux avec personne. Voilà ce que je voulais vous dire. Accordez-vous la liberté de penser, et en conséquence d'agir de votre propre chef, Chloé. Osez faire de grands rêves. Osez vous regarder comme autre chose que l'épouse d'un homme. Ne vous enfermez pas dans ces limites.

Soudain, Chloé se rappela un petit matin sur le lac Michigan, et Cass qui lui disait à peu près la même chose.

– Mais vous, vous étiez si dévouée au Dr Sun... De son vivant, vous n'étiez que sa femme.

Ching-ling partit de son joli rire argentin.

– Ne me sous-estimez pas. J'étais bien plus que cela. J'étais sa camarade. Je travaillait à *notre* rêve. Et c'est à ce rêve que je consacre encore ma vie. Je sais comment on m'a surnommée, « la Jeanne-d'Arc chinoise ». Je sais qu'on raconte une foule d'histoires sur mon compte... que j'ai mené des armées au combat et ce genre de choses. Inepties, tout cela, mais je représente un point de ralliement pour notre cause. Je ne puis livrer physiquement des combats, certes, mais je lutterai pour la Chine jusqu'à mon dernier souffle, dussé-je vivre jusqu'à quatre-vingts ans. Ou cent!

Elle s'agenouilla auprès de Chloé.

– Ne laissez pas Slade vous donner le sentiment d'être inférieure. Il agit toujours ainsi envers vous. Il décide, il ordonne, « pars avec Nikolai », sans même savoir quels dangers présente la traversée des montagnes et des déserts. « Vas-y, pour *mon* article. Vas-y, c'est ton devoir de bonne épouse. » Ma chérie, si vous voulez partir, partez, mais non pour les raisons qu'il vous donne. Partez avec Nikolai pour le bien de votre âme.

Ching-ling alla vers la malle fermée et appela la servante.

– Emporte ça.

Son ordre donné, elle revint à Chloé qu'elle embrassa.

– Nous nous reverrons, très chère amie. Cette nouvelle péripétie n'aura fait que resserrer nos liens.

– Avez-vous peur ? souffla Chloé, lui saisissant la main.

– Je n'ai jamais laissé la peur m'empêcher d'agir, fit Ching-ling. Oui, j'ai peur, évidemment. Mais je suis en colère aussi, et je ne me sens pas vaincue. Pas plus que je ne crois la Chine vaincue. La route sera plus longue que je ne l'avais escompté. J'avais espéré la liberté pour 1923, nous sommes déjà en 1927. Qui sait, maintenant, quand elle viendra ? Mais ce géant endormi finira par la conquérir. Et l'élan viendra de l'intérieur, du peuple lui-même.

Sur une dernière pression de la main, elle tourna les talons et quitta la pièce.

35

T.V. avait garanti à Nikolai qu'il veillerait à ce qu'un wagon entier du train fût à leur disposition. Nikolai et Chloé l'occupèrent, en compagnie de cinq autres Russes et de trois Chinois. Comme le train filait vers le nord à travers les provinces du Ho-pei et du Ho-nan, ils virent partout la mort et la destruction, une campagne brûlée et silencieuse. L'écorce avait été arrachée des troncs d'arbres dépouillés de leurs feuilles. Une fine poussière courait sur la terre que les armées de Tchang avaient saccagée.

Le long de la voie ferrée gisaient des corps figés dans des postures grotesques, grouillants de mouches, en proie aux buses dont les géantes ailes noires claquaient bruyamment.

L'odeur de la mort pénétrait dans leur wagon ; en effet, avec les fenêtres fermées la chaleur était insupportable, et ils respiraient donc l'odeur du génocide.

Depuis qu'ils avaient quitté Wuhan, Chloé et Nikolai n'avaient pas eu un moment seule à seul. On dormait sur les rudes banquettes de bois, sans intimité possible. Nikolai passait la majeure partie de ses journées à regarder tristement par la fenêtre, sa chevelure noire agitée par la brise brûlante. « Nous avons échoué », répétait-il inlassablement.

Chloé s'efforçait en vain de le rassurer ; il disait vrai.

Il voyait ses rêves brisés, du moins en Chine.

– Et pas seulement détruits par Tchang, ruminait-il, mais par mes propres compatriotes. Par Staline, qui ne comprend rien. Il pense que la révolution se fait obligatoirement par les masses ouvrières des villes. Il ne connaît pas ce pays-ci. Ici, ce n'est que par les paysans que la Chine pourra bouger.

Dans ces moments-là, Chloé préférait garder le silence, le laisser à son désespoir. Elle allait s'asseoir derrière lui, regardant alternativement le paysage monotone et la nuque de Nikolai. Ses cheveux en bataille lui descendaient dans le cou; il passait fréquemment la main dans leur masse emmêlée comme s'il essayait de les arracher.

Les cinq jours où ils restèrent dans le train, elle aurait aussi bien pu ne pas être là. Nikolai était complètement abîmé dans son sentiment d'échec, la mort de ses espoirs.

Allait-il devenir l'insignifiante goutte d'eau dans l'Océan? Il ne serait plus *le* Russe, *le* communiste guidant les autres vers l'égalité. Tout ce qui fondait sa vie, son rêve même, avait disparu. Comment continuer? Et pourquoi? Sa raison d'être lui avait été enlevée. Que lui restait-il? devait-il se demander.

Elle savait ce qui restait. Un homme d'une énergie hors du commun, un visionnaire qui devait désormais porter son attention ailleurs qu'en Chine. Un géant parmi les hommes. Cependant, elle devinait que ce n'était pas cela qu'il voyait tandis qu'il fixait la brune terre désolée au milieu de laquelle le train cahotait avec une lenteur désolante.

Enfin ils atteignirent Ling Pao, terminus de la voie ferrée. Seul Chinois efficace parmi ceux qu'elle avait rencontrés, T.V. avait organisé leur périple dans les moindres détails. A la gare les attendaient deux Dodge, dont une luxueuse berline. Il y avait également deux motocyclettes et un camion. Une fois les bagages et les bidons d'essence de réserve calés dans le camion, les motos ouvrirent la route au convoi qui quitta la ville chaude et poussiéreuse en direction de Xi'an.

Nikolai ne put réellement retrouver Chloé qu'une fois qu'ils eurent quitté le train, que deux des Russes furent montés à bord du camion et leurs trois autres compagnons dans l'autre Dodge, laissant la plus grosse voiture à Nikolai, Chloé et leur chauffeur chinois. Une fois tous ces véhicules en route vers l'ouest, Nikolai se tourna vers la jeune femme, lui prit la main et chercha son regard.

Elle se pencha vers lui et l'embrassa, goûtant la douceur de sa barbe sur sa peau.

– Est-ce que je vais te perdre en même temps que je perds la Chine? murmura-t-il. Si je t'en priais, viendrais-tu avec moi?

Elle n'avait pas pensé à cela. Seulement qu'elle perdait Nikolai et que celui-ci avait le sentiment de s'être perdu lui-même.

– Tu veux dire, en URSS avec toi?

Il acquiesça et elle lut une grande souffrance dans son regard.

Moscou? La froide, la grise Russie? Une nation en plein bouleversement, autant que la Chine? Ce serait s'exiler. Non. Elle ne voulait même pas l'envisager. Elle en était incapable. Elle ne partageait pas le rêve de Nikolai. Mais d'ailleurs, de quoi rêvait-elle? Qu'est-ce qui lui importait hormis des moments d'amour, hormis ce qu'elle avait découvert avec ce géant russe qui lui serrait si fortement la main? Était-ce suffisant pour tout laisser tomber?

Comme elle ne répondait pas, Nikolai lui enlaça les épaules.

– Ce serait pour avoir plus de temps, dit-il. Ce serait pour que ce que nous avons découvert ensemble ait le temps de bourgeonner, de fleurir, de devenir à jamais partie intégrante de nos vies.

Chloé leva les yeux vers lui.

– Peut-être n'y a-t-il jamais assez de temps, Nikolai, jamais assez pour ce que nous voulons réellement.

– Le monde fait toujours ingérence, c'est ça? Des choses sur lesquelles nous n'avons aucun contrôle finissent par décider de notre vie.

Nous ne sommes pas maîtres de nos destinées, aquiesça silencieusement Chloé, et je ne suis pas maîtresse de mon âme.

– Dis-moi, fit-elle d'une voix si sourde qu'il dut se pencher pour l'entendre, tu sais que mon cœur et mon âme t'appartiennent? Pourtant je ne peux pas partir avec toi.

Nikolai garda le silence un bon moment; la voiture cahotait sur la route creusée d'ornières.

– Je sais, finit-il par reconnaître.

Avec un sourire, il se redressa.

– Voilà trop de jours que je me lamente sur mon sort, et je n'ai sûrement pas terminé. D'autant que je vais te perdre, toi aussi. Profitons des jours, peut-être des semaines, qui nous restent, pour ne jamais les oublier. Prenons le bonheur comme il vient, comme ce temps limité nous le concède, maintenant que nous allons être hors de portée du monde. Tu es d'accord?

– Oh, oui...

Elle laissa aller sa tête sur l'épaule de Nikolai quand il l'attira contre lui. L'automobile oscilla et cela provoqua leur rire. Oui, se dit Chloé, que notre amour soit d'une étoffe pareille à celle des rêves. Vivons-le pleinement pour le garder à jamais dans nos cœurs.

Néanmoins, durant tout le trajet jusqu'à Xi'an, ils furent séparés dans les auberges où ils descendaient. Jamais Chloé ne s'était aventurée si loin à l'intérieur de la Chine, et elle était atterrée du manque de confort dans les auberges.

— Je préférerais dormir à la belle étoile, grimaça-t-elle au troisième relais où ils s'arrêtèrent.

— Les Américains sont des enfants gâtés, commenta Nikolai. Viens te promener avec moi avant le dîner. Contemple ces montagnes et oublie que tu te sens sale. Laisse-moi te regarder, t'embrasser et trouvons un endroit tranquille.

— Je doute qu'il en existe en Chine, soupira Chloé.

Ils en trouvèrent un cependant dans la steppe, dans un champ de melons, derrière un arbre gigantesque qui se dressait pareil à une sentinelle, seul. Et là, à l'abri, Nikolai embrassa la jeune femme comme s'il ne devait plus y avoir de lendemain.

Xi'an – dernière agglomération un peu importante qu'ils verraient avant des semaines – était, en des temps reculés, l'ancienne capitale de la Chine. Des hommes vivaient là depuis les temps immémoriaux.

— Imaginer que cette cité remonte à l'aube de la civilisation... souffla Chloé.

Issue d'une nation qui comptait au plus deux cents ans d'histoire, elle avait peine à concevoir une ville vieille de milliers d'années, qui avait été la capitale de douze dynasties.

— Tu sais, lui répondit Nikolai, que lorsque les coolies qui travaillaient aux mausolées avaient achevé leur tâche, on les tuait et on les enterrait dans les tombes.

La violence de la Chine, à moins qu'elle en fût directement témoin, comme dans les régions qu'ils venaient de traverser, ne surprenait plus Chloé.

— Pourquoi ? questionna-t-elle.

— Pour qu'ils ne révèlent à personne quels trésors étaient ensevelis dans les tombeaux.

Xi'an était en train de se transformer en un grand centre industriel ; la fumée des usines dissimulait les collines au sud.

De Xi'an partait la piste qui les conduirait à travers les déserts du Nord. Chaque soir ils installaient leur campement, tirant deux grandes tentes du camion que dressaient deux des Russes, ainsi qu'une vieille mitrailleuse Maxim qu'on plaçait sur quelque hauteur proche et à laquelle ils se relayaient toute la nuit par quart de veille. Des paysans se rassemblaient à distance pour observer les hommes blancs ; ils n'en avaient jamais vu.

Aux yeux de Chloé, cette région qu'ils traversaient sortait tout droit d'un cauchemar. A croire qu'ils se trouvaient sur une autre planète. Aussi loin que portât le regard se dressaient des formes effrayantes, étranges. D'infinis ondoiements de dunes, des promontoires évoquant des châteaux fantastiques, des dénivellations surréalistes ; Chloé imaginait une main aux doigts longs et fins abattue dans les sables par quelque Dieu en colère. Elle découvrit que le désert n'était pas seulement constitué de dunes de sable mais de rochers éparpillés sur des milliers de kilomètres.

Ils parvinrent à Yanan, la dernière ville après laquelle il n'existait plus de piste sur plus de mille trois cents kilomètres.

– C'est par ici que passèrent Gengis Khân et ses Mongols quand ils vinrent conquérir la Chine, dit Nikolai.

C'était aussi le lieu de rassemblement de centaines de nomades des montagnes et des déserts du Nord, qui allaient avec chèvres et moutons en quête d'eau et de pâturages.

L'agglomération était cernée de massives collines escarpées. Les remparts qui fermaient la ville étaient plus élevés que tous ceux qu'avait vus Chloé en Chine ; ils s'adossaient aux hauteurs rocheuses jusqu'à s'y confondre, et grimpaient à l'assaut de leurs crêtes.

– Ce serait un quartier général militaire idéal, observa Nikolai. Le sommet des collines pourrait être fortifié, la route du Sud surveillée. Personne ne pourrait attaquer sans être vu de loin. On placerait des mitrailleuses ici...

– La ville est à l'écart de tout. Une armée ne s'aventurerait jamais ici, simplement pour prendre cette petite agglomération.

– Chloé, rétorqua Nikolai, aucun endroit en Chine ne sera épargné par la guerre qui va bouleverser le pays.

La jeune femme resta silencieuse. Laisse-le croire cela, s'enjoignit-elle. Laisse-le penser que le travail qu'il a accompli ici n'a pas été tout à fait inutile, que la Chine va réellement bouger. Mais elle était sûre que jamais Tchang n'enverrait ses troupes dans ce trou perdu. Yanan ne serait jamais un point stratégique.

Lorsqu'ils atteignirent la Grande Muraille, ils avaient parcouru plus de mille trois cents kilomètres en trois semaines et demie. Mille cent kilomètres les attendaient encore, à travers la Mongolie, dans le vaste désert de Gobi.

36

Le soleil s'immisça à travers les rideaux en lambeaux à l'instant où un corbeau déchirait le silence de son croassement. La main de Nikolai courut sur la poitrine de Chloé, sa langue joueuse qui traçait un sillon sur sa peau éveilla en elle un désir tout neuf.

A l'inclinaison des rayons du soleil, elle pouvait dire qu'ils avaient dormi tout l'après-midi. Elle ferma les yeux, souhaitant que Nikolai ne s'arrête jamais. Elle n'aspirait qu'à ses caresses, à ses lèvres, à rester allongée ainsi à jamais, nue dans un après-midi ensoleillé. Elle n'avait d'autre pensée que l'amour, que Nikolai, elle s'abandonnait toute aux sensations, à l'instant.

Les doigts aventureux de son amant ouvrirent doucement ses cuisses; il baisa la chair douce à l'intérieur de ses jambes, murmurant des mots en russe qu'elle ne comprenait pas mais qu'elle savait être des mots d'amour. Son corps répondit, reprit vie. Elle ouvrit les yeux, Nikolai lui souriait.

Il frotta sa barbe sur ses seins et rit, les dents étincelantes contre sa moustache noire, les yeux irradiant de tendresse. Puis roulant sur le dos, il entraîna la jeune femme avec lui; elle s'étira sur son long corps, souriante, se mit à bouger, lentement. Il chercha ses mains, les porta à sa bouche, lui embrassa les paumes. Elle oscillait toujours sur lui, le retenant étroitement en elle.

– Reste ici, fit-il.

Ses bras l'enlacèrent, sa bouche prit la sienne. Il cambrait les reins à sa rencontre, elle accéléra le rythme de leur étreinte jusqu'à entendre crier Nikolai. Elle-même frissonna, laissa monter en elle le spasme inouï, sans plus bouger, immobile, gémissante.

Avec un soupir, elle retomba sur Nikolai.

Ils restèrent inertes puis, au bout d'un moment, Chloé se laissa aller sur le dos auprès de son amant. Silencieux, ils se tenaient la main, paupières closes, respirant à l'unisson. Le corbeau croassa de nouveau.

La lueur du soleil tournait à l'or sur les rideaux sales quand Chloé entendit le bruit pierreux des chariots qui entraient dans la cour pavée, des beuglements de bœufs, des cris d'hommes qui encourageaient les bêtes. Elle se tourna sur le flanc, jeta une jambe en travers du corps de Nikolai, mit la tête sur son épaule et lui sourit. La suite se passa comme dans un rêve, vague, lointain, et elle lut la surprise dans les yeux de Nikolai quand ses lèvres prononcèrent « Chloé » mais que ce fut la voix de Slade qu'elle reconnut.

Elle se redressa brusquement, bondit du lit.

La voix mélodieuse de Ching-ling leur parvint depuis la cour et, nue, Chloé alla jeter un œil à la fenêtre. Près de la Dodge se trouvait un chariot chargé de foin et, au-dessus des valises, des boîtes, Ching-ling, qui sauta de la charrette dans les bras de Slade. La servante de Mme Sun les accompagnait, ainsi qu'un jeune Chinois.

– Mon Dieu, souffla Chloé, se tournant vers Nikolai dont les traits s'étaient figés.

Il s'empressa de ramasser ses vêtements et de se vêtir.

– Habille-toi, dit-il à Chloé qui restait pétrifiée devant la fenêtre. Mais habille-toi donc !

Chloé regarda autour d'elle ; ses habits éparpillés partout trahissaient le joyeux abandon que le couple avait connu trois heures auparavant. A gestes rapides, elle les enfila.

– Je descends, annonça Nikolai. Inutile de te presser. Tu feras bien de te peigner aussi.

Il avait presque atteint la porte quand il revint sur ses pas et prit Chloé dans ses bras pour l'étreindre.

– Si seulement nous avions plus de temps. Oh, mon amour.

Il l'embrassa puis quitta la chambre en claquant la porte.

Si j'avais su que c'était la dernière fois, se dit Chloé, s'agenouillant pour chercher sa seconde chaussure. J'aurais voulu que ce soit lent, languissant, et je me serais souvenue de chaque instant, de chaque caresse, de la moindre sensation.

Une part d'elle-même cependant conservait toutes les caresses de Nikolai, chaque baiser qui brûlait en elle pour toujours.

Elle s'était à moitié engagée sous le lit pour atteindre sa chaussure quand la porte se rouvrit sur Slade, qui se tenait les mains sur les hanches, riant, les yeux pétillants. Trois pas lui suffirent pour rejoindre sa femme, et il la souleva dans ses bras, la fit tournoyer.

– N'est-ce pas la plus sacrée aventure de tous les temps? s'exclama-t-il, lui plantant un baiser sur les lèvres.

La première fois qu'il l'embrassait depuis plus de quatorze mois.

Sans attendre de réponse, il la prit par la main et l'entraîna hors de la chambre dans les escaliers. A moitié chaussée, conduite par son mari, Chloé arriva dans la cour où Ching-ling donnait des instructions à sa servante pour les bagages – il paraissait bien y en avoir une demi-tonne.

Le visage de Ching-ling était tiré, fatigué, ses yeux portaient toute la tristesse du monde. Plus frêle que jamais, elle n'en avait pas moins les épaules droites et cette attitude royale qui lui était naturelle. Elle pressa les mains de son amie et se dressa sur la pointe des pieds pour l'embrasser.

– Je suis si heureuse de vous trouver saine et sauve. Nous n'avons cessé de nous inquiéter pour vous.

– Parlons un peu nourriture, lança Slade. On meurt de faim.

– Laissez-moi me laver d'abord, protesta Ching-ling.

– Il n'y a pas d'eau dans l'auberge, dit Chloé. Venez avec moi. Les lavabos sont dans cette ruelle. Et pour... euh... le reste, ça se trouve dans l'autre passage.

Dans l'étroit et sombre passage en question, après un angle, s'ouvraient dans le sol six trous puants.

– Quand êtes-vous arrivés? entendit-elle Slade demander à Nikolai comme elle entraînait Ching-ling.

– Vous allez bien? interrogea cette dernière en lui prenant le bras.

– Et vous?

– Non, évidemment non. Physiquement, oui, même si je suis un peu lasse. Mais à l'intérieur je me sens morte. Je crains que tout ne soit perdu.

– Tchang sera peut-être renversé.

Elles pénétrèrent dans une maison basse. Des tables hautes supportaient de grands baquets en bois rond. Ching-ling prit un petit récipient de métal terne et bosselé et s'en servit pour puiser l'eau dans l'un des baquets. Elle s'aspergea le visage, se penchant afin que Chloé ne la vît pas. Il n'y avait pas de savon en vue.

– Ma sœur s'apprête à épouser un assassin, dit-elle d'une voix étouffée, un oppresseur, un homme qui se sert de la Chine pour parvenir à ses propres fins et ne se soucie pas du peuple. Ma sœur sera la première dame de Chine.

Comme vous l'avez été vous-même, songea brièvement Chloé, et elle attrapa une serviette, douteuse pour avoir servi à bon nombre de gens, qu'elle tendit à son amie.

– J'ai entendu dire, hasarda-t-elle, que parmi les trois sœurs Song, l'une aime l'argent, l'autre aime le pouvoir, la troisième aime la Chine.

Cela fit naître un pâle sourire sur le visage de Ching-ling.

– Oui, je l'ai entendu dire également. Bien que Mei-ling soit prodigue, elle ne court pas après l'argent. Elle en a toujours eu suffisamment. C'est Ai-ling qui estime que l'argent représente la puissance et qui a à cœur d'amasser des biens. Je ne serais pas surprise d'apprendre qu'elle et son tendre époux sont aujourd'hui les gens les plus riches du pays. J'en ignore la raison mais elle a fortement encouragé Mei-ling à cette alliance. Mammy ne l'a approuvée qu'après que Tchang Kaï-chek eut dit qu'il avait divorcé de ses deux épouses et s'était converti au christianisme. Bien sûr, il n'a pas proposé de rompre avec ses concubines, mais Mammy n'est certainement pas au courant de leur existence.

« Mei-ling prétend qu'elle aime la Chine et qu'en épousant Tchang elle peut contribuer à améliorer les conditions de vie des paysans. Nous verrons.

S'apprêtant à s'essuyer le visage, elle constata à quel point la serviette était crasseuse et, secouant la tête, la reposa.

– C'est vrai, nous sommes affamés. Nous n'avons rien avalé de correct depuis trois jours.

– Je doute que vous trouviez mieux dans cette auberge, prévint Chloé, mais c'est mangeable.

Elles revinrent vers la cour.

– La Mongolie, souffla Ching-ling d'une voix presque interrogative. Me voilà en Mongolie, en route pour Moscou, et qui sait combien de temps je resterai en exil.

– Dès que Mei-ling aura épousé Tchang Kaï-chek, vous pourrez sûrement rentrer, rétorqua Chloé. Il ne tuerait pas sa belle-sœur !

– Qui sait ce que nous réserve l'avenir ? soupira Ching-ling avec un haussement d'épaules.

Le soleil commençait de disparaître derrière les montagnes.

– Et vous, ma chère amie ? reprit la Chinoise. Vous et Nikolai.

– C'est la fin, n'est-ce pas ? murmura Chloé, la poitrine serrée d'une douleur fulgurante.

– Comment un amour comme celui-ci peut-il avoir une fin ? répondit Ching-ling. Mon attachement au Dr Sun ne s'éteindra jamais.

– Vous étiez unis par le même idéal. Ce n'est pas le cas pour Nikolai et moi. Cela fait une différence. Je ne puis partir avec vous.

Un sourire triste passa sur les lèvres de Ching-ling.

– J'avais imaginé, espéré que vous choisiriez de nous accompagner. Tout au long du voyage, je me suis dit qu'il y avait une chance pour que Nikolai et moi parvenions à vous convaincre.

Chloé s'arrêta pour regarder sa compagne.

– Oh, ma chère, si chère amie. Je vous aime, Ching-ling. Et j'aime Nikolai plus que je n'ai jamais aimé Slade. Peut-être aussi parce que je l'admire tant, même sans partager sa conviction. Mais je ne suis même pas tentée de venir avec vous. Comprenez-moi. Je suis américaine, et cela influence mes décisions. Je suis aussi mariée, peut-être pas fidèle, en tout cas pas heureuse cette dernière année, mais mariée quand même. Tout en n'ayant pas respecté mes vœux, je ne puis rompre cette union à la légère.

Ching-ling pressa entre les siennes les mains de son amie. Puis elles se remirent en route, à la rencontre de Nikolai et de Slade qui semblait de bonne humeur.

Bien qu'elle n'eût pas eu de repas décent depuis trois jours, Ching-ling toucha à peine à la nourriture. Slade fit presque à lui seul les frais de la conversation, tout excité de raconter leur périple.

– Vous auriez dû la voir, s'emballa-t-il, pointant ses

baguettes sur Ching-ling. Habillée en paysanne, impossible de la distinguer des autres passagers sur le bateau qui nous ramenait à Shanghaï.

Ce qui rappela à Chloé l'autre fois, à Canton, où son amie s'était déguisée en paysanne pour s'enfuir.

– T.V. et moi ne la regardions pas, nous ne lui portions aucune attention au cas où quelqu'un nous aurait observés, mais les gens ne faisaient même pas attention à nous. A Shanghaï, elle a tenu à faire une halte rue Molière et à y prendre ce dont elle avait besoin pour quitter le pays. J'étais sûr qu'on la verrait se glisser dans la maison, mais personne n'a rien vu.

– Parce que nous avons attendu le matin, précisa Ching-ling, et que je me suis fait passer pour la livreuse d'œufs. Ensuite, je suis restée trois jours à mettre de l'ordre dans mes affaires. Il n'est venu personne à la porte.

– Évidemment, reprit Slade. T.V. avait peur qu'on la découvre, qu'elle soit retenue prisonnière sous son propre toit pendant que Tchang se servirait de son nom pour se faire absoudre de ses crimes abominables à travers toute la Chine. Et, si elle s'élevait contre lui, T.V. n'était même pas certain que sa parenté avec Mei-ling lui sauverait la vie.

Tout en parlant, Slade engouffrait ses nouilles agrémentées de porc frit.

– T.V. a trouvé un cargo russe pour nous acheminer jusqu'à Vladivostok. J'étais à bord en fin d'après-midi, à l'attendre, et je peux vous assurer que je n'étais pas tranquille. J'étais sûr qu'on l'avait découverte. A la tombée de la nuit, j'avais les nerfs à vif, et je suis resté sur le pont jusqu'à minuit, malade d'inquiétude.

– De toute façon, nous n'aurions pas pu partir avant la nuit, l'interrompit Ching-ling. Mon frère avait engagé deux hommes pour passer me chercher, nous étions tous habillés en mendiants. Nous avons fait des détours par les rues et les ruelles au cas où nous aurions été suivis. Arrivés sur le quai, mes deux guides m'ont conduite au plus petit sampan que j'aie jamais vu. Là, ils me confièrent au propriétaire, qui m'emmena à la rame sur cette poubelle flottante qu'est le Houang-pou, entre les navires de guerre d'une kyrielle de pays, ces pays qui croient posséder Shanghaï à défaut de la Chine. L'embarcation tanguait tant que j'étais certaine que nous allions chavirer,

307

mais nous avons continué à glisser en silence dans l'obscurité, entre ces énormes bateaux et les jonques grinçantes. Cela a duré trois heures avant que je ne monte clandestinement à bord du cargo.

Ce simple récit parut l'avoir épuisée.

– Ensuite, reprit Slade, nous devions faire escale au Japon, et quand la rumeur a couru que Mme Sun était à bord, des journalistes américains nous sont tombés dessus, mais je ne les ai pas laissés lui parler. Même pas prendre de photos.

Il eut un sourire suffisant.

– Nous nous sommes débarrassés d'eux alors qu'ils avaient à peine pu entrapercevoir Ching-ling. En débarquant à Vladivostok, il a fallu attendre le train pendant trois jours.

Chloé et Nikolai le regardèrent mais, apparemment, l'épopée était terminée.

– Alors ? questionna Chloé.

Slade leva brièvement les yeux de son assiette.

– Alors ? Eh bien, un trajet sans incident. La chaleur du train, le vent, la poussière. Une nourriture exécrable, toujours grisâtre. Nous sommes descendus à Oulan-Oude afin de venir vous rejoindre ici. C'était lent et assez pénible.

– Je regrette que nous ayons à refaire cette route en sens inverse, renchérit Ching-ling.

– Ce sera inutile, répondit Nikolai. Un avion soviétique va nous emmener sur le trajet du Transsibérien, à Verkhneudinsk. Il est déjà ici, nous vous attendions.

Chloé sursauta. Nikolai ne lui en avait rien dit. Quand avait-il pris les mesures nécessaires ? Leurs regards se rencontrèrent.

– Si je comprends bien, fit Slade, reposant ses baguettes, nous voilà au terminus ?

Ses trois compagnons le dévisagèrent.

– Le terminus, je suppose, répondit Nikolai d'une voix douce. En tout cas, pour le moment.

Slade se pencha et se cala les coudes sur la table.

– Je voudrais que vous sachiez, tous les deux, que ç'a été merveilleux de vous connaître, je ne parle pas simplement en journaliste. Je vous admire plus que je ne peux vous le dire. Je ne vous envie pas, cependant. Je suis content de retourner en Chine plutôt que d'aller en URSS.

308

Comme s'ils n'auraient pas eux aussi préféré revenir en Chine! se dit Chloé.

– Je suis très fatiguée, annonça Ching-ling. Cela ne vous ennuie pas que je me retire? Nous partons demain? demanda-t-elle à Nikolai.

– Dès que vous serez prête. L'avion n'attendait que vous.

– Heureusement que je vous ai, Nikki, fit-elle en posant une main sur son épaule.

Quand elle quitta la salle, ses épaules s'affaissèrent très légèrement.

– Quelle trempe a cette femme, s'émerveilla Slade.

– La vôtre aussi, rétorqua Nikolai, croisant le regard de Chloé. Vous pouvez être fier d'elle. Elle n'a jamais flanché face au danger, ne s'est jamais plainte de l'inconfort. Une femme comme il en existe peu.

Haussant un sourcil, Slade jeta un œil sur son épouse.

– Ah oui? Et j'imagine qu'entendre le récit de votre voyage à vous ne sera pas rien. Vous avez donc affronté le danger et l'inconfort? Génial, ça fera un bon papier.

Se levant de table, il tendit la main à Chloé.

– Viens, mon cœur, moi aussi je suis fatigué. Allons dans notre chambre.

Le cœur de Chloé cessa de battre quelques secondes. Elle parvint à ne pas regarder Nikolai.

– Oui, acquiesça-t-elle bien qu'elle ait dormi une partie de l'après-midi. Je crois que je vais m'endormir à la minute où je poserai la tête sur l'oreiller.

Slade la suivit dans l'escalier puis le couloir. Dès qu'il eut refermé leur porte, elle sentit sa main sur son bras.

– Hé, fit-il, l'attirant si près de lui qu'elle sentit la chaleur de son corps, tes cheveux sont mis n'importe comment, tu es toute débraillée, ta peau pèle après le soleil du désert de Gobi, et pourtant tu n'as jamais été aussi attirante.

Il l'embrassa dans le cou. Mon Dieu, pensa Chloé, c'est maintenant que tu me touches à nouveau, que tu essaies de rattraper cette année où tu ne m'as pas approchée.

Les bras de Slade se refermèrent sur elle.

Dieu, je ne veux pas! Aussi, quand ils furent au lit, resta-t-elle allongée, sans bouger ni frémir, laissant Slade lui faire l'amour pour la première fois depuis quatorze mois. Elle était incapable de répondre aux baisers avides dont il la dévorait. Mais il ne parut pas remarquer sa passivité, ou alors il n'y accorda pas d'importance.

– Tu ne manques pas de tripes, tu sais, fit-il quand il eut terminé. Je ne connais pas une autre femme qui aurait bravé le danger comme tu l'as fait. Tu ne trouves pas ça excitant? Sais-tu que nous sommes les seuls Américains, les seuls au monde à détenir ce chapitre-là pour les livres d'histoire?

Il roula sur le côté et, avant de sombrer dans le sommeil, murmura:

– Dieu, c'est bon.

Chloé resta à fixer le plafond, sans rien voir dans l'obscurité. Elle avait terriblement envie d'un bain.

37

Au matin, ils prirent le petit déjeuner en échangeant des propos décousus, s'efforçant de prolonger ces derniers instants.

Ma meilleure amie et mon amant s'en vont, peut-être pour toujours. Chloé se demanda si son cœur allait éclater, là, à cette table dressée dans la cour, où ils avaient depuis longtemps fini de se restaurer. Elle se demanda si l'explosion produirait un son, assourdi ou terrible, si elle serait la seule à l'entendre. Les cœurs émettaient-ils un bruit audible quand ils se brisaient? Sous la table, elle pressa le pied contre la jambe de Nikolai. Leurs regards se croisèrent brièvement au moment où Slade prit la main de sa femme.

— Vous serez des héros en Amérique, assura-t-il à Ching-ling et Nikolai, comme si cela devait compenser tout ce qu'ils étaient contraints d'abandonner.

— Si nous voulons atteindre notre destination cet après-midi, il faut y aller, décida enfin Nikolai.

Il n'y avait pas d'aéroport à Oulan-Bator, mais à l'extérieur de la ville, dans un champ, l'appareil soviétique les attendait, plus pesant que tous les avions que Chloé avait vus.

Ching-ling embrassa son amie, lui pressa la main.

— Nous nous reverrons, ma chérie. Mon cœur est avec vous.

Se tournant vers Slade, elle lui tendit sa main gracieuse.

— Merci d'avoir joué le rôle de Galaad. Votre compagnie me fut agréable. Vous avez été courageux car le périple aurait pu être dangereux pour vous.

– Ce fut amusant. Ce qui ne veut pas dire que je ne sais pas le chagrin que vous éprouvez. Je ferai mon possible pour que le monde entier vous comprenne.

– Je le sais, fit Ching-ling.

Nikolaï donna l'accolade à Slade.

– Merci pour votre aide et... celle de votre femme. J'espère que vos articles seront une aide.

Quand il se tourna vers Chloé, il n'hésita qu'un instant avant de la prendre dans ses bras.

– Le meilleur des compagnons de voyage, souffla-t-il. Et une amie rare.

Quand il la lâcha, Chloé ne put retenir les larmes qui lui venaient. Elle pleura en embrassant Ching-ling et en étreignant la main de Nikolaï. Sans se soucier de la présence de Slade, elle porta la main de son amant à ses lèvres et l'embrassa.

– Toi aussi, dit-elle, tu es un ami rare. Ce voyage sera inoubliable.

Ensuite, Nikolaï grimpa sur l'aile de l'avion, aida Ching-ling à entrer la première dans la cabine et se retourna pour agiter la main vers Slade et Chloé. Celle-ci essuyait ses joues trempées. Oh, mon amour, gémissait-elle intérieurement. Adieu, mon amour...

Slade lui pressa la main.

– Allons, nous ferions bien de partir nous aussi. Je veux que tu me racontes votre périple par le menu pour que je le rédige. Ce sera drôle de traverser le désert jusqu'à la voie ferrée.

– On voit bien que tu ne viens pas de le traverser durant des semaines.

La présence de Slade lui pesait. Pour lui, tout était drôle, amusant. Il n'avait pas le cœur brisé.

– Exact, reconnut-il. Mais tu n'as pas fait l'amour sous les étoiles. C'est ce que nous allons faire toutes les nuits. Avec toute cette excitation, le danger si proche, je pourrais te prendre ici, tout de suite! Filons à l'hôtel pour y faire l'amour avant le départ. Mon Dieu, j'ai l'impression que je ne vais pas pouvoir attendre.

Pourquoi choisissait-il ce moment pour redevenir le Slade d'autrefois, pour avoir envie d'elle, de la toucher? Cette fois encore, elle fut incapable de participer à leur étreinte. Les paroles de sa mère lui revinrent en mémoire : « Tu n'as rien à faire, ma chérie. Reste allongée, c'est tout. » Maintenant elle comprenait. Si l'homme n'éveillait rien en sa partenaire, celle-ci subissait. Il ne lui vint pas à l'idée de demander à Slade d'attendre ni de lui parler de tout ce temps où il ne l'avait pas touchée.

Il lui fit l'amour les quatre nuits qu'ils passèrent dans le train, souvent aussi au petit matin. Chloé pensait seulement que la passion de Nikolai lui manquait... et sa tendresse. Slade n'avait pas le goût de Nikolai ni sa façon de la caresser – ces caresses qui avaient allumé en elle des brasiers d'amour. Ce n'est qu'un homme, songeait-elle tandis qu'il la chevauchait. Pas un géant par l'esprit. Pas un homme qui voit en moi l'être le plus extraordinaire au monde. Pas un homme qu'a toujours guidé un idéal plus immense que lui-même, pas un homme dévoué à une cause, pas un homme qui s'est donné pour but de libérer les peuples. Pas un homme qui croit réellement en la fraternité. Slade n'est rien de cela. Et elle demeurait allongée, passive, ce qui ne semblait pas décourager son mari.

A leur retour à Shanghaï, il s'attendait à ce qu'elle renouât en toute satisfaction avec son existence d'antan.

– Donnons une réception. Tu as été absente quatre mois.

Mais Chloé n'avait nulle envie de fête. Durant plusieurs semaines, elle aspira seulement à s'asseoir dans le jardin pour observer la vie sur le fleuve, lire des livres, et sentir dans l'air poindre l'automne. Des chrysanthèmes en fleur émanait cette odeur douce-amère qu'elle adorait. Elle en cueillait un et le gardait entre ses doigts en se balançant dans le rocking-chair sous le porche. Ce fut là qu'un jour elle soupçonna qu'elle était enceinte.

Slade explosa de joie.

– Il n'y a rien que je désire plus au monde qu'un fils ! L'immortalité.

La jeune femme se demanda pourquoi une fille ne lui donnerait pas tout autant l'immortalité.

A mesure que passaient les mois, que l'hiver s'installait à Shanghaï, elle ne trouvait en elle aucune joie intérieure à l'idée de cet enfant à naître. Elle ne voulait pas souffrir encore, espérer en vain. Aussi, son manque d'allant se mâtinait d'inquiétude... si l'enfant ressemblait à Nikolai ?

Quand bien même ? Cela ne lui donnerait-il pas à jamais quelque chose de Nikolai ?

Mais, le cas échéant, une partie de sa vie s'achèverait.

313

Tout comme une part d'elle-même était morte quand son amant s'était envolé hors de sa vie.

En novembre, le couple fut convié au mariage du généralissime Tchang Kaï-chek avec Mlle Song Mei-ling. Mammy Song avait remporté une victoire lorsque Tchang avait publiquement proclamé, selon le mode traditionnel des époux chinois, qu'il n'était plus marié à ses femmes précédentes. Tu-Grandes-Oreilles avait fait le nécessaire pour que la dernière épouse de Tchang – une jeune femme intelligente trop visiblement enceinte – parte étudier à l'université de Columbia. Il lui remit une fortune modeste à la condition formelle qu'elle passerait le reste de ses jours aux États-Unis. Tchang déclara haut et fort que sa première épouse n'était plus Mme Tchang Kaï-chek, et qu'auparavant il ne s'était jamais marié par amour comme il le faisait maintenant. Amour pour quoi ? se demanda Chloé.

Le roman sentimental ravit le pays aussi bien que les États-Unis, qui pardonnèrent à Tchang toutes les atrocités sur lesquelles ils avaient de toute façon fermé les yeux. « Il s'est converti au christianisme », se chuchotait-on en souriant. L'Orient païen s'occidentalisait. Pour la presse américaine, Tchang et son épouse d'éducation américaine ne pouvaient mal faire.

La cérémonie eut lieu le 1er décembre à l'hôtel *Majestic* ; Slade et Chloé figuraient parmi treize cents invités, en compagnie de Lou et Daisy – une Daisy que Chloé trouvait pâlichonne ces derniers temps.

A l'entrée, les invités étaient fouillés par ce que Slade appela « les brutes de la bande Verte ». Dans la salle de bal gaiement décorée était suspendue une immense photo de Sun Yat-sen qui semblait approuver les noces.

Tchang Kaï-chek et son bras droit, le beau-frère de Mei-ling, H. H. Kung, étaient vêtus à l'européenne : pantalons rayés et queues-de-pie. Quand Mei-ling et sa suite apparurent sur une musique de Mendelssohn, les gens grimpèrent sur des chaises pour essayer de voir par-dessus les caméras bourdonnantes des actualités filmées. La jeune femme était escortée des deux plus jeunes enfants d'Ai-ling, habillés de knickers en velours noir et de vestes aux col et poignets en satin tuyauté, et de deux demoiselles d'honneur vêtues de robes longues couleur pêche importées des États-Unis.

Pour sa part, Mei-ling était drapée dans une robe de

tulle blanc et argent, épaulée d'un côté par un bouquet de fleurs d'oranger. Son voile de dentelle retombait sur ses reins. Sa longue traîne vaporeuse était brodée de fils d'argent. Elle s'appuyait au bras de T.V. et, de l'autre main, tenait des œillets roses liés par des rubans blanc et argent.

Lorsqu'elle arriva à l'autel, Tchang et elle se tournèrent vers le portrait de Sun Yat-sen et s'inclinèrent ensemble devant lui, comme pour promettre de consacrer leur vie aux idéaux du grand homme – cela sous l'œil photographique du monde entier.

Oui, songea Chloé, la photo fera la une de tous les journaux occidentaux, pendant que Ching-ling frissonne à Moscou. Seul Cass avait fait les honneurs de la première page au récit de la fuite de Ching-ling et de Nikolaï. Les autres organes de presse, s'ils l'avaient publié, s'en étaient acquittés plus que discrètement. Et la chose n'avait ému personne.

Quand Slade et Chloé rentrèrent chez eux, Slade repartit aussitôt.

– Ne m'attends pas. Je dois câbler les détails de la cérémonie ce soir pour que ça fasse la une à Chicago dès demain.

Le compte rendu du mariage fit non seulement les gros titres du *Chicago Times* mais également du *New York Times*, du *Times* de Londres, du *San Francisco Chronicle*, et de toute la presse occidentale.

En cette année 1928, Tchang Kaï-chek dirigea toutes ses foudres contre les communistes qu'il tenait pour le seul ennemi qui lui fît obstacle. Une violence aveugle s'abattit sur la Chine, inégalée dans un pays qui déjà n'avait pas son égal en termes de violence. Chloé entendit des histoires qui la firent vomir.

Un après-midi, Slade amena Lou à la maison, le portant à moitié pour le tirer du pousse, et l'allongea sur le sofa.

– Sers-lui un cognac, dit-il.

Il entreprit de raconter à Chloé ce qui s'était passé mais Lou l'interrompit :

– Non, fit-il d'une voix faible. Laisse-moi le lui dire.

Le considérant d'un regard perplexe, Slade se servit lui aussi un cognac. Lou avala une gorgée d'alcool, secoua la tête et s'appuya sur un coude.

– On descendait la rue quand on a entendu du vacarme. Plus d'une centaine de prisonniers, supposément des Rouges, creusaient une large tranchée. Nous sommes restés à regarder, craignant le pire mais incapables de nous décoller de là. Puis les hommes, avec quatre ou cinq femmes aussi, ont été alignés et des soldats – jeunes, des gosses presque, qui riaient, qui s'amusaient – ont attaché les pieds et les mains de chaque prisonnier puis les ont forcés à s'allonger dans la tombe qu'ils leur avaient fait creuser.

Pâle, les traits tirés, Lou se tut un moment et renversa la tête sur un coussin. Slade leur servit à tous deux une nouvelle rasade de remontant.

Lou reprit son récit d'une voix ténue, comme si le raconter devait l'aider à l'exorciser.

– Avec ces putains de fusils peu maniables que les Chinois ont obtenus de je ne sais qui, les soldats se sont mis à tirer dans le tas, se riant des hurlements de leurs victimes. Ils n'ont même pas achevé tout le monde avant de les ensevelir... beaucoup étaient encore vivants...

Chloé tressaillit.

– J'ai vomi, reconnut Lou, et je n'en ai pas honte. Celui dont la peau ne se hérisse pas devant une telle barbarie n'a pas le droit au nom d'être humain.

Cette nuit-là, Chloé rêva de cette scène, et d'une autre qu'on lui avait racontée deux jours auparavant. Des soldats s'étaient « divertis » avec des jeunes femmes communistes, plantant des fusils dans leur vagin avant de presser la gâchette. Dans les rires. Dans les rires...

Pour la première fois depuis des années, la peste bubonique réapparut. Le choléra arriva tôt, avec les mouches, frappant des milliers d'individus. La typhoïde, la polio, la variole menaçaient elles aussi. Chloé veillait doublement à ce qu'on fît bouillir l'eau. Le médecin britannique leur affirmait qu'ils étaient à l'abri de la variole s'ils avaient été vaccinés, ce qui était le cas, mais conseillait à ceux qui ne l'étaient pas de le faire rapidement. Cet été 1928 fut l'été de tous les maux.

A défaut d'être sereine, Chloé avait seulement envie de rester assise sous la véranda à fixer le vide, dans l'attente de la naissance imminente qui octroierait à Slade son laissez-passer pour l'immortalité. Elle décida qu'elle haïssait la Chine et n'élèverait certainement pas un enfant dans ce pays.

Elle brûlait de fuir cette terre qui lui avait tant volé au cours des années.

– Je veux quitter la Chine, dit-elle à voix haute, et elle se mit à pleurer.

Au matin, elle s'éveilla en toussant et pensa qu'elle avait trop pleuré la veille. Toute la matinée, sa gorge se fit de plus en plus douloureuse et, prise de vertiges, ce fut à peine si elle fut capable de traverser la pièce.

– Qu'est-ce qui ne va pas? lui demanda Slade, levant les yeux de son bureau. C'est pour maintenant?

Elle agita la main et se laissa tomber sur le lit.

– Je ne sais pas, fit-elle dans un chuchotement. Normalement, ce ne devrait pas être avant un mois, mais je me sens bizarre.

– Je fais venir le médecin, décida Slade.

Et il s'empressa d'envoyer un des domestiques.

Mais le praticien fit savoir qu'il ne pouvait venir : la maladie sévissait si bien en ville qu'il ne pouvait quitter l'hôpital. Le regard de Slade se durcit ; Chloé se demanda si c'était la panique qu'elle y lisait. A peine si elle parvenait à lever la tête de son oreiller trempé de sueur.

– Je vais voir si je peux trouver le médecin de marine, fit Slade en quittant la maison.

Quand il revint, des heures plus tard, il était seul.

– Personne ne peut se déplacer !

La cravate desserrée, le col déboutonné, il avait le visage rouge du fait de la chaleur et de ses courses vaines. Chloé était consumée par la fièvre, malgré les linges frais que Su-lin lui appliquait sur la tête.

Slade ne tenait pas en place.

– Aucun de ces fichus docteurs ne peut se déplacer ! Arbuckle a même dit que ce n'était pas la peine de t'emmener à l'hôpital. Il n'y a pas de place et tout le monde est contagieux. Foutu climat !

Chloé murmura quelque chose ; il se pencha pour l'entendre.

– S'il te plaît, quittons ce pays...

Elle avait passé la journée à vomir et à frissonner. La fièvre épuisait toutes ses forces en même temps que de violentes crampes abdominales la faisaient se recroqueviller et pleurer de douleur.

Le Dr Arbuckle arriva au crépuscule.

– Désolé, Slade. C'est un miracle que j'aie pu me libérer. Elle n'a pas l'air bien, marmonna-t-il, soulevant le drap humide pour examiner la jeune femme.

Elle sentit des mains qui la palpaient, perçut des chu-
chotements, sentit Slade s'asseoir au bord du lit et la bercer contre lui.

— C'est le typhus ? l'entendit-elle demander.

Sa voix paraissait terriblement lointaine.

Peut-être le médecin hocha-t-il la tête car elle n'entendit pas la réponse.

Elle ne sut pas combien de temps s'était écoulé quand
elle perçut de nouveau la voix d'Arbuckle qui résonnait
entre les murs.

— Mon Dieu, souffla Slade.

Chloé essaya de soulever les paupières mais n'en eut
pas la force.

— Le bébé ? On ne peut pas le sortir ? C'est presque le
terme.

Il se fit un silence et, un instant, Chloé crut qu'ils
s'étaient éloignés, mais elle sentit la main du médecin lui
prendre le pouls.

— Je peux sauver soit l'enfant soit la mère, Slade,
répondit-il enfin. Je ne peux pas les tirer de là tous les
deux. Qu'est-ce que vous décidez ?

TROISIÈME PARTIE

1928-1935

38

Durant la longue convalescence de Chloé, Slade se montra plein de sollicitude. Ce ne fut que lorsqu'elle eut recouvré des forces qu'il lui apprit le diagnostic du Dr Arbuckle : elle ne pourrait plus avoir d'enfant. Daisy lui dit que son enfant aurait été un fils ; Slade, lui, n'en parla jamais.

Le soir, il restait à la maison, comme il l'avait fait au cours de la maladie puis de la convalescence de sa femme, périodes dont celle-ci se souvenait à peine. Il s'installait dans un fauteuil près du lit, lui racontait ce qui se passait à Shanghaï et dans le reste de la Chine. Parfois il continuait de parler alors qu'elle sombrait dans l'inconscience.

Il lui apprit que les troupes japonaises étaient entrées à Jinan mais elle ignorait où cela se trouvait. Quelque part au nord. Les armées de Tchang ne s'étaient pas opposées à l'envahisseur, plus occupées à pourchasser ceux que leur chef considérait comme la menace suprême, les communistes. Concentrant ses forces dans les provinces de l'Ouest afin de tenter de les soumettre au Kouo-min-tang, il n'avait pas le temps de se soucier d'une invasion étrangère.

Slade lut à sa femme une lettre de Ching-ling. Déçue par Moscou, celle-ci partait pour Berlin. Tout en Union soviétique, écrivait-elle, était fondé sur la peur, ce n'était pas une vie. Le sort des paysans russes n'était pas plus enviable que celui des paysans chinois. Le communisme n'avait pas encore accompli ce qu'il se proposait de faire. A son avis, les dirigeants actuels ne valaient pas mieux que les tsars, plus soucieux du pouvoir que du peuple.

– Je veux rentrer à la maison, répétait Chloé. Rentrer aux États-Unis.

Elle souhaitait seulement quitter ce maudit pays qui lui avait tant pris. Il eût mieux valu qu'elle épouse un gars d'Oneonta et qu'elle mène l'existence tranquille et monotone de ses parents. Elle aurait eu des enfants. Ils auraient fait des pique-niques l'été avec œufs à la diable et salade de pommes de terre, pickles et limonade. Et les baignades à Cooperstown, dans le cristallin lac Otsego. Elle aurait appris à ses enfants à patiner sur la glace sur l'étang chez son oncle, elle les aurait serrés dans ses bras, embrassés le soir, elle aurait humé leur douce odeur d'enfants propres. Ses lèvres souffraient du désir d'embrasser les petits qu'elle n'aurait jamais.

– J'ai un moyen de te tirer de ta dépression, lui annonça Slade un soir au début de l'automne. Allons, ma chérie, nous n'avons pas d'enfants, d'accord, mais il y a une foule d'autres choses dans le monde.

– Tu voudrais divorcer? questionna-t-elle d'une voix atone. Pour avoir des enfants avec quelqu'un d'autre?

Il lui jeta un regard dur et sa voix eut une note tranchante quand il répondit.

– Ce que je veux, c'est que tu continues à vivre. Partons pour une aventure.

– Je veux rentrer chez moi.

– Je ne peux pas quitter la Chine. Je n'en ai pas envie. On aurait pu perdre trois gosses aux États-Unis. Tu aurais pu avoir un accident de voiture au lieu d'être renversée dans ton pousse. Damien aurait pu avoir la polio ou la diphtérie. Tu aurais pu attraper n'importe quelle autre maladie à la place du typhus. Ce n'est pas ce pays mais le destin. Pour en revenir à ce que je te propose...

Tandis qu'il parlait, Chloé le regardait, songeant qu'en réalité ils ne se connaissaient pas. Peut-être ne s'étaient-ils jamais compris. Rire, se tenir la main et s'embrasser pendant une semaine à Chicago ne suffisait pas pour connaître quelqu'un. Et au fond qu'avait-elle su de lui avant leur union? L'aimait-elle seulement? En toutes ces années, elle ne s'était jamais sentie proche de lui. Elle lui en avait voulu de sa réaction après l'histoire du Blue Express. A présent, elle lui en voulait de ne pas être Nikolai. De ne pas être déprimé et abattu comme elle-même l'était à propos de ce troisième enfant. Le dernier. Pas d'immortalité pour Slade...

Fermant les yeux, elle le laissa parler.

– ... les deux plus grandes menaces à mes yeux, en dehors des Japonais, sont les communistes et...

– Je croyais que Tchang s'était débarrassé d'eux quand il a mis à prix la tête de Nikolai. Il a massacré tous ceux qui se réclamaient de la gauche, non?

Slade sourit. C'était la première fois depuis longtemps que sa femme manifestait un peu d'intérêt pour la conversation.

– Ils se sont cachés. Dans les montagnes du Ho-nan. Il y a là-bas un jeune chef qui dirige un groupe de rebelles, qui en fait des soldats. J'aimerais aller l'interviewer. Mao quelque chose. Mao Tsé-toung, je crois. Personne ne sait exactement où il se trouve mais j'aimerais que nous partions à sa recherche. C'est un jeune type dans la trentaine, mon âge. Tu imagines? Quelqu'un de mon âge qui s'efforce de se battre contre un pays entier?

– Nous? Tu voudrais que *nous* y allions ensemble?

Rouvrant les yeux, Chloé se redressa dans son lit.

– Eh bien, ne serait-ce pas justement ce que le médecin a prescrit? Madame accompagne son journaliste de mari dans l'arrière-pays! Pense à tout ce que tu as déjà fait. Cette première année où tu t'es enfuie avec Chingling et Nick de la maison des Sun à Canton...

Il ne put se résoudre à mentionner le Blue Express.

– Ensuite tu as travaillé avec Ching-ling et Nick à Wuhan. Puis ce voyage à travers le désert de Gobi. Bon Dieu, Chloé, que tu en aies conscience ou non, je suis en train de faire de toi une femme célèbre!

Elle se retourna sur le flanc, les mains entre la joue et l'oreiller.

– Et puis, reprit Slade les yeux brillants, quelque part au nord, un seigneur de guerre, le général Lu-tang, se bat comme un beau diable contre les Japs. Apparemment, il est le seul. Il n'est pas communiste mais, d'après ce que j'ai entendu dire, il est furieux que Tchang ferme les yeux sur l'invasion du sol chinois par le Japon. Il est donc anti-Tchang, anticommuniste, prochinois dans un pays où les seigneurs de guerre, d'ordinaire, défendent uniquement leur petit morceau de province. Voilà à mon avis deux adversaires que Tchang aimerait bien débusquer et décapiter. Ou garrotter probablement. Alors, ça te dit de venir? Ce seront des reportages extraordinaires...

– Si tu peux les trouver, souligna Chloé.

Aussitôt elle se rendit compte qu'elle refroidissait l'enthousiasme de Slade. Et, en même temps, elle sentait poindre en elle un soupçon d'allant, pour la première fois depuis Oulan-Bator. Depuis un an.

– Ne me demande pas où je l'ai dénichée, fit Slade en riant, un pied posé sur le marchepied de l'énorme Stutz Bearcat.

Jamais Chloé n'avait vu une aussi longue automobile.

– Elle a certes connu des jours meilleurs, mais enfin, elle ne roule pas trop mal. Ce sera comme de partir en camping.

Ce qui ne fut pas le cas. Ils firent halte dans de petites auberges crasseuses, dans lesquelles parfois il n'y avait pas de chambres séparées et où ils durent dormir à même le sol avec une douzaine d'autres voyageurs, uniquement des hommes.

Le paysage de cette région – rizières, plantations d'arachides, collines aménagées en terrasses où l'on cultivait le thé – différait fort de tout ce que Chloé avait vu. Il ne ressemblait en rien au Nord aride et désolé où s'étirait la Grande Muraille, ni à la route de Pékin à Xi'an. Ils se dirigeaient vers le sud-ouest, traversant des villages primitifs où jamais l'on n'avait vu de Blancs, villages inchangés depuis mille ans, avec les roues hydrauliques actionnées par les enfants et les femmes en l'absence de bêtes de somme. Plus ils progressaient, plus ils grimpaient en altitude, dans l'odeur des pins ; les nuages coiffaient des hauteurs qui de collines se muaient en montagnes. Des automobiles ou des camions les avaient précédés, laissant de profondes empreintes de pneus dans les chemins. Mais pour finir, ils durent abandonner leur véhicule et charger leurs provisions dans des sacs à dos. Chloé portait des chaussures robustes et un pantalon de paysanne prêté par Su-lin, retenu à la taille par la plus grosse épingle à nourrice qu'elle ait pu trouver. Pour la première fois depuis plus d'un an, elle se surprit à rire. Slade lui attrapa la main en souriant.

D'après leurs renseignements, le noyau armé de Mao avait son campement au sommet d'une montagne. Ils croisèrent des hommes en guenilles qui cuisaient de la nourriture sur de petits feux.

– Je me demande si c'est là leurs armes, fit Sade, considérant les pelles et les pioches qu'ils avaient à côté d'eux. Si oui, cette année-là n'est pas une menace pour Tchang.

Ils rencontraient des petits groupes d'hommes hétéroclites qui les suivaient d'un œil soupçonneux mais sans faire un mouvement dans leur direction. Tous étaient maigres au possible, et pourtant souriants. La ferveur faisait briller leurs yeux.

En fin d'après-midi, en nage malgré l'air frais d'octobre, Chloé et Slade atteignirent le sommet. Un drapeau rouge claquait dans le vent, orné d'un marteau et d'une faucille noirs sur une étoile blanche.

Un jeune homme de haute taille, aussi grand que les Chinois du Nord, émergea du temple, l'une des maisons de pierre en ruine bâties autrefois sur la montagne. Les sourcils interrogateurs, il regarda venir les étrangers, sans souffler mot, attendant que Slade prît la parole.

Le journaliste se présenta, présenta sa femme et expliqua qu'ils espéraient obtenir un entretien avec Mao afin d'exposer son point de vue au reste du monde. Le jeune homme s'éloigna et retourna dans le temple. Slade posa son sac, aida Chloé à se défaire du sien. Elle était fatiguée, assoiffée.

Dix minutes plus tard, le jeune homme réapparut.

– Suivez-moi, dit-il.

Le temple sentait la moisissure et l'humidité. Ils empruntèrent de larges couloirs jusqu'à l'arrière du bâtiment où, dans une pièce aux allures de cellule monacale, un jeune homme mince se tenait assis à un bureau. Il portait le costume bleu fripé du paysan chinois, mais plus propre que la plupart. Ses doigts jaunis par la nicotine écrasèrent une cigarette puis il sourit aux visiteurs, révélant des dents colorées par le tabac. L'on aurait dit un intellectuel déguisé en paysan. Contrairement à la majorité des Orientaux, il considérait les étrangers d'un regard direct.

Il resta assis et leur désigna deux chaises.

– Alors? questionna-t-il. Vous désirez parler de nous au monde?

Slade répondit par l'affirmative.

Mao garda le silence un moment avant de reprendre :

– Ce n'est pas du monde dont je me soucie. Je voudrais que les autres Chinois nous connaissent, sachent pourquoi et contre quoi nous nous battons, ce à quoi nous aspirons pour notre pays et notre peuple. La grande majorité ne sait pas lire, nous devons donc les instruire par d'autres moyens. Leur montrer par la pratique, les rallier en leur démontrant que leur sort n'est pas une fatalité immuable, que si nous nous unissons...

Il alluma une cigarette, tendit son paquet froissé à Slade.

– Ah, un Américain qui ne fume pas.

Jugeait-il étrange la présence d'une femme? s'interrogea Chloé. Comme s'il devinait sa pensée, Mao se tourna vers elle.

– Il y a bon nombre de femmes parmi nous, lui dit-il. Dans notre société, les femmes sont les égales des hommes. Tous les êtres humains sont égaux.

Sa voix recelait de la fierté.

– Dans notre pays également, répliqua Slade.

Chloé le regarda, se demandant s'il était sincère. Les affirmations de Mao étaient-elles aussi mensongères que celles de son mari? Ou croyaient-ils tous deux ce qu'ils disaient?

Elle étudia ce personnage que Slade présentait comme un chef révolutionnaire. Mao Tsé-toung n'était pas tel qu'elle l'avait imaginé. Sa peau était lisse comme celle d'une femme, ses cheveux séparés par une raie médiane, un grain de beauté qu'elle jugea fort vilain saillait sous sa lèvre inférieure.

– Nous aurions tort de vouloir appliquer le communisme russe en Chine, disait Mao. Là-bas, ce sont les ouvriers qui mènent le peuple. Ici, ce doit être les paysans.

Nikolai l'avait affirmé lui aussi.

Mao s'appuya au dossier de sa chaise et alluma une cigarette avec la précédente.

– Mes compatriotes se dresseront pour former un flot plus puissant que le fleuve Jaune. Un jour, nous exploiterons le fleuve Jaune et le Yang-tsé, mais nous n'exploiterons jamais le peuple. Tous connaîtront la liberté. Ils ne mourront plus de faim. Nous leur montrerons ce que peut accomplir le grand nombre.

– Et comment y parviendrez-vous? interrogea Slade.

– Nous serons si acharnés qu'aucune force sur terre ne pourra nous arrêter. Nous parcourrons le pays afin de nous débarrasser de l'impérialisme et des habitudes qui nous assujettissent.

– Quelles habitudes?

326

Le jeune Chinois considéra le journaliste comme s'il était un enfant un peu attardé.

– L'opium, par exemple. Il deviendra illégal. Savez-vous la peine qu'encourent d'ores et déjà chez nous les fumeurs d'opium? poursuivit-il, posant les coudes sur son bureau. La mort. Quand des paysans nous rejoignent, nous les avertissons. Mon pouvoir de persuasion nous a déjà gagné des chefs de bande avec leurs hommes, ajouta-t-il avec un sourire. D'abord, ils doivent renoncer à l'opium. Rompre avec cette habitude afin de retrouver leur force.

Slade allait poursuivre mais fut ininterrompu par l'entrée d'un homme de grande taille, aux allures d'érudit, qui annonça que le dîner était servi. Ils seraient honorés d'avoir Slade et Chloé pour invités, même si le repas était modeste. Évidemment, les visiteurs étaient également conviés à passer la nuit au camp.

Durant l'entretien, Chloé n'avait soufflé mot. Et Mao ne s'était pas adressé à elle, hormis pour affirmer que, dans sa société communiste, les femmes étaient les égales des hommes.

Ils restèrent quatre jours dans la montagne avec Mao et ses soldats du peuple. Le jeune révolutionnaire chinois leur lut des poèmes qu'il avait écrits, et leur exposa sa théorie selon laquelle le peuple chinois, une fois éveillé, n'aurait pas besoin d'un chef. Le peuple se gouvernerait lui-même.

– N'est-ce pas l'anarchie? interrogea cette fois Chloé.

Le regard de Mao se riva au sien.

– Il n 'y aura pas besoin de chef quand chacun partagera, et partagera équitablement. Il n'existera ni mal, ni corruption, ni égoïsme. Mais, d'abord, nous devons éveiller les masses.

– Et les Japonais? demanda Slade.

– Il faudra les chasser, comme nous chasserons les Américains, les Anglais, les Allemands, les Français, les Belges...

– Pourtant, contrairement aux Japonais, les Européens ne s'approprient pas votre sol.

– Voilà cent ans qu'ils font à peu près la même chose, répliqua tranquillement Mao. Nous jetterons dehors tous les étrangers, tous les impérialistes. La Chine sera aux Chinois.

– Pensez-vous que les Japonais iront au-delà de la province de Chan-tong? demanda Chloé.

Slade lui jeta un regard étonné.

– Comment savoir? répondit Mao. Je ne me fie à aucune des puissances étrangères. Toutes considèrent la Chine comme un gâteau à se partager et n'ont que faire du peuple chinois. Si le Japon continue sur la lancée qu'il semble avoir adoptée, il faudra le repousser avant de pouvoir unifier la Chine. Tchang Kaï-chek est aveugle. Il nous prend pour son ennemi. Le véritable ennemi, ce sont les étrangers.

– Mais si vous gagnez, reprit Chloé, vous dirigerez la Chine et Tchang sera écarté du pouvoir. Vous êtes donc, vous aussi, son ennemi.

Mao acquiesça d'un hochement de tête.

– Mais nous ne sommes par l'ennemi de la Chine. Nous sommes contre tous ceux qui cherchent à assujettir le peuple chinois. Tchang ne se préoccupe ni de la Chine ni des Chinois. C'est là la différence.

– Comment savez-vous que votre voie est la bonne? lança Slade. Tchang n'est peut-être pas contre le peuple, comme vous semblez le croire.

– Slade! s'exclama Chloé. Tu ne penses pas ce que tu dis!

La colère embrasa le regard de son mari, brièvement, puis il se détendit pour adresser un sourire ingénu à Mao.

– Effectivement. Mais je voulais me faire l'avocat du diable. En fait, j'ignore si aucune de ces factions se soucie vraiment du peuple chinois. Peut-être luttent-elles plus pour leurs idées que pour le peuple.

– Nous ne tuons pas les paysans à mesure de notre avancée, nous nous efforçons de les convertir. Si ce n'est pas possible, nous passerons outre avec l'espoir de pouvoir avant longtemps ouvrir des écoles où ils pourront apprendre à lire et être convertis de cette façon.

– Vous me faites penser à une amie qui m'est très chère, dit Chloé. Mme Sun Yat-sen.

Les yeux de Mao s'égayèrent pour la première fois.

– Je n'ai pas eu le plaisir de la rencontrer, mais c'est certainement une personnalité remarquable parmi mes compatriotes. Son mari comme son père ont travaillé dur au renversement des Mandchous, et elle œuvre pour l'avenir de notre pays. J'espère qu'un jour nos routes se croiseront.

Le lendemain, Slade et Chloé redescendirent à pied la montagne, avec l'espoir de retrouver la Stutz Bearcat. L'automobile était là.

– Eh bien, que penses-tu de lui? questionna Chloé comme Slade s'efforçait de lancer le moteur.

Après consultation de sa boussole, Slade démarra à travers les champs défoncés. Durant un long moment, il ne répondit pas à la question de son épouse.

– J'ai dû souvent me retenir pour ne pas rire de lui, fit-il enfin. Il est naïf, puéril, un rêveur. Lui et son armée sont comme des moucherons, agaçants peut-être mais qui ne représentent une menace pour personne. Ils n'arriveront jamais à rien. Ils n'aideront ni n'entraveront les paysans. On dirait une armée de petits soldats de plomb. Mao écrit de la poésie et philosophe au lieu d'élaborer une stratégie.

Chloé étira le bras sur le siège arrière.

– Moi, il m'effraie, dit-elle.

– Il t'effraie? répéta Slade en riant. Il est tout ce qu'on veut sauf puissant.

– N'as-tu pas remarqué l'expression de son regard? Il est peut-être ce que tu appelles un rêveur, mais il a dans les yeux le fanatisme d'un idéaliste. Il ira jusqu'au bout.

– Et Ching-ling? Et Nikolai? Des idéalistes, aux aussi, des rêveurs. Ils ne t'effraient pourtant pas.

– Ce Mao a autre chose. A mon avis, il tuerait pour parvenir à ses fins.

– Tu te fais des idées, Chloé. C'est un homme inoffensif, un peu dérangé, qui veut remettre des portes aux masures.

– Quoi qu'il en soit, murmura Chloé, quelque chose en lui me déplaît.

– Tu n'aimes pas Tchang non plus.

– Je crois qu'aucun de ces deux-là ne fera un bon leader pour la Chine.

– Alors, s'exclama Slade dans un rire, pourquoi Tchang et Mao seraient-ils différents? Jusqu'à présent, personne ne s'est soucié de diriger la Chine pour les Chinois. Peut-être le général Lu-tang a-t-il d'autres vues...

39

Afin de rencontrer ce seigneur de guerre, ils étaient repartis dans des montagnes dépourvues de routes, faisant halte la nuit dans des auberges qui jalonnaient les sentiers.

– Parle-moi de ce général Lu-tang, demanda Chloé.

Couchée sur le ventre, elle espérait que la douleur s'atténuerait. Voilà des années qu'elle n'était pas montée à cheval. Elle soupçonnait Slade de souffrir autant qu'elle après des heures en selle, mais pour rien au monde il ne l'aurait admis.

– Je ne sais pas grand-chose de lui, avoua Slade. À l'évidence, il n'est pas banal. Il voit bien au-delà de son petit morceau de territoire. Un genre de Robin des Bois, d'après ce qu'on entend raconter. La rumeur donne à croire qu'il n'amasse pas de richesses pour lui-même. Il combat de nombreux ennemis, d'autres seigneurs de guerre ainsi que les Japonais qui empiètent sur des terres qu'il a juré de défendre.

« La population de sa région ne le craint pas, bien qu'il soit réputé pour la promptitude et la cruauté de ses châtiments... non pas envers ceux qu'il protège mais envers ses ennemis. Il a effectué plus de raids contre les Japs que quiconque, disant que s'il peut les repousser, il peut peut-être sauver le reste de la Chine, comme s'il devait allégeance à un *pays*. Il doit être l'un des rares Chinois à considérer l'intérêt général et non seulement son intérêt particulier. Li et Mao aussi, à les en croire. Attitude rare chez des Chinois. La plupart sont incapables de concevoir la notion de nation.

– Un géant endormi, c'est ça? reprit Chloé, fermant les

330

yeux. Tu imagines si tous ces millions d'individus se mettaient à comprendre qu'ils habitent le plus grand pays du monde, au moins en termes de population ? Tu imagines l'influence qu'ils exerceraient s'ils prenaient conscience du monde extérieur ?

– Tu as écouté Ching-ling et Nick.

Slade s'assit sur une chaise, plus sur les hanches que sur les fesses.

– Nous ne verrons pas la Chine s'éveiller de notre vivant, poursuivit-il. Comment serait-ce possible ? Elle a besoin de radios, de téléphones, de voies de communication, d'écoles. Tchang ne laissera pas faire ça. Non seulement il gardera l'argent des impôts, mais il ne voudra pas d'un peuple éduqué.

– Si des millions de paysans chinois se mettaient à comprendre ce qui se passe en Chine... reprit Chloé.

Cette conversation avec son mari lui faisait grand plaisir.

– Il tient évidemment à conserver les choses en l'état, acquiesça Slade. Mon Dieu, ce sont quasiment des esclaves aujourd'hui. Ils n'ont rien à dire sur leur existence. Les sauterelles ravagent les cultures, la sécheresse épuise la terre, les crues emportent tout sous leurs yeux. Peste, épidémies. Dis-moi s'il existe un seul autre pays au monde aussi malchanceux ?

– Des barrages permettraient de contrôler les crues, et...

– Ouais, très bien, mais qu'est-ce qui empêche la sécheresse ? Comment introduire les méthodes agricoles modernes ? Comment éduquer suffisamment près d'un demi-milliard d'individus pour leur donner les moyens de se nourrir ? Merde, ils ne savent même pas qui sont les Japonais, encore moins que ceux-là sont en train de s'approprier une région dont ils n'ont jamais entendu parler. Pourquoi se battraient-ils pour la Chine, un concept qu'ils ne peuvent comprendre ?

Chloé observa son époux.

– En ce cas, qu'est-ce qui te plaît tellement ici ? questionna-t-elle. Tu parles comme s'il n'y avait aucun espoir et pourtant tu tiens à rester.

Souriant, Slade haussa les épaules.

– Parce qu'il y a une chance que je me trompe. Je veux me tromper. Je veux voir ces paysans se secouer, se redresser, et dire : « Cette terre est à *nous*. Pas aux Japs.

Ni aux Anglais. Ni aux Américains, aux Français ou aux Allemands... »

— Les Allemands ne sont plus dans le coup, souligna Chloé.

Elle se redressa, regrettant de n'avoir aucun antiseptique à appliquer sur ses fesses endolories par le frottement de la selle. Quelque chose de frais, d'apaisant...

— Beaucoup de Chinois, à Shanghaï et à Pékin, sont conscients que...

— Sûr, ceux qui se trouvent là où se déroulent l'action et la discussion. Mais imagine le nombre de gens isolés dans ce pays qui vivent exactement comme vivaient leurs ancêtres voilà mille ans!

La voix de Slade trahissait son agacement.

— Revenons à ton général, proposa Chloé.

S'emparant d'un pichet de thé en porcelaine, elle s'en servit une tasse.

— Il se rend compte de ce qui se passe. En fait, les seigneurs de guerre sont parfois bien informés : il leur faut savoir *qui* combattre et *quand*, et si leur position est précaire. Beaucoup d'entre eux font allégeance à Tchang, non parce qu'ils en ont envie mais parce qu'ils savent que la bande Verte a des tentacules qui peuvent les atteindre et les éliminer. La bande Verte tire sans vergogne les ficelles de Tchang comme d'une marionnette. Ils se foutent éperdument de la Chine. Ils n'aiment que l'argent et le pouvoir. Peut-être dans l'ordre inverse. Et ils règnent sur la Chine. Ils obtiennent tout, je dis bien *tout* ce qu'ils veulent.

— Tu ne réponds pas vraiment à ma question.

Sur ces mots, Chloé avala une gorgée de thé insipide et gagna l'ouverture étroite qui tenait lieu de fenêtre.

— Sans doute que non, en effet, reconnut Slade en riant. Peut-être est-ce la raison pour laquelle nous allons le voir. Personne ne sait trop rien à son sujet. Ce n'est pas exactement un bandit. C'est un seigneur de guerre mais avec quelque chose en plus. Il paraît avoir une certaine culture. Cruel envers ses ennemis mais compatissant envers ceux qu'il a fait vœu de protéger, si les histoires qu'on m'a racontées sont exactes. Il est contre Tchang et contre les Japs, et pourtant il ne supporte pas les communistes. J'ignore ce qu'il veut. Peut-être simplement bouter les Japonais hors de Chine. On le dit très critique à l'égard de Tchang et de la bande Verte, mais mon information n'est pas forcément fiable. Toujours est-il qu'il m'intrigue à défier de la sorte les deux forces en présence dans le pays. Il regarde le Japon comme le grand ennemi et en veut à Tchang de ne pas affronter cet ennemi. Oh, Chloé, je ne sais pas. Nous allons découvrir qui il est.

En attendant, Chloé s'amusait pour la première fois depuis longtemps. Elle voyait la Chine depuis ses chemins de traverse, ses routes inexistantes, depuis les sentes les plus étroites qui serpentaient à travers la montagne, les parcourant à dos de chameau, à cheval ou à pied, en camion ou en auto. Elle aimait camper sous les étoiles, plutôt que de faire halte dans les petites auberges malodorantes. Ils trouvaient toujours un guide qui, pour quelques sous, les conduisait au village suivant. Ils avaient traversé les étendues sauvages du Nord-Est, en direction d'un lieu proche de Jinan que les Japonais occupaient. Le général Lu-tang les combattait, quelque part dans les hauteurs. Avec autre chose que des pelles et des pioches, espérait Chloé.

Ils suivaient le guide qui les accompagnait depuis trois jours. Cela faisait deux jours et demi qu'ils n'avaient pas traversé d'agglomération. Leur guide était un adolescent, de grande taille comme les Chinois du Nord, qui parlait peu mais se montrait amical et leur souriait lorsqu'ils l'interrogeaient; ses yeux noirs luisaient d'intelligence. Il avançait sur les sentiers accidentés d'un pas sûr et régulier, sans avoir à baisser les yeux pour éviter pierre ou racine. Ses pieds semblaient connaître chaque centimètre des chemins.

– J'ai passé ma vie dans ces montagnes, expliqua-t-il quand Slade s'enquit de son expérience.

Chloé le trouvait fort beau mais elle eût préféré qu'il réponde à leurs questions plutôt que de se contenter de sourire. Il leur parlait parfois brièvement; ils croyaient avoir obtenu réponse mais ne tardaient pas à s'apercevoir qu'il avait habilement évité de leur en fournir une. Chaque fois que Chloé pensait mourir de soif, il savait où trouver de l'eau. Quand elle se réveilla au quatrième jour de leur marche en montagne, il avait disparu.

Un moment, elle se dit qu'il était simplement allé procéder à ses ablutions. Allongée, elle contempla le lever de soleil au-dessus des cimes déchiquetées, les doigts d'or et de rose dressés vers l'azur. Il n'y avait pas un bruit, pas un chant d'oiseau, pas un souffle de vent, pas un mouvement de bête... rien. Chloé se redressa brusquement. Les chevaux avaient eux aussi disparu. Elle secoua Slade.

– Le guide est parti, lui annonça-t-il, s'efforçant de ne pas laisser la panique percer dans sa voix. Avec les chevaux.

Slade sortit prestement de son sac de couchage et courut à l'endroit où ils avaient attaché leurs montures la veille. Plus rien. Il promena le regard alentour; dans toutes les directions les collines succédaient aux collines. A la façon dont il tourna la tête, Chloé le devina plus que perplexe.

D'où étaient-ils arrivés la veille au soir? Comment se repérer dans le réseau des sentes multiples qu'ils avaient empruntées, aussi nombreuses que les lignes de la main? Chloé s'était maintes fois demandé comment l'adolescent s'y retrouvait, trois ou quatre sentiers partant parfois d'un même embranchement. Et voilà qu'ils étaient livrés à eux-mêmes, assurément perdus.

– Merde! clama Slade, s'emparant de son pantalon.

Au milieu du chemin il y avait une gourde d'eau et deux biscuits secs, à croire que leur guide avait eu une dernière pensée pour eux avant de voler les chevaux pour disparaître, avant de les condamner à l'oubli. Jamais ils ne retrouveraient leur route au milieu de ces montagnes. Il le savait.

Slade n'était pas de cet avis.

– Il reviendra, prophétisa-t-il.

– Qu'est-ce qui te le fait croire? s'enquit Chloé.

Elle serrait les bras autour d'elle dans l'air piquant du matin et tapait du pied pour rétablir sa circulation.

– Je ne sais trop mais j'en ai le pressentiment. Il est parti pour parler de nous à quelqu'un. C'est sans doute un des hommes du général. Le général décidera de nous voir, de nous laisser nous perdre, ou de nous renvoyer... Je crois qu'il a pris les chevaux pour que nous attendions *ici*, et pour nous retrouver. A pied, nous n'irions pas bien loin. Je suis pour l'attendre ici même. Allons, approche, viens te faire peloter. Tu es un peu chiffonnée, mais très séduisante au lever du soleil sur un sommet chinois.

Comme il tendait le bras, Chloé alla vers lui, lui prit la main. Il l'attira pour l'embrasser.

– Tu ne t'es pas plainte une seule fois pendant ce voyage, que ce soit pour aller voir Mao ou ce général. Puis-je profiter de l'occasion pour te dire que je t'apprécie beaucoup, ma chère épouse?

334

Il l'embrassa de nouveau, glissa les mains sous sa blouse et lui caressa les seins. Les yeux rivés aux siens, il entreprit de déboutonner son corsage puis il déposa des baisers sur sa gorge, sa poitrine, la mordilla tendrement. Dans un soupir, Chloé bannit ses craintes, répondit au corps de Slade sur le sien, à ses mains, à ses lèvres.

– Il n'y a personne dans les parages, souffla-t-il. Faisons l'amour sur un sommet de montagne, avec le soleil pour seul témoin.

Il se débarrassa du pantalon qu'il venait d'enfiler, arracha sa chemise, s'allongea sur le lit d'aiguilles du pin, nu sous les rayons du soleil qui lui doraient la peau.

– Viens, ma douce, invita-t-il en souriant. Enlève ça.

Il tirait sur le pantalon chinois de Chloé. Celle-ci jeta un regard nerveux autour d'elle.

– Quelqu'un pourrait nous voir.

– Eh bien, qu'ils se rincent l'œil, rétorqua-t-il en lui caressant la jambe. Ôte ce soutien-gorge, femme.

Le danger produit sur lui cet effet, songea Chloé. Mais elle ne s'en déshabilla pas moins. C'était le Slade qu'elle avait épousé, celui qui lui manquait ces dernières années.

– Grands dieux, fit Slade comme s'il la voyait pour la première fois. Tu es beaucoup mieux que les Chinoises, Chloé. Tu as les plus beaux seins du monde.

– Parce que tu as vu beaucoup de Chinoises dévêtues ?

Rieuse, elle s'approcha de lui. Voilà longtemps qu'ils n'avaient pas fait l'amour avec cette spontanéité, voilà longtemps qu'elle n'avait pas senti son corps répondre à celui de Slade. Emportée par ses caresses, elle se laissa aller à la volupté du moment, au désir poignant qui lui serrait le ventre. Elle savoura l'attente qu'il éveillait en elle, le plaisir intense quand il la pénétra, ses gémissements quand il jouit.

– Ne t'arrête pas, s'il te plaît n'arrête pas, chuchota-t-elle.

Mais comme le plaisir devenait presque insoutenable, alors qu'elle était au bord de l'orgasme, à cet instant... ils entendirent le galop des chevaux. Slade très vite s'écarta d'elle, attrapa son pantalon, le regard trouble mais les gestes vifs.

– Vite ! fit-il, lançant ses vêtements à Chloé.

Les nerfs à vif du fait de son désir insatisfait, elle s'empressa de s'habiller.

Le guide arrivait, tirant derrière lui leurs deux montures. Il ne portait plus son costume de paysan mais un uniforme – informe et mal seyant comme tous les uniformes chinois, mais qui n'en annonçait pas moins, importance et organisation. Quand il sourit, ses dents éblouissantes brillèrent dans le soleil. Sans mettre pied à terre, il lança les rênes des chevaux à Slade et inclina légèrement la tête.

– Mon père va vous recevoir, déclara-t-il.

Slade tourna vers sa femme un visage hilare.

– Votre père? demanda-t-il.

– Le général Lu-tang, répondit l'adolescent.

Slade roula leurs sacs de couchage, les attacha sur les montures puis aida Chloé à se mettre en selle.

– Suivez-moi, dit le jeune homme en tournant bride.

Et il partit rapidement par le sentier escarpé.

Une heure durant, ils avancèrent dans les chemins pierreux, puis ils descendirent vers une vallée fertile. Une centaine de tentes s'alignaient là, le rabat ouvert; régnaient sur tout le campement un ordre et une propreté manifestes. Dans le ruisseau tout proche, une demi-douzaine de femmes lavaient des vêtements en les frappant sur les rochers. Non loin, des hommes nettoyaient leurs fusils, bavardaient, fumaient, riaient. Ils observèrent les nouveaux venus avec curiosité et saluèrent le jeune homme d'un signe.

Celui-ci galopa droit vers la tente la plus éloignée.

– Waouh, souffla Slade de façon à n'être entendu que de Chloé, une Gatling. Butin de bataille sans doute. Et d'autres mitrailleuses. Leur arsenal n'est pas mal du tout. Tous les hommes ont l'air d'avoir leur propre fusil, chose rare en Chine. Reste à savoir s'ils ont les munitions en conséquence.

J'ai rêvé cette scène, se disait Chloé. Soudain elle comprit d'où lui venait cette impression de déjà vu. Elle poussa une exclamation étouffée, porta la main à sa joue.

Émergeant de la tente, se plantant jambes écartées et poings sur les hanches avec une allure de seigneur, venait d'apparaître l'homme qu'elle connaissait sous le nom de Léopard-des-Neiges. Il regardait Slade et non elle.

L'adolescent s'arrêta. Slade sauta à terre et marcha vers le général, la main tendue. Chloé l'entendit se présenter. Le maître des lieux considéra la main offerte avant de donner la sienne.

– Et voici mon épouse, général, ajouta Slade.

336

Lu-tang leva les yeux vers Chloé qui était restée à cheval. Elle vit la surprise qui passait dans son regard puis il se mit à sourire.

Sans en avoir conscience, elle secoua la tête. Oh, Dieu, Slade ne l'avait jamais crue. Le reportage serait fichu s'il savait avoir affaire à Léopard-des-Neiges.

Bien droite sur sa selle, les mains serrées sur les rênes, elle salua d'une inclinaison de tête.

– Je suis très honorée, général Lu-tang.

Il marqua une hésitation, et il sembla à Chloé qu'un masque tombait sur son visage.

– C'est un plaisir, répondit Léopard-des-Neiges, le regard indéchiffrable.

40

– Ce que je veux? fit le général Lu-Tang avec un rire narquois en brandissant la cuisse de poulet qu'il tenait à la main gauche. La liberté.

– La liberté, répéta Slade. Comment la définissez-vous?

Le Chinois se tourna de façon à pouvoir regarder Chloé sans en avoir l'air; la jeune femme croisa brièvement son regard avant qu'il ne s'envole vers le ciel de tente qui ondulait au-dessus d'eux. Le vent s'était levé et on l'entendait gémir dans la montagne.

– Liberté... de ne plus mourir de faim. En d'autres termes, de produire suffisamment de nourriture. Ce qui signifie aussi que les impôts ne doivent pas saigner les gens aux quatre veines...

– Pourtant, l'interrompit Slade, n'est-ce pas de cela que vous vivez? Vous prélevez des taxes sur les gens. Les mandarins vous taxent à leur tour. Le gouvernement taxe les mandarins.

Chloé avait peine à détacher les yeux de Léopard-des-Neiges. Il lui semblait qu'il avait grandi depuis leur rencontre. Il avait une patine d'élégance, un raffinement qui lui faisait défaut autrefois.

– Je sais, je sais, fit-il en réponse à la question de Slade.

Ils dînaient assis sur d'épais tapis disposés autour d'une table basse. Lu-tang redressa un genou, y appuya son coude, la cuisse de poulet toujours serrée entre ses doigts.

– Je n'ai pas de solutions à tout. Vous me demandez ce que je veux, je vous le dis, sans parler de la façon de l'obtenir. Je veux que la Chine soit unifiée. J'ignorais qu'elle était si vaste. J'ai passé, poursuivit-il en regardant Chloé, près de deux ans à voyager dans le pays.

– Où cela exactement, général? questionna la jeune femme.

Léopard-des-Neiges se pencha légèrement vers elle; Slade aurait aussi bien pu ne pas être là.

– Partout, j'ai parcouru toutes les provinces. Je suis allé dans toutes les grandes villes. J'ai remonté le Yang-tsé et le fleuve Jaune vers l'intérieur. Je suis allé à Kun-ming et Dali, à l'extrême sud-ouest, dans le Yunnan. Je suis allé à la frontière laotienne, à la frontière tibétaine. Je me suis rendu à Tcheng-tou afin de voir la province fertile du Sichuan, le grenier de la Chine. Je voulais savoir à quoi ressemble la Chine. Je voulais entendre parler mes compatriotes, je voulais...

Il sourit à Chloé, et dans ses yeux elle crut déceler une lueur de moquerie.

– Je voulais devenir *civilisé*, m'éduquer, et savoir s'il existait pour moi un moyen de venir en aide aux gens de mon pays.

– Et qu'avez-vous appris? s'enquit Slade qui n'avait nullement conscience d'être passé au second plan.

Le général tourna vivement la tête, comme s'il avait oublié la présence du journaliste.

– J'ai appris que je savais bien peu de choses. Ce fut une expérience d'humilité. J'ai vu dans les villes des choses dont j'ignorais l'existence. J'ai mesuré l'ignorance de bon nombre d'entre nous. Nous ne savons rien de ce qui se passe au-delà de notre horizon. Nous ignorons que nous pouvons construire des barrages pour contrôler les crues. J'ai appris également que dans maints pays étrangers, le vôtre par exemple, les gens ne meurent plus des maladies qui nous déciment. La médecine a éradiqué bien des fléaux qui ravagent mon pays.

Chloé était fascinée. Jusqu'au vocabulaire qu'il utilisait, il était si différent de l'homme qu'elle avait connu deux ans auparavant! Une véritable métamorphose.

– Avez-vous appris, fit-elle d'un ton un peu provocant, que les femmes sont elles aussi des êtres humains?

– Chloé! s'offusqua Slade.

– J'ai compris, répondit le général, dardant sur elle un regard pétillant, que quelques femmes sont les égales de quelques hommes.

Son sourire, l'inclinaison de tête qu'il eut alors, comme

339

un salut, firent comprendre à Chloé qu'il lui adressait un compliment ; elle en éprouva une vive émotion.

– J'ai vu des femmes travailler au côté des hommes, si c'est ce que vous voulez dire. Mais non. Les femmes ne sont pas les égales des hommes. Je pense que nous, Chinois, avons sans doute manqué de charité dans notre conduite envers les femmes. Nous avons eu tendance à les traiter comme des bêtes, des esclaves. Nous n'avons pas pris leur intelligence...

– ... leurs sentiments...

Une fois encore, il acquiesça.

– ... en compte. Aussi je me sens peut-être enclin à plus d'égard envers elles. Mais je ne les considère pas comme nos égales. Et je ne voudrais pas qu'elles le soient. Elles sont là pour contribuer à nous procurer confort et plaisir. En revanche, ajouta-t-il avec un sourire, nous devons commencer à penser nous aussi à *leur* confort et à leur plaisir.

Slade partit d'un rire sonore.

– Général, vous dites tout haut ce que pensent bien des hommes, mais nous, Occidentaux, n'avons pas le cran de le dire à voix haute.

Chloé dévisagea son mari, qui ne la regardait pas. Croyait-il à ce qu'il disait ? Était-il possible qu'il fût sincère ?

– A l'Ouest, vous accordez trop de liberté aux femmes, assura le Chinois. Elles ne savent pas où est leur place.

Lui non plus, disant cela, ne regardait pas Chloé.

– Donc, vous ne croyez pas à l'égalité ?

Elle s'efforçait de ne pas laisser percer sa colère, colère bien davantage dirigée contre Slade que contre Léopard-des-Neiges.

– La Chine n'est pas prête pour la démocratie, affirma le général. Il faut la sortir du Moyen Age petit à petit. A mon avis, en qualifiant la Chine de république, Tchang Kaï-chek se paie de mots afin d'obtenir les faveurs du monde occidental. J'aimerais que mon pays finisse par devenir une république. Une démocratie dans laquelle tous les *hommes* connaîtraient l'égalité des chances. Mais cela doit venir lentement. Je ne crois pas que Tchang ait foi en ses propres paroles. Il s'est promu généralissime, il aspire à jouir d'une autorité personnelle équivalente à celle des empereurs mandchous.

Sur ce sujet, Léopard-des-Neiges s'échauffait.

340

– Nous étions autrefois le pays le plus civilisé et le plus raffiné du monde. J'aimerais que nous retrouvions un peu cela. Je ne veux pas que les puissances étrangères nous divisent. Votre pays, et l'Angleterre, et l'Allemagne, la France, la Belgique, tous ont contribué à ruiner mon pays. En y introduisant l'opium pour s'enrichir. Moi-même, j'ai fumé l'opium pendant des années. Un jour, et ce ne serait que justice, votre pays sera peut-être inondé par l'opium, parce que vos seigneurs de guerre à vous gagneront de l'argent avec. Ils ne se soucieront pas plus de leurs compatriotes qu'ils ne se sont préoccupés des miens. Il est des gens que l'argent seul intéresse, et le pouvoir. Il faut les détruire. Et s'il existe – comment dites-vous cela? – une justice immanente, votre pays et l'Angleterre seront un jour laminés, comme l'a été le mien, par les opiacés qui émoussent les sens, affaiblissent, poussent à tuer pour en obtenir un peu. Cela détruira votre civilisation aussi.

– C'est une prophétie? interrogea Slade qui prenait consciencieusement des notes.

– Non, bien sûr que non. Je ne suis pas devin. Je dis seulement que ce serait justice. Châtiment. Mais sans doute cela n'adviendra-t-il jamais, car rien en ce monde n'est juste.

– Vous voulez tuer les seigneurs de la drogue?

– Je veux tuer ceux qui mettent mon peuple en danger, répondit Lu-tang d'un ton d'évidence. Tuer les Japonais qui tuent les miens pour s'approprier notre terre. Tuer ceux de mes compatriotes qui tuent les Chinois qui ont osé exprimer leur pensée. Tuer les Chinois qui cherchent à soumettre encore plus les autres. Anéantir ceux qui tuent femmes et enfants, pillent la campagne pour le plaisir de blesser, violer, tuer.

– Violer? releva Chloé. Pourquoi, général, je croyais que vous considériez les femmes comme une part de butin.

Slade lui jeta un regard incertain. Mais Léopard-des-Neiges la fixa avec calme et répondit d'une voix douce :

– Autrefois, peut-être. Mais j'aime à croire que nous sommes tous capables de grandir. J'aurais détesté passer ma vie entière à croire dur comme fer que la terre est plate, pour découvrir au moment de mourir qu'elle est ronde et que j'ai vécu dans l'erreur. Je détesterais devenir si vieux que je ne puisse plus changer. Évoluer, c'est le mot?

– Oui, fit Chloé ne pouvant réprimer son sourire. C'est un joli mot.

– Tchang Kaï-chek et ses troupes sapent ces valeurs qui sont désormais les miennes. La Chine ne retrouvera jamais sa grandeur tant qu'elle se vendra à bas prix aux puissances étrangères. Nous devons nous libérer du joug des nations impérialistes et nous débrouiller seuls si nous voulons retrouver notre dignité. Tchang a abandonné ce qu'on appelait la révolution démocratique de Sun Yat-sen. Il ne l'avoue pas mais il cherche à dominer les masses. Les gens n'ont pas le droit de dire ce qu'ils pensent. S'ils ouvrent la bouche, il les fait exécuter. Il se soucie plus de donner une place à la Chine parmi les nations que du peuple lui-même.

– Sur ces points, vous êtes d'accord avec les communistes, souligna Slade. Pourquoi ne pas rejoindre leurs rangs ?

– Que nous luttions contre les mêmes maux ne signifie pas que nous ayons les mêmes buts, rétorqua Lu-tang. Je ne crois pas que l'idéal communiste soit applicable. Nous ne sommes pas tous égaux. Le communisme ne prend pas la nature humaine en considération. J'ai parlé tout à l'heure de l'égalité des chances pour tous, ce qui ne veut pas dire que je les considère tous comme égaux. J'ai plus de cervelle, plus de prévoyance, plus d'éducation que beaucoup. Je suis un chef. Certains hommes ne pourront jamais être des chefs.

– Et les femmes ? intervint Chloé. N'auront-elles jamais les qualités d'un chef ?

– Laisse un peu tomber ton idée fixe, fit Slade chez qui pointait la colère.

Mais Léopard-des-Neiges lui répondit :

– De temps en temps, une femme dirige un pays, comme l'impératrice douairière. Comme la reine Victoria. Mais ce sont les hasards des naissances ou du mariage. Ce ne sont pas de véritables chefs. Par exemple, une femme comme vous, qui n'est pas destinée à régner par sa naissance et qui n'épouse pas l'héritier d'un trône, ne pourra jamais devenir un chef.

Chloé ne pouvait discuter à propos de ces deux femmes. Et elle ne s'imaginait certes pas en chef d'une nation.

– Le problème fondamental qui se pose à la Chine aujourd'hui, c'est le Japon, continua Léopard-des-Neiges.

Je ne sais pourquoi Tchang est si aveugle. Il croit que les communistes sont ses seuls ennemis.

– Quand même, fit Slade, n'est-ce pas parce que le Japon vit sur un territoire saturé et qu'il a besoin de s'étendre ?

– Vous êtes tous des imbéciles ! s'exclama le général. Si on n'arrête pas le Japon dès aujourd'hui, vous aussi serez victimes de son impérialisme, vous et les autres nations occidentales.

– Connaissez-vous la taille du Japon et celle des États-Unis ? dit Slade en riant. C'est impossible. Le Japon ne sera jamais une menace pour nous.

– Connaissez-vous la taille de la Chine comparée à celle du Japon ? Et n'est-il pas une menace pour nous ?

– Soit, convint Slade. Mais les Japonais affirment ne vouloir que la province de Mandchourie, qui est très peu peuplée. Ils ont besoin d'espace. Peut-être s'en tiendront-ils à la Mandchourie.

Léopard-des-Neiges partit d'un rire dur.

– Soit votre pays adopte une attitude de neutralité et se garde d'aider le Japon dans sa conquête de mon pays, soit – si vous êtes intelligents – vous nous aiderez à vaincre cette nation qui tentera un jour de conquérir le monde.

Peut-être Léopard-des-Neiges n'avait-il pas acquis tant de culture et de sagesse, finalement, se dit Chloé. Croire que l'offensive du Japon contre son pays rendait le monde entier vulnérable à ses attaques...

– Il faut évidemment différencier l'impérialisme japonais, qui cherche à faire main basse sur mon pays, et l'impérialisme des puissances occidentales. Ces dernières veulent simplement nous exploiter, non pas annexer notre peuple et notre gouvernement.

– Y a-t-il seulement un gouvernement à annexer ? demanda Slade. Avec la lutte entre Tchang et les Rouges, il n'existe pas de gouvernement central...

– Les nations étrangères reconnaissent le gouvernement de Tchang à Nankin.

Récemment, Tchang avait déplacé la capitale de Pékin à Nankin, l'ancienne capitale. Avec les deniers de l'État, Mei-ling et lui s'efforçaient de transformer l'affreuse ville en un parangon de modernité.

Dans l'ombre de la portière de la tente, Chloé distingua une ravissante jeune femme, à peine sortie de l'enfance. Depuis combien de temps attendait-elle là ? Apparem-

343

ment, Léopard-des-Neiges l'avait remarquée lui aussi car son regard vola vers elle et il frappa dans ses mains.

– Assez, décida-t-il en se levant. Nous reprendrons demain.

A l'évidence, il s'apprêtait à passer la nuit avec la jeune femme. Que pensait-elle de lui? Qu'éprouvait-elle pour lui? se demanda Chloé. Lui faisait-il l'amour avec passion, avec tendresse, ou s'en acquittait-il rapidement, dans un désir vite assouvi? Et une fois satisfait, la repoussait-il ou la gardait-il toute la nuit auprès de lui?

Pour la première fois depuis plus d'un an, elle ne rêva pas de Nikolai.

41

Le ciel était d'un bleu pastel. S'attardant, joueur, sur le flanc des montagnes, le soleil n'avait pas encore atteint la vallée. Debout au bord de l'étroit ruisseau, Chloé regardait l'eau peu profonde dévaler sur les cailloux, pressée d'atteindre quelque destination inconnue.

La jeune fille se trouvait-elle encore sous la tente de Léopard-des-Neiges ? s'interrogeait Chloé. A ses pieds, sur la rive, se dessinait une fragile petite fleur violette. Elle se pencha, du bout des doigts caressa la douceur veloutée des pétales puis d'un ongle trancha la tige et se redressa en portant la fleur à sa joue.

– Je pensais ne jamais vous revoir, fit derrière elle Léopard-des-Neiges d'une voix sourde.

– Moi non plus, répondit-elle en se retournant.

Les bras croisés, il était appuyé au tronc d'un grand arbre dont les branches feuillues retombaient vers le cours d'eau.

– Elle est assortie à vos yeux, reprit-il, désignant la fleur.

Ne sachant que répondre, Chloé lui sourit.

– Pourquoi faites-vous comme si nous ne nous étions jamais vus ? questionna-t-il.

Gênée, elle détourna le regard.

– Nous avons parcouru un long chemin pour vous trouver, dit-elle enfin. Mon mari avait hâte de vous rencontrer. S'il savait que vous êtes Léopard-des-Neiges, celui dont il croit... enfin, il serait trop en colère pour vous interviewer. J'ai pensé que mieux valait garder le secret, ainsi mon époux est ouvert à ce que vous dites.

De nouveau, elle fixa Léopard-des-Neiges.

345

– Vous ne lui avez pas dit que... que je... que nous...

Ses yeux sombres s'étaient agrandis, sa voix était pleine de surprise. Chloé se détourna une fois de plus. Il s'approcha d'elle afin d'entendre sa réponse.

– Je crains de n'avoir pas tenu ma promesse envers vous, je lui ai dit la vérité. Il est le *seul* à qui je l'ai dite. C'est vrai, je rompais mon serment, mais je voulais aussi préserver mon mariage. J'estime qu'il ne doit pas y avoir de secret dans le lit conjugal.

Léopard-des-Neiges eut un rire sourd.

– Je lui ai dit la vérité, répéta Chloé.

– Ah! répondit Léopard-des-Neiges au bout d'un moment. Et il ne vous a pas crue, c'est ça? Il ne pouvait imaginer qu'un homme laisse passer l'occasion de coucher avec une femme si belle?

Il me trouve belle? s'interrogea Chloé. Il lui avait dit qu'elle ne l'attirait pas. Flattée, elle acquiesça.

– Oui, quelque chose comme ça. Il lui a fallu un an pour... pour admettre l'idée que quelqu'un d'autre m'avait... Il a profondément haï Léopard-des-Neiges. Or je voudrais qu'il vous apprécie.

– Pourquoi? s'enquit Léopard-des-Neiges d'un ton neutre.

– Parce... parce que je vous aime bien, lâcha-t-elle, revenant à lui. Parce que je vous ai toujours été reconnaissante.

Digérant l'aveu en silence, il se pencha pour cueillir un long brin d'herbe qu'il mordilla entre ses dents. Et il se mit à rire.

– Mais c'est moi qui vous suis reconnaissant. Vous m'avez sauvé la vie. Et puis, si je ne vous avais pas rencontrée, peut-être n'aurais-je pas entrepris mon voyage. Peut-être n'aurais-je pas parcouru mon pays, ne serais-je jamais devenu ce que je suis devenu, ou ce que je suis en train de devenir. Je n'aurais probablement pas combattu les Japonais. Je ne serais pas...

Son rire se fit embarrassé.

– ... ce que je suis aujourd'hui, quoi que ce soit. A chacun de mes pas, j'aurais voulu que vous soyez au courant. J'ai eu envie de vous faire savoir que je n'étais plus un barbare. J'ai eu envie que vous sachiez que mon opinion sur les femmes avait changé, parce que l'une d'elles avait influencé toute ma façon de penser. Je suis heureux que vous soyez venue, afin que je puisse vous dire cela. Je n'avais aucun moyen de savoir si vous étiez encore sur le sol chinois, aucun moyen de vous trouver. L'an passé, je suis resté deux semaines à Shanghaï en pensant vous rencontrer.

— Cette année-là, j'étais surtout à Wuhan, expliqua Chloé, stupéfaite de ses paroles.

— Pourquoi n'êtes-vous pas chez vous avec les enfants ?

Aucun d'eux ne jugea la question déplacée.

— Mes enfants, les trois, sont morts, fit-elle d'une voix blanche.

— J'ai des enfants morts, moi aussi. C'est fréquent dans mon pays.

— Oui, parfois je hais votre pays. C'est une terre cruelle.

— Ce que vous qualifiez de cruel n'est pour nous qu'un aspect de la vie.

— Mais la mort y est tellement présente, murmura Chloé.

— Point de vue d'Occidentale. La plupart des Chinois ignorent ce que signifie le mot « bonheur ». Nous existons et cela suffit. Il est rare de rencontrer des paysans heureux. Le mieux qu'ils puissent ressentir est ce que j'appellerais une satisfaction passive. Avoir suffisamment à manger, ne pas souffrir physiquement, voilà la bonne vie pour nous. Si nous pouvons rire de temps en temps, avoir le ventre plein, nous sommes contents. Nous trouvons la vie douce. Si la mort ne nous prend pas tous nos enfants, s'il n'y a pas trop de filles parmi eux, nous estimons que le destin a eu la main tendre avec nous. Venez, allons prendre un petit déjeuner. Réveillez votre mari et rejoignez-moi sous ma tente.

— Attendez, fit Chloé, posant une main sur son bras. Est-ce que vous enlevez encore les passagers des trains ?

Abaissant le regard sur la main qui le retenait, il partit d'un rire joyeux.

— Bien sûr que non. Me prenez-vous encore pour un barbare ?

Il s'éloigna en direction de sa tente.

Chloé avait peine à y croire. Se pouvait-il qu'il ait accompli tout cela, qu'il ait changé, grâce à leurs conversations ? Cet homme qui considérait les femmes comme inférieures lui procurait à nouveau le sentiment d'être importante, plus que Slade ne l'avait jamais fait, et même plus que Nikolai. Depuis Cass, elle n'avait pas rencontré un homme qui lui donnât à ce point ce sentiment. Si elle

347

n'accomplissait rien d'autre, elle aurait au moins profondément compté pour un autre être humain. Quelqu'un qui contribuerait peut-être au prochain bouleversement de la Chine.

— Non, fit le général Lu-tang, je ne condamne pas ce que vous appelez la cruauté, ce que nous appelons la justice. Bien sûr que j'ai soif de vengeance. L'ennemi détruit mon peuple ; je le détruirai. Après tout, nous ne sommes pas le seul pays dans cette situation. Le monde n'a jamais été libéré des guerres. Si j'étudie l'histoire, il m'apparaît souvent que plus les pays sont « civilisés », plus ils livrent de guerres.

Chloé frissonna. Infliger la souffrance était une chose qu'elle avait du mal à pardonner ou même à comprendre. De même la vengeance. Œil pour œil.

— Les États-Unis sont l'une des nations les plus violentes, ajouta le général à l'adresse de Slade.

— Comment pouvez-vous affirmer ça ? intervint Chloé. Nous ne nous battons que pour nous défendre ou défendre nos principes. Nous...

— ... passons nos samedis après-midi au cinéma devant des westerns, enchaîna Slade, pour voir des cow-boys massacrer des Indiens. Je suis d'accord, dit-il à Léopard-des-Neiges. Nous prospérons sur un terreau de violence. Regardez ce que nous avons infligé aux Indiens, comme nous nous repaissons des exécutions, comme nous fêtons les soldats qui ont tué un nombre exorbitant d'ennemis. Plus on tue, plus on est héroïque.

A voir la façon dont Slade regardait le général, Chloé le devinait fasciné.

La jeune femme de la veille les servait, s'inclinant toujours devant Léopard-des-Neiges, et reculant ainsi sur la pointe des pieds jusqu'à la portière de la tente. Pas une fois son maître ne la regarda. A se demander même s'il connaissait son nom, se dit Chloé. Elle était certaine qu'ils avaient couché ensemble la nuit précédente. Elle essaya d'étudier la jeune femme mais il était délicat de se livrer ouvertement à une telle observation.

Léopard-des-Neiges était splendide, non d'une beauté conventionnelle certes. Sa peau était lisse, bien qu'il dût avoir environ trente-cinq ans, l'âge de Slade. Slade paraissait plus âgé. C'était la première fois qu'elle le remarquait. Comme elle remarquait soudain ses quelques cheveux blancs, les rides au coin des yeux, ses lèvres tendues, crispées. Voilà des années qu'elle ne l'avait pas regardé avec objectivité. Combien?... Ils étaient mariés depuis six ans; Slade avait trente-quatre ans.

Il n'y avait pas une ride sur le visage de Léopard-des-Neiges. D'après ce qu'elle savait, les Chinois étaient imberbes, contrairement aux Occidentaux. Elle n'avait vu que peu de Chinois pourvus de barbes clairsemées et de fines moustaches. Son torse aussi était-il glabre, lisse comme celui d'un bébé? Il avait les poignets fins, presque féminins tant ils étaient gracieux, et cependant rien de cette finesse n'atténuait sa virilité.

– Je voudrais que la Chine vive sur le même pied que les nations occidentales, et pourtant je n'ai pas envie que nous ressemblions à vos pays. Vous êtes trop intéressés. Pour vous, la valeur d'un être, c'est l'argent qu'il gagne. Qu'est-ce que cela a à voir avec l'être intime?

– Il y a aussi chez vous des gens qui estiment leur valeur à la mesure de leur richesse et de leur puissance, souligna Slade.

– Certes. Mais ces jauges-là ne sont en aucune façon la mesure de la réussite d'un être humain. Ce sont les qualités intimes qui comptent. La Chine est fondée sur la famille. C'est le noyau, la cellule de base de notre société.

– Avez-vous une famille? interrogea Chloé.

– Nous en avons tous, répondit Léopard-des-Neiges avec un sourire. Néanmoins, j'ai renoncé à la mienne pour être libre de me consacrer à un but plus ambitieux.

Il se laissa aller contre les coussins.

– Cela vous intéresserait que je vous raconte ma vie? demanda-t-il en s'adressant à Chloé. Cela vous permettrait-il de comprendre qui je suis et pour quoi je me bats?

– Ce serait formidable, répondit Slade, devançant sa femme.

Les yeux de Léopard-des-Neiges restaient rivés à ceux de Chloé.

– Aimeriez-*vous* savoir quel genre d'homme je suis?

Slade fouilla ses poches à la recherche d'un stylo.

Les coudes appuyés sur la table basse, les doigts croisés sous son menton, Chloé fixa le Chinois.

– Oui, fit-elle d'une voix sourde. J'aimerais savoir pourquoi vous êtes... vous.

– Vous allez me rendre célèbre? questionna Léopard-des-Neiges en éclatant de rire.

– Et comment! acquiesça Slade.

Il ne s'était pas rendu compte qu'il était évincé de la conversation.

Des semaines plus tard, Chloé prit grand plaisir à décrire le général Lu-tang dans une lettre adressée à Cass et Suzi. Lettre que Slade ne lirait sans doute pas mais dont prendraient peut-être connaissance un demi-million d'individus.

Dans les montagnes du Nord-Est se trouve peut-être l'homme le plus fascinant de toute la Chine.

Comme Tchang Kaï-chek et Mao Tsé-toung, il veut libérer la Chine de l'impérialisme occidental qui sévit depuis plus d'un siècle. Comme Mao Tsé-toung, il veut améliorer les conditions de vie des paysans, ce demi-milliard de Chinois qui s'épuisent comme des bêtes de somme.

Mais ces hommes ne se ressemblent guère.

Le général Lu-tang ne brûle pas du feu intérieur de l'idéalisme, ne pense pas connaître les réponses aux maux de ses compatriotes. De l'avenir, il n'a pas une vision précise. Il lutte pour faire avancer la Chine, donner une existence meilleure à son peuple. Il y travaille chaque jour. Parfois en tuant, c'est vrai.

Il méprise Tchang Kaï-chek, le jugeant assoiffé de pouvoir, volontairement aveugle à la menace japonaise. Mao Tsé-toung pense de même.

Tout en ne méprisant pas les communistes, Lu-tang les dit naïfs, ignorants de la nature humaine. C'est un seigneur de guerre qui – chose stupéfiante dans ce pays – possède une véritable expérience militaire et mène des batailles.

Né voilà trente-sept ans, fils cadet d'un riche propriétaire terrien qui croyait en l'éducation pour tous ses fils, Lu-tang, bercé par les légendes des siens qui s'étaient battus dans les montagnes, rêvait d'actes de bravoure, rêvait de se battre pour son peuple.

Ce n'est pas uniquement de sa bouche que j'ai recueilli son histoire. Il nous conduisit à cheval, Slade et moi, dans la ville où il a grandi. Là, j'ai parlé avec maints de ceux qui l'avaient connu lorsqu'il était un jeune homme insouciant et aventureux. Des sourires accompagnaient les réminiscences de ses exploits de jeunesse.

Il rêvait d'une vie militaire bien que son père considérât le métier des armes comme la plus vile des activités, affirmant que les soldats détruisaient sans jamais bâtir. Ne parvenant pas à dissuader son fils, le père usa de sa considérable influence politique pour lui faire intégrer la nouvelle école militaire du Chan-tong. Lu-tang est l'un des premiers Chinois à avoir suivi un entraînement militaire moderne, ce qui signifie, entre autres, qu'il ne marche pas au combat accompagné de musiciens. Également qu'il sait se servir de fusils à baïonnette.

Déjà cavalier accompli, Lu-tang se distingua en menant des attaques contre des seigneurs de guerre qui menaçaient sa province, et contre ceux qui tentaient d'étouffer la révolution commencée par Sun Yat-sen. A vingt-cinq ans, il était général de brigade dans l'armée du Chan-tong, trois ans avant que la Société des Nations n'accorde cette province au Japon en guise de butin de guerre.

Grâce à l'influence de sa famille, à leur richesse aussi bien qu'à ses actes héroïques, sa cote politique grimpa régulièrement. Il devint directeur de la Sûreté publique du Chan-tong, poste, selon lui, sans grande importance ni responsabilité mais qui lui apporta richesse et influence. Il rit et ses yeux pétillent – si différents de ceux de la plupart des Chinois – lorsqu'il déclare : « J'étais un fonctionnaire. Deux choses caractérisent les fonctionnaires : ils sont corrompus et ils fument l'opium. »

J'ai voulu savoir s'il s'était livré à l'une de ces deux activités. « Les deux », m'a-t-il répondu.

J'ai dévisagé cet homme lucide et dynamique. « Parlez-moi d'abord de l'opium », ai-je demandé.

Ses yeux se sont voilés. « Les Occidentaux ne comprennent pas. Tant d'entre nous ont été élevés avec l'opium. Dans cette région, on le fume aussi facilement qu'on boit le thé. Ça commence tôt. Les parents calment les enfants pleurnicheurs ou agités en leur faisant sucer de la canne à sucre sur laquelle on a tartiné de l'opium. Dès l'âge de un an, nous sommes accoutumés, drogués. En grandissant, comme tous les autres garçons, j'ai commencé à le fumer. Moi, je n'ai jamais eu à voler ou à tuer pour en obtenir. » Je suppose que beaucoup d'autres l'ont fait.

« Et la corruption ? »

« Piller les fonds publics était... un devoir envers sa famille, un droit. On entrait en politique uniquement dans le but de s'enrichir. C'est ce que l'on m'avait appris. »

Il fut marié une première fois à quatorze ans. A vingt ans, il avait quatre épouses et « je ne sais plus combien de concubines ». Il se fit ériger une demeure magnifique, où tous vivaient « en harmonie ». Je m'en étonne.

« J'avais tout ce qu'on peut désirer », m'explique-t-il. « La richesse. Les paradis artificiels. Le pouvoir. De nombreux descendants. La perspective d'un avenir prospère. Mais j'avais un défaut fatal : j'aimais lire, et la lecture m'ouvrit d'autres horizons. Elle me fit comprendre l'existence étroite, bornée que nous menions, moi et mon entourage.

« En regardant autour de moi, je vis des villages attaqués, des paysans massacrés impitoyablement. Dans les brumes de l'opium, je me pris à rêver de sauver ces paysans. Je compris aussi que pour la plupart de mes compatriotes la prétendue révolution n'était que du vent. Le renversement des Mandchous ne changeait rien à leur vie. Ils vivaient encore au Moyen Age.

« Je lus que la Chine, en quatre mille ans d'histoire, n'avait jamais pris sa place parmi les grandes nations. J'ai pensé : " Tout ne peut pas s'accomplir d'un coup. D'abord, il faut libérer le peuple de sa peur de la faim, de la maladie, de la mort... et même de la peur des autres Chinois. " J'ai décidé alors d'y contribuer mais je compris que, pour vouer ma vie à ce but, il me fallait renoncer à tout ce qui me détournait de cette cause. Renoncer à tout ce qui rendait mon existence douillette et à tout ce qui m'amollissait.

« Cela ne s'est pas fait rapidement mais j'ai abandonné toutes mes épouses et mes concubines. Je leur ai donné une maison et des terres, là où nous avions vécu, je leur ai accordé une pension afin de subvenir à leurs besoins. Tous mes enfants sont financièrement à l'abri... »

« Tous vos enfants ? » ai-je demandé. « Combien en avez-vous ? »

« Je ne sais plus. Plus tard, j'ai fait venir mon fils aîné, celui que vous connaissez – il vous a conduits jusqu'ici. Je ne peux pas me charger d'enfants. »

J'ai essayé de ne pas imposer mes vues sur la question à cet homme qui a volontairement abandonné tous ses enfants, quand mon cœur saigne pour ceux que j'ai perdus.

« Quand même », a-t-il repris en riant, « je n'avais pas le profil type du révolutionnaire, n'est-ce pas ? Un homme riche, un possédant, un fonctionnaire corrompu comme tous ses pareils, un opiomane ?

« J'avais conscience qu'il me fallait renoncer non seulement à ma famille mais à l'opium. J'en avais vu qui avaient essayé, en vain... j'avais assisté aux sueurs, aux hallucinations, à la douleur physique. Je savais que ce ne serait pas facile, mais je savais aussi cette dépendance incompatible avec le but que je m'étais fixé. »

En l'occurrence, Lu-tang se révéla d'une volonté de fer. Craignant les entorses à la discipline qu'il s'était imposée, il partit pour Chongqing, loin de chez lui, à des milliers de kilomètres en amont du Yang-tsé. Là, il s'embarqua sur un vapeur qui gagnait Shanghaï, le voyage allait durer un mois. Impossible d'embarquer de l'opium sous pavillon britannique. A bord, Lu-tang connut les suées nocturnes, les cauchemars, les crises jusqu'à s'écrouler inconscient sur le sol de sa cabine pour vaincre sa pratique pernicieuse.

« Ce fut la plus dure bataille de mon existence », me confia-t-il. « Je commençai alors une vie nouvelle. »

Je l'ai écouté avec attention, incapable d'imaginer ce qu'il en coûte de se débarrasser d'une habitude qui a régenté toute une vie.

Ensuite, il se constitua une armée et entreprit de chasser les maraudeurs qui écumaient les villages de sa province. Il reconnaît avoir prélevé un impôt auprès des paysans afin de subvenir aux besoins de ses soldats, mais d'autres racontent que c'était un véritable Robin des Bois. On le vénérait plus qu'on ne le craignait; il défendait un territoire de plus en plus vaste, toujours plus de villages. Lorsque la famine s'abattait sur sa province, comme elle frappe partout en Orient, ses villages recevaient toujours de quoi manger, même s'il devait voler, en piller d'autres – peut-être juste de quoi empêcher les villageois de mourir de faim quand des millions d'autres crevaient.

Oui, des millions. C'est comme la dette nationale, au-delà de ce qui peut se concevoir. Les chiffres n'ont pas de sens pour nous tant ils sont éloignés de tout ce que nous connaissons.

Quand je lui demande pourquoi, à son avis, il a changé de façon si drastique, il me répond : « J'ai voyagé. J'ai étudié. Et je me suis demandé pourquoi je passais pour un barbare à des yeux étrangers. Au fond de moi, je savais que je ne pouvais rester là à ne rien faire, participer d'un système qui laissait mourir tant de gens, ou mener une vie à l'écart. Je veux éveiller mon peuple et le sauver.

« Par " mon peuple ", j'entendais autrefois ceux qui travaillaient dans les champs et les villages de cette province.
Aujourd'hui, je pense que ce sont tous les Chinois. »

Longtemps j'ai scruté cet homme grand et doré, avec sa
soif de comprendre et ses élans de compassion. Pourtant je
sentais aussi en lui une fibre de cruauté. Quand je lui en
parlai, il ne me contredit pas : « Je suis juste. »

Selon les pays, les mots sont différents pour définir une
même chose.

« J'ai appris ce qu'amour veut dire », me dit-il.

« Je croyais qu'il n'y avait plus de femmes dans votre
vie », a répliqué Slade.

Le général a eu un geste dédaigneux pour écarter cette
idée. « Les Occidentaux sont terriblement limités. Vous
êtes les seuls, savez-vous, à avoir ce concept d'amour
romantique. Je ne parle pas d'amour pour une femme.

« Le désir, oui. Ça, je n'y ai pas renoncé. Je ne souhaite
pas me faire moine. Je satisfais rapidement mes désirs,
ainsi je les contrôle sans effort. Mais cela n'a rien à voir
avec l'amour. Je parle d'amour pour mes compatriotes. »

« N'est-ce pas une forme abstraite de l'amour ? »

Il m'a regardée, j'ai dû lui expliquer le sens de l'adjectif
« abstrait ». Il a réfléchi un moment.

« Peut-être », a-t-il fini par répondre. « Si nécessaire, je
mourrai pour la Chine. C'est tout ce que je sais. Mais mourir pour une femme ? Jamais. Nous, Chinois, ne sommes
pas si stupides. Je puis mourir en essayant de libérer mon
peuple ou de lui faire entrevoir un meilleur avenir. Je peux
éventuellement donner ma vie afin de sauver mon fils
aîné. J'ai maintes fois risqué ma vie dans des batailles et je
recommencerai. Je puis mourir pour sauver un ami...
L'amour pour un ami a de la valeur. Et vous ? » a-t-il
demandé à Slade.

« Je crois que je donnerais ma vie pour mon pays », a
répondu Slade. « Pour un ami, je ne sais pas. »

« Et pour votre famille ? Donneriez-vous votre vie pour
votre femme ? »

Slade a gardé le silence un moment.

« Ce n'est pas juste, général, de me questionner devant
elle. Mais probablement. Accepter de mourir pour mon
pays, ce serait tenter de sauver un mode de vie auquel je
crois. Afin que les miens puissent vivre dans la liberté que
je juge indispensable à toute existence. »

« Nous voilà de nouveau abstraits », a souligné le géné-

ral. « *Au fond, comment savoir si nous serions prêts à mourir avant que l'épreuve ne se présente ? Je pense que je serais prêt à mourir pour un ami car j'aime à croire que je suis ainsi fait. Mais comment savoir avant d'être au pied du mur ?* »

Évidemment, Chloé n'écrivit pas dans sa lettre qu'elle avait soudainement pris conscience de ne pas aimer suffisamment Slade pour lui sacrifier sa vie.

Le général Lu-tang n'a pas une vision précise de ce qu'il souhaite pour son pays. Il n'est pas voué corps et âme à une cause comme Mao Tsé-toung. Il n'est pas intéressé par le pouvoir comme Tchang Kaï-chek. Il sait en revanche qu'il veut débarrasser le Chan-tong et toute la Chine de l'envahisseur japonais, que ses compatriotes aspirent à une vie meilleure. Il est prêt à les aider en ce sens. Mais il cherche encore des réponses.

Mon mari et moi avons été bien plus impressionnés par le général Lu-tang que par Tchang Kaï-chek ou Mao Tsé-toung, et ce malgré sa certitude qu'il faut recourir à la violence et à la vengeance pour résoudre les problèmes. Comme j'exprimai mon désaccord sur ce point, il s'est mis à rire, ses yeux noirs pétillaient. « *Alors, par quel moyen ?* » *m'a-t-il demandé.*

« *Le raisonnement* », *ai-je répondu.*

Le général doute fort que le temps vienne jamais où la plupart des maux trouveront leur remède par la raison.

Je souhaite qu'il se trompe.

42

— Pas étonnant que tu sois fatigué, dit Chloé. Tu n'as pas pris de repos depuis notre mariage, à moins que tu ne considères notre voyage chez Mao et le général Lu-tang l'an passé comme des vacances.

— On devrait peut-être en prendre, en effet, reconnut Slade. Il n'y a pas grand-chose en ce moment, pas d'événement marquant. Quoi qu'on puisse raconter, nous autres journalistes, l'Amérique adore Tchang Kaï-chek.

Sa voix trahissait son découragement.

— Allons quelque part où nous n'avons jamais mis les pieds, suggéra Chloé. Que dirais-tu du Japon?

— Je ne peux pas prendre plus de deux semaines.

— Alors oublions le Japon. Nous essaierions de voir le plus de choses possibles et tu ne te détendrais pas une minute.

— Tu as sans doute raison, admit Slade après réflexion. Mais j'aimerais y aller quand même. Et si je te promettais de ne pas essayer de décrocher une interview, de ne pas travailler du tout? Nous irions au mont Fuji, dans l'une de ces auberges dont on parle beaucoup. Il paraît qu'elles sont fantastiques.

— Quand? s'exclama Chloé, tout heureuse.

Voilà longtemps qu'elle désirait connaître le Japon.

— Quand serais-tu prête?

— Demain? proposa-t-elle en riant.

— Je vais me renseigner sur le prochain bateau en partance.

Pas de travail, avait juré Slade. Et Chloé imaginait ce voyage comme une seconde lune de miel.

Et il y avait de cela. Appuyés au bastingage, ils se

356

tinrent la main tandis que Shanghaï disparaissait à l'horizon, puis quand le paquebot fut en vue de Yokohama. La nuit, Slade tenait sa femme enlacée, ce qu'il n'avait pas fait depuis des années. Alors qu'ils traversaient en train les rizières verdoyantes et les terres fertiles au flanc des montagnes, il retrouva son euphorie coutumière.

L'auberge dans laquelle ils descendirent était pour Chloé le lieu le plus charmant qu'elle eût connu, délicieux malgré son mobilier spartiate. Le jour, on roulait le matelas *futon* sur lequel on dormait à même le sol. Chaque matin il y avait une fleur fraîche, une seule, dans la coupe qu'apportait la femme de chambre. Un jour une azalée, le lendemain un énorme chrysanthème, le troisième une rose blanche aux pétales ourlés de rouge cerise. Chloé trouvait cela plus enchanteur qu'une douzaine de fleurs.

Une porte coulissante en papier de riz translucide ouvrait sur un balcon d'où l'on jouissait d'une vue superbe sur le mont Fuji. Le sommet enneigé se découpait sous la pleine lune. Un parfum de roses montait depuis les jardins.

Une nuit où ils faisaient l'amour, Slade oublia sa hâte habituelle. Mais le lendemain il dormit jusqu'en début de soirée. Quand il se réveilla, il eut une quinte de toux.

– Ça va, assura-t-il à Chloé. J'ai dû attraper un microbe dont j'ai du mal à me débarrasser.

– Si demain tu te sens mieux, il y a un groupe qui part faire une ascension sur la montagne. On dit que la vue est magnifique.

Le matin suivant, Slade dit à Chloé de partir sans lui. Il resterait assis sur le balcon et s'imaginerait la voir grimper à l'assaut du mont Fuji.

– A midi je te ferai un signe de main, promit-il.

Elle essaya bien de se sentir coupable à prendre plaisir à cette marche tandis que Slade restait à l'hôtel, épuisé, mais elle ne le put. Le paysage était trop beau. Bien que la pente fût douce et le sentier aisé, ils ne montèrent qu'au tiers de la montagne. La vue était, comme elle tenterait de la décrire à Slade, incroyable.

– J'ai l'impression d'être grimpée jusqu'au paradis. Depuis le toit du monde, j'ai vu comme ce monde est beau. Tout semble parfait vu d'en haut. J'ai voulu analyser ce que j'éprouvais, mais ce n'était qu'une joie exquise.

Après un dîner de sushi, elle s'effondra au lit et dormit

357

aussi profondément que Slade. Elle ignorait qu'il avait déjà dormi toute la journée.

Au bout d'une dizaine de jours à l'hôtel, l'énergie de Slade revint, bien qu'un soir en toussant il ait craché du sang.

A leur retour à Shanghaï, Chloé insista pour qu'il consulte ; le médecin estima qu'il n'y avait pas de quoi s'inquiéter. Il n'avait craché du sang qu'une seule fois ; il se sentirait certainement mieux maintenant que l'hiver était revenu.

Ce qui fut le cas en effet, bien que Slade ne ralentît en rien son rythme effréné. S'étant rendu à Canton, il dut garder la chambre quand il revint, trop épuisé pour faire quoi que ce soit, sinon aller à son bureau quelques heures en milieu de journée.

Un jour, Daisy vint voir Chloé à l'heure du déjeuner.

– Tu sais, Lou se fait du souci pour Slade, lui dit-elle.

– Moi aussi, confessa Chloé. Mais je ne sais que faire. Il a vu le médecin.

– As-tu envisagé de quitter la Chine ? De retourner aux États-Unis ?

– Chaque fois que j'essaie d'en parler, il refuse la discussion, soupira la jeune femme. Il affirme que c'est ici que le monde bouge.

Daisy avala une grande gorgée de sa boisson.

– Essaie de le convaincre de rentrer. Il a peut-être attrapé un de ces fichus microbes chinois. Emmène-le loin d'ici.

– Demande à Lou d'essayer. Moi, il ne m'écoute pas.

– Il fait la sourde oreille avec toi parce que tu es vraiment trop femme, marmonna Daisy.

– Que veux-tu dire par là, exactement ?

– Peut-être rien.

– A propos d'être « trop femme », releva Chloé, est-ce ce qui empêche Lou de se lier à toi ? Lui ferais-tu peur ?

Jamais elle n'avait été si directe sur ce sujet.

– Eh bien, j'ai renoncé à faire la vie avec les hommes de passage, admit Daisy, et je me suis assagie. Je ne fréquente personne en dehors de Lou, si c'est ce que tu veux dire. J'avais seulement besoin de me remettre les idées en place, ça ne m'aura jamais pris qu'une dizaine d'années...

Chloé n'était pas certaine de comprendre le discours sibyllin de son amie.

– Tu as fini par tourner la page de ton histoire d'amour aux États-Unis? questionna-t-elle.

– Quelle histoire d'amour aux États-Unis? demanda Daisy.

– Tu m'as dit autrefois que tu n'avais aimé qu'un seul homme et qu'il ne serait jamais à toi. J'ai supposé que c'était avant ta venue ici, que c'était la raison pour laquelle tu t'étais exilée.

Une profonde mélancolie dans le regard, Daisy secoua la tête.

– Ma chérie, le seul homme que j'aie *jamais* aimé s'appelle Lou Sidney.

Chloé sursauta. En ce cas, pourquoi Daisy avait-elle couché avec tant d'hommes? Pourquoi ceux-là se permettaient-ils des blagues sur les étoiles de son plafond?

– Il le sait?

– Évidemment, rétorqua Daisy. Il m'aime aussi, il m'a toujours aimée. Ce qui ne résout rien.

– Pourquoi? J'ai l'impression que vous êtes toujours ensemble.

– C'est vrai, reconnut Daisy en se levant. Tout n'est pas simple en ce bas monde, ma chérie. Peut-être d'ailleurs que rien ne l'est. Il faut que je retourne au consulat. Si Slade refuse de partir, il devrait consulter un autre médecin. D'après Lou, il ne va vraiment pas bien.

– Slade en conviendrait certainement. Cela dure depuis six semaines au moins. Bien sûr, il n'en parle pas beaucoup, mais je le crois un peu inquiet. Je vais voir ce que je peux faire. Pour ma part, je languis de rentrer. Je n'ai pas vu ma famille depuis des années.

Cass non plus, ni Suzi.

– Moi, je ne les ai pas vus depuis douze ans, fit Daisy, et je me fiche qu'il s'écoule encore douze ans.

Sur ces mots, elle s'en alla.

À son retour, Slade déclara qu'il n'avait pas faim. Ces derniers temps, c'était trop souvent le cas. Su-lin s'était mise à lui concocter des tisanes qui semblaient sans grand effet, bien qu'il les bût docilement, parfois avec des haut-le-cœur, parfois avec plaisir, selon leur goût.

– Je crois que je vais me mettre au lit avec un bon bouquin, dit-il après dîner.

Quand Chloé le rejoignit une demi-heure plus tard avec le projet de lui parler, il dormait profondément.

– Rentrons chez nous, le pria-t-elle au matin. C'est long, sept ans sans voir sa famille.

359

– Je n'ai pas de famille hormis ma sœur et ses six ou sept rejetons. Très peu pour moi, Chloé. Tu as le mal du pays?

– Je voudrais rentrer.

– A Oneonta? Je croyais que tu détestais ce bled.

– En tout cas aux États-Unis. Cass te trouverait certainement un poste là-bas.

– Bah, tu te fais du souci pour moi. Chérie, tu as entendu le médecin. Ça ne va pas s'éterniser. Je finirai bien par ne plus tousser et cracher ce pus et ces mucosités.

Elle ignorait ce nouveau symptôme. Au moins, ce n'était plus du sang.

– Si tu consultais un autre médecin? suggéra-t-elle.

Slade réfléchit un moment.

– J'y ai pensé, oui, je pourrais voir celui de la marine.

– Laisse-moi t'accompagner.

– Tu as peur que je ne te dise pas la vérité?

– Exactement.

– OK. Tu prends le rendez-vous.

Le médecin de marine, le Dr Cummins, examina Slade minutieusement.

– Vous avez la tuberculose, déclara-t-il.

– La tuberculose? répéta Slade d'une voix cassée.

– Oui. Il n'y a pas vraiment de traitement, monsieur Cavanaugh. Sinon le repos au lit et un climat salubre.

– Ce qui écarte Shanghaï, fit Chloé.

– Oui. Partez pour la montagne. Rentrez aux États-Unis. Quittez la Chine.

– Tuberculose, répéta Slade à nouveau. Comment ai-je attrapé ça?

– Nous ne connaissons pas la réponse, reconnut le praticien. Mais on attrape toutes les saletés en Chine. La surpopulation, la saleté, le manque d'hygiène... Je vous conseille fortement d'embarquer sur le prochain bateau à destination des États-Unis.

– C'est contagieux? demanda Slade, le visage couleur de cendre.

– Encore une fois, comment savoir? Je ne puis être sûr de rien. Il faudrait vous soumettre aux rayons X. Et même là, nous n'aurions pas vraiment de certitude.

– Et si je refuse de quitter Shanghaï? fit Slade d'une voix faible.

– Pourquoi seriez-vous stupide à ce point?

360

Silence de Slade.

– Allez vous coucher. Cessez de courir partout. Plus de déplacements. Ne sortez de votre lit sous aucun prétexte, sinon pour aller aux toilettes. De cette façon, vous vous en débarrasserez peut-être en six mois.

– Et s'il rentre en Amérique? interrogea Chloé.

– Même prescription. On vous enverra probablement dans un sanatorium à la montagne, où l'air est pur et sain. Le temps de récupération sera à peu près le même.

– Et si je ne fais rien de tout cela?

Le médecin dévisagea son patient.

– Vous pourriez mourir, lâcha-t-il enfin.

– Je ne veux pas que tu meures, dit Chloé en le couvrant de l'édredon.

– Écoute, le médecin prescrit six mois de repos absolu que je sois ici ou ailleurs, alors quelle différence? Ici je peux gagner ma vie, ailleurs non.

– Comment, si tu es cloué au lit?

– Tu seras mes yeux et mes oreilles.

Chloé s'assit dans le fauteuil qu'elle avait approché du lit, prit la main de son mari, inerte et froide dans la sienne.

– Pourquoi? Pourquoi refuses-tu ce qui te ferait du bien?

– Je ne refuse rien, merde! Je me suis mis au lit. Tu m'imagines croupir au lit durant six mois? Et pendant ce temps-là, tu crois que mes méninges ne vont pas cavaler?

– Slade...

– Pour la dernière fois, je ne veux plus en entendre parler. Je reste à Shanghaï. On va s'arranger avec Lou. Il saura quand il y aura un événement à couvrir, il te mettra sur le coup. Tu te rendras sur place, tu prendras des notes, tu me raconteras tout dans le détail, et je rédigerai les articles ici, dans mon lit. Trouve-moi une table adéquate, sur laquelle je puisse taper à la machine.

Elle se rendit à Harbin, puis à Chongqing, puis plusieurs fois à Pékin. Lou ainsi que les autres journalistes occidentaux passaient souvent chez eux, non seulement pour bavarder quelques minutes avec Slade mais également pour raconter les dernières nouvelles à Chloé, lui

361

signaler un événement en Mandchourie, à Xi'an ou ailleurs. Elle passa une grande partie de sa vie en train, à cheval, en voiture, en char à bœufs ou à pied.

Chaque fois qu'elle revenait d'un voyage, qu'il eût duré deux jours ou plusieurs semaines, elle trouvait Slade plus mal. Son état empirait bien qu'il gardât la chambre.

Chaque mercredi après-midi, il désobéissait au médecin : il insistait pour sortir du lit, revêtir ses vêtements les plus chics, et aller à son bureau afin de câbler à Chicago les articles que lui ou Chloé avaient rédigés.

A ce sujet, Chloé se querellait inlassablement avec lui.

– Pour l'amour du ciel, je suis capable de m'en charger. Ce n'est rien du tout.

– Laisse-moi ce qui me reste de dignité, tu veux ?

Et il rassemblait toutes ses forces pour tenir debout.

Il ne rentrait qu'en début de soirée, épuisé, et il s'alitait avec une quinte de toux qui durait des heures, crachant parfois des caillots de sang.

Le Dr Arbuckle avait confirmé le diagnostic du médecin de marine. Tuberculose. Si le malade refusait de quitter la Chine, tout au moins Shanghaï, on ne pouvait lui prescrire que la chambre. Ils déconseillèrent à Chloé de dormir dans le même lit que lui, ou dans la même chambre. Personne ne savait si le mal était contagieux. Elle devait se laver les mains après avoir touché quoi que ce fût après lui. Les domestiques faisaient de même.

Elle pensait que Slade n'était plus qu'un squelette.

Elle se faisait l'impression de le trahir.

Elle se haïssait.

Alors que son époux dépérissait sous ses yeux, jamais elle n'avait mené existence plus pleine et plus satisfaisante. Une énergie formidable la portait, sauf lorsqu'elle entrait dans la chambre sombre du malade. Elle assistait désormais aux réceptions consulaires avec un œil neuf, plus détaché. Revenue dans le tourbillon mondain, elle n'y était plus tant participante qu'observatrice, tout en s'y sentant mieux intégrée qu'auparavant.

Encore une fois, la communauté occidentale de Shanghaï la considérait comme une héroïne. Elle soignait son mari tout en effectuant le travail qu'il n'était plus capable d'accomplir.

Pour sa part, Chloé espérait qu'aucun confrère ne vendrait la mèche à Cass. Slade tenait en effet à ce que son patron ignore sa maladie.

Or, à mesure que les mois s'écoulaient, aucun signe d'amélioration ne se manifestait. Les six mois de repos absolu étaient depuis longtemps dépassés. Le corps décharné, Slade gisait sous les draps, ayant à peine la force de se nourrir. Il cessa de se lever pour aller aux toilettes.

Un soir, au début du printemps 1931, Lou apporta un câble de Cass adressé à Slade. « Paquebot quitte San Francisco demain. Serai à Shanghaï d'ici un mois. Nous reconnaîtrons-nous ? Projette rester un mois. Espère tu me feras visiter la Chine. Tendresses à Chloé. »

Alors c'est fini, pensa Chloé.

— Que comptes-tu faire ? lui demanda Lou.

Il savait que Cass Monaghan était tenu dans l'ignorance. Tout leur petit cercle travaillait dur à aider Chloé, afin que le job de Slade ne soit pas compromis.

— A dire vrai, je suis soulagée, confia Chloé. On ne peut pas continuer indéfiniment à cacher la maladie de Slade. Cass l'aurait sue un jour ou l'autre. Puis je suis heureuse de le revoir. Il a été l'un des êtres les plus importants de ma jeunesse.

« Un mois, continua-t-elle. Je crois que je ne vais rien dire à Slade avant que l'arrivée de Cass ne soit imminente. Je ne veux pas l'inquiéter.

Dix jours plus tard, un après-midi, elle entra dans la chambre de Slade pour le trouver endormi, la respiration laborieuse et bruyante. Elle tira le fauteuil près du lit et, dans l'attente de son réveil, se servit un sherry.

Elle n'avait pas bougé, se demandant s'il fallait appeler le médecin, quand Daisy arriva. Le souffle de Slade devenait de plus en plus lourd, de plus en plus rapide, à croire qu'il allait éclater, et soudain il cessa net. Il s'arrêta. Une minute entière s'écoula sans qu'il respire du tout. Puis il eut de petits halètements serrés.

— Il est en train de mourir, dit Chloé.

— Je reste avec toi, fit Daisy en passant un bras autour d'elle.

Le médecin arriva mais, après examen, secoua tristement la tête.

— Il n'y a plus rien à faire, chère madame.

Les trois jours suivants, Slade oscilla entre la vie et la mort. Éveillé, il cherchait la main de sa femme, avec un regard effrayant. Il essayait de sourire mais Chloé ne voyait que sa peau qui se collait à ses os. Un squelette. Son souffle était terrible à entendre, on aurait dit qu'il lui fallait bander tous ses pauvres muscles pour parvenir à aspirer un peu d'air. Chloé souffrait à regarder la vie qui s'échappait de l'homme avec lequel elle avait vécu pendant près de huit ans.

Pressant sa main osseuse et moite, elle se demanda s'ils s'étaient réellement connus l'un l'autre, s'ils avaient jamais partagé leur être intime. Jamais ils n'avaient parlé de leur relation. Tous ces mois avant Nikolai, après Léopard-des-Neiges, elle avait essayé... essayé d'établir un contact. Slade avait coupé court. Avaient-ils été autre chose que deux individus vivant dans le même espace?

Soudain les yeux du malade s'ouvrirent, il murmura quelque chose. Chloé se pencha, tenta de comprendre, mais il fut repris par ses halètements torturés, désespérés.

Ses dernières respirations produisirent un son atroce. Ses doigts se crispèrent sur le drap, ses yeux grands ouverts fixèrent le plafond. Un ultime souffle, et sa poitrine cessa de se soulever.

43

Les yeux immobiles ne fixaient plus que le vide. Chloé lui ferma les paupières ; il avait la peau pareille à du parchemin, sèche et translucide.

Où es-tu parti ? demanda-t-elle en silence. Et où sont mes larmes ?

Elle décrispa les doigts qui s'étaient refermés sur le drap, pour qu'une fois la rigidité cadavérique installée l'on n'ait pas à arracher l'étoffe du poing serré du mort.

Il n'avait plus rien du jeune homme séduisant dont elle était tombée amoureuse huit ans plus tôt. Tout à coup, le corps ravagé eut un sursaut. Un seul, un spasme, mais Chloé fit un bond, poussa un cri, et son dos fut parcouru d'un méchant frisson.

Le souvenir lui revint du jour où, les bras pleins de roses jaunes, Slade l'avait enlacée pour lui annoncer qu'ils partaient en Chine. Quelle aventure cela lui avait paru alors. L'aventure lui avait coûté deux enfants qui n'avaient jamais vu le jour, son Damien tant aimé, à présent son époux. Et n'oublie pas Nikolai, murmura son cœur. Oui, Nikolai aussi. Avec un soupir terrible, elle s'effondra dans le fauteuil.

– Un fils, avait chuchoté Slade deux jours avant sa mort. J'aurais tellement aimé avoir un fils.

Cette fois-là seulement, il avait signifié qu'il savait sa mort imminente.

Elle n'aurait pas dû l'écouter. Des mois plus tôt, elle aurait dû insister, l'obliger à rentrer aux États-Unis afin de s'y faire soigner.

Sortant sous la véranda, elle s'assit dans le fauteuil à bascule et s'y balança en contemplant le fleuve.

– Je vais rentrer à la maison avec Cass, dit-elle à voix haute.

La maison ?

Où était sa maison ? Elle se sentait plus chez elle en Chine que nulle part ailleurs. Dieu savait pourtant qu'elle haïssait ce pays. Il lui avait pris tous ceux qu'elle aimait. Elle détestait sa crasse, sa misère, sa désespérance.

Elle se sentait si seule.

Je suis seule depuis longtemps, songea-t-elle. Rares avaient été les moments où elle n'avait pas connu la solitude au cours de ces années. Le décès de Slade n'en était pas la cause. Comprendre subitement que *l'existence* de Slade lui avait imposé cette solitude la bouleversa.

– Ça te plaît, hein, d'être une héroïne ? lui avait-il lancé un jour. Tu te délectes d'avoir fait de moi « le mari de Chloé Cavanaugh » ! Le mari de la femme qui a sacrifié sa vertu...

Elle comprenait à présent qu'il n'avait pas plaisanté. Sourde elle était restée à son intonation, aveugle à l'accusation flagrante dans son regard. Volontairement ? Elle l'avait pris dans ses bras mais l'expression des yeux de Slade était telle qu'elle s'était éloignée, et l'angoisse, comme un coup, l'avait frappée quand il s'était détourné. C'était à cet instant que la solitude avait commencé.

Hormis la période brève avec Nikolai, elle n'en était plus sortie. Pas même avec Ching-ling, car elle savait son amie prise par maintes préoccupations, maintes tâches de grande ampleur, idées qu'il fallait transformer en réalités.

La solitude, se dit-elle, c'est comprendre qu'on n'est pas l'être le plus important au monde pour celui qu'on aime.

La tête de Lou apparut dans l'entrabâillement de la porte.

– Que puis-je faire ? demanda-t-il, s'approchant de la jeune femme pour lui prendre les mains.

– Son éloge funèbre. Tu le connaissais mieux que personne. Mieux que moi, pensa-t-elle, pleine de tristesse.

Slade fut enterré au cimetière méthodiste, lui qui avait été élevé en baptiste pour ensuite se déclarer fermement athée. Mais c'était une petite parcelle de sol américain et Chloé n'avait su où le mettre ailleurs. Toute la communauté américaine et la plupart des Européens assistèrent aux funérailles.

Ensuite Chloé voulut rentrer seule chez elle ; elle ferma les rideaux, s'allongea dans l'obscurité. Si seulement ce sentiment de vide avait pu s'atténuer, et se calmer cette migraine qui lui martelait la tête depuis le matin...

Elle avait envie de retourner aux États-Unis, à Oneonta. Sa mère serait aux petits soins pour elle, comme lorsque, petite, elle manquait l'école pour cause de rougeole ou d'angine. Le linge frais sur son front, la pénombre, sa mère assise à son chevet, qui racontait des histoires ou lui faisait la lecture jusqu'à ce que, la fièvre apaisée, elle sombre dans le sommeil...

Quitter la Chine. Quitter la mort et la solitude.

– Que vas-tu faire ? lui demanda Daisy le lendemain.

Prête à filer au consulat, elle avalait prestement thé et copieux petit déjeuner. Chloé était incapable d'avaler quoi que ce fût.

– Partir, répondit-elle.

Elle eut conscience de n'avoir pas dit « rentrer ». Peut-être Cass l'engagerait-il. Elle savait qu'il lui trouverait une place. Là-bas ou ailleurs.

Daisy posa la main sur son bras.

– Aimerais-tu que je reste avec toi quelques jours ? Évidemment dans la journée j'irai travailler, mais le soir... Cela te ferait plaisir ?

– Grand plaisir, Daisy, mais je doute d'être de bonne compagnie.

Leur conversation fut interrompue par des cris et des gémissements. La porte sur la rue se referma en claquant et, par la fenêtre ouverte, elles virent Su-lin revenir en courant vers la maison. Elles attendirent, mais Su-lin ne se manifesta pas et il n'y eut plus de tapage.

– Des colporteurs, supposa Chloé. Su-lin a une façon bien à elle de les congédier.

– Bon, fit Daisy, se levant de table avec un sourire et passant la main dans ses boucles rousses, je reviendrai pour le dîner, tu es d'accord ? Ne t'inquiète pas, ce ne sera pas pour me faire distraire. J'apporterai un livre et je bouquinerai si tu veux être seule. Puis tu sais, j'ai les épaules solides, on peut y pleurer tout son soûl.

– Je ne crois pas que je pleurerai, fit Chloé. Je l'ai fait

quand je le voyais s'en aller et dépérir. Il ne me reste plus de larmes.

Après un baiser à son amie, Daisy quittait la pièce.

Deux minutes plus tard, elle était de retour. Chloé était restée assise, les coudes sur la table, les mains serrées autour de sa tasse froide, regardant par la fenêtre.

– Chloé? appela Daisy depuis le seuil.

Chloé tourna la tête vers elle.

– Je crois que tu devrais venir à la porte...

Ses yeux ne révélaient rien mais sa voix tremblait légèrement.

Derrière elle retentit la voix stridente de Su-lin :

– Non. Pas besoin de se déranger. Des bêtises, tout ça.

Daisy croisa le regard de la servante, d'un signe de tête désigna la porte.

– Viens, Chloé.

A l'évidence, comprit Chloé, Daisy et Su-lin n'étaient pas d'accord sur quelque chose, et s'ensuivait une lutte féroce. Daisy lui prit la main, l'entraîna dans le couloir puis dans le jardin déjà ensoleillé, jusqu'à la vieille porte de bois. Elle l'ouvrit et recula.

Se tenait là une jeune Chinoise enceinte, à la joliesse classique, accompagnée de deux enfants, deux fillettes coquettement vêtues et qui restaient un peu en retrait de leur mère.

Chloé lança un regard perplexe vers Daisy.

La jeune inconnue prit ses petites filles par les épaules et les poussa en avant.

– Tu achètes? demanda-t-elle, la voix aussi douce que ses yeux étaient implorants.

De nouveau, Chloé regarda Daisy dont les yeux verts ne trahissaient aucune émotion.

– Non, répondit Chloé.

Bien habillée d'une robe en soie, la Chinoise n'avait pas l'air d'une mendiante mais d'une citadine aisée. Les deux fillettes étaient absolument ravissantes. La cadette devait avoir trois ans, l'aînée cinq ou six, une très belle enfant. A l'évidence la mère n'était pas dans le besoin. Parfois Chloé avait vu des femmes qui essayaient de vendre leurs enfants au coin des rues. Pour savoir les petits condamnés à l'usine ou au bordel, elle avait toujours détourné le regard. Fermé son cœur. Mais cette mère-là ne semblait pas indigente.

– Venez dans la cuisine, invita-t-elle, ouvrant grand la porte.

La femme ne bougea pas.

— Tu n'achètes pas? Alors, prends. Prends-les. Gentilles filles. Prends-les gratuit.

Elle poussa un peu plus l'aînée en avant; celle-ci dardait sur Chloé de grands yeux noirs lumineux.

— Elle n'a pas l'air pauvre, dit Chloé à Daisy. Elles sont bien habillées, bien nourries. Et elle enceinte de... quoi? Sept ou huit mois. Pourquoi cherche-t-elle à se débarrasser des petites?

— Le père n'est plus à la maison, expliqua Daisy.

Oh, abandonnée, comprit Chloé.

— Je peux te donner un peu d'argent, dit-elle à la femme. Ou bien cherches-tu du travail? Où est leur père? Ton mari?

Les iris noirs demeuraient insondables.

— Mort, lâcha la Chinoise, d'une voix morte elle aussi.

— Je suis désolée, répondit Chloé. Mon mari aussi est mort.

La femme et les fillettes restèrent sans bouger, sans parler.

— Tu n'as pas de parenté? interrogea Chloé.

Peut-être pourrait-elle lui payer le billet de train qui lui permettrait de retourner dans sa ville d'origine ou son village. Quoiqu'elle n'eût pas l'air d'une villageoise.

— Je ne peux plus les nourrir, finit par dire la Chinoise, fixant toujours Chloé. Plus d'argent.

— Et si je te trouvais du travail? J'ai beaucoup d'amis...

— Je ne travaille pas pour toi! rétorqua la femme, et la colère donna enfin vie à ses prunelles. Je te vends les enfants.

— Peut-être que...

— Les enfants de ton mari.

Les mots flottèrent dans l'air soudain devenu lourd, suffocant, s'enroulèrent en volutes menaçantes.

Sur son épaule, Chloé sentit la main de Daisy.

— Non, dit-elle. Mon mari est mort. Il a été malade très très longtemps.

Elle fixait le ventre rond de la femme. Slade ne pouvait pas être le père de cet enfant à naître. Il était bien trop malade sept mois auparavant. Huit mois. Un an. Il n'avait plus éprouvé ni désir ni élan depuis bien plus longtemps que ça.

— Tu dois te tromper.

— Mercredi après-midi, lâcha la Chinoise puis, posant

la main sur la tête de sa fille aînée : celle-là, quand tu étais à Canton.

La respiration de Chloé se bloqua dans sa gorge. C'était quand elle-même s'était trouvée enceinte pour la première fois. Non, impossible. Pendant que Ching-ling, Nikolai et elle fuyaient sous les tirs, avant même qu'elle ne sache sa propre grossesse ? Juste après que Slade l'avait laissée pour rentrer à Shanghaï ? Juste après l'avoir fécondée, il avait conçu cette enfant-là ? Impossible.

— Elle ment. Ou elle se trompe, assura-t-elle en se tournant vers Daisy. Forcément.

Daisy l'enlaça.

— Non, lui murmura-t-elle à l'oreille. C'est la vérité.

— Qu'est-ce que tu veux dire ? se révolta Chloé.

— Je suis au courant depuis des années.

Chloé manqua défaillir mais son amie la retint.

— Tu le sais ? Tu affirmes que c'est *vrai* ? Oh, mon Dieu...

Tournant la tête, elle regarda la Chinoise, les deux jolies fillettes, le ventre rond, puis elle saisit le battant de la lourde porte de chêne et, de toutes ses forces, la leur claqua au visage.

Aussitôt, elle tomba à genoux. Daisy s'accroupit auprès d'elle, la prit par les épaules.

— Oh, ma chérie, nous espérions que tu ne le saurais jamais.

— Nous ? releva Chloé qui voyait la silhouette de son amie devenir floue et se mettre à onduler. Qui d'autre est au courant ? Tout le monde ?

La gorge brûlante, elle ne parvenait plus à déglutir.

— Seulement Lou, je crois. Seulement nous deux.

S'efforçant d'endiguer son vertige, de chasser la douleur atroce, Chloé pressa les mains sur son front.

— Pourquoi ne me l'as-tu pas dit ? cria-t-elle d'une voix brisée. Pourquoi ?

— A quoi bon ? répondit Daisy sur la défensive.

— Oh, mon Dieu...

Et, sanglotant, Chloé se mit à frapper des poings sur la porte. Du sang apparut bientôt sur ses phalanges.

— Tout n'a été qu'un mensonge ! hurla-t-elle.

A cet instant, elle ressentit pour Slade une haine féroce, sans précédent. Tandis qu'elle perdait trois enfants, il en donnait autant à une autre femme.

44

Daisy resta jusqu'à l'arrivée de Lou.

Aveuglée par le soleil, Chloé avait fermé les rideaux pour demeurer dans la pénombre fraîche du salon, les coudes sur les cuisses, le visage dans ses mains. Elle n'avait pas bougé depuis que Daisy l'avait amenée là, la laissant seule le temps seulement d'ordonner à Su-lin de faire chercher Lou. Marmonnant de manière incompréhensible, Su-lin avait lancé un regard dégoûté à la rousse Américaine.

– Tout n'a été que mensonge, ne cessait de répéter Chloé.

Vaguement elle entendit Daisy chuchoter derrière elle et refermer doucement la porte. Des pas traversèrent la pièce et s'approchèrent.

Après avoir tiré un siège, Lou s'assit, regarda Chloé et lui prit les mains.

– Tu savais ? demanda-t-elle doucement quand elle l'eut reconnu.

Il eut un hochement de tête imperceptible ; du bout des doigts il caressait les poings serrés de la jeune femme.

– Tu sais ce qui fait le plus mal ? reprit-elle d'une voix qui semblait pleine de larmes alors que les yeux étaient secs. J'ai réfléchi...

Un profond sanglot lui échappa.

– Ce n'est pas l'infidélité. Ce n'est pas de l'imaginer faisant l'amour avec une autre.

Ce qu'elle avait connu avec Nikolai avait à jamais modifié sa relation avec Slade. Ou alors son mariage battait déjà de l'aile et c'était cette faille qui l'avait poussée vers Nikolai.

371

– C'est le mensonge. Baiser...

Jamais auparavant elle n'avait utilisé ce mot, pas même en pensée.

– Baiser ailleurs n'est pas en soi un motif de divorce. C'est l'infidélité mentale, affective. C'est d'avoir cru qu'on vivait quelque chose de spécial avec quelqu'un et de découvrir que ce n'était pas ça du tout. Que ça ne l'avait peut-être jamais été.

Lou voulut parler mais elle lui pressa fortement les mains et continua, comme s'il lui fallait exprimer à voix haute tout ce qu'elle avait pensé depuis une heure et demie. Les mots sortaient en chapelet hâtif, comme si elle les jetait hors de sa bouche.

– Je veux dire... je croyais qu'il y avait quelque chose d'unique entre nous. Et ce n'est pas vrai.

Ses yeux rencontrèrent pour la première fois ceux de Lou.

– Je croyais que cette souffrance de ne pas avoir d'enfants, nous la partagions. Mais il était déjà père depuis longtemps. Et toi, tu le savais, dis?

Lou tendit une main vers son épaule, elle se déroba.

– Pas au début, répondit-il d'une voix sourde. Je savais seulement qu'il y avait quelqu'un. Je...

– Et toutes ces années, tu as eu de la peine pour moi?

Muet, Lou lui reprit les mains.

– Ce n'est pas comme si ç'avait été sans importance, une passade, hein? poursuivit Chloé. Une femme après l'autre. Je ne m'étonne plus qu'il n'ait pas eu besoin de moi pendant un an. Ni le reste du temps, je suppose. Mon Dieu, Lou.

D'un mouvement rapide, elle se libéra des mains du journaliste et se leva.

– Pendant un an, après mon enlèvement, il ne m'a pas touchée une seule fois, tu le savais? Et il a refusé de me croire quand je lui ai dit qu'en réalité il ne s'était rien passé – rien! Et quand bien même il se serait passé quelque chose... Quand bien même j'aurais passé trois nuits dans les bras de Léopard-des-Neiges, même si j'y avais pris du plaisir... Slade avait fait de moi une... une intouchable. Je me sentais souillée à la seule idée qu'un autre aurait pu me toucher, oh mon Dieu! Dire qu'il allait baiser l'autre, cette femme! Quel hypocrite! Quelle ironie!

Elle eut un rire aigu.

– Comment a-t-il pu?

Subitement, elle se mit à pleurer, à hurler, peut-être dans l'espoir que le mort l'entendrait.

— Il la baisait, il lui faisait des gosses et il ne me touchait plus!

Elle regarda Lou comme s'il était le coupable.

— Ça a dû commencer...

Revenue près du journaliste, elle se laissa tomber au sol, posa la tête sur les genoux de Lou.

— Oh, Lou, ça a dû commencer la première année de notre mariage.

Des sanglots convulsifs la déchirèrent. Lou lui caressa doucement les cheveux puis chercha dans ses poches un mouchoir qu'il lui tendit.

Elle pleura.

Et pleura.

Et pleura.

Pour finir, elle se moucha bruyamment, ses sanglots se muèrent en profonds soupirs et elle put reprendre une respiration plus régulière.

— Crois-tu qu'il m'aimait? demanda-t-elle en levant les yeux sur Lou.

Intérieurement, elle se faisait une réponse négative.

Lou ne répondit rien.

— Lou? Parle-moi, je t'en prie, supplia-t-elle en lui serrant la main.

Il eut un sourire triste.

— Chloé, je ne sais que te dire. Comment répondre à ta question *et* apaiser ta souffrance.

Chloé appuya la joue sur la main de Lou.

— Il m'aimait quand nous nous sommes mariés, je le sais. Quand cela a-t-il cessé? Que s'est-il passé?

Ce n'était pas les trois dernières années qu'elle essayait de comprendre. Ni la période depuis le Blue Express. Elle cherchait à s'expliquer une enfant de six ans, conçue alors qu'ils n'étaient pas mariés depuis un an. Une fille conçue dans les semaines ou les jours de sa première grossesse à elle.

— Je ne peux pas répondre à ta question, fit Lou d'une voix si sourde qu'elle dut tendre l'oreille. Je crois que tu étais... trop pour lui.

Elle redressa la tête, le cou raidi.

— Daisy dit ça aussi. Qu'est-ce que ça signifie?

— Je ne suis pas sûr... Daisy et moi en parlons depuis des années.

373

Du fait que Slade ne l'aimait pas? Oh, Dieu!

— L'amour-propre, avec bien d'autres choses encore, n'est pas dissociable de l'amour, poursuivit-il. Vous ne vous connaissiez que depuis une semaine, ou à peu près, quand vous vous êtes mariés, n'est-ce pas? Slade était déjà célèbre à l'époque. Tu sais que j'avais couvert la guerre en Europe moi aussi et, bien que je ne l'aie jamais rencontré là-bas, j'avais entendu parler de lui, j'avais lu ses reportages, brillants et précis à la fois. J'avais également entendu parler de ses conquêtes féminines.

— Là, il ne s'agit que d'une seule femme.

Lou baissa les yeux vers elle.

Oh, pensa-t-elle aussitôt. Pas nécessairement. Il me juge naïve.

— Chloé, je crois que tu n'as jamais su à quel point tu es belle, tu n'as jamais eu conscience que dès que tu entres dans une pièce tout le monde te regarde. Slade a été fasciné par ta beauté. Les hommes apprécient que leurs pareils croient que de belles femmes les aiment. Tu sais aussi que, heureusement, les femmes ne jugent généralement pas un homme sur son apparence. Mais ce n'est pas vrai pour les hommes. J'imagine que jamais un homme n'a posé les yeux sur toi sans t'imaginer dans ses bras, dans son lit.

La bouche de Chloé se crispa. Pourquoi essayait-il de la réconforter ainsi, de lui rendre quelque confiance en elle? Il ne parlait pas sérieusement. Elle se rappela un soir où elle s'habillait devant le miroir avant de partir pour quelque réception. « Tu sais, en fait tu n'es pas vraiment belle », lui avait dit Slade. Elle l'avait regardé en riant.

— Slade Cavanaugh et sa ravissante épouse! poursuivait Lou. Voilà ce dont il avait besoin pour rehausser son éclat. Oh, Chloé, si tu avais pu n'être que cela, sa « ravissante épouse »... La femme de Slade Cavanaugh.

Chloé fixait sur lui des yeux interrogateurs.

— Si tu n'avais pas été tout ce que tu es par ailleurs. Si tu n'avais pas été si vivante, si intelligente, si débordante de joie de vivre, si brillante dans la discussion, si tu n'avais pas été toujours le centre d'attentions...

— Tu veux me dire que c'est ma faute si Slade est allé vers d'autres femmes?

— Non, mais que tu n'étais pas compatible avec son ego. A cause de toi, pour la première fois, il n'occupait pas le devant de la scène. J'ai surpris son regard un jour où on le présentait comme « le mari de Chloé ». Je crois qu'il a eu cette... longue liaison avec cette femme parce que, auprès d'elle, il ne doutait jamais de sa puissance. Il était le centre de sa vie. Il m'a dit un jour : Quoi qu'il se passe, je sais que Chin-chen m'attend *toujours*. Elle ne sera pas partie à une réception, elle ne sera pas en train de rire avec quelqu'un d'autre. Elle ne fait rien de son propre chef. Elle reste à la maison, s'occupe de nos enfants, et la seule vraie question qui la préoccupe est de savoir quand je serai là. Pourtant elle n'a jamais d'exigence envers moi. Je ne me sens jamais coupable quand je n'y vais pas. Et quand je suis avec elle, seul compte pour elle ce qui me fait plaisir. Voilà une vraie femme.

Une vraie femme ?

– J'essaie de t'expliquer, Chloé, que ce n'était pas ta faute. Simplement, pour Slade, tu prenais trop de place. Il avait besoin de quelqu'un qui ne soit ni une menace ni un rival, quelqu'un qui s'efface auprès de lui. Toi, Chloé, on ne peut pas oublier ta présence, pas même auprès de Ching-ling. Encore, tu aurais été belle mais insipide, belle mais un peu sotte, belle mais sans cette vitalité, belle mais sans ce talent... hé non. Quoique, à mon avis, Slade n'ait pu de toute façon se contenter d'une seule femme. Son ego en avait besoin. Cela n'a rien à voir avec toi, Chloé. Ça lui permettait d'échapper à l'intimité ; il était incapable de vivre une intimité réelle. C'est le cas de la plupart d'entre nous... des hommes, je veux dire, conclut-il d'un ton mélancolique.

Chloé avait du mal à digérer ces paroles ; elle ne s'était jamais vue telle que Lou la décrivait.

– Daisy affirme que tu ignores ton propre pouvoir. Je ne te rends peut-être pas service en te disant ça. Sans doute qu'une grande part de ton charme tient à ce que tu n'en as pas conscience. Pourtant c'est la vérité, Chloé, et ça flanque la trouille à plus d'un homme. Il faut être sacrément costaud pour assumer une femme comme toi, même si les plus médiocres d'entre nous rêvent de toi.

Bouche bée, Chloé restait incrédule face à ce portrait.

– Que veux-tu que je fasse ? questionna Lou. Comment puis-je t'aider ?

Je voudrais que Cass soit déjà là, pensa Chloé, je repartirais avec lui. Je veux tourner la page, je ne peux plus rien supporter. C'est un cauchemar, tout à l'heure je vais me réveiller.

Mais Cass n'arriverait pas avant dix jours au moins, et d'ici là il lui faudrait faire face. Ensuite elle s'en irait, elle fuirait cet affreux pays. A jamais. Maudite terre qui lui avait volé ce que toute femme considère comme son dû. Qui lui avait aussi dérobé son innocence, comprit-elle soudainement.

– Je ne sais pas, Lou. Il faut que je réfléchisse. Pour le moment j'ai envie d'être seule.

– Je suis à ta disposition, que ce soit pour t'aider ou simplement pour être là. Daisy revient te voir ce soir.

Brusquement, Chloé lui prit le bras.

– Lou, je sais que ça ne me regarde pas, mais... Daisy et toi, pourquoi...?

– Pourquoi on ne s'est pas marié? termina Lou.

Ses lèvres se serrèrent et Chloé lut une grande souffrance dans ses yeux, qu'il détourna.

– J'ai été blessé pendant la guerre, lâcha-t-il d'une voix difficilement audible. Je suis impuissant. Complètement impuissant.

Et il partit.

Durant plusieurs heures, Chloé resta assise, paralysée par le choc.

La lente mort de Slade avait déjà été éprouvante au possible. Assister à sa dégradation avait été à la limite de ses forces. Par sa mort, Chloé avait pensé que tout son mode de vie prenait fin. Puis elle s'était raisonnée, songeant qu'elle n'était pas la première veuve de vingt-neuf ans. Elle était encore assez jeune pour se faire une vie à elle.

Jamais elle ne s'était résignée à l'idée de ne plus jamais être mère, de ne plus jamais bercer un enfant dans ses bras, de ne plus... Assez!

Et voilà que, carrément au seuil de sa porte, il y avait les enfants de Slade et sa... sa quoi? Maîtresse? Concubine?

Elle serra les poings si fort que ses ongles lui entrèrent dans les paumes. Se détendant, elle aspira profondément.

Et puis... Daisy et Lou. Lui qui portait son fardeau depuis plus de dix ans. Impuissant? Qu'éprouvait un homme sachant qu'il ne pourrait jamais... Cela signifiait-il que le désir était mort, lui aussi? Sinon, quelle torture ce devait être pour lui de vouloir Daisy... Et Daisy. La pauvre.

Épuisée, Chloé se redressa.

– Je vais me promener, lança-t-elle.

Sun-lin, qui attendait sans doute derrière la porte, se précipita.

– J'appelle le pousse.

– Non, j'ai envie de marcher.

– Je viens avec toi.

– Non, répondit Chloé pressant la main de la servante. Ça ira, ne t'inquiète pas. J'ai besoin d'être seule.

– Pourquoi? Il est mauvais d'être seule.

– Je dois réfléchir.

– Réfléchir à quoi? insista Su-lin.

– Je ne sais pas, fit Chloé avec un soupir. A tout. Peut-être à rien. Je rentrerai avant la tombée de la nuit.

Il n'était pas encore midi.

Quand elle revint, le crépuscule avait envahi la ville. Ce ne fut qu'alors qu'elle se rendit compte que Su-lin l'avait suivie tout l'après-midi, discrètement, de loin, mais sans la quitter.

– Je pensais, peut-être elle ne reviendra pas, expliqua-t-elle avec un soulagement évident sur son visage rond.

Elle resta sur le seuil de la pièce tandis qu'on servait son dîner à Chloé. Celle-ci saisit son bol d'un air absent et se mit à porter les aliments à sa bouche avec ses baguettes. Elle n'avait rien avalé de la journée. Tout en mangeant, elle se balançait d'avant en arrière, sans adresser la parole à Su-lin qui ne cessait de rôder autour d'elle.

Quand elle eut fini, Su-lin lui prit le bol des mains et voulut sortir.

– Attends. Su-lin, que va-t-il advenir de ces enfants?

La Chinoise émit un soupir qui n'était pas loin de ressembler à un sanglot.

– Trop jeunes pour le bordel. Vendues à l'usine, comme mes bébés. Peut-être on leur apprendra à servir ou se prostituer. Si le nouveau bébé est une fille, la mère l'étouffera sans doute avec un oreiller, ou le jettera au fleuve.

– Dieu tout-puissant... murmura Chloé.

Elle se souvenait de sa visite sur les quais avec Ching-ling.

– Toujours pareil, reprit Su-lin en secouant la tête. Moi je dis, mieux vaut les étouffer plutôt que les vendre.

377

Mieux vaut mourir de suite que travailler à l'usine, pour finir par tomber raide mort à douze ou treize ans. Mourir de suite plutôt que servir aux hommes pour tout ce qui leur plaira. C'est pas si mal de mourir et de jamais connaître tout ça.

Elle s'éloignait vers la cuisine.

– Seule la mère est triste, conclut-elle en marmonnant.

Dans le lointain, des hommes se hélaient sur le fleuve, les lumières des barges clignotaient. Retentissaient aussi des voix d'enfants, qui riaient et hurlaient de plaisir, livrés à quelque jeu.

Plus tard, dans la salle de bains, Chloé passa sa chemise de nuit et, s'appuyant au mur, contempla le dragon qui s'enroulait autour des pattes griffues de la baignoire. Lentement elle glissa le long du mur jusqu'à s'accroupir, se recroqueviller sur elle-même, les yeux plongés dans ceux du dragon.

Et elle se mit à sangloter violemment, à verser des larmes irrépressibles. A trois heures du matin, elle traversait toute la maison, jusqu'à la chambre de Sun-lin qu'elle secoua afin de la réveiller.

– Tout à l'heure, dès qu'il fera jour, trouve-moi cette femme. Amène-la ici. Dis-lui que je m'occuperai d'elle et de ses enfants. Elle va venir habiter ici. Tu comprends ?

Une fois cette décision prise, elle put trouver le sommeil.

45

La femme enceinte et les deux filles de Slade s'installèrent dans la maison d'hôtes, une petite construction de pierre bâtie indépendamment sur le côté de la grande maison. Chloé se dit qu'elle n'aurait pas même à les voir. Elle chargea Su-lin de veiller sur elles, et prévint elle-même la femme que, lorsque l'accouchement serait imminent, elle appellerait un médecin. L'ironie de la situation ne lui échappait pas. Cette femme – durant des jours Chloé ne put se résoudre à prononcer son nom – ne voulait pas de ses enfants si elle n'avait pas de quoi les nourrir, ce qui était le cas depuis la disparition de Slade. Chloé, elle, en avait perdu trois. Trois qu'elle avait réellement désirés. Et voilà que toutes deux vivaient maintenant sous le même toit, ou quasiment. La petite de trois ans avait été conçue l'année où Slade n'avait pas touché son épouse, la blâmant par là de s'être donnée à un autre afin de sauver des vies. Et tout ce temps il avait fait l'amour à cette Chinoise. Régulièrement. Pas seulement les mercredis après-midi, elle le savait. Il avait dû passer avec elle de nombreuses soirées, sous le prétexte de travailler ou quand il affirmait se rendre aux courses de lévriers avec Lou et Daisy. Sans doute certains jours allait-il aussi la retrouver après déjeuner, ou même pour déjeuner. Peut-être passait-il la voir le matin en se rendant à son bureau.

Peut-être, quand il avait envoyé Chloé à Pékin ou quand il prétendait s'absenter certaines nuits pour des reportages, était-il allé retrouver cette femme et leurs filles. Était-il parfois à peine sorti des bras de l'autre pour venir aussitôt faire l'amour avec elle ? Si oui, était-ce parce qu'elle l'excitait aussi, ou jugeait-il cela préférable afin qu'elle ne soupçonnât rien?

Avait-il joué avec les fillettes, s'était-il conduit comme un père, les emmenant voir les bateaux sur le lac du parc, ou jouer au cerf-volant les jours venteux? Les avait-il prises sur ses genoux pour leur raconter des histoires? Il avait dû leur offrir des cadeaux car toutes trois étaient très joliment vêtues. Avait-il ri avec elles, leur avait-il dit qu'elles étaient ses petites chéries? Était-il resté couché près de la femme après l'amour et l'avait-il serrée dans ses bras en parlant avec elle?

Chloé savait qu'elle se torturait avec ces questions. La liaison de Slade avec Chin-chen – à présent elle s'obligeait à la nommer – avait été presque aussi longue que leur mariage. Tandis qu'avec Nikolai et Ching-ling elle courait sous les balles à Canton, Slade concevait cette... comment donc s'appelait l'aînée, cette petite beauté aux yeux de biche?

Comme elle réfléchissait, elle trouva la fillette assise dans l'herbe du jardin, qui fredonnait une chanson à une poupée. L'enfant leva les yeux, adressa à Chloé un sourire timide et radieux à la fois. Avant de se rendre compte de ce qu'elle faisait, Chloé s'était accroupie auprès d'elle et lui demandait son nom.

– Jade.

Jade? Sans doute une idée de Slade. Chloé remarqua que le bras de la poupée était de travers.

– Ta poupée s'est cassé le bras? questionna-t-elle.

Jade hocha gravement la tête.

– Viens, je vais le réparer.

La gamine bondit sur ses pieds, sa poupée dans une main; elle glissa l'autre dans celle de Chloé.

Ce contact bouleversa la jeune femme qui, réprimant un sanglot, serra dans la sienne la main de l'enfant, espérant ne pas la broyer. A la maison, elle trouva du fil, une aiguille et raccommoda adroitement le bras de la poupée.

– Voilà, fit-elle, la rendant à Jade.

La fillette remercia avec politesse et se dirigea vers la porte.

– Attends, lança Chloé. Aimerais-tu un peu de gâteau?

– Volontiers, dit Jade, toujours aussi polie. S'il te plaît.

Chloé se précipita dans la cuisine. Quand elle revint au salon, l'enfant était assise sur une chaise, les chevilles sagement croisées.

– Mon père devait m'apprendre à écrire mon nom, déclara-t-elle.

Chloé la dévisagea sans souffler mot.

– Tu étais la première épouse de mon père, c'est cela? Première épouse? Avait-il épousé Chin-chen? En vérité, Chloé n'avait pas vraiment envie de le savoir.

– Comment dois-je t'appeler? poursuivit l'enfant, les lèvres pleines de miettes de gâteau. Tatie?

Chloé faillit partir d'un rire amer; elle se contrôla. L'enfant n'avait pas à supporter sa colère.

– Non, je n'aime pas ce nom, répondit-elle.

– Alors, comment? insista Jade qui, son gâteau terminé, s'était levée.

– Je ne sais pas, je vais y réfléchir.

– Tu sais lire?

– Oui, dit Chloé, se levant à son tour. Je crois qu'il est temps que tu t'en ailles. J'ai du travail.

Elle n'avait rien à faire mais elle aspirait à être seule; la fillette la perturbait.

– Merci beaucoup, fit l'enfant avant de sortir.

De son pas dansant, elle se glissa au-dehors.

Le lendemain, Chloé se retrouva devant une vitrine de jouets, en train de contempler un bateau à voiles. Je n'en veux pas, se dit-elle en entrant dans la boutique. Pourtant elle l'acheta et rentra très vite chez elle, pressant son tireur de pousse. Elle posa le bateau sur la table de la salle à manger, l'y laissa quand Su-lin lui servit à déjeuner. La servante considéra le jouet avec une expression que sa maîtresse ne sut interpréter.

Après déjeuner, le bateau à la main, elle se rendit à la maison d'hôtes. Celle-ci était toute silencieuse. Elle frappa et s'apprêtait à partir en n'entendant aucun son mais, à la seconde où elle tournait les talons, la porte s'entrebâilla sur le visage de Chin-chen qui attendit que l'Américaine prenne la parole.

– Je me suis dit... bredouilla Chloé. Jade aimerait peut-être venir au parc avec moi, faire voguer le bateau sur le lac...

Chin-chen la fixait mais Chloé ne voyait que ce gros ventre où l'enfant de Slade croissait de jour en jour. Dieu, pensa-t-elle, pourquoi suis-je venue? Je retourne le couteau dans ma plaie. Est-ce que je cherche à me tourmenter? Elle eût aimé s'enfuir en courant, vers un lieu où elle ne reverrait jamais ni cette femme ni ses enfants.

Mais Chin-chen se retourna, appela de sa jolie voix chantante, et Jade arriva en courant, se mit à rire en voyant Chloé et le bateau. Chin-chen hocha la tête.

– Elle sera contente, dit-elle à Chloé. Mon autre fille, Fleur-de-Prunier, aimerait venir aussi.

Chloé n'avait pas envisagé cela. Une suffisait largement. Mais les deux gosses de Slade?

– Oui, bien sûr, s'entendit-elle répondre.

Fleur-de-Prunier et Jade. Des noms si différents de Chin-chen, Su-lin, Ching-ling. Était-ce le choix de Slade? Comment avait-il réagi lors de leur naissance? Y avait-il assisté? Était-il heureux et fier en les regardant?

Les deux fillettes accoururent vers elle, rieuses et sans retenue. Jade se montrait protectrice à l'égard de sa cadette; à un moment elle la tira en arrière pour éviter un pousse qui passait à toute allure. Comme elles approchaient du parc, celui-là même où Chloé avait assisté aux décapitations le jour de son arrivée en Chine, Jade prit la main de Chloé. Une nouvelle fois, la jeune femme fut saisie d'un sentiment incompréhensible.

Elles pourraient être mes filles, se dit-elle. Nos filles, à Slade et moi. Mais aussitôt, elle s'aperçut que c'était impossible. Leurs yeux bridés, leur teint cuivré, leur minois rond. Pourtant leurs cheveux sont pareils aux miens. Raides et noirs. C'étaient deux enfants ravissantes. Lorsqu'elles découvrirent le lac, Chloé acquit la certitude qu'elles n'étaient jamais venues au parc. Sans doute Slade ne les avait-ils jamais emmenées en un lieu où on aurait pu le reconnaître.

Chloé les conduisit au bord de la pièce d'eau et, déroulant la cordelette du bateau, le poussa sur l'eau, le livrant à la brise. Deux gros colverts nagèrent auprès du jouet en cancanant. Jade partit d'un rire formidable et battit des mains; Fleur-de-Prunier paraissait perplexe.

Jade prit grand plaisir à guider le petit bateau mais, au bout d'un moment, confia la ficelle à sa sœur et lui apprit à manipuler la cordelette afin de contrôler le jouet. Toutes deux s'extasiaient sur les gros oiseaux étonnamment familiers. La prochaine fois, se dit Chloé, j'apporterai des miettes de pain.

La prochaine fois?

Sur le chemin du retour, Jade glissa de nouveau la main dans celle de Chloé.

– Sais-tu comment s'écrit mon nom ? questionna-t-elle.
– Oui, répondit Chloé.

Ce soir-là, elle dénicha de l'encre verte et traça joliment le nom de Jade.

Je le lui donnerai demain matin, songea-t-elle. Elle souriait en imaginant le plaisir de la fillette. Et je dirai à sa mère qu'elles peuvent rester ici même quand le bébé sera né.

Pourtant, pensa-t-elle aussitôt, je ne vais pas m'attarder bien longtemps après la naissance. Je rentre avec Cass. Il sera là dans quelques jours.

Cass. Il n'est même pas au courant de la mort de Slade. Cass.

Dans trois mois, cela ferait huit ans. Huit ans qu'elle avait épousé Slade. Huit ans qu'elle était en Chine. Huit ans qu'elle n'avait vu ni Cass ni Suzi ni sa famille. A l'époque elle ne soupçonnait pas ce que le destin lui réservait. Sinon elle n'eût jamais dit oui à la Chine. Et elle n'eût jamais dit oui à un homme qu'elle n'avait fréquenté qu'une semaine. Oh, que la jeunesse était idiote ! Aveugle !

Voilà pourquoi elle s'était jetée dans les bras de Nikolai, réfléchissait-elle en allant se coucher. Au plus profond d'elle-même elle devait savoir qu'elle n'était pas essentielle dans la vie de Slade, qu'elle ne l'avait peut-être jamais été. La famille chinoise de Slade avait certainement occupé le premier plan dans ses pensées... dans son existence. Comment s'était-il débrouillé financièrement ? Il fallait qu'il ait gagné beaucoup plus d'argent qu'elle ne l'avait cru pour entretenir deux foyers.

Elle dormit tard, jusque dans l'après-midi comme le lui révéla l'inclinaison des rayons du soleil. Ce fut un chahut à la porte qui la tira du sommeil. On frappait avec force.

– Où est ma toute-petite ? tonnait une voix puissante.

Avec un cri de joie, elle bondit du lit. Ce ne pouvait être que Cass. Oh, Cass, cher Cass. Il était là ! Enfin. Une sensation de sécurité l'envahit toute. Cass allait prendre soin d'elle. Il l'aiderait à rentrer. Il veillerait sur elle. Elle courut, faillit trébucher sur le chien en pierre près du seuil.

Quand elle atteignit la porte, Su-lin avait déjà ouvert. Et il était là, en chair et en os, les tempes grisonnantes mais tout pareil au souvenir qu'elle avait conservé de lui, avec les bras ouverts, attendant qu'elle s'y jette.

– Chloé, ma toute-petite, ma chérie.

Elle fondit en larmes quand il referma les bras sur elle.

– Hé, ce n'est pas une façon d'accueillir un homme qui attend cet instant depuis cinq semaines. Allons, allons, laisse-moi contempler ton beau visage, et voir si je te reconnais un peu!

Essuyant ses pleurs, Chloé recula, lui sourit, lui prit les mains pour ne plus les lâcher.

– Je n'ai jamais été aussi heureuse de ma vie.

– Diable! Alors ça valait le coup de parcourir la moitié du globe! Bon, comment est-ce que je demande à ce coolie de décharger mes bagages?

Chloé s'adressa au porteur, puis à Su-lin qu'elle pria de veiller à ce que les bagages soient portés dans la chambre d'amis, celle que Slade avait souvent utilisée comme bureau, où il avait sa machine à écrire.

Cass partit du rire formidable qu'elle avait tant aimé.

– J'ai l'impression que tu parles grec. Comment as-tu appris, ma Chloé? Ah, ça ne m'étonne pas de toi.

– Je suis quand même ici depuis huit ans. Comment aurais-je pu ne pas apprendre la langue?

De nombreux étrangers se trouvaient en Chine depuis plus longtemps et refusaient encore d'apprendre le chinois.

Elle entraîna Cass dans la maison en le dévorant des yeux. Cela faisait si longtemps qu'elle n'avait pas vu quelqu'un comme lui. Dans le costume en soie parfaitement coupé, son corps râblé débordait d'énergie. Il était tellement... tellement américain!

– Tu prendras un verre? offrit-elle dès qu'ils furent au salon.

– Un gin-tonic, si tu as. Dis donc, tu t'es fait un beau petit nid douillet, Chloé. On est dans le quartier chinois ici?

– Le quartier chinois, c'est tout le pays, répondit-elle avec un rire.

Elle se servit elle aussi un gin-tonic. Il lui arrivait rarement de boire de l'alcool.

– Évidemment, acquiesça Cass en prenant le verre qu'elle lui tendait. Ma chère Chloé, tu fais plaisir à voir. On dirait que la Chine te fait du bien. Mais tu ne ressembles plus à la jeune fille que j'ai connue.

– Parce que j'approche des trente ans.

– Non, c'est autre chose, fit Cass sortant sous la véranda. On peut s'asseoir ici? Et attendre Slade? Doit-il rentrer pour dîner? Il est bientôt l'heure, non?

S'installant dans la balancelle, il tapota la place à côté de lui. Chloé ne le rejoignit pas.

– Slade est mort, dit-elle.

La main de Cass lâcha le verre qui éclata au sol. Cass se releva, s'approcha de la jeune femme, scrutant son visage.

– Il y a six jours, reprit-elle d'une voix dénuée d'émotion.

– Soudainement? C'était un accident?

Prêt à enlacer Chloé, il était retenu par son expression.

– Non. Attends que je te serve un autre verre et je te raconterai. Il a été malade pendant très longtemps. Presque un an.

– Qu'avait-il?

Cass repassa au salon à la suite de Chloé et la regarda préparer un nouvel apéritif.

– La tuberculose. Retournons nous asseoir sous la véranda... Je voudrais que tu me tiennes la main.

Elle raconta la maladie. Cass ne posa pas de questions; il lui tenait la main comme elle le lui avait demandé, tout en buvant son gin. Il fixait la jeune femme qui parlait, parlait, d'une voix atone.

– Je veux rentrer avec toi, conclut-elle. Je veux quitter ce maudit pays qui m'a tout volé. Je voudrais que ton bateau reparte demain. Je suis si heureuse... heureuse, tu ne peux savoir à quel point... que tu sois là.

Cass passa un bras autour d'elle, l'invita à appuyer la tête sur son épaule. Elle ferma les yeux. Je suis de nouveau en sûreté, pensa-t-elle. Après toutes ces années, de nouveau en sûreté.

46

Devant les réactions de Cass face à la Chine, Chloé se rappela sa propre initiation à l'Orient. Il ouvrait sur tout des yeux stupéfaits.

La jeune femme retrouvait quelque plaisir à voir Shanghaï à travers ses yeux. Elle l'amena au quartier général des reporters où il passa plusieurs heures à bavarder avec des journalistes du monde entier. Il se prit immédiatement d'amitié pour Lou Sidney.

Un jour qu'il avait passé l'après-midi à parler avec Lou, Cass rentra chez Chloé pour la découvrir sous la véranda avec Jade et Fleur-de-Prunier.

– Je crois que je savais, déclara-t-il platement. Quelque part au fond de moi... une intuition que j'avais refoulée.

Chloé leva les yeux de l'ouvrage qu'elle lisait aux fillettes. C'était merveilleux de l'avoir là, d'entendre soudain sa voix, de le voir. Elle se demanda comment il était possible d'être si heureuse après sa récente tragédie et ses pénibles découvertes. Elle n'avait pas encore expliqué à Cass la présence de Chin-chen et des enfants. Ni ne lui avait révélé l'identité du père du bébé à naître. Elle lui dirait tout sur le bateau du retour.

Elle ferma le livre, caressa les cheveux de Jade.

– Demain. Revenez demain. C'est fini pour aujourd'hui.

Comme les fillettes s'éclipsaient, elle se releva, souriante.

– Qu'est-ce que tu savais ?

– Lou vient de m'apprendre ce que tu as fait cette année, que ce n'était pas Slade qui rédigeait ses articles. Tu sais quoi ? continua-t-il en riant. Je me disais que son style changeait, qu'il devenait plus sensible, que l'intérêt humain avait pris le pas sur la précision de ses analyses politiques. Pour les lecteurs de Chicago, la Chine était devenue une réalité, non plus seulement une terre lointaine dont le peuple comme la politique restaient incompréhensibles.

S'approchant de Chloé, il lui prit les mains.

— Et c'était toi... qui dissimulais la maladie de Slade. Toi qui courais à Pékin, en Mandchourie, partout. Quelle épouse tu as été, ma chérie. Quelle femme!

Les joues de Chloé s'empourprèrent de plaisir.

— Tu prends un verre?

— Le soleil est encore haut, mais oui. Attends, continua-t-il, suivant la jeune femme dans le salon, tu ne vas pas t'en tirer si facilement. C'est donc bien vrai que tu as tout écrit pendant cette année?

— Pas tout, répondit-elle, environ quatre-vingt-cinq pour cent. Slade et moi parlions de ce qui se passait, de ce sur quoi il fallait faire un papier. Je dois beaucoup à Lou et aux autres confrères qui me filaient des tuyaux. J'ai pris cela pour un témoignage de leur estime pour Slade, ils voulaient nous aider. Dès le jour de notre arrivée, Lou Sidney a été un ami extraordinaire.

— Pas seulement pour Slade, je suppose, fit Cass, prenant son verre pour regagner la fraîcheur de la véranda. Il t'admire et te porte une grande affection.

— Je l'aime beaucoup moi aussi, c'est mon meilleur ami.

Elle suivit Cass mais, au lieu de s'asseoir auprès de lui sur la balancelle, s'installa en face.

— Toi excepté, bien sûr, précisa-t-elle.

— Fais-moi visiter la Chine, Chloé. Je ne suis pas venu de si loin seulement pour voir Shanghaï. Présente-moi aux époux Tchang, fais-moi connaître les gens et les lieux que tu connais.

Le dos appuyé au canapé, Chloé étira le bras sur le dossier. Par-dessus le bord de son verre, elle observait l'homme qui lui avait tant appris au cours de ses années d'étudiante. A l'époque, elle aurait aimé l'avoir pour père, pour mentor. Aujourd'hui, il la priait d'être son guide.

— J'ai appris ce matin que Mme Sun envisage de rentrer en Chine, dit-elle, bien que je doute que la situation du pays soit à son goût. J'aimerais que tu la connaisses.

Cass se balançait doucement, attendant qu'elle continue.

– Malgré tous les articles que nous t'avons envoyés, je ne sais pas trop ce que tu connais de la Chine.

– Disons que... grâce à Henry Luce, les Américains adorent Tchang Kaï-chek. Je devine que ce n'est pas votre cas, à Slade et toi. Ni à la plupart des journalistes en poste ici; ils n'ont pas l'air de le porter dans leur cœur. Aux États-Unis, Tchang est devenu un héros populaire, lui et sa charmante épouse.

Un sourire passa sur les lèvres de Chloé mais sans se refléter dans son regard.

– Je ne vais pas essayer de te bourrer le crâne. Tu as lu tout ce que nous avons écrit.

– Sans omettre un seul mot.

– Mais tu n'as pas tout publié.

– C'est ma prérogative, reconnut Cass. Ceux qui sont au cœur de l'action n'ont pas toujours une vue d'ensemble. Puis je vends certains papiers pour faire rentrer de l'argent. Les gens ne lisent pas ce qui ne les intéresse pas. Ils ont dévoré les récits des noces du généralissime avec Meï-ling.

– Oui, railla Chloé, vive l'américanisation de la Chine, grâce à sa première dame, élevée chez nous! Sans compter qu'elle est chrétienne!

Elle aimait regarder Cass, parler avec lui. Voilà si longtemps qu'elle ne s'était sentie en sécurité auprès de quelqu'un.

– Pour en revenir à Tchang, il ne veut plus de Pékin pour capitale. Il faut balayer le souvenir des Mandchous. La nouvelle Chine, dit-il, a besoin d'une nouvelle capitale. Aussi l'a-t-il déplacée à Nankin.

– Qui se trouve?

– En amont du Yang-tsé, à quelques centaines de kilomètres d'ici. Ce n'est pas la plus jolie des villes. Mais lui et Meï-ling vident les coffres publics pour transformer Nankin en digne capitale de l'Empire céleste. Je n'y ai pas remis les pieds depuis des années, mais on dit qu'elle est à peine reconnaissable. Il laisse les autres villes croupir dans la misère mais fait de Nankin une vitrine.

« Afin de pousser mon amie Ching-ling à rentrer, dans l'espoir de gagner son adhésion et, par là, celle des partisans de Sun Yat-sen, il a dépensé, dit-on, un million de dollars américains pour construire un mausolée au Dr Sun.

« J'étais là dans la chambre de Sun quand il est mort, quand il a demandé à être enterré sur la montagne Pourpre près de Nankin. Tchang lui a donc élevé un mausolée – bâtiment de très mauvais goût, me suis-je laissé dire – et prévoit une cérémonie gigantesque pour transporter les reste du héros de Pékin, où Sun ne saurait reposer en paix, à Nankin. Il a envoyé le plus jeune frère de Ching-ling la chercher à Berlin afin qu'elle assiste à la cérémonie. Nul doute que les actualités filmées s'empareront de l'événement, et le monde entier en conclura que Ching-ling approuve la politique de son beau-frère.

Cass écoutait, tirant maintenant sur un cigare odorant et continuant de se balancer sur son siège.

– Aimerais-tu aller à la cérémonie et rencontrer Chingling? Pour un homme de ton importance, je devrais pouvoir décrocher une interview des Tchang. J'ai rencontré plusieurs fois Mei-ling et j'ai assisté à leur mariage. Ils sont au courant de mon amitié pour Ching-ling mais ils ont cependant besoin de la presse étrangère. Je serais heureuse de revoir ma si chère Ching-ling. Cela fait si longtemps...

Et d'avoir des nouvelles de Nikolai, pensa Chloé. Elle n'avait jamais reçu aucune lettre de lui et n'en avait pas entendu parler depuis plus d'un an.

– Je serais contente que tu la rencontres, ajouta-t-elle. C'est la femme la plus remarquable que je connaisse. Peut-être l'être le plus remarquable.

Les yeux de Cass brillaient de plaisir.

– Alors, tu nous arranges tout ça? Je me sens comme un môme. J'ai envie de tout voir. C'est vraiment un autre monde, hein? Je me demande pourquoi je ne suis pas venu plus tôt au lieu de courir l'Europe chaque année.

– Sans doute craignais-tu que je te dise que nos trois ans ici étaient depuis longtemps écoulés et que je voulais rentrer au pays.

– Vrai? demanda Cass avec un regard soudain plus perçant. Suzi affirmait que ce n'était pas juste de te laisser en Chine tant d'années.

– Tu ne m'as guère parlé de Suzi. Et ses lettres se sont faites de plus en plus rares. Loin des yeux, loin du cœur, comme on dit. Elle n'a jamais mentionné cet homme dont elle a été amoureuse si longtemps. Mon Dieu, cela fait des années. Pourquoi ne se sont-ils pas mariés?

Cass ôta ses lunettes et ses yeux volèrent vers le fleuve, au-delà du saule. Durant un moment, il ne dit mot.

– C'est moi, c'est ma faute, soupira-t-il enfin, le regard toujours perdu au loin. Ce type est assez vieux pour être son père.

Chloé attendit mais il n'ajouta rien.

– Et alors? questionna-t-elle.

– Alors? répéta Cass, revenant à elle. Ça n'est pas suffisant? Elle devrait avoir une famille. Grant a quarante-sept ans. Il ne veut pas fonder un second foyer. Ses deux gosses sont presque des adultes. Et puis il vit à Saint-Louis.

– Tu veux dire que c'est une raison suffisante pour empêcher Suzi de l'épouser? Elle ne doit pas l'aimer tant que ça. A-t-elle fréquenté quelqu'un d'autre?

– A un moment, oui. Mais elle affirme que personne ne lui arrive à la cheville. Non. Elle consacre tout son temps au travail, ce qui m'arrange bien. Je me fais du souci pour elle. Sa vie paraît tellement limitée. D'un autre côté, j'apprécie qu'elle vive à la maison.

– Mon Dieu, Cass, est-ce que tu t'entends? Qu'es-tu en train de lui faire, de te faire à toi-même? A croire que tu ne supportes pas l'idée de ta charmante fille dans les bras d'un homme plus âgé qu'elle! Elle a près de trente ans. Je ne dirais pas qu'un homme de quarante-sept ans est assez vieux pour être son père.

– Presque. Je n'ai que trois ans de plus.

– Mais tu n'aimes pas ta fille ou quoi? s'emporta Chloé. Franchement, Cass, j'ai du mal à te reconnaître. Tu es en train de voler à Suzi le bonheur qu'elle pourrait avoir.

– Il mourra bien avant elle, Chloé, et il laissera une jeune veuve.

– Ce qu'il ne faut pas entendre! se révolta Chloé.

Face à cette exclamation, Cass se raidit. Jamais il n'avait perçu tant de véhémence chez la jeune femme.

– Pour la vie qu'elle mène aujourd'hui, elle pourrait aussi bien être veuve. C'est *maintenant* qu'elle est jeune, Cass! Et que fait-elle de sa vie, tu veux me le dire?

Il parut n'avoir jamais envisagé le problème sous cet angle.

– Elle travaille, répondit-il.

– Tout comme toi? Allons, Cass, elle est encore jeune. Comment oses-tu te permettre d'exercer une telle influence sur elle? Tu te fiches de son bonheur? Pour l'amour du ciel, laisse-la agir à sa guise. Et même si cela ne doit pas la rendre heureuse, elle a le droit d'essayer.

Oh! et puis n'en parlons plus. J'ai l'impression d'une craie qui crisse sur un tableau noir. Je n'ai pas envie d'être en colère contre toi.

Haussant un sourcil, Cass quitta la balancelle pour s'approcher de la jeune femme.

– C'est ce que tu ressens? Tu es fâchée contre moi? Moi non plus, je ne veux pas ça. Suzi et toi, vous êtes mes femmes préférées.

Chloé eut un sourire et lui tendit la main.

– Demain je m'occuperai d'organiser notre périple. Si nous allons à Nankin, il faudra que tu voies également Pékin. Pékin ne ressemble à aucune autre ville chinoise. A aucune autre ville du monde, d'ailleurs.

– Je serais content aussi de voir un peu les campagnes, ajouta Cass en lui pressant la main. Si je nous resservais à boire pendant que tu concoctes un itinéraire?

Elle lui sourit de nouveau.

– Malgré quelques défauts affreux, tu comptes parmi les gens que je préfère au monde. Et tu as débarqué ici juste au moment où j'avais besoin de toi. Merci, merci d'exister.

– J'aime bien qu'on ait besoin de moi, fit Cass en levant son verre. J'aime beaucoup. Surtout quand c'est toi.

47

— Tchang est très astucieux, dit Ching-ling.

Elle regardait Cass mais tenait dans la sienne la main de Chloé qu'elle caressait distraitement. Chloé lui trouvait l'expression harassée, à croire qu'elle aurait eu besoin d'un bon repas et d'un peu de tranquillité.

— Partout une foule m'attendait.

— Tchang Kaï-chek s'est arrangé pour vous faire acclamer par les masses? interrogea Cass. Je ne comprends pas.

— Le dernier arrêt du Transsibérien en Chine est à Harbin. J'ai été étonnée de trouver une multitude pour m'accueillir. On m'a couverte de fleurs. Un moment, j'ai pensé que c'était vraiment pour moi mais comment savaient-ils que j'arrivais? En fait Tchang se sert de mon retour pour se faire toute la publicité qu'il peut.

Fasciné par Ching-ling comme l'étaient tous ceux qui la rencontraient, Cass se pencha légèrement en avant.

— Vous pensiez qu'après les déclarations que vous avez faites à Berlin, il aurait choisi de vous ignorer.

La Chinoise eut un sourire mélancolique.

— Croyez-vous que la presse internationale se soucie de moi? Quand bien même mon séjour à Moscou m'a complètement ôté mes illusions sur les bolchéviques, le monde occidental est tellement épris de Tchang et de ma sœur qu'on me regarde comme une Rouge fanatique et qu'on m'ignore.

— Je publierai textuellement cette interview, assura Cass.

— Peut-être, fit Ching-ling avec un haussement d'épaules, mais qui la lira? Vos compatriotes aiment tant

392

les nouveaux dirigeants qu'ils refusent de voir les atrocités qu'ils commettent. Ils ne comprennent pas ce qui se passe ici et ils s'en fichent.

— Effectivement, admit Cass, pour la majorité des Américains la Chine est une autre planète.

Soudain, Ching-ling se tourna vers Chloé et la serra dans ses bras.

— Et dire que c'est une Américaine qui est devenue ma véritable sœur!

— Je me suis fait tellement de souci pour vous, fit Chloé qui goûtait la présence de son amie.

— Vous allez quitter la Chine, n'est-ce pas? s'enquit Ching-ling, la regardant droit dans les yeux. Je rentre et vous partez. C'est bien ça? J'en ai le pressentiment.

— Je n'ai plus de raison de rester ici, répondit Chloé. Je veux rentrer. Je veux vivre loin de la misère, des épidémies, des guerres. Je veux revoir ma famille.

— Je le craignais, reprit Ching-ling. Je redoutais de perdre la seule sœur dont je me sente proche.

Serrant la main de Chloé, elle revint à Cass.

— Posez-moi toutes les questions que vous voudrez et j'y répondrai de mon mieux.

— Votre époux aurait-il été content de toutes les cérémonies d'aujourd'hui?

Ching-ling partit d'un rire fragile.

— Quatre-vingt mille mètres carrés de marbre? Cette inscription sur l'arche, à l'entrée, AMOUR PHILANTHROPIQUE! Ce long couloir où est gravée sa citation : « Le monde appartient au peuple. » Et toutes ces marches qui mènent au mausolée!

— Sans mentionner, interrompit Chloé, les multiples coupoles et le toit bleu irisé.

— C'est affreux, conclut Ching-ling. Ils ont tourné en dérision toutes les paroles du Dr Sun, en en recouvrant les murs et en accrochant son drapeau au plafond. Il aurait préféré reposer dans une tombe anonyme et voir ses convictions mises en pratique plutôt que ce tapage habillé de mots vides. Mon beau-frère cherche tout simplement à rallier les initiateurs de la révolution. Il ne croit en rien de tout cela. Chaque fois qu'on m'écoutera, je continuerai à parler haut et fort contre lui.

— Ce qui ne me paraît pas très prudent, souligna Cass.

— La prudence n'est pas le fondement d'une vie. En tout cas pas de la mienne. Je préfère mourir fidèle à mes

393

idées plutôt que de vivre dans le mensonge. Je refuse de me taire face aux exactions que cet homme et sa bande Verte infligent à la Chine.

– Vous le croyez manipulé par la bande Verte?

– Peu importe que ce soit lui qui tire les ficelles ou eux. Il n'aspire qu'à la gloire personnelle, au pouvoir, et ne peut y parvenir sans l'appui de la pègre. Tous se fichent éperdument de la Chine, ne se soucient que de ce qu'ils peuvent empocher ou de ceux qu'ils peuvent contrôler. De fait, ils manipulent déjà les puissances occidentales, même si dans votre pays on refuserait de l'admettre. L'Occident a toujours cru les Orientaux trop bêtes pour les abuser.

En effet, reconnut intérieurement Chloé. Pour l'Amérique, les Chinois n'étaient que des coolies, ou les voyous qui se livraient à la guerre des gangs à San Francisco.

– Vous pouvez me citer intégralement, poursuivait Ching-ling. Le mouvement nationaliste a été trahi et complètement récupéré. La pire souillure pour la Chine est que cette contre-révolution honteuse soit menée par des hommes qui, aux yeux de l'opinion publique, ont été intimement associés au mouvement nationaliste. Ceux-là préfèrent maintenir le pays dans un état de guerre civile destiné à leur assurer richesse et pouvoir personnels.

Plus tard, Chloé demanda à Cass ce qu'il avait pensé de tous les gens rencontrés ce jour-là. Ils se trouvaient dans la chambre d'hôtel de Chloé; celle-ci était assise sur son lit, appuyée contre un oreiller. Dans un fauteuil, Cass buvait un scotch. La journée avait été longue et fatigante.

– Je n'ai pu m'empêcher d'être impressionné par les Tchang, répondit-il après réflexion. Elle est gracieuse et terriblement belle, même si elle ne l'est pas autant que sa sœur. Les sœurs Song ont un physique étonnant, non?

– Alors, toi aussi tu es tombé amoureux?

– Chloé, je *suis* un homme, et j'aime regarder de belles femmes. D'ailleurs, elles ne sont pas seulement jolies, mais magiques, fascinantes. Cela dit, Mme Tchang ne me paraît pas tout à fait sincère. Elle manque de chaleur, malgré ses efforts. On la dirait sur scène. Elle ignore ce que signifie le mot « souffrance », tu ne crois pas? Alors que la souffrance est inscrite sur tous les traits de Chingling. Et j'ai dans l'idée que ce n'est pas seulement sa souffrance personnelle, elle porte la croix de la Chine. Ces deux femmes sont exquises.

« Ce qui m'a le plus intrigué, dans un pays où l'amour romantique est quasiment inconnu, c'est que Mei-ling aime son époux.

– Tu crois? s'étonna Chloé. Il s'agit strictement d'un mariage entre deux alliés puissants. Tchang avait deux épouses et de multiples concubines. On dit qu'il a encore beaucoup de maîtresses.

– Quoi qu'il en soit, je crois que sa femme l'aime. Et il est toujours à la chercher. Certes, elle lui sert d'interprète mais il n'en a pas besoin avec ses concitoyens. Il m'a fait l'impression de quêter son approbation à tout moment.

– Hmm, intéressant. Tu penses qu'il a besoin d'elle? Cass croisa les jambes.

– Que va faire Ching-ling désormais? questionna-t-il.

– S'installer dans sa maison de la rue Molière à Shanghaï, m'a-t-elle dit. Elle n'a pas été heureuse loin de la Chine.

– Je te réveille tôt demain, conclut Cass, reposant son verre et se levant. Le train pour Pékin part bien à l'aube?

– Dix heures! Tu appelles ça l'aube?

– Oh, tant pis. Je te réveille tôt quand même.

– Pékin n'est peut-être plus la capitale de l'Empire céleste mais sa grandeur est sans comparaison, commenta Cass. Aucune ville d'Europe ne l'égale. Peut-être Athènes mais certainement pas Rome.

– Oui, la ville est vraiment impressionnante, acquiesça Chloé, heureuse de s'asseoir après leur visite.

Ils avaient tout vu – la Cité interdite, la place Tien an Men – tous les lieux qu'elle avait vus pour la première fois avec Nikolai et Slade au cours des journées qui avaient précédé la mort de Sun Yat-sen. Dans l'une de ces maisons de thé russes que Nikolai aimait tant, elle avait raconté à Cass cet hiver qui remontait à six ans.

En parlant, elle ne s'était pas aperçue qu'elle faisait l'impasse sur Pékin pour ne parler que de Ching-ling et Nikolai, avant que Cass ne l'interrompe :

– Il était amoureux de toi?

Le fil de sa pensée se cassa net.

– Qui?

– Le Russe. Zakarov.

395

Elle n'était pas prête à le lui dire, pas encore. Un jour elle le ferait. Désireuse de se confier à Cass, elle attendait néanmoins qu'ils soient seuls à Lu-shan.

– A l'époque, il n'avait pas le temps d'aimer.

Les cordes de la balalaïka lui pinçaient le cœur tandis qu'elle se remémorait les longues soirées froides passées ici à bavarder.

Cass sourit avant d'avaler une gorgée de vodka.

– Ce n'est pas ce que je t'ai demandé. Tu es devenue très habile à ne pas répondre directement aux questions.

S'agitant sur sa chaise, elle serra les doigts sur sa tasse de thé.

– Oh, Cass, ma vie a été tellement étrange ici. Et j'en ignorais une si grande part... C'est drôle de connaître si mal sa propre vie, non ? J'arriverai bientôt à t'en parler.

Cass lui tendit sa main ouverte. Souriante, elle lui donna la sienne et il la serra.

– Ma chère Chloé, prends le temps que tu voudras, sache seulement que je suis là, prêt à t'écouter. Tu comptes beaucoup pour moi. Énormément.

– Peut-être ai-je peur de t'ennuyer. Qu'est-ce qu'une existence insignifiante quand des millions de gens crèvent de faim, ou meurent à cause des inondations, des épidémies, des guerres ?

– Aucune existence n'est insignifiante. Et certainement pas la tienne. Du moins, pas pour moi.

– Ta vie t'est-elle déjà apparue vaine ou dépourvue de sens ?

– Je me le suis demandé, oui, après la mort de Jane.

Jamais il n'avait parlé de sa femme, et Suzi était si jeune lors du décès de sa mère qu'elle s'en souvenait à peine.

– Je l'aimais. A la seconde où j'ai posé les yeux sur elle, nous avions tous les deux dix-sept ans, je l'ai aimée. C'était l'être le plus merveilleux qui soit. Elle a empli ma vie de lumière.

– Tu n'as jamais rencontré une autre femme qui puisse lui être comparée ?

– En quelque sorte, répondit Cass, revenant au présent.

– Il n'y a jamais eu d'autres femmes ?

– Chloé, Jane est morte à vingt-six ans. J'avais le même âge, j'en ai aujourd'hui cinquante. Je suis relativement normal et, tout au moins en ce qui concerne ma virilité, sain de corps et d'esprit. Évidemment qu'il y a eu d'autres femmes. Beaucoup, durant des années.

– Mais aucune que tu aurais aimé épouser?

– Aucune, en effet. Il aurait fallu que ce soit quelqu'un à part.

– Allons nous-en d'ici, OK? suggéra Chloé.

Sans attendre qu'il ait fini son verre, elle se leva. Ces derniers temps, elle trouvait la vie terriblement compliquée.

– Marchons et je te parlerai d'autres sujets intéressants. Je ne t'ai pas encore dit ce que *je* pensais de Mao ni de Léopard-des-Neiges.

– Léopard-des-Neiges? Celui qui t'a... violée? J'ai fait attention à ne pas évoquer cet épisode, pourtant je me suis demandé quel genre de cicatrices tu en avais gardé.

– Parlons d'abord de lui sur le plan politique, proposa-t-elle comme ils sortaient dans le soleil chaud et poudreux. Dommage que j'ignore où le trouver, j'aurais aimé que tu le rencontres. Mais je n'ai aucun moyen de le contacter. Il peut être n'importe où, partout où il y a des Japonais à combattre. Parfois il me semble qu'il représente le seul espoir pour ce pays.

– Je croyais que c'était le général Lu-tang, le seul espoir.

Chloé ne répondant pas, il ajouta :

– Tu n'apprécies ni Tchang ni Mao.

– Je n'aime pas Tchang, c'est certain.

Malgré la touffeur de l'après-midi, elle allait d'un pas rapide.

– Je ne sais trop ce que je ressens vis-à-vis de Mao. Il me fait l'effet d'être trop intellectuel pour être un chef. Je le crois idéaliste, peu en contact avec la réalité. Je ne le vois pas dirigeant un pays. Beaucoup de ses idées me plaisent. Quand nous l'avons rencontré dans sa forteresse des montagnes, il a fait valoir son désir d'égalité entre les hommes et les femmes dans la Chine future, cependant je l'ai trouvé plutôt phallocrate, en ce sens que je le soupçonne de se servir des femmes pour parvenir à ses fins.

Continuant sur sa lancée, Chloé évoqua non seulement Mao et le général Lu-tang, comme elle appelait maintenant Léopard-des-Neiges, mais également sa fuite hors de Canton avec Ching-ling et Nikolai, et comment elle avait travaillé avec eux à Wuhan. Mais pas une fois elle ne parla de ce qu'elle avait ressenti en perdant ses trois enfants, ni de l'infidélité de Slade, ni de sa liaison avec Nikolai – rien qui la touchât au cœur. Bien qu'il l'observât avec attention, Cass ne décela ni dans son regard ni dans sa voix la moindre fêlure.

– N'oublie pas que nous dînons avec l'ambassadeur américain ce soir, lui rappela-t-elle quand ils rentrèrent à leur hôtel. Il n'est plus à Pékin pour longtemps. Les ambassades vont devoir déménager à Nankin et je ne crois pas que les personnels étrangers apprécient le changement.

– Tu as dit que tu avais une surprise pour moi.

– Oui, fit Chloé avec un sourire. Demain nous partons pour l'endroit que je préfère dans tout le pays. Je t'emmène à Lu-shan avant que nous rentrions.

– Lu-shan?

– Tu verras, c'est un lieu magique.

48

Lu-shan avait changé, bien que son atmosphère mystique fût intacte. Les porteurs couraient toujours pieds nus sur les étroites sentes montagneuses, les chaises oscillaient toujours dangereusement dans les virages en épingle à cheveux, mais des changements s'annonçaient. Au pied de la montagne, plusieurs dizaines d'hommes commençaient de construire une route qui permettrait aux automobiles de faire l'ascension.

Quand les voyageurs atteignirent le sommet – l'air frais était venu les surprendre à mi-route –, Chloé sut que c'était la dernière fois qu'elle venait à Lu-shan. Les Tchang s'y faisaient bâtir une maison d'été, selon le vœu de Mei-ling, pour qu'elle pût fuir l'air brûlant de la vallée du Yang-tsé. Cass et Chloé s'assirent sur le promontoire rocheux, le lieu préféré de Ching-ling, où le regard portait à des centaines de kilomètres.

– Tu ne hais pas la Chine, constata simplement Cass.

Il avait pris la main de la jeune femme ; elle le regarda.

– Je crois que tu adores ce pays, poursuivit-il en souriant. Voilà pourquoi tu es tellement troublée. Tu n'as pas envie que cette terre qui fait maintenant partie de toi soit saccagée, parce que tu connais son énorme potentiel.

– Non, je ne l'aime pas, assura-t-elle.

Et, retirant sa main, elle s'allongea à plat dos, les mains jointes sous la nuque.

– Tu auras du mal à te réadapter aux États-Unis, tu sais ça ?

Comme elle se taisait, il continua :

– Une idée m'est venue cette semaine. Rentre avec moi au pays, va voir ta famille. Viens voir Suzi, reste un peu avec nous à Chicago. Mais reviens en Chine ensuite. Reviens pour... pour être « mon homme en Chine ».

« Ces articles que tu écrivais à la place de Slade, reprit-il tandis que Chloé le dévisageait, bouche bée, tu leur as donné l'humanité. Les lecteurs ne se contentaient plus de lire de froids comptes rendus, ils voyaient, ils sentaient. Les Chinois sont devenus un peuple réel, héroïque. Tu les aimes, Chloé. Tu te soucies profondément de leur situation. Reviens t'installer ici et écris ce que tu voudras. Si tu n'en as pas envie, tu n'auras pas à couvrir les événements qui intéressent tous les autres reporters. Je te donnerai carte blanche. Voyage, promène-toi. Donne aux Américains la chance de croire au peuple chinois, de le voir sous un éclairage différent. Allez, dis oui, conclut-il en lui reprenant la main, accepte de travailler pour moi. »

Chloé soupira. Je ne veux pas rester ici. Je veux rentrer aux États-Unis. Elle scruta Cass, sa chevelure striée de gris. Il était plus distingué que beau, imposant, remarquable en vérité. Elle se souvint comme elle avait été impressionnée quand Suzi lui avait présenté son père, cet homme qui respirait la puissance. C'était encore le cas, bien qu'à l'occasion de leur périple elle ait vu pour la première fois l'enfant enthousiaste en lui ; il ne cherchait pas à le dissimuler, à adopter une attitude blasée. Lui qui avait côtoyé des présidents et autres hommes d'État, qui fréquentait les présidents des firmes automobiles de Detroit, les gouverneurs, les sénateurs, il n'avait jamais perdu sa joie ni sa spontanéité.

– Cass Monaghan, déclara Chloé se redressant pour s'appuyer sur un coude, je crois que tu es l'être le plus gentil au monde.

– Que me vaut cet honneur ? Le fait de t'offrir un job ?

– Non, le fait de t'avoir observé. Je crois que dès que je t'ai rencontré, j'ai pensé que tu étais *l'une* des plus gentilles personnes au monde. Mon Dieu, quand était-ce ? Douze ans déjà ?

– Je me rappelle quand tu n'étais qu'une petite fille.

– Petite ? On n'est pas petite à dix-sept ans.

– Jeune, alors. Très jeune. Et maintenant...

– J'ai changé à ce point ? demanda Chloé, se rallongeant pour contempler le ciel. Je ne suis plus la gamine que tu as connue ? En quoi suis-je si différente ?

Cass garda si longtemps le silence qu'elle finit par tourner la tête vers lui. Il la regardait.

– Je ne sais que te répondre, dit-il enfin. D'une certaine façon, tu restes celle que j'ai connue et aimée comme la meilleure amie de ma fille. Je devinais à l'époque toutes les possibilités.

– Possibilités de quoi?

– Je ne sais pas trop, j'étais certain que tu ne serais jamais comme les autres. Tu étais destinée à ne pas suivre les chemins tout tracés. Je le sentais. Je l'espérais. J'avais envie de te jeter dans la fosse aux lions car je savais que tu en sortirais, en sang peut-être mais non vaincue. Je savais que les lions ne parviendraient pas à te dévorer, que l'expérience te ferait progresser...

– Tu as eu envie que je saute dans la fosse de Slade, hein?

– Je plaide coupable, reconnut Cass en souriant. Me suis-je trompé? Tu ne regrettes pas, dis? Tu ne regrettes pas? répéta-t-il parce qu'elle ne répondait pas.

Maintenant, maintenant le moment était venu de lui dire. Lui dire que Slade avait eu une liaison alors qu'ils n'étaient pas mariés depuis un an, qu'il avait eu deux enfants, un troisième près de naître, qu'il avait refusé de lui faire l'amour après l'histoire du Blue Express. Parlerait-elle de Nikolai? Lui confierait-elle son amour pour un communiste russe qu'elle n'avait pas revu depuis trois ans? Lui avouerait-elle qu'elle s'était donnée à lui avant de connaître l'infidélité de Slade? Qu'est-ce que Cass penserait d'elle?

– Ma réponse va être longue.

– Tant mieux, nous avons des jours devant nous.

Reportant le regard sur l'immense vallée, Cass s'adossa à un tronc d'arbre.

Chloé lui raconta tout... tout sur Slade, tout sur Léopard-des-Neiges. Elle lui dit tout sur Nikolai, et qu'il se trouvait à des milliers de kilomètres, elle ne savait même pas où. Cependant, le passage du temps avait gommé la violence de son sentiment. C'était comme s'il était mort, lui aussi, parce qu'elle savait qu'ils ne se reverraient jamais. Elle n'éprouvait plus pour lui ce désir fiévreux, il restait dans son cœur, simplement. Elle en avait fait son deuil. Ching-ling ignorait où il était. Oui, Chloé confia tout à Cass – les deux fillettes et la femme enceinte qui habitaient chez elle. Elle ne laissa rien dans l'ombre.

Quand elle eut fini, elle pleurait. Elle s'était redressée, le dos appuyé au grand arbre, et fixait la vallée baignée de soleil. Cass n'avait pas bougé au cours des deux heures qu'avait durées sa confession.

Lorsqu'il comprit qu'elle avait terminé son long monologue, il se leva, vint à elle et la prit dans ses bras, murmura :

– Oh, ma Chloé, je ne me doutais pas. Je ne savais pas.

Ils passèrent les deux jours suivants à marcher dans la montagne, cueillant des brins de lavande et des fleurs sauvages qui poussaient dans les endroits ombragés, parlant de tout et de rien. La plupart des maisons étaient vides car beaucoup de familles de missionnaires étaient rentrécs au pays. Les temps n'étaient pas sûrs en Chine. Une ou deux demeures étaient occupées mais un an s'écoulerait encore avant l'arrivée des Chinois; les maisonnettes de pierre étaicnt trop petites pour les nouveaux dirigeants du pays. Chloé et Cass avaient Lu-shan presque pour eux seuls. Eux et les oiscaux.

Dans la maison où ils étaient, ils trouvèrent deux livres en anglais. L'un était un recueil de poésies de Walt Whitman.

– Étonnant qu'un missionnaire ait possédé cet ouvrage, commenta Cass.

Et il ouvrit le livre à la lueur de la lampe.

– Tu es d'accord pour que je lise à voix haute?

Chloé acquiesça.

Paupières closes, elle se laissa prendre par sa voix riche et profonde. Quand il eut achevé sa lecture, elle dit, sans même se rendre compte que cette pensée lui était venue :

– J'aurais aimé être Jane.

La pièce était silencieuse, si paisible que l'espace d'un instant, elle crut que la fin du monde avait eu lieu. Elle rouvrit les yeux pour découvrir que Cass la regardait.

– Pour ma part, fit-il d'une voix sourde, je me félicite de n'avoir pas été Slade. Je n'aurais pas pu te faire ce qu'il t'a fait.

– Je sais que tu n'en aurais pas été capable.

– J'ignore depuis quand je n'avais pas connu des jours aussi parfaits que ceux que nous sommes en train de vivre. Tu me fais oublier que le reste du monde existe. Je ne comprends pas comment Slade a pu avoir besoin d'une autre que toi.

Il se leva de son siège, s'approcha de Chloé.

La lanterne projetait sur son visage des ombres dansantes. Chloé lui caressa la joue. Il lui prit les mains, elle embrassa les siennes. Et en plongeant dans son regard, elle ne put rien y lire.

– Je voudrais que les trois jours à venir durent éternellement, murmura-t-elle. Je n'ai pas envie de revenir dans le monde réel.

Cass n'eut même pas un sourire.

Elle se leva et lui effleura la joue d'un baiser.

– Bonne nuit, fit-elle.

Car elle craignait d'avoir dit quelque chose qui ait rompu l'enchantement.

Il ne répondait toujours pas. Arrivée près de la porte, elle le vit s'asseoir et moucher la lampe.

Quelque chose s'était produit, était en train de se produire, pensa-t-elle debout à sa fenêtre où elle contemplait le clair de lune. Pas un bruit, pas un souffle, pas un cri d'oiseau, pas une respiration. Malgré l'air piquant de la haute montagne, elle resta nue près de la fenêtre, les mains sur l'appui, penchée vers l'extérieur pour humer le parfum des pins.

Plusieurs minutes s'écoulèrent avant qu'elle ne prenne conscience qu'il était dans la pièce, qu'il la regardait. Elle se tourna, ne vit qu'une ombre sur le seuil. Une minute encore se passa avant qu'elle ne l'entende appeler :

– Chloé?

Elle tendit les bras vers lui. En une seconde, il traversa la chambre; elle se sentit tout emportée dans son étreinte, goûta ses baisers dans son cou, sur ses paupières, sentit sa bouche sur la sienne, sa langue qui effleurait ses lèvres tandis qu'il commençait à se dévêtir. Puis sa langue sur le bout de ses seins, ses mains sur tout son corps, et elle l'attira plus près d'elle, l'embrassa avec un abandon qu'elle n'avait plus connu depuis Nikolai. Son corps reprenait vie sous les caresses de Cass, tremblait sous ses baisers.

Il lui fit l'amour avec un mélange de tendresse et de passion qu'elle n'avait jamais connu, la conduisit à une extase frémissante qui ne se dissipait que pour mieux revenir, la prit comme personne ne l'avait jamais prise, pas même Nikolai. Il la toucha là où personne ne l'avait touchée, explora de la langue des endroits insoupçonnés. Elle gémissait sous les assauts d'un plaisir exquis, espérant qu'il n'arrêterait jamais.

Il dut cependant cesser. Couché sur le dos, haletant, il lui prit la main et ils restèrent allongés l'un près de l'autre jusqu'à ce que Chloé perçoive que le souffle de Cass s'apaisait. Se mettant à genoux, elle entreprit de lui donner le plaisir qu'il lui avait donné, à le faire crier.

Plus tard, ils reposèrent enlacés, respirant à l'unisson, se donnant de longs baisers. Les mains de Cass étaient à la fois pressantes et tendres, ses baisers violents quand ses lèvres étaient douces, leurs deux corps s'accordaient en tout comme s'ils avaient été faits l'un pour l'autre.

Ils essayèrent plus de positions que Chloé ne l'avait cru possible, toutes l'excitaient, ravivaient son ardeur, jusqu'à ce qu'il ne lui reste plus une once d'énergie. Ils s'endormirent dans les bras l'un de l'autre, dormirent jusqu'à ce que la vive lumière du matin les éveille, et ils firent à nouveau l'amour, doucement, paresseusement.

– Est-il possible que je sois morte et montée au paradis? demanda Chloé.

Cass eut un rire éclatant mais ne relâcha pas pour autant son rythme. Ah, se dit Chloé, un homme qui est capable de rire tout en faisant l'amour. Enfin. Il sut l'amener à un orgasme qui monta du plus profond d'elle-même et, à sa plainte, elle sut qu'il avait joui en même temps qu'elle.

Ils allèrent marcher dans les prés, suivirent un ruisseau scintillant qui s'évadait dans la forêt, cueillirent des fleurs. Radieux, ils ne cessaient de s'arrêter pour s'embrasser. Quand ils regagnèrent la petite maison pour déjeuner, un regard leur suffit pour filer dans la chambre au lieu de s'installer à table.

Deux jours se passèrent ainsi, à rire au lit, hors du lit, à se tenir la main, se faire la lecture, s'embrasser tout en préparant des omelettes ou du riz. Jamais Chloé n'avait eu une conscience si aiguë de son corps. Vivant. Électrique.

– « Je chante le corps électrique... » disait Cass en citant Whitman.

Arriva le matin où les porteurs devaient venir les chercher. Ils paressaient au lit lorsque Cass déclara :

– Je retire mon offre.

– Quelle offre? s'enquit Chloé.

Elle ne se souciait que du corps de Cass, d'être près

de lui, de faire encore l'amour. Du bout de la langue, elle lui taquina le bout des seins; ses mains descendirent entre ses cuisses.

– Ne reste pas en Chine. S'il te plaît, Chloé chérie, ne reste pas ici. Rentre avec moi et épouse-moi. Ou épouse-moi et rentrons. Vivons ensemble, sois ma femme. Que la vie soit toujours ainsi.

49

— Juste au moment où je me faisais à l'idée de devenir une journaliste célèbre!

— Tu sais ce qui me peine? reprit Cass. C'est de penser à quel point j'ai contribué au malheur de Suzi toutes ces années. L'ironie veut que je souffre soudain de ce dont je l'ai fait souffrir.

— L'âge? interrogea Chloé.

— Bien sûr. Je me suis érigé en juge face à elle et Grant, et je tombe amoureux d'une femme qui a l'âge de ma fille. Oui, ironie... il n'y a pas d'autre mot.

— Pourquoi pas « justice immanente »? suggéra Chloé avec un sourire.

— Aussi. En rentrant, je vais m'efforcer d'arranger les choses pour elle. Je ferai venir Grant de Saint-Louis pour l'engager. J'en ferai mon directeur de rédaction!

— Je dois l'admettre, je n'aurais jamais cru qu'un homme plus âgé soit le meilleur amant imaginable.

— C'est mon cas? demanda Cass, tendrement moqueur.

— Tu n'as pas ton pareil. Tu es si expert, Cass, à croire que tu as passé ta vie au lit. Non, ne me dis rien, ajouta-t-elle en riant, je ne veux pas savoir. Je veux seulement que tu saches que je n'ai jamais connu des journées comme celles que nous venons de vivre. Et ces trois derniers jours passés au lit! J'ai l'impression que c'est là où j'ai envie de passer mes cinquante prochaines années.

— Au lit avec moi?

Cass se leva, vint enlacer la jeune femme et l'embrasser dans le cou.

— Au lit avec toi. Ou debout avec toi. Ou assise sur toi. Ou couchée dans les bois avec toi. N'importe où, du moment que c'est pour faire l'amour. J'ai le sentiment que je n'en aurai jamais assez. Assez de tes caresses, de tes baisers... Je me sens insatiable, obsédée sexuelle, vivante. Ce que je n'ai pas éprouvé depuis des années. Et peut-être jamais à ce point.

– Je t'ai toujours aimée. Avec Suzi, tu étais l'être que j'aimais le plus. Je te considérais comme une seconde fille. A présent je suis amoureux de toi, fou amoureux.

« Épouse-moi, Chloé. Ce n'est sans doute pas juste pour toi car je mourrai bien avant toi. Mais je pense, sincèrement, que je peux te rendre heureuse le temps qui nous sera accordé. Je veux effacer le mal que t'a fait Slade, t'enseigner les plaisirs et les joies du mariage.

– Comment Suzi réagirait-elle si je devenais sa belle-mère ?

– Qu'importe la réaction de qui que ce soit. Je te veux à mes côtés, c'est tout ce que je sais. Il me semble que j'ai *besoin* de t'avoir pour le reste de mes jours.

– Je ne vais te répondre non. Mais je ne suis pas encore prête à dire oui. Tu me laisses y réfléchir ? Nous avons tout le temps. Ce n'est pas que je ne t'aime pas. Je t'ai toujours trouvé merveilleux. Tu es l'une des premières personnes au monde, peut-être la première, à me...

– Ce n'est pas la peine de rationaliser ! l'interrompit Cass.

– Comprends que je sors d'un mariage où... je me suis sentie trahie, délaissée au point de me jeter dans les bras d'un autre homme. Ce n'est pas particulièrement reluisant de mon côté non plus. Même si je crois que, si Slade ne m'avait pas rejetée si longtemps, je ne serais pas tombée amoureuse de Nikolai. Je ne me serais jamais mise dans cette situation. Quoi qu'il en soit, j'ai passé des semaines à haïr les hommes...

– A cause de cette Chinoise dans la vie de Slade ?

– Bien sûr. Je n'aime pas ce que j'ai ressenti quand j'étais mariée. L'idée m'est désagréable que mon attitude envers la vie soit teintée par ce qu'il m'a fait. Peut-être ai-je besoin de temps pour découvrir qui je suis, si je suis quelqu'un hormis l'épouse d'un homme. Tu sais, depuis que tu as suggéré que je sois ton « homme en Chine », l'hypothèse a fait son chemin dans mon esprit. Je connais la Chine. J'écris sur la Chine depuis plus d'un an déjà. Maintenant j'ai bien envie d'essayer l'autonomie.

— Me voilà pris à mon propre piège! s'exclama Cass, se frappant le front du poing.

— Pas nécessairement, s'empressa de répondre Chloé, lui saisissant la main. Tu me tentes de bien des façons. Accepter ta première offre et être indépendante. Ne m'as-tu pas prédit que je serais célèbre? conclut-elle avec un sourire.

— Une femme reporter qui sait montrer aux Américains la Chine telle qu'elle est, les Chinois comme des êtres humains, la vérité telle qu'elle la voit? Quelqu'un avec non seulement ton talent d'écriture, mais ta capacité à écarter les scories, les superficialités, et aller au cœur des choses?

Cass s'interrompit brusquement avant de reprendre:

— Je plaide contre ma cause d'amant, n'est-ce pas?

— Non, tu m'aides à peser les choses. Par ailleurs, je t'aime réellement, Cass. Je t'aime de tant de façons, bien plus de façons que je n'ai jamais aimé.

— Mais sans romantisme?

— Ne dis pas ça. Je réfléchis à voix haute, je ne rejette rien. Cass, jamais je ne te rejetterai. Si tu veux de moi, je ferai toujours partie de ta vie. Simplement, j'ignore de quelle façon. Le romantisme? Qu'a donc été cette semaine? La semaine la plus romantique de ma vie. Tu m'as donné l'impression d'être la femme la plus excitante et la plus désirable au monde.

— Tu l'es.

— Tu m'as fait l'amour, fait connaître des plaisirs dont je n'avais jamais rêvé. Oh, Cass, tu dois être l'amant le plus magnifique que le monde ait connu, même en comptant Rudolph Valentino.

— Parce que tu m'as rendu mes vingt ans, assura Cass en riant.

— Un jeune ne saurait pas faire l'amour comme toi, protesta Chloé en l'embrassant. Oh, il suffit que je te touche et je suis prête à aller au lit.

— Trop tard. Les porteurs vont arriver.

— Oui. Mais sache que je réfléchis à tes deux propositions. Les deux plus belles offres qu'on me fera jamais de ma vie. C'est juste que l'une vient peut-être trop tôt après la mort de Slade et... le reste. Je ne suis pas certaine d'être prête pour un autre mariage. Cependant je rentre avec toi. J'ai besoin de quitter la Chine, sinon pour toujours, du moins pour un moment. J'ai besoin de vacances, nous pourrons passer le mois en bateau à faire l'amour toutes les nuits – et peut-être tout le jour, d'accord ?

– J'avais plutôt envisagé ce programme pour toute la vie.

– Bien sûr, Cass... Parler avec toi, t'écouter, être simplement près de toi est merveilleux. Je veux que tu saches, si jamais j'opte pour ta seconde proposition, que ce n'est pas seulement pour tes performances au lit.

Dans un rire, elle l'embrassa de nouveau.

– Tes raisons m'importent peu. Vivons ensemble, c'est tout.

Le son des cloches signalant l'arrivée des porteurs leur parvint. Chloé regarda autour d'elle. Elle savait que jamais elle ne reviendrait à sa montagne magique. Jamais ne reviendrait le bonheur qu'elle avait connu ici, une fois avec Ching-ling et Damien, ensuite avec Cass. Trois des êtres qu'elle aimait le plus au monde. Le seul de ses enfants qu'elle eût connu. La femme et l'homme qui avaient le plus influencé sa vie.

Au capitaine du vapeur qui descendait le fleuve, ils dirent qu'ils étaient mari et femme afin de partager ce qui passait en Chine pour une cabine de luxe. Seuls Occidentaux à bord, ils ne furent importunés par personne. Chloé se régalait de l'énergie que Cass déployait en toute occasion, même quand il s'agissait de contempler le littoral toujours changeant ; c'était lui qu'elle regardait quand il observait les coolies qui enroulaient les cordages sur leurs épaules et, depuis les deux rives, guidaient le bateau dans les rapides.

– Au fond, en Chine, tout est travail manuel, remarqua-t-il.

Chloé acquiesça. Elle y était tellement habituée qu'elle avait oublié les autres modes de vie. Elle aimait voir les yeux de Cass briller d'enthousiasme. Elle étudia son profil solide – la mâchoire saillante, le nez aquilin, les sourcils fournis. Même ses lunettes n'enlevaient rien à son charme.

Je crois que je vais sauter le pas, songea la jeune femme, s'accoudant auprès de lui au bastingage. Dans une mélopée, les coolies continuaient de tirer le vapeur. Je me fiche d'être célèbre. Bizarre comme cette perspective la préoccupait depuis que Cass l'avait évoquée. Être quelqu'un. Pas seulement l'épouse de quelqu'un. Quelqu'un d'autonome. Or, à regarder Cass qui débordait d'enthousiasme et de joie, avec son appétit de vivre contagieux, elle pensait : c'est peut-être lui que je veux.

D'ailleurs il se trompe, je n'aime pas la Chine. Et la Chine n'a nul besoin de moi. Cass, lui, a peut-être besoin de moi. Il connaîtrait de nouveau le bonheur avec une femme. Avec moi.

D'un bras, elle lui enlaça la taille. Il posa les yeux sur elle, lui sourit, lui prit la main avant de reporter son attention sur le fleuve.

Un sentiment de tranquillité submergea Chloé. Qui devait durer exactement cinquante-deux heures.

50

– J'ai dû engager une nourrice, expliqua Su-lin qui tenait le minuscule enfant.

Chloé avait oublié à quel point les nouveau-nés étaient petits.

– Elle a disparu alors que le petit n'avait pas un jour. Sans dire au revoir. Juste en laissant le bébé et les filles.

Les deux fillettes épiaient timidement derrière le massif de bambous, Fleur-de-Prunier serrant fortement la main de sa sœur. Jade ouvrait de grands yeux ronds. Était-ce la peur qui luisait dans son regard, se demanda Chloé, ou seulement l'incertitude?

Chloé, elle, avait peur. Une peur froide, implacable l'avait saisie lorsqu'elle avait appris la nouvelle. Que faire de ces trois gosses – les trois enfants de son mari?

Quêtant une réponse dans le regard de Cass, elle y lut la même stupeur. Su-lin lui tendit le nouveau-né. Elle recula brusquement.

– Ça ne mord pas, lui murmura Cass.

– Quand est-ce arrivé? demanda-t-elle, laissant la servante lui coller le bambin dans les bras.

Dieu qu'un bébé était bon à toucher, bon à sentir, bon comme... comme un bébé. Ses yeux en amande déton-naient avec sa peau si pâle. Jade lui avait-elle ressemblé lors de sa naissance?

– Onze jours qu'il est venu, répondit Su-lin. J'ai aidé la mère. C'était presque le matin.

Chin-chen ne voulant ni ses filles ni le bébé dans sa chambre cette nuit-là, Su-lin les avait tous emmenés dans la maison, installant les fillettes dans le lit de Chloé et prenant le nouveau-né dans celui qu'elle partageait avec

411

Han. Au matin, elle avait découvert le départ de Chin-chen. Plus un vêtement, plus rien d'elle, plus aucun signe même de sa présence récente.

Le bébé se mit à gazouiller contre le sein de Chloé ; des lèvres, elle effleura le doux duvet qui lui couvrait le crâne. Il aurait pu être le mien, se dit-elle.

Au-delà de la pelouse, deux silhouettes enfantines qui se tenaient par la main quittèrent leur cachette et avancèrent vers elle. Jade s'arrêta à deux mètres de la jeune femme, ses yeux liquides plongèrent dans les siens. Au bout d'un moment, Chloé remit le bébé à Su-lin pour tendre les bras aux petites filles. Si Fleur-de-Prunier se précipita, Jade hésita.

– Est-ce qu'il faudra t'appeler « tatie » ou « seconde maman » ?

Cass, se sentant complètement en dehors du coup, observait la scène en silence.

Plus tard, quand ils eurent dîné tous ensemble, que Chloé eut bercé le bébé pour l'endormir et bordé les fillettes dans leur lit, les embrassant toutes deux, quand Jade lui eut jeté les bras autour du cou, murmurant : « Je suis contente que tu sois rentrée à la maison », après tout cela Chloé retrouva Cass en tête à tête.

– Je me sens lessivée, soupira-t-elle en se débarrassant de ses chaussures.

– Moi aussi.

Gagnant le buffet, Cass se servit un verre.

– J'en ai besoin aussi, fit Chloé. Quelque chose de fort.

Il lui servit un scotch. Sec.

Prenant son verre, elle passa sous la véranda. Il faisait chaud. C'était la moiteur poisseuse de l'été de Shanghaï. Août approchait, le mois et le temps qui lui avaient pris Damien.

Elle regarda les lanternes des jonques lentes sur le fleuve. Des familles entières vivaient à leur bord. Dans le lointain, elle perçut des rires, des appels.

– Je me demande si l'inattendu de tout ça – de la vie – est ce qui nous pousse à nous lever chaque matin. On ne sait jamais de quoi sera faite la journée. Nos plans ne s'accomplissent jamais, n'est-ce pas ? Quelque chose vient toujours se mettre en travers. Le plus stupéfiant dans l'existence, c'est qu'elle nous surprend toujours. Ma vie n'a jamais, jamais été comme je l'attendais.

– Es-tu en train de te plaindre ou de philosopher? interrogea Cass en l'enlaçant.

Laissant aller la tête contre son épaule, elle reprit, mais sans répondre à sa question :

– Tu dois être la personne la plus réconfortante en ce bas monde. Le seul fait de m'appuyer contre toi me donne le sentiment que je m'en tirerai.

Il ne dit rien. Ce soir, il était inhabituellement silencieux. Très lasse, Chloé l'embrassa sur la joue.

– Je vais au lit. Tu m'accompagnes?

Ils restèrent enlacés jusqu'à la chambre. La devinant trop épuisée pour l'amour, Cass la regarda se dévêtir et s'allonger nue sur le lit. Puis il éteignit la lumière et se coucha auprès d'elle, sans la toucher, sans même la deviner dans l'obscurité, mais écoutant sa respiration.

– Tu sais, nous pourrions les prendre tous les trois avec nous, dit-il. Tu le sais, hein? insista-t-il parce qu'elle se taisait.

Au matin, elle s'éveilla à l'heure où les coqs chantaient, avant l'aube. Non, nous ne pouvons pas, pensa-t-elle. Tu m'as dit que tu n'avais pas envie de fonder une deuxième famille. Tu as cinquante ans, ce sont trois enfants très jeunes. Le fardeau finirait par tuer tes sentiments pour moi.

Glissant la main entre les jambes de Cass, elle le caressa tendrement. Il murmura des paroles incompréhensibles mais ses bras se refermèrent sur Chloé, il l'attira à lui. Elle l'embrassa, doucement d'abord, jusqu'à ce qu'elle sente qu'il sortait du sommeil; alors elle roula sur lui, baisa ses paupières, ses oreilles, ouvrant les jambes tandis qu'il épousait ses seins de ses mains. Je ne veux pas renoncer à ça, se dit-elle. C'est si bon, si délicieux, je n'ai pas envie de le laisser partir. Elle cessa bientôt de penser pour se livrer à leur étreinte – fiévreuse, urgente, violente. Presque dangereuse, songea-t-elle encore. Cela l'embrasait.

A un moment, elle crut entendre Cass murmurer « Espèce de garce » mais imagina qu'elle avait mal compris. Ce ne fut que lorsqu'ils gisaient côte à côte, pantelants, qu'il répéta :

– Espèce de garce. Tu vas rester, c'est bien ça?

Quelques minutes plus tard, il lui prit tendrement la main.

– Pardonne-moi. Ce n'est pas ce que je voulais dire. Ce

n'est pas toi la garce, c'est la vie. Oui, garce de vie. Je t'ai perdue. J'étais sur le point de t'avoir et je te perds. Avant même d'avoir eu une chance, hein?

Et Chloé fut surprise de lire dans ses yeux une vraie souffrance.

Il partit deux semaines plus tard.

– Mon offre tient toujours, fit-il. Vivrais-je jusqu'à cent ans, elle tiendrait toujours.

– Je crois que pour le moment j'ai opté pour la célébrité, rétorqua-t-elle en s'efforçant de sourire.

– Au moins, que tu restes liée à moi. Par le *Chicago Times*, en tout cas. Je t'enverrai un traitement mensuel, mais ne lésine pas sur tes dépenses. Chaque fois que tu auras besoin ou envie de faire un voyage, couvrir un événement, aller fouiner du côté des Japs, aller prendre à perpète le pouls de la vraie Chine, n'hésite pas. Je téléphonerai à tes parents. Sans doute ne vont-ils pas comprendre. Puis je vais tanner Suzi et Grant pour qu'ils vivent ensemble, je leur proposerai même de passer un smoking pour conduire la mariée à l'autel.

– Cass...

Le prenant dans ses bras, Chloé se serra contre lui pour l'embrasser.

– J'ai connu avec toi les plus beaux moments de ma vie. Tu m'as fait passer de la tragédie à l'extase. Tu m'as fait oublier ma peine, regarder la vie avec espoir. Grâce à toi, je me suis sentie belle, excitante, désirable. Chut, ne dis rien. Laisse-moi terminer.

Au bord des larmes, elle posa la tête contre le tweed rugueux de la veste de Cass.

– Tu es l'homme le plus intéressant que j'aie connu. Le plus tendre. Le plus compréhensif. Je t'aime. Sincèrement. Je t'ai toujours aimé et t'aimerai toujours. Pour moi, tu es l'être le plus important au monde.

– Non, ce sont ces gosses. Mais garde à l'esprit que j'ai autant qu'eux besoin de toi. Nous pourrions vivre tous ensemble. Je voudrais essayer.

Elle secoua la tête; les larmes lui montaient aux yeux.

– Dis à Suzi que je t'aime, d'accord? Dis-lui que je l'aime aussi, que j'espère que Grant et elle seront aussi heureux que nous l'avons été cet été. Explique à mes parents pourquoi je ne peux pas rentrer tout de suite.

Sans dire que les enfants sont de Slade, ça, ne le dis à personne. Dis-leur que... oh, dis juste que je m'occupe d'orphelins chinois!

Les larmes coulaient maintenant sur ses joues; elle tenta un sourire.

– N'hésite pas si tu as besoin de moi, dit encore Cass. Ce que tu veux, où tu veux, quand tu veux...

Il étreignit la jeune femme. La sirène du paquebot mugissait.

Que vais-je faire? s'interrogeait Chloé. Je n'ai pas la moindre idée sur la façon d'élever des enfants. Entre la nourrice et Su-lin, le bébé était en bonnes mains, aussi put-elle se préoccuper des fillettes. Fleur-de-Prunier bavardait inlassablement, son minois rondelet toujours souriant sauf lorsqu'elle n'obtenait pas ce qu'elle voulait; dans ces cas-là, elle boudait, tapait même parfois du pied. Comme Chloé riait, elle ne tardait pas à rire elle aussi et oubliait bien vite sa contrariété pour se lover dans les bras de la jeune femme.

Jade était d'un tempérament plus grave.

– Tu vas m'apprendre à lire? demanda-t-elle le soir qui succéda le départ de Cass.

Le lendemain, Chloé achetait quelques livres d'enseignement élémentaire et essayait de se souvenir de son apprentissage du chinois. Elle se souvint surtout de M. Yang qu'elle n'avait pas revu depuis des années. Était-il encore en vie, lui qui autrefois lui semblait déjà si vieux? Néanmoins, elle monta en pousse avec Jade qui serrait contre elle les livres d'école et partit à la recherche de celui qui lui avait tant appris.

M. Yang ne paraissait pas plus âgé que lorsqu'elle l'avait quitté la dernière fois. En revanche, il avait troqué les longues robes de soie dont elle se souvenait contre un pantalon kaki – signe de modernité et de révolution – qui lui allait mal. Si Chloé se demanda comment un disciple de Confucius s'adaptait aux changements de ces dernières années, ils n'en parlèrent pas.

– J'aimerais que vous appreniez à lire à cette petite fille, expliqua-t-elle, heureuse qu'il l'ait immédiatement reconnue.

– A écrire aussi, ajouta Jade de sa voix flûtée.

Elle sourit et Chloé devina que ses yeux d'onyx liquide fascinaient le vieil homme.

415

– Je garde un si bon souvenir de l'époque où vous étiez mon maître, reprit Chloé. J'espère que vous éduquerez Jade de la même façon.

Comme à son habitude, M. Yang s'inclina.

– J'en serais honoré. Mais n'est-elle pas trop jeune?

Ah, se dit Chloé, si je lui avais amené un garçon du même âge, il n'aurait pas émis cette objection.

– Elle est très intelligente, affirma-t-elle sans savoir si elle disait vrai. Et je l'aiderai à la maison.

Ainsi, le soir, Chloé aidait Jade à s'instruire, une fois couchés Fleur-de-Prunier et le petit garçon, qui n'avait toujours pas de nom. La fillette se lovait dans les bras de sa mère adoptive, ses soyeux cheveux noirs luisant sous la lampe, et suivait du doigt les caractères écrits. Chloé respirait son odeur, sa fraîcheur d'après le bain, et la tenait serrée tandis qu'elles lisaient ensemble.

Un soir, Jade étant allée se coucher, Chloé resta longtemps à les regarder, sa sœur et elle, le cœur plein d'amour. Ensuite elle passa dans la chambre de Su-lin, prit le bébé dans son berceau et alla le bercer dans le rocking-chair sous la véranda, goûtant sa bonne odeur à lui aussi. Li, décida-t-elle à la lisière du sommeil. Je l'appellerai Li. C'est presque un nom américain : Lee.

Le lendemain, Lou vint lui rendre visite comme il le faisait quasiment chaque après-midi.

– J'envisage de me rendre dans le Nord, en Mandchourie. Tu veux venir?

– Que se passe-t-il là-bas?

– Une famine sévit comme on n'en a jamais vu. C'est déjà la deuxième année. Les gens tombent comme des mouches.

– Je n'en ai pas entendu parler.

– Je sais. C'est pour ça que j'y vais. On dit que plus de deux millions de gens sont déjà morts.

– Deux millions? Morts de faim? Ce n'est pas possible!

– Voilà justement la réflexion que je me suis faite. Si nous allions nous rendre compte?

– Ne regarde pas, Chloé, je t'en conjure, ne regarde pas, la pressait Lou alors qu'ils parcouraient les rues de Changchun. On ne peut rien faire pour les aider.

Elle avait passé la journée de la veille à vomir. Rien dans ses pires cauchemars n'aurait pu la préparer à ce qu'elle voyait. L'horreur à nu.

416

Des yeux aveugles saillaient hors de visages squelettiques. Si quelques hommes parvenaient à se traîner le long des rues, la majorité gisait à terre, gémissante, incapable de rassembler assez de force pour se lever. Beaucoup de femmes et d'enfants avaient été vendus – ou étaient morts.

– Ce qui me chagrine le plus, fit Lou, les lèvres serrées, c'est que les riches ne crèvent pas de faim mais s'enrichissent davantage.

Le Dr Robert Ingraham, médecin-missionnaire, haussa les épaules.

– A quoi vous attendiez-vous? demanda-t-il.

Lou s'était débrouillé pour que Chloé et lui soient attachés à une équipe du Comité international pour le soulagement de la famine en Chine, financé par les Américains. Le groupe allait d'une région à l'autre, là où sévissaient sécheresse, crues ou invasions de sauterelles. Le médecin-missionnaire, qui dirigeait les opérations à Changchung, était épuisé.

– Je croyais avoir vu le pire, soupira-t-il, mais je me trompais.

Ils risquaient leur vie car la population mourait autant de faim que du typhus.

– Ces paysans, reprit Lou comme pour lui-même, ont vendu non seulement leurs enfants mais leurs terres. Les riches seigneurs fondent sur eux comme des vautours, leur donnent du riz pour quatre ou cinq jours en paiement d'une terre qui appartenait à leurs ancêtres depuis un millénaire. Les riches, eux, ont envoyé leurs femmes et leurs familles dans le Sud, où elles continuent de vivre dans le luxe. Pendant que Rome brûle, Néron s'amuse. La Chine a elle aussi ses combinards.

Tout à coup, une main osseuse se referma sur la cheville de Chloé, presque à la faire trébucher. C'était l'une des rares femmes qu'ils aient vues : elle gisait parmi d'autres corps, avec une sorte de paquet sur le sein, le visage tellement creusé qu'il évoquait plus un squelette qu'un être humain. Ses lèvres remuèrent mais Chloé ne put l'entendre. Elle se pencha vers la femme agonisante.

– Non, Chloé, souffla Lou en lui saisissant le bras. Ne t'approche pas d'eux. Ne va pas attraper une maladie affreuse qui te fera mourir devant moi. Je me sentirais trop coupable de continuer à vivre. C'est moi qui ai suggéré ce voyage, après tout.

Dégageant son bras, Chloé s'agenouilla et s'efforça de comprendre la femme dont le regard parvenait à peine à la fixer.

– S'il te plaît... sauve... comprit-elle seulement.

Sur ces mots, la prise sur sa cheville se relâcha, la main de la mourante glissa au sol, inerte. Ses yeux vacillèrent, furent bientôt sans vie.

– J'ai vu mourir bien trop de gens dans ce pays, murmura Chloé pour elle-même. Trop de gens dans ma vie.

Ce fut à cet instant qu'elle entendit le vagissement sourd venu du sein de la morte, de ce ballot inerte sur sa poitrine. Sourde aux avertissements de Lou, elle se mit à fouiller les haillons crasseux, sachant d'avance ce qu'elle allait trouver.

Le nouveau-né ne pouvait avoir plus de quelques jours. Comment cette femme décharnée et agonisante avait-elle pu lui donner le jour, Chloé ne le saurait jamais.

– Laisse-le, conseilla Lou, voyant l'enfant. Il n'a aucune chance.

Incrédule, Chloé dévisagea son ami, ne pouvant croire qu'il s'agissait du Lou qu'elle connaissait depuis si longtemps. Le bébé geignit faiblement. Le dégageant des loques de sa mère, Chloé le prit, sentit qu'il était tout froid. Peut-être était-il en train de mourir lui aussi. Peut-être Lou avait-il raison ; cependant, elle ne pouvait l'abandonner à son sort.

Le Dr Ingraham tendit les bras, elle lui confia l'enfant. Le praticien secoua la tête.

– Oui, il n'a pas une chance s'il reste ici, sans nourriture.

– Je prends le train ce soir, fit Chloé.

– Eh bien, rétorqua le médecin en lui souriant, je suppose que sauver une vie vaut mieux que rien du tout.

Si c'était la vie d'un être que l'on aimait. Regardant l'enfant, Chloé songea que si quelqu'un avait pu intervenir et sauver Damien...

– Venez voir, Chloé, appela le Dr Ingraham.

Sur un charnier de morts et de mourants rampait sans bruit un enfant qui ne devait pas avoir plus de huit ou neuf mois, si maigre que ses côtes saillaient sous sa peau, au-dessus d'un ventre protubérant comme une boule.

De nouveau, Lou posa une main sur le bras de la jeune femme.

– Je comprends ce que tu ressens, Chloé, mais ces

gosses n'ont aucune chance de grandir normalement. Leur cerveau a sans doute été affecté par la malnutrition, ils souffriront de séquelles physiques et psychologiques insurmontables. Laisse-les mourir.

Il avait un ton suppliant. Chloé l'écouta, réfléchit mais avança tout de même.

– Je le dois, Lou. Je dois essayer, même si tu crois que c'est fichu d'avance.

– En ce cas, soupira son compagnon, je ne peux pas faire moins que de t'aider.

– Il n'existe pas de spectacle plus terrible que la vue de quelqu'un qui meurt sous vos yeux par absence de nourriture, fit le Dr Ingraham. On distingue chacun de leurs os. Regardez les enfants morts, leurs os tordus, leurs membres à peine plus gros que des brindilles, leurs estomacs gonflés non seulement par la faim mais parce qu'on leur a fait ingérer des écorces et de la sciure, n'importe quoi pour tenter de les maintenir en vie. Les quelques femmes qui sont là se couchent, comme pour attendre patiemment la fin. Certaines ont tué leurs enfants afin qu'ils ne souffrent pas, et cependant elles ne se résolvent pas à mettre fin à leur propre vie. Et il ne reste personne qui ait assez de force pour enterrer les autres.

– Voilà les charognards, constata Lou, désignant le ciel où tournoyaient des vautours en nombre.

– Bob, pressa Chloé, continuons et voyons s'il n'y a pas d'autres enfants.

– Dieu vous bénisse, Chloé, fit le médecin.

Il remit l'enfant de neuf mois à Lou; Chloé portait le nouveau-né.

– Tu n'en as pas assez? interrogea le journaliste. Que diable vas-tu faire de ces gosses?

51

Ce n'était pas la dernière fois que Lou devait poser cette question. Au cours des quatre années suivantes, chaque fois qu'un bébé était déposé à leur porte, chaque fois qu'une mère venait les supplier de prendre son petit, que ce fût un nouveau-né ou un enfant de cinq ans, ni Chloé ni Su-lin ne refusait.

Le chaos qui régnait en Chine dans les années 30 amenait de plus en plus d'enfants dans l'établissement de Chloé – car c'était bien devenu un établissement. Ce qui ne l'empêchait pas de poursuivre ses visites dans les régions reculées pour le *Chicago Times*. Pour cela elle reçut l'aide de deux femmes qui vivaient en Chine depuis plus de vingt ans, mais dont elle n'avait jamais entendu parler.

Il s'agissait de deux institutrices de la mission méthodiste de Changzhou, sur le fleuve entre Shanghaï et Nankin, qui vinrent chez elle un jour, deux femmes d'environ quarante-cinq ans, portant deux bébés chinois qu'elles avaient emmenés dans leur périple.

– Nous avons entendu parler de vous, expliqua l'une, une blonde pâle aux yeux plus bleus que Chloé n'en avait jamais vu. Nous nous sommes dit que vous pourriez peut-être ajouter ceux-là à votre collection... Nous rentrons chez nous...

– Chez nous? interrompit sa compagne. Ça me fait tout drôle...

– Je m'appelle Dorothy Milbank, reprit la blonde, et voici Jean Burns. Ces petits nous ont été laissés à la mission, qui est fermée à présent. Comme nous rentrons aux États-Unis, nous avons pensé... espéré...

Chloé ouvrit plus grand sa porte.

– Entrez, je vous en prie.

Combien encore? se disait-elle.

– A la façon dont vous soupirez, remarqua Jean Burns, je devine que c'est plus que vous n'en souhaitez...

– Excusez-moi. Je ne m'en suis pas rendu compte. Parfois j'ai l'impression d'être débordée. J'ai déjà trente-trois enfants. Qu'est-ce que deux de plus? J'ai loué les deux maisons mitoyennes, mes servantes et moi arrivons à peu près à faire face... je dois aussi travailler afin de gagner de l'argent pour nourrir la nichée. Je me dis quelquefois que c'est trop pour mes capacités.

Il y eut un silence, à l'issue duquel Dorothy souffla d'une voix timide, à peine audible :

Jean?

Ainsi Jean et Dorothy s'installèrent-elles afin de prendre soin des enfants tandis que Chloé courait le pays en ébullition.

Elle alla en Mandchourie lorsque les Japonais s'approprièrent cette province. Bien que Cass ait publié son papier en première page, il figurait en bas à droite, pas à la une. Quant aux autres journaux occidentaux, soit ils gardèrent le silence sur l'invasion, soit ils la mentionnèrent en dernière page. La Société des Nations déclara qu'elle « enquêterait » mais il n'en sortit aucun résultat.

Les Chinois, ceux qui étaient au courant de l'annexion – et ils n'étaient plus guère nombreux à l'être que ceux qui avaient entendu parler de la terrible famine qui avait sévi pendant trois ans, pour s'achever en début d'année –, ces Chinois-là étaient outrés de la passivité de Tchang Kaï-chek qui ne blâmait même pas l'envahisseur. Son combat se concentrait contre les communistes qu'il considérait comme l'unique menace à son pouvoir.

En 1932, les intérêts japonais à Shangaï furent attaqués par des manifestants réclamant qu'on déclare la guerre au Japon ainsi que la démission de Tchang. Ce dernier réagit comme à son habitude quand il était mis en cause : il s'enfuit. La tactique désarçonnait ses adversaires. Meiling et lui se retirèrent à Lu-shan avec l'armée. Celle-ci installa son campement au pied de la montagne et nul ne put approcher le généralissime. Son second entreprit de gouverner la Chine, pour s'apercevoir que les coffres étaient vides.

Tu Grandes-Oreilles et sa bande Verte précipitant le

pays vers la banqueroute, Tchang fut rappelé à Nankin en l'espace d'un mois. Il nomma son beau-frère T.V. Premier ministre et ministre des Finances. T.V. négocia d'importants prêts auprès des Américains, destinés à l'industrie dans laquelle les Song possédaient de puissants intérêts. Mei-ling et son frère savaient courtiser les États-Unis.

Pour voir Ching-ling, Chloé lui rendait visite dans sa maison de la rue Molière, car Ching-ling ne sortait plus. Elle n'était pas en sûreté au-dehors et ne souhaitait surtout pas participer à ce qu'était devenue la Chine.

Des Japonais étaient tués ou disparaissaient sans laisser de trace. Le 24 janvier 1932, la marine japonaise remonta le Houang-pou, déclarant qu'elle venait protéger ses intérêts en Chine. Alors que l'armée de Tchang – qu'on disait forte de deux millions d'hommes – dépassait largement en nombre l'ennemi, le généralissime ne leva pas le petit doigt pour défendre Shanghaï. Quand, une semaine plus tard, il envoya à Shanghaï un petit contingent de quinze mille hommes, seul un tiers survécut pour le raconter. Le 3 mars, six cent mille Shanghaïens se retrouvaient sans abri, plus de douze mille étaient morts. Boutiques et commerces en tous genres étaient au point mort, près de mille entreprises et usines avaient été détruites. Shanghaï était paralysée.

Sur cette période de deux semaines et les jours qui suivirent, Chloé et ses amies accueillirent sept enfants supplémentaires.

A la même époque, Daisy devait bouleverser Chloé.

– Je m'en vais, annonça-t-elle un après-midi.

– Comment ça, tu t'en vas ? questionna Chloé qui cessa de servir le thé.

– Je pars. Je quitte le pays. J'ai demandé et obtenu ma mutation. Je suis nommée à l'ambassade en Inde.

– Daisy ! Que vais-je devenir sans toi ?

– Pour l'amour de Dieu, comprends-moi, Chloé. J'ai trente-huit ans. Il faut que ma vie bouge. Je ne suis pas encore trop vieille pour avoir un enfant... Si je m'éloigne suffisamment de Lou, je peux refaire ma vie, au lieu de tourner comme un disque rayé. Je suis fatiguée. Depuis combien de temps es-tu ici, toi ?

Chloé calcula.

– Neuf ans.

– Moi, quatorze. Quatorze ans que je suis secrétaire et

traductrice au consulat. Quatorze ans à laisser ma vie s'engluer. Ce n'est même plus la routine, c'est une ornière. Je m'en vais.

Chloé dut s'asseoir.

– Il le sait?

Déjà, elle éprouvait une sensation de perte.

– Non. Je vais le voir maintenant.

Chloé se rappela son séjour avec Cass à Lu-shan.

– Tu sais, même s'il est impuissant, il y a des choses qu'il peut...

Daisy partit d'un rire amer.

– Tu ne te doutes pas que nous avons tout essayé? Non, ça ne sert à rien. Je veux partir, sinon je vais devenir cinglée.

La veille de son départ, elle vint voir Chloé pour la dernière fois.

– Donne-moi un de tes enfants. Permets-moi d'en mettre un à l'abri, d'avoir quelqu'un dont m'occuper. Permets-moi d'être mère.

Les deux semaines suivantes, Chloé resta sans nouvelles de Lou. Quand il réapparut, ils ne mentionnèrent Daisy ni l'un ni l'autre. Mais Lou semblait un peu moins vivant. On aurait dit qu'il devait se forcer pour parvenir au terme de chaque journée.

Ignorés du reste du monde, dans les montagnes du sud-est de la Chine, dans les provinces du Fujian et du Kiang-si, vingt mille hommes, quelque deux cents enfants et vingt-six femmes franchissaient le faible barrage nationaliste – n'ayant pas touché leur solde depuis plus d'un an, les soldats de Tchang étaient rentrés chez eux. Ces gens étaient les communistes que Tchang affirmait avoir éliminés. Le 16 octobre 1934, ils entamèrent une marche de trois cent soixante-huit jours et dix mille kilomètres, vers le nord-ouest désert où ils seraient à l'abri du harcèlement constant de Tchang. Cette Longue Marche devait changer la destinée d'un cinquième de la population mondiale, même si aucun des participants n'était à même sur le coup d'en mesurer la portée. L'un des faits majeurs, durant cette marche, fut que Mao Tsé-toung fut élu à la tête du parti communiste chinois. A l'époque, nul n'aurait pu se douter, car la grande majorité des participants étaient de jeunes hommes, que tous les futurs leaders de la Chine pour la seconde moitié du XXᵉ siècle étaient présents dans la colonne.

Il fallut des mois pour que le bruit se répande qu'une armée de quatre-vingt mille personnes traversait les plus rudes régions du pays, les montagnes, les fleuves et les plaines de Chine. Même les stratèges militaires n'auraient pu imaginer qu'ils choisiraient, pour aller du Sud-Est au Nord-Ouest, une route si tortueuse qui défiait la logique et déjouait l'armée nationaliste.

Pendant ce temps, le Japon traversait la province du Chahar, dans le nord du pays. L'offensive déboucha sur l'annexion des provinces du Ho-pei, du Chan-si, du Chantong, et Pékin se retrouva cernée de toutes parts.

En 1935, la réaction de Tchang fut de proposer au Japon un traité d'amitié. Qu'il rende les territoires annexés et la Chine bouterait toutes les puissances occidentales hors de son sol afin de donner au Japon les concessions et intérêts détenus actuellement par l'Occident.

Mais l'armée japonaise avait goûté à la victoire. Ils voulaient la terre, autant qu'ils voulaient soumettre le peuple chinois. Ils voulaient les richesses minières que la Chine n'avait jamais exploitées, celles que l'Occident avait su s'approprier depuis longtemps. Ils voulaient tout. Pas question de traité.

Les étrangers quittaient la Chine en masse, les fonctionnaires des consulats renvoyaient épouses et enfants au pays. Les navires de guerre à l'embouchure du Houang-pou ne rassuraient personne.

Chloé restait de plus en plus à Shanghaï. Shanghaï qui demeurait la capitale mondiale du vice, où pour quelques yuans un homme pouvait avoir une petite fille ou un petit garçon, faire d'eux ce qu'il désirait. Parfois l'on ne revoyait jamais les enfants. Pour quelques yuans aussi, on pouvait faire éliminer quelqu'un, lui faire sectionner les tendons d'Achille afin qu'il ne marche plus jamais, ou provoquer un accident à la suite duquel il ne se lèverait plus et le priver ainsi de tout moyen de subsistance. On achetait également enlèvements, meurtres, et tous les actes sadiques susceptibles de germer dans le cerveau humain. Vengeance et plaisir coûtaient le même prix.

Chloé se fit de plus en plus protectrice vis-à-vis des enfants, en particulier ceux de Slade. Entre elle et Su-lin, le bébé Li était gâté au possible. A quatre ans, c'était un bambin potelé, souriant et câlin. Fleur-de-Prunier, avec son naturel enjoué, jacassait constamment et jouait avec Han. C'étaient des jeux interminables dans le jardin, des parties de cache-cache dans les hautes herbes.

Mais c'était Jade qui avait conquis le cœur de Chloé. Elle aurait dû abhorrer cette enfant et ce qu'elle représentait, or elle se surprenait à penser à elle quand elle se trouvait loin de la maison, à chercher son visage aux yeux graves dès qu'elle franchissait le seuil. A dix ans, Jade avait quelque chose d'un elfe. Le nez toujours plongé dans les livres, elle engrangeait inlassablement des connaissances.

Chloé la jugeait délicieuse. Elle lui racontait les pays lointains, l'histoire de la Chine et sa géographie, parlait avec elle des heures durant tandis que Jade, assise en face d'elle, contemplait le feu, et les ombres, et les yeux de Chloé perdus dans le vague.

QUATRIÈME PARTIE

1935-1939

QUATRIÈME PARTIE

1935-1939

52

– Un mendiant, annonça Su-lin avec un dégoût manifeste. Il insiste pour te voir. Il t'appelle « Madame ».

Nous avons à peine de quoi nous nourrir tous, songea Chloé. Bon, un de plus, un de moins...

– L'as-tu emmené à la cuisine?

– Ce n'est pas à manger qu'il réclame. C'est toi.

Chloé se sentait trop lasse pour se mettre debout.

– En ce cas, qu'est-ce qui te fait croire qu'il s'agit d'un mendiant?

– Ses habits, ricana Su-lin. Il sent le cheval. Laisse-moi le renvoyer.

Elle sait très bien que je ne renvoie jamais personne, ne put s'empêcher de penser Chloé avec un sourire. Mais si ce n'est pas à manger, que veut cet homme? Su-lin n'accueillait que ceux qui avaient des enfants. Pour elle il n'y avait jamais trop de petits.

– Fais-le venir, ordonna Chloé.

Elle soupira, le monde devenait bien trop lourd pour elle. Elle avait passé la journée à courir les rues, en quête d'un moyen pour passer outre la mainmise des Japonais sur la ville. S'il ne s'était agi que d'elle et de ses compagnes, elle aurait pu s'en sortir, mais l'occupant exigeait des tickets de rationnement, or elle n'en avait pas pour les enfants.

Nul n'était autorisé à quitter la ville ni à y entrer. Les Japonais se montraient polis, souriants, mais hors de la ville – surtout après le coucher du soleil – on entendait les coups de feu tirés sur ceux qui tentaient de s'évader de cette prison qu'était devenue Shanghaï.

Ils la laisseraient partir elle, et elle seule, lui avait

déclaré un lieutenant. Non pas en Chine, mais à bord d'un bateau appareillant pour le Japon ou les États-Unis. Elle était quand même citoyenne américaine...

– Il refuse d'entrer, revint annoncer Su-lin. Il t'attend à la porte.

Chloé consulta sa montre. Neuf heures passées, personne ne l'appelait jamais à la porte à cette heure du soir, puis ce n'était pas des hommes qui la suppliaient de prendre leurs enfants. Ouvrant le tiroir de la table laquée, elle prit le petit pistolet que Cass avait insisté pour lui laisser et le glissa dans la poche de son chandail. En cette période troublée, elle avait pris l'habitude de s'en munir le soir venu.

Sur ses chaussons de coton, elle traversa la cour, humant le parfum des chrysanthèmes et la fraîcheur de l'air par cette nuit sans lune. Debout à la porte, en haillons, un foulard devant le visage, se tenait un homme de haute taille. L'obscurité les empêchait mutuellement de distinguer leurs traits.

– Madame Cavanaugh? énonça distinctement le visiteur.

– C'est moi.

Il retira le foulard qui le dissimulait mais Chloé ne vit pas pour autant son visage.

– Je suis venu pour vous emmener de Shanghaï.

S'approchant davantage, elle le scruta.

– Général Lu-tang? souffla-t-elle dans une exclamation étouffée.

Léopard-des-Neiges, ici?

– Prenez le moins d'affaires possible, dit-il sourdement mais avec autorité. Il faut nous dépêcher pour retrouver mes hommes à l'aube.

Stupéfaite, elle le dévisageait; il posa la main sur son épaule.

– Vous ne comprenez pas?

– Entrez, invita Chloé. Personne ne vous verra. Laissez-moi vous offrir une tasse de thé.

– Le moment est mal choisi pour les mondanités, rétorqua-t-il avec impatience. C'est la guerre. Nul n'est en sûreté dans cette ville.

– Je sais.

– Mes hommes et moi partons pour le Nord. Je suis venu vous chercher.

– Allez-vous m'enlever de nouveau? questionna Chloé

qui rit malgré elle. Entrez, répéta-t-elle, s'apercevant qu'il était sérieux.

Elle tourna les talons ; Léopard-des-Neiges ne put faire autrement que la suivre.

– Tout va bien, dit-elle à Su-lin qui la guettait à l'entrée de la maison. Ce n'est pas un mendiant, mais quelqu'un que je connais depuis longtemps.

Longtemps, oui. Cela faisait neuf ans qu'il avait kidnappé les passagers du Blue Express. Sept ans qu'elle l'avait vu pour la dernière fois, quand Slade et elle étaient allés l'interviewer. Elle regarda ce visage qu'elle aurait reconnu n'importe où, qui ne ressemblait à aucun autre avec ses pommettes hautes, sa mâchoire saillante, ses lèvres sensuelles. Le passage du temps n'avait inscrit sur ses traits que des pattes d'oie au coin de ses yeux qui, ce soir, étaient injectés de sang.

– C'est donc ainsi que vivent les étrangers, commenta-t-il en regardant autour de lui.

Du bout des doigts, il effleura la table en laque noire puis s'assit dans un fauteuil moelleux.

– Ne prenez que ce qui vous est indispensable.

– Non, je ne peux pas.

Je le voudrais pourtant, se dit Chloé. Je veux m'en aller d'ici, loin de la botte japonaise, oublier le souci d'avoir à nourrir les enfants, loin des regards suppliants. Non seulement Su-lin mais aussi Dorothy et Jean attendent que je prenne soin d'elles. Elles me croient toujours capable de trouver des solutions miracles.

– Vous n'avez plus enfants ni mari. Vous êtes libre de partir.

Comment savait-il pour Slade ?

– Je ne suis pas libre, soupira-t-elle avec, sur le coup, un immense regret. J'ai à ma charge quarante-six enfants, expliqua-t-elle devant son regard interrogateur. Tous âgés de moins de douze ans. Je suis responsable d'eux.

– La Chine a trop d'enfants, dit platement Léopard-des-Neiges. La femme qui m'a ouvert la porte s'occupera d'eux. N'allez pas vous sacrifier pour des enfants qui n'ont aucun avenir. Qui ne sont pas à vous.

– Les enfants *sont* l'avenir, protesta-t-elle. Je préférerais que vous en emmeniez un plutôt que moi. Je peux me débrouiller, eux non. Quant à la femme qui vous a ouvert... elle va où je vais. J'aime tous ces gens-là.

Léopard-des-Neiges étira ses jambes devant lui.

– Il me semble que nous avions parlé d'amour voilà de nombreuses années. L'amour, comme les installations sanitaires ou la philosophie, est un superflu pour nantis.

– Je ne le pense pas, fit Chloé, sinon vous ne seriez pas ici, à risquer votre vie pour moi. Vous avez fait passer une autre personne avant votre sécurité, général. C'est un acte d'amour.

– Je me suis demandé, dit-il avec un léger sourire, ce qui me poussait à un geste aussi étrange.

– Cela s'appelle l'humanité, répondit Chloé, lui souriant en retour.

– Qu'importe, trancha-t-il en se levant pour s'approcher d'elle. Nous perdons du temps à ergoter. Allez-vous me dire que vous refusez d'être secourue ?

– J'aurais aimé être secourue, quitter cette ville qui me terrorise. J'aimerais fuir les Japonais. Emmener mes enfants loin d'ici – en sûreté. Mais je ne les laisserai pas, général.

Les perçants yeux noirs la scrutèrent.

– J'apprécie beaucoup votre geste, reprit-elle. A vrai dire, je suis même stupéfaite que vous ayez pensé à moi et soyez venu de si loin.

– Un jour vous m'avez sauvé la vie.

Ils se regardèrent longuement puis, après s'être incliné imperceptiblement, Léopard-des-Neiges tourna les talons et quitta la pièce.

Un homme qu'elle n'avait pas vu depuis des années s'offrait à lui faire fuir cette ville en guerre et elle refusait ? Elle n'ignorait pas qu'il avait parcouru des centaines de kilomètres, risqué sa vie pour entrer à Shanghaï, franchir les lignes ennemies, qu'il courait de nouveau un danger de mort pour sortir.

Chloé se rappela leur première rencontre, lorsqu'il lui avait annoncé qu'il épargnerait des vies si elle se donnait à lui. Même à ce moment-là elle n'avait pas eu peur de lui. Et il avait su respecter sa dignité.

Le lendemain après-midi, à cinq heures, une vieille femme édentée frappa à la porte et demanda « la Madame ». Elle tendit sa main crasseuse dans laquelle elle serrait un morceau de papier et attendit en claquant des gencives que Chloé prît connaissance du message :

Que vos enfants soient prêts à minuit. Ordonnez-leur surtout de ne faire aucun bruit. N'emportez que ce que chacun peut porter sans difficulté. Ils devront faire une longue route. Donnez à cette femme cinquante yuans.

Ce n'était pas signé.

Sept heures pour nourrir quarante-six gamins et les préparer au départ à l'heure où ils tomberaient de sommeil. Sept heures! Sept heures pour changer leur vie.

Chloé courut dans la maison, ordonna à Su-lin de payer la messagère.

— Cinquante yuans? s'offusqua Su-lin.

— Ne discute pas. Et trouve Jean et Dorothy. Fais manger tout le monde aussi vite que possible.

La servante resta bouche bée.

— Fais ce que je dis, insista Chloé.

Elle ne voulait pas lui annoncer la nouvelle tout de suite, entre autres afin que le cuisinier ne soit pas au courant. Que personne ne sache, surtout. Le départ devait s'effectuer dans le plus grand secret.

— Mets-les au lit dès qu'ils auront mangé.

Autant qu'ils dorment un peu avant le départ, ce serait mieux que rien. Il faudrait qu'elle prépare pour chacun quelques effets, ce qu'ils seraient capables de porter sur leur dos. Évidemment, il y avait ceux qui étaient trop jeunes pour marcher, ceux – nombreux – qui pourraient à peine atteindre la lisière de la ville. Elle s'installa à son bureau. Avant tout dresser une liste de tout ce à quoi il fallait penser. Quand ce fut fait, elle releva les yeux, regarda droit devant elle.

Puis elle enfouit la tête dans ses mains et pleura de soulagement.

53

Chaque jour à l'aube, les charrettes transportant les déjections s'acheminaient vers l'extérieur de la ville. Les centaines d'hommes chargés de ramasser les excréments et les déchets de la plus grosse agglomération de Chine se déployaient sur les chemins sales et poussiéreux, en direction des fermes périphériques qui utiliseraient leur chargement comme engrais.

Les Japonais laissaient passer les tombereaux, leur faisant signe de se presser afin d'échapper à la puanteur. A l'heure où plusieurs véhicules quittaient la ville juste avant que ne pointe le jour, sur les centaines de collecteurs de fumier, trente-deux s'aperçurent que leur charrette avait disparu. Chacun jura qu'il ne l'avait quittée qu'un instant, pour se rendre dans un jardin, ou dans les quartiers des domestiques. Et quand ils étaient revenus avec leur chargement putride, la charrette s'était volatilisée.

L'après-midi, on trouva les trente-deux chariots éparpillés dans la campagne environnante.

Sur les quarante-six enfants, aucun ne pleura ni n'émit un son durant les cinq heures critiques qui devaient permettre leur fuite. Néanmoins, beaucoup vomirent. Les femmes également, à l'exception de Su-lin. La puanteur était intenable.

Recroquevillée dans le noir, tandis qu'elle roulait sur des chemins aplanis par le passage de milliers de pieds nus, Chloé vomit dans la paille.

La charrette s'arrêta. Celui qui la tirait avait soulagé ses épaules des bras de bambou. Pouvait-elle sortir? Des mains se mirent à fouiller la paille qui la recouvrait et elle se sentit soulevée. Le ciel encore sombre pâlissait à l'horizon. Elle voulut tenir debout mais ses genoux se dérobèrent. Léopard-des-Neiges la soutint.

Il avait lui-même tiré la charrette, comme un coolie. S'appuyant sur le général, elle raidit les jambes, tapa le sol du pied pour rétablir sa circulation sanguine. La douleur de l'engourdissement s'apaisa bientôt.

– Il faut marcher vers le fleuve, déclara Léopard-des-Neiges après avoir scruté les environs.

Ils parvinrent au large fleuve boueux, jaune sous la lumière du matin embrumé où commençait à poindre le soleil.

Léopard-des-Neiges se tourna vers sa compagne.

– Les Japonais surveillent le fleuve de près. Il faudra traverser en sampans, effectuer des voyages irréguliers afin qu'ils ne sachent pas si nous sommes des pêcheurs ou des colporteurs de légumes. Cela prendra plusieurs heures. Le reste de mes hommes attend sur l'autre rive.

A voir l'expression maussade des hommes qui les accompagnaient, Chloé comprit que ce n'était pas de gaieté de cœur qu'ils participaient à cet exode.

– Aucun d'eux n'est père? se demanda-t-elle, inconsciente d'avoir parlé à voix haute.

– Nous le sommes probablement tous, rétorqua Léopard-des-Neiges.

Elle décida que Jean et Dorothy feraient partie du premier voyage, emmenant chacune deux des plus petits, afin de pouvoir ensuite accueillir les autres et les rassurer. Elle resterait ici, dit-elle à Léopard-des-Neiges, jusqu'à ce que tous soient parvenus sains et saufs sur l'autre rive.

Plusieurs des enfants se mirent à pleurnicher... de fatigue, de faim, d'inconfort. On avait beau scruter le fleuve, l'autre rive était invisible. L'hostilité perçait dans le regard des soldats. Leur général donnait ses ordres d'une voix calme, poussant sans brusquerie chaque sampan, attendant qu'il soit hors de vue avant de faire partir le suivant. Manœuvrant leurs embarcations à l'aide de longues piques, les passeurs surgissaient sans bruit des roseaux qui les avaient dissimulés, l'expression indéchiffrable, torse nu malgré le froid du matin, ne prononçant pas un mot.

– Je leur ai promis qu'ils pourraient pêcher toute la journée de l'autre côté, expliqua Léopard-des-Neiges.

– Et quelques yuans, j'imagine, ajouta Chloé.

Les pêcheurs risquaient leur vie. Si les Japonais découvraient...

– Non, non. Pas d'argent.

Comment cela? Et comment était-il parvenu à tout organiser si rapidement? C'était la première fois depuis qu'elle vivait en Orient qu'elle voyait une opération s'effectuer avec autant de promptitude que d'efficacité.

Le regard de Léopard-des-Neiges accrocha le sien.

– J'y vais, maintenant, afin de préparer le départ. Vous prendrez le dernier sampan, ainsi nous saurons que tout le monde est sauf, et nous poursuivrons le voyage à cheval.

Le soleil était déjà haut dans le ciel quand tous les enfants eurent quitté la rive sud. La jonque qui avait emmené Léopard-des-Neiges réapparut et Chloé monta à bord.

Sur l'autre rive, seul Léopard-des-Neiges l'attendait. Nul signe des autres. Monté sur un grand cheval noir, il abaissa vers elle son regard impérieux mais ne mit pas pied à terre. Alors que Chloé quittait l'embarcation et s'engluait jusqu'aux chevilles dans la boue, sa monture se mit à hennir et caracoler. Un sourire dans les yeux, il s'approcha de la jeune femme et, se penchant vers elle, lui tendit la main.

Libérant l'étrier, il la tira de façon à ce qu'elle puisse y glisser le pied et s'asseoir devant lui.

– Tenez-vous à ça, conseilla-t-il lui désignant le pommeau de la selle.

Le cheval s'élança si vivement qu'elle se retrouva le dos plaqué à son cavalier. Ce qu'elle ressentit alors, loin de toute sensualité, fut un merveilleux sentiment de sécurité. La bête galopait comme un beau diable, martelant le sol de ses sabots, gommant le monde alentour. Chloé ne sentait que le déplacement de l'air. Son corps se détendit, et elle se mit à pleurer à larmes silencieuses, que Léopard-des-Neiges ne pouvait voir car elles séchaient sur ses joues à mesure que l'animal emportait ses cavaliers dans le vent.

Quand ils firent halte, un peu plus tard, elle découvrit

plus de deux cents hommes à cheval, dont quarante-cinq portaient un enfant devant eux. Su-lin, Jade, Dorothy et Jean avaient leur propre monture. Derrière le groupe des cavaliers venaient plusieurs douzaines de mulets, dont beaucoup tiraient des litières aux rideaux fermés. Des concubines, se dit Chloé. Sans doute ont-ils toujours besoin de femmes. Se les partageaient-ils, ou n'appartenaient-elles qu'à Léopard-des-Neiges? Avaient-elles été enlevées ou étaient-elles du voyage de leur plein gré? Cela ne me regarde pas, décida Chloé. Qui était-elle, en effet, pour s'ériger en juge de celui qui leur sauvait la vie, à elle et aux enfants?

Quand les enfants furent couchés ce premier soir, Léopard-des-Neiges vint la trouver et, d'un signe de tête, lui signifia qu'il voulait lui parler en privé.

Chloé le suivit vers le feu de camp devant sa tente.

– Vous devez vous conformer à nos règles, déclara-t-il en s'accroupissant devant le feu.

– Bien sûr.

– Nous avons de l'argent. Quand nous prenons de la nourriture aux paysans, nous les payons. J'aurai peut-être à négocier avec des seigneurs de guerre locaux mais il ne se passera rien tant que nous ne leur voudrons pas de mal. Notre voyage durera probablement deux mois.

– Deux mois? Où allons-nous?

– Pas trop loin. Nous devrions atteindre Xi'an dans six semaines environ.

– Je suis déjà allée à Xi'an.

– Les enfants et vous serez en sûreté dans cette ville. Bien que ce soit au nord, c'est à l'abri des Japonais. Si Xi'an devenait dangereuse, vous trouveriez un moyen de gagner Tcheng-tou au sud, et de là soit Chongqing soit Kunming.

Il hésita un instant avant de reprendre:

– Mes hommes sont mécontents de transporter des enfants qui nous ralentissent et qu'il faut nourrir.

Ce qui était évident.

– L'un d'entre eux ne risque-t-il pas de se rebeller, comme cet homme qui avait essayé de vous tuer?

– J'ai tiré les leçons de cet incident, répondit Léopard-des-Neiges. (Chloé crut voir étinceler ses dents à la lueur de l'âtre.) La démocratie connaît parfois de curieux débuts.

437

— Que voulez-vous dire?

— Quand l'occasion se présente, quand j'ai une raison de faire quelque chose qu'ils risquent de ne pas comprendre, j'explique mes motifs et les invite à la discussion.

— Et si certains manifestent leur désaccord?

De l'avis de Chloé, ce n'était pas là le fonctionnement ordinaire d'une armée!

— Parfois je suis ouvert aux alternatives. En cas contraire, après délibération, je suggère à ceux qui sont contre mon action de rentrer chez eux et de nous laisser. Dans le cas présent, ils étaient soixante-quinze à refuser de descendre dans le Sud pour sauver une femme, même si elle m'avait sauvé la vie. J'ai désigné un chef pour les reconduire à Yanan.

— Yanan?

— Au nord de Xi'an. C'est là où les communistes se sont rassemblés après la Longue Marche.

— Ah, on les a localisés.

La communauté journalistique de Shanghaï, désormais isolée, l'ignorait. De songer à ses confrères, Chloé pensa que Lou ne saurait pas où ils étaient passés, elle et les enfants.

— Comment sont-ils arrivés à Yanan? C'est à des milliers de kilomètres du lieu où on les avait signalés la dernière fois.

— Tout ce que je sais, c'est qu'ils se regroupent à Yanan. Si nous les retrouvons, mes hommes et moi nous joindrons à eux.

— Vous êtes donc devenu communiste?

— Du tout. Mais pour l'heure, l'ennemi de la Chine, c'est le Japon. Les nationalistes s'efforcent de deviner où sont passés les communistes et d'ignorer que le Japon envahit nos provinces au nord et à l'est. Tchang a envoyé quinze mille hommes contre les Japonais alors qu'il en tient en réserve des centaines de mille dans l'espoir de fondre sur les Rouges quand on les aura dénichés.

— Comment savez-vous tout cela? s'enquit Chloé, chagrine de son ignorance.

Il ne répondit pas à sa question.

— Mes hommes estiment que c'est un fardeau de traîner cinquante personnes en plus. Cela nous ralentit chaque jour et ce n'est pas une mince affaire que d'acheter la nourriture quotidienne pour un tel nombre. Il vous

438

arrivera d'avoir faim, à vous et vos enfants... ce ne sera pas la famine, mais vous aurez parfois le ventre creux. Dites-leur de ne pas se plaindre, de ne pas pleurer.

Scrutant son interlocuteur, Chloé ramena ses genoux contre elle.

– Général, ces gamins n'ont pas douze ans. Plus de vingt d'entre eux ont moins de cinq ans. Ils ne peuvent comprendre pareils ordres. Les bébés pleurent quand ils se sentent mal – qu'ils aient faim, qu'ils soient mouillés ou qu'ils souffrent. Ils ne peuvent pas s'empêcher de pleurer. N'avez-vous jamais vu vos propres enfants dans cet état?

– Non, répondit Léopard-des-Neiges en se levant. Quand ils pleuraient, je les envoyais ailleurs, avec leur mère.

– Et vous pensiez que cela arrêtait automatiquement leurs larmes?

Il ne répondit pas.

– Mes hommes prendront les enfants à cheval avec eux, reprit-il après un long silence. Mais nous n'avons pas envie d'être ralentis. Le soir, à la halte, les autres femmes et vous veillerez à ce que les hommes ne soient pas importunés. Les enfants n'ont pas à traîner partout.

« Nous voyagerons de façon à éviter les escarmouches et les batailles. Nous préférons épargner nos munitions, nos chevaux, nos forces, les garder pour les Japonais. En conséquence, vous serez en sûreté. Mais si je donne un ordre, n'importe lequel, aussi soudain soit-il, veillez à ce que les enfants obéissent sur-le-champ.

Par-delà le feu mourant, il posa le regard sur Chloé et lui sourit.

– Cela s'applique aussi bien à vous.

– J'ai certaines règles à énoncer, moi aussi, fit-elle en riant.

La tête inclinée sur le côté, il attendit.

– Il s'agit d'enfants très jeunes. Vous devez vous arrêter toutes les deux heures afin qu'ils puissent soulager leurs besoins naturels. Dix minutes, je ne demande pas davantage. En aucun cas, vos hommes ne doivent les punir. Avisez-nous, moi ou une de mes compagnes, et nous ferons ce qu'il faut. Il faut faire une pause en milieu de journée pour qu'ils mangent. Leurs estomacs sont trop petits pour tenir une journée sans nourriture.

« Je ne veux surtout pas vous retarder ou vous gêner. Je

vous suis à jamais reconnaissante, général, et nous ferons tout ce qui est en notre pouvoir pour vous causer le moins de tracas possible.

Léopard-des-Neiges hocha la tête.

– Une dernière chose, reprit Chloé. Dites à vos hommes de laisser mes filles tranquilles.

Elle avait remarqué la façon dont Fen-tang, l'aide de camp de Léopard-des-Neiges, regardait Jade, suivait le moindre de ses mouvements.

– Mon aînée a dix ans. J'exige que personne ne touche mes filles. Je sais que vos hommes sont accoutumés aux butins de guerre...

Léopard agita la main, comme pour lui imposer silence.

– Voilà longtemps que je n'autorise plus ces pratiques. Nous avons des concubines pour cela. Néanmoins, je ferai passer l'ordre.

– Prévenez-les que je tuerai le premier qui touchera à l'une de mes filles.

Elle se leva, jambes écartées, poings sur les hanches.

– Ou à l'un de mes garçons, ce sera le même prix en l'occurrence.

54

Ils restèrent à distance des agglomérations, n'approchant que les plus petits villages où les paysans étaient contents de leur vendre céréales et légumes.

– Si nous cuisinons pour les hommes, ils seront moins en colère, suggéra Su-lin.

– Cuisiner pour deux cents hommes et cinquante enfants?

– Pour deux, facile, assura Su-lin avec un sourire. Pour dix, pas difficile. Pour cinquante, un peu trop. Mais une fois qu'on s'y est fait, deux cents de plus qu'est-ce que c'est? Ce qu'on leur préparera sera toujours meilleur que ce qu'ils se font eux-mêmes. On emmène des concubines pour satisfaire la faim de l'homme, mais on ne prend pas de cuisiniers pour l'autre faim.

Chaque soldat était censé se préparer sa pitance.

– Qu'en pensez-vous? demanda Chloé à Dorothy et Jean.

– Comment veiller sur cinquante gamins et cuisiner en plus? questionna Dorothy.

– Vous vous occupez des enfants, Su-lin et moi cuisinons.

Il ne serait pas désagréable que les hommes cessent de leur lancer des regards furieux et manifestent moins de ressentiment à l'égard des petits qu'ils prenaient sur leur selle.

Lorsque Chloé soumit l'idée à Léopard-des-Neiges, il acquiesça.

– Une armée bien nourrie, ça change tout. Mais vous... vous ne devriez pas faire la cuisine. Vous êtes une dame.

Ironiquement, à ces mots, Chloé se sentit coupable de

441

ne pas savoir cuisiner. Su-lin pourrait la conseiller et elle apprendrait, bien que ce soit pour deux cent cinquante bouches à la fois.

– Mère?

Voilà des années qu'elles étaient convenues du nom dont Jade l'appellerait et Chloé lui avait appris le mot « mère », afin de marquer la différence avec le nom que l'enfant avait donné à sa véritable mère et qu'aucun enfant de ses entrailles ne lui donnerait jamais. Chaque fois que Jade l'appelait, le mot touchait Chloé droit au cœur. Chaque fois.

– Mère, répéta la fillette. Je voudrais aider.

– Bien sûr, nous pouvons apprendre à cuisiner ensemble, fit Chloé en enlaçant sa fille adoptive.

Le ragoût préparé par Su-lin s'avéra étonnamment délicieux. Composé de riz, patates douces, navets, plusieurs poulets et quelques fines herbes, il rencontra l'approbation générale. Certes, les hommes les plus voraces n'eurent pas tout à fait leur content mais chacun fut nourri.

Une routine s'installa à mesure des jours et des nuits. Et, le temps passant, l'atmosphère changea du tout au tout. Chloé se demanda si cela avait commencé avec la cuisine de Su-lin. Au lieu de la douzaine de petits feux de camp, au lieu que chaque soldat vaque à ses tâches domestiques après une journée à cheval, au lieu que chacun enfourne, affamé, le plat peu appétissant qu'il s'était préparé, les soldats s'asseyaient ensemble pour fumer, bavarder, plaisanter si l'on en croyait leurs rires, tandis que Su-lin, Chloé et Jade s'affairaient à préparer le repas. L'on dînait tous ensemble, assis en cercle. La fusion s'était opérée, les enfants étaient intégrés.

Un soir que Chloé se promenait à distance du campement, une ombre émergea soudain du couvert des arbres. Elle sursauta mais ne tarda pas à reconnaître Léopard-des-Neiges.

– Je me demandais où vous étiez allée, lui dit-il.

– Je ne vais nulle part, répondit-elle, heureuse de sa compagnie. Je marche, c'est tout.

Il l'accompagna, les bras ballants et, pendant un moment, aucun d'eux ne parla.

– Vos hommes sont très gentils avec les enfants, finit par dire Chloé. J'apprécie beaucoup.

– Oui, c'est assez inattendu. Personne ne se plaint plus

442

de la lenteur. Nous n'avons eu aucun ennui. Ils ne vous considèrent plus comme un... comment pourrait-on dire?

– Porte-poisse? suggéra Chloé.

– C'est ça.

– Pourquoi les femmes qui voyagent en chaises ne se joindraient-elles pas à nous? Elles nous aideraient à préparer le dîner. Ce doit être affreux d'être confinée derrière des rideaux toute la journée et d'être encore tenue à l'écart la nuit.

– La nuit elles ne manquent pas de compagnie, rétorqua Léopard-des-Neiges en riant. Et elles ont une servante pour préparer leurs repas. Elles se révolteraient si elles avaient à cuisiner.

En faisait-il venir une chaque nuit auprès de lui?

– En tout cas, elles sont les bienvenues pour mes compagnes et moi, dit Chloé.

– Les hommes sont moins nerveux si nous emmenons ces femmes avec nous.

Il paraissait chercher à s'excuser auprès de Chloé.

– Vous n'avez pas besoin de justifier vos coutumes, s'empressa-t-elle de rétorquer.

– Ce sont nos habitudes.

Elle ne trouva rien à répliquer. Slade n'avait-il pas eu le même genre d'habitudes?

Ils continuèrent de marcher en silence.

– Croyez-vous au dieu américain? interrogea soudain Léopard-des-Neiges.

– Pourquoi me demandez-vous cela?

– Je ne crois en aucun dieu, mais je crois aux valeurs morales. Je crois savoir que, dans votre pays, on ne vous reconnaît une morale que si vous avez foi dans le dieu chrétien. Cela me trouble.

Jamais Chloé n'avait pensé à cela.

– Disons... réfléchit-elle à voix haute. Je ne pense pas qu'un dieu me dise ce qui est bien ou mal ou me dicte ma conduite. Cela se décide en moi.

– En vous?

– Grâce à ma conscience.

– Le bien et le mal sont-ils absolus pour vous?

– Que voulez-vous dire?

– Si quelque chose vous paraît mauvais, considérez-vous que c'est mauvais pour toute la race humaine?

Je ne sais pas, répondit intérieurement la jeune femme.

443

– Si quelque chose n'est pas dans vos mœurs, les mœurs américaines, reprit-il, le considérez-vous comme une chose mauvaise ?

– Non, mais c'est en revanche le cas de la plupart des Américains et des Anglais que j'ai rencontrés en Chine. Ils ridiculisaient les coutumes qui leur étaient étrangères.

– Ils voudraient que hors de leur pays, hors de leur culture, on vive comme chez eux. Ils sont tellement sûrs d'avoir raison. Ils ne peuvent même pas envisager de tirer un enseignement, une richesse d'une... d'une culture aussi...

– Sommes-nous... arriérés à ce point ?

Chloé ne répondit pas.

– Et vous n'êtes pas ainsi, vous ? questionna-t-il encore.

– J'estime que j'ai de la chance quand j'ai l'impression d'avoir raison, répondit-elle en riant. Autrefois je me croyais capable de distinguer le bien du mal, mais plus je vieillis plus je doute. Je ne peux pas affirmer que les pratiques de près d'un demi-milliard de Chinois sont mauvaises simplement parce qu'elles sont à l'opposé de ce qu'on m'a inculqué quand j'étais enfant.

Ils n'avaient pas repris leur promenade et se tenaient face à face dans l'obscurité qu'éclaircissait l'éclat de la lune derrière des nuages.

– Vous n'êtes pas comme vos compatriotes.

– Non, ce n'est pas vrai. Je ne ressemble peut-être pas aux Américains que vous avez rencontrés, mais je ressemble à beaucoup d'autres Américains. Je suis comme bien d'autres humains à travers le monde.

– Vous n'imposez pas vos valeurs à la façon dont les puissances occidentales ont tenté de le faire depuis cent ans.

– Je juge le monde assez vaste pour différentes croyances, différentes valeurs. Nous sommes tous unis par l'humanité, général. Vous et moi... D'une certaine façon nous ne sommes qu'un. Vous et moi, et vos soldats, et mes petits, nous sommes tous parties d'un tout, un dénominateur commun...

– Un dénominateur ?

– L'humanité, général. Nous sommes unis d'un bout à l'autre du monde car nous sommes des êtres humains, avec des pulsions, des besoins et des désirs semblables, même si nous ne les satisfaisons pas de la même façon.

Léopard-des-Neiges marqua une hésitation.

– Vous pensez donc que tous les êtres humains sont liés et qu'ils sont bons ?

– Non, je ne pense pas que tout le monde soit bon. Mais un peu d'humanité nous rattache les uns aux autres, oui. Je considère l'amour comme le plus...

– Nous avons parlé d'amour autrefois. J'estimais alors qu'il ne valait que pour ceux qui en avaient le loisir. Or, je regarde mes hommes avec vos gosses, et je... je trouve en moi-même le besoin de me battre pour mon pays. Sans doute ma vision de ce mot qui vous tient tant à cœur était-elle trop étroite ; je le croyais limité à ce qui se passe entre les hommes et les femmes. Je ne pense toujours pas que l'amour vaille qu'on meure pour lui mais je vous vois le pratiquer avec ces enfants, et cela me donne de l'espoir, non seulement pour la Chine mais pour le monde entier.

– Ne me surestimez pas, général. Je ne puis sauver les enfants du monde entier, seulement ceux qui m'ont été confiés. Les enfants sont notre lendemain, le vôtre et le mien.

– La petite, cette Jade, on la dirait votre fille.

– Elle l'est. Sans être née de moi, elle est ma fille. Elle est l'espoir pour l'avenir.

– Votre immortalité ?

Chloé le dévisagea bien qu'elle ne pût déchiffrer son regard dans l'obscurité.

– Général, vous ne cesserez jamais de me surprendre.

– Je comprends aussi que cette sorte d'amour que vous vouez à la race humaine pourrait remplacer la violence dans le domaine de la persuasion.

– Je ne crois en aucun cas à l'efficacité de la violence, dit Chloé. Voilà tout ce que je sais.

Sans converser ainsi avec elle chaque soir, Léopard-des-Neiges s'efforçait, au moins une fois par jour, de s'enquérir si elle et les enfants avaient besoin de quelque chose. Aucun des petits ne fut malade, à l'exception de quelques diarrhées occasionnelles et sans gravité, des plus banales en Chine. Jean pensait que Dieu était à leur côté. Les brûlures infligées par des heures en selle devinrent des callosités, les peaux exposées aux morsures du vent se tannèrent et tous dormaient profondément la nuit.

445

Le cri fut si sourd que Chloé le prit d'abord pour une plainte du vent. Ce vent qui la nuit dévalait des steppes de Sibérie, harcelait les plaines, porteur de tant de poussière que c'était à peine si l'on pouvait voir devant soi. Parfois il hurlait.

Le son suffit à réveiller complètement Chloé. Elle demeura allongée, prêtant l'oreille à ce qui semblait à présent le gémissement d'un chiot. Ce n'était pas le vent, comprit-elle tout à coup. Il s'était calmé comme chaque nuit à l'imminence de l'aube. De nouveau retentit la plainte animale, de peur, de douleur. Chloé ouvrit grands les yeux sur les étoiles. Plus rien. Une bête blessée peut-être. Elle se tourna sur le flanc.

A côté d'elle, la couche de Jade était vide. Chloé se redressa. L'enfant avait dû aller aux toilettes. Ce bruit, pourtant... même plus un murmure, seulement un souvenir qui hantait Chloé. Où était Jade? Après avoir attendu quelques minutes son retour, elle finit par se lever.

Ses cheveux se dressèrent sur sa nuque. Quelque chose n'allait pas. Où était Jade? Elle frissonna, à la fois de froid et de cette crainte qui lui tordait le ventre.

L'obscurité régnait. Même les sentinelles qui patrouillaient aux abords du campement étaient invisibles. Ses yeux s'étant accoutumés à la nuit, elle trouva son chemin au milieu des corps endormis, gagna le périmètre extérieur du camp et attendit le passage de la sentinelle. Il avait lieu toutes les demi-heures.

Si le factionnaire venait de passer, une éternité s'écoulerait avant son retour. Ce hurlement qui s'était mué en miaulement douloureux l'obsédait. Était-elle seule à l'avoir entendu? Rêve, effet de son imagination? Immobile, elle tendait l'oreille, sans rien saisir.

Puis elle se mit en marche, vers des formes plus noires que la nuit... un bouquet d'arbres, trois sentinelles immobiles veillant sur la campagne. Au-delà du bosquet se dressait une petite grange, propriété d'un homme auquel ils avaient acheté du millet pour leur dîner. Arrivée aux arbres, Chloé ne vit rien de particulier. Elle regarda alentour, sans rien distinguer sinon le pâle éclat de l'aurore qui naissait à l'est.

Un bruit soudain. Venu de la grange. Pas tout à fait un cri ni une plainte, mais une voix... Chloé courut vers la grange. La porte était ouverte... Le fermier ne l'aurait certainement pas laissée ainsi, livrant sa récolte aux éléments.

Je ne dois pas appeler, se dit Chloé, courant aussi vite que ses pieds pouvaient la porter. Je dois me taire. Tout en ignorant ce qu'elle allait découvrir, elle en avait peur. Haletante, elle s'arrêta sur le seuil, scruta les ténèbres.

A terre se dessinait la courbe d'un dos nu, qui allait et venait, sur un autre corps qui se débattait. Et la fille pleurait, cris si sourds et si douloureux qu'on aurait cru que tout souffle l'avait abandonnée. Chloé comprit. Elle demeura un instant pétrifiée.

Près de la porte était appuyée une pelle. Chloé s'en saisit, se précipita en avant, les mains crispées sur le manche, leva son arme de fortune et l'abattit avec plus de fureur, plus de violence qu'elle n'en avait jamais déployées.

Il y eut un craquement et l'homme poussa un hurlement de douleur. Elle leva de nouveau la pelle, frappa une seconde fois. Et une troisième. Et la levait encore quand une petite voix appela :

– Mère ?

Chloé s'arrêta, le souffle court, aussitôt s'agenouilla pour découvrir le petit visage de Jade sillonné de larmes. L'homme gisait sans mouvement, émettant des plaintes rauques. Chloé jeta sa pelle, poussa le corps, qui ne réagit pas.

Mon Dieu, se dit Chloé, il est en elle. S'arc-boutant, elle tira, poussa le corps inerte d'où s'échappaient des gémissements atroces. Dès qu'elle eut libéré Jade, celle-ci se recroquevilla, secouée de sanglots irrépressibles. Ses vêtements étaient déchirés, elle était couverte d'égratignures sanglantes. Chloé la prit dans ses bras, la berça contre elle, pleura avec elle.

– Oh, ma chérie, ma chérie... murmurait-elle.

Léopard-des-Neiges arriva un moment après. Chloé n'eut pas besoin de regarder le visage du violeur pour savoir qu'il s'agissait de Fen-tang, auquel elle avait brisé la colonne vertébrale. Elle avait vu comment il regardait Jade.

55

Essoufflé d'avoir couru, Léopard-des-Neiges comprit immédiatement la situation. Sans regarder Chloé, il se pencha vers son aide de camp et lui prit le poignet.

– Je vous avais prévenu qu'il ne devait pas l'approcher, lança Chloé.

Elle continuait de bercer Jade et avait peine à endiguer sa rage.

De la bave sortit de la bouche de Fen-tang, ses yeux se révulsèrent.

– Il l'a violée, reprit Chloé d'une voix tremblante. Je me moque de l'avoir tué.

– Il n'est pas mort, déclara Léopard-des-Neiges, la regardant enfin.

– Pourtant il devrait. Ou être castré. Voilà ce qu'il mérite.

– C'est avec ça que vous l'avez frappé? interrogea Léopard-des-Neiges, désignant la pelle. Vous lui avez sans doute brisé les reins.

– Tant mieux. Je souhaite qu'il souffre le reste de sa vie. J'espère qu'il ne sera plus jamais capable de commettre un acte aussi horrible. Les cicatrices que portera Jade...

– Sortez, ordonna Léopard-des-Neiges d'une voix glacée.

Chloé le regarda. Les yeux de Jade se dilataient de terreur; elle se cramponnait à Chloé comme pour ne plus jamais la lâcher.

– Sortez, répéta-t-il.

– Tu peux marcher? murmura Chloé à l'enfant.

Elle l'aida à se lever. Du sang coulait sur ses jambes.

Son pantalon déchiré était resté en boule près de Fen-tang. Toutes deux sortirent de la grange, Chloé soutenant l'enfant presque inerte. Dans la lumière de l'aube, tout le campement les regarda arriver en silence.

Jean se précipita vers elles, les bras ouverts.

– Oh, Jade, mon Dieu, mon Dieu...

Elle soutint l'enfant de l'autre côté; Chloé et elle la conduisirent vers sa couverture.

La fillette serrait les mains entre ses jambes, pleurait sans bruit, et son corps était agité de tremblements convulsifs.

– Il faut une autre couverture... souffla Dorothy.

Dans le silence retentit le coup de feu venu de la grange.

Léopard-des-Neiges apparut, tenant à la main son arme au canon encore fumant. Les épaules affaissées, il semblait les regarder tous mais, malgré la distance, Chloé devina qu'il ne voyait personne.

En elle la tension se fit plus vive quand elle comprit qu'il venait d'achever Fen-tang. Elle comprit que, pour la première fois elle avait tué un homme, et Léopard avait terminé le travail comme avec un cheval blessé. Fen-tang n'aurait plus jamais été capable de marcher. Il serait resté à terre dans les tortures d'une mort lente.

S'il m'avait laissée, se dit-elle, je l'aurais fait. Je lui aurais envoyé plusieurs balles dans le corps. La mort de Fen-tang n'avait pas apaisé sa rage. Elle regarda Jade, si petite et fragile, les cuisses maculées de sang coagulé, secouée de tremblements qui ne paraissaient pas devoir se calmer. Et elle se mit à pleurer.

Les deux jours suivants, Jade, trop meurtrie pour marcher ou tenir en selle, voyagea en chaise avec l'une des filles à soldats. Le troisième jour, elle insista pour se joindre à Chloé et aux autres. Durant tout ce temps, elle n'avait pas prononcé un mot. Le soir, elle se lovait dans les bras de Chloé et dormait d'une traite, sans bouger.

Elle restait à distance de tous les hommes.

Léopard-des-Neiges, lui aussi, gardait ses distances.

Les hommes continuaient d'avaler la cuisine de Su-lin mais, même si les enfants chevauchaient toujours avec les soldats, on ne riait plus ensemble le soir.

– Ils sont fâchés contre nous, dit Dorothy. Ils pensent que sans nous, Fen-tang serait toujours en vie.

– Évidemment, reconnut Jean d'un ton irrité. C'est la

vérité. Si les femmes n'étaient pas si attirantes, nous ne nous ferions pas violer! Je suis malade qu'on considère les choses sous cet angle. Ils agissent comme si c'était notre faute.

– Notre faute! releva Chloé dont la rage ne s'était pas éteinte. Jade ne pourra peut-être jamais oublier, ni jamais se fier à un homme. Notre faute!

Une semaine plus tard, les hommes reprirent leurs conversations d'après-dîner avec les jeunes garçons, mais en ignorant radicalement tout ce qui était de sexe féminin. Ils jouaient avec les petits afin de bien montrer que ce n'était pas aux enfants qu'ils en voulaient. Mais aux femmes.

– Tant pis pour eux, marmonnait Jean.

C'était plus grave et plus profond que cela.

Comme Léopard-des-Neiges ne l'avait pas approchée depuis près de deux semaines, Chloé le chercha un soir. Il ne lui avait plus adressé la parole ; Jade aussi se taisait.

L'hiver était dans l'air, or ni elle ni les enfants n'étaient vêtus pour la circonstance.

– Combien de temps encore, à votre avis? lui demanda-t-elle comme si de rien n'était.

Il ne tourna pas la tête vers elle.

– Trois, quatre jours. Pas plus, finit-il par lâcher d'une voix indifférente.

Si peu. Quel soulagement.

Léopard était assis sur un rocher, lui tournant le dos. Elle ne s'éloigna pas. Au bout de plusieurs minutes, comme il feignait toujours d'ignorer sa présence, elle se lança :

– Général...

– Par votre faute, articula-t-il en l'interrompant, j'ai dû tuer deux de mes plus proches amis.

– Vous êtes injuste, ce n'est pas ma faute.

– Non, reconnut-il après un silence. C'est la mienne.

Il s'entêtait à ne pas se tourner vers elle.

Des étoiles clignotaient dans le ciel hivernal.

– J'avais cru vous entendre dire un jour que je vous avais sauvé la vie. Après tout, cet ami, comme vous l'appelez, projetait de vous assassiner!

450

Nouveau silence. Puis, lentement, il se tourna légèrement vers Chloé.

— Si je n'avais pas songé à vous avoir, si je n'avais pas agi aussi égoïstement, ne pensant qu'à mon propre plaisir, à badiner avec une Occidentale au lieu de... il n'aurait pas eu de raison de vouloir me tuer. Et vous n'auriez pas eu à me sauver la vie!

— C'est injuste! répéta Chloé.

— Vous aurait-on fait croire que la vie est juste?

Oui, se dit-elle. L'école me l'a enseigné. Mes parents aussi. Je croyais que c'était ainsi.

— Si je n'avais pas décidé de me montrer galant en volant à votre secours... et à celui de vos protégés... Si j'avais laissé mes hommes filer sur Yanan, comme j'aurais dû le faire, Fen-tang serait encore en vie.

— Ce n'est pas non plus votre faute! Vous avez dit à vos hommes de ne pas toucher aux enfants, je vous ai entendu. Il vous a désobéi! Ce n'est pas comme s'il n'avait pas été prévenu... De surcroît, vous l'avez tué par amour, je le sais.

— L'amour? s'écria-t-il d'une voix où perçait la colère. Vous n'avez que ce mot à la bouche. Je l'ai tué par pitié. Il n'aurait jamais plus marché. Je ne pouvais pas le laisser souffrir.

— Et moi? s'insurgea Chloé. Je dois regarder Jade souffrir chaque jour. Chaque minute. Elle n'a plus prononcé un mot depuis. Elle ne me lâche pas. Si je me lève durant la nuit, elle vient avec moi. Ne doit-on pas avoir pitié d'elle? Peut-être ne se remettra-t-elle jamais.

— Ça arrive tout le temps aux femmes! Ça ne laisse pas de traces! Et ça ne vaut pas qu'on tue un homme!

A ce moment, elle fut prise de haine pour lui. Elle le détesta avec toute la rage qu'elle avait éprouvée contre Fen-tang. Elle le détesta pour toutes les femmes violées, pour tous les hommes qui ne reconnaissaient pas de sentiments aux femmes. Elle le détesta de ne pas comprendre, de la haïr. Elle le haïssait, lui et tous les hommes.

Elle ne trouva le sommeil qu'au point du jour.

Comme ils franchissaient les portes des hautes enceintes de Xi'an, la neige se mit à tomber.

Léopard-des-Neiges laissa la majeure partie de ses soldats en cantonnement à huit kilomètres de la ville, tandis qu'avec quatre de ses hommes il accompagnait Chloé et son groupe. Quand ils auraient résolu le sort des enfants, ils rapporteraient des vivres à ceux qui campaient dans la plaine.

A Xi'an, ils trouvèrent facilement la mission méthodiste, mais elle n'avait pas quarante-cinq lits à leur offrir.

— Après tout ce périple, soupira Dorothy. Et maintenant?

Léopard-des-Neiges regarda Chloé.

Tout le monde se tourna vers elle.

— Il y a bien un orphelinat ici, n'est-ce pas? Tenu par des nonnes?

— Il y en avait un, répondit Mme Butler, la directrice de la mission. Mais je crois savoir qu'ils ont emmené les enfants à Chongqing.

Parfait, pensa Chloé.

— Où est-ce?

— Je devine ce que vous pensez, reprit Mme Butler. Mais comment vous nourrirez-vous? Et même s'il reste des lits, il n'y a probablement plus de literie.

— Nous trouverons de quoi manger, affirma Chloé avec une assurance qu'elle était loin d'éprouver. Vous nous aiderez bien pour quelques jours?

— Bien sûr, fit la femme grisonnante. Nous serons heureux de faire notre possible.

— Alors, allons-y, décréta Chloé, saisissant son bagage.

— Laissez les enfants ici. Nous les ferons dîner pendant que vous visiterez l'orphelinat. A mon avis ce ne sera pas assez grand. Les sœurs avaient peu de pensionnaires. Elles n'étaient que trois toutes ces années.

— Nous ne sommes que quatre, dit Chloé avec un sourire.

Puis elle se tourna vers Léopard-des-Neiges :

— Vous venez avec moi? Resterez-vous jusqu'à ce que les enfants soient installés?

Il hocha la tête. Depuis l'histoire avec Fen-tang, il lui avait peu parlé. Jade, elle, n'avait toujours pas prononcé un mot.

La neige tombait maintenant à gros flocons, étouffant tous les bruits de la ville. Pour Chloé, Xi'an ne ressemblait pas à ce qu'elle avait connu avec Nikolaï, en route pour Oulan-Bator; mais à l'époque elle n'avait d'yeux que pour Nikolaï.

452

Léopard-des-Neiges laissa ses hommes avec les enfants et les autres femmes tandis qu'il partait avec Chloé en quête de ce qu'elle espérait être un orphelinat abandonné. Cela semblait trop beau pour être vrai.

A en juger le solide bâtiment de pierre, peu éloigné de l'ancienne tour du Tambour, les catholiques étaient implantés à Xi'an depuis maintes années. Aucun signe de vie et, cependant, quand Chloé eut tiré la cloche, des pas étouffés se firent entendre à l'intérieur et la porte s'entre-bâilla dans un grincement, découvrant un œil qui les fixait.

Lorsque Chloé eut expliqué qui ils étaient et qu'ils cherchaient un toit pour une cinquantaine d'enfants, la porte s'ouvrit en grand. Ils découvrirent une toute petite femme ridée, la peau translucide comme du parchemin, vêtue d'un habit de nonne fort sale et déguenillé.

– J'ai prié pour que vous veniez, fit-elle, prié Dieu de pouvoir servir encore.

Quelques heures plus tard, les quarante-cinq enfants et les quatre femmes avaient un toit – certes sans draps, ni couvertures, ni nourriture – dans l'ancien orphelinat catholique. Chloé ne doutait pas de trouver des vivres quelque part.

– Demain, annonça-t-elle à Léopard-des-Neiges, j'irai à l'hôpital pour leur exposer notre situation.

– C'est aussi demain que je vous quitte.

– Vous allez continuer vers le nord, vers Yanan?

– Oui. L'autre moitié de mes hommes doit déjà s'y trouver. Nous nous allierons aux communistes pour combattre les Japonais. Quand la lutte sera terminée, nous tournerons nos pensées vers ce qui se passe dans notre pays.

– Je vous envie, dit Chloé. Vous allez tout savoir sur la Longue Marche, et œuvrer pour l'avenir de la Chine.

Il regarda alentour; ils étaient seuls dans la vaste cour empierrée.

– Nous n'avons pas mangé, vous et moi, dit-il.

– J'avais oublié tellement nous avons été occupés.

Tendant la main, il effleura la manche de Chloé.

– Venez. Je vous offre à dîner.

C'était son premier geste amical depuis des semaines.

Ils trouvèrent un restaurant non loin de l'orphelinat, quasi vide à cette heure tardive.

– Allez-vous prendre soin de ces enfants toute votre

vie? interrogea Léopard-des-Neiges quand ils furent assis et eurent passé commande.

— Ils n'auront pas besoin de moi toute leur vie, répondit Chloé. Je veillerai sur Jade, Fleur-de-Prunier et Li. Pour les autres, général, je ne sais ce qu'il adviendra. J'ai également un travail. Peut-être, quand je serai certaine que les enfants sont en sûreté ici, me rendrai-je à Yanan afin d'interviewer les communistes. J'aimerais être le premier journaliste à les contacter.

Bien qu'elle n'ait encore jamais envisagé cela, il lui semblait subitement que c'était un impératif. Ce serait peut-être le reportage le plus important jamais effectué en Chine. Comment n'y avait-elle pas pensé plus tôt? Voilà un an qu'on ignorait quasiment tout des Rouges, et ils réapparaissaient soudain à des milliers de kilomètres du lieu où on les avait signalés pour la dernière fois. Combien étaient-ils? Que faisaient-ils? Qu'allaient-ils faire? A quoi avait ressemblé leur épopée? Mao se trouvait-il avec eux? Qui était à leur tête? Comment comptaient-ils combattre les Japonais *et* Tchang Kaïchek?

Toutes ces questions qu'elle ne s'était encore pas posées l'assaillaient à présent.

— Oh, général, que j'aimerais aller avec vous!

— Pourquoi? Pour parler des communistes au monde? interrogea-t-il avec un certain mépris.

Elle se souvint qu'il ne partageait pas les idéaux communistes.

— Pour raconter la Chine actuelle au monde!

Léopard se pencha vers elle, les coudes sur la table, et sa voix recelait de la colère quand il demanda:

— Pourquoi vous souciez-vous à ce point de mon pays?

— Je ne sais pas, général. A une période, je pensais le haïr. J'avais toutes les raisons de le haïr. Il m'a pris mes enfants, mon mari... et mon innocence. Tout ce que je sais, reprit-elle après une pause, c'est qu'il est devenu une part de moi. Je ne crois pas l'aimer; il me met en rage, parfois il me déçoit. Et pourtant, quand les occasions se sont présentées de partir, je n'en ai pas été capable. Peut-être cette colère est-elle ce qui m'attache davantage à lui.

— Rentrez chez vous. Ce n'est pas votre combat. Beaucoup de sang coulera encore avant que tout ceci soit fini. Repartez dans votre pays tranquille. Oubliez nos luttes.

D'un geste il demanda l'addition.

– Vos conseils vous honorent, mais comment oublier tout ce qui me lie à ces luttes ? Sachez, général, que je me trouverai à Yanan avant longtemps, et mes articles sur les hommes qui ont marché à travers la Chine durant un an feront les gros titres des journaux. Je prouverai au monde entier qu'il existe une autre Chine que celle de Tchang.

Léopard-des-Neiges la considéra en silence pendant une bonne minute.

– Êtes-vous célèbre et importante au point de pouvoir faire ça ?

– Je le crois, assura-t-elle avec un sourire.

Cass l'était en tout cas. Cass et son journal.

Se levant de table, Léopard la regarda encore.

– Vous êtes très compliquée. Je ne pense même pas avoir de l'affection pour vous et cependant je compromets tout ce en quoi je crois pour vous. Je n'apprécie pas le genre de femme que vous êtes, vous n'êtes pas douce comme les Chinoises. J'ai tué à cause de vous. Ma vie n'a plus été la même depuis le Blue Express. Si j'en ai tiré une leçon, conclut-il, un sourire soudain dans les yeux, c'est de ne plus jamais kidnapper les passagers d'un train.

Incapable de deviner s'il l'insultait ou s'il se montrait aimable, Chloé se leva à son tour et le suivit hors du restaurant. Ils repartirent dans la rue enneigée.

– Avant que mes hommes et moi nous mettions en route demain, je reviendrai voir si vous avez trouvé de quoi nourrir vos protégés. Ce sera dans la soirée car j'ai à faire en ville avant le départ. En fait nous ne partirons pas avant après-demain.

– Ne vous faites pas de souci pour nous, nous nous en sortirons très bien.

Où puisait-elle cette confiance ? Elle l'ignorait.

– Je viendrai demain avant la nuit, répéta-t-il.

Il la laissa à la porte de l'orphelinat et elle le regarda s'éloigner, laissant ses empreintes dans la neige.

Quel homme étrange. Vis-à-vis de lui, elle n'avait jamais éprouvé les mêmes sentiments deux jours de suite.

Le lendemain, quatorze boisseaux de riz étaient livrés à l'orphelinat avant l'aube. Chloé se demanda comment Léopard-des-Neiges avait pu traiter si promptement la chose.

56

Le lendemain, il ne se montra pas avant le crépuscule. En revanche, un médecin arriva de bon matin à l'orphelinat alors que Chloé ne s'était pas encore rendue à l'hôpital. C'était une Américaine aux cheveux argentés, du nom d'Esther Browning.

– Mme Butler m'a dit que vous vous étiez installée ici, déclara-t-elle, donnant à Chloé une ferme poignée de main. Ce ne sera pas facile. Il serait bon que je jette un œil sur les enfants. Vous avez des malades ?

– Rhumes, un peu de diarrhée : rien que de très banal.

– Vous venez de Shanghaï ? interrogea le Dr Browning. Elle tendit un sachet à Su-lin.

– Préparez-moi du thé, je vous prie, demanda-t-elle dans un mandarin élégant.

Ses gestes étaient vifs ; son ossature délicate évoquait pour Chloé un oiseau prêt à prendre son essor.

– Il va falloir s'occuper de nourrir toutes ces bouches. Son regard parcourut la vaste sacristie où elles se trouvaient.

– Cette salle pourrait être transformée en dortoir, non ?

– Excellente idée, acquiesça Chloé qui n'avait pas encore eu le temps de faire des projets.

– Vous êtes seule avec votre servante chinoise ?

– J'ai deux amies avec moi. Des Américaines.

Fouillant dans son sac, Esther Browning en sortit une cigarette qu'elle alluma en craquant l'allumette sur son ongle.

– Expliquez-moi pourquoi nous, Américains, avons

cette passion pour la Chine! Non, ne répondez pas. Question de pure forme. Vous vous installez donc ici?

Chloé acquiesça.

– Ce qu'il vous faut tout de suite, ce sont des couvertures, reprit la doctoresse. Combien sont-ils?

Avant que Chloé n'ait pu répondre, elle passa la porte et partit dans le couloir. Chloé lui emboîta le pas.

– Dieu, ils sont tout petits! Quel âge a l'aîné?

– Dix ans. C'est ma fille.

Cette fois, la doctoresse posa un regard interrogateur sur Chloé et, sans réfléchir, celle-ci lui raconta d'un trait le viol qu'avait subi Jade.

– Elle ne parle plus depuis des semaines.

Esther Browning écrasa sa cigarette sous le talon de sa botte.

– Où est-elle?

Chloé la conduisit à la chambre minuscule qu'elle partageait avec Jade, Fleur-de-Prunier et Li. Jade s'y trouvait seule, les deux autres ayant rejoint le groupe.

Depuis le seuil, la doctoresse resta un bon moment à observer l'enfant recroquevillée contre un mur.

– Laissez-moi seule avec elle, d'accord? dit-elle à Chloé. Ensuite nous réfléchirons, vous, moi et vos deux amies, à la suite des événements.

Nouvelle intervention du *deus ex machina*, songea Chloé. Un sauveur, venu de nulle part.

Le Dr Browning prit congé une heure plus tard.

– Je reviendrai avant ce soir. Sans doute passerai-je la nuit ici, avec vous tous. Nous prendrons des décisions. Votre servante va m'accompagner. Il n'y a pas d'hommes avec vous, n'est-ce pas? Dommage. Enfin, nous rapporterons quelques vivres. Prenez des renseignements de votre côté pour trouver de l'approvisionnement.

Elle avait tout bonnement pris la tête des opérations.

Le ciel bas et gris pesa sur la ville toute la journée. Il ne neigeait plus mais il régnait un froid humide et pénétrant. Comme le soir tombait, Chloé estima qu'il devait être environ quatre heures et demie. La journée avait été tellement chargée qu'elle n'avait pas eu le temps de se préoccuper des couvertures. Elle n'avait pas d'argent. Ils avaient quitté Shanghaï dans la précipitation. De toute façon, elle n'avait plus d'argent non plus à Shanghaï.

457

La cloche de la grande porte sonna bruyamment, avec insistance. Comme il n'y avait personne alentour, Chloé alla ouvrir.

C'était Léopard-des-Neiges, seul, son cheval derrière lui. Il tenait contre lui une brassée de fourrures.

– Tenez. Si vous voulez interviewer Mao, savoir comment s'est déroulée la Longue Marche des communistes pour rendre compte au monde entier de l'héroïsme chinois, vous aurez besoin de vêtements chauds. Ça se porte avec la fourrure à l'intérieur. J'espère que les bottes seront assez grandes. Les Chinoises ont le pied plus petit que vous. Soyez prête une heure avant l'aube si vous voulez faire la route avec nous.

Chloé resta bouche bée.

– Je ne peux pas partir, bredouilla-t-elle. Nous ne sommes pas encore installés. Je dois rester avec les enfants.

Je ne peux pas laisser Jade.

– Où que vous soyez, vous aurez besoin de vêtements chauds.

Elle vacilla sous le poids quand il lui colla le paquet dans les bras. Puis il plongea son regard dans celui de la jeune femme, sans ciller, un regard grave. Presque en colère, parut-il à Chloé.

– Vos hommes me haïssent, dit-elle. Je pensais que vous seriez content d'être débarrassé de moi.

– Mes hommes ne comprennent pas qu'un de leurs camarades soit mort à propos d'une femme. Ils ne comprennent pas que des femmes voyagent avec nous, à moins qu'elles ne soient... dans les chaises.

– Non, répliqua Chloé en lui tendant le paquet de fourrures. Je ne peux pas venir.

Léopard-des-Neiges lui sourit, d'un sourire peu amène, lui sembla-t-il.

– Ainsi, vous n'écrirez pas dans les journaux du monde entier? Je croyais que vous vouliez informer l'univers qu'il existait en Chine d'autres forces que Tchang... Au bout du compte, vous ne pouvez pas, c'est ça?

Elle ramena les vêtements contre elle, les bras fatigués par le poids du cuir et de la fourrure.

Il la provoquait, c'était clair.

– Oh, général, soupira-t-elle avec un rire léger, comment résister à votre offre? Laissez-moi voir ce que je peux faire, si je peux laisser tous ces enfants. Combien de temps durerait mon absence?

Le regard de Léopard-des-Neiges s'était réchauffé.

– J'ignore le temps qui vous est nécessaire pour mener à terme votre reportage.

Chloé ne le savait pas davantage. Mao lui accorderait-il un entretien?

– Combien de jours pour arriver à Yanan?

– Tout dépend du temps, si nous nous arrêtons ou non. Une semaine. Peut-être dix jours.

Un mois, décida Chloé. Elle serait rentrée d'ici un mois.

– Je vais en parler à mes amies et à la doctoresse.

Esther Browning connaissait mieux Xi'an qu'elles toutes. Mais quarante-cinq gosses et trois adultes pouvaient-ils s'en sortir sans elle dans une ville inconnue? A peine s'était-elle posé la question qu'elle eut un rire intérieur. Que ferais-je qu'elles ne soient capables de faire?

– Une heure avant l'aube, lui rappela Léopard-des-Neiges en retournant vers son cheval.

La façon dont il se tenait rappela à la jeune femme l'allure de Ching-ling. Royale.

Il était en selle quand elle ouvrit la porte. De gros flocons de neige tombaient avec lenteur. Depuis combien de temps attendait-il? A côté de sa monture se trouvait un grand cheval gris pommelé qui s'ébrouait dans le froid. Le visage de Léopard-des-Neiges était cerné par la fourrure sombre qui ourlait la capuche de sa veste épaisse. Des flocons de neige s'étaient emprisonnés dans ses cils.

Le monde se taisait.

Sans un mot, le cavalier tourna bride et ils partirent au trot dans la rue, avec pour seule compagnie le bruit des sabots.

Petit à petit, le ciel s'éclaircit, d'abord d'un gris d'acier puis d'étain, pour se faire enfin d'un gris perle; la neige tomba moins drue. Au campement ne restait plus une tente dressée. Dès qu'ils virent venir leur chef, les hommes qui n'étaient pas encore à cheval se mirent en selle. Les chaises portées par les mulets prendraient la queue de la colonne...

Léopard-des-Neiges arrêta sa monture et se tourna vers Chloé.

– Vous marcherez tout à l'arrière, après les chaises. Les hommes pensent que vous êtes ma femme, et c'est à cette condition, à cette condition seulement qu'ils vous acceptent.

Elle allait protester mais Léopard-des-Neiges filait déjà au galop pour prendre la tête de la colonne. L'armée s'ébranla. Nul ne prêta attention à Chloé. Elle attendit que passent les chaises et se plaça à leur suite, à bonne distance. Il agissait ainsi pour l'humilier, se disait-elle. Lui proposer de les accompagner avait dû lui coûter. Finalement, il n'était pas indifférent au fait qu'elle parle de la Chine dans la presse occidentale, quand bien même il s'irritait de sa présence.

Elle était contente d'être enveloppée de fourrures. Sans les moufles, ses mains seraient déjà gelées. Elle enroula l'écharpe autour de son visage, ne laissant à découvert que ses yeux. La neige adhérait au sol gelé mais le chaume des plantes mortes entravait leur marche.

On ne fit pas de halte à midi.

En fin d'après-midi, ils atteignirent Luochnan. Les hommes de Léopard-des-Neiges marchandèrent pour obtenir des vivres, et Chloé assista à l'égorgement des poulets, entendit les hurlements des porcs, les cris des chiens, le braiment des ânes. A ses yeux, manger du chien confinait au cannibalisme. Dans le lointain, les collines de lœss se dressaient vers le ciel obscurci.

Ce soir-là, ils installèrent le camp peu après la ville. Léopard-des-Neiges vint retrouver la jeune femme à cheval.

— Venez sous ma tente. Et baissez la tête.

Elle le suivit, mais en gardant la tête haute.

Devant la tente déjà montée, Léopard-des-Neiges sauta à terre, ôta ses gants. Un serviteur préparait le thé dehors. A l'intérieur, le sol était recouvert d'une grande peau d'ours.

— Je suppose que vous vous sentirez gênée par les conditions sous lesquelles je vous ai emmenée, déclara Léopard-des-Neiges sans la regarder.

Quelle qu'elle soit, songea-t-elle, toute gêne chez elle ne pourrait que la satisfaire.

— Le seul sentiment que comprennent mes hommes à l'égard d'une femme, c'est le désir. Afin qu'ils ne vous tiennent pas rigueur de la mort de Fen-tang...

— Je n'ai pas tué Fen-tang!

— Je dois leur faire croire que je vous désire, poursuivit Léopard-des-Neiges sans tenir compte de sa protestation, que vous êtes ma femme. Ça, ils le conçoivent. En conséquence, vous mangerez et dormirez ici. Vous ne traînerez pas dans le campement. Vous agirez comme si votre principal souci était de me complaire. Vous comprenez?

Prend-il plaisir à tenter de m'humilier? s'interrogea Chloé.

– Je suis votre débitrice, général, s'entendit-elle répondre alors que la révolte sourdait en elle. Je ferai comme il vous plaira, et je vous sais gré de m'avoir autorisée à me joindre à votre armée.

Qu'il aille au diable! Elle ne se laisserait pas démonter pour autant. Elle décrocherait le reportage du siècle, grâce à lui. Puis, ne s'était-il pas montré bon envers elle à maintes reprises? Sans doute était-il encore en colère d'avoir dû tuer son aide de camp. Elle ne lui donnerait pas d'autre motif de colère, se promit-elle. Elle se savait en sécurité sous sa tente. Il ne l'avait jamais désirée.

Ils mangèrent en silence. Elle se rappelait la conversation stimulante la dernière fois qu'ils avaient partagé une tente, voilà bien des années. Envolés le badinage, le rire, les échanges d'idées. Le dîner achevé, Léopard-des-Neiges se drapa dans sa fourrure et sortit dans la nuit. Rejoindre l'une des femmes? Chloé resta à prêter l'oreille aux rumeurs du camp qui se préparait pour la nuit.

L'obscurité était totale quand il revint. Elle sentit qu'il s'allongeait sur la peau d'ours. Sa respiration se fit régulière; elle pensa qu'il dormait.

– N'allez pas au diable si vous avez besoin de vous soulager, dit-il pourtant. Restez près de la tente.

Ce qu'elle fit. Ensuite elle se coucha à son tour sur la peau d'ours. A côté d'elle, Léopard-des-Neiges ne remuait pas.

Alors qu'elle sombrait dans le sommeil, elle l'entendit murmurer, comme pour lui-même, et d'une voix où perçait la colère:

– J'ai perdu la raison.

57

Janvier 1936. Yanan, Chine.

« *C'est une coïncidence significative, me dit Mao Tsé-toung, que l'histoire se répète dans cette lointaine province du Nord. Cette région fut le berceau de la Chine, voilà des milliers d'années; c'est ici que le peuple chinois s'unifia.* »

Il rit. « *Savez-vous que Tchang Kaï-chek a offert un quart de millions de yuans pour ma tête?* »

A l'issue de la Longue Marche, Mao est devenu le leader incontesté du parti communiste chinois.

Il m'a rappelé la brève visite que mon mari et moi lui avions rendu dans sa retraite montagnarde, il y a près de huit ans. C'était à dix mille kilomètres au sud de là où il se trouve maintenant. Dix mille kilomètres sur l'un des terrains les plus accidentés et les plus désolés du globe. Dix mille kilomètres qu'ont parcourus des milliers d'hommes et vingt-six femmes, en marchant, grimpant, nageant, glissant, rampant parfois, durant trois cent soixante-huit jours. Une prouesse sans pareille dans l'histoire de l'humanité.

Mao m'explique qu'il souhaite mettre un terme à la guerre civile qui dure depuis dix ans. Il accepterait même Tchang Kaï-chek pour chef si Tchang renonçait à faire la chasse aux communistes et tournait son attention et ses armées contre le Japon.

Comment moi, une Américaine, suis-je arrivée dans ce coin perdu de la Chine, au quartier général des communistes chinois?

Je suis venue à cheval, à pied, à dos de mule, en suivant les cours d'eau, avec mes compagnons – des Chinois non communistes menés par Lu-tang, célèbre général qui lutte depuis dix ans contre les Japonais.

Une fois parvenue à Yanan, il ne me fut pas difficile d'obtenir audience de Mao. Auparavant, je fus interrogée par Chou En-lai, un homme beau et intelligent, charmant, à la barbe abondante (ce qui est rare pour un Chinois), qui parle un anglais excellent (et couramment français). Il me semble qu'il sert de lien entre Mao et le monde.

Chou nous invita, mon compagnon, le général Lu-tang, et moi, à dîner le soir même avec Mao et lui. Mao est différent de ce qu'il était quand je l'ai vu pour la première fois. Cela dit, je suis différente moi aussi. Il arbore toujours l'apparente simplicité du paysan, or c'est un homme cultivé, qui écrit de la poésie et aime philosopher. Il peut se montrer fruste et vulgaire en même temps que pédant. Insouciant de sa propre personne, il est connu pour être très à cheval sur la discipline. Ses camarades officiers le considèrent comme un militaire et un stratège politique de génie. Il affirme que la guerre sera longue, qu'elle durera au moins quatre ans.

« Savez-vous, m'a-t-il demandé à table, que le viol est désormais puni de mort? » Il me démontrait ainsi que l'égalité des sexes n'est pas pour lui de vaines paroles.

Mao avait informé Léopard-des-Neiges que, si sa petite armée se joignait aux communistes pour combattre les Japonais, tous devraient obéir aux mêmes règles. Chloé n'écrivit pas dans son article qu'après avoir entendu cela, Léopard-des-Neiges changea peu à peu d'attitude envers elle.

Mao et Chou En-lai vivent comme le soldat du rang. Mao ne possède que deux uniformes et son couchage. Comme tous les autres soldats rouges, il n'arbore comme ornement sur sa vareuse que deux galons rouges.

Au cours des semaines que j'ai passées à Yanan, je ne l'ai vu qu'aimable, même si l'on raconte que ses colères peuvent être terribles et qu'il est capable de faire d'un individu une masse de chair tremblante.

Il croit l'homme capable de résoudre ses propres problèmes, et qu'il peut aider ses semblables en ce sens.

Ses yeux se voilent lorsqu'il se remémore ses camarades morts pour la cause.

« En ce moment, mon pays connaît l'une des pires

*famines de toute son histoire, me dit-il. » (Je l'ignorais.)
« Plus de trente millions de gens se nourrissent d'écorces
et de terre. En savez-vous la raison ? Les impôts ont été col-
lectés six ans à l'avance. Incapables de payer les fermages
exorbitants et les intérêts des prêts, des fermiers ont abandonné des centaines de milliers d'hectares de terre. Les
seigneurs de guerre cupides les accaparent mais les
laissent en friche. La campagne est en faillite, le peuple
affamé. Nous veillerons à ce que plus personne ne meure
de faim. Nous érigerons des barrages pour endiguer les
crues, nous éradiquerons le choléra, la typhoïde, le paludisme... » Vastes rêves, me dis-je. Rêves impossibles. Pourtant c'est grâce aux rêves que le monde change. Alors qui
sait...*

*« Pour l'heure, néanmoins, nous devons combattre
l'ennemi extérieur. L'impérialisme japonais n'est pas seulement l'ennemi de la Chine mais de tous les peuples du
monde qui aspirent à la paix. Nous espérons que les
nations amies au moins n'aideront pas le Japon et reste-
ront neutres. C'est certainement trop espérer qu'une
nation aide activement la Chine à résister à l'invasion et à
la conquête. »*

*« Si la Chine parvient à vaincre le Japon, ai-je demandé,
en quoi cela résoudra-t-il le vieux problème de l'impérialisme étranger que Tchang encourage ? »*

*« Étrange question de la part d'une impérialiste »
répond-il en souriant.*

*« Ne me confondez pas avec mon pays. Être américaine
ne m'oblige pas à approuver la politique des États-Unis. »*

*« Si la Chine vainc le Japon, me répond Mao, cela signi-
fiera que les masses chinoises se sont éveillées, mobilisées,
ont réalisé leur indépendance. Par conséquent, le principal problème de l'impérialisme aura été résolu. »*

Il allume une cigarette, il fume sans relâche.

Reposant son crayon, Chloé s'étira les doigts.
Quelqu'un, et même Cass, s'intéressait-il aux réflexions
d'un communiste chinois inconnu, isolé au fin fond de la
Chine ?

Elle frissonna dans la grotte qu'elle partageait avec huit
autres femmes, survivantes de la Longue marche. Trois
avaient accouché en chemin. Durant la marche, la grossesse n'avait pas été facile, lui avaient-elles confié. Deux
avaient dû laisser leur bébé à des paysans et ignoraient

s'il avait survécu. La troisième avait tenu à porter son nouveau-né chaque heure de chaque jour. L'enfant avait vécu et tétait sa mère à l'heure où Chloé écrivait.

Hommes et femmes ne se mélangeaient pas dans les grottes.

Il était tard, Chloé était lasse. Voilà des heures qu'elle était penchée sur son bloc, les yeux fatigués par la lueur dansante de la bougie. Son doigt la faisait souffrir.

Prenant son manteau, elle sortit. Les lumières des rares maisons de la vallée clignotaient dans la froide nuit hivernale. Un million d'étoiles brillaient au ciel.

— Je peux en attraper une juste en tendant le bras, dit-elle à voix haute.

— Attraper quoi?

Surprise, elle se tourna pour découvrir Léopard-des-Neiges à moins de deux mètres d'elle.

— Une étoile, répondit-elle.

Attraper une étoile? fit-il en riant.

— Ne sont-elles pas belles?

— Elles sont toujours là.

— Cela ne les rend pas moins belles. Vous ne les remarquez jamais?

Il hésita avant de répondre :

— Toujours. Que pensez-vous de lui? reprit-il à l'issue d'un long silence.

— Je ne sais trop, répondit Chloé, comprenant sur-le-champ de qui il parlait. Ses idées sont similaires à celles de Ching-ling.

Et de Nikolai.

— Ching-ling?

— Mme Sun Yat-sen.

— Ah oui. Vous n'avez pas répondu à ma question.

— Je sais, reconnut Chloé, glissant les mains dans les manches de sa pelisse afin d'avoir chaud. Il apparaît comme l'espoir de la Chine, et pourtant quelque chose en lui m'effraie.

— C'est aussi mon avis. Il est trop certain que sa voie est la seule possible, ses idées les seules qui aient de la valeur, et je redoute quelqu'un qui est si sûr d'avoir raison.

— On appelle ça le zèle missionnaire, fit Chloé, faisant écho à quelque chose que Cass lui avait dit voilà longtemps.

— Une fois les Japonais vaincus...

– Ils seront vaincus? coupa-t-elle.

– Une fois les Japonais vaincus, que ne fera-t-il pas pour atteindre son but?

– Comme vous? demanda-t-elle.

Elle ne regardait pas son interlocuteur mais la vallée.

– Non. Je suis un optimiste mais non un idéaliste. Tchang est une nuisance car il tue les Chinois qui se dressent en travers de sa route. S'il estime qu'il le faut, Mao fera de même, même si aujourd'hui il condamne cette pratique chez les nationalistes.

– Vous le pensez réellement?

Léopard-des-Neiges ne répondit pas.

– Mao comme Chou En-lai semblent très impressionnés qu'un général de votre envergure épouse leur cause. L'accueil chaleureux qu'ils nous ont réservé vous était certainement destiné.

– J'épouse la lutte contre les Japonais.

– Apparemment, ils ont foi en ce que Chou appelle votre perspicacité militaire.

Il se mit à rire.

– Je n'ai jamais perdu une bataille. La stratégie est mon point fort. Je sais, avant même qu'il se mette en marche, quels déplacements va effectuer l'ennemi, simplement en observant le terrain et en sachant qui commande les troupes.

– Mais vous ne connaissez pas les officiers japonais.

– En ce cas, je me contente d'étudier le terrain.

– Peut-être que les Japonais ne font pas la guerre comme les Chinois.

– De la même façon que vous ne ressemblez pas aux femmes chinoises?

Chloé eut un sourire dans la nuit.

– Je doute que toutes les Chinoises se ressemblent.

– Vous ne ressemblez à aucune, j'en suis certain, fit-il d'une voix si sourde qu'elle dut tendre l'oreille. Vous ne ressemblez à aucune autre femme au monde...

Il se fit un long silence. Au bout d'un moment, Chloé se tourna vers lui. Il était parti.

Le vent gémissait dans le ravin.

« Il faut, dit Mao, donner au peuple le droit de s'organiser et de s'armer. Tchang lui a dénié cette liberté. Les étudiants commencent à se préparer politiquement. Les intellectuels manifesteront, peut-être place Tien an Men, en

faveur des paysans. Les masses n'ont pas encore obtenu leur liberté; elles ne peuvent être mobilisées, entraînées, armées. Lorsqu'elles jouiront de la liberté économique, sociale et politique, leur force s'intensifiera et la véritable puissance de la nation apparaîtra. »

J'ai appris que quatre des principes de Mao, qui avaient, tout d'abord, rencontré l'opposition des militaires expérimentés, ont permis, au cours de la Longue Marche, toutes les victoires des Rouges.

Un : *Quand l'ennemi avance, nous nous retirons!*

Deux : *Quand l'ennemi s'arrête et campe, nous le harcelons!*

Trois : *Quand l'ennemi s'efforce d'éviter le combat, nous attaquons!*

Quatre : *Quand l'ennemi se retire, nous le poursuivons!*

Simple apparemment, n'est-ce pas? Presque enfantin. C'est peut-être une part de leur succès.

J'ai appris que le Kiang-si avait été entièrement contrôlée par les communistes en 1930, durant quatre ans. La terre avait été prise aux « cupides » seigneurs de guerre et redistribuée, les impôts allégés, chômage, opium, prostitution, esclavage des enfants et mariage contraint supprimés. L'existence des paysans s'était trouvée considérablement améliorée.

Comment se fait-il que je n'en aie pas entendu parler? me suis-je enquise.

Parce que le gouvernement de Nankin n'a autorisé la présence d'aucun journaliste étranger dans la province communiste. Les exécutions collectives des seigneurs de guerre y furent nombreuses. Mao admet que la révolution n'est pas une partie de plaisir.

La Longue Marche fut une aventure audacieuse, un temps d'héroïsme invincible, de ténacité, de victoire, de misère, de renonciation, de loyauté, d'exaltation (et même de jubilation). Les milliers de jeunes hommes et de jeunes femmes étaient portés par une confiance absolue, un enthousiasme surprenant qui ne toléraient pas l'idée de défaite... que ce soit par d'autres hommes, par les vicissitudes naturelles, par aucun dieu ou par la mort de leurs camarades. Ce fut une odyssée héroïque, sans pareille dans l'Histoire.

Près de quatre-vingt mille hommes de l'armée rouge et des milliers de paysans ont accompli l'un des exploits marquants de l'humanité. Au bout d'un an et trois jours, ils étaient moins de vingt mille à achever le périple. A pied ils ont franchi des montagnes réputées infranchissables, traversé les fleuves les plus puissants, les rapides les plus dangereux, et d'immenses steppes désertes. Les forces nationalistes, lorsqu'elles localisaient cette file longue de plusieurs kilomètres, les bombardaient ou les attaquaient quand elles parvenaient à rassembler les forces terrestres.

D'après tous les témoignages, les soldats de Tchang ne rencontrèrent aucun soutien local et durent souvent se demander pourquoi ils combattaient d'autres Chinois sur le territoire national au lieu de l'envahisseur japonais.

L'armée nationaliste fut partout déjouée. Quand les hommes de Tchang croyaient que les Rouges n'avaient d'autre choix qu'aller vers le nord, les communistes viraient à l'ouest. Quand les nationalistes étaient certains de les avoir acculés dans une vallée, cent mille Chinois grimpaient à l'assaut de montagnes jamais encore franchies, par d'étroits défilés, au-dessus des précipices, défiant les éléments, fuyant l'ennemi – en l'occurrence leurs compatriotes, et non l'armée du Soleil levant.

L'une des prouesses humaines les plus stupéfiantes sera, je n'en doute pas, ce jour devenu fameux tant il est inconcevable. Sur la rivière Tatu se trouve un vieux pont métallique suspendu; seize chaînes tendues entre les falaises perpendiculaires, de part et d'autre du fleuve bouillonnant, soutiennent le pont qui offre le seul passage possible sur des centaines de kilomètres.

Sur la rive nord, l'armée nationaliste attendait les Rouges à portée de mitrailleuses. Ils avaient ôté les planches du pont afin que les communistes ne puissent s'y engager. Mais trente volontaires rouges, bardés de grenades à main attachées dans leur dos, s'élancèrent à la seule force des bras sur les chaînes qui soutenaient l'ouvrage.

L'ennemi fit feu, trois soldats furent emportés par les rapides. Les vingt-sept autres parvinrent à traverser. On reconstitua le pont et les cent mille continuèrent leur route vers le nord.

Les vivres étant rares, les marcheurs se nourrissaient de baies et de racines, leur nombre appauvrissant rapidement les ressources naturelles. Ils mangèrent alors leurs chevaux, firent bouillir leurs souliers et leurs ceinturons afin de les amollir. Par ces moyens, ils tinrent bon et furent capables de franchir de nouvelles montagnes.

Les steppes. Quand ils évoquent cette immensité de la Chine occidentale, ils lèvent les yeux au ciel. Un océan de marécages périlleux où beaucoup de leurs camarades disparurent, enlisés dans les boues trompeuses, les tribus Mantzou, qui haïssaient les étrangers et dont la reine menaçait de bouillir vif quiconque aiderait ces intrus...

En route, ils sont des milliers à être tombés. Certains sont retournés chez eux, leur ferveur révolutionnaire battue par les rigueurs inattendues du périple. D'autres sont morts dans les batailles, ou de maladie. On laissait les malades, les infirmes dans les villages. Beaucoup ne purent tenir le rythme.

Dix mille kilomètres de marche éprouvante dans des régions inhospitalières – sous la pluie, sous la neige, sous le soleil terrible de l'été, à travers les tempêtes, glacés par le froid en montagne ou cuits par l'insupportable chaleur, harcelés par les sauterelles et les moustiques, proches de l'inanition.

Ils se dirigeaient vers le lointain nord-ouest, vers Yanan, où des falaises délimitent une gorge profonde creusée par le fleuve impétueux. Dans ces falaises s'ouvrent des grottes – abri pour les gens, hôpital et quartier général militaire. Ces grottes sont fraîches en été, douces en hiver, elles protègent et du climat et des raids aériens de Tchang.

Le mois prochain, l'armée projette de marcher vers l'est afin de livrer bataille aux Japonais. Les communistes ont subordonné tous leurs autres buts à leur combat contre l'agression nippone. Ils proposent même de coopérer avec leurs ennemis jurés, les seigneurs de guerre, si ceux-là les rejoignent dans leur lutte. Ils se regroupent pour la survie de leur pays.

A leur offre d'alliance pour sauver la Chine s'oppose la détermination de Tchang à les chasser de Yanan, à les exterminer – « campagne d'extermination » disent les nationalistes. Pendant ce temps, le Japon ne cesse de s'approprier la terre chinoise, de soumettre le peuple chinois. Le Japon comme Tchang regardent à l'ouest. Tchang vers les communistes, les Japonais vers la Chine entière. On ne peut que se demander si Tchang tournera jamais les yeux vers l'est.

Chloé Cavanaugh.

58

Je dois partir retrouver Jade, se dit Chloé en s'éveillant dans un tressaillement. Je l'ai laissée trop longtemps.

Puis elle avait terminé son reportage, qu'aucun autre journaliste ne ferait jamais. Mao avait passé les six dernières soirées à lui raconter sa vie, à lui parler de ses croyances, de sa philosophie. De ses plans pour la Chine.

Sur la Longue Marche, elle avait recueilli des dizaines de témoignages.

Elle brûlait de savoir si le Dr Browning avait fait des merveilles et si Jade parlait à nouveau. Un pincement de culpabilité lui serra la poitrine. Elle n'aurait jamais dû laisser la fillette dans cet état. Par ailleurs, elle avait saisi une occasion qui ne se présente qu'une fois dans une vie.

Ce qui l'ennuyait, c'était de passer tant de temps à penser à Léopard-des-Neiges, levant les yeux chaque fois que quelqu'un approchait avec l'espoir de le retrouver un soir devant la grotte. Mais il n'était pas revenu.

Son attitude la troublait. Depuis qu'il avait achevé Fentang, il n'avait pas décoléré contre elle. Il avait dit qu'il y avait trop d'enfants en Chine, s'était agacé qu'elle refuse de quitter Shanghaï sans ses protégés, néanmoins, il était devenu une sorte de père pour les enfants jusqu'à la mort de Fen-tang. Il s'était alors écarté d'eux tous.

Actuellement, il passait la majeure partie de son temps à entraîner non seulement ses hommes mais ceux que Chou En-lai lui avait confiés. Chloé avait ouï dire que ses tactiques de guérilla étaient sans égales.

Soudain, Lou lui manqua terriblement; en discutant avec lui, en le questionnant, elle avait toujours fini par clarifier ses pensées.

Les autres femmes commençaient de remuer dans l'obscurité de la grotte, sachant instinctivement le jour près de naître.

Et cela vint sans crier gare. Rentrer.

– Je veux rentrer aux États-Unis, dit-elle à haute voix.

Pas une fois elle ne s'était autorisé cette pensée depuis qu'elle avait charge des enfants. Pas même quand les Japonais avaient pris Shanghaï. A présent, le désir de partir la submergeait, et elle fut surprise de sentir une larme glisser sur sa joue.

Si je pouvais être sûre que les enfants sont en sûreté, se dit-elle. J'emmènerais Jade, Li et Fleur-de-Prunier à Oneonta, puis je reviendrais pour les autres.

Non, elle savait avec certitude qu'une fois chez elle, elle n'aurait aucune envie de revenir en Chine.

Peut-être trouverait-elle le moyen de tous les emmener dans son pays.

En tout cas, elle quitterait Yanan aujourd'hui même. Elle demanderait un guide et repartirait vers Xi'an, vers Jade. Elle trouverait un moyen de câbler son article à Cass. Plus tard, elle écrirait plus longuement sur Mao et la Longue Marche. Elle possédait suffisamment d'informations pour écrire un livre – restait à savoir où elle puiserait l'énergie !

Chou En-lai proposa de lui procurer un guide jusqu'au prochain village, où elle en trouverait un autre qui la conduirait au village suivant, et ainsi de suite.

– Nous avons des possibilités de télégraphe ici, ajouta-t-il avec un demi-sourire. Nous pouvons envoyer ce que vous voulez à Chongqing, qui fera suivre à Canton, de là à Hong Kong, enfin aux États-Unis.

Aussi Chloé, soulagée, consacra-t-elle sa matinée à l'expédition de son papier, avant de préparer son bagage. Une fois de plus, elle était contente d'avoir la pelisse en fourrure et les bottes que Léopard-des-Neiges lui avait procurées.

Il fallait le trouver, le remercier. Lui dire adieu.

Il la devança.

Ses yeux étincelaient de colère quand elle le découvrit à l'entrée de la grotte.

– Vous n'alliez pas me prévenir ?

– Si, bien sûr, assura-t-elle, achevant de ranger ses

notes dans son petit sac. J'ai pris ma décision ce matin seulement. Je comptais vous chercher après le déjeuner...

– C'est ça! A l'heure où je suis sur le champ de manœuvre!

– Je ne serais pas partie sans vous dire au revoir, sans vous remercier.

– Je serai votre guide. Pas jusqu'à Xi'an mais jusqu'au prochain village.

– Vous ne connaissez pas mieux la route que moi, fit-elle en riant. Nous sommes arrivés ici de nuit.

– J'ai déjà pris mes dispositions. Je serai rentré à Yanan demain soir.

– Franchement, général, on a besoin de vous ici...

Mais elle n'avait pas envie de protester au point de le faire changer d'avis. Il ne cesserait jamais de la surprendre.

– Nous n'envisageons pas d'infiltrer les lignes ennemies avant trois semaines, ni de livrer bataille avant un mois.

C'était la stratégie arrêtée, elle le savait : envoyer des hommes au-delà des lignes ennemies, déguisés en villageois, qui achemineraient clandestinement des armes aux paysans, leur insuffleraient le courage de résister, de tailler l'ennemi en pièces quand la bataille commencerait.

Léopard-des-Neiges et Chloé partirent après le déjeuner; avec un bidon d'eau, un sac de vivres, le fusil de Léopard-des-Neiges attaché à sa selle, son pistolet dans son étui, du grain pour les chevaux, ils entreprirent la descente des hautes falaises de Yanan. Une demi-journée de route les séparait du premier village au sud.

Durant les premières heures, ils ne parlèrent pas. Chloé suivait son compagnon sur l'étroit sentier qui serpentait dans la montagne. Le temps qu'il s'élargisse, le crépuscule s'annonça dans l'après-midi hivernal, et Léopard-des-Neiges s'arrêta pour attendre la jeune femme. Ils chevauchèrent côte à côte; de gros flocons blancs leur tombaient sur les épaules et commençaient de recouvrir le chemin.

Depuis un moment, il examinait les alentours.

– Nous ferions bien de trouver une grotte, dit-il.

Chloé s'était mise à craindre qu'ils ne s'égarent dans les ténèbres enneigées; ils distinguèrent ensemble le trou noir sur la colline grise.

Léopard-des-Neiges eut vite fait de ramasser des

branches pour allumer le feu à l'entrée de leur abri.
Chloé attacha les chevaux à des buissons. Le foyer projetait des ombres dansantes contre les parois de la grotte
qui paraissait s'enfoncer profondément, interminable-
ment, et cela l'effrayait. Elle se rapprocha de Léopard-
des-Neiges et du feu.

– J'ai un peu de boulettes de viande et de nouilles,
dit-il.

Il s'agissait des restes de midi; à Yanan ce serait aussi
leur dîner, ce soir.

– C'est appétissant, fit Chloé avec un sourire.

Avec lui, rien ne pourrait lui arriver, elle le savait.

Il tourna la tête pour la regarder un long moment,
avant de reporter les yeux sur le feu. Bientôt, il versa une
partie de la nourriture dans un plat d'étain qu'il lui tendit. S'asseyant auprès d'elle sur une bûche, il mangea
dans la gamelle où il avait fait réchauffer le repas.

– La provision de bois ne va pas durer, constata-t-il. Le
feu se meurt.

Le bois était rare dans tout le pays.

Léopard s'éloigna, pour revenir bientôt avec sa couverture de selle. Il n'en avait qu'une.

– La nuit sera froide, annonça-t-il en la lançant à
Chloé.

La jeune femme n'était pas fatiguée. Sans doute
n'était-il même pas sept heures.

– Étendez-la sous vous, elle vous isolera de l'humidité
de la grotte.

Elle fit comme il disait et s'allongea à plat dos, les
mains sous la nuque, regardant ostensiblement le feu
mais, en vérité, observant à la dérobée son compagnon. Il
se tenait debout, appuyé à la paroi de la caverne, les bras
croisés sur la poitrine.

– J'ai essayé de trouver les mots, dit-il au bout d'un
moment.

– Les mots?

– Laissez-moi parler.

Le regard baissé, il fit quelques pas avant de reprendre :

– Ce n'est pas facile pour moi. Voilà des jours que je
tourne et retourne les mots pour vous parler, des jours, et
des semaines, et des années.

A la lueur du feu, son regard chercha celui de Chloé.

– Ce n'est pas souvent qu'un seul être change votre
existence. Pour moi, ce fut vous. Non, non, si vous

473

m'interrompez, je n'arriverai jamais à dire ce que mon cœur a besoin de dire.

Mon cœur? Les Chinois ne s'exprimaient pas de la sorte.

– Il y a des années, quand j'ai enlevé les passagers du train, quand vous m'avez sauvé la vie – qui ne se trouvait menacée que du fait de mon arrogance –, et que nous avons passé ces nuits à parler, vous avez éveillé quelque chose en moi. Vous m'avez montré que le monde était plus complexe que ce que j'avais imaginé. Je n'ai pas pu vous oublier quand nous nous sommes séparés. Vous étiez une femme, et vous m'aviez beaucoup appris en quelques nuits. Je n'aurais jamais pensé que cela valait la peine d'écouter une femme, et pourtant je ne parvenais pas à oublier vos paroles.

Il fit encore quelques pas, plongea les yeux vers Chloé qui ne pouvait distinguer les siens.

– Grâce à vous, je suis parti à la découverte de moi-même et à la découverte du monde. C'est grâce à vous que j'ai renoncé à ma façon de vivre – épouses, concubines, enfants. Vous m'avez amené à renoncer à l'opium, à voir le monde sur une plus grande échelle, à comprendre mon pays. A comprendre aussi que mon peuple devait se réveiller, que nous ne devions plus vivre comme des bêtes, qu'il nous fallait nous tenir debout, en êtres humains dotés de pensées, de sentiments, de passions. Oui, de passions. Car, grâce à vous, je suis devenu un homme de conviction!

S'asseyant près de Chloé sur la couverture, il se prit à rire.

– Bref, vous avez été ma perte!

Elle le regarda, étonnée de ses paroles.

– Vous avez été ma perte en tant que seigneur de guerre, en tant qu'homme capable de se satisfaire de son existence. Vous m'avez poussé à rêver de sauver mon pays, à fraterniser avec mes compatriotes.

Il s'étendit au côté de Chloé sur la couverture, le buste à moitié relevé, la fixant droit dans les yeux.

– Vous m'avez rendu toute autre femme indésirable.

Il observa un silence. Chloé lui effleura la main.

– Vous m'avez donné l'envie de connaître les coutumes étrangères, et de connaître l'amour. Je l'ai ressenti pour mes semblables, les êtres humains, mais je ne l'ai jamais rencontré avec aucune femme avec laquelle j'ai couché. C'est simplement un acte. Une fois, poursuivit-il en riant, j'ai essayé d'embrasser une femme mais je ne savais que faire de mes lèvres. Ce n'était rien. A l'image de ce que sont devenues mes relations avec les femmes. Autrefois, au moins, leur corps m'attirait; mon appétit était instantanément satisfait par toute jolie femme. Mais la faim que vous aviez éveillée en moi n'a jamais été rassasiée, et j'ai besoin de vous le dire avant que nous nous séparions.

– Je croyais que vous ne me trouviez pas désirable, souffla enfin Chloé, se retenant de lui caresser le visage.

– Qu'est-ce qui vous a donné cette idée?

– Vous me l'avez dit, quand j'étais votre prisonnière. Vous affirmiez ne pas être attiré par une femme blanche.

– Si j'ai dit ça, j'ai menti, fit-il sourdement. J'ai eu envie de vous dès l'instant où je vous ai vue. J'ai eu envie de vous toutes ces années. Tellement que les autres femmes que j'ai pu avoir n'ont jamais compté. D'ailleurs, pendant trois ans, je n'en ai pas touché une seule, car elles me laissaient encore plus affamé de ce quelque chose que je ne comprends pas.

Le feu crépita.

– Pourquoi me dites-vous cela? interrogea Chloé.

Elle avait une conscience aiguë de sa virilité, de sa proximité.

– Pour que vous sachiez, vous, que je considérais auparavant comme une femme simple, que avez été pour moi d'une importance essentielle. Vous avez changé le cours de ma vie, mes habitudes et mes rêves.

Il était si proche que Chloé sentait son souffle et se demanda s'il entendait le rythme précipité qu'il imposait à son cœur.

– Ces temps-ci, je rêve que je meurs au cours d'une bataille. Et cela m'est égal. Je trouve honorable de mourir pour aider mon pays à secouer le joug de la servilité. Je rêve parfois que je mourrai en combattant les Japonais et que j'aurai contribué à la conquête de la liberté. Si je ne vous avais pas rencontrée, je n'aurais jamais pensé de la sorte.

– Vous ne mourrez pas, fit Chloé, lui prenant le bras. Vous devez vivre pour changer le destin de la Chine.

Il posa une main sur la sienne. Le feu tout proche n'était rien comparé à la chaleur que lui procura ce contact. Portant la main de Léopard-des-Neiges à sa bouche, elle en embrassa doucement la paume.

– Voilà un baiser, dit-elle.

– Je *sais* ce qu'est un baiser, protesta-t-il en riant. C'est quand les lèvres touchent...

475

Elle ne lâcha ni sa main ni son regard, étincelant à la lueur des braises mourantes.

– Pas seulement. Regardez, c'est différent...

Cette fois, elle fit courir légèrement sa langue dans la paume de Léopard-des-Neiges, qui se referma sur son menton en une caresse. Elle attira son visage vers le sien.

– Faites comme moi, murmura-t-elle. Je vais vous apprendre à embrasser.

Elle insinua la langue dans sa bouche, devina qu'il retenait son souffle. Il la prit dans ses bras, la releva pour la presser contre lui; sa bouche ne quittait pas celle de Chloé.

Quand ils se séparèrent, Chloé riait.

– Je ne le fais pas bien? questionna Léopard-des-Neiges.

– Oh, vous vous en sortez à merveille, assura-t-elle, mais je ris à cause de toutes ces fourrures entre nous.

Elle brûlait de sentir sa chaleur, d'embrasser ses joues, ses cils, de faire courir sa langue dans son cou, elle voulait qu'il lui caresse les seins – mais elle se rappela que les Chinois ne jugeaient pas les seins attirants.

Déjà il desserrait les lanières de la pelisse de Chloé, l'aidait à s'en débarrasser.

– Venez, la mienne est assez grande pour nous deux.

Quand il la prit contre lui pour l'envelopper dans son lourd manteau, elle sentit la rugosité de sa chemise.

Il la tint serrée dans ses bras durant plusieurs minutes.

– Avez-vous peur de moi? demanda-t-il.

– Vous m'avez plusieurs fois sauvé la vie. Comment aurais-je peur de vous?

– Mais maintenant, quand nous sommes si proches? Quand j'ai envie de vous? Je vous ai toujours désirée, ajouta-t-il avec un rire sourd. Mais je n'ai jamais appris à plaire aux femmes. Et j'ai envie de vous plaire. Je ne sais comment.

– Vous vous débrouillez très bien. Embrassez-moi encore. Ou alors est-ce que ça vous a déplu?

Pour toute réponse, il fondit voracement sur sa bouche. Chloé guida ses mains vers sa poitrine, fit courir sa langue sur ses lèvres. Son corps tout entier répondait au désir de Léopard-des-Neiges.

– Il n'y a pas que les lèvres à embrasser...

Quittant la chaleur du manteau, elle ôta prestement son chandail, son soutien-gorge, puis se rallongea.

476

– Embrassez mes seins, souffla-t-elle. J'aime beaucoup ça.

Il se pencha vers elle.

– Mordillez-moi, mais très doucement.

Il le fit ; elle avait une terrible envie de lui. Cinq ans déjà qu'elle n'avait pas fait l'amour, et ses baisers l'affolaient.

Elle entreprit de lui déboutonner sa chemise ; il se leva pour achever de se déshabiller. Elle l'imita afin de se débarrasser de son informe pantalon.

– Attendez, dit-il. Laissez-moi vous regarder. Les Chinoises ne sont pas faites comme vous.

Un moment elle demeura debout, nue, pareille à une statue, heureuse sous le regard qui la détaillait, puis elle s'approcha de lui, à pas lents. Léopard-des-Neiges s'agenouilla.

– Les ventres aussi sont faits pour les baisers, dit-elle.

Il l'attira plus près de lui, pressa le visage contre son ventre, tendit les mains vers ses seins, et il se laissa aller sur le dos en l'entraînant avec lui.

– Attendez, chuchota Chloé, ne nous pressons pas.

Elle fit courir sa langue sur sa poitrine, moula son corps au sien, ouvrit les jambes, l'embrassa dans le cou tandis qu'il refermait les mains sur ses fesses.

Le feu achevait de mourir. Dans l'obscurité, elle chercha de nouveau sa bouche, la baisa, sentit sa langue, douce puis urgente. Comme elle redressait le buste afin qu'il lui embrasse les seins, elle sentit ses lèvres, sa langue, donner vie à son désir, la passion l'embraser au plus profond du ventre.

Elle roula sur le dos, il la suivit ; elle noua les jambes autour de lui, le prit en elle, goûta la délicieuse poussée, la puissance, la jouissance qu'elle avait presque oubliées. Ils s'étreignirent longuement, étroitement, ne firent qu'un.

Plus tard, alors qu'ils reposaient côte à côte, Chloé lui prit la main.

– Est-ce ainsi que les Chinois font l'amour ? ne put-elle s'empêcher de demander.

Léopard-des-Neiges serra fortement sa main.

– Je n'avais jamais fait l'amour auparavant.

59

Au matin, la couche de neige atteignait plus de trente centimètres, mais ils ne s'en rendirent compte qu'après avoir fait de nouveau l'amour. Ce fut à regret que Léopard-des-Neiges laissa Chloé quitter ses bras.

— Quand tout cela sera terminé, dit-il, je vous rejoindrai.

— Et si je ne suis plus à Xi'an?

— Je vous trouverai. Je saurai toujours où vous êtes.

— Comment donc? demanda Chloé, riant et lui enlaçant le cou.

— Mon cœur est devenu une boussole, qui me montre la route jusqu'à vous.

— Embrassez mon cœur, souffla-t-elle.

Du bout de la langue, il traça un sillon sur son sein.

— Les Chinoises n'ont pas les seins comme les vôtres, murmura-t-il. Elles ressemblent plus à de jeunes garçons. Vos seins sont beaux.

Il la caressa encore, la dévora des yeux, sourit.

— Je suis content que vous m'ayez appris à embrasser.

— Je me demande pourquoi ce n'est pas une coutume chinoise. A ma connaissance, le baiser a toujours fait partie de la civilisation occidentale. C'est merveilleusement bon, non?

Elle s'étira pour lui embrasser l'oreille.

— C'est sans doute que je suis parvenu à un stade avancé de civilisation! suggéra Léopard-des-Neiges dans un rire.

— Vous ignorez, n'est-ce pas, que j'étais un peu déçue que vous n'ayez pas envie de moi quand vous m'avez enlevée? Non que je vous désirais réellement... du moins

478

je ne me permettais pas de le penser. Mais je me demandais si les Chinois et les Américains faisaient l'amour de la même façon. Je pensais même qu'il ne m'aurait pas déplu de le découvrir. Vous ne me faisiez pas peur.

— Mais vous ne m'auriez pas embrassé à l'époque.

— Je ne sais pas. Vous m'aviez donné le sentiment d'être importante.

Il l'étreignit si fortement qu'elle perçut les battements de son cœur.

— Je vous retrouverai quand la guerre contre le Japon sera terminée, et nous vivrons ensemble. Même avec quarante et quelques gamins, ajouta-t-il en souriant. Nous irons à Kunming, c'est paisible et beau.

— Quand le Japon sera vaincu, vous aurez certainement à combattre encore les hommes et l'idéologie qui dirigeront la Chine. A mon avis, vous feriez un meilleur chef d'État que Mao ou Tchang. Je ne crois pas que votre vie soit à Kunming. La Chine a besoin de vous.

— Pas vous?

— J'ai envie de vous. Mais je n'ai pas besoin de vous autant que la Chine.

— Pour le moment, votre désir me suffit. L'avenir dira le reste. Promettez-moi de rester à Xi'an assez longtemps pour que je livre bataille durant quelques mois et que je vous rejoigne. Maintenant que vous êtes mienne, je veux être avec vous. D'ici là, jurez-moi de m'attendre à Xi'an. Là, nous parlerons du futur.

— Je vous attendrai, promit Chloé.

Descendre la montagne dans la neige profonde fut pénible. Au pied se dressait un petit village où ils trouvèrent un guide qui, en échange d'un tarif exorbitant, accepta de conduire Chloé au village suivant. Il ferait nuit avant qu'elle arrive car Léopard-des-Neiges et elle avaient été longs à se mettre en route.

— En galopant, je serai de retour à Yanan avant ce soir, dit Léopard-des-Neiges.

Il n'était pas encore midi.

Avec aucun des hommes qu'elle avait connus intimement, que ce soit Slade, Nikolai ou Cass, Chloé n'avait ressenti pareille harmonie. Elle le regarda tourner bride et disparaître dans un virage du chemin. Il ne se retourna pas. Une partie d'elle-même allait combattre pour la

479

Chine, tandis que l'autre retournait vers ses enfants. Ses enfants chinois. Finalement, elle ne rentrerait pas aux États-Unis.

Ses sentiments à l'égard de Léopard-des-Neiges ne tenaient-ils pas au fait qu'elle était devenue plus chinoise qu'américaine ? Je n'avais besoin que d'un amant chinois pour devenir chinoise, se dit-elle. La prochaine fois, je demanderai à Léopard-des-Neiges de me donner un nom chinois. Oui, qu'il me donne un nom. Et soudain, elle fut emplie d'une tristesse incommensurable à l'idée qu'elle ne pourrait jamais porter son enfant. Qu'elle n'aurait jamais un enfant chinois.

— Mais j'ai des enfants chinois, dit-elle à voix haute.

Elle eut hâte de retrouver Jade, Fleur-de-Prunier et Li. Pour s'être beaucoup inquiétée de Jade et de son mutisme, c'était à peine si elle avait songé aux deux autres. Je les aime aussi, se dit-elle, suivant son guide qui allait au trot sur son mulet.

C'était Jade cependant qu'elle sentait sienne, éprouvant souvent pour elle les sentiments qu'elle ressentait maintenant pour Léopard-des-Neiges, comme si la fillette faisait partie d'elle.

Léopard-des-Neiges. Elle sentait encore ses mains sur elle, ses baisers hésitants, sa langue sur ses seins, elle se rappelait quand il l'avait pénétrée et qu'elle avait eu envie de ne jamais le laisser s'en aller d'elle. Oh, tant d'années sans amour.

Son esprit vagabondait. Le guide avait adopté un rythme régulier. Ma mère serait choquée, pensait Chloé. J'ai fait l'amour avec quatre hommes. Et cependant, de bien des façons, j'ai souvent connu la privation sexuelle. Tant d'années sans qu'un homme ne la touche, depuis son séjour à Lu-shan avec Cass.

Et, soudain, Léopard-des-Neiges avait redonné vie à cette part de son être, part qu'elle ignorait avoir refoulée. Fermant les yeux, elle sentit à nouveau son corps nu contre le sien, sa douceur, sa chaleur.

Son cheval s'arrêta.

Le guide n'avançait plus. De l'index pointé, il désignait un minuscule et lointain village couleur de la terre et enfoui dans la neige.

— Je vous laisse ici. Vous trouverez une auberge pour passer la nuit. Demandez l'homme au pied-bot. Il vous conduira au village suivant.

Chloé fouilla dans sa pelisse et en sortit quelques pièces.

– Merci, fit-elle en remettant l'argent au guide.

Il la remercia à son tour puis, battant les flancs de son mulet, repartit en sens inverse.

Le village était tranquille en cette fin d'après-midi, hormis un coq qui chantait à tue-tête. Chloé se mit à rire. En Chine, les coqs se manifestaient aux moments les plus incongrus, sans jamais attendre l'aube.

C'était un village pareil à des milliers d'autres de par le pays, sombre dans l'hiver neigeux. Aucun signe de vie sinon un homme qui s'approcha d'elle, monté sur un cheval gris. Il était drapé dans un grand manteau. Lui trouvant un maintien à cheval plus élégant que celui d'un paysan, Chloé estima qu'il devait s'agir d'un soldat. Plus il avançait, mieux elle distinguait la crosse de fusil en travers de sa selle.

– *Ni hau*, dit-elle pour le saluer.

En réponse à son interrogation muette, elle lui expliqua qu'elle cherchait un abri pour la nuit, ainsi que l'homme au pied-bot afin de la guider vers le prochain village. Le cavalier la dévisagea ; il portait une petite moustache rigide.

Il prononça des mots qu'elle ne comprit pas et prit son fusil. Bien qu'il ne dirigeât pas le canon vers elle, il lui signifia d'entrer dans le village devant lui. Peut-être ne s'était-il pas aperçu qu'il avait affaire à une femme, supputa Chloé. Avec son accoutrement, il n'était pas aisé de l'identifier.

Dans le village, pas plus de vie qu'aux abords. La peur s'insinua le long de sa colonne vertébrale. De nouveau, l'homme dit quelque chose. Aboya plus exactement, mais elle ne comprit toujours pas. Il passa devant elle et, par gestes, lui ordonna de mettre pied à terre. Elle obéit.

Levant son arme, il lui fit signe de le précéder dans l'auberge.

A l'intérieur, assis à une table, avec une seule chandelle pour éclairer toute la salle, se tenait un homme en uniforme, devant une bouteille de bière. Il avait les jambes écartées, son pistolet sur la table à portée de main, et son sourire révéla une dent en or. Les Chinois n'avaient pas les moyens de s'offrir des dents en or.

Les deux hommes échangèrent quelques mots. Des Japonais, comprit subitement Chloé. Oh, mon Dieu !

– Vous êtes une femme? interrogea l'homme attablé dans un mauvais chinois.

– Oui. Et je suis américaine.

La dévisageant avec surprise, l'homme se leva, s'approcha et, d'un geste, lui ôta sa capuche. Les cheveux de Chloé dévalèrent sur ses épaules. Il la scruta, lui toucha la joue du dos de l'index.

– Vous venez d'où?

Surtout ne pas parler de Yanan...

– Je suis perdue. Je cherche à atteindre Xi'an.

Lui lançant un regard perçant, l'homme alla se rasseoir pour boire de la bière.

– Je ne vous demande pas où vous allez, mais d'où vous venez.

– Je viens de Shanghaï.

– Je demande d'où vous venez pour vous retrouver dans ce village de montagne, insista-t-il, se levant à nouveau.

Garder la tête froide, s'enjoignait Chloé. Ce n'est pas le moment de dire des bêtises, ma petite.

– Je ne sais pas vraiment, répondit-elle, s'efforçant de dissimuler le tremblement nerveux de sa voix. J'ai quitté Shanghaï depuis des semaines, et j'ai erré de village en village. Au dernier on m'a dit de suivre le chemin, que j'arriverais dans un village avec une auberge et que je trouverais peut-être un guide pour m'emmener vers le sud.

L'homme s'approcha une nouvelle fois pour la scruter; elle le dépassait de quelques centimètres.

– Je repose ma question. Dans quel village étiez-vous récemment et d'où venez-vous?

– Je ne sais pas.

Le choc de la gifle fut cuisant; involontairement, elle porta la main à sa joue.

– Réellement, je ne sais pas où j'étais hier. Je ne vous mens pas. Je ne sais même pas par où je suis passée aujourd'hui.

L'homme retourna se vautrer à moitié sur la table.

– Vous parlez chinois comme une indigène.

Elle ne répondit pas.

Il cria quelque chose et un autre soldat entra. A l'issue d'un échange verbal, le nouveau venu, un jeune, ordonna par gestes à Chloé de le précéder. Ils passèrent dans un étroit vestiule; là, le soldat ouvrit une porte avant de

482

pousser la jeune femme en avant et de refermer brutalement.

L'obscurité était telle qu'il était impossible d'y voir. A tâtons, Chloé fit le tour de la pièce, la découvrit vide de tout mobilier. Elle s'assit sur le sol. Par chance, ses vêtements la protégeaient du froid. Elle n'entendait aucun bruit.

Ils me laisseront partir, se dit-elle. Quand ils comprendront que je ne suis pas chinoise, que je suis américaine, quand ils se souviendront que le Japon n'est pas en guerre contre les États-Unis. Bien sûr qu'ils me laisseront partir... Dieu merci, le chef comprenait le chinois. Au matin, elle s'expliquerait avec lui... Qu'expliquerait-elle? Que lui dire?

Le jour venu, elle découvrit qu'il ne s'agissait que d'un détachement de cinq Japonais, mais avec armes et munitions; ils avaient terrorisé le village. A l'aube, conduite au-dehors, Chloé vit les cadavres d'une douzaine de villageois contorsionnés dans les positions les plus étranges. Quelque part, quelqu'un pleurait.

Elle n'avait rien avalé depuis la veille à midi. Les Japonais ne donnaient ni à manger ni à boire. Cependant, en voyant les morts, elle vomit. L'une des femmes tenait un bébé. On aurait dit qu'une balle lui avait traversé la tête avant d'atteindre le cœur de la mère. Pas une goutte de sang sur l'enfant. Simplement un trou au-dessus de l'œil gauche. La mère l'étreignait encore, pressé contre son sein, et là le sang avait jailli.

Le capitaine japonais – ou qu'importait ce qu'il était, le chef en tout cas – observait Chloé, un sourcil haussé. Quand elle rencontra son regard, il lui sourit.

– Je suis américaine, dit-elle.

Il hocha la tête.

– Vous pouvez monter à cheval.

Lui-même enfourcha sa monture. Les villageois avançaient derrière lui et, à leur suite, venait Chloé, à cheval. Deux soldats fermaient la marche, deux autres chevauchaient de part et d'autre de la colonne, interpellant les plus lents, l'un d'eux agitant un fouet en l'air bien que n'en frappant personne. Ils marchèrent jusqu'au milieu du jour, où les soldats s'arrêtèrent pour manger. On ne donna aux prisonniers ni eau ni nourriture.

Les lèvres asséchées de Chloé se fendaient. Ses compagnons de captivité n'avaient ni vêtements chauds ni sou-

483

liers. Ils laissaient derrière eux des traînées rouges sur la neige. Nul ne parlait.

En fin d'après-midi, il se remit à neiger et un vieil homme s'effondra contre le talus.

– Je ne peux plus, marmonna-t-il.

Une femme d'âge mûr se pencha vers lui, le tira par le bras. Le sifflement de la balle résonna dans l'air glacé et le vieillard roula sur le chemin, la poitrine ensanglantée.

Dix minutes plus tard, ils parvinrent dans un autre village où il n'y avait ni villageois ni animaux. Rien. Les prisonniers furent parqués dans l'auberge, les femmes dévolues à la cuisine. Navets et soupe aux choux. De sa vie, Chloé n'avait rien mangé de meilleur.

Quand ils eurent dîné, le capitaine entra dans la salle où les prisonniers s'agglutinaient autour de la cheminée.

– Par ici, ordonna-t-il à Chloé.

Elle le suivit dans la petite pièce qu'il s'était assignée pour bureau. Sans la regarder, il referma la porte et dit :

– Enlève ton pantalon.

Elle le dévisagea.

– Non.

– Tu n'as sans doute pas compris, fit-il, tu es ma prisonnière. Tu fais ce que je dis.

– Je ne suis pas votre prisonnière. Je suis américaine, et le Japon n'est pas en guerre contre les États-Unis.

– La guerre n'a rien à voir. Tu es ma prisonnière. Tu es une femme. J'ai une arme. Enlève ton pantalon.

– Non !

Devinait-il sa peur, ou ne percevait-il que sa colère ?

Lentement, il avança vers elle, et lui assena sur le côté de la tête un coup d'une telle force qu'elle chuta à terre.

Au cri de son supérieur, l'un des soldats apparut. Apparemment furieux, le capitaine cria quelque chose d'inintelligible ; le soldat sourit en s'agenouillant afin d'immobiliser les poignets de Chloé, la clouer au sol. Le capitaine la frappa d'un coup de pied à la hanche. Puis il se pencha, lui ôta son pantalon. D'un coup de couteau, il découpa son slip.

Ensuite, il défit sa ceinture, laissa tomber son propre pantalon et, sans même s'en défaire aux chevilles, il s'accroupit sur elle. Le soldat qui la tenait riait.

Quand il la pénétra, la douleur fulgurante la traversa toute. Elle hurla, essaya de se défendre, il était trop fort. Il la laboura avec violence jusqu'à ce que son regard se voile. Avec un gémissement, il tomba sur elle, brièvement, avant de se redresser. En riant, il lui cracha au visage; elle sentit la salive sur sa joue, dans son œil.

Il remonta son pantalon puis, lâchant quelques mots au soldat qui la maintenait toujours, gagna la porte pour appeler. Les trois autres arrivèrent; Chloé vit leurs silhouettes se découper sur l'éclairage du couloir.

Le premier entra sans repousser la porte. Il parla au soldat qui la tenait, qui la lâcha afin que l'autre prenne la relève. Le plus jeune, celui qui l'avait entravée, baissa son pantalon, grimpa sur elle. Elle eut envie de le tuer.

Ils passèrent à tour de rôle. Quand ce fut terminé, quand ils furent sortis, elle voulut remettre son pantalon et sentit la chaleur poisseuse du sang entre ses jambes.

Le viol collectif n'avait pas duré plus de quinze minutes.

Je ne laisserai pas quinze minutes bouleverser ma vie, se dit-elle, les poings serrés.

Mais elle ne parvenait pas à endiguer ses sanglots.

60

Les soldats ne la violèrent plus. Ils prenaient une femme différente chaque soir. Aucune ne criait et Chloé comprit qu'elles devaient être habituées à ce traitement.

On la tenait isolée des villageois chinois. Ici et là, quand ils passaient par une ferme, les Japonais capturaient d'autres prisonniers. Parfois, Chloé entendait un coup de feu.

Chaque fois qu'elle tentait de parler à l'un des Chinois, un soldat intervenait et frappait le Chinois. Elle renonça bientôt à ses tentatives.

Au bout de dix jours de marche, ils arrivèrent à un grand campement : une centaine de tentes et une bâtisse en brique étaient toutes couvertes de filets sur lesquels on avait jeté des branches et des feuillages. C'était la première fois que Chloé voyait un camouflage. Les hommes de Mao pourraient observer la vallée depuis le sommet des montagnes, ou la survoler – si tant est qu'ils aient des avions – sans rien voir.

Le nombre des prisonniers avait crû, même si beaucoup parmi les premiers étaient morts en route, le plus souvent abattus quand ils ne pouvaient plus avancer. On leur ordonna de s'aligner en une seule file dans la boue glacée. Ils attendirent. Attendirent. Plus d'une heure s'écoula avant qu'un Japonais trapu à lunettes sans montures et épaulettes ne sorte du bâtiment. Il portait un uniforme bien coupé, contrairement à ceux des soldats chinois. Mains sur les hanches, il étudia les prisonniers. Chloé, la seule à cheval, regretta de n'avoir pas mis pied à terre afin de se faire moins remarquer. Les soldats du détachement n'avaient jamais essayé de lui confisquer sa monture.

D'après ses estimations, et malgré la discrétion du soleil dans le ciel hivernal, ils avaient marché vers le nord-est, ce qui était logique puisque les Japonais concentraient leurs forces dans cette région.

Levant le bras, le commandant désigna les prisonniers. Plusieurs soldats s'empressèrent, les entourèrent et les poussèrent vers deux grandes tentes proches du QG. Chloé s'apprêtait à suivre mais un autre militaire lui signifia de ne pas bouger. Aussi attendit-elle sur son cheval, dans l'espoir que le commandant admettrait qu'elle était américaine et, de ce fait, ne la traiterait pas en prisonnière de guerre.

Le terrain s'était vidé. Ne restaient qu'elle, enveloppée dans sa pelisse, encapuchonnée contre le vent glacé, le commandant et son aide de camp.

L'officier la regarda, les mains toujours sur les hanches, finit par dire quelques mots à son subordonné, puis regagna le quartier général. L'aide de camp s'approcha de Chloé, lui fit signe de mettre pied à terre et de le suivre.

A l'intérieur du bâtiment, Chloé goûta la chaleur pour la première fois depuis des semaines. Le bureau où on la fit entrer était meublé de façon spartiate ; le commandant se tenait devant la fenêtre, face au jour déclinant, les mains derrière le dos.

– Vous êtes donc américaine ? fit-il, se retournant vers elle.

– Oui, répondit Chloé avec soulagement.

Il désigna l'une des chaises à dossier raide devant son bureau.

– Nous allons prendre le thé, annonça-t-il en frappant sèchement dans ses mains.

Il parlait couramment le chinois. Une ordonnance apparut et le commandant demanda du thé. Chloé s'assit. Après la brutalité venait la civilité.

– Permettez-moi de me présenter, reprit l'officier avec une extrême courtoisie. Colonel Sakigawa. Et vous ?

Il alluma une longue cigarette au bout d'un fume-cigarette encore plus long. On se serait cru dans un salon.

– Chloé Cavanaugh.

Le colonel sourit de toutes ses dents régulières et blanches. Cependant, ses yeux restaient froids comme l'acier.

– Que faites-vous en Chine ? s'enquit-il, servant proprement deux tasses de thé fumant.

– Je tente de rejoindre mes enfants à Xi'an, se contenta-t-elle de répondre.

Il tira sur sa cigarette, inhala profondément la fumée qu'il souffla en anneaux que suivirent ses yeux.

– Et que font vos enfants à Xi'an ?

– Ils fuient les armées japonaises. Votre thé est délicieux.

– Oui, je suis très difficile sur la qualité de mon thé. Vous ne m'avez pas réellement répondu. Que faites-vous en Chine avec vos enfants ? Vous êtes missionnaire, c'est cela ?

– Non, fit-elle, optant pour la sincérité. Mes enfants et moi étions affamés à Shanghaï, aussi nous sommes-nous mis en route pour Xi'an, avec trois amies. J'ai... plus de quarante enfants avec moi. Nous dirigions un orphelinat à Shanghaï. En route, je me suis séparée d'eux pour chercher un raccourci, et j'espère qu'ils sont en sûreté à Xi'an. Je tâchais de retrouver ma route quand vos soldats m'ont arrêtée.

Elle n'évoqua pas le viol ; sans doute ce genre de détail ne préoccupait-il pas le colonel.

Celui-ci lui tendit son paquet de cigarettes ; elle déclina l'offre.

– Je ne pense pas que vous étiez perdue, mais peu importe.

– Vous devez me relâcher. Je n'ai aucune part à votre combat contre ce pays. Je suis citoyenne américaine.

Sakigawa étudia l'un de ses ongles avec attention.

– Depuis combien de temps êtes-vous en Chine ?

-- De nombreuses années.

– Je le pensais. Votre accent est irréprochable. Madame, je vous considère comme prisonnière de guerre. A mes yeux, vous êtes chinoise. Vous vivez ici depuis longtemps et, à l'évidence, votre sympathie va aux Chinois. Vous êtes donc notre prisonnière. Vous aurez votre tente particulière, je crois savoir que les Occidentaux tiennent à leur intimité. Vous jouirez de ce privilège tant que vous obéirez, en conséquence de quoi vous serez traitée avec considération. Nous allons bientôt quitter cet endroit et je compte sur votre coopération.

Chloé ne répondit pas.

L'intimité chère aux Occidentaux ne tarda pas à la rendre folle. Elle n'était autorisée à quitter sa tente que deux fois par jour, un soldat l'accompagnant aux latrines en lui imposant une étroite surveillance. Un matin, Chloé se figea en chemin. Une jeune femme était enterrée dans le sol, jusqu'au cou, les yeux emplis de panique.

Chloé voulut s'agenouiller mais son garde la poussa dans le dos avec la crosse de son fusil.

– Emmenez-moi chez le colonel, exigea-t-elle, blême de rage.

Sa requête resta vaine, le soldat lui indiqua les latrines.

Dieu, allaient-ils laisser mourir cette femme ainsi? Allait-elle subir ce supplice d'une mort lente, de faim, de soif, enfouie vive dans la terre? Dieu, existes-Tu seulement? Regardes-Tu? Entends-Tu? Le colonel ne devait pas être au courant; c'était un homme civilisé. Il faut que je le voie, songea Chloé. Il la sauvera, il n'est pas comme ses soudards.

Quand arriva le soldat qui lui portait chaque matin son maigre gruau, elle lui demanda à voir le colonel. Il acquiesça.

Rien ne se produisit.

En milieu d'après-midi elle n'y tint plus et, transgressant les règles, souleva la portière de sa tente. Elle vit à nouveau la tête de la femme enterrée et marcha droit vers le bâtiment de brique. Deux soldats se précipitèrent aussitôt, fusils pointés sur elle.

D'un geste, elle écarta le canon d'une des armes. Elle ne croyait pas qu'ils la tueraient, pour devoir en répondre à leur colonel. Son cœur palpitait de fureur plus que de crainte.

A la porte, elle ignora le planton et se retrouva avec trois armes pointées sur elle. Elle n'essayait pas de s'évader, se dit-elle pour se rassurer. Ils n'allaient pas tirer.

Elle traversa le couloir du QG, ouvrit la porte du colonel. Celui-ci leva les yeux des documents posés sur son bureau.

– Que signifie cette femme enterrée dehors? lança-t-elle à brûle-pourpoint. Il est contre la convention de Genève d'infliger des traitements cruels à un être humain. Êtes-vous au courant de ce qui se passe, colonel? Une femme est enterrée jusqu'au cou sur le chemin des latrines. Vous n'êtes certainement pas au courant.

489

Faites cesser cela. Je vous prie, venez avec moi et vous constaterez par vous-même. Vous serez horrifié. S'il vous plaît, colonel, venez voir.

Sakigawa s'adossa à son siège, murmura quelques mots en japonais et les trois soldats se retirèrent en refermant la porte.

— Veuillez vous asseoir, madame Cavanaugh, fit-il, placide.

— Non. Je veux que vous veniez constater de vos yeux ce crime odieux. Je veux que vous punissiez le coupable!

— Allez-vous devenir un problème, madame Cavanaugh? soupira le colonel. Les soldats obéissent à mes ordres.

Atterrée, Chloé se laissa tomber sur la chaise.

— Vous avez ordonné ça? Comment avez-vous pu?

— Elle a tenté de s'enfuir, expliqua-t-il comme si cela justifiait son châtiment.

— Tuez-la plutôt. Que ce soit rapide, humain. Pas ça!

Cette fois, le sourire de l'officier irradia jusqu'à ses yeux.

— Mais, de cette façon, tout le monde peut voir ce qui arrive en pareil cas. Demain vous la verrez à nouveau, et l'horreur vous dissuadera de nous désobéir. Il n'y a pas d'horreur dans l'exécution par balle. Un coup de feu bien propre, bien net, voilà ce qu'on attend de la guerre. Tenez-vous-le pour dit, madame Cavanaugh, vous et les autres. A voir votre expression, votre fureur indignée, je gage que vous allez chercher un moyen de la secourir, ou de la tuer pour soulager sa souffrance. N'en faites rien, madame Cavanaugh, ou on creusera votre tombe.

Nulle menace dans son ton; à croire qu'il conversait agréablement.

— Dans les jours à venir, vous tous, prisonniers, serez emmenés vers le nord. Un train vous conduira de la ville la plus proche à Tai-yuan, dans un camp de captivité. Vous n'y serez pas traitée avec la compréhension et les égards que j'ai eus pour vous.

— Les égards! Les femmes enterrées vives! Le viol! Vous êtes un barbare, colonel!

Sakigawa se mit à rire.

— Que les Occidentales sont pénibles. Vous auriez besoin qu'on vous batte pour vous corriger. Les Japonaises, elles, savent se tenir.

— Sûrement. Votre dressage leur ôte l'âme. Vous n'aimez pas les femmes mais les pantins, vous...

– Regagnez votre tente, et ne vous montrez plus ici. Vous êtes prévenue. Demain matin, quand vous reprendrez ce chemin, observez bien cette femme, et sachez ce qui arrive à ceux qui nous désobéissent en tant qu'homme ou en tant qu'ennemi.

– Il semble qu'ils ne fassent qu'un en Orient.

– Ne soyez pas téméraire, vous vous mettez en danger.

– Je préférerais mourir plutôt que vivre comme vivent vos femmes!

– Prenez garde, fit-il d'une voix plus dure. Ou votre désir pourrait être exaucé facilement.

– Vous auriez tous les États-Unis contre vous.

– Ne soyez pas stupide, rétorqua l'officier en riant. Votre gouvernement ne sait même pas où vous êtes. Vous étiez perdue, avez-vous dit. Vous avez disparu. Nul ne sait où. Ne croyez pas que votre nationalité vous protège, madame Cavanaugh. Vous n'existez encore que du fait de notre volonté. C'est la dernière fois que je vous mets en garde.

Ce soir-là, on ne porta pas de nourriture à Chloé.

Le lendemain, quand le soldat l'escorta sur le chemin des latrines, la femme enterrée avait les yeux troubles, sans regard, et sa langue pendait hors de sa bouche. Chloé espéra qu'elle était inconsciente. Ou morte. C'était la première fois qu'elle souhaitait la mort de quelqu'un. Elle pria. Si elle n'est pas encore morte, mon Dieu, qu'elle meure vite!

Trois jours plus tard, les prisonniers se mirent en route vers le train qui les emmènerait à Tai-yuan, au camp de détention. On marchait. Cette fois, Chloé n'avait pas de cheval et fut autorisée à se mêler aux Chinois qui la considérèrent avec suspicion. La nuit ils dormaient dans des grottes froides, hommes et femmes entassés ensemble, sans lumière. L'unique repas était distribué au milieu du jour.

Ils avançaient à marches forcées jusqu'à ce qu'ils tombent, alors on les abandonnait après leur avoir asséné un coup de crosse. Époux ou épouses voulaient rester auprès de l'infirme mais les gardes les poussaient en avant. Parfois ils tiraient une balle dans la tête du traînard, et souriaient d'entendre une femme gémir ou de voir un mari se frapper le front comme un rocher.

Un matin, on retrouva la plus jeune des prisonniers, une fillette de sept ans, morte et en sang. Chloé devina qu'elle avait été violée plusieurs fois. Son pantalon gisait à côté de son corps bleu et rigide.

Quand ils parvinrent à la gare ferroviaire, la première semaine de mars, l'odeur du printemps flottait dans l'air. Plusieurs wagons étaient déjà bondés de prisonniers. Tous ceux du groupe de Chloé furent entassés dans un seul wagon, si serrés qu'ils ne pouvaient ni s'allonger ni s'asseoir. Tous avaient beaucoup maigri durant le trajet; Chloé devait tenir son pantalon pour qu'il ne glisse pas sur son corps éprouvé.

Le train ne s'ébranla pas. On ne leur donna ni à boire ni à manger. Ils restèrent là toute la nuit. Aux premières lueurs de l'aube, la locomotive se mit à souffler, la vapeur s'éleva dans le ciel. Dans une secousse, le convoi se mit en branle, oscillant sous la charge. Le wagon puait l'excrément, l'urine, les vomissures.

Lorsque parut le soleil, le premier soleil qu'ils apercevaient depuis des semaines, le wagon se transforma en une fournaise infernale. Soudain, il y eut des cris; les freins hurlèrent, écrasant les prisonniers les uns sur les autres. Une fusillade se déclencha.

Nous sommes secourus, se dit Chloé. Quelqu'un attaque le train.

Et elle eut la certitude, même sans voir au-dehors, qu'il s'agissait de Léopard-des-Neiges.

61

Plus de cinq cents cavaliers dévalèrent des collines, brandissant fusils, pistolets, baïonnettes, grenades et couteaux, et poussant des cris assourdissants.

Les assaillants avaient soin de ne pas tirer en direction des wagons mais seulement sur la locomotive. Dès que celle-ci se fut immobilisée, ils prirent le train d'assaut, grimpant sur les toits, l'arme braquée sur quiconque tenterait de s'enfuir ou de riposter, et ils s'attaquèrent aux deux wagons qui abritaient les soldats japonais : l'un derrière la locomotive, l'autre en queue du convoi. En quelques secondes, les Chinois dirigeaient une mitrailleuse sur le wagon de tête. A l'intérieur, parmi les Japonais, ce fut la panique, on cherchait son arme, on basculait par les fenêtres éclatées, on rampait pour éviter les balles qui crépitaient.

L'un des Japonais parvint à tirer à bout portant et atteignit le chef de l'assaut à la cuisse. Le blessé toucha sa jambe, mais cela ne l'arrêta pas un instant. A son ordre, les hommes qui le suivaient sautèrent de cheval, fondirent sur le wagon comme une armée de fourmis, l'escaladèrent, l'envahirent, tirant au hasard.

Se tenant la jambe, Léopard-des-Neiges mit à son tour pied à terre et, avec un effort formidable et l'aide de deux de ses soldats, découpla les deux premières voitures du train, la locomotive et le wagon à présent plein de Japonais morts, que les soldats poussèrent sur la voie. Quand elles furent à une centaine de mètres du reste du train, les soldats s'éloignèrent rapidement avant que les deux bombes qu'ils venaient de placer n'explosent.

Alors Léopard-des-Neiges porta son attention vers les

493

wagons de prisonniers. Ses hommes avaient éliminé les soldats japonais du wagon de queue. La fumée grise des tirs enveloppait la scène.

Ce fut à coups de hachette qu'on fit sauter les portes. Les yeux illuminés d'une sorte de folie, Léopard-des-Neiges scrutait chaque wagon obscur tandis que les paysans délivrés sortaient à la lumière du jour. Chloé se trouvait dans la cinquième voiture. Elle fondit en larmes quand elle le vit debout à la porte, qui la cherchait. Quand il la reconnut ses yeux se fermèrent un instant. Comme s'il remerciait un dieu ou la providence.

Nul sourire ne brillait dans son regard lorsqu'il s'approcha d'elle en boitant, lui saisit la main, sans prêter attention aux centaines d'autres prisonniers qui s'éparpillaient au-dehors. Il l'enlaça, l'étreignit avec force.

– Je savais que c'était vous, chuchota-t-elle.

– Bien sûr, fit-il d'une voix rauque. Je vous avais dit que je saurais toujours vous trouver.

Il la serrait comme s'il ne devait plus jamais la lâcher.

– Dès que j'ai compris qu'on nous délivrait, dès que j'ai entendu les coups de feu, insista-t-elle, la tête appuyée contre lui, j'ai su que c'était vous.

– Bien sûr, répéta-t-il.

Léopard-des-Neiges installa Chloé sur son cheval, devant lui.

– Nous allons détruire la tête de ligne des Japonais, puis reconduire ces gens dans leurs villages.

– Cela va prendre des semaines, dit la jeune femme.

– La guerre n'est jamais rapide.

Ils avançaient lentement, en tête des cavaliers que suivait la cohorte pitoyable des paysans libérés.

– Il y a un cours d'eau non loin d'ici, vous nous y attendrez tandis que nous irons livrer bataille en ville. Nous serons de retour au coucher du soleil.

Chloé avait la main sur la cuisse de Léopard-des-Neiges et ce fut à cet instant qu'elle sentit le sang presque coagulé.

– Vous êtes blessé, dit-elle avec un sursaut.

– J'ai eu d'autres blessures, c'est le lot du soldat.

– Vous ne pouvez aller au combat dans cet état.

Il ne répondit rien. Que ce fût parce qu'elle était la première femme à tenter de lui dicter son comportement ou parce qu'il souffrait, elle ne put le dire.

494

– Faites ce que vous devez faire, reprit-elle.

Et elle sentit qu'il la serrait plus étroitement.

– Je fais toujours ce que je dois.

– Dieu merci, murmura-t-elle.

Il l'entendit et effleura ses cheveux de ses lèvres.

Une fois la ville débarrassée des Japonais, Léopard-des-Neiges entreprit de recenser les trois cent vingt-sept prisonniers et découvrit à cette occasion que plus de deux cent cinquante d'entre eux venaient d'autres villages que le groupe de Chloé. Mais aucun ne savait d'où ils étaient venus.

– Venez avec nous, proposa Léopard-des-Neiges.

La plupart acquiescèrent. Oui. Il leur fallait bien aller quelque part. Une haine implacable les tenait désormais, qui les poussait à chercher vengeance sur cet ennemi dont ils avaient ignoré l'existence avant d'en souffrir. Chasser l'ennemi, le tuer. Le tuer de leurs mains nues, car le désir de revanche suintait par tous les pores de leur peau.

Pour l'heure ils n'avaient pas le temps mais, plus tard, ils pleureraient la perte de leur sol ancestral, l'abandon de leurs morts. A ce moment-là, Chloé serait depuis longtemps partie, sans réaliser jamais ce que la guerre et ses conséquences auraient infligé à ses compagnons d'infortune.

Elle-même cherchait à oublier le viol... cinq inconnus usant d'elle comme d'un animal, ne la traitant pas en être humain, mais comme simple réceptacle à leur virilité. Rien d'autre. Elle repoussait ce souvenir, l'enfouissait au plus obscur de sa conscience, espérant ne jamais s'y confronter. Se disant que c'était passé.

Ça ne l'était pas.

Bien que Léopard-des-Neiges et elle dorment dehors avec leurs centaines de compagnons, il l'attira près de lui, sans se soucier de ce qu'en penseraient les témoins. Elle se lova contre lui, l'écouta gémir dans le sommeil ; il souffrait de sa blessure à la jambe. A leur réveil, il était brûlant de fièvre.

– Il faut trouver un médecin, dit Chloé, inquiète.

– Il n'y en a pas à des centaines de kilomètres à la ronde, répondit-il.

– Votre plaie s'infecte. Il faut extraire la balle. Regardez.

Il avait dû découper son pantalon. Chloé appliqua des compresses bouillies sur sa cuisse enflée, mais il refusa d'entendre parler de ralentir ou de s'arrêter pour se soigner.

– Je peux monter à cheval, assura-t-il. Rester ici ne sert à rien.

Les cavaliers allaient aussi lentement que possible afin de ne pas semer les marcheurs. Léopard-des-Neiges et Chloé, en revanche, avec trois douzaines de soldats, partirent de l'avant.

– C'est là que nous étions, indiqua Chloé, désignant du doigt le campement où s'alignaient les tentes. Ils ont enterré vive une femme jusqu'au cou et l'ont laissée mourir. C'était atroce. Insupportable.

Elle l'avait supporté, pourtant, comme tous les autres.

Allongé sur une couverture, Léopard-des-Neiges établit le plan d'attaque. Rassemblant toute son énergie, il expliqua son rôle à chacun des soldats.

– Ne tuez pas le colonel, demanda Chloé. Amenez-le ici.

Léopard-des-Neiges hocha la tête, il comprenait la vengeance.

Les Japonais, qui jouaient aux cartes ou sommeillaient cet après-midi-là, furent surpris. Dix minutes après le début de l'attaque chinoise, ils étaient morts. A l'exception du colonel. Celui-ci était en train de travailler dans son bureau quand il entendit les premiers coups de feu. S'emparant de son arme, il tira sur ceux qui tentaient d'entrer. Il ne tua que le premier. Les deux suivants l'immobilisèrent et l'emmenèrent sur la colline où Léopard-des-Neiges et Chloé attendaient.

A l'instant où le Japonais vit Chloé, il sut comment il allait mourir. La jeune femme ordonna aux soldats de creuser un trou.

– C'est le destin, ne croyez-vous pas, colonel? Dans mon pays, un dicton dit : « On récolte ce qu'on a semé. » Je ne fais pas cela pour les mêmes raisons que vous, pour donner un exemple. Mais parce que je ne veux pas que vous ayez une mort... quel mot avez-vous employé, déjà : *propre*? Quiconque a fait ce que vous avez fait mérite de souffrir le même sort. Voilà, asseyez-vous et attendez. Regardez-les creuser le trou, colonel.

Allongé sur sa couverture, Léopard-des-Neiges fixait Chloé. Comme elle, il regarda ses hommes descendre l'officier dans le trou, de façon à ne laisser dépasser que sa tête. A ce moment-là, Chloé s'agenouilla auprès du Japonais, à côté du tas de terre et de poussière et, lentement, à mains nues, entreprit de combler la fosse, d'enfouir le colonel qui n'eut pas un tressaillement. Elle s'en acquitta, avec une telle lenteur qu'il lui fallut plus d'une heure. Ensuite, elle s'assit, les genoux ramenés contre elle, et étudia le Japonais.

– Pour le temps qu'il vous reste à vivre, j'espère que vous penserez à cette femme et à ce qu'elle a souffert. Si vous n'aviez pas commis une telle ignominie, votre destin n'eût pas été le même.

– Tout est prédestiné, furent les seuls mots qui franchirent les lèvres du colonel.

Le détachement parcourut moins de deux kilomètres avant de s'arrêter pour la nuit. Des arbres leur offrirent un abri et suffisamment de bois pour fabriquer une civière à l'intention de Léopard-des-Neiges. Celui-ci s'endormit sur-le-champ.

Chloé le prit dans ses bras mais ne put trouver le sommeil. Dès qu'elle fermait les yeux, elle revoyait le visage de la femme enterrée, ses yeux opaques, sa langue pendante. Elle voyait aussi le colonel, seul dans la nuit; elle imaginait sa mort lente, sa peur, sa soif, sa sensation d'étouffement. Elle se répéta qu'il méritait son sort; sans doute avait-il infligé ce supplice à des dizaines de femmes et d'hommes, sans jamais songer à leur souffrance. Maintenant il saurait. Maintenant...

Elle tenta de se figurer ce qu'était la mort lente, par la faim, la soif, l'immobilité, la folie... Incapable de dormir, elle s'agitait.

A l'heure où les étoiles commençaient à pâlir, elle trouva le pistolet de Léopard-des-Neiges et, montant à cheval, parcourut le trajet en sens inverse. Ses yeux accoutumés à l'obscurité repérèrent la tête au bord du chemin.

Elle mit pied à terre et s'approcha. A cause de la nuit, il était impossible de savoir s'il la voyait.

– Colonel? appela-t-elle en s'agenouillant.
– C'est vous? fit-il d'une voix atone.
– Je suis revenue pour que ce soit propre.
– Oui. Merci, ajouta-t-il.

Chloé défit le cran de sûreté du pistolet, recula. Tous deux entendirent le déclic. Le bras raide, elle visa la tache plus sombre de la tête. Et pressa la détente.

La détonation résonna dans les collines qui la répercutèrent en écho.

Remontant à cheval, Chloé repartit au trot. Elle eût aimé galoper mais il ne faisait pas assez clair.

A son retour, elle trouva Léopard-des-Neiges encore fiévreux, mais il chercha sa main.

– J'ai entendu, dit-il. Je suis content. C'est ce que j'ai fait pour Fen-tang. Ce Japonais méritait de mourir mais il ne fallait pas être inhumain.

– Pourquoi ne pas m'avoir dit cela hier?

– C'était votre vengeance, pas la mienne. Cela devait venir de vous. Et je suis content de ce que vous avez fait. Sinon, vous auriez eu du mal à dormir le restant de vos jours.

Avec le peu de force qu'il lui restait, il attira Chloé à lui et l'embrassa.

– Je suis heureux que vous m'ayez appris le baiser, souffla-t-il avec un faible sourire.

– Moi aussi.

Elle pressa sa main contre son sein puis la porta à ses lèvres.

En fin d'après-midi, ils furent contraints de faire halte. Léopard-des-Neiges délirait. On l'installa sur une couverture au sol; la fièvre le dévorait. Examinant sa jambe, Chloé fut horrifiée par la blessure gangrenée, nauséabonde, congestionnée et pleine de pus.

Il ne dirigera jamais la Chine, se dit-elle.

S'éloignant du détachement des soldats, elle gagna un couvert d'arbres et, là, se recroquevilla au sol pour pleurer.

Toute la nuit, elle resta à le veiller en lui tenant la main. Au matin, il s'éveilla, la conscience claire, agita sa main dans celle de la jeune femme et lui sourit.

– « On récolte ce qu'on a semé », c'est bien ce que vous avez dit? Moi je disais, il y a longtemps, quand j'étais tellement sûr de moi-même, qu'une femme ne valait pas qu'on meure pour elle.

Il étreignit Chloé.

– Vous le valiez pourtant si bien, ajouta-t-il.

– Vous n'allez pas mourir, le pressa Chloé, le serrant dans ses bras et baisant ses lèvres. La Chine et moi avons trop besoin de vous.

– J'ai découvert l'amour alors que je n'y croyais pas, et cela justifie tout le reste.

Des larmes trempaient les joues de Chloé.

– Un jour, continua-t-il, la voix de plus en plus faible, *si* il y a une vie après la mort, nos âmes se mélangeront peut-être. En attendant... Curieux, n'est-ce pas? Nous nous sommes rencontrés à cause d'un train. Et je meurs aujourd'hui à cause d'un train.

Paupières closes, il s'abandonnait de plus en plus à l'étreinte de Chloé.

– Mourir dans vos bras, avec vos larmes sur mes joues, vos lèvres sur les miennes...

Quand elle embrassa de nouveau sa bouche, elle sentit s'exhaler son dernier souffle de vie.

– Vous ne ressemblez à personne, personne au monde, murmura-t-elle.

Mais il s'en était allé.

On l'enterra au sommet d'une colline.

A présent, Chloé brûlait d'abattre tous les Japonais qui approcheraient. Elle avait pris le fusil de Léopard-des-Neiges et elle avait soif de tuer, tuer les Japonais. Les punir, les anéantir, leur arracher les yeux, enfoncer ses ongles dans leur chair et regarder le sang couler...

Devant eux, au fond de la vallée, apparut un feu de camp. L'un des soldats du détachement se porta volontaire comme éclaireur.

– Je viens aussi, dit Chloé.

Tous les regards convergèrent sur elle, réprobateurs. Peu lui importait du moment que personne ne la retenait.

Le soldat Chin-li et elle descendirent la colline, rampant durant plus d'une demi-heure au milieu des broussailles. Le crépuscule se fondit dans la nuit à mesure qu'ils progressaient. Un détachement de onze Japonais était installé autour du feu. L'un d'eux parlait, avec force gestes, et les autres écoutaient, riant de temps à autre. Nul ne soupçonnait la proximité du danger.

Et là, regardant en direction de Chloé bien qu'il sût qu'il ne pouvait la voir, elle reconnut le capitaine dont les hommes l'avaient arrêtée. Le capitaine qui l'avait violée. Le capitaine qui avait laissé à ses soldats le loisir d'user d'elle à leur guise. Le capitaine qui, elle en était certaine, avait déjà oublié l'incident. Le capitaine qui toute sa vie avait dû user de la sorte des femmes. Le capitaine qui, avec ses hommes, avait violé une femme différente

499

chaque soir de leur périple. Le capitaine qui cherchait peut-être les armées cachées à Yanan. Les Japonais se déployaient dans les montagnes du nord de la Chine, afin de soumettre cette terre et son peuple comme ils soumettaient les femmes.

Si elle avait eu avec elle le fusil de Léopard-des-Neiges, elle eût visé son front et tiré. Il n'aurait jamais su d'où venait la balle.

Une heure plus tard, quand Chin-li et elle furent de retour, les soldats de leur détachement avaient décidé d'attendre que l'ennemi soit endormi. On attaquerait peu avant l'aube. D'ici là, ils s'abriteraient dans la forêt et s'octroieraient un peu de repos non loin du campement ennemi.

Chloé ne put fermer l'œil. Je ne veux pas qu'ils meurent, se répétait-elle. C'est trop facile.

Les Japonais furent promptement et silencieusement capturés avant le jour. Chloé isola le capitaine et les quatre soldats qui l'avaient violée. Les autres furent fusillés. La jeune femme se planta devant ses bourreaux puis se retourna vers les hommes de Léopard-des-Neiges.

– L'un de vous a-t-il des connaissances médicales?

Un jeune soldat s'avança.

– J'ai été un peu assistant en chirurgie.

– Castrez-les, ordonna-t-elle d'une voix froide. Sans qu'ils meurent, si possible.

Qu'ils ne puissent plus jamais infliger à une femme ce que j'ai subi.

Le souvenir physique du viol lui revint avec violence et elle vomit. Qu'ils vivent sans plus pouvoir posséder une femme.

Le jeune soldat chinois aiguisa son couteau sur une pierre. Trois autres tinrent le capitaine.

– Tuez-moi, supplia celui-ci. Je préfère mourir.

– Justement, fit Chloé, en lui souriant.

Elle assista jusqu'au bout, cinq fois, à l'opération, sans fléchir sous leurs hurlements. Après avoir procédé à l'ablation de leurs testicules, le jeune Chinois les recousait avec un gros fil noir.

Elle n'éprouva ni douleur ni culpabilité. Ni jubilation.

– Qu'ils partent. Nous ne les garderons pas prisonniers.

500

Qu'ils meurent d'infection ou qu'ils survivent pour tuer davantage de Chinois ne lui importait pas. Elle s'était vengée. Peut-être à présent saurait-elle oublier, dépasser son viol.

Elle l'avait fait pour Jade aussi.

Elle l'avait fait, mue par une haine incontrôlable. Avec malveillance et puisant satisfaction dans la revanche. Maintenant elle comprenait qu'on puisse prendre un plaisir intense à garrotter un ennemi. Ou à le décapiter.

Cette nuit-là, elle rêva des fleurs blanches du poirier dans le jardin de sa maison d'enfance.

Sa maison. Oneonta.

– Je veux rentrer, dit-elle à voix haute.

Comme six semaines auparavant, dans la grotte de Yanan.

62

– Te voilà devenue un sac d'os, s'exclama Su-lin, agitant un doigt grondeur vers Chloé alors que les larmes roulaient sur ses joues.

Au bout du long couloir sombre qui ouvrait sur la cour retentit un cri puis le bruit d'une course sur les dalles. Quand Jade déboucha dans un rai de lumière, elle s'immobilisa, fixant Chloé qui lui ouvrait les bras.

Mais la fillette restait sur place, la bouche tordue en un sanglot, les poings serrés.

– Je croyais que tu ne reviendrais jamais plus, finit-elle par chuchoter, avant de se précipiter vers Chloé pour se jeter dans ses bras.

– Oh, Mère, Mère!

Toutes sanglotaient. Chloé, Jade, Su-lin.

– Qu'est-ce que c'est que ce raffut? lança de loin Dorothy.

Lorsqu'elle comprit, ses yeux aussi s'emplirent de larmes.

– Oh, mon Dieu, Chloé. Nous avions peur que...

Chloé hocha la tête, encerclant Dorothy aussi dans son étreinte.

– Je ne sais même pas combien de temps je suis partie. Il s'est passé tant de choses.

Jade se cramponnait à elle, refusait de la lâcher.

– Plus de deux mois, répondit Dorothy, s'essuyant les yeux avec sa manche.

– Soixante-neuf jours, précisa Jade d'une voix hoquetante.

Chloé se mit à rire quand Fleur-de-Prunier et Li déboulèrent à leur tour, suivis par Jean qui portait un tout-petit. Elle les enlaça tous, Jade toujours accrochée à son cou.

– Bonté divine, que vous êtes maigre ! s'écria Jean tandis que le bébé pleurnichait sur son épaule.

– Je vais préparer à manger, annonça Su-lin.

– Je leur disais que la seule raison pour que tu ne sois pas revenue était que les Japonais t'avaient faite prisonnière ou alors que tu t'étais perdue en chemin, fit Jade.

La folie d'une pareille idée fit rire Dorothy. Chloé dévisagea sa belle enfant.

– C'est vrai, j'ai été prisonnière.

Un silence tomba sur le groupe.

– Je vous raconterai après m'être restaurée, et après m'être repue de vous regarder. Savez-vous que vous êtes beaux, tous ?

Tout le long du retour vers Xi'an, elle s'était dit que, si Jean et Dorothy se débrouillaient et se sentaient de rester seules, elle emmènerait Jade, Fleur-de-Prunier et Li et rentrerait aux États-Unis. Les missions chrétiennes accepteraient certainement d'assumer l'orphelinat et, pour l'heure, Xi'an paraissait sûre. En tout cas plus que ne devait l'être Shanghaï.

Les remous du monde, cependant, conspiraient contre elle. L'actualité allait la poursuivre à Xi'an même. Elle en eut le soupçon en prenant connaissance d'une dépêche que lui avait adressée Cass.

FANTASTIQUE ARTICLE YANAN. CONTENT TU SOIS HORS SHANGHAÏ. CONTACTE CHANG HSUEH-LIANG A XI'AN. RESPONSABLE ARMÉES CONTRE JAPS ET ROUGES. AVEC MON AMOUR. CASS.

Cass, bien sûr, ignorait tout des dernières semaines de la vie de Chloé. S'il savait, se dit-elle, il insisterait pour que je rentre. Au lieu de cela, elle décrochait une interview avec Chang Hsueh-liang, plus connu sous le surnom de Jeune Maréchal. Avant de le rencontrer, elle glana tous les renseignements possibles sur l'homme qui commandait les armées nationalistes du Nord-Ouest. Ce qu'elle découvrit l'intrigua.

Mais d'abord elle apprit l'incroyable nouvelle : Tchang Kaï-chek négociait un traité avec le Japon. Il s'offrait à bouter hors de Chine toutes les nations étrangères et leurs concessions pour donner tous leurs droits commerciaux et territoriaux au Japon. De cette façon, il espérait arrêter l'invasion nipponne, afin de pouvoir concentrer ses forces sur l'éradication de la menace communiste.

Le Jeune Maréchal, homme intelligent et sensible qui avait grandi parmi des seigneurs de guerre corrompus et mercenaires, dirigeait les armées de Tchang au nord.

– Je n'aurai de cesse, déclara-t-il à Chloé à l'issue de l'entretien, que notre pays s'unisse dans la lutte contre les agresseurs. Les Japonais tiennent désormais cinq provinces, ma tâche est de libérer ces provinces.

– L'ennemi viendra-t-il jusqu'à Xi'an? questionna Chloé.

Haussant les épaules, le Jeune Maréchal alluma une cigarette qu'il tenait entre le pouce et l'index.

– Conseillez à la presse américaine de mettre votre pays en garde. Vous aussi êtes menacés par le Japon. A moins de nous soutenir, vous serez, vous aussi, à la merci de l'ennemi.

Bien qu'elle ne portât pas les Japonais dans son cœur, Chloé réprima un sourire. Ces petites îles qui constituaient le Japon ne pouvaient aucunement menacer les gigantesques États-Unis.

Plus tard dans l'année, Tchang Kaï-chek annonça une nouvelle « campagne d'extermination », par laquelle il consacrerait toutes ses forces armées à l'anéantissement de tous les communistes en Chine. Il arriva à Xi'an pour relever le Jeune Maréchal de son commandement, et l'envoyer en service dans une région reculée du Sud où il n'y avait pas (encore) de Japonais, et loin des bastions communistes du Nord.

Comme le Jeune Maréchal, soutenu par le général Yang qui partageait ses idées, essayait de faire entendre raison à Tchang, le généralissime entra dans une colère noire, sortit en claquant la porte et ordonna à son chauffeur de le conduire aux sources chaudes de Lishan, à une vingtaine de kilomètres au nord.

En rédigeant ce qui s'était passé ensuite, Chloé se rappela que Nikolai et elle s'étaient arrêtés à Lishan pour s'y baigner, avant d'entamer leur périple à travers la Mongolie. Elle ignorait que le papier qu'elle enverrait à Cass susciterait autrement plus d'intérêt que sa rencontre avec Mao. Aux yeux du monde, Mao n'existait pas. Tchang Kaï-chek était la Chine.

504

Tôt le matin à l'issue d'une nuit au cours de laquelle les deux officiers avaient lutté avec leur conscience, ils décidèrent de passer à l'action. S'ils laissaient Tchang Kaïchek poursuivre sa « campagne d'extermination », on les reléguerait au sud, loin du front, et leur combat contre les Japonais serait perdu. « Prenons Tchang Kaï-chek en otage », suggéra le général Yang, pour la dixième fois au moins. Le Jeune Maréchal finit par accepter.

Il est notoire que Tchang se lève une heure avant l'aube pour méditer. Ses fausses dents se trouvaient sur sa table de chevet et il ne portait que sa chemise de nuit. Apparemment il assistait par la fenêre aux prémices de l'aube quand des coups de feu se firent entendre.

Deux ordonnances se ruèrent dans sa chambre, le pressant de se hâter. Sans dentier ni vêtements autres que sa chemise, Tchang les suivit vers la porte de derrière; ils lui firent la courte échelle afin qu'il franchisse le mur d'enceinte. En tombant de l'autre côté, Tchang se tordit la cheville et se blessa le dos. Devant lui, il n'y avait qu'une colline couverte d'épineux. Il la gravit aussi vite que cela lui était possible avec une cheville enflée.

Les troupes des coalisés passèrent la ville d'eau et ses hauteurs au peigne fin, sachant que Tchang n'avait pu s'enfuir. Au bout de quatre heures de fouille minutieuse, ils découvrirent Tchang caché dans une grotte peu profonde, grelottant de douleur, de froid et de peur. Il redescendit la colline sur le dos d'un des soldats et fut embarqué dans une voiture.

On le ramena à Xi'an. Le général Yang et le Jeune Maréchal le reçurent à leur quartier général, l'autorisèrent à s'aliter et envoyèrent quérir un médecin.

Leur coup de force était un succès.

Les coalisés rédigèrent alors un manifeste par lequel ils exigeaient que Tchang réorganise son gouvernement de Nankin, en y incluant toutes les factions, y compris les communistes; qu'il autorise les rassemblements politiques de toutes tendances; que la guerre civile s'arrête; que tous les prisonniers politiques soient relâchés; que les citoyens obtiennent le droit de manifester; que les volontés de Sun Yat-sen soient respectées.

Des amis furent autorisés à le voir et le supplièrent de comprendre que le Jeune Maréchal n'était pas un ennemi mais un patriote, qui pensait d'abord à la Chine.

Trois jours plus tard, Mme Tchang arrivait à Xi'an en avion afin d'être auprès de son époux. Elle émergea du trimoteur Fokker emmitouflée dans un manteau de vison contre la rigueur de l'hiver nordique. Sa femme de chambre et sa cuisinière l'accompagnaient, car elle n'a confiance en personne.

S'il a pu arriver à certains d'entre nous de sous-estimer Mme Tchang – et j'admets avoir été du nombre –, gardons-nous de retomber dans l'erreur. Mme Tchang Kaï-chek écouta le Jeune Maréchal, ainsi que Chou En-lai qui était descendu de Yanan, puis déclara : « Dorénavant, nous résoudrons nos problèmes intérieurs par la politique, non par la force. Après tout, nous sommes tous chinois. » Et elle accéda à leurs exigences.

Le généralissime fut relâché. En gage de bonne foi, le Jeune Maréchal repartit avec eux pour Nankin.

Tchang Kaï-chek sera-t-il à la hauteur de la parole de son épouse ?

Seul le temps répondrait à cette question.

Mais Chloé ne pouvait plus attendre. Bien qu'avec tristesse, Dorothy et Jean reconnurent qu'elles étaient capables de diriger l'orphelinat sans l'aide de sa fondatrice. Elles comprenaient son besoin de rentrer.

La jeune femme était loin de soupçonner que le voyage de retour durerait près de trois ans.

CINQUIÈME PARTIE

1939-1949

CINQUIÈME PARTIE

1939-1943

63

C'était étincelant. Chloé songea qu'elle n'avait jamais rien vu de plus blanc. Nichée au creux de ses collines, cernée d'arbres, la ville dévalait sur la baie. Des touches pastel venaient atténuer la blancheur, et il n'y avait pas d'odeur, sinon – quand le paquebot se mit à quai – une odeur de pain frais venant d'une boulangerie proche.

– C'est beau, souffla Jade à côté de Chloé. Mais tu disais que c'était une grande ville. Où sont tous les gens ?

En riant, Chloé enlaça les épaules de sa fille. Effectivement, comparées à celles d'une quelconque ville moyenne en Chine, les rues de San Francisco paraissaient à moitié vides. Tout semblait propre, et pur, sans grisaille ; les immeubles n'avaient pas la couleur uniforme de la brique pareille à la terre.

Tant de changements s'étaient produits, que Chloé ignorait. L'Exposition internationale avait ouvert au printemps à Flushing Meadows. L'Allemagne avait envahi la Pologne ; la Grande-Bretagne et la France avaient déclaré la guerre à l'Allemagne en septembre, le mois dernier. *Autant en emporte le vent* avait conquis le pays et deviendrait bientôt la plus importante production cinématographique du monde. Clark Gable régnait en roi incontesté sur Hollywood. Et il semblait que les États-Unis sortaient enfin de leur dépression qui avait duré près de dix ans. Franklin Roosevelt était le président le plus populaire depuis son cousin Teddy. John L. Lewis était l'un des hommes les plus populaires et les plus détestés par ceux qui considéraient les syndicats comme la ruine de l'Amérique. Il venait toutefois bien après Hitler et Mussolini.

509

Les juifs étaient massacrés en Europe. L'un après l'autre, les pays européens succombaient aux armées hitlériennes. Glenn Miller, Guy Lombardo et Tommy Dorsey faisaient danser l'Amérique. A l'université, les bizuts gobaient des poissons rouges. Les écoliers récitaient avec conviction le serment d'allégeance. La pulpeuse Lana Turner, moulée dans son chandail embrasait le grand écran.

Il n'était pas rare d'entendre, dans la bouche des Américains, devant les actualités cinématographiques commentées par la voix dramatique de Lowell Thomas :

– Mais qu'est-ce qu'ils nous pompent avec leur guerre ? Y en a marre. De toute façon, est-ce qu'on sait qui est qui ? Les Japs et les Chinetoques se ressemblent tous !

Mais les mêmes souriaient, leur intérêt ravivé, si Meiling apparaissait à l'image. Et on était fier qu'une femme si belle, si intelligente, ait été élevée aux États-Unis, ait converti son époux au christianisme et, de ce fait, œuvrait pour la bonne cause. Tout le monde savait qu'il fallait haïr les Japs parce que le Japon avait envahi la Chine ; mais on ne voyait pas trop pourquoi il fallait aimer la Chine, à moins que ce ne soit au nom de la tendance des États-Unis à se ranger du côté du perdant.

Si on savait pourquoi on haïssait Hitler, s'identifier aux Chinois était plus problématique, aussi était-on soulagé quand se refermait cette page des actualités filmées.

L'Amérique était encore innocente. Ou fallait-il dire *ignorante* ?

A mesure qu'elle regardait la ville se préciser, Chloé se rappela la dernière fois qu'elle l'avait vue, et son bonheur d'alors.

A ce moment, Fleur-de-Prunier et Li déboulèrent sur le pont où ils avaient joué à cache-cache, hurlant de rire, pour rejoindre Chloé et Jade au bastingage. Chloé les regarda tous trois. De si beaux enfants. Les filles étaient d'une beauté extraordinaire. A presque quinze ans, Jade tournait déjà les têtes. Sérieuse, elle n'avait jamais eu le penchant de sa sœur pour l'insouciance et les fous rires.

– Est-ce qu'on va se moquer de mon anglais ? demanda-t-elle une fois de plus à Chloé.

– Probablement. Mais que ça ne te chagrine pas. Les gens apprécieront tes efforts. Les Chinois étaient très gentils avec moi au début quand je m'essayais à parler leur langue mais je voyais bien qu'ils souriaient en catimini.

Les Américains ne seront sans doute pas aussi courtois mais il ne faudra pas y voir de mal.

Disait-elle la vérité? Bien qu'elle ait écrit des années auparavant à ses parents qu'elle avait adopté trois orphelins chinois, elle s'interrogeait sur leur réaction face à ces nouveaux petits-enfants. Ses protégés se verraient-ils frappés d'ostracisme? Bon, inutile de s'inquiéter de ce qu'elle ne pouvait changer.

Prévoyant de prendre le train pour Oneonta, elle avait l'intention de s'arrêter d'abord à Chicago pour rendre visite à Cass. Il y avait près de neuf ans qu'elle ne l'avait vu. Cependant, toutes les années où elle était à Shanghaï, il ne s'était pas passé un mois sans qu'elle reçût de ses nouvelles. Pas seulement professionnellement : il lui adressait une longue lettre personnelle et un chèque pour l'orphelinat. Ainsi avait-elle appris que Grant était bel et bien devenu *son* directeur de rédaction, que Suzi était incroyablement heureuse avec lui, que Cass avait honte de sa conduite passée. Il écrivait d'Angleterre, de Paris, de Munich d'où il avait – en 1935, dans la dernière lettre intime qu'elle avait reçue de lui – prédit la guerre. Lettres d'amour qu'elle avait inlassablement relues à l'époque et qu'elle rangeait dans le tiroir de sa table de chevet. Mais toutes ses affaires étaient restées à Shanghaï quatre ans plus tôt, quand Léopard-des-Neiges les avait fait évader, elle et les enfants.

Six semaines plus tôt, elle s'était contentée de lui câbler « Je rentre » sans même signer. Elle le supposait remarié.

Elle était sans nouvelles de lui ni de sa famille. Et si ses parents étaient morts? La dernière fois qu'elle les avait vus, elle avait vingt et un ans. Se reconnaîtraient-ils seulement? Elle aimait l'idée de vivre à Oneonta. La vie boucerait sa boucle. Pas de foule. La propreté. Pas de guerre. Pas de brutalité. Pas d'enfants mourants, abandonnés. Pas de pieds bandés. Pas d'hommes usant des femmes pour leur seul plaisir avant de les rejeter. Du moins rien de tel ne se produisait dans les rues.

La vie reprendrait enfin un cours paisible. Ce n'avait pas été facile. Du jour où les enfants et elle avaient quitté Xi'an en janvier 1937, il leur avait fallu plus de deux ans et demi pour arriver sur le continent américain.

Au moment où le train quittait la sombre gare de Xi'an, Chloé estimait que le voyage durerait un mois, six semaines au plus. Mais aucun déplacement n'était aisé en Chine ; la guerre avait interrompu services et communications.

Chloé avait détesté Tcheng-tou, où les habitants soupçonneux crachaient sur les étrangers blancs. Une ville froide et sombre, plus populeuse que Shanghaï, lui avait-il semblé. Pendant un mois elle avait craint d'être obligée d'y rester. La ligne pour Kunming était coupée et il eût été idiot de partir vers l'est, de descendre le fleuve vers Chongqing.

Huit cents kilomètres séparaient Tcheng-tou de Kunming. Ils les avaient parcourus en char à bœufs, à pied, à dos de chameau ou de mulet. Parfois sans manger pendant plusieurs jours.

A Kunming, six semaines leur avaient été nécessaires pour recouvrer des forces. Ah, Kunming ! Sans doute la ville préférée de Chloé en Chine, qu'on appelait la « cité du printemps perpétuel », située en altitude dans les montagnes du Yunnan. Ils avaient pique-niqué sur le lac Dianchi ; ils s'étaient repus des plats épicés pour lesquels cette province était célèbre. De nombreux groupes ethniques arboraient leur costume traditionnel, et les enfants s'ébaudissaient devant cette variété de couleurs et de formes qu'on ne voyait nulle part ailleurs dans le pays.

En chaises à porteur, ils se joignirent à une caravane qui gagnait Hanoï, dans le nord de l'Indochine française. De là, ils s'embarquèrent en jonque pour Saïgon, ville qui fascina Chloé, cité typiquement orientale au premier abord mais où abondaient les signes de l'influence française. Cité de jardins, de beauté, de culture, d'intrigues. Le consul américain local finit par leur trouver des places sur un cargo qui emportait du copra à Darwin.

A Darwin, à l'extrême pointe de l'Australie, ils prirent un car pour Alice Springs, puis le train pour Adélaïde, ensuite pour Sydney. C'était la ville la plus propre que Chloé ait vue en seize ans. Sans puanteur. Elle buvait l'eau au robinet et le son de la chasse d'eau lui semblait musical.

Elle y dîna d'un steak, de frites et de salade verte. Les enfants firent la moue devant cette nourriture. Chloé se douchait matin et soir, parfois même en milieu de journée. Cependant, aucun navire appareillant pour San Francisco n'avait quatre places à leur proposer.

De guerre lasse, Chloé se rendit à l'ambassade des États-Unis. Son nom n'y était pas inconnu.

– Nous vous croyions morte, s'entendit-elle dire.

Un mois plus tard, ils embarquaient sur un cargo pour traverser le Pacifique. Dès le départ de Sydney, Chloé avait cessé de parler chinois aux enfants, les obligeant à n'entendre plus que la langue qui leur serait désormais nécessaire.

Le bateau venait de passer sour le pont du Golden Gate, récemment construit – Chloé, comme les enfants avait regardé l'ouvrage d'un œil plutôt craintif. Quelques personnes seulement étaient présentes sur le quai...

Et soudain elle le vit. Cass. Qui agitait son chapeau afin d'attirer son attention et tenait dans l'autre main un énorme bouquet de fleurs blanches. Dieu merci, elles ne sont pas jaunes, se dit Chloé. Oh, comment avait-il suivi sa trace, comment avait-il su sa date d'arrivée? Quel homme merveilleux! Le seul fait de le voir procurait à Chloé un sentiment de sécurité depuis longtemps oublié. Des larmes coulèrent sur ses joues.

Elle le désigna à Jade qui l'avait vu en 1931 mais n'en avait conservé aucun souvenir. Une main au-dessus des yeux pour se protéger du soleil, l'adolescente détaillait cet inconnu.

– Est-ce que tous les hommes d'Amérique sont comme ça?

– Non. En Chine tu étais habituée à ce que tout le monde ait les cheveux et les yeux noirs. Ici, ce n'est pas systématique. Allons, les enfants.

Elle saisit les mains de Fleur-de-Prunier et de Li pour qu'ils ne se perdent pas mais, du fait de toutes les tracasseries administratives, il devait s'écouler encore une heure avant qu'ils ne puissent poser le pied sur la passerelle. Chloé ne quittait pas Cass des yeux. Il ne bougeait pas mais elle devinait son sourire. Il n'accourut pas pour l'accueillir. Les passagers ne sont pas si nombreux, pourtant, se dit-elle. Pourquoi n'avance-t-il pas? Au moment où son pied touchait le sol américain, alors qu'elle gardait les yeux rivés sur Cass à quelques mètres, elle faillit se cogner à une dame d'un certain âge.

– Excusez-moi, murmura-t-elle, la regardant à peine.

Et elle allait s'élancer vers Cass quand soudain elle se figea. Derrière la femme, elle venait de reconnaître son père.

– Oh! s'écria-t-elle.

Et tous de rire, pleurer, s'étreindre sous l'œil stupéfait des enfants.

513

– Que tu es maigre! s'écria sa mère. Tu n'as que la peau sur les os. Oh, ma chérie, nous t'avons crue morte.

De nouveau, elle fondit en larmes. Chloé était trop bouleversée pour parler. Son père ne cessait de lui tapoter le bras en émettant de petits sons rassurants.

– M. Monaghan nous a offert le voyage en train, dit-il, et nous a installés à l'hôtel *Drake*. Le plus luxueux que j'aie jamais vu.

– Le plus luxueux? répéta Mme Shepherd. Tu veux dire le seul où tu sois descendu, oui!

Et elle se tamponna les yeux avec un mouchoir.

– Tu as une mine épouvantable, mais enfin, c'est un plaisir de te voir, intervint la voix de Cass.

– Oh, Cass, s'exclama Chloé en se jetant dans ses bras. Tu es merveilleux...

Il l'emprisonna dans ses bras, elle ne pouvait plus arrêter ses larmes. A cet instant elle entendit la voix de sa mère :

– Et voilà sans doute mes nouveaux petits-enfants?

Oh, Dieu merci. Merci, maman.

Cass avait réservé une suite pour elle et les enfants, face à la chambre de ses parents et voisine de la sienne.

Une fois que Chloé eut mis les enfants au lit, Cass, M. et Mme Shepherd et elle restèrent au salon à parler jusqu'à minuit passé. Assise sur le sofa entre ses parents, elle leur tint la main toute la soirée. Quand ceux-ci se furent retirés, Cass prit la jeune femme dans ses bras et la serra contre lui.

– Je me décerne la palme de l'homme le plus altruiste de l'année. J'ai eu envie de t'avoir dans mes bras à chaque instant alors que, grâce à moi, te voilà entourée de toute ta famille.

– Je pensais que tu serais remarié.

– Tu parles, murmura-t-il en l'embrassant sur le front.

Il semblait à Chloé que rien, jamais, n'avait été aussi bon que les bras de Cass autour d'elle.

La prenant par le menton, il lui renversa un peu la tête en arrière.

– Quand tu seras prête, je veux que tu me racontes tout ce qui t'est arrivé depuis ton départ de Shanghaï. A te regarder, je suis sûr que tu as connu l'enfer.

Chloé secoua la tête.

– Ce fut assommant, parfois éprouvant, mais ça n'a pas été l'enfer. L'enfer a cessé quand je suis revenue à Xi'an.

Cass plongea les yeux dans les siens ; elle vit son propre reflet dans ses verres de lunettes.

– Je veux tout partager avec toi, dit-il. Je veux savoir ce que tu es devenue depuis la dernière fois. Je veux... oh, Chloé, je te veux.

Elle eut un sourire.

– Je soupçonne mes parents d'être restés très puritains, mais sans doute arriverai-je à me glisser dans la chambre voisine pour un petit moment sans être aperçue...

– Délicieuse idée.

Sans perdre un instant, Cass ouvrit la porte qu'il referma sans bruit derrière lui.

Après s'être assuré que les enfants dormaient, Chloé le rejoignit.

– J'avais envie de prendre une douche mais j'ai pensé que je pourrais utiliser la tienne.

– As-tu déjà pris une douche à deux ? lui demanda Cass en lui prenant la main.

– J'admets que non.

Il lui frotta le dos, lui lava les cheveux, lui taquina les seins, lui nettoya les orteils un à un, et le nombril, la couvrit de baisers sous le jet d'eau chaude.

Quand il l'eut essuyée dans une grande serviette douce, il l'emporta sur le lit, Chloé laissa ses caresses et ses baisers chasser toute pensée de son esprit, s'abandonnant aux seules sensations. Sous les murmures et les mots d'amour de Cass, son corps reprenait vie, renaissait au désir. Elle ouvrit les yeux et vit l'homme s'approcher d'elle, se pencher vers elle, elle le sentit qui essayait de la pénétrer et elle se mit à hurler, serra les poings, tenta de se dégager, de lever un genou pour le frapper au sexe, mais elle ne pouvait que crier, hurler...

– Chloé ! appela Cass.

De la main, il étouffa ses hurlements.

Les yeux hagards, la jeune femme finit par reconnaître les traits bouleversés de Cass, l'inquiétude dans son regard. Elle se mit à pleurer, à sanglots déchirants, irrépressibles.

Les bras de Cass l'enveloppaient, il la berçait contre lui.

– C'est fini, c'est fini, ma chérie, murmurait-il. Tu es en sécurité. Tu es avec moi, et je vais prendre soin de toi. Tout va bien maintenant.

Plus tard, quand elle fut capable de parler, elle lui raconta ce que lui avaient fait les soldats.

– Je ne l'ai dit à personne, fit-elle d'une voix encore brisée. Je croyais avoir oublié. Cela remonte à plus de trois ans.

– Nous nous en sortirons ensemble, promit Cass, les yeux pleins d'une tendre inquiétude. Il n'y a pas de hâte, ma chérie. Nous en parlerons encore, et de tout ce qui t'est arrivé. L'important est que tu sois maintenant à l'abri, que tu sois là.

Il la serra plus étroitement contre lui.

– Plus tard nous passerons du temps seuls tous les deux, et nous parviendrons à vaincre ces monstres qui te hantent. Oh, ma chérie, ma courageuse Chloé.

Elle demeura lovée contre lui jusqu'à ne plus tenir les paupières ouvertes.

– Je ne dois pas laisser Jade toute la nuit seule dans un pays étranger.

Plus tard aussi, elle lui dirait pour Jade. Elle lui dirait tout. Cass était le seul être au monde auquel elle pût tout confier.

Sauf peut-être à propos de Léopard-des-Neiges, qui n'appartenait qu'à elle seule.

64

Chloé emmena les enfants à Oneonta et y resta jusqu'à
Noël, qui fut tel qu'en son souvenir. Les enfants furent
accueillis comme orphelins de guerre – très à la mode à
l'époque, surtout quand ils venaient d'Europe. Que les
trois de Chloé fussent un peu plus exotiques ne les rendait que plus intéressants. Lee, modifiant l'orthographe
de son prénom, s'enthousiasma pour son nouveau pays.
Fleur-de-Prunier devint timide et hésitante. Jade observait tandis que les garçons l'observaient.

Chloé dormait énormément et buvait des litres d'eau à
même le robinet. La vie aux États-Unis avait beaucoup
changé depuis son départ.

Elle resta donc trois mois à Oneonta bien que deux
mois auraient suffi à son goût. Elle avait recouvré la santé
et pris dix kilos. De nouveau, elle avait le sourire aux
lèvres. Non seulement elle se sentait pleine d'énergie,
mais elle songeait qu'il lui fallait gagner sa vie.

Cass envoya des cadeaux pour tout le monde mais ne
vint pas les rejoindre pour Noël. Il téléphona, comme
chaque semaine, pour dire à Chloé qu'il aurait bien voulu
mais qu'il n'avait jamais passé un Noël loin de Suzi et ne
le souhaitait pas. Il demanda à la jeune femme si elle
aimerait prendre le train afin de passer le nouvel an avec
lui au lac.

– Il fera frisquet, habille-toi chaudement.

– Il ne peut pas faire plus froid qu'à Oneonta, rétorqua
Chloé en riant.

Sa mère l'encouragea à partir.

– Jade et moi prendrons soin des petits, assura-t-elle,
enlaçant les épaules de l'adolescente. N'est-ce pas ?

517

Chloé sentait que Jade était heureuse d'être traitée en adulte; elle s'était tout de suite prise d'affection pour Mme Shepherd.

– Je reviens dans une semaine, leur promit Chloé.

C'était ce qu'elle avait dit quand elle était partie interviewer Mao, pour revenir soixante-neuf jours plus tard.

– Je crois que je vais essayer d'avoir un job par Cass. Nous irions nous installer à Chicago. Mais n'en parle pas à grand-mère.

– On s'en irait d'ici? demanda Jade d'une voix plaintive.

Chloé enlaça la fluette adolescente.

– Tu es fatiguée de toujours bouger, hein? Mais tu sais, je peux nous trouver un vrai toit en même temps que je trouverai un travail. Il faut que je gagne ma vie, ma chérie. Et j'ai besoin d'une activité.

Cass la retrouva à sept heures trente à la gare. Chloé portait une toque en fourrure qui lui donnait un air de cosaque. La Packard noire les attendait.

La nuit tombait quand ils arrivèrent à la maisonnette en bois. Chloé s'était endormie.

– Nous y sommes, dit Cass en la réveillant.

– Elle est exactement comme dans mon souvenir, soupira la jeune femme avec bonheur.

L'intérieur cependant était meublé d'un mobilier moins rustique, mais les lampes à huile étaient restées. Toujours ni électricité ni téléphone.

– Occupe-toi des lampes et des allumettes, dit Cass en apportant les valises. Je vais rentrer un peu plus de bois, et dans une demi-heure nous serons paresseusement au chaud. J'ai apporté de la viande, on fera cuire des pommes de terre dans les braises. Ah, et Mme Donovan nous a aussi préparé une tarte aux noix de pécan. Et il y a du vin dans cette caisse. Si tu nous sortais des verres?

Il embrassa la jeune femme et ressortit pour aller au bûcher.

Le dîner fut délicieux.

Cass prit des coussins sur le divan et les jeta devant le feu avant de resservir deux verres de vin...

– Viens un peu là où il fait bon, femme, et laisse-moi t'embrasser.

Ses lèvres étaient chaudes, tendres, au goût de beaujolais. Renversant la tête sur un coussin, il passa un bras autour des épaules de Chloé.

– Nous allons nous occuper de régler leur compte à tes dragons, dit-il, mais pas ce soir.

Au lit, Chloé se recroquevilla dans ses bras mais il se contenta de l'embrasser chastement sur le front.

Ils firent de longues promenades dans les forêts de pins, sous des ciels où menaçait la neige, et repérèrent les empreintes de plusieurs cerfs. Assis sur le ponton, ils regardèrent les poissons sauter hors de l'eau, suivirent le vol des balbuzards qui fondaient sur leur proie. Main dans la main ils allaient sous le froid soleil hivernal, regardant la condensation de leur souffle s'échapper en volutes. Et souvent Cass s'arrêtait pour prendre Chloé dans ses bras et l'embrasser.

– Je me sens revivre, disait-il.

Grâce à lui, elle éprouvait la même chose.

Aussi, il l'obligea à parler.

Elle lui raconta qu'elle avait brisé le dos d'un aide de camp de Léopard-des-Neiges, fait enterrer un homme vivant, et castrer ses violeurs.

– J'ai fait des choses dont je n'aurais jamais cru être capable. Je regrette de m'être trouvée en situation de commettre ces actes, mais il faut que tu saches que je ne regrette rien. Pas un instant, je n'ai éprouvé du remords pour avoir fait ces choses terribles.

Il lui semblait évoquer une inconnue.

Toute couleur avait déserté le visage de Cass, ses yeux reflétaient son angoisse, mais pas une fois il ne l'interrompit. Il n'esquissait pas un geste vers elle, ne la touchait pas, restait assis sans bouger tandis qu'elle revivait pour lui toutes ces années. Pour lui et pour elle.

Le seul fait qu'elle passa sous silence fut sa nuit avec Léopard-des-Neiges dans la grotte.

– Il t'aimait, n'est-ce pas? demanda cependant Cass quand elle lui eut narré la mort de Léopard-des-Neiges.

Sans répondre, elle se leva et gagna la fenêtre dont les vitres laissaient filtrer une grise lumière d'hiver.

Ils étaient depuis quatre jours au bord du lac Michigan.

– J'ai dit à Jade que nous nous installerions peut-être à Chicago, déclara Chloé la veille de leur départ.

Cass était en train de mettre une bûche dans le feu. Il tourna la tête. La moitié de son visage reflétait la couleur rougeoyante de l'âtre, l'autre restait dans l'ombre; ses tempes étaient blanches à présent, quand le reste de sa chevelure conservait ce roux sombre qu'elle lui avait toujours connu.

— J'ai besoin de travailler, reprit-elle. Je dois songer à gagner ma vie. J'ai besoin aussi d'un défi.

— N'as-tu pas relevé assez de défis pour toute une vie ? s'exclama Cass en riant.

— J'ai besoin d'un boulot, répéta-t-elle. Vas-tu m'en donner un ? N'importe quoi fera l'affaire.

Le regard perdu dans les flammes, il la serra dans ses bras, sans répondre durant plusieurs minutes.

— Je suppose que tu n'envisages pas d'accepter ma vieille proposition ?

— Laisse-moi un peu de temps. Je subis encore le choc des cultures, je crois. Je ne me sais pas complètement réadaptée à ce pays. Tout est si propre, si facile, l'abondance est telle dans les boutiques, dans les magasins, que cela me paraît obscène. Je ne suis pas encore prête pour un projet à long terme. J'ai besoin de me réhabituer. Mais je ne peux pas me dorloter, j'ai trois gosses à assumer.

Cass l'embrassa sur la joue.

— Chloé, tu peux écrire ton propre billet dans mon journal, et probablement dans n'importe quel journal du pays. Je t'avais dit que tu serais célèbre. Tu sais bien – ou ai-je négligé de t'en aviser ? – que les confrères ne cessaient de réclamer tes articles pour les faire paraître dans vingt-six villes à travers le pays...

Chloé se raidit, fixa Cass droit dans les yeux.

— Tu ne me l'as jamais dit. Comment as-tu pu oublier une chose pareille ?

— Oh, pardonne-moi, Chloé. Je n'en sais rien. Depuis ce scoop sur Tchang Kaï-chek à Xi'an, ces trois dernières années, nous n'avons plus entendu parler de toi. Tu voudras peut-être écrire quelques papiers sur la façon dont les enfants et toi vous êtes enfuis de Shanghaï, sur tes aventures ensuite, ta capture par les Japonais, ce genre de choses.

De nouveau, Chloé se laissa aller contre lui.

— Je ne crois pas, Cass. Je n'ai pas envie de revivre cette période.

Il l'embrassa, chercha sa main.

— Cela t'aiderait peut-être à exorciser tes fantômes. Débarrasse-toi de ces démons qui t'entravent. Tu es tendue comme un tambour !

520

— C'est l'impression que je te donne?

Il acquiesça d'un hochement de tête.

— Je vis ainsi depuis si longtemps que je ne m'en aperçois plus.

— Tu dois chasser tout ça, si tu le peux, insista Cass, la serrant plus fort. Écris-le. Grâce à toi, les gens verraient de l'intérieur les Japonais, les nationalistes, les Rouges. Ici on aime les récits héroïques. La fuite des gosses de Shanghaï, les trois que tu as amenés avec toi... Rédige une série d'articles pour mon supplément du dimanche. A mon avis, la plupart des grands journaux du pays les publieraient aussi.

— Oh, Cass, tu le penses?

— Pourquoi pas? Tu as certainement beaucoup à dire sur Mao, sur la Longue Marche. Donne-nous des détails inédits sur les Tchang. Mais, surtout, raconte ton retour ici avec trois gamins chinois.

— J'ai besoin d'argent tout de suite pour vivre.

— Ne te soucie pas de ça. Viens t'installer à Chicago, près de moi, et écris. Cela te prendra peut-être deux mois. Loue un appartement, ou une maison en banlieue, si cela te paraît préférable pour les gosses. Tu peux les mettre à l'école, et leur laisser le temps de faire connaissance avec moi. Peut-être finiront-ils par te convaincre que je serais pour eux un père très correct.

— Un jour, lui rappela Chloé qui sentait la vie revenir dans toutes les fibres de son être, tu m'as dit que tu ne voulais pas d'une seconde famille, pas à ton âge.

— Ah, fit-il en souriant, mais je n'avais que cinquante ans. Aujourd'hui, je suis plus vieux et plus sage, je vois les choses autrement.

Je l'aime, se dit Chloé. Cass Monaghan est l'un des êtres les plus merveilleux du monde. Ce n'était pas la première fois qu'elle le pensait.

— Je ferais n'importe quoi pour te faire plaisir, reprit-il.

— Alors je vais te dire, fit-elle, nouant les doigts derrière sa nuque. Si nous enlevions nos vêtements et nous allongions sur ce tapis devant le feu pour voir ce qui se passe? J'ai comme l'impression que ça me plairait.

Il y avait neuf ans qu'ils n'avaient pas fait l'amour. Ils ne regrettèrent pas d'avoir attendu.

65

Cass poussait Chloé à prendre une maison dans une banlieue cossue afin que les enfants puissent aller dans de bonnes écoles bien fréquentées, mais Chloé préférait vivre en ville. Aussi l'aida-t-il à trouver une grande vieille demeure dans une rue bordée d'érables, près d'un établissement scolaire dont il lui garantissait l'excellence. Il trouva également des répétiteurs pour Jade, afin qu'elle pût rattraper le niveau des Américains de son âge. Les week-ends, il les emmenait en pique-nique, ou faire du patin à glace sur un lac non loin de leur maison, dans un petit parc. Au printemps, il initia Lee au base-ball et installa une balançoire pour le jardin. Il les invita au cinéma, en vacances dans sa cabane. Et il donna à Chloé le temps de solitude dont elle avait besoin pour écrire.

La plupart des journaux du pays publièrent la série d'articles de la jeune femme, à la suite desquels elle fut conviée à venir parler dans bon nombre de villes. Autres fruits de ses témoignages, elle reçut des centaines, et même des milliers de lettres de lecteurs désireux d'adopter des orphelins de guerre, et qui lui demandaient comment procéder pour donner foyer et amour à des enfants de pays étrangers.

– Crée une fondation, lui suggéra Cass, qui amènerait aux États-Unis les orphelins des pays en guerre. Garde les noms de tous ceux qui t'ont écrit. Avec cela et une bonne publicité, tu n'auras pas de mal à trouver des familles à ces gosses. Ce serait aussi une leçon de compréhension raciale et internationale.

Chloé le dévisagea.

– Cass, je ne peux pas faire ça. Je ne saurais même pas par où commencer!

Ils étaient assis dans le salon de Chloé, entourés de sacs de courrier.

– J'ai foi en toi, ma chérie, répliqua Cass avec un sourire. Quand on a la volonté... Voyons, parmi tous mes amis, il doit bien y avoir quelqu'un qui s'y connaisse en collecte de fonds pour ce genre de choses et qui saurait te donner des tuyaux. Ce serait un début... Wilburn Bruce! s'exclama-t-il en claquant dans ses doigts. C'est exactement celui qu'il te faut! Le mieux placé. Un prince. Je vais m'arranger pour que nous déjeunions avec lui la semaine prochaine.

– Que deviendrais-je sans toi?

– Je préfère que tu n'aies pas à répondre à cette question, murmura-t-il en lui mordillant l'oreille.

– J'ai d'ailleurs l'impression que je saurais pas *vivre* sans toi. Tu es devenu tellement important dans ma vie.

– Important jusqu'à quel point? interrogea-t-il, l'embrassant à présent dans le cou.

– Eh bien, je me disais que, maintenant que ma petite famille te considère comme l'un de ses membres, il serait peut-être temps...

Tandis qu'elle parlait, Cass se redressa, se recula, cherchant à déchiffrer son regard. Elle lui sourit.

– ... de rendre la chose légale, conclut-elle. Mais si tu préfères que je me lance dans ce boulot, un boulot qui me prendrait beaucoup trop de temps pour que je me consacre à une vie d'épouse...

Lui prenant la main, Cass l'attira à lui.

– Fichtre. Si je comprends bien, on est en train de me demander en mariage. C'est ça?

Heureuse d'être dans ses bras, Chloé laissa aller la tête sur son épaule.

– Je crois que je suis prête... au bout de combien d'années? Oui, je suis sérieuse. J'y ai beaucoup réfléchi ces derniers temps. Et je crois que je le mérite. Tu es devenu pour moi l'être le plus important au monde.

Cass l'embrassa sur le front et la serra davantage.

– La raison me paraît assez valable pour se marier.

Il acheta la plus vaste, la plus élégante maison que Chloé eût jamais vue, mais conserva son appartement en ville.

Les enfants, pour leur grande joie, prirent la nationalité

américaine. Jade Monaghan, Lee Monaghan et Laura Monaghan. Fleur-de-Prunier estimait que son nom détonnait avec la culture de sa terre d'adoption et avait demandé à en changer. D'où lui venait cette lubie, nul ne le sut, toujours est-il qu'elle devint officiellement « Laura », même si ni Chloé ni Jade ne devaient la nommer ainsi. Elle avait trop longtemps été Fleur-de-Prunier. Pour les trois frère et sœurs, Cass devint « papa ».

Il fallut huit mois pour constituer la Fondation de secours aux orphelins de guerre, après quoi Chloé et Cass s'envolèrent pour la Chine au début du mois d'octobre 1941. M. et Mme Shepherd s'étaient offert à venir s'occuper des enfants dans la grande maison de Chicago.

La guerre sino-japonaise faisant rage, ils durent pénétrer en Chine en survolant l'Himalaya par la Birmanie jusqu'à Kunming. C'était l'unique passage pour entrer ou sortir de Chine, l'Est étant sous la totale domination japonaise – Hong Kong, Canton, Shanghaï, Pékin étaient désormais aux mains des Japonais. La capitale s'était déplacée de Nankin, mise à sac et brûlée par l'ennemi, à Chongqing, en amont sur le Yang-tsé. Le généralissime et Mme Tchang Kaï-chek y demeuraient, ainsi qu'Aï-ling et H.H. qui avaient dû évacuer leur résidence. Chloé fut surprise d'apprendre que Ching-ling vivait elle aussi en la nouvelle capitale. A présent que toutes les factions de la Chine s'unissaient contre le Japon, une trêve familiale s'était établie et les trois sœurs Song œuvraient ensemble à soulager la famine. Heureuses au possible de se revoir, Chloé et Ching-ling passèrent une soirée en tête à tête. Ching-ling répondit avec enthousiasme à l'idée de sauver des centaines d'enfants de la faim et de leur donner un foyer. Chloé lui garantissait l'existence de familles américaines désireuses de les adopter. Lorque Ching-ling fit part du projet à ses sœurs, celles-ci proposèrent également ment leur aide.

Chloé et Cass ramenèrent avec eux deux cent vingt-deux enfants, vers des foyers américains sans enfants ou désireux de s'agrandir, tous poussés par l'amour et le désir de partager.

Bientôt la Fondation s'occupa de secourir aussi des enfants d'Europe occidentale. Chloé et son association trouvèrent des familles à tous.

La Fondation était devenue importante. Vingt-cinq bénévoles et trois salariés y travaillaient. Ils partaient en avion pour la Chine, l'Europe ou l'Australie, où beaucoup d'orphelins chinois avaient trouvé un asile temporaire. Ils passaient des heures au téléphone, traversaient les États-Unis en train ou en car afin de conduire les enfants vers leur nouveau foyer.

– J'ai besoin de ton avis, fit Cass un soir.

On était en février 1942. Chloé leva les yeux de son bureau installé dans un angle de la bibliothèque.

– Quelque chose ne va pas? s'enquit-elle.

– Non, rétorqua-t-il avec un sourire. Mais je n'arrive pas à me décider seul.

Posant son stylo, Chloé lui accorda toute son attention.

– J'ai reçu aujourd'hui des visiteurs, expliqua-t-il, réajustant ses lunettes, qui voudraient que je me présente au Sénat.

– C'est une merveilleuse idée, approuva Chloé après avoir pris une profonde aspiration.

– Tu le penses?

– Oh, chéri, bien sûr, assura-t-elle, le rejoignant sur le divan. S'il y avait davantage de gens comme toi au gouvernement, je serais moins inquiète pour l'avenir du monde. Qui étaient tes solliciteurs?

– Le gouverneur, entre autres.

– En as-tu envie?

– Je leur ai répondu que j'ai soixante et un ans et que cela paraît vieux pour devenir sénateur.

– Ce n'est pas trop vieux pour être élu président. Cass, tu as plus d'énergie que la plupart des hommes de ton âge.

– Je ne discute pas ça. Mais que dirais-tu de t'installer à Washington? Tu pourrais peut-être diriger la Fondation de là-bas, peut-être encore mieux que de Chicago.

– Évidemment! dit-elle avant d'éclater de rire. Tu t'exprimes déjà comme si tu étais élu!

– La campagne, justement. Aurais-tu du temps à y consacrer?

Chloé se pencha pour l'embrasser.

– J'en trouverai bien. Je trouve du temps pour tout ce en quoi je crois. Et je crois que tu serais extraordinaire au gouvernement. Comme partout ailleurs.

– J'aurais besoin que tu y consacres plus de temps que je ne t'en ai jamais demandé. Et je ne veux pas que tu renonces à tes activités actuelles.

– Tu oublies que moi aussi j'ai plus d'énergie que la plupart des gens. Et je suis jeune! Oh mon chéri, n'avais-tu pas le temps pour *tout* quand tu avais quarante ans? Il me faudra simplement apprendre à dormir moins. Ou devenir terriblement efficace.

Elle fit les deux, et non seulement déplaça ses pénates à Washington mais charma la capitale par son éloquence, ses soirées improvisées, sa connaissance de l'Extrême-Orient et son allure éblouissante. Les membres du Congrès siégeant dans les commissions traitant avec l'Extrême-Orient prirent le pli de s'arrêter chez le sénateur et Mme Monaghan en fin d'après-midi, avant les réceptions et dîners qui occupaient leurs soirées, afin de profiter de la connaissance profonde de l'Orient qu'avait Chloé et quêter son opinion. A eux deux, les Monaghan représentaient un atout pour la capitale.

Ils aimaient cela, malgré la complainte de Cass :

– Je ne suis pas habitué à être un bleu en quoi que ce soit, ni à devoir me taire. C'est difficile parfois.

– Eh bien, ne te plie pas aux règles, lui conseilla Chloé. C'est toi qui m'as enseigné cela. Ne te préoccupe pas de leur plaire. Ce n'est pas comme si tu aspirais à faire carrière en politique. Quand tu as quelque chose à dire, dis-le.

Ainsi fit-il.

Il apparut bientôt comme le franc-tireur du Congrès, le sénateur qui ne mâchait pas ses mots et qu'on ne pouvait acheter.

Washington semblait faite pour eux. Et eux pour elle. Malgré l'état chaotique de la planète, Chloé n'avait jamais été plus heureuse.

66

La fin de la guerre ne signifia pas la fin du travail de Chloé, mais l'accrût au contraire. Jade, qui venait de décrocher une licence en relations internationales, s'adressa au ministère des Affaires étrangères pour obtenir un poste, mais elle n'avait aucune envie de retourner en Chine et désirait rester auprès de Chloé.

Si, durant ses années d'étudiante, elle était parfois sortie avec des garçons, dès qu'ils essayaient de la toucher elle cessait de les fréquenter. Un jeune homme que Chloé trouvait charmant parut avoir ses faveurs pendant plusieurs mois. Jade reconnaissait qu'elle aimait ses baisers, mais un soir qu'il glissa la main sous son chandail pour lui caresser le sein, la jeune fille fondit en larmes et refusa de le revoir.

– Qu'elle consulte un psychiatre, s'exclama Cass lorsque Chloé lui apprit ce que Jade lui avait confié. Tu t'en es sortie, toi.

– Avec ton aide. Et j'avais plus de trente ans quand cela m'est arrivé. Puis j'ai eu ma vengeance. J'ai... comment disais-tu?... exorcisé mes démons.

Tous les conseils du monde ne surent encourager Jade à nouer des relations intimes avec les hommes. Elle dansait avec eux, riait avec eux, patinait avec eux, mais elle se jura qu'aucun homme ne la toucherait jamais. Elle veillait à ne jamais se trouver seule avec quiconque représentait pour elle une menace. Bien qu'elle eût de l'affection pour Cass, qu'elle aimât bien Grant et son grand-père américain, elle se dérobait à toute avance masculine.

– Toute cette beauté gâchée, dit un jour Lee à sa sœur.

– Tu veux insinuer que je suis une personne inutile si je n'appartiens pas à un homme ? s'enflamma Jade. C'est du gaspillage qu'un homme ne me mette pas dans son lit ?

Réplique qui cloua définitivement le bec à son cadet.

En 1946, Chloé effectua six voyages en Chine. Cass ne put s'absenter de Washington qu'une seule fois pour l'accompagner. Ses échappées furent brèves, elle revint chaque fois avec des dizaines d'enfants. Chaque fois aussi elle en laissait des centaines qui auraient eu besoin de parents. La Fondation en avait placé plus de cent mille dans des familles américaines. La photo de Chloé avait fait la couverture de *Time*, des articles étaient parus sur elle et son association dans le *Saturday Evening Post* et *Look*. Cass et elle avaient figuré ensemble sur la couverture de *Life*, avec pour légende : « Le couple le plus dynamique de Washington, peut-être des États-Unis. Si votre cause est noble, adressez-vous à eux. »

Bien qu'il n'eût pas appris à se taire, Cass venait d'être réélu pour un second mandat, à la plus grosse majorité qu'ait jamais remportée un sénateur de l'Illinois. Pour un homme de soixante-sept ans, il abattait un travail incroyable. Lors de son arrivée au Sénat, il avait déjà tout un réseau de relations et d'amis tout-puissants ; il n'eut cependant recours à eux que lorsqu'il s'agissait d'aider Chloé et ses enfants. Ces dernières années, la Fondation de secours aux orphelins de guerre avait atteint une dimension internationale, l'Australie s'étant proposée pour accueillir des orphelins d'Europe – pas d'Asie, toutefois ; pour cela il faudrait encore au moins vingt ans. Les Européens eux-mêmes, en deuil d'enfants, demandaient à en adopter.

Maintenant, bien que les cheveux de Chloé soient restés d'un noir de charbon, une mèche d'argent apparaissait à son front quand elle rejetait en arrière sa chevelure luxuriante. Jugeant l'effet assez frappant, elle s'y attacha.

– Tu sais, confia-t-elle à Cass un soir, je commence à sentir mon âge.

Assise à sa coiffeuse, elle se préparait pour une réception – il y en avait tous les jours.

– Grand dieux ! Quand j'avais ton âge, j'avais l'impression que le monde m'appartenait. C'est encore le cas, d'ailleurs. Si nous allions au lac le lendemain de Noël ?

Ils passaient chaque année le réveillon chez Suzi. Chloé sourit.

– Juste toi et moi? Partons sans les enfants, pour une fois. Un peu de temps seule avec toi me ferait du bien.

– Chloé, mon amour, tu sais toujours t'y prendre. Les gens pourraient penser qu'un homme de mon âge se fait vieux, mais quand tu me regardes de cette façon j'ai l'impression d'avoir dix-huit ans. Rentrons tôt ce soir. Ou, mieux encore, ne sortons pas du tout.

Chloé le dévisagea en riant.

– Chiche!

Cessant de nouer sa cravate, Cass la contempla. Un sourire provocant aux lèvres, elle commença par ôter ses boucles d'oreilles.

– Au moins, arrivons en retard. Très, très en retard, que c'en sera une honte, et sans donner de prétexte. Aide-moi à descendre ma fermeture Éclair, je n'y arrive pas.

Il s'exécuta.

– Comment se fait-il que j'aie autant de chance? murmura-t-il. Merde, j'ai soixante-sept ans, et je vais arriver en retard à une soirée parce que ma femme a envie de se faire baiser.

– Tu t'en plains? demanda Chloé laissant tomber sa robe.

– Non, je me vante, corrigea-t-il, déboutonnant sa chemise amidonnée. Je voudrais que ce soit ainsi tous les soirs, à la cabane.

Avec une lenteur provocante, Chloé se débarrassa de son slip de satin.

– Fais-moi oublier que je vieillis, Cass.

Ce qu'il fit.

Leur semaine au lac entre Noël et le nouvel an fut merveilleusement paisible et heureuse. Ils lurent devant le feu, se promenèrent dans la neige, rendirent visite à leurs lieux favoris, observèrent les cerfs qui venaient boire au bord de l'eau. Ils parlèrent de choses sans importance, paressèrent au lit le matin, leurs corps emmêlés, firent l'amour lentement, prirent leur café en se tenant la main par-dessus la table. Cass faisait la cuisine, Chloé la vaisselle. C'était une période, se disait-elle, de rajeunissement; elle nourrissait son âme afin de pouvoir continuer, se consacrer mieux encore à ses activités.

L'un comme l'autre ignoraient que c'étaient leurs derniers moments ensemble.

Dans l'avion qui les ramenait à Washington, Cass se tourna soudain vers elle.

– Je ne me sens pas très bien.

Elle vit son visage grisâtre, la lueur d'étonnement qui passa dans ses prunelles à la seconde où il portait une main à sa poitrine, l'autre agrippant celle de Chloé, et ce fut terminé. Il était mort avant que l'avion n'atterrisse à Washington.

67

– Nous savions que cela arriverait avant que je n'y sois préparée, dit Chloé à Suzi après les funérailles. Nous savions que je devrais continuer dans la solitude. Mais ces années ont été les plus heureuses de ma vie, les plus pleines. Quiconque a vécu de telles années peut s'estimer comblé.

Elle était surprise. Elle n'avait pas versé de larmes pour la mort de Slade, pas même avant d'avoir connaissance de son infidélité. Elle n'avait pas eu le droit de pleurer en voyant l'avion de Nikolai disparaître dans le ciel. Avec Léopard-des-Neiges, sa soif de vengeance avait supplanté son chagrin.

En revanche, elle avait pleuré en perdant Damien. Pleuré durant des semaines. Et de nouveau elle pleurait. Au cours de l'enterrement, tout le monde la jugea courageuse, stoïque, mais elle craqua dès la cérémonie terminée. Sans chercher à retenir ses larmes. Elle pleura abondamment la perte de Cass, le vide que cette absence creusait en elle. Elle pleura la fin du bonheur et de la plénitude. Elle pleura car elle ne verrait plus ses yeux bleus. Elle pleura parce qu'elle n'aurait plus son soutien. Elle pleura car désormais l'univers était fade.

Bien qu'elle se jetât à corps perdu dans le travail qui l'attendait, elle avait du mal à dormir, et le soir – quand Cass n'était plus là pour l'écouter raconter sa journée, à son tour lui parler de ses problèmes, de ses succès – la solitude la submergeait, la harcelait. Compagne indésirable que cette solitude qu'elle n'avait pas ressentie depuis ses années avec Slade. Qui ravivait le passé. La nuit, les souvenirs l'assaillaient, souvenirs non seulement de Cass et de tout ce qu'ils avaient fait ensemble, mais de gens qu'elle avait connus autrefois, perdus de vue. Nikolai s'immisçait dans sa mémoire. Puis elle se mit à penser de plus en plus à Ching-ling. Elle décida de prendre l'avion pour la Chine, pour un séjour d'une semaine seulement – elle ne pouvait y consacrer davantage – afin de revoir son amie. Voir aussi si Ching-ling avait besoin d'aide. Savoir si elle avait perdu espoir. Elle devait avoir environ cinquante-cinq ans maintenant. Voilà longtemps que Chloé n'avait eu de ses nouvelles. Était-elle encore pleine d'idéalisme et du désir de combattre?

Ching-ling avait vieilli et s'était arrondie. Sans être peut-être aussi belle qu'elle l'avait été, elle conservait son expression sereine, son allure de reine, ses yeux noirs profonds, sa chevelure soyeuse. Ravie de voir Chloé, elle insista pour que celle-ci restât auprès d'elle « le temps de cette trop brève visite ».

Les Tchang étaient rentrés à Nankin, la capitale ravagée par la guerre et qui n'était qu'un tas de décombres. En dépit de la longue occupation japonaise qu'elle avait subie, Shanghaï n'avait pas été détruite. Mais les concessions étrangères n'existaient plus. A peine si l'on apercevait des Occidentaux. Une vitalité vibrait dans l'atmosphère, bien que la Chine fût exsangue après des années de guerre, bien qu'il y régnât présentement le chaos.

Ching-ling et Chloé firent de longues promenades dans le Bund, main dans la main. Continuant de vouer sa vie aux idéaux de son mari, Mme Sun n'avait pas perdu espoir depuis vingt-trois ans qu'il était mort.

– Mon beau-frère a semé les germes de sa propre chute. Dans sa course au pouvoir, il a négligé le peuple chinois, et celui-ci se lève. Partout, dans les collines, dans les montagnes. Mao et Chou En-lai et le peuple entier triomphent. Nous chasserons Tchang. Nous, le peuple chinois, sommes son ennemi.

Quand elle repartit au bout d'une semaine, Chloé emmenait encore quinze enfants aux États-Unis. Il y en avait des milliers d'autres qu'elle était déterminée à secourir, bien qu'il fût plus facile de placer des Européens que des Asiatiques.

A Washington l'attendait un message du gouverneur de l'Illinois. Elle lui téléphona le lendemain de son retour.

– Il faut que je vous voie, Chloé, fit-il de sa grosse voix bourrue. Vous venez ou c'est moi qui vien chez vous ?

– Je ne peux repartir avant jeudi, répondit-elle après consultation de son agenda. Je rentre tout juste de Chine et j'ai quinze enfants dont il faut que je m'occupe. Cela ne peut pas attendre jusque-là ?

– Non. Je saute dans l'avion cet après-midi.

Ce que le gouverneur avait à lui dire la bouleversa :

– Je voudrais vous désigner comme remplaçante de Cass au Sénat jusqu'à la fin de son mandat, déclara-t-il, à peine assis. Et n'allez pas dire non avant de m'avoir écouté.

Bouche bée, Chloé le dévisageait.

– Bon, continua le gros homme, j'ai dans l'idée qu'il va me falloir au moins deux heures pour vous convaincre. Promettez-moi seulement de ne pas me donner la réponse ce soir et d'y réfléchir.

– Ça, je dois pouvoir vous le promettre, dit-elle avec un faible sourire.

– Vous savez que je dois nommer quelqu'un pour terminer le mandat de Cass. Encore cinq ans et demi ! Au siège, nous avons lancé des noms, moi je m'en suis tenu à un seul. Le vôtre. Attendez, ne m'interrompez pas. Je ne détesterais pas passer à la postérité pour avoir été responsable de la nomination de la première femme sénateur. Je souhaite que Margaret Chase Smith le devienne bientôt mais il ne me déplairait pas de la coiffer au poteau. Voilà, j'aimerais que la première femme sénateur vienne de *mon* État.

– J'apprécie beaucoup, franchement. Je suis flattée...

– Attendez. Je n'ai pas terminé mon laïus. Ce n'est pas seulement parce que vous êtes une femme, même si j'admets que l'idée me plaît. C'est parce que vous êtes vous. La femme la plus capable que je connaisse, l'une des personnes les plus compétentes que j'aie rencontrées. Vous êtes déjà connue. Vous êtes sans doute l'une des femmes les plus respectées du pays, avec Eleanor Roosevelt, et vous êtes autrement plus agréable à regarder ! A mon avis, vous pourriez faire avancer les choses.

– Les choses que *vous* souhaitez voir progresser ?

Le gouverneur marqua un arrêt, plongea les yeux dans son verre, enfin considéra Chloé après avoir avalé une gorgée d'alcool.

– Mon exigence ne va pas jusque-là. Je n'essaie pas de

vous acheter. Votre mari et moi appartenions au même parti, partagions souvent les mêmes idées. Pas toujours, je le reconnais. Je ne vous demande rien de plus. Je veux que vous agissiez de votre plein gré, en votre âme et conscience. Néanmoins, poursuivit-il avec un sourire, quand nous ne serons pas d'accord, je vous prierai au moins d'écouter mes arguments.

Chloé ne put que sourire à son tour.

– Cela me paraît loyal.

Elle vida son verre, regrettant de n'avoir pas pris quelque chose de plus fort que du vin.

Devenir la première femme sénateur. Certes, la chose était séduisante. Mais en était-elle capable ? Les autres sénateurs l'accepteraient-ils ? Désirait-elle assumer pareille responsabilité ?

– Je persiste à penser, reprit le gouverneur, que ce serait votre hommage posthume à votre époux.

– Épargnez-moi cet argument, protesta-t-elle sans retenir son rire. Assez de boniments et soyez sincère.

– Chloé, un politicien est-il jamais sincère ? Je crois que j'ai laissé ma sincérité au vestiaire en entrant en politique, alors qu'au départ j'étais un idéaliste. Je rêvais d'accomplir de hauts faits, pour le peuple, pour l'État. Mais les idéaux se pervertissent ou s'égarent en route.

– C'est donc bien ce qui manque à notre pays, un idéal ?

– Parfois, Chloé, j'aspire à cette innocence qui caractérisait l'Amérique où j'ai grandi. L'Amérique qui ne soupçonnait pas les massacres, qui riait à Carole Lombard et William Powell. Les gosses qui économisaient cinq *cents* pour aller au cinéma le samedi après-midi. Période d'innocence !

– D'ignorance, plutôt, corrigea Chloé.

Et elle baissa le regard vers ses mains serrées autour de son verre.

– J'aurai donc à mentir si je deviens sénateur ?

Le gouverneur observa un silence.

– Je ne vous demande pas d'être autre chose que vousmême, Chloé, seulement de devenir sénateur de l'Illinois, d'assurer les cinq ans et demi du mandat de Cass. Et j'espère même qu'à l'issue de cette période vous briguerez le siège en votre propre nom. Vous êtes un atout certain pour notre État. Le Sénat serait idiot de ne pas utiliser votre connaissance de la Chine. Vous leur seriez utile,

534

Chloé, et j'ai le pressentiment que, si vous acceptez, ils m'en seront reconnaissants, que vous soyez femme ou non.

Incapable de considérer la question dans son ensemble, Chloé le lui dit.

– Je m'en doutais. Et je sais que vous n'êtes pas prête émotionnellement à prendre une grande décision si tôt après votre deuil. Mais je dois désigner quelqu'un dans le mois. Le plus tôt possible. Alors laissez-moi parler, car je sais que l'occasion ne se représentera pas. Ensuite, je vous accorde deux semaines de réflexion. Ne me dites pas non sur-le-champ.

La première femme sénateur! Le second sénateur Monaghan. Comment suis-je arrivée jusque-là? se demandait Chloé.

Cependant, la décision n'était pas facile. On avait encore besoin d'elle à la Fondation de secours aux orphelins de guerre qu'elle avait créée il y avait sept ans. Elle ignorait si la Fondation pourrait se passer d'elle. Et elle, pourrait-elle se fier suffisamment à quelqu'un d'autre pour lui confier les rênes, trouver quelqu'un qui en saurait autant qu'elle, qui aurait ses contacts? Pour rien au monde elle ne voulait voir sombrer une fondation plus nécessaire que jamais.

Elle passa un coup de fil à Suzi.

– Cela vous plairait, à Grant et toi, de venir un week-end à Washington? J'ai besoin de votre avis.

En fin de compte ils lui avouèrent ne pouvoir décider pour elle.

– Je suis éditeur du *Times* maintenant, et tu vas peut-être devenir sénateur, commenta Suzi. Chloé, n'aurions-nous pas éclaté de rire autrefois à l'idée de finir ainsi?

– D'autant que, réfléchit Chloé, si nous n'avions pas partagé la même chambre, rien de tout cela ne me serait arrivé. Tout s'est fait par ton père. Il m'a envoyée en Chine. C'est lui qui m'a soufflé l'idée de la Fondation. Ton père, ma très chère amie, a eu une profonde influence sur mon existence, en plus de me donner le plus grand bonheur de ma vie.

– Une vie qui n'est pas terminée, souligna Grant.

– En effet.

Chloé en avait pleinement conscience. Se penchant vers elle, Suzi posa une main sur son bras.

— J'admets qu'après papa, un autre homme aura du mal à faire le poids. Il n'y en a pas beaucoup qui peuvent se comparer à lui.

— Il n'y en a *aucun*, trancha Chloé. Ton père a été l'unique et la plus profonde influence dans ma vie. En tant que personne. Je reconnais que mes années en Chine m'ont formée, aussi. Mais je me souviens, quand j'étais étudiante et que je vous accompagnais au lac... Il m'avait dit que je pourrais tout faire, sauf devenir président.

— Peut-être se trompait-il! s'exclama Suzi qui la prit dans ses bras en riant. Va savoir si tu ne vas pas le devenir, maintenant!

Qui sait? songea Chloé. J'en serais peut-être capable.

Postface

J'étais lycéenne quand je découvris les romans de Pearl Buck. Dès cette époque la Chine me fascina. Si mon intérêt pour Pearl Buck s'atténua, ce ne fut jamais le cas de mon intérêt pour la Chine. Au fil des ans, je dévorai tous les livres, fictions et documents, que je trouvais sur ce pays. En 1985 je passai les deux mois les plus inconfortables de mon existence, parcourant six mille kilomètres en Chine avec ma fille Debra, qui prenait des vacances à l'issue d'une année d'enseignement de l'anglais à la faculté de médecine de Xi'an. Nous eûmes entière liberté de voyager et de faire ce que nous souhaitions. Depuis, j'ai lu plus d'une centaine d'ouvrages sur la Chine afin de me documenter pour ce roman. Je ne puis citer tous ceux qui m'ont fourni la toile de fond et les événements de ce roman.

Je dois cependant en distinguer quelques-uns qui représentèrent un apport inestimable. Le plus précieux fut certainement *La Dynastie Song*, de Sterling Seagrave. Viennent ensuite *Mes années en Chine*, de Helen Foster Snow; *La Chine d'Edgar Snow*, par Lois Wheeler Snow; l'autobiographie de Pearl Buck : *Mes mondes multiples* (je ne l'ai pas totalement abandonnée, finalement); *Étoile rouge sur la Chine*, d'Edgar Snow; *Ma vie en Chine : 1926-1941*, de Hallett Abend; *La Longue Marche*, de Harrison Salisbury; *Mes vingt-cinq années en Chine*, de John B. Powell; la biographie de Tchang Kaï-chek par Brian Crozier : *L'homme qui perdit la Chine*. Certains des événements vécus par Chloé l'ont réellement été par Rayna Prohme, ainsi que par le célèbre journaliste Edgar Snow; d'autres sont advenus à Hallett Abend, qui fut durant de nombreuses années le correspondant en Chine du *New York Times*, et à John B. Powell, qui dirigeait à Pékin un journal en langue anglaise.

Comme dans mes romans précédents, j'ai pris plaisir à mêler réalité historique et fiction. Les événements historiques sont authentiques, ainsi que les descriptions des lieux et des conditions de vie en Chine. La plupart des personnages sont le fruit de la réalité de mon imagination. Le Dr Sun Yat-sen et son épouse, Song Ching-ling ; le généralissime et Mme Tchang Kaï-chek (Song Mei-ling) ; T.V. Song ; Mao Tsé-toung ; le Jeune Maréchal sont, bien sûr, réels. Je les ai décrits à partir des faits et de l'interprétation que je fis de mes lectures. Pour les peindre, j'ai conservé l'éclairage des ouvrages mentionnés plus haut.

Mme Sun Yat-sen décéda en 1981, à l'âge de quatre-vingt-huit ans ; j'ai été aussi fidèle à sa mémoire que me le permettaient mes recherches. Les péripéties qui la concernent sont basées sur la réalité. Ses déclarations ne sont pas absolument exactes mais je les ai voulues aussi proches que possible de sa personnalité comme des événements. Après la mort du Dr Sun, Ching-ling s'installa effectivement à Wuhan qui devint pour un temps le cœur de l'action révolutionnaire. Elle rejeta bel et bien la proposition de mariage de Tchang Kaï-chek et lui demeura résolument opposée toute sa vie. Elle partit pour l'URSS ainsi que je le décris, et, bien qu'il n'y eût pas de Chloé auprès d'elle, une belle et jeune journaliste américaine, Rayna Prohme, devint son amie intime et l'accompagna en 1927 à Moscou, où elle tomba malade et mourut. Des années plus tard, Ching-ling revint en Chine afin d'assister à l'inhumation de Sun à Nankin. Aveuglée, je crois, par son zèle révolutionnaire, bien qu'elle n'eût jamais adhéré au parti communiste, elle devint vice-présidente de la Chine sous Mao et choisit de ne pas le reconnaître coupable des mêmes méfaits que les Mandchous et Tchang Kaï-chek, alors qu'il subordonnait tous et toutes à sa marche au pouvoir. On appela Ching-ling « la conscience de la Chine ». A dire vrai, c'est son amitié étroite avec Rayna Prohme qui me donna l'idée de ce roman, même si la personnalité de Chloé est totalement inventée.

Mes principaux protagonistes sont imaginaires, quand bien même leur genèse s'ancre dans le réel. Les actes de Nikolai Zakarov (mais ni sa personnalité ni sa vie privée) empruntent quelque peu à Mikhail Borodine, qui contribua plus fortement encore que Nikolai à propager le communisme en Chine. Au début du xxe siècle, Borodine habita Chicago, y enseigna l'anglais aux étrangers et épousa une Américaine, Fanya. Lénine le rappela en Russie en 1917 et l'envoya en Chine en 1922. Lorsque Tchang Kaï-chek mit sa tête à prix en 1927, Staline le fit revenir en URSS. Cependant, autant que je sache, son épouse l'accompagna en Russie *et* en Chine. Les traits de caractère propres à Nikolai ainsi que ses relations avec mes autres personnages sont entièrement fictifs et ne reflètent en rien Borodine.

Au chapitre 11, les détails de la fuite des Sun hors de leur maison de Canton, qui eut lieu en mai 1922, sont tirés du récit qu'en fit Mme Sun elle-même. Certes, ma Chloé et mon Nikolai imaginaires ne se trouvaient pas auprès d'elle mais, hormis cela, le déroulement de la fuite jusqu'à l'arrivée sur la canonnière se passa bien ainsi. J'y ai simplement ajouté mes deux personnages.

L'histoire de l'enlèvement des passagers du Blue Express en 1923 est racontée dans *Mes vingt-cinq années en Chine*, dont l'auteur était correspondant du *New York Times*. Léopard-des-Neiges est évidemment né de mon imagination.

Beaucoup d'ouvrages sont entièrement consacrés à la Longue Marche, à laquelle participèrent tous ceux qui dirigeraient la Chine à partir de 1949.

Après la Longue Marche, Mao Tsé-toung fut interviewé comme je le décris. Ses entretiens avec Chloé sont inspirés de ceux qu'il eut avec le journaliste Edgar Snow, qui les publia à l'issue de la Longue Marche, ainsi que la première autobiographie de Mao, dans son célèbre *Étoile rouge sur la Chine*. Toutes mes excuses pour ne l'avoir pas crédité dans le roman et avoir donné sa place à mon héroïne. L'interview précédente par Slade et Chloé dans la retraite en montagne de Mao est inspirée de descriptions de l'homme et des lieux, mais il n'y eut aucun journaliste étranger présent.

Le départ de Wuhan de Nikolai et Mme Sun est largement basé sur des faits réels. A deux exceptions près : Mme Sun ne quitta pas le transsibérien pour rencontrer qui que ce soit à Oulan-Bator ; l'entourage de Borodine n'incluait évidemment pas Chloé et voyagea tout autrement. Si les conversations privées entre personnages historiques sont pure invention de ma part, le reste de leur description se fonde sur des comptes rendus historiques.

Le Dr Robert Ingraham, médecin-missionnaire présent au chapitre 50, passa de nombreuses années à tenter de lutter contre la famine en Chine.

Lorsque Tchang Kaï-chek rentra à Nankin après avoir été enlevé à Xi'an en 1936, il prit des mesures pour que le Jeune Maréchal ne recouvre jamais plus la liberté, en l'incarcérant pour le reste de ses jours – pour toutes les années durant lesquelles la Chine combattit le Japon, ensuite toutes les années que Tchang passa à Taïwan.

Mes personnages n'ont pas pour modèle des êtres réels, existant ou ayant existé. Sans doute sont-ils le reflet de parts de moi-même. C'est l'une des choses qui rend l'écriture si merveilleuse. Et si difficile. Si déchirante et si joyeuse.

Ce roman fut commencé à Eugene, en Orégon, continué dans le *bush* australien, puis au Mexique.

Ajijic, Mexique,
octobre 1991

ROMAN

ASHLEY SHELLEY V.
L'enfant de l'autre rive
L'enfant en héritage

BEAUMAN SALLY
Destinée

BENNETT LYDIA
L'héritier des Farleton
L'homme aux yeux d'or

BENZONI JULIETTE

Les dames du Méditerranée-Express
1 — La jeune mariée
2 — La fière Américaine
3 — La princesse mandchoue

Fiora
1 — Fiora et le magnifique
2 — Fiora et le téméraire
3 — Fiora et le pape
4 — Fiora et le roi de France

Les loups de Lauzargues
1 — Jean de la nuit
2 — Hortense au point du jour
3 — Félicia au soleil couchant

Les Treize vents
1 — Le voyageur
2 — Le réfugié
3 — L'intrus
4 — L'exilé

Le boiteux de Varsovie
1 — L'étoile bleue
2 — La rose d'York
3 — L'opale de Sissi
4 — Le rubis de Jeanne la folle

BINCHY MAEVE
Le cercle des amies
Noces irlandaises
Retour en Irlande
Les secrets de Shancarrig

BLAIR LEONA
Les demoiselles de Brandon Hall

BRADSHAW GILLIAN
Le phare d'Alexandrie
Pourpre impérial

BRIGHT FREDA
La bague au doigt

CASH SPELLMANN CATHY
La fille du vent
L'Irlandaise

CHAMBERLAIN DIANE
Vies secrètes
Que la lumière soit
Le faiseur de pluie

CHASE LINDSAY
Un amour de soie

COLLINS JACKIE
Les amants de Beverly Hills
Le grand boss
Lady boss
Lucky
Ne dis jamais jamais
Rock star

COLLINS JOAN
Love
Saga

COURTILLE ANNE
Les dames de Clermont
1 — Les dames de Clermont
2 — Florine

COUSTURE ARLETTE
Emilie
Blanche

DAILEY JANET
L'héritière

Mascarade
L'or des Trembles
Rivaux
Les vendanges de l'amour

DENKER HENRY
Le choix du Docteur Duncan
La clinique de l'espoir
L'enfant qui voulait mourir
Hôpital de la montagne
Le procès du docteur Forrester
Elvira
L'infirmière

DEVERAUX JUDE
La princesse de feu
La princesse de glace

FALCONER COLIN
Les nuits de Topkapi

GAGE ELIZABETH
Un parfum de scandale

GALLOIS SOPHIE
Diamants

GOUDGE EILEEN
Le jardin des mensonges
Rivales

GREER LUANSHYA
Bonne Espérance
Retour à Bonne Espérance

GREGORY PHILIPPA
Sous le signe du feu

HARAN MAEVE
Le bonheur en partage

JAHAM MARIE-REINE DE
La grande Béké
Le maître-savane

JONES ALEXANDRA
La dame de Mandalay
La princesse de Siam
Samsara

KRANTZ JUDITH
Flash
Scrupules 1
Scrupules 2

LAKER ROSALIND
Aux marches du palais
Les tisseurs d'or
La tulipe d'or
Le masque de Venise
Le pavillon de sucre

LANCAR CHARLES
Adélaïde
Adrien

LANSBURY CORAL
La mariée de l'exil

MC NAUGHT JUDITH
L'amour en fuite

PHILIPPS SUSAN ELIZABETH
La belle de Dallas

PLAIN BELVA
A l'aube l'espoir se lève aussi
Et soudain le silence

PURCELL DEIRDRE
Passion irlandaise
L'été de nos seize ans
Une saison de lumière

RAINER DART IRIS
Le cœur sur la main
Une nouvelle vie

RIVERS SIDDONS ANNE
La Géorgienne
La jeune fille du Sud
La maison d'à côté
La plantation
Pouvoir de femme
Vent du sud
La maison des dunes

RYMAN REBECCA
Le trident de Shiva

SHELBY PHILIP
L'indomptable

SPENCER JOANNA
Les feux de l'amour
  1 — Le secret de Jill
  2 — La passion d'Ashley

STEEL DANIELLE
Accident
Coups de cœur
Disparu
Joyaux
Le cadeau
Naissances
Un si grand amour
Plein ciel
Cinq jours à Paris
La foudre

TAYLOR BRADFORD BARBARA
Les femmes de sa vie

TORQUET ALEXANDRE
Ombre de soie

TROLLOPE JOHANNA
Un amant espagnol
Trop jeune pour toi
La femme du pasteur

VAREL BRIGITTE
L'enfant du Trieves

VICTOR BARBARA
Coriandre

WESTIN JANE
Amour et gloire

WILDE JENNIFER
Secrets de femme

WOOD BARBARA
African Lady
Australian Lady
Séléné
Les vierges du paradis

Achevé d'imprimer en octobre 1997
sur les presses de l'Imprimerie Bussière
à Saint-Amand (Cher)

POCKET - 12, avenue d'Italie - 75627 Paris Cedex 13
Tél. : 01-44-16-05-00

— N° d'imp. 2211. —
Dépôt légal : novembre 1997.

Imprimé en France